# 北朝遗韵

## 上

程发龙／编著

北京出版集团
北京工艺美术出版社

图书在版编目（CIP）数据

北朝遗韵：上、下／程发龙编著． -- 北京：北京
工艺美术出版社，2024.6
ISBN 978-7-5140-2748-8

Ⅰ．①北… Ⅱ．①程… Ⅲ．①长篇小说-中国-当代
Ⅳ．①I247.5

中国国家版本馆CIP数据核字(2023)第229999号

出 版 人：夏中南
策划编辑：赵　微
责任编辑：赵　微
装帧设计：新屿文化
责任印制：范志勇

# 北朝遗韵　上、下
BEICHAO YIYUN SHANG XIA

程发龙　编著

| | | |
|---|---|---|
| 出　　版 | 北京出版集团 | |
| | 北京工艺美术出版社 | |
| 发　　行 | 北京美联京工图书有限公司 | |
| 地　　址 | 北京市西城区北三环中路6号　京版大厦B座702室 | |
| 邮　　编 | 100120 | |
| 电　　话 | (010) 58572763（总编室） | |
| | (010) 58572878（编辑室） | |
| | (010) 64280045（发　行） | |
| 传　　真 | (010) 64280045/58572763 | |
| 经　　销 | 全国新华书店 | |
| 印　　刷 | 天津午阳印刷股份有限公司 | |
| 开　　本 | 889 毫米×1194 毫米　1/32 | |
| 印　　张 | 29.25 | |
| 字　　数 | 430千字 | |
| 版　　次 | 2024年6月第1版 | |
| 印　　次 | 2024年6月第1次印刷 | |
| 定　　价 | 120.00元 | |

# 目　录

上

下

# 第 1 回

## 贺六浑降生惊四邻　高树生丧妻成鳏夫

　　高树生迈着悠闲的脚步刚到家门口，一位邻居截住他，说："高先生，你知道不知道，大家发现你家院子上最近常有火光，不知是凶是吉，你是不是先搬出去躲一躲为好？"

　　高树生听了，摇摇头说："火光不是红光吗？说不定是好事呢，搬什么家。"

　　一天晚上，邻居又看到高家火光冲天，而且时间较长，以为真的失火了，慌忙大声喊道："高家失火了，快去救火呀！"

　　街坊四邻听了，都跑来救火，到了高家敲门。

　　高树生听到敲门，开门出来，问："你们这是干啥？"

　　邻居们说："刚才看你家火光冲天，是不是失火了，来帮你救火呀。"

　　高树生听了，说："没有呀，我家好好的，怎么会失火呢？"

邻居们一场虚惊，满腹狐疑先后回去了。

高树生回去一会儿，听到屋里传出一个婴儿的哭声，看到接生婆出来了，忙问："男孩还是女孩？"

接生婆说："恭喜老爷，是男孩！"

高树生听说妻子生了儿子，非常高兴，到了屋里，看着妻子说："老婆，你为高家生了儿子，我要好好谢谢你！"

高树生的母亲问："你们没有提前给孩子起个名字？"

高树生说："此子降临，是我们高家欢喜之事，就取名欢吧。"

母亲说："很好。"

高树生又说："我们与鲜卑人在一起，应起个鲜卑名。"

妻子问："叫什么好？"

高树生思考一会儿，说："叫贺六浑吧。"

妻子问："为啥叫这样一个名字？"

原来，高树生有一次在朋友家聚会，天晚了才回家，路上遇到六个泼皮，截住高树生要钱。高树生说："我还想劫道弄几个钱呢，哪有钱给你们？"

六个泼皮一听，七嘴八舌说："少废话，拿钱走人，否则，别怪我们不客气！"

高树生说："拿钱走人？去哪里拿钱？"

六个泼皮一看他装糊涂，直接上来抢了。

结果，搜遍高树生身上，确实没有钱。六个人将高树生揍了一顿。

前几天，高树生听说那六个泼皮在与人械斗中，全被打死了。他突然想到此事，祝贺六个浑人死去，所以对妻子说："叫贺六浑吧。"

妻子听了他的解释，笑道："真有你的。"

却说高家并非普通人家，其父高谧曾是北魏皇帝身边的治书侍御史，因得罪冯太后，被贬到怀朔镇（今内蒙古固阳西南）成为一名镇兵。怀朔镇是北方六镇之一。北魏初期，建都在山西大同，为了抵御北方匈奴、柔然等部落的侵扰，在北方设立了六个镇。

北魏和平六年（465年），文成帝拓跋濬驾崩，十二岁的皇太子拓跋弘即位，尊母亲冯皇后为皇太后。

新帝拓跋弘年龄小，朝中政事由太原郡王、车骑大将军、丞相乙浑，平原王、侍中、司徒公陆丽等辅政。

乙浑大权在握，做事霸道，他栽赃陷害，矫诏诛杀了平原王陆丽，然后，又陷害与他政见不和的大臣。慢慢地他野心毕露，认为与其扶持这对孤儿寡母，不如自己称帝。

冯太后感觉到了危机，这一天，她召来侍中元丕、陇西郡王源贺与牛益，说："乙浑嚣张跋扈已久，叛乱野心已显，如不及时除去，危害国家，你们三人立即带领人马，去捉拿乙浑。"

元丕、源贺以及牛益三人，率兵包围了乙浑府。乙浑在家里做着篡权美梦，毫无准备地被抓了。

冯太后命将乙浑斩首，灭其三族。此后，朝政之事由冯太后临朝处理。

冯太后临朝一年后，朝廷大局趋于稳定，冯太后的政治神经逐渐放松，且正值青春之年，经常想起与文成帝在一起的甜蜜生活，独守空房的孤寂与冷清，使她失眠、烦躁，慢慢地她开始关注身旁的美貌男子。

宿卫监李弈，身材修长，浓眉大眼，仪表堂堂，而且多才多艺，风流倜傥，每次议论朝政，见解独到，深受冯太后喜爱。冯太后经常召他到后宫商量国事，不长时间，冯太后与李弈开始享受男女之欢。

李弈得到太后宠信，行事不免张狂。大臣背后议论李弈淫乱后宫，逐渐传到了皇上耳内。皇上认为太后只是排遣寂寞，不会做出格之事，碍着太后的面子，从来不说此事。

数年之后，拓跋弘已经十七岁，一天，拓跋弘找冯太后商议一事，来到宫门时，宫女跪下道："太后有令，不许任何人进去，请陛下回去吧。"

拓跋弘感觉奇怪，厉声说："难道朕也不能进去？"

宫女道："请陛下息怒，奴婢只是传太后懿旨。"

拓跋弘不听，迈步向宫里走去，到了大厅，不见冯太后，却听到里屋传出她与男子的戏耍之声，他问宫女："何人在里面？"

宫女吓得面容失色，不敢回话。

拓跋弘喝道："你不回话，难道不想活了？"

宫女打着哭腔低声说："是李弈。"

拓跋弘的疑心得到落实，满脸怒气走了，一路上他想：李弈胆大包天，看来他是不想活了。

北魏皇兴四年（470年）秋天，相州（今河南安阳）刺史李欣因罪被告发,按律当斩。李欣为了自保,揭发了李弈的兄长、尚书李敷二三十条罪状。

拓跋弘看到案件涉及李弈,心中暗想,这次李弈跑不掉了。立即下旨:将李敷与李弈及其堂兄弟李显德收监,打入死牢。

冯太后听到李弈被囚,问拓跋弘:"李弈何罪,为何被抓?"

拓跋弘说:"李欣犯罪,根据律法,灭其三族,李敷、李欣为其族兄弟,自当收监。"

冯太后知道无可挽回,气得不再说话。

三个月后,案件全部审清,拓跋弘下旨:将李弈与李敷、李显德等人全部斩首。

冯太后想,拓跋弘才十七八岁,已经敢与自己作对,若再等几年,更加成熟,怎么还会听话?于是,不管朝中大事小情她都要过问,并且处处对拓跋弘施压。

拓跋弘喜欢道教"仙道贵生,无量度人"的思想,也喜欢佛教"诸恶莫作,众善奉行,自净其意,是诸佛教"的思想,对权力欲望不大,面对母后的处处压制,他感到了厌倦。

有一天,拓跋弘对冯太后说:"母后,儿子感到不适宜做皇帝,想把皇位禅让给皇叔。"

冯太后听了,大吃一惊,说:"纵观古今,哪有侄儿禅位给皇叔的?"

群臣知道了,也坚决反对。

拓跋弘看到不可行,停了几日,又对冯太后说:"母后,禅位之事儿意已决,若不能禅位给皇叔,就禅位给我们儿子。"

冯太后听了，思考片刻，欣然同意了，因为五岁的拓跋宏做皇帝，她可以长期执政。

八月二十一日，拓跋弘下旨，将皇位禅让给儿子拓跋宏，自己做太上皇，尊冯太后为太皇太后。

太皇太后继续临朝听政，她认为在儿子身边传言的，肯定是御史。于是，她开始罗织罪名，清除太上皇身边的御史，其罪为编造谎言，诬陷朝廷，要贬官流放。

治书侍御史高谧，主要负责监察、弹劾较高级官员，也奉命出使收捕犯官等，位列五品上，是内省有实权的官员，颇受太上皇信任，正是冯太后排挤的对象。于是，高谧被贬到怀朔镇，成为一名戍边的士兵。

高谧祖辈颇有声望。先祖高隐，祖籍渤海蓨（今河北景县）。晋朝末年，官拜晋玄菟太守。高隐去世后，儿子高庆看到晋朝社会动乱，皇帝软弱无能，投靠了燕国慕容氏。高庆儿子高寿，孙子高湖，历经三代在燕国为官。之后，北魏灭了燕国，高湖投靠了北魏，为右将军。高湖有四个儿子，都在朝廷做事，高谧是高湖的三儿子。

怀朔镇位于阴山北侧，向北通往内蒙古草原，向南有一条山沟，即昆都仑沟，沟西为乌拉山，沟东为大青山，是穿越阴山南北交通的咽喉之一，也是北魏防御柔然入侵的战略要地。因此，历代都把这里设为军事重地。

高谧家族历代为官，积蓄颇丰，他到了怀朔镇，租了一处闲宅，将家属暂时安顿下来。第二年春天，在村南购买了一块土地，亲自设计，建造了一处庄园，虽然不大，但是，功能齐全。北屋为上房，东西有厢房，南屋东边是大门。更难得的是北屋后边建造了一个小型花园，从此定居下来。

高谧的妻子叔孙氏是鲜卑族人，为高谧生了两个孩子，大儿子高优，已成年娶妻。一天，高谧把高优叫过来，说："如今太皇太后当权，她疑心重，宠爱佞臣，排挤异己，正直之臣反遭迫害。我虽被贬，远离了朝廷，但是，不定何时，新的灾难就会降临。现在，我还有些积蓄，给你以贩马为名，带着媳妇，到北边草原，选择合适地方居住吧。数年以后，或许会遇大赦，届时你再回来。"

高优听了，没有思想准备，不由得有点难过，说："我是长子，本该为父亲排忧解难，怎可逃避而去呢？"

高谧说："正因你是长子，要为家族的长远和安危考虑，我尚未老，做个镇兵也无事可干，你不必担心，我与你母亲商量好了，你收拾一下走吧。"

高优见父亲主意已决，只好点头答应了。于是，带着父亲给的钱财，领着妻子，向北奔草原而去。

高优走了，高谧实现一个心愿。二儿子高树生，尚在襁褓之中，他把心思用在了抚养幼子的身上。

高谧属于文人，如今作为一个镇兵，并无多少事可做，闲暇之际，难免会想过去在皇帝身边，一片忠心却落得含怨贬官，不由得唉声叹气，闷闷不乐。因长期心情不畅，懒得动弹，于是身体日渐衰弱，或许水土不服，整天小病不断，常请大夫诊治。俗语云：病来病去病倒人。

北魏延兴二年（472 年）冬，高谧一病不起，请医诊治，效果不佳，最后，生命走到了尽头。

高谧去世后，家中尚有积蓄，其妻叔孙氏与幼子相依为命。高树生成年后，长得身材挺拔，五官端正，风流倜傥，一表人才，于是常有媒人前来提亲。高树生母亲对媒人说："我儿形象俊美，所提女子须与我儿匹配，否则免谈。"

当时，韩家有一女子，名期姬，长得身材高挑，体格健壮，皮肤白皙，端庄贤淑，到了出嫁年龄，请媒人给女儿提亲，媒婆说："高御史家二公子人才俊美，非美女不娶，你家女儿应该配得上，若同意我就去说。"

韩家父母知道，高家虽是被贬之官，但是，瘦死的骆驼比马大，老百姓哪里比得上，自然同意这门亲事。

媒人来到高家，将韩家女儿情况介绍了一番。

高树生母亲听了，说："如你所说属实，自然配得上我儿。"于是，两家选定良辰吉日，高树生娶了韩氏为妻。

一年之后，韩氏为高家生了一个女儿，取名娄斤。

按照北魏的兵役制度，高家属于兵户，父死子继，兄终弟及，世代服兵役。高树生已成年，自然成了怀朔镇戍边的士兵。

这一年，柔然又来侵掠，怀朔镇将阳平王元颐率兵抗敌。高树生受到鲜卑族的影响，作为镇兵平时骑马射箭，舞枪弄棒，练就了较高的武艺。在战场上，他一马当先，冲锋陷阵，立下了战功。阳平王元颐看到高树生是个人才，授予他镇远将军、都将之职。

可是，高树生做了镇远将军后，军营生活并不自在，他想过一种无拘无束的日子，后来，他向阳平王元颐提出辞官，不受任何奖赏，回到了家里。

高树生幼年在母亲的教导下，打下了一定的文化基础，粗通文墨，他雅好音律，常以丝竹自娱。当地鲜卑族人以狩猎为生，高树生作为汉人后代，并不喜欢狩猎。汉人多数以农桑为业，他又不喜欢农活。当时家里还有一些积蓄，作镇兵也有一定的薪酬，所以，他享受着一种无忧无虑、玩弄音律的生活。

话说太上皇拓跋弘年富力强，精力旺盛，对朝中一些军国大事，看到儿子处理不了，常代为处理。太皇太后知道了，心中不满，决心除掉太上皇。

北魏承明元年（476年），冯太后命人在太上皇的饮食里投药，太上皇被毒死了，享年二十三岁。

太皇太后如今政治手段更加成熟，她非常注重发现、培养一些贤能之士，并让他们效忠于她。其中有拓跋氏的贵族、汉族名士、朝廷大臣以及内廷宦官。以她为核心，组成了一个领导集团。

太皇太后的私生活依旧毫无顾忌，身边健美强壮的男子，都被她收为新宠。这些新宠之中有才干之士，只要效忠于她，就被任以要职，得到重用。

拓跋宏在太皇太后的精心抚育下长大，祖孙两人感情深厚。拓跋宏不但对祖母十分孝敬，而且非常敬佩祖母。

北魏太和十四年（490年）九月，太皇太后在平城皇宫太和殿去世，享年四十九岁，之后，拓跋宏正式亲政。

拓跋宏亲政三年，认识到汉文化的博大精深，鲜卑族有必要学习汉文化。于是，他以讨伐南梁为名，与群臣率领大军来到洛阳，冒雨南进，群臣以为不可，跪在雨中劝阻。

拓跋宏对群臣说："朕给你们两个选项，一个是继续南征，一个是迁都洛阳，请你们选择。"群臣选择迁都洛阳。

于是，拓跋宏将都城迁至洛阳。

此后，北方六镇远离都城，逐渐失去了军事重镇的意义，成了可怜的"弃儿"。武器、铠甲、军饷、粮草等，朝廷不能如数如期拨付。六镇将士们需要自己动手，解决军粮补给。

此外，朝廷经常把囚徒流放到六镇，充当镇兵。数年之后，当地纯朴的民风遭到破坏，不少帮派组织应运而生，流氓地痞横行乡里，百姓苦不堪言。

六镇人民生活水平日渐低下，地位大不如前，饱受洛阳贵族的歧视。在洛阳看到一个人素质低下，人们会问："你是六镇来的吧？"

高树生家中积蓄渐少，镇兵薪酬不能如期发放，日子过得拮据起来。

高树生的女儿娄斤，长到十四岁，相貌颇似父母。特别是肌肤如雪，姿色过人。有一天，她与侍女到后花园游玩，后花园有一个凉亭，站在亭上可以向外张望。高娄斤站在亭上，倚栏而立，向远眺望，不时与侍女调笑。这时，她突然看到有一匹骏马从远处飞奔而来，马上少年风度翩翩，她简直看呆了，侍女说："姑娘别看了，让人看到不好。"

高娄斤听了，急忙转身躲避。但是，已经晚了，少年在马上也看见了这个漂亮的少女。他拉缰立马，对随从说："到前边询问一下，这是谁家园子，那小女子是谁？"

随从找人一问，回来告说："这是高御史的府邸，高御史已经去世，住在这里的是他家二公子，那个姑娘是御史的孙女。"

骑马少年姓尉，名景，字士真，善无郡（今右玉县西北）人士。尉景是鲜卑族人，其父曾担任尉官，于是把尉作为了姓氏。祖上颇有积蓄，家道富足。尉景时年十八岁，身材魁梧，深眼窝，高鼻梁，在鲜卑族里，算是一位少年才俊。鲜卑人豪爽，不喜读书，喜欢舞枪弄棒、骑马射箭。他来怀朔镇亲戚家玩耍，到南山打猎，回来时经过高家庄园，看到了高娄斤。高娄斤的美貌让他仰慕不已。回到家里，他把自己所见到的一切，告诉了父母。

尉景的父母看到儿子那么痴迷，派人前去询问，回来汇报，证明儿子讲的基本属实。于是，尉景的父母就请媒人前去提亲。

高树生听媒婆说尉家殷实，与妻子商量后，同意了这门婚事。之后，尉家张罗婚事，择良辰吉日，迎娶了高娄斤。

女儿出嫁以后，高树生依然与喜欢音律的朋友交往，浪荡度日。

最近，高树生因妻子生了儿子，心中异常高兴，可是，人生常是乐极生悲，在高家沉浸于一片喜悦之中时，韩氏在月子期间突然病了，咳嗽、气喘。高树生急忙请医生诊治，几服中药喝下，不见好转，咳嗽越来越重，渐渐地不能躺下，只好将两条棉被叠起来，放到后背，半坐半卧，仍气喘不止。一个月后，因医治无效，韩氏撒手人寰。

高树生十分悲痛，孩子才两个月，自己一个男人，母亲年岁已高，怎么抚养孩子？

高娄斤接到母亲去世的消息，差点晕了过去。丈夫尉景一边劝说，一边套车赶往岳父家里。

高娄斤来到母亲的灵前号啕大哭。前来帮忙的乡亲劝她起来，别哭坏了身子，好不容易才劝得不哭了。

高娄斤来到奶奶的房里，看到了两个多月的弟弟，泪水止不住又掉了下来，她与奶奶说："弟弟这么小，今后怎么办呀？"

奶奶满脸愁容，说："能怎么办，大不了我来养呗。"

高娄斤说："您年纪大了，白天好办，夜里怎么能行呢？"

奶奶叹口气，没有说话。

高娄斤心想：看来最好是与丈夫商量一下，把弟弟带回去自己抚养。

不知高娄斤与丈夫商量，尉景同意抚养贺六浑否，请看下回章节。

# 第2回

## 高娄斤提亲初受挫　娄昭君城头识豪杰

话说高娄斤凄凄惨惨、眼含泪水对丈夫尉景说："你看奶奶年纪大，父亲一个大男人，怎么抚养弟弟？我想带回去抚养，你意如何？"

尉景毫不犹豫，说："此事依你，咱们抚养也很好。"

母亲的丧事办理完，高娄斤向父亲提出，她要带走弟弟抚养。高树生虽有点不舍，但是，权衡再三还是同意了。

贺六浑被姐姐带走了，家里只剩下高树生和母亲二人，生活更加单调，他整天沉迷于音律，找朋友吹拉弹唱，浪荡度日。

高娄斤带回弟弟，像亲生儿子一样抚养。

高家几代人与鲜卑人通婚，生的孩子是混血儿了。转眼间贺六浑两岁了，长得虎头虎脑，十分招人喜爱。尉景回到家就逗他玩，与其说是姐夫与小舅子，不如说更像"父与子"。

尉景是鲜卑人，贺六浑的生活习惯，从小受到了鲜卑习俗的熏陶。

光阴似箭，贺六浑在姐姐家已是第六年了。

尉景对妻子说："弟弟六岁了，该去学堂读书了。"

高娄斤听了，心中很高兴，让丈夫送贺六浑到私塾学习。

贺六浑天姿聪明，记性尤佳，先生教《诗经》中的古诗很快就能背会。

尉景教他学习骑马，这小子胆子贼大，骑在马上不害怕，还要让马跑起来，他在马上笑得合不上嘴。贺六浑到了十岁，尉景开始教他练武。贺六浑练武的悟性极高，对于姐夫教的各种动作，不但能记住套路，而且练起来动作敏捷，一招一式显得刚劲有力、潇洒飘逸。尉景教他射箭，贺六浑能把成人的弓拉到六七成，经过一段时间的练习，他射向靶子的箭，虽不能射中靶心，但十有八九中靶。

尉景看在眼里，喜在心上，对妻子说："这小子将来一定有出息。"

贺六浑到了十五岁，长得身材挺拔，高额阔鬓，面容白皙，肩宽细腰，眉浓睛长，目亮有神，人见之无不夸其俊美。尉景看到内弟如此优秀，有意精心培养，出去打猎时，经常带着他，在野外信马由缰，狂奔不止。

有一次，贺六浑看到一只野兔在马前奔跑，立即开弓搭箭，一箭射中了奔跑的兔子，尉景看了大加赞赏。

高娄斤看到弟弟已经长大，应该给他娶媳妇了。

贺六浑的同学韩轵，有一个妹妹，长得颇有姿色，高娄斤请媒婆前去提亲。

贺六浑经常与韩轨一起玩，韩轨母亲曾问过贺六浑的身世，对他比较了解。当媒婆到她家提亲时，她对媒婆说："贺六浑家道已经败落，他母亲去世了，在姐姐家长大，父亲好吃懒做，浮荡混日，我怎么能把闺女嫁到这样的人家呢？"

韩轨在一旁听了母亲的话，说："娘呀，你不了解贺六浑，我的同学中，富家子弟多是庸才。论人品、才学，都比不上贺六浑，他脑子特好使，先生每次让我们背书，他能看二三遍就背下来。这个人将来会有出息的，你该答应才是。"

韩轨母亲听了，怒道："你懂什么？我能拿你妹妹的婚事做赌注吗？他要没有出息呢，你妹妹不是要吃苦吗？"

媒婆回来，把韩轨母亲如何拒绝婚事，一一告诉了高娄斤。

高娄斤听了，非常恼怒，说："不愿意就算了，怎么能那么贬低我弟弟呢？"

贺六浑听了这件事，心里很不是滋味，对姐姐说："姐姐，别着急，我不急着找媳妇，在你家已经十五年了，难免被人轻视。现在，我想回去，在家里继续练功，将来定有出头之日。"

高娄斤听弟弟说要走，说："你虽十五岁了，毕竟还小，再说姐姐也舍不得你走呀！"

贺六浑说："姐姐，您像母亲一样，养育了我十五年，我一定会报答您和姐夫的。父亲年纪也老了，我该回去孝敬他了。况且我迟早总是要离开的，所以，让我回去吧。"

此时，尉景已经升任怀朔镇的队主，回到家里，看到妻子不高兴，问道："你怎么了，好像不高兴？"

高娄斤说："今天，弟弟突然说要回家，我舍不得，劝又不听，心里难过。"

尉景把贺六浑叫过来，问明了情况，然后对妻子说："我看贺六浑说的颇有道理。论情感，我也不想他走，可是，他总是要回去的，只是他年纪尚小，不能像鲜卑人那样，赶赴战场，杀敌立功，成就事业。"

高娄斤说："他幼失母爱，甚觉可怜，长大以后，应学习经营家业，怎可去打仗杀敌呢？"

尉景长叹一声，说："唉，真乃妇人之见，大丈夫生天地间，应当胸怀大志，报国杀敌，赢得功名富贵。再说贺六浑如此优秀，让他去经营家业，岂不委屈一生？"

贺六浑听了姐夫的话，非常高兴，说："姐夫说的对，我就是想回去，一边孝敬父亲，一边练习武艺，将来替父出征，杀敌立功，光宗耀祖，不枉此生。"

尉景听了大喜，立刻取来宝剑、弓箭赠与贺六浑。

贺六浑收了礼物，向姐夫拜谢不已。

高娄斤看到丈夫同意弟弟回去，选了一个日子，夫妻二人送贺六浑回家来了。

十几年来，高树生家里也发生了变化，经媒人保媒，娶了怀朔镇一家姓赵的女子做继室。赵氏性格温柔、勤快，善于持家，过门来孝敬婆婆，把家打理得井井有条，一年之后，赵氏生了一个女儿，起名云姬。从此，一家四口过得其乐融融。

这一天，高树生看到女儿、女婿送儿子回来了，非常高兴。对尉景和女儿说："十五年来，让你们受累了。"

尉景忙说："替岳父分忧，乃我们应尽的本分。"

高树生吩咐赵氏下厨，做几个菜肴，拿出好酒，招待女儿和女婿。

赵氏看到贺六浑，十分顺眼，非常喜欢，像自己亲生孩子归来一样，忙前忙后，招待大家。一家人吃吃喝喝，欢乐无比。

第二天，高娄斤夫妇向父亲告别。又把贺六浑叫过来，免不了一阵嘱咐。

尉景说："放心吧，贺六浑知道该如何做。"

贺六浑回来以后，除了帮父亲做事，闲暇时喜欢读书。爷爷曾是治书御史，家里有许多书，贺六浑经常到书架上翻看。他看了陈寿著的《三国志》，爱不释手。书中的英雄人物令他仰慕不已。比较三个国家的首领，他最欣赏曹操。他觉得孙权守的是父兄创下的基业。刘备虽打下了江山，但若没有诸葛亮、关羽、张飞等人辅佐，恐怕很难。唯有曹操文武双全，手下文武官员虽多，然文官不及诸葛亮，武将抵不过关、张等。东汉末年许劭评价曹操"治世之能臣，乱世之奸雄"。贺六浑认为，汉室末年之乱，并非曹操所致，曹操是在乱世之中涌现出来的英雄，他挟天子以令诸侯，却始终没有篡位称帝，充其量是个权臣。

这一天，高树生的堂弟高盛突然来了，看到侄儿贺六浑长得气宇轩昂，仪表不凡，非常高兴。与侄儿相聚期间，高盛将自己求名师学来的功夫，毫不保留地传授给贺六浑。叔侄二人每天练习武术，贺六浑的武艺大有长进。

过了一段时间，高盛听说朝廷要比武选才，对贺六浑说："朝廷要比武选人，你愿意与我一起去应征吗？"

贺六浑说："父亲年近半百，身体渐衰，官方时有战事，要征兵打仗，我在家里，可替父随征，所以不敢远行。"

高盛看到侄儿孝顺，也不强劝，只好自己去了。结果，竟然中了一个武举，并被授予一个羽林统骑的职务。

高树生收到喜报，全家大喜。

贺六浑在家不但勤习武术、骑马射箭，而且结识了镇里的一些朋友，经常与他们上山狩猎。

贺六浑与朋友闲聊时，谈论人生志向。有人问："贺六浑，你的志向是什么？"

贺六浑说："如今天下形势，颇似汉朝末年，我若能效法曹操，建功立业，此生足矣！"

朋友们听了，有的夸他有志向，有的笑他异想天开。

北魏迁都洛阳后，平城没有过去那么繁华了，但是，依然比较热闹。城内宫廷楼舍、王侯贵戚的府邸依然辉煌。当时，因官场腐败，百姓生活食不果腹，衣不遮体。并且经常有蛮寇到城里抢东西。平城守将常征集基层士兵，临时调来保护平城。

高家本在兵户，所以，高树生在征兵之列。这一年贺六浑已经二十岁，代替父亲去守护平城。

平城内有一富户，姓娄，名提，祖籍怀朔镇，家财万贯，性格豪爽慷慨，多行善事。北魏太武帝时，因有功被封为真定侯。他有三个儿子，大儿子世袭了爵位，居住在平城；二儿子在京城洛阳任职；三儿子叫娄内干，也得到一个武职，居住在怀朔镇祖宅。

却说娄内干在怀朔镇，修建的庄园不比公侯的府邸差，房屋雕梁画栋，园林花木、亭台楼榭，一应俱全。娄内干资产丰厚，少不了也是妻妾齐全。正室妻子奚氏，为他生了一个女儿，取名娄信相；继娶杨氏，先后生了一女一儿，女儿取名娄昭君，儿子取名娄昭；纳妾王氏，为他生了一个儿子，取名娄显；再纳一妾李氏，又生一个女儿，取名娄爱君。

北魏孝文帝迁都洛阳，提倡汉化，所以，鲜卑族人条件好的，叫孩子学习汉文化。娄内干对女儿昭君非常喜爱，请先生教她识文断字。昭君聪慧异常，学习进步很快，虽不敢比肩才女，但是，孔孟之学、老子之道均有涉猎。有了文化，见识异于常人，与父母交谈，时有高论，娄内干更加喜爱这个女儿。

娄内干夫妻要去平城探望大哥真定侯，套上十几辆马车，拉着大小家眷、礼品，到平城来了。

这一时期，恰遇蛮寇骚乱，平城的守将把守很严，一般人出入都要严查。偏巧娄内干一家来到城下时，太阳落山了。为了安全，城门提前关闭，守城兵丁不开城门，他们被堵在了城外。

娄提知道弟弟要来，天晚了还没到来，考虑到城门把守很严，关闭后就很难进来，只好亲自来接。果不出所料，车辆被拦在了城外。娄提亲自到城头，找守将说明情况，守将让士兵开城门，让他们进城。

娄提对弟弟说："多亏守将给面子，才给开城门，咱们应该当面致谢。"

娄内干说："好的。"

兄弟二人要登城，昭君对父亲说："我也想上城头看看。"

娄提看到这个侄女可爱，说："好呀，你也上来吧。"

娄提与娄内干到城头与守将寒暄。

昭君与丫鬟春梅登上城头，顿时眼前豁亮，兴奋异常，不由得四处张望。突然，昭君看到镇将身后一个持刀武士，心头不觉一动，继而心跳加快，暗暗想：天下竟有这样雄壮的武士，身材高大，站在那里昂首挺胸，像一座大山一样纹丝不动。两眼炯炯有神，目射精光，有一股俨然不可侵犯的正气。我们两个少女随大人上来，他居然目不斜视，泰然自若。再看其长圆脸型，剑眉俊目，鼻梁高挺，更奇特处是额头高且两鬓开阔。不用怀疑，这是大富大贵之相。娄昭君也许是因喜欢而产生异样感觉，她看到此人头顶隐隐有一股白气，似祥云笼罩着。心想：此人乃人中龙凤，却埋没在此。我要能嫁给这样的英雄，也不枉来世上做一回女人。想到这里，昭君不觉脸上微微泛红。

说话间车辆已经全部进城，娄提站起来向守将告别，娄内干随兄长起身施礼告辞。此时昭君依然神不守舍，盯着那位军士看，丝毫没有发觉父亲已经要走了。

丫鬟春梅悄悄说："小姐，老爷走了。"

昭君听了，才突然回过神来，慌忙随父亲下城去了。

当天晚上，娄提设家宴招待弟弟一家。他看到侄女昭君面若银盆，额头饱满，下巴圆润，颇有富贵相，对弟弟和弟媳说："侄女昭君容貌不凡，将来成家，你们要好好为她选一个夫婿，不是王侯贵戚家的子弟，切不可轻易同意。"

昭君在一旁听了伯父的话，心里很不高兴，心说：我正要识得英雄于草莽之中，怎么能嫁给那些纨绔子弟呢？

娄内干一家在真定侯府住了几天，告别兄长回来了。

昭君回来，一心思念平城那个武士。可是，苦于不知姓名、家庭地址，怎么去寻找呢？于是，整天若有所思，没有笑颜。

此时，不断有媒人给昭君提亲。娄内干夫妻觉得条件不错，门当户对，本可以应允，但是，因为喜爱昭君，不想让女儿受委屈，母亲杨氏便征求昭君意见。

昭君对母亲说："我不愿意。"

父母知道她不同意婚事，只好回绝对方。如此数次，娄内干夫妻不知昭君到底是怎么想的。

昭君侍女春梅，生性活泼，聪明伶俐。她看到小姐整天精神不振，便私下问："小姐，你整天愁眉不展，唉声叹气，到底有啥心事，为何不讲给我呢？也许我能帮你分担一些忧愁。"

昭君想了一想，叹了一口气，说："你看到那些媒人了吗？我知道女大当婚，婚事应父母做主，自己不可私定终身。但是，如果嫁给没有志向的纨绔子弟，岂不荒度一生？所以，我想嫁一个胸怀大志的当今豪杰，陪他轰轰烈烈干一番事业，不枉世上走一回。"

春梅听了，看着小姐不知该说什么。

昭君问："在平城的城头上，你看到镇将身边那个武士了吗？"

春梅不解其意，问："哪个武士？"

昭君说："就是站在镇将一边的持刀武士，英姿飒爽、豪气万丈的那一个。"

春梅忽然想起来了，说："哦！我想起来了，怪不得那一天老爷要走了，你还在出神呢。"

昭君不顾春梅的打趣，认真地说："那个武士肯定会成为当今豪杰，我想嫁给那样的人。可惜不知他是哪里人、叫什么。所以，我心里高兴不起来。你若能打听到这个人的情况，就算帮我分忧了。"

春梅看到小姐如此认真，说："小姐果然见识不同于常人，那个武士的长相确实威武雄壮，但是，一个穷当兵的怎么比得上富家子弟呢？"

昭君听了，叹口气说："你说此话，乃庸人之见。"

春梅说："我没小姐的见识，我想如果你们有缘，就能找到他。如果无缘，自然找不到，小姐又何必为一个无缘的人忧愁呢？"

昭君说："你不懂。"

春梅暗想：那个人容貌确实很好，可是，现在只是一个士兵，将来如何谁又知道？再说那么多军士，上哪里去找呢？

不知昭君与那个士兵是否有缘，春梅能否找到那个武士，请看下回章节。

# 第 3 回

## 探军情春梅传佳音　责丫鬟内干知真情

话说春梅对昭君说："有缘就能遇到那个武士。"其实她也想替小姐寻找那个武士，但是，心里一点底也没有。

娄内干的府邸较大，前后三个院落一个花园，娄内干与家属居住在后院。中间院子北屋是招待客人的客厅，东厢房是娄内干的书房，西厢房用于放置娄内干收藏的各种珍奇物品。前院是仆人活动和居住的场所。院子西边是一个花园，里边曲径绕水池、亭台连楼榭，花木成林，环境优美。在凉亭不远处有三间平房，一间放置管理花卉的工具，一间管理花园仆人居住，一间闲置，府里来了客人临时居住。

这一天，春梅从前院经过，几个仆人在聊天，无意中听到一个人说："蛮寇已经被平定了，现在守城的兵都回来了。"

春梅想，我何不去打听一下呢？于是，春梅走过来，问："各位大哥，在说什么呢？"

有个大哥说："没说什么，听说蛮寇被平息了，守城的兵都回来了。"

春梅问："咱们这里有没有去当兵的？"

那位大哥说："怎么没有，西边高家的儿子，在平城刚回来。"

春梅听了，心里非常高兴，她悄悄地出门，打听到了高家。

赵氏看见一个姑娘进门来了，问："姑娘，你找谁呀？"

春梅说："我是娄家的使女，听说你家公子当兵回来了，想问一问蛮寇是不是被平了？"

贺六浑听到有人找，从屋里出来了。

春梅一看，惊得张大了嘴巴，心说：不会这么巧吧！这不就是那个武士吗？春梅假意上前问了几句有关战事的话，匆匆告辞了。

赵氏让女儿云姬送春梅，到了门口春梅问："你哥叫什么？成家了吗？"

高云姬说："叫高欢，还没有成家。"

春梅又问："你哥多大了？"

高云姬答："二十岁了。"

春梅非常兴奋，回去急忙向昭君一五一十说明了情况，最后说："我看他家太穷，配不上咱家，恐怕老爷不会同意的。"

昭君根本不管春梅的担忧，而是问："你确定是我要找的那个武士吗？"

春梅把贺六浑的个头、长相，详细地描绘了一下，而且又说："他妹妹说今年二十岁，没有成家，叫高欢。"

昭君听了，会心地笑了，她觉得春梅说得有点像。

第二天，昭君对春梅说："昨天你说的很像，但是，我若能亲自见一见，下一步行动才能放心。"

春梅说："小姐不能出去，这个恐怕很难。"

昭君想了一会，问："他家距离咱家远不远？"

春梅说："不远，就在西边。"

昭君说："走，咱们到西边花园去。"

娄家花园的西北方有一座假山，上边建有一座凉亭，凉亭四周设有宽宽的木凳，凳子后面有栏杆作为靠背。平时游园累了，来这里休息，也能登高望远，一览花园全景。二人来到凉亭，昭君指着西边的栏杆，说："春梅，你站到上边，向外看看，能看到外边什么？"

春梅上去向外边张望，说："能看到外边一条路，是去高欢家的路。"

昭君听了暗喜，春梅个子低，还能看到，她若上去，自然看得会清楚一些。原来她想每天来这里游玩，如果有缘，也许会看到高欢。如果真是那个武士，她将设法接触，完成自己的心愿。

春梅突然醒悟道："小姐，你是想从这里看……"

昭君点点头。一连几天，每天都去那里观望，两人轮番上去观看，毫无收获。

大约第五天的上午，春梅站在上边观望，昭君坐在下边看书。突然，春梅说："小姐，快上来。"

昭君急忙上去往外一看，远处走来一个青年男子，虽然换了平民衣裳，但是，那个头，那气势，确实像那个军士。随着对方越走越近，看得越来越清楚，昭君确定，此人正是她要找的那个军士。

第二天，昭君对春梅说："你今天再去高家，把我的心愿告诉高欢，请他找媒人前来提亲。"

春梅听了，急忙阻止，说："小姐，万万使不得，你是千金小姐，深藏高墙秀楼之中，守身如玉。若我去通风报信，一旦暴露，不但小姐芳名受到玷污，我也会死无葬身之地，请小姐三思。"

昭君说："你这死丫头，我要私下约会偷情吗？让你报信，是请他家光明正大来提亲，不是私自约会，懂了吗？"

春梅看到小姐着急，也觉得小姐说的有道理，就答应了。主仆两人刚说完，母亲杨氏来了。

杨氏对昭君说："怀朔镇守将段长，今天托媒人来，为他大儿子段宁求婚，这个孩子今年十七岁，才能、相貌都是上等的，你爹认为门当户对，看你的意思了。"

昭君听了，摇了摇头说："我不愿意，请母亲推了吧。"

杨氏说："孩子，你已经十五岁了，该成家了，遇到好人家就该同意，怎么这么拗呢？"

昭君听了母亲的话，低下头一句话也不说。

杨氏知道再问也没有结果，深叹一口气走了。

昭君的婚事，娄内干夫妻完全可以做主。但是，他们最喜欢这个女儿，知道女儿心气很高，所以不想委屈她，愿意找一个让女儿满意的女婿，所以不强迫她。

这一天，大女儿娄信相回娘家，她对父母说："平城刘库仁，家财富有，超过王侯，他二儿子到了结婚年龄，想求妹妹昭君做媳妇，不知父母意下如何？"

娄内干夫妻听了，说："富家子弟求婚的多了，你妹妹就是不同意。正好你来，姊妹之间好说话，你去问一问，看她到底作何打算？"

娄信相来到妹妹房里，昭君急忙让姐姐坐下，姐妹俩低声细语说起了知心话。信相问昭君："你为何总是不答应婚事呢？"

昭君不想与姐姐说实话，只是说："我觉得年龄还小，不愿离开父母，想与父母多待几年。"

娄信相知道了妹妹的想法，把昭君的话告诉了父母。

娄信相走后，昭君悄悄对春梅说："现在提亲者不断，不可再耽误了，你需赶快去高家一趟。"

春梅领了小姐的命令，趁人不注意，偷偷来到高家，正好高欢自己在家，看到是娄家的使女，就问："姑娘，又要打听什么？"

春梅听了一笑，轻声说："公子，我家小姐有话，请到僻静处说话，好吗？"

高欢请她到了屋里，春梅将昭君城头偶见，觉得公子相貌不凡，必为当今豪杰。又说小姐见识不凡，不喜纨绔子弟，决心嫁英雄豪杰。本来感到无缘再见公子，没承想却是邻居，想来必是缘分。于是，小姐让我过来告诉你，请你家上门去提亲。

高欢一听，皱了一下眉头，心想，一则自己确实想成就一番事业，现在不想成家；二则背着大人，私定终身，恐怕不妥；三则自己家贫，怎能娶得起娄家小姐呢？他对春梅说："我家贫穷，与小姐家门户悬殊，怎可求婚？请告诉小姐，我谢她了，求婚之事恐难答应。"

春梅回来，把高欢的话告诉了小姐。

昭君听了，越发对高欢刮目相看，说："这个无妨，他家贫穷，我可赠他财物。"于是，昭君取出私房的赤金十锭、珠宝一包，让春梅快点送去。

春梅再次来到高家，将珠宝往桌子上一放，对高欢说："高公子，我家小姐听你说家贫，她愿意送给你金银和珠宝，请你家快点去提亲。"说完扭身就走。

高欢想推辞，不等他说什么，春梅扭头已经快步出门了。

原来高欢虽贫，但他听父亲讲述祖父的故事，知道祖上也曾辉煌过。同时受姐夫和叔父的影响，从小习文练武，胸怀大志，整天想着如何出人头地，光宗耀祖。但是，茫茫人海，很难找一个知己。他没有想到，居然有这么一个弱女子，独具慧眼，把自己当作英雄来赏识，而且，不嫌自己家贫，以身相许，私赠金银珠宝，这让高欢激动不已，大有遇到知音的感觉。

春梅上次到来一说，高欢想起城头一幕，他不知道那是娄家的人。当时，那个小姐不断向守将观看，自己没有在意，原来是看自己。如今娄家小姐的心意如此坚决，心里既喜欢，又有点犹豫。两家条件相差太远，该怎样对父母说呢？因此，一向有主见的高欢，这回却迟迟拿不定主意。

过了几天，昭君看到高家没有来提亲，让春梅再去找高欢，问一问怎么回事。偏巧这一天高欢没在家，遇到了他的父亲高树生，春梅问："你家公子在吗？"

高树生说："我儿子没在家，去姐姐家了，三天以后才回来，有事不妨给我说，我再告诉他。"

春梅想，高欢应该把求婚的事告诉大人了，对他父亲说也无妨，就把来意告诉了高树生。

高树生听了大吃一惊，他不想与一个使女说什么，含含糊糊地说："等我儿子回来，告诉他就是了。"春梅告辞回府了。

春梅走后，高树生坐立不安，心里非常着急，儿子怎么能办出这样的事呢？

三天后，高欢从姐姐家回来了，高树生责问他："我们家虽贫，但也是官宦之后，你怎么不守规矩，不顾脸面，私下与娄家小姐交往呢？况娄家富贵显赫，怎能看上咱家，男女私通，你属于引诱人家千金小姐，一旦事情败露，恐怕性命不保。我与你母亲已经年老，还要靠你养活，你怎如此不自爱呢？"

高欢面对父亲责问，没有马上辩解，等父亲火气消了一些后，他才详细地告诉父亲，娄家小姐如何在平城初见、如何联系上、如何婉言谢绝、如何私赠金银、如何督促求婚等。现在，是他家小姐督促咱们去提亲的。

高树生听了，依然说："此事绝不可行，若去求婚，是自取其辱。等其使女再来，退回所赠东西，说明原因，如此才能保你没事。"

高欢看到父亲态度坚决，不敢再说什么，只得闷闷不乐地退了下去。

娄内干夫妇整天为昭君的婚事发愁，唯恐给女儿找不到一个好婆家。昭君不想让父母为自己着急，请小妹的母亲李氏告诉父母："孩子非爱家中的财产，不肯出嫁，而是觉得年龄尚小，不忍心早日离开父母，再过三年，任凭父母做主。"

内干夫妇听了，高兴地说："此女果然孝顺、懂事。"

又过了一段时间，昭君唯恐春梅说不明白自己的心意，写了一封信，详细说明了自己的择婿追求，然后装入两股金钗，一同密封，让春梅送给了高欢。

高欢看了来信，更加心仪昭君，但是，怎样才能让父亲同意呢？思来想去，只好找继母帮忙，他对继母说："娄氏小姐一事，母亲已知，但她一颗心在我这里，最近又来一封信，请我们去求婚。我想，找媒人去一趟，满足她的愿望，如果她的父母不同意，不能抱怨咱们。请母亲同父亲说一说，早日让媒人过去。"

继母赵氏听了高欢的讲述，答应帮忙。之后，赵氏找机会把高欢的想法告诉了丈夫。

高树生说："门不当户不对，求婚就是惹人家笑话，有什么好处？"

赵氏说："是他家姑娘有意，咱才去的。如果求婚不成，不是咱孩子无情，然后把姑娘的东西退回去，断绝了她的思想。咱不去求婚，如何知道人家怎么想的呢？"

高树生听了妻子的话，也觉得有些道理，请村里媒婆张妈到家，商量此事。

赵氏问道："张妈妈，娄家有一个姑娘叫昭君，你知道吗？"

张妈听了，哈哈笑道："看你说的，那是我老婆子的客户，怎么能不认识？你问她有什么事？"

赵氏说："我家孩子高欢今年二十岁了，还没成家，听说昭君小姐十五岁，尚未许配人家，想请妈妈做媒，为我家孩子求婚，如能成功，必有重谢。请妈妈不要推辞。"

张妈听了，不由得笑道："娘子，你们相居不远，难道不知，他家昭君小姐，心气很高，多少豪门公子上门求婚，都被她拒绝了。何况你们家这条件，我实话实说，请你不要见怪，像你们这样的条件，我也不敢去说。"

赵氏听了心里虽然不高兴，但是为了求人，不得不做出恭敬的态度，依然赔着笑脸说："张妈说的一点没错，本来我们不敢有这想法，但是，听说昭君小姐选婿，不论贫富，只看人才，只要人才满意了，贫穷也不嫌弃。我家儿子一表人才，所以才敢请妈妈过去求婚，没准妈妈去了就说成了。即使妈妈说不成，我们也会给妈妈跑路费，绝对不埋怨妈妈。"

张妈看到赵氏一片诚心，说："既然如此，我就跑一趟吧。"

张妈告别赵氏，来到了娄家。当时，娄内干夫妇坐在中厅闲谈，看到门人领着张妈进来，娄内干问："张妈，你来莫非为我家小姐的婚事？"

张妈笑道："老爷真是神人，我还没开口，就知道我干什么来了。"

娄内干问："是哪一个官宦人家？"

张妈估计娄内干对高家难以愿意，又不能不说，故意犹豫了一下，张了张口，又停下了。

娄内干说："既为我女儿找婆家，求不求是人家的事，愿不愿意是我家的事，有什么不好说呢？"

张妈听了这句话，才放心地说："既然如此，我老婆子就斗胆直说吧，男家是你们邻居高御史家的孙子、高树生的儿子，叫高欢，今年二十岁，听说你家昭君招婿不论贫富，只看人才，再三求我来提亲，不知您愿不愿意？"

娄内干听了，勃然大怒，站起身来说："你这么大年纪了，是不是看我女儿找不到婆家，来取笑我们？我家小姐天生丽质，身价百倍，怎能嫁给一个镇兵？"

杨氏也埋怨张妈，说："你与我们家来往，已经多年，难道不知道我家情况？怎能来提这样的亲家呢？今后这样的家庭，千万不要再提了。"

张妈看到娄内干夫妇的态度，知道没有希望，只好告辞。回到高家，一五一十地把娄家的态度说明了，从此，高欢求娶娄家小姐的事就不再提了。

再说娄内干从中厅来到后堂，看到昭君正在与春梅说话，十分不满地对女儿说："几次给你说那么好的婆家，你都不同意，没想到西邻高家，那么贫穷，今天居然让张妈来提亲，简直是开玩笑，被我训斥走了。都是你不听话，才使我们家受这样的羞辱，以后你要听父母的话，早点订婚，免得再受这样的羞辱。"

昭君听了，眉头皱起，面容大变，看了父亲一眼，一语不发，愤然起身回房里去了。

娄内干看到女儿的反应，心中大疑，出来对妻子说："高家与我家很少来往，家境如此悬殊，怎会贸然来提亲？还说'我家不论贫富，只选人才'，此话从何说起？难道女儿另有私情，有什么传递消息的事儿吗？"

妻子杨氏说："春梅整天与她在一起，叫来一问便知。"

娄内干派人叫来春梅，命她跪下，怒道："高家敢来求婚，是不是你这个贱人通风报信，有何秘密说出来，否则活活打死你！"

春梅本是一个婢女，哪里受了这般训斥，早吓得六神无主，面容失色。

娄内干一看，心中更加猜疑，拿来一根木棍要打，春梅急了，只好招认，说："此事不是婢女主意，是小姐命我去报信的。"

娄内干喝道："小姐为何让你通消息？"

春梅就把事情的来由全讲了。

娄内干听了大怒，拿起棍子连打了几下，说："今天打死你这贱人，以泄我气！"

杨氏劝道："这是女儿不理智，不是春梅引诱的，咱们去问女儿，看她怎么说？"

娄内干住手，与妻子来到女儿房里，春梅满脸泪痕也随着进来了。

昭君知道春梅被叫去，事情就会暴露，早已面容失色，低着头不敢看人。

娄内干进来，怒气冲冲地说："你干的好事，高家儿子哪里好，你让春梅通信，要嫁给他？"

昭君暗想，此事已经挑明了，不如将自己的心愿告诉父母，也许能遂了心愿。便跪下说："女儿平时谨守闺训，不敢越礼而行。这次让春梅暗寻守城武士，也是缘分，偏巧就是邻居。女儿认为，嫁人不能只看家门富贵，重点应看所嫁之人有无英雄气概。女儿经常读书，仰慕历史上的英雄人物，因此，发誓要嫁一个英雄豪杰，建功立业，名垂青史。高家现在虽然贫穷，当初高御史也是朝廷大官，与我家门户相当。况且高公子仪表堂堂，具有豪杰气概。现在是蛟龙失水，一旦得水，必有飞天之时，如嫁此人，终身有托。所以才让春梅通信。此事与春梅不相干，望父亲遂了女儿心愿。"

娄内干听了，大发雷霆，喝道："你简直昏头了，不可理喻！"说完怒气冲冲走了。

母亲杨氏也劝说："女子在家从父，不要整天妄想，这次饶恕你，今后不要胡思乱想了。"

弟弟娄昭也来劝姐姐："你怎么要嫁给贺六浑呢？我看还是嫁给富贵人家好。"

昭君摇摇头，说："弟弟不懂，女子嫁夫，要为终身考虑，不能只看眼前富贵，如果嫁给纨绔子弟，祖上留下的财富是靠不住的。高欢相貌不凡，我总感觉他将来必成大器，威震天下，我嫁给他，是为终身考虑，也是为家门考虑。如不能嫁他，今生就不嫁人了。"

娄昭与高欢虽然没有交往，但作为邻居，通过一些朋友，对他还是略有了解。他看到姐姐这么坚决，对父亲说："我见过贺六浑，确实相貌不凡，为人行事也与普通人不一般。我姐能选中他，也是缘分。如今贺六浑缺的无非是财产，如果把姐姐嫁过去，给以资助，帮其一把，或许他就能成功，不知父亲同意否？"

不知娄内干听了儿子的话，是否同意女儿与高家的婚事，请看下回章节。

# 第4回

◆

## 献奸计恶奴毙命　得佳婿昭君如愿

话说娄内干听儿子说"贺六浑相貌不凡，答应女儿婚事，助其成功"等语，心中并不赞同，说："高家虽然是官宦后代，但是，其祖父乃被贬之官，其父子如今只是镇兵，家贫如洗，将你姐嫁给他，岂不让人笑话？断不可为。"

昭君看父亲对高家如此不满，婚事难成，不免心情郁闷，无精打采，整天不出闺门，懒得梳妆，在房里生闷气。

娄内干想改变女儿思想，苦于无计可施，不由得愁上眉头。

娄府中有一个仆人，姓肖，名仁，身材精瘦，上背微驼，面容较黑，尖尖下巴，一双贼眼雪亮。天生一副小人嘴脸，长成满腹奸险肚肠；眉头略皱便有馊主意，口舌微张吐出鬼伎俩；对主人百般婢膝奴颜，为自己一味贪图钱财。

这一天，娄内干把肖仁叫来，说："现在，社会面上很乱，常有盗贼出没，我想请一个武师，来家里教仆人武术，今后若遇盗贼来抢，仆人能抵挡一阵。"

肖仁说："老爷想得周全，此法最妙，我听说西邻高御史之孙，名高欢，平时喜欢武术，最近其叔叔回来，又教给他一些武术，武艺较高，您看如何？"

娄内干听了，很不高兴，摇头摆手说："此人万万不可来，我家正有一事，因他发愁呢。"

肖仁忙问道："何事忧愁，不知能否对小的讲？"

娄内干叹口气，说："常言道，家丑不可外扬。其实也不算家丑，说也无妨。"娄内干把女儿倾心高欢之事，简单说了一下，然后说："有何办法，让女儿回心转意？"

肖仁眉头一皱，鬼眼闪烁片刻，说："改变小姐主意不易，能否在高欢身上想办法？"

娄内干说："在他身上能有什么办法？"

肖仁说："小姐欲嫁高欢，若除掉高欢，小姐不就死心了吗？"

娄内干说："如何除掉？"

肖仁右手一挥，做了一个刀砍的姿势，说："杀了他。"

娄内干听了，沉下脸来说："杀人岂是小事，怎可随便杀人？"

肖仁说："当然不能直接杀人。若请他教仆人武术，留他于花园过夜，看看他有没有越轨之事，若发现其对小姐有不轨行为，小的为老爷一刀结果了他，然后说是盗贼所杀。他父母若追究，给些钱财，了却此事。那时，小姐还要嫁他吗？"

娄内干家门高府深，很少与人来往，他没见过高欢，也想看看高欢到底有什么特殊之处，让女儿如此痴心，便对肖仁说："请他教仆人练武可以，但是，杀人万万不可。"

肖仁看到主人同意请高欢，便来到高家，对高树生说："娄家想请贵公子到府中，教仆人武术，不知公子在家否？"

高树生说："我儿子那点本事，怎么敢到娄府教武术呢？"

肖仁说："那些仆人什么也不会，贵公子跟他叔叔学过拳脚，完全可以胜任。"

两人说着话，高欢回来了。

高树生说："儿子，这位是娄家的肖先生，请你去娄家教仆人武术，你愿意去否？"

高欢听了，觉得出乎意料，不过他没有推辞，而是说："此事父亲做主，让我去我就去。"

肖仁听了，急忙说："高先生，你看孩子还是听你的。"

高树生不好推辞，就答应了。

高欢随着肖仁来到娄家，娄内干看到高欢，心中也是暗自吃惊，心说：这小子确实相貌不凡。但是，其父也是一表人才，就是不务正业，谁知高欢将来会怎样？他对高欢说："听说你善于骑射，精通武艺，我家有几个看家护院的仆人，想请你教他们武术，不知可否？"

高欢听了，急忙解释说："我武艺低微，不知能否达到贵府的要求？"

娄内干说："你不必谦虚，好好教就是了。"

娄内干把护院的仆人叫来，对他们说："这是给你们请的武师，教你们拳脚功夫，你们要刻苦训练，提高武术水平，担起保家责任。"

肖仁带领高欢、仆人来到花园，指定了练武场地，安排高欢夜晚在花园的客房休息。

高欢想回家休息，肖仁劝道："我家老爷请你在这里休息，你就不要来回跑了。"

高欢看到人家是诚心留自己，不再推辞，在花园住下来了。

几天来，肖仁观察高欢，白天在花园教仆人武术，晚上在花园房间睡觉，并没有越轨行为。他本想找高欢的不轨行为，再劝主人实施下一步计划，如今却找不到理由杀他。

这天晚上，肖仁想：如果没理由让老爷同意杀人，肯定不行。但是，我若为老爷女儿之事，先斩后奏，杀了高欢，再告诉主人，老爷也不会责罚我，说不定还会赏我呢。

时值盛夏，晚上闷热，高欢吃过晚饭，独自坐在凉亭外的空地上乘凉。他仰望星空，明月将满，月光似水，不由思绪万千，怀念先祖，庙堂为宦，何等荣耀。可惜命运多舛，被贬边陲，传到自己，为一镇兵，展望未来，不知何时发达。思来想去，睡意全无。到了子时，气温渐低，方有些许睡意，回屋躺下就睡了。

却说肖仁潜伏在花园假山后边，看着高欢进屋了，心中暗暗高兴。他走到练武场的武器架上，选了一把刀，抓在手上，又等了半个时辰，估计高欢已经睡着，蹑手蹑脚来到屋门口，看到房门未关，肖仁想：这人真是该死。他侧耳一听，传来高欢均匀的酣声，他轻手轻脚来到屋内，右手举着刀，借着淡淡的月色往床上一看，床上一条碗口粗的蟒蛇，通体暗红，头若笆斗，眼似铜铃，向他张开血盆大口。肖仁吓得不由"哎呀"大叫一声，魂飞天外，魄散九霄，手中刀喹啷一声掉在地上，撒腿就跑。

高欢被声音惊醒，一跃而起，看到一人向外跑去，地上有一把刀，他拾起刀，向外追去。

肖仁跑到外面，两腿发软，慌不择路，被小道的边界绊了一下，摔倒在路旁。

高欢追过去，用刀指着他，问："原来是你，到屋里干什么，此刀是不是你的？"

肖仁倒在地上，吓得吞吞吐吐地说："不、不……不怪我，主……主人要我杀你。可……可是，刚……刚才我看到床上是条大蛇，所以吓得丢下刀，跑出来了。"

高欢喝道："主人为何杀我？"

肖仁道："因……因为小姐婚事。"

高欢听到这里，怒从心起，挥手一刀，杀了肖仁。回到屋里，哪里还能入睡，坐在床上，直到天明。

却说住在隔壁管理花园的仆人，听到声音，起来开一点门缝，向外张望，听到两人对话，又看到高欢挥刀杀人，吓得关门不敢出来。

这天夜里，娄内干不知何因，一直心神不宁，寝不能寐，东方刚发亮，他就起来了，坐在中院大厅发愣。

第二天早晨，花园仆人胆战心惊走出来，看到躺在路边的肖仁，鲜血流了一地，吓得双腿发抖。

高欢也从屋里出来，说："你不必害怕，事情是我干的，带我去见你家老爷。"

娄内干看到仆人领着高欢过来，又见高欢满脸怒气，手里还提着刀。

娄内干沉下脸问道："有什么事吗？"

高欢面色凝重，气愤地说："娄老爷，我虽一介武夫，也曾读书，家常礼仪，略知一二。你家是达官显贵，诗礼传家，为人处世，应该高人一等。为何自持富有，就随意杀人？况且咱们虽为邻居，平素并无往来。我家知道门第悬殊，所以不敢叨扰。前次求婚，并非我意，实是你家小姐愿结百年之好，通过丫鬟传信，再三嘱咐，我们才不得已而为之。你家不愿意，我家已知晓，之后没有任何想法。你女儿完全可以另选高门，与我毫不相干，为何设计让我来教仆人，然后派人持刀杀我呢？"贺六浑情绪激昂，英气逼人，慷慨陈词，一副凛然不可侵犯之态。

娄内干听了，大吃一惊道："你说的哪里话，我怎么听不懂？"

仆人道："老爷，他说的是肖仁。"

娄内干听了，非常气愤，说："这个恶奴怎敢如此放肆？女儿与你之事，他知道了，曾向我献计杀你，我并没同意，他居然私自去行刺，我实不知。"

高欢说："可是，我审问他，他说是你安排的。恶奴已被我杀，下一步该如何处理？"

娄内干听了，心想事情总是自己考虑不周，毕竟肖仁曾说要杀他，如今闹到这个程度，只能息事宁人为好。于是他愤恨地说："此人一贯心术不正，他是罪有应得，与你无关。我愿赠你二十两金子，算作赔礼了。"

高欢冷笑一声，说："我岂是贪财之人？只是不能再教仆人了，这把刀我要带走，以作纪念。"

高欢回到家里，所历事情，对父母一字不提。只说娄家赠送了一把刀。

娄内干在家，草草把肖仁埋葬了。对家人说："此事不可对外人讲，若有泄露，查出缘由，一定严惩。"

娄昭君最初听说，父亲让高欢教仆人武术，心想父亲见识高欢后，会不会改变主意，同意婚事？如今听说肖仁谋害高欢，弄巧成拙，高欢含恨而去，更加忧愁。她对春梅说："如今婚事没成，反倒成了仇家，日后此人得志，一定会成为我家祸患，这该如何是好呢？"

春梅经过上次挨打，不敢再给小姐出主意了，只是摇头而已。

娄昭君忧思成心病，从此饮食更少，日渐消瘦，容颜憔悴，不施粉黛，整天不出闺门。

母亲杨氏来看女儿，劝说："父母是为你好，女人一辈子总是要嫁个好人家，吃穿不愁，你怎么不听大人话呢？"

昭君听了，说："妈妈，人生在世，只为了吃穿吗？若仅仅为了吃穿，我在咱家也不愁吃穿呀！如果不能嫁给当世英雄豪杰，女儿觉得活着没有意义。"

杨氏劝不动女儿，只好走了。她回到堂屋，满面愁容对娄内干说："女儿如此下去，必定性命不保，如此死去，不如让她嫁给高家，成全孩子。"

娄内干说："你不用慌，我有办法，一定让她回心转意。"

杨氏听了，问："你有何办法？"

娄内干说："到时候你自然知道了。"

娄内干选了一个阳光明媚的日子，在堂屋大厅摆了一个大案子，案子上铺了一个白布单子，上面摆满了女人喜欢的珠宝，什么金银首饰、奇珍异宝、绫罗绸缎等。然后把昭君叫来，娄内干对女儿说："如果你同意父母给你选的佳婿，这些东西作为陪嫁，全部给你。如果你执意嫁给高家，这些东西你一件也别想要，净身出嫁，现在让你选择。"

昭君主意早定，不假思索说："父母心意，女儿理解。但是，女儿选中高郎，不想改变，所以情愿净身出嫁。"

娄内干听了，大怒，说："既然你如此选择，到高家别后悔，也不要埋怨父母！"

昭君没有说话，直接回自己房里去了。

娄内干看到女儿不为财富所动，知道再逼无用，对杨氏说："派人请媒婆张妈来，让她去高家提亲。"

张妈来了，娄内干对她说："你去告诉高家，不用拿什么聘礼，择日来娶我家女儿就行了。"

张妈听了，感觉奇怪，心说：上次说我多事，如今又让去提亲，怎么突然改主意了？

张妈来到高家，把娄内干的话告诉了高树生夫妇。

高树生叫来贺六浑，问："如今娄家让我们择日去娶其女儿，你有什么想法？"

贺六浑听了，对娄家的怨气消了一半，猜到一定是娄家小姐坚持，才有这个结果，他若不同意，辜负了小姐的一番心意，说："我没意见，请父母早做安排。"

　　高树生看到儿子同意，立即请先生选择良辰吉日，让张妈通知了娄家。

　　高家没有亲戚，家境又贫，所以婚事比较简单。通知女儿、女婿过来，高树生又邀请爱好声乐的朋友参加，吹吹打打，热热闹闹，将昭君娶过来了。

　　娄内干说到做到，女儿出嫁没有陪嫁，只允许丫鬟春梅随嫁过去。

　　贺六浑曾在平城对昭君一瞥，几乎没有印象。春梅多次夸奖自己的主子多么美，贺六浑并不全信。今天终于见到了昭君，身材高挑，体型适中，面如满月，眉似春山，目若朗星，鼻如悬胆，唇似花瓣，肌肤洁白似玉，发髻高耸如云，行走平缓，坐姿端庄，言辞得体可人，情态柔美和顺，不愧是大家小姐。高欢心中别提多满意了，他满含歉意地说："小姐不顾父母反对，执意嫁给在下，可是，我家贫穷，日后生活恐怕要委屈小姐了。"

　　昭君说："我相信自己的眼睛，看人不应有错。君乃官宦之后，相貌不凡，必有大志，既为君妇，定当助君。只希望君早立志向，不废青春年华，早日得志，方不负我违背父母之意，净身嫁君的一片苦心。"

　　昭君又对春梅说："从今以后，你我不再是主仆，是姐妹，要改变在我家的习惯，我要孝敬公婆，学习操持家务，恪守妇道，你要配合好我。"

春梅说："伺候小姐是我的本分。小姐的事，就是我的事，我一定听你的，替小姐分忧解愁。"

晚上，贺六浑拿出昭君赠送的金银珠宝，对昭君说："你赠的东西，我原想有机会还给你。现在东西都在这里，你还收起来吧。"

昭君说："这些东西都是身外之物，收起来不能起任何作用。不如你用这些财物，去结交天下贤能、豪杰之士，将来也好进步。"

贺六浑听了妻子的话，点头称是。

新婚第一夜，两人谈志向、聊未来，有说不完的知心话。他们谈到了读书，贺六浑说自己最喜欢读《三国志》，他说："三国时期是个英雄辈出的时代，比较而言，若论我最仰慕的英雄，非曹操莫属。他不但有文化，足智多谋，而且不论谋士、武将，特别爱惜人才，也善于用人，所以才取得了最大的成绩。"

昭君看着高欢眉飞色舞的样子，说："但愿夫君能成为曹操一样的人。"

贺六浑笑了，说："这正是我的志向，看来知我者，乃我妻也。"

正在这时，春梅走进来笑着说："两个新人，没见过你们这样的，新婚之夜不睡觉，谈什么志向、曹操？"

贺六浑听了，才觉得天不早了，忙说："对、对，该睡了。"他走到昭君身前，轻轻拉起昭君，好像怕碰坏了一件玉器宝贝似的，慢慢地为昭君宽衣解带。昭君含羞闭目，任贺六浑摆弄，然后双双进入鸳鸯被中，贺六浑年长昭君五岁，轻轻地将这个妙龄娇妻揽入怀中，少不得交颈叠股，翻云覆雨，折腾半天方才睡去。

第二天早上，贺六浑醒来，身旁已经空了，他急忙起来，寻找昭君。昭君已经在厨房向婆婆学习做饭了。

不久，高欢变卖了一些珠宝，购买了十匹好马，送给了怀朔镇的镇将。镇将欣赏高欢的豪气，提升他当了队主。

昭君嫁到高家，说话间几个月过去了，日子过得虽不如娘家舒坦，但是，小夫妻恩爱有加，公婆尽最大努力宠爱儿媳，全家人和睦相处，也是其乐融融。

街坊邻居知道高家娶了娄家千金，居然丝毫没有贵族小姐的脾气，不摆小姐架子，孝敬公婆，一致称赞昭君贤惠。

却说杨氏知道高家贫寒，担心女儿受苦，不免打探女儿在婆家生活。听说女儿亲自操持家务，十分心疼。经常暗地里掉眼泪，几次被娄内干发觉，娄内干说："昭君也是我喜爱的女儿，难道我不心疼？只是恨她不听话，只好叫她先受些委屈，你放心，我不会不管的。"

一转眼半年过去了，娄昭经常去姐姐家玩。有时姐夫在家，两人也会交谈。通过接触，他更加坚定了以前的认识，回来对父亲说："爹，我看我姐还是有眼光的，贺六浑这个人不可小看，他不但处事得体，仗义疏财，很会交友，而且胸怀大志，一定不会久居人下。我姐既然嫁过去了，何必嫌弃其家贫？不如送他些钱财，助其成功，我想他不会忘恩的。"

娄内干的心早就软了，想到上次高欢杀肖仁之事，觉其是个敢作敢为之人。他通过镇将了解贺六浑，镇将也是猛夸此人会有作为。但是，作为长辈，总不能先低头认错。一天，杨氏又对他说起女儿的事。娄内干对杨氏说："你不是一直想女儿吗，为何不说去叫她过来？"

杨氏说："老爷不发话，我怎么敢叫她过来？"

娄内干叫过一个仆人，说："你去高家，对小姐说'娘想闺女'，让她和女婿过来。"

仆人到高家，见到昭君，把娄内干的话告诉了她。

昭君听了，心中高兴，对贺六浑说："咱们过去吧。"

贺六浑说："母亲想你，人之常情，你过去吧，我在家等你。"

昭君知道丈夫与父亲之间的矛盾，一时不好调解，说道："也好。"

娄内干看到女儿回来了，女婿并没有过来，心里很不高兴。

杨氏问："女婿怎么没过来？"

昭君说："他可能害怕父亲，不好意思过来。"

娄内干听了，说："害怕我什么，怕我吃了他？"

娄昭自告奋勇，说："我去叫姐夫过来。"

不知娄昭到高家，能否把贺六浑叫过去，请看下回章节。

# 第5回

## 高函使京城梦洛神　胡太后宫中戏清河

却说娄昭来到高家，见到贺六浑，不叫姐夫，而是直呼其名，说："贺六浑，我父借口母亲想女儿，让你们过去，你为什么不去？"

贺六浑说："我知道你家不喜欢我，何必自讨没趣呢？"

娄昭说："你傻呀？你现在是我家女婿，我父亲还能像过去那样对待你吗？他是长辈，就是有错，现在你也不能计较，难道让长辈给你低头认错吗？"

贺六浑说："我没有那样想，我是不想去惹他老人家生气。"

娄昭说："你没去他更生气。"

贺六浑其实是赌一口气，知道与岳父家不可能永不往来，听了内弟之言，说："我错了，过去就是了。"说完与娄昭一起过来，拜见了岳父、岳母。

娄内干看到女婿过来了，气也消了。再看贺六浑，心情不一样了，对贺六浑说："以前有些话伤着你了，你要理解做父母的一番苦心。我的女儿，怎能不爱？况且这是我最爱的女儿，听娄昭说你有大志，这就很好。我女儿也是看你能成就大事，才坚持嫁给你，但愿你别辜负了我女儿一片苦心。"

贺六浑急忙施礼，说："岳父放心，我是有些想法，对昭君说过，我会努力的，一定不负昭君。"

娄内干又说："女儿出嫁之时，没有陪嫁。我想补偿一下，给你五千贯钱，修筑房屋，拨给你田产一百亩，再给你一部分马、牛、羊牲畜，家里该使奴婢的，也要配齐。"

贺六浑听了，忙推辞说："怎敢要岳父这么多财产，还是让我奋斗吧。"

娄昭在一旁急了，说："这是给我姐的，你何必推辞呢？"

娄内干脸色一沉，说："不必推辞，只要你早日得志才好。"

贺六浑看了昭君一眼，昭君点点头，贺六浑不再推辞了。

贺六浑夫妻吃饭之后，回到家里，贺六浑兴奋地说："有了岳父给的这些财产，我更不能懈怠了，下一步可以放开手脚，结交天下豪杰了。"

昭君看着丈夫豪气冲天的样子，心中非常得意。

镇将段长非常器重高欢，对他说："你要增长见识，不能只当个队主，要走出去，增长见识。"

高欢问："如何才能走出去？"

段长说："你担任镇里的函使吧，有重要信函，送到平城或洛阳，见见世面，也是一种历练，会有好处的。"

高欢由队主升为了函使。

段长儿子段宁，得知父亲让高欢当了函使，对父亲说："娄家小姐拒绝咱家婚事，我以为要找什么大户人家，原来嫁给了贺六浑，不过是个小小的函使罢了。"

段长听了儿子的话，很不高兴，说："你不要小看高欢，这个人见识高远，气度非凡，你怎能比得上呢？今后你要多与他交往。"

有一天，段长请高欢到家，又把儿子叫来，对高欢说："这是我儿段宁，性格懦弱，武艺平平。你有济世之才，将来必能大展宏图。我已经老了，所以把他托付与你，希望今后予以照顾。"

高欢立即起身道："不敢当！不敢当！"

段长又对儿子说："我将你托付给高欢，是经过深思熟虑的。日后要多向高欢请教，跟定他，你不会吃亏的。"

段宁听了父亲的话，点头说："我记下了。"

这一次，高欢去洛阳送函，进过表章，需要等批复下来方可回去。北魏制度规定：各镇函使等待批复之时，可到贵族大臣家为使，高欢被派到尚书令史麻祥门下。

史麻祥为官架子大，喜怒无常，对下人很严。一天，他坐在堂上，命高欢站在一旁，让他讲沿途风光。

高欢一一回答，聊了很久。

史麻祥见高欢对答如流，心中高兴，命仆人取来一盘肉、一壶酒，赐予高欢。

高欢没有客气，接过酒肉，坐下来就吃。

史麻祥见高欢不请示，而且还坐下来吃，如此无礼，立刻勃然大怒，喝令高欢跪到台阶下，命左右打了高欢一顿。

高欢无缘无故挨了打，心中闷闷不乐。他来到大街上闲逛，突然看到一个将军骑在马上，前呼后拥，喝道而来。马上的将军，很像叔叔高盛，又怕认错了人，不敢呼叫。没想到那位将军勒马站住，看着路边身材出众的高欢，高声喊道："你是我侄儿贺六浑吗？"

高欢急忙来到马前，说："叔叔是我，看到你怕认错人，不敢直呼叔叔。"

高盛问："你怎么会在这里？"

高欢说："我现在是函使，来京城送函。打听叔叔住处，人说叔叔外出了，所以没有去探望。"

今日叔侄相见，实属意外。高盛说："我也成家了，娶了康姓女子为妻，因为路远，没有通知哥嫂。"

高欢告诉叔叔自己也成家了，娶了邻居娄家小姐为妻。

高盛带着高欢到家，让妻子康氏做菜，设酒共饮，吃完晚饭，高欢要走。

高盛问："你要到哪里？"

高欢说："我在史麻祥家为使，不回去，恐怕他责骂。"

高盛说："不碍事，我写封书信给他就是了。"

高欢在叔叔家住下来，不觉已经一个多月了，其间他听到一件骇人听闻的事：

羽林军在京城横行霸道，无恶不作。征西将军张彝上书，请朝廷制定严格的规章制度，约束羽林军的行为。

羽林军知道后，在大街张榜，大书特书张彝罪状。并相约羽林军三千余人，聚集在尚书省外，大声辱骂，声言要杀了张彝父子。朝廷官员怕惹众怒，只是紧闭大门，不敢阻拦。这些人看到无人来管，更加猖獗。他们到张彝府中，放火烧了房子，又将张彝拖到堂下，辱骂殴打。

张彝大儿子民部郎中张始均见势不妙，越墙而逃。后听说父亲被抓，又返回来，对众叩头，请求放过父亲。暴徒竟然将其殴打半死，然后投入火中烧死。其二儿子张仲瑀，也被打成重伤，幸亏家人掩护逃出去了。张彝被打得奄奄一息，第二天一命归西。

此事轰动京城，朝廷担心侍卫有变，不敢深究，只是将为首的八个要犯斩首，其余不再追究。过了三日，又下诏赦免其他人的罪过，安定羽林军的军心。

这天夜里，高欢躺在床上难以入睡，他想：朝廷官员办事如此拖拉，等个批复，居然需要一月有余。羽林军如此猖獗，随意杀害朝中大臣，朝廷居然不敢依法管理，这样的国家还能维持多久呢？想着想着进入了梦乡。

高欢骑着马走在路上，到洛水附近，突然看到高处站着一个女子，身披黄色斗篷，发髻高绾，面若桃花，眉若柳叶，叫道："来人可是高函使吗？"

高欢说："是的，请问有事吗？"

女子道："随我去见仙主。"说完随手一挥，高欢就从马上飞起来了，脚下祥云飞舞，很快来到一处庙院，女子与高欢缓缓落下，女子说："稍等。"说完进庙去了，不久出来说："仙主请你进去。"

高欢抬头观看，庙门上写着"洛神庙"。不由心中纳闷，洛神怎么会找我？他随黄衣女子进来，看到神坛上坐着一个神女，身披罗衣，颇显贵气，腰带佩玉，闪着银光；体不胖而丰腴，肩不宽而适中；发髻高耸似云，面容洁白如玉；两条弯眉含黛，一双明眸传神。高欢暗想，怪不得曹植写《洛神赋》，果然洛神不比常人。正在发呆，听洛神问："高函使，知道为何请你来吗？"

高欢答："不知道。"

洛神说："不久洛阳将乱，届时百姓受苦。你有何打算？"

高欢说："我乃区区一个函使，能有何作为？"

洛神说："你不可久在洛阳，速速回去，早做准备，平乱安民需你出力。"

高欢问："不知做何准备？"

洛神说："天机不可泄露，到时自知。"

洛神说完向黄衣女子一挥手，黄衣女子过来，拉住高欢往外走，出了庙门，走不多远，来到一条河边，猛地一推高欢，说："赶快回去吧！"

高欢一下惊醒了，原来是个梦。他感到纳闷，自己很少做梦，怎么会突然做一个如此奇妙的梦呢？

第二天，批文下来了，高欢拜别叔叔，赶紧回去了。到怀朔镇，交代完公事回到家，对妻子讲了在京城的所见所闻，又讲了那个奇怪的梦。

昭君说："你这是忧思成梦。"

高欢说："不管梦中洛神是真是假，现在朝廷软弱，朝纲混乱，羽林军居然敢杀朝廷大臣，而朝廷不敢管，我看迟早要发生祸乱，到那时谁的财产能保全？与其留着，将来被盗贼抢去，不如用来结交豪杰朋友，危难之时，相互帮扶。"

昭君听了，觉得有道理，说："妾知夫君之志，夫君所为，妾一定全力支持。"

从此，高欢有意结交周边的有志之士，为将来报效国家做准备。

却说北魏自太武帝至宣武帝，已历六代，兵强马壮，威震四方。周边小国、部落多有进贡。所以国库充盈，国力强盛。北魏建国时，为了防止皇后专权，制定了"立太子，杀其生母"之制。宣武帝元恪当初无子，盼望嫔妃早日生子。

高皇后以及其他嫔妃，知道生皇子的后果，均不敢怀孕生子。

有个尼姑姓胡，与后妃关系良好，经常出入宫廷。胡尼姑想让她的侄女进宫，常在后妃面前夸赞她的侄女，知书达理，美若天仙。此话传到元恪耳中，勾起了他的好奇心，命胡氏入宫相见。

元恪见胡氏身材丰满，性感十足，眉目含羞，招人喜爱，把她纳入后宫，暂时定为一个没有品序的宫妃。

胡氏入宫后，听说所有嫔妃不肯生养，她对外说："我愿生下皇子，延续社稷，即使为此而死也甘心。"

元恪听说了，召来胡氏侍寝，不久果然怀孕了，其他嫔妃劝她打掉，她却不肯。元恪非常感动，将她的身份一提再提，最终成了正式的妃子。临盆之后，元恪破例不肯杀她。高皇后对此非常不满，以祖训逼迫皇帝杀了胡氏。

元恪命人将胡氏秘密保护起来，新生的皇子取名元诩，隔离养育，不准高皇后和其他任何嫔妃接触。

元诩四岁时，有一天，元恪驾临胡妃宫，对胡妃说："朕将立东宫太子，你知道规矩吗？"

胡妃说："妾不是今日知道，未生儿子时就知道规矩。"

元恪说："朕迟迟不立太子，是不忍心杀你。可如今不能再推迟了，朕当与你长别了。"

胡妃说："太子，国家之根本，请陛下速立太子，以固国本，岂可因妾一人之命，使储位长期空虚呢。"

元恪观察胡妃表情，始终谈吐自然，面无惧色，处处为国家考虑，顿生恻隐之心，叹口气说："卿能真心为国，朕岂可忍心杀你？"

胡妃听了，叩头拜谢。

不久，元恪立元诩为太子，改革旧制，赦免胡妃之死。

北魏延昌四年（515 年）正月元恪得病，医治无效，不到数月，驾崩于乾殿，享年三十三岁。根据其遗诏，当天晚上，六岁的太子元诩登基为帝。

胡氏一跃成为太后。群臣认为天子年幼，不能处理朝政，为避免权臣干政，建议太后临朝代理。

为了国家，为了儿子，胡太后名正言顺坐在了朝廷大堂。胡太后临朝，起初十分谨慎，处理朝政，善听大臣意见，批阅奏章，十分恰当，受到了朝臣的称赞。

胡太后未进宫之时，有相面先生为她算命，说："你命里将来有权有威，然不得善终。"如今前言已验，而后言可疑，如何才能改变命运？

胡太后政权稳定后，开始考虑如何善终。

胡太后问计于姑妈，姑妈是个尼姑，对她说："大修佛法，必得善终。"

胡太后听了，认为姑妈说的有道理。于是，动用国库金银，大修佛寺。胡太后修建的第一座寺院，取名永宁寺，想保自己永远安宁，并在寺内修了一座高大的金像，高达一丈八尺，还有十座普通人高的金像和两座玉像。同时，建了一座九层佛塔，塔高九十丈，塔上面的柱子有十丈高，夜里，塔上挂着许多铃铛，风一吹，铃声在十里以外都能听见。佛殿如同太极殿，南门如同端门，里面的珍珠玉石琳琅满目，令人心摇目眩。佛殿里面有一千余间僧人住房，这样壮观的塔庙，之前从来没有过。

胡太后修的第二座寺，取名希玄寺，她下旨各州都建五级佛塔，并多次设立斋会，布施给僧人的钱财数以万计。

胡太后如此大修寺庙，由于工程浩大，国库日虚。于是，决定百官停俸，军队减粮以助佛事。施工中朝臣贪污，民怨沸腾，开始的政治清明不复存在。

胡太后当时年仅二十多岁，如今贵为太后，营养充沛，保养有方，越加丰满富态，尽显女性线条之美。体态丰腴而不失窈窕，面容白嫩而略显红润；姿容优雅妩媚，举止顾盼生辉。她喜欢外出游览，每次出去必然梳妆打扮一番。

有一天，胡太后起驾要到永宁寺，侍中元顺走到车驾前，施礼后说："启奏太后，《礼记》里说，妇人夫殁，自称'未亡人'，头上不能戴珠玉，穿衣不能华丽。您是太后，当母仪天下，如今虽然年纪不大，但修饰过甚，如何为天下人榜样？"

随行人员听了，吓得浑身发抖。

胡太后听了，不好发作，立即回宫了。她召来元顺，责问道："你被贬到外地，本宫千里把你召回，难道为了让你当众羞辱本宫吗？"

元顺说："太后不怕天下人耻笑，难道怕臣说那几句话吗？"

胡太后听了，没有再说什么，从此往后，减少了外出游玩。

清河王元怿，官拜太傅、侍中。为人贤良，从政清廉，喜爱文学，颇有才气。更兼身材挺拔，风流俊雅，是朝中少有的才貌双全的美男子。

胡太后感到政权已经稳定，常在后宫，难免寂寞。朝堂之上，每看到元怿，便生出一种愉悦的心情，有时不免想入非非。苦于宫中规矩森严，内外有别，没理由与他亲密接触，她冥思苦想，如何才能与他单独相会呢？

中秋节到了，胡太后在宫中摆宴，招待诸位王爷。元怿被安排在胡太后一侧，她不由自主地观看元怿，越看越觉得可爱。宴席散后，胡太后说："清河王，皇上有事与你商量，请你留下。"

元怿跟随胡太后，来到宣光殿前，元怿满腹疑问，说："皇上在南宫，如何来到此地？"

胡太后说："后宫之中，天子随处都可居住，不只在南宫。"

元怿相信了，随之来到崇训后殿。太后下了车，让元怿上殿，说："群臣面前，不好直言，本宫托言天子召你，其实是本宫想与卿聊天，消遣情怀。朝中诸事依靠你，就像左右手一样，不能离开。本宫想与你结为兄妹，希望卿不要辜负本宫的意思。"

元怿听了，大吃一惊，急忙跪下，说："臣与太后有君臣之分，更兼有叔嫂之嫌，怎么可以结为兄妹？臣死也不敢奉诏。"

胡太后看到元怿紧张的样子，微微一笑说："你先起来，不结为兄妹也行。现在有玉带一条、御袍一领、温凉盏一只，都是先帝用过的。本宫爱你才貌不凡，特取来送给你。"

元怿听了，更加惧怕，坚辞不受。此时宫娥端着酒菜摆起宴来。胡太后坐在北面，让元怿坐东面。

元怿跪下谢罪，不敢入座。

胡太后说："不坐就是抗旨，你想抗旨吗？"

元怿万般无奈，只好坐下。

胡太后请他喝酒，元怿正襟危坐，目不旁视，一手端酒，一手抬起以袖半掩，仰头饮酒。胡太后对他眉目传情，言语挑逗，元怿始终不为所动。

夜深已近子时，元怿说："太后，夜已深了，臣该回去了。"

胡太后说："既已夜深，何必回去。就在翠华宫休息吧。"

并命二位宫女侍王共寝。

元怿再次跪下，请求回去。

胡太后说："此二人是本宫赐予你的，明天出宫，可以带回家中，何必不敢领受？"

元怿看到不可违逆，只好领受。他来到翠华宫，看到宫中铺设得华丽无比，珍奇玩物，应有尽有。

宫女说："这是太后赐予王爷的。"

元怿看了，并不高兴，他告诉二位宫女，要蜡烛长明，不可熄灯，然后穿着衣服躺下了。

宫女报告给胡太后，胡太后说："此人果然是铁石心肠。"

胡太后嘴里佩服，心里依然割舍不下。她暗想，这次若不让他顺从，以后更不可能了。

第二天，元怿再三请求出宫回家，胡太后不放他回去，依然是宴请，观看宫中歌舞。

到了晚上，元怿无所事事，不免心情烦闷，坐在那里发呆。

胡太后带着四个宫女，悄悄走进来，对元怿说："王爷在想什么呢？"

元怿忙施礼道："臣在想着回家。"

胡太后说："现在你还不明白本宫的心吗？值此良辰美景，你不要辜负本宫对你的一片情谊。"

元怿心慌意乱，立即跪倒在地，说："臣罪该万死，请太后自尊自爱。"

胡太后上前一边拉元怿，一边说："咱们不讲君臣之分，只讲男女之情，你看如何？"

不管胡太后怎么拉，元怿死活不肯起来，匍匐于地一动不动，像死去一般。

胡太后看他这样，又好气又好笑，撒手出去了。

宫女对元怿说："太后已走了，王爷起来休息吧。"

元怿听了，方才起来休息。

不知胡太后如何让清河王元怿就范，请看下回章节。

# 第6回

图私利二贼害清河　失民心六镇起义兵

却说到了第三天，胡太后没有召见元怿，但是依然不放他回去。元怿整天忐忑不安，不知何时才能回去。下午，有个宫女过来，说："王爷，你将大祸临头了。"

元怿忙问："什么大祸？"

宫女说："昨晚你违抗太后意思，惹恼了太后，所以太后让我告诉你，'今天如果再不同意，就效仿彭城王，赐死宫中'。"

元怿听了，大惊失色，呆呆地半天没有说话，然后摇了摇头叹口气，自言自语说："与其违命而死，何如听命而生。"

宫女听了元怿的话，说："王爷，听命才是聪明之举。"说完急忙回去向胡太后报告。

胡太后听了大喜，立即过来，看到元怿喜笑颜开，说："卿早该如此，本是件美事，为何要搞得让本宫逼呢？"

元怿忙施礼，红着脸说："臣若不顾名节，冒犯太后，死无葬身之地矣。"

胡太后不喜欢听这酸话，挥挥手示意宫女退去，说："本宫已讲过，不讲君臣，只谈男女之情，你我叔嫂，何必拘礼。"

说话间胡太后上前拉元怿，元怿站起来，胡太后伸出双臂要抱他。

元怿忙鞠躬施礼，说："太后，现在天还早，不合适吧。"

胡太后笑了，说："这里是本宫的天下，有什么早晚？"

元怿知道躲不过去了，也不再推辞。胡太后数次挑逗，夜深人静辗转不眠时，说他没有想过太后，也是自欺欺人。只是以他做人的道德底线，绝不能玷污太后，淫秽皇宫。如今既然躲不过，提着的心也放下来了，胡太后主动投怀送抱，他便不再推辞，任凭胡太后抱过来，然后拉着元怿来到床前，相拥上床，宽衣解带，颠鸾倒凤，享受云雨之欢。

晚上，胡太后命人摆宴席，与元怿对饮，胡太后说："今后我们叔嫂之间，不必拘礼，朝廷大事爱卿也要多操心。"

元怿谦恭地说："臣蒙太后如此垂爱，敢不尽心为太后效劳？"

宴席散后已近子时，元怿不再拘束，与胡太后入寝宫去了。

天明以后，胡太后允许元怿回家了。

元怿回到家，羞于谈宫中经历，所以托病休息，三天不上朝。

胡太后命宫人请元怿上朝议政。元怿与胡太后有了床笫之欢后，没有倚仗靠山作威作福，而是更加礼贤下士，一心为国。

每有大事，必奏太后。太后对元怿言听计从，元怿的权力一时无人可敌。

胡太后有一个妹夫，姓元名叉，封为领军将军，为人贪婪、奸猾。他依仗是太后的亲戚，横行霸道，作恶多端，人们对他恨之入骨。

元怿每次发现他有违法乱纪之事，毫不客气，均依法裁之，导致元叉对元怿有些怨愤。

宦官刘腾，在宣武帝时期，曾参与宫斗，保护过胡太后，如今因护驾有功，受到胡太后的提拔。他曾奏请胡太后，让其弟弟出任郡守。

胡太后与元怿商量此事，元怿奏道："此人于国未立寸功，怎可做一地郡守？"

胡太后听了，觉得有道理，没有任命刘腾弟弟出任郡守。刘腾知道此事是元怿所为，因此对元怿十分不满。

元叉听说此事，对刘腾说："元怿参政一天，我等一天不得好过。"

刘腾说："他受太后宠信，如何才能铲除这个祸害？"

元叉说："只要告他谋反，就是死罪。"

刘腾说："告其谋反，需有证据，否则，反受其害。"

元叉说："元怿曾保举宋维任通直郎，人们都知道他是元怿的人。但此人轻浮贪财，见钱眼开，只要接近他，用钱财迷惑其心，使其告密，说元怿谋反，自己人所言，必使人信。"

刘腾听了大喜，说："你可一试，我于宫内帮你，如能成功，共享富贵。"

元叉借机接近宋维，三日一聚会，五日一宴请，不断给予小恩小惠。

宋维看到胡太后妹夫与自己称兄道弟，非常得意，对元叉说："将军看得起我，是我的荣幸。日后若有事，定当效劳。"

元叉看时机到了，说："我个人没事，有一事可使你我共享富贵，不知你敢为否？"

宋维说："何事？请讲。"

元叉问："元怿待你不错，你对他有何看法？"

宋维听了，大概知道元叉的意思，说："王爷叫我任了个通直郎，不过是个有官无职的散官而已，将军有话讲到当面，我自会知道如何行事。"

元叉说："自古做官谁不为己？可元怿在朝，自命清高，大权独揽，堵住我等财路，此人不倒，我等何时有出头之日。你若能出手扳倒他，我在太后面前保举你，必能使你升至高位，享受荣华富贵。"

宋维小眼珠转了两圈，说："清河王位高权重，颇受太后宠信，以我的地位、能力，扳倒他岂不是痴人说梦。"

元叉说："你该知道，司染都尉韩文殊，乃元怿心腹。有人说他日夜密谋，准备造反，想保元怿为帝。此事我不方便说，如你写成密信，我来递给皇上，皇上一定相信。"

宋维说："此事不成，我就完了。"

元叉信誓旦旦说："我与太后的关系你该明白，你的安全包在我身上。"

宋维觉得有元叉为后盾，不会有危险，他根据元叉提供的情况，挥笔写了封诬告信。

元叉得到密信，寻找机会，趁太后不在宫中，将密信直接呈给了皇上。

皇上年幼，看了密信大惊失色，急忙去见太后，说："清河王要造反！"

胡太后听了，问："谁说清河王造反？"

小皇帝把宋维的密信呈给了太后。胡太后看了，摇摇头说："清河王怎么会造反？其中必有隐情，需召集百官，审问明白。"

胡太后与皇上一同上朝，召集百官，审问此事。朝中大臣认为：清河王不会造反，一纸密信，无凭无据，不足为信。

胡太后觉得如此小人，居然敢陷害大臣，大怒道："宋维居心叵测，居然敢诬告王爷，罪该万死，立即抓来斩首。"

元叉急忙出来奏道："若今日杀了宋维，日后真有人造反，知情者不敢举报，岂不误事？请太后三思。"

胡太后听了，感到元叉说的有道理，看在妹夫面上，恕其死罪，贬了其官职。

元叉看到此计不成，又与刘腾谋划，说："古人云，斩草要除根，现在我们既然与元怿结了仇，若不继续设法除之，他日必为所害。"

刘腾说："我有一计，可以除他。"

元叉问："何计？"

刘腾说："黄门内侍胡定，专门伺候皇上饮食，皇上最信任他。我与此人关系很好。咱们给他千两黄金，让他对皇上说

'元怿欲为帝，求他在御食中下毒，事成之后必有重谢。'皇上如信了，元怿必死无疑。"

元叉问："太后不同意怎么办？"

刘腾说："先隔离其母子，将太后幽困于宫，不让出入，然后劝皇上独自上朝。此时，宫中出入大权，在我们掌控之中，以皇上的圣旨，除掉元怿有何难？"

元叉听了大喜，立即筹措黄金，让刘腾安排此事。

刘腾筹措好黄金，与胡定说明此事。胡定不想答应此事，但是，看到黄灿灿的金子，还是动心了。

这一天，皇帝元诩在南宫，胡定慌慌张张进来，跪下说："皇上，奴才有一事需禀告，请皇上恕罪。"

元诩问："何事惊慌？"

胡定说："上次人说清河王造反，我也不信。今天露出原形了。"

元诩问："什么露原形了？"

胡定说："今天早上，清河王拦住我说，'你专管皇上饮食，如能在食物中下毒，事成之后，定让你荣华富贵'。说完，给我一包毒药。我假装允许了。但我受皇上深恩，怎可做此不忠之事，所以特告知皇上。"

元诩听了大怒，说："岂有此理，走，马上告诉太后。"

胡定说："万万不可，太后认为清河王忠，怎会治他之罪？不如召元叉、刘腾商议此事。"

十一岁的元诩，不知利害，立即召元叉、刘腾来见。不久，元叉、刘腾来了。元诩把胡定之言告诉二人。

刘腾装作大惊，说："此乃皇上洪福，是上天给的恩赐，若胡定听他的话，皇上怎么能躲过此难呢？"

元叉趁机说："上次说元怿造反，因太后庇护，没有治其罪。若皇上亲自主政，当断则断，惩处元怿，明示国法，日后哪个王爷还敢造反？"

元诩认为二人说的有理，对二人说："朕想主持朝政很久了，你二人要帮我妥善处理此事。"

元叉、刘腾得到皇帝的许可，当天夜里，没有出宫，直等到五更。刘腾带着心腹太监，封锁了永巷门，断了太后上朝之路。元叉到南宫，侍奉元诩到显阳殿上朝。

黎明时分，朝臣逐渐到了。元怿到含章殿后边，元叉在那里等他，元叉命令侍卫拦住元怿，不准前行。元怿说："元叉你干什么？想造反吗？"

元叉冷笑一声，说："我是奉旨捉拿反贼！"说完，命侍卫抓住元怿，押到了含章殿东侧看守起来。然后上殿奏说："反贼元怿已被拿下，请皇上降旨治罪。"

元诩完全被二贼玩弄，下旨赐死元怿。

刘腾早已写好圣旨，当堂读旨："清河王元怿，欲谋杀逆，暗中指使主食胡定在圣上食物中下毒，今元怿已经被抓，因其乃先帝之亲弟，不忍张扬，从轻赐死。"

诸王爷与大臣听了，非常吃惊，看到太后没有临朝，知道朝局有变，又怕元叉、刘腾势力，没有一个人出来保奏，清河王被二贼杀害。

却说胡太后准备上朝，宫女报说："元叉、刘腾命人关闭了宫门，没有他们的指令不准开门。"

胡太后听了，立刻大怒，命宫人立刻去召元叉、刘腾前来。

一会儿，宫人回来报："卫士不让出去，让他们去叫，他们不敢擅离职守。"

胡太后知道要有大事发生。可是，出不去只好等待。不久，传来消息，皇上在金殿上，说清河王谋反，已经下旨赐死。胡太后大惊失色，大骂元叉、刘腾设谋陷害忠良。可是，大权已失，也无可奈何。

元叉、刘腾杀了元怿，怕太后出来报复，又假传太后诏书，谎称太后有病，不能理政，朝政由皇帝处理。

刘腾亲自掌管宫门钥匙，锁闭宫门，出入必须经他批准，即便是皇上，也不准随便见太后。胡太后的衣饰、饮食，全降低了标准。

胡太后在宫中叹气，说："养虎反噬，都是我之过错。"

元怿被赐死，朝野纷纷传说，是元叉、刘腾陷害。消息传到相州（今河南安阳），刺史中山王元熙，父辈与清河王世交，悲愤地说："常言道，宁可得罪君子，不可得罪小人。清河王为什么要得罪小人呢？"他与在朝的两个弟弟元略、元纂联系，核实情况，商议报仇。

元略行事不密，被元叉知晓了，与弟弟元纂弃官而逃，元纂投靠大哥，逃到了相州。元略左躲右藏，最后逃到了南梁。

元叉代替皇上下旨，命左丞卢同提兵，立即到相州捉拿元熙兄弟。元熙、元纂被押到洛阳，立即被元叉杀了。

元略没有找到，元叉在京城大肆搜查，所发现疑似者，均被杀戮，以致连累无辜之人不可胜数。

元叉找来一个姓潘的如花少女，送给孝明帝，让其尽情玩耍，大肆行乐，朝政大事，一概不管。若有要事需要下旨，他们指使中常侍贾粲代写诏书。

元叉、刘腾大权在握，他们贪财爱宝，巧取豪夺，本相毕露。朝廷官员以及基层官府，为了向上行贿并中饱私囊，挖空心思，盘剥人民。百姓穷困潦倒，怨声载道，人心思乱。

北魏建国初期，为了敌御柔然、高车、山胡，保卫当时的京都平城，先后在北边设立了六个镇。从东至西分别是：怀荒镇，即今河北张北县；柔玄镇，即今内蒙古兴和县；抚冥镇，即今内蒙古四子王旗；武川镇，即今内蒙古武川县；怀朔镇，即今内蒙古固阳县；沃野镇，即今内蒙古五原县等军镇，史称"六镇"。

各镇不设州郡，以镇、戍管制民众，号为镇民。其中鲜卑拓跋人地位较高。镇民中有不少人来自高车、山胡。当时，列入编户的山胡承担着租调徭役，未列入编户的山胡仍由酋帅管辖。高车分为东西两部，一直保留部落组织，居住在六镇边塞一带，对政府承担兵役和贡纳义务。政府委任山胡、高车酋长为领民酋长或其他官职，统治未列编户的本族人民。

北魏疆域不断扩大，强制汉族及其他族的大族豪强、部落酋帅迁徙边疆。文成帝后，又不断发配囚犯戍边，从此镇民的地位日益下降。孝文帝迁都洛阳后，政治、经济中心南移，六镇失去了军事上的重要地位。长期戍守北边的六镇将卒，军粮、器械等得不到保障，降低了待遇。镇兵义愤之情、不满情绪充斥军营。此时朝廷政治腐化，权贵奢侈，赋役、兵役繁重，民不聊生，百姓纷纷逃亡或依附豪强。

北魏正光四年（523年），怀荒镇遭遇荒年，百姓请求镇将于景发放救济粮食，于景不发。百姓怒不可遏，群情激奋，将于景和他的妻子捆绑起来，分别关押，去掉衣服，让于景穿毛皮衣服，其妻子穿旧红袄，百般羞辱。一个多月后，于景夫妻二人才被杀死。

同年，沃野镇民破六韩拔陵，本是匈奴单于之后裔，聚众造反，杀了镇将，四方云集响应，兵力大增，号称真王，自立为天子。

高欢的朋友贾显智父亲贾道监是沃野镇长史，兄长贾显度担任别将，镇守薄骨律镇。贾显智跟随父兄在这里。破六韩拔陵起义，贾显度被叛军攻围，拒守多时，因叛军势力大，不可久守，贾显度与弟弟贾显智率领镇民渡黄河南下，到达秀容后，被尔朱荣挽留，不久尔朱荣上表朝廷，授予贾显度直阁将军、左中郎将。贾显智以军功累迁金紫光禄大夫，封义阳县伯。

破六韩拔陵为了扩大势力范围，召集手下众将，说："怀朔镇与武川镇比较富裕，那里粮草很多，我们只有占领那里，才有粮食。"于是，命手下卫可孤为主将、破六韩孔雀为先锋，领兵两万，攻打怀朔镇。

怀朔镇将段长已经去世，新的镇将杨钧，料到破六韩拔陵会来攻城，召集手下足智多谋之士商议如何守城。

一个谋士说："守城需要将军，我听说武川豪强贺拔度拔，有三个儿子，老大贺拔允、老二贺拔胜、老三贺拔岳，父子四人个个武艺高强，特别是二儿子贺拔胜，字破胡，武艺最高，有万夫不当之勇，若请来贺拔父子，守城必能无忧。"

杨钧听了，立刻写信，命推荐之人去请贺拔父子。

不久，贺拔父子接到杨钧书信，立刻应召而来。杨钧授予贺拔度拔为统军，三个儿子均为将军，留在帅府，早晚商议军事，做好御敌准备。

却说破六韩孔雀为先锋，领兵到了怀朔镇，贺拔父子带兵出城迎战，两军交锋，杀声震天。贺拔父子个个奋勇争先，贺拔胜一杆枪神出鬼没，上下翻飞，勇猛无敌，向破六韩孔雀冲来，破六韩孔雀知道敌不过，立刻掉转马头逃走。义军看到主将跑了，立刻大乱，很快败下阵来。

贺拔父子得胜回城，不久，卫可孤领兵杀来。卫可孤不但武艺高强，能征惯战，而且其手下兵将个个强壮。

贺拔父子出城应战，几次交锋，胜负难分。卫可孤将城团团围住，日夜攻打。幸亏贺拔父子帮助守城，才不致城破。

杨钧召集众将，说："现在内无粮草，外无救兵，守城非常困难。朝廷已派临怀王元彧为将，领兵十万，平定反贼。我想派一名勇将，突出重围去云中（今内蒙古呼和浩特），请临怀王来救，不知哪个敢去？"

贺拔胜挺身而出，说："小将愿往。"

杨钧大喜，说："破胡将军若去，定能搬来救兵。"取出书信交与贺拔胜。

贺拔胜收拾行囊，准备就绪，等到黄昏时刻，命守军打开城门，放下吊桥，单枪匹马，冲向敌营。

对面敌军看到了，喝道："什么人敢来闯营？"

贺拔胜也不搭话，挥舞银枪，见人就刺，敌军喊声震天，越来越多，杀了一层，又上来一层。突然，火把齐明，卫可孤骑马到来，喝道："来将何人，速速报上名来。"

贺拔胜喊道："我是贺拔胜，想到云中，挡我者死，避我者生。"

卫可孤见其勇猛，便亲自迎战。两人大战了三十回合，卫可孤看到贺拔胜年轻气盛，越战越勇。卫可孤想：自己身为主帅，与一个毛头小子硬拼，倘若有闪失，岂不失策？想到这里，不再恋战，拍马而去。贺拔胜也不追赶，冲出敌阵，连夜赶路，直奔云中。

卫可孤回到帐中，对诸将说："贺拔胜真乃勇将也，如果我们能得到他，何愁不能平天下？我料他会回来的，到时必须齐心协力，将其活捉。"

贺拔胜到了临怀王元彧大营，投书进去。

元彧让他进去，详细问了战况，说："本王奉命讨伐破六韩拔陵，尚未打过一仗，我若打败了破六韩拔陵，怀朔镇之围自解，不必前去解围。"

不知贺拔胜能否劝元彧发兵去救怀朔镇，请看下回章节。

# 第7回

## 小皇帝求救胡太后　贺拔胜枪挑卫可孤

话说贺拔胜听元彧不肯发兵去救，急忙跪下道："王爷，怀朔镇被围已久，危在旦夕。若王爷不救，怀朔镇被破，武川镇也会不保。若两镇均破，贼兵士气大增，那时剿灭更难。若救怀朔镇，也可保武川镇。破六韩拔陵属于乌合之众，贼兵一败，必望风而逃，望王爷三思。"

元彧思考片刻，说："将军所言有理，你回去告诉杨钧，我很快发兵为怀朔镇解围。"

贺拔胜谢道："王爷既然同意发兵，末将告辞，回去报于主帅，准备接应。"

元彧赐给酒肉，贺拔胜吃了，告辞上马而去。

贺拔胜回到怀朔城下，看到围城贼兵密密麻麻，枪剑层层，他毫无惧色，拍马闯入敌营，高声喊道："我乃贺拔胜也，今日回城，哪个挡我去路，叫你成枪下之鬼。"

卫可孤接到报告,立即命令众将一起围上来,要活捉贺拔胜。贺拔胜舞动神枪,左冲右突,犹如蛟龙翻海,猛虎下山,近处军士纷纷倒下,有几个将领受了伤。卫可孤看他如此神勇,心想:看来要捉此人,只可智取,不可强行。如此打法,白白损失军士。想到这里,卫可孤下令收兵,放他过去。

贺拔胜来到城下,贺拔度拔听到城下厮杀声,知道是儿子回来了,早在城头等待,开门放入,父子相见,一起来到帅府,向杨钧汇报了搬兵情况。

杨钧大喜,摆上酒宴,招待贺拔胜,说:"将军英勇无敌,立下如此大功,应该嘉奖。"

第二天,杨钧带领贺拔父子上城巡视,望着敌营杨钧说:"不知援军何时到达?贺拔胜将军能否再辛苦一次,迎接救兵,催他们早日到来。"

贺拔胜说:"我去不难。只是贼势浩大,保护城池也非易事,因此不放心。"

贺拔度拔说:"有我们在,你不必担心。"

于是,等到黄昏,贺拔胜又杀出城来。贼兵一看,又是这位猛将,干脆不再阻挡,任他而去。

卫可孤知道贺拔胜又出去了,第二天四更,升帐悄悄对他儿子卫可清说:"你去,则贺拔父子均可收服。"

卫可清领了密计,来到城下,指名叫阵,要贺拔度拔出战。并让军士辱骂,要激怒贺拔度拔。

贺拔度拔看到一个小子胆敢挑战,果然大怒,骑马持枪,领兵出战。二人交战几个回合,卫可清假装败走,策马逃去。

贺拔度拔哪里肯放，拍马紧追。追了几里，突然战马被绊马索绊倒，贺拔统军摔倒在地，伏兵四起，将贺拔度拔活捉了。

卫可清带兵来到城下，将贺拔统军推到阵前，对他的两个儿子喊道："如果你们来降，你父可免死，否则，立杀你父。"

贺拔允弟兄一看父亲被捉，吓得魂飞天外，飞马下城，喊道："勿伤我父，我们来了。"

贺拔允与贺拔岳来到阵前，对卫可清说："只要不伤我父，一切条件都依你们。"

卫可清将贺拔父子带到营里，卫可孤忙到帐外迎接，并请贺拔度拔上座。

贺拔度拔满面悔恨，说："事已至此，只好如此，不过我有一个请求。"

卫可孤问："请讲。"

贺拔度拔说："如攻破怀朔城，请保全杨公一家性命。"

卫可孤说："既然将军说了，一定依你说的办。"

次日，卫可孤安排军士攻城。

城中失去三位大将，军心已乱，不到一个时辰，怀朔城被攻破了，城内民众被杀无数。

贺拔度拔父子担心杨钧一家安全，来到杨钧府衙，严禁士兵进入，并护送杨钧一家出城去了。

卫可孤破了怀朔城，请贺拔度拔写信，招呼贺拔胜归降，贺拔度拔只好同意。

却说贺拔胜见到元彧，果然行军很慢，他请示元彧，能否派一支小部队，让自己带着先行。

元彧同意了，拨给他一千人先行。将近怀朔城，突然看到一队人马，上书"贺拔统军旗号"，他心中疑惑，父亲怎么会在这里？他勒住马，问："来将何人，为何打着我父旗号？"

一位少年将军拱手道："统军不在这里，我是卫可清，奉命来请将军，现有统军手书在此。"

贺拔胜看了手书，果真是父亲笔迹，他叹口气说："既然我父有信，我随你去就是了。"

贺拔胜与卫可清并马而回，卫可孤见了，急忙起身，握住贺拔胜的手，说："日后若我能富贵，定与将军共享。"

贺拔胜说："不敢。"稍停片刻，来见父亲，两位兄弟都在，相互问询，感叹不已，只好暂在这里。

元彧不知怀朔城已破，领兵前来，驻扎在怀朔城附近。

破六韩拔陵知道元彧兵到，亲自率兵援助卫可孤。

元彧与破六韩拔陵两军交战，卫可孤从城中杀出，官兵腹背受敌，被杀得大败，元彧只好带着残兵退回云中。

安北将军李叔仁领兵两万，前来救援，他到武川镇附近的白道谷口，屯兵于此。白道谷口是大青山中间的一条南北通道，历来为兵家必争之地。

破六韩拔陵得知李叔仁屯兵白道谷口，命卫可孤领兵在后，自己率领三千骑兵，长途狂奔，夜里袭击李叔仁军营。李叔仁夜间未作防备，突然被袭，不知敌人多少，被杀得大败而逃。

破六韩拔陵获胜后，带兵来攻云中。

朝廷收到元彧、李叔仁均大败的消息，免去其官职。命李崇为北讨大都督，广阳王元渊、抚军将军崔暹为副将，讨伐贼寇，镇守云中。

李崇率兵来到云中，看到贼势强大，对众将说："贼人正是嚣张之时，不可与之交锋。我们需坚守不战，贼人头目各怀鬼胎，不久定会有变，那时再与交锋，一战可擒敌首。"

崔暹听了，心中不服，说："区区一些叛兵，能有多厉害？我愿带兵出战，定将他们杀得大败。"

李崇说："崔将军勇气可嘉，但是，不可轻敌，还是坚守为上策。"

崔暹见李崇不肯出兵，想显示自己的作战本领，私自带兵出战了。迎面遇到了贼兵大帅卫可孤，两军交战，卫可孤驱马直取崔暹，崔暹急忙迎战，两人战了二十回合，崔暹不敌，掉转马头逃去，官兵被杀得大败，死的死，逃的逃，死伤大半。

卫可孤向破六韩拔陵报捷，破六韩拔陵大喜，命会军云中，攻打李崇。

李崇坚持自己的战术，固守不出，两军相持不下。

却说云中战事未平，雍州刺史元志向朝廷报告："莫折念生与弟弟莫折天生在秦州造反，高平镇已被攻破，镇将赫连略被杀，官兵抵挡不住。"

元诩闻报非常恐惧。他想：母后临朝之时，天下无事。如今朕临朝，怎么到处造反？也没有人为朕分忧。他屡次要见太后，都被刘腾阻拦。

刘腾掌管朝政之后，贪财枉法，无所不用其极。凡求他办事者，不论公私，只看送礼多少来决定是否予以办事。他还派遣亲信到各地搜刮财物，收入数以万计，贪暴之状，无以形容。

他请能工巧匠设计豪宅，在城内划地，建造府衙。身为阉人，到处挑选美女，夜间为他侍寝。

刘腾年过花甲，为了保住来之不易的地位，他挖空心思，一边投机钻营，赚取钱财，一边四面设防，唯恐大权旁落，常夜不成寐。他很清楚，胡太后像一只笼中母老虎，倘若放出来，必定吃人。凭自己所作所为，定被杀戮。每想到此，常担心小皇帝见母亲，担心侍卫会不会放皇帝进入？思绪不断，难以入眠。时过子时，在胡思乱想之中入睡，往往又噩梦连连，惊恐之状，不可言表。如此度日，哪有快乐？在天怒人怨中，一天夜里，刘腾起床如厕，突然摔倒，神志不清，请太医医治无效，不久一命呜呼了。

刘腾死后，左右卫士逐渐放松了守卫。元叉经常外出游玩，不太注重守卫宫门之事。

有一天，元诩要进入后宫，侍卫不敢阻拦，元诩终于见到了太后，母子相见，抱头大哭。

元诩哭着说："儿子年幼，不知利害，刘腾、元叉唆使我，害了清河王，我很后悔。如今到处有人造反，天下大乱，还请母后处理朝政。"

胡太后说："中秋即将来临，届时请诸王、大臣来一同商量。"

中秋节前一天，元叉游玩未回。元诩率诸王、大臣等十余人，到嘉福殿朝见太后。

胡太后宴请诸王。酒过三巡，菜过五味，胡太后对诸大臣说："自从还政皇帝以来，被幽禁在这里，母子不得相见，虽生犹死，与其如此，不如出家，我想到嵩山修道，闲居寺中，了此终身。"说完摘去头饰，拿出剪刀要剪头发。

元诩与众大臣都跪下叩头，苦苦相劝。

胡太后并不领情，而是怒道："我意已决，定要出家。"

元诩让群臣退下，独自一人，与母后说话。胡太后诉说了被幽禁之辱，思念儿子之苦。母子二人痛苦不已。当天夜里，元诩在母后宫中安息。第二天也不出宫，陪太后聊天。到了晚上，太后说："今天是中秋佳节，可召来皇后、潘妃，共赏明月，共度良宵。"

元诩说："与母后久未见面，趁此良宵，我想与母后单独说话，不必召见她们了。"

胡太后见儿子诚心，心中大喜。在月下胡太后低声说："自元叉主政，朝纲大坏，现在人人怀怨，盗贼四起，如不早除，社稷将要危机，陛下为何还不醒悟？"

元诩说："因他顺我心，还算勤快，前日还私下里将先王宫女带回家，朕笑他愚蠢，置之不理。最近，内侍张景嵩说元叉将对朕不利，朕还不信。母后在内宫，如何知道此事？"

胡太后说："满朝文武都知他奸诈，怎么只有母后知道？人们怕陛下不相信，所以不敢言语。"

元诩问："今后该如何对待元叉？"

胡太后说："你对他说太后要出家修道，该如何是好？看他说什么。"

有一天，元叉入朝参见，元诩说："最近太后常发牢骚，非要出家修道，不让她去，必忧愁成疾，依卿看该如何是好？"

元叉想了想，说："太后不能出家修道，陛下可征求太后意见，如何才能打消修道之念？"

元诩说："依朕看来，只要让太后在宫中往来自由，做什么高兴，就让她做什么，也许就没事了。"

元叉并不怀疑，说："陛下所言极是，只要太后开心就好。"

从此胡太后几次来到显阳殿，来往没了禁忌。

各地奏报的叛乱，元诩不知如何处理，问太后："如今到处出现叛乱，该如何处理？"

胡太后说："元叉掌握兵权，陛下该让他平定叛乱。"

元诩立即召见元叉，命他抓紧平定叛乱。

元叉并非帅才，唯唯诺诺拿不出良策。

不久，徐州刺史元法僧也造反了。朝廷收到报告，元叉大吃一惊，元法僧为徐州刺史是他推举的，元叉深表愧悔，在皇帝面前自责。

胡太后知道此事后，对元诩说："元叉平定叛乱无功，现在又出现如此大的失误，如果忠于朝廷，为何不主动解除兵权，请能人辅政？"

于是，当元叉再次深表忏悔时，元诩说："卿几次悔过，只说不做。平定叛乱又无良策，如忠于朝廷，为何不自动解除兵权，让能人执掌兵权，平定叛乱？"

元叉听了，先是一怔，然后想，现在到处是反贼，执掌兵权有何好处？让出也是好事。所以对皇上说："陛下所言极是，臣愿解除兵权，请皇上另选他人。"

元叉解去兵权，依然负责朝廷内外护卫，所以并无惧意。

宦官张景嵩对元叉不满，他对皇上宠信的潘贵妃说："元叉几次说你不是，恐怕将对你不利。"

潘贵妃哭诉与元诩，添油加醋说："元叉不仅想害妾，还将对陛下不利。"

元诩相信了，元叉出宫后，下旨免去了他的侍中。第二天，元叉想进宫，侍卫不让他进去，元叉始有怕意。

北魏孝昌元年（525年）四月，元诩请母后再次临朝听政。

胡太后听政后，立即下诏：追削刘腾官爵，挖其墓，散其骨，没收其家财，将其养子全部斩首。

胡太后本欲追究元叉死刑，其妹到宫中求情，胡太后看在妹妹的面上，下诏书：将元叉贬为庶民。其党羽侯纲、贾粲等闻风而逃。胡太后命人追杀，并没收其财产。

侍郎元顺拜见太后，奏道："太后，为何因一妹，不追究元叉罪行，只是贬为庶人？"

胡太后听了，说："诏书已下，不必再议。"

过了几日，有人告说："元叉和弟弟元爪与叛乱者相通，企图颠覆朝廷。"

胡太后听了，大怒，立即下诏：赐其在家自尽。

朝野听说此信，人们相互庆贺，都说："大奸去了，太平日子可以来了。"

却说卫可孤占领了怀朔、武川二镇，纵容士兵放火烧房，抢夺钱财，奸杀妇女，无比残暴。凡是年轻力壮的男子，都被征来当兵。

武川镇有个人，复姓宇文，名肱，娶妻王氏，生有四个儿子。父子五人都被抓到卫可孤部下当兵。其中三儿子宇文洛生，年十九岁，武艺超群，有万夫不当之勇。四儿子宇文泰，字黑獭，年十六岁。身长八尺，发垂至地，面有紫光，胆略过人。人见之，感觉不同凡人。然而，虎落平阳，不得不屈居人下。

有一天，卫可孤在军营设宴，招待有功将士，到晚上才散去。宇文洛生巡视各营，他看到一位壮士，手执长枪，靠在营门之外，唉声叹气。

宇文洛生感到奇怪，上前问："壮士为何在这里叹气？"

壮士看了宇文洛生一眼，说："我叫贺拔胜，本是怀朔尖山人，不幸我父被擒，我兄弟只好投降，不得已屈居于此，常怀念家乡，恨不能插上翅膀，远走高飞。如今形势所迫，只好暂时待在这里，因此伤感，请问你是哪位？"

宇文洛生听了，心中大喜，忙施礼说："原来是威名远扬的破胡将军。我叫宇文洛生，也是城破被掳，父亲与弟弟只好委屈图存，心里实是不甘做个贼兵。"

贺拔胜听了，说："原来我们是同样不幸的人。"

宇文洛生与贺拔胜越聊越投机，宇文洛生说："将军若真有报国之心，我岂无复仇之志？我二人若同心协力，杀了卫可孤，易如反掌。"

贺拔胜说："将军若是真心，贺拔胜岂是怕死之辈？"

二人商量约定，各自回去与父亲、兄弟相约，暗中集合本乡豪杰，寻找机会杀卫可孤。

这一天，卫可清要上山打猎，卫可孤同意了。并对他说："请贺拔父子和你同去为好。"

贺拔父子欣然领命，贺拔统军又命宇文肱、宇文洛生为马军，带着弓箭跟在后边，一行三百余人。到了尖山，卫可清命三百军士屯兵山下，带了亲信军士数人，同贺拔父子、宇文父子上山打猎。突然，卫可清马前跑来一只鹿，连发三箭没有射中。他对贺拔胜说："请将军射之，若能一箭射中，我奖你十两黄金。"

贺拔胜抽箭搭弓，一箭射去，正中鹿背。

卫可清赞叹说："将军真是神箭。"

贺拔胜微微一笑，说："这算什么，我再射一物给你看。"

卫可清问："你要射什么动物？"

贺拔胜说："射你！"

卫可清大吃一惊，还没等说话，早被一箭射中前心，摔在马下。众人大吃一惊。四人动手，将卫可清的亲信全部杀了，一起飞马下山。

宇文肱提着卫可清的头，对军士高声叫道："卫可清已被贺拔将军杀了，有不从者，以此为例。"

众军士一看，吓得都不敢动，遂命宇文洛生先到城中，通知本乡豪杰作为内应，贺拔统军、宇文肱押后，贺拔胜为先锋，杀入城中。

卫可孤在军帐内，忽然军士来报："小将军在尖山被杀了。"卫可孤大吃一惊，正要召集众将议事，贺拔胜骑马闯入营中，看到卫可孤，大喝一声："贼将看枪！"一枪刺去，穿心而过，用力一挑，将尸体甩出数丈远。

　　不知贺拔胜枪挑卫可孤后事如何，请看下回章节。

# 第 8 回

## 斗财富二王设家宴　劫珠宝戎羌攻秦城

　　话说众军士看到贺拔胜枪挑了卫可孤，惧怕他的威名，不敢反抗，跪在地上请求饶命。有的逃出去，投奔破六韩拔陵去了，十万贼兵一时溃散。

　　贺拔度拔入城，一面安抚百姓，召集降兵，一面写好文书，对贺拔胜说："你快马奔到云州，报告给刺史费穆，让他转奏朝廷。但是，贼兵到处都有，路上恐有危险，唯有你去，我才放心。"

　　贺拔胜领命，立即启程，奔往云州。路上果然遇到很多贼兵，然而，只要他一报姓名贺拔胜三字，没人敢阻挡。不到一日，到了云州，把文书传进去。

　　费穆看了大喜，立即召见贺拔胜，了解情况，说："你们父子功劳卓著，我立即奏明朝廷，定有重赏。"

　　费穆非常喜欢贺拔胜，留下三天，天天宴请。他对贺拔胜说："云州缺少你这样的勇将，所以不敢与贼交战，如果将军能帮我，害怕什么破六韩拔陵？即使怀朔、武川有什么变化，也可发兵急救。我想委屈将军在这里，为朝廷出力，请不要拒绝。"

贺拔胜看到费穆情真意切，说的有理，便留在了云州。

却说破六韩拔陵收到卫可孤父子被杀的消息，心中大怒，亲自率兵二十万，杀到武川，为卫可孤报仇。

贺拔度拔听到军士报告，召集诸将商议，说："破六韩拔陵来报仇，城中军士不足八千，还很疲乏，如何迎敌呢？"

宇文肱说："现在我们分兵屯于城外，为掎角之势，使贼兵不能到城边，可免于被围。"

贺拔度拔命宇文父子领兵两千，屯于城西，贺拔允、贺拔岳领兵两千屯于城东。自己带领其余军士守城。刚调度完毕，军士来报，贼兵已到城附近。

贺拔岳在城东，领兵五百先来截杀，与贼兵交锋。一阵冲杀贼兵退入山中。贺拔岳领兵追赶，遇到贼人一员大将，相貌狰狞，也不搭话，接住交战，大战五十回合，不分胜负。哪知破六韩拔陵的兵马是分头而进。一路去战贺拔允，一路去战宇文肱，破六韩拔陵率领轻骑，直奔武川城杀来。东西两路尚未分出胜负，武川城就被攻破了。贺拔度拔在交锋中被乱箭射死。

贺拔岳不知武川城已破，使出平生本领，故意露个破绽，让过敌将，然后刀交左手，右手抽出鞭来，照着敌将后心砸去，敌将一头栽到了马下。贺拔岳这才脱身，拍马赶回。只见贼兵大队如海似潮，已过尖山，直奔武川而去。

贺拔岳心中大惊，如果武川有失，父亲性命危矣。他飞马回城，只听喊杀声不绝于耳，冲入阵中，看到兄长贺拔允被困在敌阵中，他冲过去杀散敌兵，喊道："哥哥，不可恋战，赶快进城保护父亲要紧。"兄弟二人合力杀出一条血路，来到城下，看到城头一个贼兵拿着枪，将父亲的头颅挂在上面。二人一看，目瞪口呆，肝胆俱裂。贺拔允一箭射去，贼兵被射中倒下，贺拔度拔的头颅掉到城下，兄弟二人抱住父亲的头颅大哭。

　　此时，带领的军士已逃散，四面全是贼兵，如不赶快突围，二人也要性命不保。他们将父亲的头颅埋在城下，拍马向城南逃去。

　　宇文肱在城西与贼相持，看到贼兵破城而入，贺拔老将军死于军中，自己两个儿子在战乱中失散，不知去向，看来大势已去，再战下去是白白送死，不如带兵先去为好。他一声号令，带着残兵向西而去。

　　破六韩拔陵占领武川城，听军士来报，贺拔弟兄跑了，不会太远，命大将赫连信、卫道安领兵三千追赶，二人奉命而去。

　　贺拔允、贺拔岳二人逃出以后，贺拔岳问："大哥，如今父亲丧命，二哥没有回来，我们到哪里安身呢？"

　　贺拔允说："广阳王元渊镇守恒州，我们距离那里不远，不如投奔广阳王去。"

　　贺拔岳说："如此甚好。"

　　兄弟二人赶往恒州，正行之间，听到后面喊声大起，贺拔岳说："一定是追兵到了，哥哥快走，我来抵挡一阵。"

　　贺拔允说："虽有追兵，有何可怕，不如我们兄弟合力，奋战一场。"

此时,后面追来二位将领,一个喝道:"我是赫连信,与卫道安将军捉拿你们,快快下马投降,免得我们动手。"

贺拔岳听了,怒声喝道:"无名之辈也来猖獗,我是贺拔岳,谁敢来捉拿我?"

赫连信策马挺枪来战,贺拔岳挥刀相迎,二人战到第三回合,贺拔岳看到赫连信一枪刺来,并不躲闪,眼看要刺到胸膛了,他仰面躺在马上,赫连信一枪刺空,头背暴露在贺拔岳面前,他起身举刀瞄准赫连信头颅,猛地砍去,赫连信头颅落地,尸体摔到马下。

卫道安看了,吓得魂不附体,刚要逃跑,贺拔允过来,手起刀落,将他劈为两段。贼兵一看主将已亡,撒腿就跑。兄弟二人拍马追赶,杀伤无数,然后住手,掉转马头,向恒州而去。

广阳王元渊看到二位年轻将军来投,非常高兴。听了他们的哭诉,深表同情,将二人留在军中,授予偏将之职。

前方战事不断,京城里的皇族王爷们却毫不在意。高阳王元雍出身高贵,他的父亲是献文帝拓跋弘,哥哥是孝文帝拓跋宏。因此,在朝中任侍中、征南大将军,一度与元叉同理朝政,可谓权倾朝野,家财无数。

元雍府占地面积约三百亩,建筑设计仅次于皇宫,门楼巍峨高耸,门楣上挂着一块木匾,上边雕刻着三个大字:"文柏堂"。进入大府门是一片开阔小广场,里边有三个门,三个门里分别有三个院子,楼房飞檐斗拱、装饰富丽堂皇、长廊连接不断。从中间的门往里走,第一院子供卫兵居住,第二院子是元雍办公、会客之所，第三个院子是家眷住宿生活之地。从左侧门往里走，第一个院子供看家护院的武士居住，第二个院子供男性仆人居住，第三个院子是厨房餐饮之地。从右侧门往里走，第一个院子供女仆人居住，第二个院子供歌姬、舞姬居住，第三个院子有一个戏台是高阳王观看歌舞之地。每个院子里假山、花卉、树木布置各有样式，绝不重复。九个院子的后面，是后花园，里边各种台、阁、亭、榭、舫、塘，美不胜收。至于其间花草、树木、曲径、幽地应有尽有，而且都是夏有桃李润绿，冬有竹柏常青。假山池塘，设计精巧，建筑豪华，正所谓曲径通幽，美不胜收。总共十个院子，元雍说这叫十全十美。每个院子之间都有相通的门，每个门上都有专人把守，没有指令不得随便进出。当时百姓传说，他在家中蓄养看家护院的武士有两千余人，管理仓储、花木，打扫庭院，购买货物，餐饮厨师等男、女仆人近四千人，歌姬、舞姬二百多人。

　　元雍的吃穿用度非常讲究，山珍海味，美酒佳肴，一顿饭可以吃掉几万钱。他穿的衣服，都是用上好的绫罗绸缎，请当时最有名的裁缝制作。为了使王公贵族与其以下官员有区别对待，元雍向胡太后上表请求：王公以下官员的小妾，不准穿戴织成的锦绣服饰、金玉珠玑，违反的人以违抗圣旨论处；其奴婢不能穿绫锦织结的衣服，只能用缦缯而已；其奴仆只能穿粗布衣服，一律不能用金银制成的钗带，违反者鞭打一百。

　　胡太后认为他的意见很好，下旨照办。

　　元诩当权之时，元雍与元叉同理朝政，元叉被赐死之后，元雍地位更高，晋位为丞相。

胡太后下诏，元雍可乘车出入大司马门，总管内外大事，每年的俸禄高达四万石，荣华富贵之极。

为了炫耀富有，元雍请王公贵族到王府做客。上午，请大家参观各个院落，并到藏宝室观看珠宝。中午排开酒宴，大宴宾客。宴席上的菜肴，均由京城名厨掌勺。菜品刀工之精、味道之鲜、使用器皿之美，令客人赞不绝口。酒足饭饱之后，到会客厅稍事休息，下午请大家到后花园赏花，之后来到戏台前，围坐于圆桌之旁，一边吃着点心、坚果，品着茶水，一边观赏歌舞姬表演，至晚不息，通宵达旦，纸醉金迷。

元雍府内蓄养歌姬舞姬中，有的原是民间歌坊的明星，被元雍收入府内。其中最出名的歌姬叫武丽君，当武丽君最后出场时，引起了一阵阵骚动。她歌喉婉转，舞姿蹁跹，美轮美奂，令人陶醉。有的王爷探着脖子，眼珠不转，简直看呆了。

元雍的显摆，让秦州刺史河间王元琛惊叹不已，心中又不服气。他想，都是皇亲贵胄，凭什么他的财富比我多？但是，在那个讲究家族出身地位的年代，若论亲疏，元琛地位稍差，他是文成帝拓跋濬的孙子，孝文帝拓跋宏的族弟。他这个刺史，也是行贿送大礼得来的。

元琛对官场地位低尚能接受，毕竟出身不同。但是，他听不得有人说元雍是首富。每次听到有人说，他心里就不舒服。他暗暗发誓，我必须与元雍真金白银斗一斗。他在地方为官，建造府衙占地不成问题，请人画了图纸，然后照图建造。

元琛的府邸落成后，进入府门，房屋一座连着一座，各种亭台楼阁，应有尽有。每座院落，都有蜿蜒的曲径、静谧的幽地、无比茂盛的林木、缤纷多彩的花草。豪宅之中打水的井是用玉石所砌，提水的罐子都是用黄金铸造，提水罐上的绳子用五色丝结成。因官职级别所限，他的仆人数量不能超过元雍，就精挑细选，全是俊朗少年；他的歌姬也达到将近二百人，均是万里挑一、才色绝伦的美女。他觉得元雍有个武丽君，过去石崇有个很有气节的美女绿珠，元琛决心要养一个自己的"绿珠"，他花重金让人到处寻找年纪小、容貌好、有潜质的歌姬。功夫不负有心人，终于找到一个姑娘，叫朝云，时年十二岁，身材苗条，五官俊美，是那种人见人爱的女孩。

元琛问："你最擅长什么？"

朝云答："受父母影响，喜欢唱歌。"

元琛说："很好，你唱一曲我听。"

朝云唱的头两句略显拘谨，到中间一放开歌喉，顿时不一样了，那圆润的歌喉、嘹亮的嗓音、宽广的音域动人心弦，纯正的少女声中蕴含着一种阳刚之美。

元琛听了大喜，说："真乃尤物也。"

从此以后，元琛请乐师、舞师对其进行培育，既要教会她各种器乐，还要让其学会各种舞蹈。三年以后，朝云学会了琵琶、琴、埙、篪等多种乐器。其中最擅长的是吹篪。篪是古代一种用竹管制成像笛子一样的乐器，有八孔，其音色典雅悠扬、低沉含蓄，十分动听。朝云学习舞蹈，最擅长手舞团扇，她能手舞团扇，放歌"陇上声"，堪称一绝。

元琛看到朝云已经成熟，更加宠爱，在外人面前，很少让朝云显露。

当时，马匹是最快捷的出行工具，所以，鲜卑族有身份的官员特别喜欢养马、元琛更是不遗余力养马。他曾派人向西域各国索求名马，最远的地方到达了波斯国，求得一匹千里马，名叫"追风赤"。还求得十多匹日行七百的良马，每匹马都有名字。喂养这些马的食槽是用银作的，马的环领都是金的。他不但请王公大臣到家里做客，像元雍那样大摆宴席，还特意请元雍看自己的名马，

元琛在后园建造一座迎风馆。窗户上用青钱连环成装饰图案，玉石雕成的凤凰喙中衔着响铃，金铸的龙嘴里吐着垂旒，结着白奈果、红李子的枝条伸进屋檐来，歌舞艺姬们坐在楼上窗边伸手可以摘食。元琛有一次将同宗人都请来，将他收藏的各种珍宝器皿展示给他们看。有金、银瓮一百多口。盆、盘、盒、擎灯等器皿，也都非金即银。余下的还有各种酒具：如水晶钵、玛瑙琉璃碗、赤玉酒杯几十只。这些酒具做工奇妙无比，之后，元琛带领这些人逐个观看他家库房中收藏的珍贵物品，有华丽的毛织品，名贵的珠宝，精美的绉纱、白绸，装满一座座库房。

最后，诸位王爷都告辞了，唯有章武王元融赖着不肯走，非要继续开眼界。

元琛为了满足元融的欲望，又让他看了华丽的毛毯、雪白的珍珠、精美的丝绸。他们在走廊上看到了美如仙子的歌姬们，慵懒地在长廊上玩耍，伸手随意采摘各种奇珍异果。这一幕，让原本过着天堂般生活的元融惊呆了。

元融没事挑事，说："估计高阳王没有您富有，想必您只

恨不能与石崇比一比吧？"

元琛听了第一句话很高兴，但是，对于石崇他摇了摇头，笑着说："石崇要是活着，我还真想与他比一比。"

元融回到家里，总是忘不了元雍、元琛展示的财富。特别是元琛，不就是一个刺史吗？怎么会比自己富有呢。结果被气病了，躺在床上，整整三天起不来。

江阳王元继听说元融病了，过来探望，问："怎么好端端地病了？"

元融说："我是气不过呀！凭什么元琛有那么多财富？"

元继听了，安慰他说："王爷之中，论财富，有几个王爷能与你匹敌？你又何苦羡慕元琛呢？"

元融摇摇头说："本来我看到元雍有钱有势，已经很不高兴了，没想到元琛竟然比元雍还有钱，珍宝数量远超过我，实在是令人羡慕啊！"

却说元融在生元琛的气，元琛这里出大事了。

酒泉戎羌的酋长，给元雍送礼，派人将一大车礼物运到秦州姐夫家，他写信让姐夫送到京城给元雍，求他为其谋个一官半职。

此事被元琛知道了，他嫉妒元雍富有，如今听说送给元雍的礼物，路过自己的辖区，岂肯轻易放过。当天晚上，这群客商在旅馆里，遭到了强盗的洗劫，所有客商全部丧命，物品全被抢劫。旅店老板惊慌失措，急忙连夜到州府报案。

刺史元琛接到报案，立刻派兵四处搜查，捉拿强盗。可是，贼喊捉贼，哪里能捉得到。

元琛本以为此事做得神不知鬼不觉，心安理得享受这不义之财。

一天，酋长的姐夫来元琛家做客，元琛拿出一柄玛瑙镶嵌玉石手柄的麈尾炫耀，酋长的姐夫认出这是其小舅子家的东西，问："王爷，贵府这柄玛瑙镶嵌玉石手柄的麈尾，不知是哪里得来的？"

元琛道："此乃我府中之物，你问这个干什么？"

酋长的姐夫说："酒泉羌戎酋长请我送往京城的东西中，因为有这样一柄麈尾，样子很像，难道酋长的东西被盗，与王爷有关？"

元琛没想到事情居然露馅了，嘴上依然不饶，生气地说："本王爷让你欣赏我家宝贝，你居然说是你们的东西，简直不知好歹！"

酋长的姐夫脾气暴躁，与元琛争执起来。

元琛想，事已至此，不能放其走了，争执期间，元琛抽出随身宝剑，一剑向酋长的姐夫刺去，酋长的姐夫一看不好，急忙夺路而逃。元琛随后追赶，并且喊道："将他截住！"

门外守卫听了，立刻将酋长的姐夫截住。元琛到来，一剑将他刺死了。

酋长的姐夫是戎羌各民族的精神领袖，突然暴死刺史家中，戎羌的酋长收到姐夫被害的消息，立刻发动居住在东益、西秦两州的羌民相继造反。

两州骚乱的消息传到洛阳，朝廷知道是元琛惹的祸，胡太后下旨：命元琛尽快平息内乱。

元琛被逼无奈，只得硬着头皮率兵出征。元琛是个贪得无厌之人，借出征之际，克扣军饷，纵兵抢劫。沿途的老百姓纷纷遭殃，被老百姓臭骂为"虎狼之师"。

这支"虎狼之师"，遇到戎羌的叛军，立刻变成了"羔羊之师"，刚与叛军交手，就被杀得大败，死伤千余人，剩余的四散溃逃。元琛的马快，一溜烟逃回了秦州城。

叛军紧追不放，包围了秦州，他们要攻下城池，活捉元琛，为酋长的姐夫报仇。

当天下午，城外成千上万的叛军开始攻城，元琛指挥士兵防守。太阳即将落山，叛军攻城累得或坐或卧，在城下休息。

欲知元琛守城如何击退戎羌之兵，请看下回章节。

## 第9回

退羌兵朝云吹篪音　追白兔高欢遇仙人

　　话说元琛看到贼兵停止攻城，暂时放下心来。他冥思苦想，如何退兵？突然想到羌人素来喜欢音乐，如果让朝云穿上乞丐的破衣烂衫，扮作贫妇，坐在城楼上吹篪，歌唱"陇上声"，也许能扰乱叛军的军心。

　　他回到府中，找来朝云，说："羌兵攻城紧急，我想让你穿上破衣，带上篪，到城楼上去。先吹奏哀怨思乡的曲子，然后再唱'陇上声'，看看能不能感动他们退兵，如能退兵，一定重重奖励你。"

　　朝云说："只要能为王爷分忧，奖不奖无所谓。"

　　第二天清晨，朝云来到城头，看到城下叛军如云，心头百感交集，她想：自己从小背井离乡，不见父母，沦落为歌姬，常被人调戏。后来到王爷身边，生活还算安稳。但是，如今叛军攻城，一旦城破，自己可能落入乱兵手中，或将生不如死。如果自己能够吹篪、唱歌退兵，也是莫大的幸事。她酝酿了一下心情，满怀愁绪，双手握住篪，吹奏起来，一曲弃妇哀婉、游子乡愁的篪音，在城头响起，忧愁哀怨的旋律悠悠扬扬飘入了叛军的耳中。

羌人素来喜欢音乐，其中不乏能歌善舞者，当朝云如泣如诉、动人心魄的乐声传到城下时，士兵们立即七嘴八舌议论起来。

指挥叛军进攻的将领，立即站起来，挥舞手中的令旗，大声喊道："不许吵闹，注意倾听。"嘈杂的阵地上立刻鸦雀无声。随着篪音停止，一个美丽的歌喉唱起来，歌词唱出了思念亲人的情绪。歌声忽而低沉婉转，忽而高亢悲怆，感染着每一个人。叛军将士也许想起了家中的父母、妻儿，也许想起了战死的亲人，有人流下了辛酸的眼泪。

围城的诸羌部落叛军，造反之因是酋长姐夫被杀，为何被杀，却无人询问，因此无从知晓。他们相互对视，似乎在问："我们为什么来这里拼命，家里的亲人该怎样思念我们呢？"戎羌军士的首领听了乐曲，思乡之情泛起，一阵沉思之后，那位首领高声喊道："我们来这里打仗，为的是什么，能得到什么？"

有的士兵喊道："不是死亡，就是受伤！"

首领道："对，攻城只会让我们伤亡，家人盼望我们安全回去，不如停止攻击，返乡与亲人相聚，好好放牧吧！"

叛军听了，一阵欢呼，立即全部撤走了。

元琛看到叛军退去，长出了一口气，当着城头军士的面，一把拉过朝云，抱在怀里，说："宝贝，你立了大功一件，回去我要重重地奖赏你。"

朝云淡淡地说："王爷待我恩重如山，无以回报，吹篪退兵，乃王爷主意，不足挂齿。"

秦州百姓闻听此事，深为感叹，说："快马健儿守城，不如歌姬吹篪。"

却说高欢有了岳父补给妻子的陪嫁，有了钱财，对妻子说："干大事要想成功，必须有朋友相助。我想结交一些豪杰为友，你觉得如何？"

昭君说："盼夫成功，是妾本意，当然支持。"

高欢在妻子的鼓励下，开始结交四方豪杰之士，仗义疏财，不计回报。

有些邻居不理解，问昭君："你家是不是钱多得没地方放了，这不是败家吗？"

娄昭君一笑，说："丈夫要干事业，需要广交朋友，妾怎能不支持呢？"

高欢在怀朔镇军营里，结识了两个好友，一个姓孙名腾，字龙雀，咸阳郡石安县（今咸阳市西部）人。孙腾熟悉吏事，为人朴实，对朋友坦诚，是怀朔镇户政司的一名职员。另一个姓侯名景，字万景，羯族（匈奴族中一个部落），朔州人，侯景喜欢骑马射箭，骁勇好斗，行为不拘，起初为怀朔镇士兵，如今是怀朔镇功曹史。

高欢在社会上结交了三个朋友，一个复姓司马，名子如，字遵业，河内温（今河南省温县）人，随祖上迁居云中。司马子如少时机警，能言善辩，喜好交游，结识豪杰，经朋友介绍与高欢相识，两人交谈甚欢，情谊越加深厚。一个姓刘，名贵，字贵珍，弘农华阴（今陕西省华阳东）人，匈奴族。肆州刺史刘乾之子，家住秀容，与高欢交好，成为奔走之友。还有一个朋友，姓贾，名智，字显智，代郡桑干县（今山西省山阴县）人，他与高欢一样，是鲜卑化的汉人。高欢欣赏他胆气过人、粗通武艺、做事刚猛果决，所以交往日深。

高欢的父亲高树生、继母赵氏相继去世，他悲痛异常，将父母葬在南山。同父异母的弟弟永宝，年纪尚幼，娄昭君像对待亲生儿子一样，照顾弟弟。不久，娄昭君生了一个儿子，取名高澄，字子惠，高欢非常高兴。

平城人厍狄干家产万贯，被授予平虏将军。他听说高欢仗义疏财，乃一代豪杰。他有一个妹妹，名云姬，尚未成家，为了结交高欢，他请媒人到高家，让高欢娶妹妹为妾。

有一天，刘贵来了，随从手里擎着一只白鹰，雪白的羽毛，非常耀眼。高欢说："好漂亮的鹰，从哪里弄来的？"

刘贵说："一个外地人带来的，我给了他五百贯才买下的。明天咱们去沃野打猎，看看它的搏击能力怎样？"

高欢听了非常高兴，立即派人分头去通知姐夫尉景、司马子如、贾显智，同往沃野会合。

第二天，高欢、刘贵换上便装，骑马来到沃野，人员聚齐，开始上山打猎。翻过几座山冈，没有看到飞禽野兽。高欢说："听说这里野兽很多，今天怎么一只也没有？"

正在此时，从南边窜出一只兔子，红毛如火，眼似流星，看到他们后向南跑去。刘贵说："哎呀！是一只赤兔，很少见。"

高欢急忙搭弓射箭，一箭射去，赤兔却不见了。拍马过去，看到箭射在一棵树上，正诧异间，又看到赤兔蹦蹦跳跳，跑在前面。高欢再次搭弓射箭，赤兔又不见了。刚要收起弓箭，赤兔又出现了。高欢怒道："这只兔子难道是妖怪，如此戏弄我？"

司马子如说："让白鹰试试。"

刘贵将白鹰放出去了，白鹰很快追上了兔子，但是，却抓不着兔子。

高欢等人紧紧追赶。大约追了十余里，来到一处山前，举目望去，只见远山含黛，云环雾绕，近处山峰高低错落，雄浑巍峨，姿态万千，傲然耸立。山峰之下，苍松翠柏，树干耸立，树枝迎风摇曳，几棵大树之间，有几间茅屋，房前小院用篱笆圈起。山间潺潺水声与林中鸟语和谐共鸣，一派幽静、闲适的风光。

此时，赤兔已经跑到柴门前，白鹰向下冲去，眼看就要抓住赤兔。突然从柴门窜出一只卷毛黄犬，一口将赤兔咬住，扭头就走。白鹰要去夺兔子，黄犬异常灵敏，突然丢掉赤兔，向白鹰咬去，白鹰头朝下，伸出双爪去夺白兔，黄犬跃起，一口将白鹰的脖子咬住，白鹰双翅上下翻动挣扎，哪里能挣脱，扇动了一阵儿不动了。从后面赶来的高欢看到白鹰已死，不由大怒，搭箭在手，一声"着"，黄犬应声而倒。

众人惋惜道："虽然射死了黄犬，但是白鹰却没了。"

他们正要走时，突然有人粗声大气喝道："什么人胆大包天，敢杀我家黄犬？"此人声如惊雷，震耳欲聋。回头一看，两个大汉，身高一丈有余，面色靛蓝，眼如铜铃，赶上来就要拿人。

高欢拍马上前迎敌，没想到那大汉力大无比，一伸手抓住高欢的枪，轻轻一拉，把高欢拉下马来，横着抱起，扭头就走，高欢丝毫没有还手之力。

司马子如、刘贵等看到高欢被抓，急忙上去救人，另一个大汉迎着上来，也要抓人，大家一看，难以抵抗，拍马就跑。跑出去不远，勒马站住。大家商议，说："高欢被抓，我们不能走，还是应该回去救他。"于是，他们又回来了。

那两个大汉把高欢绑在树上，喝道："你杀了我家黄犬，只好杀了你偿命。"

高欢急忙分辨，哪知二位大汉并不理会，到屋里取出一口大刀，举起刀来，要砍高欢。

刘贵、司马子如等一看，吓得魂不附体。

在这紧要关头，从屋里出来一位老太太，白发如银，面色红润，手持拐杖，大声喝道："儿呀，你们怎么敢伤害大家，快快放下来。"

两个大汉听了，不敢违抗，立即解开绳索，放下了高欢。

老妇人微微一躬身，说："大家，对不起了，两个犬子不知大家光临，多有冒犯，请到屋里一叙。"

高欢惊魂未定，一边向老妇人致谢，一边随老妇人进到屋里。

茅屋里宽敞明亮，陈设简单，干净整洁。外间摆着两张床，两床之间有一门，通往里间。老妇人请高欢在床边坐下，拱手再次道歉，说："我的两个儿子，有眼无珠，不知您是大家，多有得罪，还望原谅。"

高欢忙说："不敢、不敢！"

再看老妇人，原来双目失明。高欢问："婆婆说我是大家，不知何意？"

老妇人说："天机不可泄露，今后便知。"

高欢又问："婆婆看不到我，何以如此说？"

老妇人说："我会相术，听其步声、言声，即能辨其高低、贵贱。"

高欢说："婆婆让我进来，不知有何指教？"

老妇人说："大家前途无量，有缘相逢，自当告诫一二。"

高欢说："请婆婆教我。"

老妇人说："你命虽贵，但坎坷难免。记住：乱而逢荣，胜不遇黑，刀下有巴，贻害无穷。"

高欢不懂其意，正想询问，老妇人说："不必多问，时至自知。可叫你的朋友进来，都是贵人也。"

高欢不敢再问，出去喊大家进来，两个大汉也进来了。

老妇人对儿子说："这都是贵人，不知今日怎么了，大家和这么多贵人到家，真是蓬荜生辉呀。但家贫无以待客，尚有村酒数斗，肥羊一只，可以烹后佐酒。"然后命儿子去宰羊。

二子领命而去。

高欢问道："婆婆，令郎神勇无敌，为何不到军中为国效

102

力，而埋没山中？"

老妇人道："老身双目失明，全靠两个儿子打猎为生，他们若去军中效力，老身如何生活？"

高欢又说："婆婆既然善于相术，请给我几个朋友相一相？"

老妇人点头说："好的。"

老妇人握住尉景的手，说："你可位至三公。"握住司马相如的手，说："将相封侯，富贵最久。"握住刘贵的手，说："也可将相封侯。"唯有握住贾显智的手，稍停片刻，说："虽有高官厚禄，恐不得善终。"

最后说："四人虽贵，指挥总是大家也。"

老妇人握手听声相术完毕，又停了一会儿，肉菜已经做好，酒也摆上了。五人正是饥渴，老妇人与两个儿子陪同，八人围桌而坐，饱餐一顿，起身道谢，向母子告辞。

他们上马走了一程，高欢说："这位老婆婆必是大贤之人，我等日后果如其言，定当登门道谢，报答一饭之恩。可是，忘记问其姓名了，我们应回去问一下。"

众人也觉高欢说的有道理，掉转马头，回到原处，举目观看，哪里有茅屋？更没有一个人影，几棵大树，依然挺立，树间小溪，流水潺潺，五人大惊。

高欢说："原来三人都非凡人，许是神仙下凡，作法来点化我等。"

刘贵说："她称高兄为大家，人们称颂帝王时，才称大家，看来高兄有帝王之分，我等若应其言，定是跟随高兄驰骋天下，望高兄苟富贵、勿相忘。"

五人说说笑笑，来到沃野镇，当天住在刘贵家，第二天各自回去了。

高欢回到家里，将沃野打猎经历奇事讲于昭君。

昭君听了，又惊又喜，说："根据老妇人所言，君日后必能大贵，所以爱护身体最为重要，遇事三思，不可涉足险地，以防不测之忧。"

高欢点头称是，从此高欢行事更加慷慨豪迈。远近之人闻听此事，都把高欢当作奇人，心中更加佩服。这一年，昭君又生了一个女儿，取名端爱。

此时，破六韩拔陵攻破了武川镇，为了给卫可孤报仇，泄愤一方，杀害百姓，四出抢掠之时，派遣大将韩楼统兵十万，从五原而来，去恒州与广阳王元渊交战，大军路过怀朔镇，乱兵放火烧房，见人就杀。老百姓死的死、逃的逃。娄内千百万家产，全部化为乌有。

高欢和娄昭等人外出打猎，离家三十余里，看到村镇方向火光冲天，黑烟翻滚，感到不好，急忙带领大家往回赶，果然看到乱兵烧杀抢掠，喊声震天。

高欢说："这些乱兵不知有多少，我们必须齐心协力，有进无退，杀入镇中，救出自己的家人，不然，只会白白送死。"

众人听从高欢指挥，高欢让娄昭殿后，自己一马当先，带领乡勇，冲进镇中。贼兵看到几十名乡勇冲来，不以为意，便挡住了去路。高欢舞动神枪，连杀几十名乱兵。他们看到高欢如此神勇，纷纷后退。高欢带着众人来到镇中，只见房屋倒塌，烟火迷眼，各家眷属不知去向。

高欢大惊失色，娄昭在马上大哭起来，正不知去向时，一人飞马前来，喊道："二位官人，不要在这里耽搁了，你们两家人都逃到镇南山上树林里去了，正盼着你们过去呢。"

娄昭仔细一看，原来是家里的壮丁，此人颇有胆量，特此前来送信。

高欢、娄昭听了，急忙率领众人向南山跑去。哪知到了南山下，到处扎满了营寨，旌旗飘扬，处处设岗，巡逻兵不断往来，恐怕难以通过。

高欢说："我们的亲属都在山上，今天夜里不去相救，到了明天，就会被抓去，所以，我们必须闯过去。"

娄昭说："事已至此，一切听姐夫安排。"

高欢带领大家，来到营寨前，高声叫道："军士们听着，我等要上山，如放过去，各不相干，谁要不服，阻拦我等，可前来交战。"

乱兵有的刚才看到高欢进镇，枪法精妙，勇猛异常，谁也不敢上前去战。何况天色已晚，很快就要开饭，何必再战，闪开一条路，放高欢一行过去。

高欢带领乡勇直到山顶，看到很多人在树林中避难。人们见了高欢，都高兴地叫起来，喊道："高大官人来了，我们有救了！"

高欢、娄昭找到家人，全家基本都在，单单少了高澄。

昭君思念孩子，一直流泪不止。

高欢叹口气说："难道这孩子落到贼人之手了？"对昭君

说："你别难过了，天黑了，现在也没法去找。明天再设法寻找。现在最主要是寻找安身之地，趁着黑夜，设法下山，躲过敌营，寻找生路。"

昭君犹豫不定，说："妇女、老人很多，路不好走，天黑怎么下山？"

正说间，突然听到喊声不断，山下火光一片，有的树木被烧着了。

高欢说："是不是乱兵要上山抓人？不能再等了，必须马上行动。"说完，高欢让乡勇和年轻力壮的人手拿刀枪，分成几队，保护老人、妇女、儿童，娄昭依然殿后，自己骑马持枪，冲在最前，杀下山来。

不知高欢带领众人能否突出重围，请看下回章节。

# 第 10 回

## 避战乱寺内暂躲藏　斩二将破胡惊敌首

　　话说高欢带领人们下山突围，因为是黑夜，贼兵没有准备，巡视的发现有人突围，只有部分乱兵出来拦截，被高欢等人杀得人仰马翻，无人敢靠前，很快他们就闯出来了。

　　高欢对众人说："西南山里有一个菩提寺，距离这里不远，上山道路崎岖，难以寻找，可以避开乱兵，现在，我们只好先去那里了。"

　　众人都说："一切听高大官人安排。"

　　高欢见大家同意，带领众人向西南菩提寺而来。

　　西南山上奇峰突兀，怪石嶙峋，无论远看近看，大大小小的山头，姿态各异，或像龟、像蛙、像虎等，在夜色中更显得怪异。

　　高欢一行到了菩提寺，寺内空无一人，看来僧人都跑了。众人在寺里安顿下来，过了一夜，没见贼兵上来，大家才放下心来。唯有昭君想念高澄，让高欢派人去寻，又怕遇到贼兵被捉。

高欢说："你不必着急，此儿若有命，自会无事，明天我去找吧。"

第二天，高欢去寻找儿子，娄昭说："我随你一起去。"

高欢说："咱俩都走了，这里谁来保护？你在这里，带领乡勇保护家眷。"说完，高欢骑马提枪，寻找儿子去了。

高欢驱马飞奔，回到怀朔镇附近，看不到一个贼兵，路过几个村庄，几乎都被烧成了灰烬，不时传来哭泣声，回到镇里，惨状与其他村庄一样，已经没有可住的房屋，望着断壁残垣，高欢心中怒火燃烧，立志今生一定要成为领兵将军，荡平贼寇，保家卫国。

高欢到了家里，也是一片狼藉，哪里有儿子的影子？不由得紧皱眉头，暗自思量，既然没了乱兵，不怕被抓，与其我一人寻找，不如派更多的人下山寻找？想到这里，他拍马向菩提寺奔来。

高欢回到菩提寺，向众人讲了家里状况。听到乱兵已经撤了，大家非常高兴，一阵欢呼。但是，又听到房产被烧，无法马上回去，不由得愁上心头。

高欢说："大家不必忧愁，我们先在这里居住，等局势平稳后，先修复房子，再回去不迟。"又对昭君说："现在不担心乱兵抓人了，可以派一些人出去，寻找儿子，一定会有结果的。"

娄昭君虽然心里着急，但是又没有别的办法，只好听从丈夫的安排。

高欢召集精壮的六名庄兵，让他们二人为一组，分成三路，骑马出去寻找高澄。正在此时，一只喜鹊飞来，对着高欢等人连叫几声，然后向南飞去。

娄昭君见了，激动地说："这只喜鹊是来报喜的，我儿子一定在南方，你们随着那鸟去吧，一定会找到我儿子的。"

众人刚要走，看见山下几十人骑马飞驰而来，跑在最前边的是段荣。

段荣，字子茂，武威人士，他父亲段连，任安北府（今内蒙古包头市西）司马。段荣乃娄内干长女的女婿，与高欢是连襟。段荣少时，喜好读《易经》和一些阴阳历算的书，特别专注于星象。听说哪里有精通阴阳的先生，总要过去请教。几年之前，他对朋友说："《易经》里讲'观于天文以察时变'，又讲'天垂象，见吉凶'。现在，根据我观测的星象，对照世间人象，'天垂象'已经出现，十年之内，应当有战乱。"

朋友问："你看战乱会发生在何地，我们可以规避吗？"

段荣说："据天象判断，战乱的发源地，应在北方，基本就是咱们这里，恐怕无法逃避。"

现在，尚未到十年，果然如他所说，北方六镇起了战乱。

高欢看到段荣来了，远远地打招呼。段荣来到近前下马，与高欢说话。

高欢与段荣对话间，看到后面一人，在马上抱着个孩子，正是儿子高澄。高欢大喜，急忙跑过去，接过孩子，转身回来递给了昭君。

娄昭君看到儿子，喜出望外，眼含热泪，抱住高澄吻个不停。

高欢惊讶地问段荣："昨天慌乱之中，这孩子找不着了，大家都很着急，正要派人去找，你给送来了，在哪里发现他的？"

段荣说："我听说破六韩拔陵的兵路过怀朔镇，让士兵烧杀抢掠，很不放心，再说武威距离这里不远，在家不敢远行，昨天听说贼将韩楼领兵已去恒州，我带了三十名家丁，骑马赶来看看。到了村里，果见房屋被烧，到处是死尸，也不知岳父和你家怎么样了，后来碰到几个人，他们说你们可能在西南菩提寺，就往这里赶。出镇不远，忽然看到几只老鸦在头上叫个不停，我取箭射去，正中一只老鸦，往下落时，居然落到一个井穴中，派人下去取老鸦，在井里看到一个小孩坐在里面，抱出来一看，怎么是高澄？就把他带来了。"

高欢扭头问高澄："你怎么会在井穴中？"

高澄年龄虽小，口齿伶俐，说道："贼兵来时，奶娘抱着我跑，赶不上大家，落在了后面，奶娘实在跑不动了，看到一口井，对我说'我跑不动了，你到井里躲着，千万不要出声，等人来救你'。说完将我放到了井中，她就引开贼兵跑了，也不知奶娘怎样了？天黑了，我也不敢出去，今天就被姨父救了。"

高欢听了，抱拳向段荣施礼，感谢不尽。娄昭君也是千恩万谢，不知该说些什么。

段荣到寺里，向岳父、岳母问安，当天住在了这里。

第二天，尉景也来探望，对高欢说："如今全家人都在，可以放心了。但是，财产被抢了，房产被烧了，将来怎么生活呢？"

高欢说："我也正为此事发愁呢。"

娄昭说："咱们在平城还有资产，收拾一下各个山上的牛马驴羊，搬到平城去，然后让庄丁人马再进行耕种，还能度日。"

段荣说："这也不是长久之计。我最近一直在观察星象，根据天象，北方之乱，不可能短时间内停止。以后还会有兵火之灾。大约十年以后，方可安定。现在安家立业不是时候。你提到平城，那里将来会更乱，根本不宜居住。"

娄昭听了，说："那该到哪里去呢？"

尉景说："国乱之时，大丈夫不能为国家平定暴乱，不如干脆退一步，谋划如何保全家属。我们可以在菩提寺，招募乡勇，聚集庄丁，操练武艺，依山守险。我回去也把家属带来，凑些粮食，以为守备而用，等地方安宁了，再出山安家。"

段荣说："这个办法好，我看包头那里兵气很重，也会起战乱，不宜安家，趁现在还有些粮食，都搬来一起居住吧。"

高欢和娄昭君听了，非常高兴，高欢说："这样也好，都是亲戚，居住一起，自然也好照应。"

段荣、尉景与高欢约好时间，回去搬家了。几天之后，两家人先后到达。高欢一面安顿家属妥善居住，一面把菩提寺改作营寨，整修兵器，制作旗幡。四方逃难之人，闻讯赶来，逐渐聚集了很多人。高欢命尉景、段荣负责选拔年轻力壮者，编入队伍，加强操练。他和娄昭负责组织不同能力的人，有的打猎，有的种地，解决山寨生活所需。

战乱时期，难免有一些散兵游勇到处抢掠，但是，听到菩提寺高欢的名声，不敢来这里骚扰。

再说广阳王元渊带兵讨伐破六韩拔陵，探马报来，贼将韩楼率领十万乱兵，从五原而来。元渊召集众将商议破敌之策。众将面面相觑，苦无良策。

元渊说："我们的兵马不比敌人弱，主要是缺少一个骁勇善战的猛将，所以难以取胜。请大家推举一个良将，谁为先锋合适？"

众将说："我们之中确实没有武艺高强的。不过听人说：云中费穆将军账下，有一员猛将，复姓贺拔，名胜，字破胡，此人武艺高强，有万夫不当之勇。在守护怀朔城时，几次冲出城去搬救兵，冲入敌营，杀得敌兵人仰马翻，卫可孤不能阻挡。如能招来此人，韩楼之流不足道也。"

元渊听了大喜，立即修书，派人去调。

费穆看了元渊的书信，不敢违抗，只好将贺拔胜送到元渊帐下。元渊见了贺拔胜，果然仪表不凡，雄壮无比。立即命贺拔胜为先锋，率领精兵三千，前去阻击敌人。他对贺拔胜说："破胡将军这次如能杀敌立功，本王保你赏千金、封万户侯不足道哉。"

贺拔胜感激不尽，说："为报父仇，杀敌是末将本愿，为国杀敌，是末将本分，定不负王爷所托，请王爷静候佳音。"

贺拔胜率领三千精兵，行走约二十里，与破六韩拔陵的前队相遇，贼兵约五千人马。贺拔胜勒马站住，高声叫道："贼人听着，我乃贺拔胜也，谁来与我决一死战？"

贼将一见是破胡，心知不敌，无人敢于上前。贺拔胜连喊几声，大有张翼德当阳桥的风采。敌将知道不敌，掉转马头就跑。贼兵看到领兵将军跑了，全都撒腿跑起来了。贺拔胜仰天大笑，银枪一挥，三千精兵追击过去，杀得贼兵哭爹喊娘，死伤大半，一直追杀到破六韩拔陵军前，摆开阵势，勒马挑战。

破六韩拔陵听说前军大败，贺拔胜在外边挑战，心中暗暗吃惊，对诸将说："贺拔胜世之虎将，现在又乘胜追来，势不可当，谁敢出阵，挫这小子锐气？"

破六韩孔鸾乃破六韩孔雀之弟，挺身而出，说："我与拔兵一同出战，定将贺拔胜的头颅献来！"

破六韩拔兵乃破六韩拔陵之弟，二人年轻气盛，又是"真王"的亲人，所以平时目中无人。

破六韩拔陵说："贺拔胜武艺超群，你二人出去一定要小心，不可轻敌。"

他们齐声说："知道了！"

二人领兵来到阵前，高声喊道："哪个是贺拔胜？不知天高地厚，居然敢来挑战'真王'，我们奉'真王'之命，前来取你人头，还不快来受死？"

贺拔胜听了大怒，也不搭言，拍马挺枪，直奔二人。破六韩孔鸾和破六韩拔兵急忙分左右迎战。战不到十个回合，贺拔胜杀得性起，一枪刺向破六韩孔鸾，破六韩孔鸾急忙挥刀招架，破六韩拔兵看到贺拔胜露出破绽，觉有机可乘，立刻挺枪刺来，没想到贺拔胜突然大喝一声，回枪隔开破六韩拔兵的枪，手腕一翻，平枪直刺破六韩拔兵的胸膛，破六韩拔兵身子前倾，想躲闪已来不及，就见枪尖穿透胸膛直破后胸，贺拔胜用力一挑，将破六韩拔兵挑下马来。一连串动作，几乎在两秒钟内完成。破六韩孔鸾一看，大叫一声，像疯了一样来战贺拔胜，可是，武艺差得太远了，贺拔胜一条枪神出鬼没，杀得破六韩孔鸾只有招架之功，没有还手之力，一个没注意，同样被挑下马来。

士兵看到二将死了，急忙跑回去，向破六韩拔陵报告。破六韩拔陵听了，大叫一声，差点昏过去。弟弟死得如此惨烈，大叫道："谁能去为我弟报仇？"

众将都惧怕贺拔胜，谁也不敢出战。破六韩拔陵冷静下来，命令退兵三十里，安营下寨，与韩楼大军成掎角之势，准备下一步再战。

元渊得知贺拔胜杀敌二将，取得大胜，非常高兴。领大军到五原山扎营。贺拔胜每天出去挑战，破六韩拔陵只是坚守不战。于是，两军相持不下。

北魏正光五年（524年），秦州莫折念生造反，其弟莫折天生率军来攻岐州，朝廷命令南道行台元脩义领兵讨伐，不巧元脩义有病，只好命车骑大将军萧宝夤代他领兵，讨伐莫折天生。

却说萧宝夤本是南齐明帝的第六个儿子，萧衍篡位建立梁朝，残杀南齐宗室，准备加害萧宝夤，派人对他严加看管。萧宝夤在太监颜文智与随从麻拱、黄神的帮助下，连夜逃走。他换上乌布襦衣，脱掉鞋子，赤脚逃到江边，乘船而逃。天亮时，看管者才发现萧宝夤逃走了，追到江边，哪里还有人影？萧宝夤逃到北魏，受到北魏的重用。

萧宝夤讨伐莫折天生。此时，莫折天生大军已到雍州，两君对敌。萧宝夤看到贼兵势大，心中慌乱不止。正在此时，征西将军崔延伯领兵来援，方才稳定。

崔延伯骁勇善战，名扬天下。他对萧宝夤说："明天早晨，我带兵出去试探贼兵虚实，然后再想办法破敌。"

第二天，崔延伯选精兵数千人，由东而西，渡过黑水，来到莫折念生营前，列阵观敌。萧宝夤在黑水东，遥为接应。崔延伯带兵耀武扬威之后，领兵回来。

莫折念生弟弟莫折天生看到崔延伯兵少，开营率兵追来。

萧宝夤隔河见了大惊，崔延伯却毫无惧色，自己殿后，并不交战，让众军士先渡河，军容严整，丝毫不乱。

莫折天生看了，不敢上前交战，眼看着崔延伯最后渡河而去，也带兵回去了。

萧宝夤接到崔延伯，说："将军之勇，恐怕关羽、张飞不过如此呀！"

崔延伯说："这些贼将不是老夫对手，明日看老夫如何破敌。"

第二天，崔延伯率兵三千为先锋，萧宝夤带领后军接应，与莫折念生交战，两军对垒，崔延伯身先士卒，冲锋陷阵，连杀几员贼兵大将，莫折念生看到抵挡不住，大败而逃。贼兵逃命之时，把前后抢来的东西丢得满地。

萧宝夤后军赶来，只顾着抢地上的财物，不去追赶敌人，莫折念生乘机带残兵逃了。

萧宝夤破了莫折念生，岐州之围已解，命令驻军不再前进。此时，萧宝夤接到泾州守将卢祖迁文书，说反寇胡深占据了高平，自称高平王，帐下人马十几万，战将数百员，经常骚扰幽州、夏州，十分猖獗，最近又派大将万俟丑奴、宿勤明达领兵五万，来取泾州，官兵抵挡不住，请萧宝夤、崔延伯率兵支援。

萧宝夤看了文书，立即与崔延伯率兵十万，铁骑八千，会于安定，军威甚盛。

万俟丑奴在泾州西北七十里扎营。

两军尚未开战，这一天，突然手下人来报，有一贼将，带领数百名骑兵，特来向官军乞降。

萧宝夤听了，不假思索，说："很好呀，可以安排他们住下来。"

不久贼将宿勤明达率兵从东北杀来，官兵立刻迎敌，两军刚一交战，没想到乞降之兵是诈降，突然从背后杀来，官兵腹背受敌，立刻大乱。

崔延伯看到敌人诈降，大怒，上马挥刀冲入阵中，贼势一时受挫。但是，贼兵全是轻骑，崔延伯带领的多数是步卒，面对野蛮的骑兵，崔延伯军大败，死伤者有数千人。

萧宝夤看到敌势强大，为了安全，退保泾州。

崔延伯兵败感到耻辱，命令手下修缮器械，招募部分骁勇，不报告萧宝夤，独自出兵袭贼，贼兵没有准备，散乱不整，遂大败，可惜在战乱中，崔延伯被流箭射中，丢了性命。

却说萧宝夤帐下有一人，姓郑，名俨，河南开封人。此人仪容俊美，丰神俊朗，曾在胡太后父亲胡国珍帐下任参军，随胡国珍入宫，得见胡太后。

胡太后一见郑俨，大为欣赏，曾私下里召见，成就了床上好事。因宫禁严密，所以知道的人很少，后来，太后被幽禁，他们便不能见面了。

萧宝夤出征时，郑俨随军出发，并被授予参军之职。在雍州已有一年。一天，他得到消息，胡太后已经临朝主政，心中大喜，他想进京，可是没有理由。他想来想去，有了主意，对萧宝夤说："王爷，现在太后又临朝主政，不知王爷进贺表没有？如果没进贺表，太后会不会怪罪王爷呀！"

萧宝夤听了，觉得很有道理，说："唉，最近军务繁忙，居然没有考虑到此事，你提醒得好，我应该马上写贺表，可是让谁去送呢？"

郑俨急忙说："王爷如果没有合适人选，我愿意为王爷去送贺表，并向太后说明，王爷出师以来，多次打了胜仗，最近打一次败仗，是有原因的。如果我说明原因，相信太后不会责备王爷的。"

萧宝夤听了大喜，说："如此甚好。"

不知郑俨为萧宝夤送贺表后事如何，请看下回章节。

# 第 11 回

## 胡太后淫乱误国事　尔朱荣树旗招贤才

却说萧宝夤听了郑俨的话，非常高兴，说："如果君能完成使命，我还有什么忧虑呢？"

萧宝夤写了贺表，交给郑俨回京城送去。

郑俨心中大喜，赶紧收拾行装，奔往京城，想到过去与太后的私情，日后定能获得重用，不由得欣喜若狂。到了京城，郑俨将贺表呈上。

胡太后一看贺表，有郑俨的名字，急忙召见。

郑俨来到金阶之下，向上朝拜。

胡太后说："本宫很早就想召见你，不知你在哪里，没想到你随军去了，今天得见，真是欣慰之至。"

郑俨跪在地上，谦卑地说："我以为今生再也见不到太后了，今日得见圣容，如拨云见日，不胜喜悦。"

胡太后说："本宫身边正缺少良臣辅佐，卿当留下来，为本宫分忧，不必再到阵前去了。"

郑俨再次拜谢。

胡太后淫情旷久，今日见到旧情人，满怀春意，也不顾朝廷礼仪，说："今日朝会到此散了吧，本宫要了解前方战场形势，郑俨留下。"

众臣散朝，郑俨随太后到了后宫。

到了后宫，胡太后也不避身边宫人，抓住郑俨的手，往怀里一拉，说："看到卿我就把持不住了。"边说边拥着郑俨走向床边……

当天夜里，郑俨在后宫留宿。

第二天，胡太后上朝，授予郑俨谏议大夫、中书舍人，兼领尝食典御，昼夜留在宫中，不许外出。即使休息回家，也有宦官相随，所以，郑俨见到妻子，也只谈家务，不敢有一句私语。

从此，郑俨宠冠群臣，不少奸佞之徒争相与之结交。

中书舍人徐纥，聪明过人，颇通文墨，为人机巧，善于谄媚，所以，常投靠权要人物。早期他跟随清河王，清河王去世后，改投元叉门下，元叉失势后，他通过清河王的关系，向胡太后献殷勤，胡太后看在他曾是清河王的人，召他为中书舍人。如今，他看到郑俨在胡太后那里得宠，极力奉承，投靠郑俨。

郑俨发现徐纥才思敏捷，与自己志趣相投，把他当作知己，遇事与他商议，随着二人的权势越来越大，人们称他们为"徐郑俨"。

数月后，郑俨升为中书令、车骑将军。徐纥升为给事黄门侍郎、中书舍人，总管中书门下所有的事，有关军国的诏书，都出自他手。

徐纥文化素养较高，办事尽力，即使不让他休息，也不以为疲劳。遇有大事急诏，他就让几个官吏执笔，或行或立，一边口授，一边指导，很快就成，而且合乎事理，所以，权力之柄被其窃取。同时，他对人当面极为恭敬，而背后却非常诡谲。

给事黄门侍郎李神轨，身材修长，长相俊美，颇有才能，办事干净利落，潇洒自如，也受到太后的喜欢。他私下里也被太后宠幸，只是不如郑俨受宠。还有一个给事黄门侍郎袁翻，也受到太后的宠幸。

胡太后身边有了郑俨、徐纥、李神轨、袁翻四人，只顾享乐，朝政逐渐有些荒废。

北魏正光六年（525年）春，元渊大军与六镇叛军已经相持数月不下，元渊向朝廷上奏："请联系柔然出兵，夹击叛军定可取胜。"

朝廷收到奏报，立刻准奏。于是，元渊派使者到柔然，请其出兵共同讨伐叛军。

柔然主阿那环看了求援信，命头兵可汗为帅，率领十万大军，进攻武川和沃野。

破六韩拔陵知道柔然骑兵厉害，为了躲避柔然大军，率领二十余万大军渡黄河南移，头兵可汗在后面紧追不舍，过了黄河不久，遭到元渊大军阻击，两军混战，破六韩拔陵被杀得大败，士兵死伤大半，有的投降，有的逃走，官军大胜，破六韩孔雀在与头兵可汗交战中，因看到军队大败，心慌意乱，被头兵可汗斩于马下。破六韩拔陵在亲兵的护卫下，逃往西部去了。

六镇叛乱被平，元渊向朝廷报捷。

胡太后收到报捷的文书，心中大喜，在宫中举行宴会，庆祝平叛大捷。

元渊又来了奏报，说："平叛以后，投降的人员很多，请朝廷下旨，如何安排这些降户？"

胡太后下诏：派遣黄门郎杨昱前去，将这些降户分散安置到冀、定、瀛三州。

胡太后觉得六镇之乱已平，可以高枕无忧了，在宫中更加放心，每日淫乐不止。

却说山西的西北有一个秀容川，相当于今山西西北部云中山、句注山迆西，桑干河、汾河上游和黄河东岸一带，分为南秀容（今山西吕梁山区）、北秀容（今山西忻州），居住着契胡族人。契胡部族原是匈奴族的一个部落，属于汉朝时期分化北匈奴的一支。北秀容契胡人尔朱氏一族，早年降附于北魏政权，被道武皇帝安置在北秀容。秀容川内有一条河，流经神池、五寨、保德县等地，孕育着一片肥沃之野。尔朱氏为契胡部族酋长，经过一个多世纪的繁衍生息，尔朱氏不但人口逐渐增长，而且积聚了大量财富。

北秀容的第三代酋长尔朱代勤，勇武过人，性情豪爽，对人宽厚。有一次，他带领部下到山中打猎，在追杀一只老虎时，有一个士兵拔箭射虎，慌忙中误射到了酋长的臂膀，士兵看到伤了酋长，吓得丢弃弓箭，跪在地上求饶。尔朱代勤没有发火，而是拔出箭还给部下，说："你不必慌张，我知道你不是故意的。"

尔朱代勤如此宽怀仁慈待人，受到军民的拥护。当时被皇帝封为肆州刺史、梁国公，九十岁去世。其儿子尔朱新兴世袭了父亲的职位，他重视发展畜牧业，特别喜欢养马，不长时间，使得北秀容的山川骏马成群、牛羊无数，他要求牧民将不同颜色的牲畜放置在不同的山谷，站在高处远望，蓝天白云下，牛羊成群，万马奔腾，风景如画。每当朝廷打仗的时候，尔朱新兴就献上很多马匹，孝文帝感到他忠心为国，提拔他为将军，封为秀容镇第一酋长。尔朱家的酋长府面积很大，与王侯的府邸一般。尔朱家里府库充盈，富可敌国，不但有自己的军队，而且帐下猛将如云，军力强盛。

尔朱新兴的儿子名荣，字天宝，聪明过人，浓眉大眼，鼻直口方，如今已经长大，身材挺拔，勇武有力，善于射猎，做事果敢，每次设围打猎，对士兵陈述方法，号令严肃，众人不敢违犯。

秀容川的高山之上，有三个水池，深不可测。尔朱新兴曾带着尔朱荣到池边游览；忽然听到一阵箫鼓之音。尔朱新兴对儿子说："相传，凡闻此声者，皆能官至公辅。我已年高，不可能再去当官，此音该是为你而来，你要勤勉，不可懈怠。"

有一次，尔朱荣随父亲入朝，皇上元恪看到尔朱荣相貌不凡，非常喜欢，把中山王元英的妹妹北乡公主赐婚给他。

元恪去世，儿子元诩登基，尔朱新兴上表，称自己年老，不适宜理事，请传位于儿子尔朱荣。

元诩准奏，下旨令尔朱荣世袭其父的爵位。不久，尔朱新兴去世。元诩再次下旨，封尔朱荣为游击将军。此时，契胡部落已经拥有八千余户民众，饲养的马、牛、羊、骆驼不计其数，山谷里一派富饶景象。

尔朱荣颇有其祖父风采，喜欢狩猎，每年春秋两季，率领家眷、亲兵，到深山大泽围猎取乐。他非常喜欢养马，经常派人外出寻马，发现良马，就买回来。尔朱荣还招募了许多善骑的勇士，训练成骑兵，以备战时使用。他选拔骑兵的标准很高，必须是契胡族出身，身高在六尺以上，腰细、膀宽，身强力壮，武艺高强。考核项目：一是骑马射箭四次，全部命中；二是扛着两斛米，走三十余步。一斛米大概有一百五十斤，一般人很难达到标准。

尔朱荣训练军队，制定了严格的规章制度，饮食起居完全按照制度执行。契胡族是马上民族，个个具备骑马、射箭、摔跤等本领。尔朱荣又让士兵练习刀法、枪法，先在地上练习，熟练后，再上马厮杀。在秀荣川的山谷里，一会儿单兵骑射比赛；一会儿成双成对厮杀；一会儿万马奔腾，驰骋山间，非常壮观。虽然训练如此严苛，契胡族的青年壮士依然踊跃报名，参加选拔。因为骑兵打仗在马上冲锋，马的装备精良，一般很少受伤。同时，尔朱荣给骑兵的兵户福利很高，所以青年们乐意参加。

尔朱荣有三个儿子、两个女儿。长子名菩提，次子名义罗，三子名文殊，均未成年。长女名娟娟，十四岁，容颜绝世，有沉鱼落雁之容。二女儿名琼娟，聪明伶俐，性格颇似其父，刚烈异常。

尔朱荣最近的堂弟叫尔朱世隆，比较近的两个弟弟，尔朱度律、尔朱仲远，还有两个侄子，一个叫尔朱兆，一个叫尔朱天光。这五人身材健壮，武艺超群，当时被人们称为尔朱"五虎"。五人之中尔朱兆力气最大，武艺最好，十分勇敢，尔朱荣非常喜欢他，对待这个侄子，像亲儿子一样。尔朱荣身在山西，却关心朝政，他看到皇帝年幼，太后淫乱，朝政荒废，六镇叛乱，朝廷讨伐居然屡战不胜，最后，借助柔然之兵方才获胜。心想，我部兵精粮足，宗族内人才辈出，若得到皇帝重用，可以匡扶社稷。这一天，尔朱荣召集"五虎"商议，说："现在四方叛乱，兵起云涌，名都大郡，多被贼兵占领了。几年来，朝廷出师，胜少败多，贼人势力越来越大，将来咱们这里也不会安宁，我们现有的军队，仅仅可以看守家园。若想上为朝廷出力，下保平民安全，必须招兵买马，壮大力量，然后才能剪除凶暴，你们认为怎么样？"

大家听了，都说好。

尔朱世隆说："主公说的对，上保朝廷，下安黎民，这是青史留名的功勋，当然是好事！"

尔朱荣听了，非常高兴，说："既然大家统一了意志，要立即行动。你们五个人，一边招兵买马，一边加强操练，增强士兵的战斗力。"

尔朱荣在秀容城上树起了一面大旗，上写"广招贤才、共济时艰"。不久，四方有才勇武之人，相继来投。

此时，南秀容万于乞真聚众造反，占据城市，杀了太仆卿陆诞。

尔朱荣听到消息，立即派尔朱兆率兵三千，讨伐万于乞真。两军对阵，万于乞真出战尔朱兆，不到三十个回合，尔朱兆将万于乞真斩于马下，叛军看到主帅被杀，立刻四散逃走，尔朱兆一阵追杀，很快平息了战乱。

尔朱荣向朝廷上奏，万于乞真叛乱，已经派兵平乱的战绩，并将其首级封存，送到了京城。

胡太后与元诩看了大喜，封尔朱荣为博陵郡公，长子菩提世袭，赐金三十斤，彩缎百匹，对尔朱荣十分宠信。

桑乾郡（今山西山阴县东）的斛律洛阳与河西牧子费也头共商起义，互为犄角。尔朱荣得到消息，亲自率领队伍前去讨伐。两军对阵，起义临时集起的民众，哪里是尔朱荣军队的对手，在桑乾镇西被杀得大败，斛律洛阳、费也头先后被杀，尔朱荣写了战表，将二人首级封存送到朝廷。

胡太后与元诩又封他为安北将军，都督恒、朔二州的军事。

从此尔朱荣名声大噪，四海皆知。豪杰之士不断来投。刘贵、司马子如、贾显智、侯景、窦泰等，先后来投奔，尔朱荣一一接纳，量才录用。

敕勒人斛律金武艺高强，行兵打仗善用匈奴之法。远望尘土，就知来敌有多少人马；伏地一听，就知敌人骑兵距离还有多远。他原来在怀朔镇杨钧手下为将，杨钧死了，归顺了破六韩拔陵，后来，看到破六韩拔陵难成大事，想办法脱身，来投尔朱荣，尔朱荣命他为别将。

却说高欢的妹夫库狄干，看到北方兵荒马乱，很不安全，带着家人要去京城避乱。云州刺史费穆知道此人勇而有才，在半道上截住厍狄干，请他到云州共守城池。此时北方大部分城池已落入贼人之手，而云州还在官兵手中。但是，四周道路阻塞，外部援兵不来，粮草已尽，费穆知道城池守不住了，与厍狄干弃城向南逃去，投奔尔朱荣。

尔朱荣按礼仪接待了他们，然后送费穆回朝，留下厍狄干为别将。

尔朱荣通过一段时间观察，投奔来的武将，都不是帅才。他召来刘贵，说："自从树旗招贤以来，确实来了很多人才，但是，总感觉缺一个多谋善断、出类拔萃像韩信一样的人才，能与他共同平定天下，你觉得现在有这样的人物吗？"

刘贵说："如今天下大乱，豪杰辈出，但是，在我交往的朋友中，这些人都比不上怀朔镇的高欢，此人之胸怀、才智足以担当明公刚才说的大任。"

尔朱荣说："高欢，此人之名也有耳闻，不知他现在哪里？"

刘贵说："我听说破六韩拔陵在怀朔镇烧杀抢掠，高欢为了保护家属和当地百姓，现在怀朔镇西南一个寺庙里躲避，如果明公能重用他，对平定天下一定大有益处。"

尔朱荣听了大喜，说："你与高欢有交情，快快与我招来，我一定重用他。"

刘贵回去，给高欢写了一封信，详细叙述了尔朱荣对他的倾慕之情，希望他早日来投，写好信后，派人速速送去。

刘贵的信使到了怀朔镇寺庙里，高欢看了书信，立即找来尉景、段荣等商量，说："如今群雄纷起，世事反复无常，刘贵来信，邀我去投尔朱荣，家里这么一摊子，还有那么多百姓，我怎么能离开呢？"

尉景说："你说的对，尔朱荣虽然势力很大，但是，他的为人咱也不了解，况且一听召唤就去，未免被他看轻了，不如在这里暂住，看形势发展，时机到了，再去不迟。"

高欢说："你说的正合我意，那就暂时不去了。"高欢说完，给刘贵写了回信，简要叙述了目前情况，暂时走不开，以后有机会一定赴约。

孙胜突然带着家眷来找高欢，原来他的家乡阳曲川来了乱兵，家财被抢光了，于是来请求住在一起，高欢自然同意。

一天，高欢、尉景、段荣下山打探消息，到了傍晚才回来。刚到山下，见一个人在路边站着，看到高欢等人，问道："请问壮士，谁是高欢？"

高欢上前，说："我是高欢，你是谁？"

那人说："我叫贺拔文兴，我主在后边等待多时了，请您过去说话。"

高欢问："你主是谁？"

贺拔文兴道："我主杜洛周，他看到当今天子软弱，朝廷无道，百姓愁苦，聚集了十万兵马，占据了上谷城，想建立霸王之业，以解救百姓性命，他仰慕壮士很久了，知道你文武兼备，智勇双全，是当今豪杰，想委屈壮士到他的部下，同举义旗，共创伟业，这次他亲自来了，令小的先过来致意，请壮士过去。"

高欢说："你主大概不了解我，我因智勇不足，在此避难，有何德何能去辅佐别人呢？"

　　高欢话说完，忽听一声炮响，从山口涌出无数人马来，旌旗密布，刀枪如林，堵住了上山的路口，高欢不由得心中一惊，欲知高欢如何对待来兵，请看下回章节。

# 第 12 回

杜洛周恃强招高欢　元洪业叛变杀修礼

话说高欢看到一支队伍出现，坐在马上之人，身穿贴身短衣，长裤革靴，衣身紧窄，外披红袍，眼窝深陷，鼻梁高挺，络腮胡子，此人在马上欠身道："我乃杜洛周，我妻弟给你讲了，你若答应，便一起走，若作别想，恐刀枪无情，惊动了你的家人就不好了。"

高欢听说杜洛周乃柔玄镇人，在上谷（今北京市延庆区）起义。高欢把尉景、段荣拉到一旁，说："如今形势，只能服从，如若不然，恐怕妻子儿女都不得安生。"

尉景、段荣都说："若要去，我等愿一同去。"

三人商量以后，来到杜洛周马前，高欢说："承蒙如此看重，我和这两位兄弟商议，愿意相随。"

杜洛周听了大喜，下马致礼，说："你必须带着妻子、儿子一同前去，我才放心，省得你身心两处，分散精力。"

高欢只好同意，一起来到菩提寺，杜洛周说："我在外面等候，你去里边收拾一下，快速整理行装，然后起身。"

高欢到寺内，将事情的缘由告诉了昭君以及岳父。

娄内干大吃一惊，说："你们都走了，我们在这里依靠谁？"

昭君说："杜洛周是反贼，你去他那里干什么？"

高欢说："我知道他是反贼，但是，现在保命要紧，暂时随他而去，以解目前危机，快去收拾东西吧。"又对娄昭说："如今人力已少，如有外寇来侵，难以抵抗。你在这里不可长久，随后去平城吧。"

于是，高欢、尉景、段荣等与娄内干一家告别，昭君姐妹流泪拜别父母，分手而行。

杜洛周自从得到高欢等人，士气更壮，一时兵士云集，军马更多。他命人在上谷修筑台子，举行盛大的仪式，登基自称天子，改元真王。对手下的文武官员，各有封赏。高欢被封为大将军，杜洛周命他统领一万军马，去攻打幽州。

幽州刺史常景得到报告，立即上表，奏知朝廷。朝廷命常景为行台尚书，与幽州都督元谭，一同讨伐杜洛周。

常景起兵五万，对卢龙一带的关口全部派兵把守。元谭带兵三万，驻扎在居庸关，严加防范，随时准备出击。

杜洛周带兵攻打安州（今北京密云区石匣村一带）。常景立即派别将崔仲哲助守居庸关。没想到崔仲哲不善战，被杜洛周杀了。消息传到居庸关，元谭被吓破了胆，带领人马弃关逃回了幽州。

杜洛周来到居庸关，看到官兵望风而逃，站在关上趾高气扬，仰天大笑，喊道："如此官兵，胆小如鼠，居然不堪一击！"

杜洛周的军队大部分是参加过六镇起义的镇兵，还有一些是无法生活的北方游民。他们跟随杜洛周打仗，主要目的是填饱肚子，抢一些财宝，所以，每到一处就疯狂抢掠，杜洛周不仅不管，而且鼓励士兵掠抢。

杜洛周占领了居庸关，并没有前进，而是退回了上谷，高欢看到杜洛周如此行事，感觉他成不了气候。

却说破六韩拔陵失败后，降魏的二十余万六镇军民，被分散于河北冀、定、瀛等州，称为降户。此时河北水旱之灾，连年不断，当地居民生活十分艰难，突然增加这么多降户，民众生活难上加难，这些降户的日子更是缺吃没穿，难以维系。

原怀朔镇兵鲜于修礼，颇有胆量，打仗勇敢，做人很讲义气，所以身边聚集着一帮意气相投的朋友。

北魏孝昌二年（526年），春节过后的一天，鲜于修礼的几个朋友来找他，说："大哥，皇帝将我们安置在这里，不管我们死活，今后的日子怎么过呀？"

鲜于修礼想了一会儿，问："你们有什么想法？"

朋友说："我们能有什么想法，来找大哥请你出主意。"

鲜于修礼说："当初，我们跟着破六韩拔陵，是为了填饱肚子，可惜失败了。如今在这里生不如死，与其冻饿而死，不如再次聚众造反，打到城里，到贪官污吏府里抢粮食，如获成功，肯定不会饿肚子。"

兄弟们一听，说：“大哥说的好，只要大哥带头，我们一定响应。”

鲜于修礼说：“你们分头去通知族群的族长，后天来这里聚会，商量好了再举旗造反。”

于是，几个朋友进行了分工，通知分散于各地的北镇流民族长。这些镇民族长知道了聚会的意思，都踊跃参加。事情进行得非常顺利，到了聚会的时间，各族长基本到齐了，鲜于修礼一呼百应，最后决定，第二天上午，带领各自的族人，在定州的左人城（今河北唐县西北）聚集，扯旗造反，口号是："为活命而起义！"

第二天上午，北镇流民在各族长的带领下，陆续来到了左人城，人马集齐之后，鲜于修礼站在高处，发表了颇具鼓动性、激情澎湃的讲演，这些流民生活贫困，找不到出路，听了鲜于修礼提出的“为活命而起义”的口号，大家积极响应，起义得到了大家的拥护。

鲜于修礼宣布：建元鲁兴。并将队伍进行整编，以便于攻打州城。起义的消息传出，影响很大，不久，先后有些豪杰率众来投。

可朱浑元，祖籍辽东，某部族首领，自北魏建国后，其曾祖父担任过怀朔镇镇将，他生于怀朔镇，少时与高欢结识，为人宽厚、仁慈，武艺、谋略均为上乘，听说鲜于修礼率降户造反，率其部族来投。

怀朔镇将领葛荣，鲜卑人，身材魁梧，颇有勇力，骑马射箭样样精通，为人高傲、冷酷、残暴，也带领一些人来投奔。

他见到鲜于修礼时，十分谦恭，说："我作为边镇将领，朝廷不发军粮，不顾军士死活，自感无出头之日，所以，情愿跟随大帅，干出一番惊天动地的事业来。"

鲜于修礼看到这么多豪杰来投，大喜，说："我这里正缺领兵之人，将军来得正好，必有用武之地。"

鲜于修礼看到葛荣身后有两个人，问："这二位是什么人？"

葛荣道："这位叫潘乐，这位是宇文洛生，都是来投靠大帅的。"

鲜于修礼听了，面上高兴，心里却在打鼓，自己原本是一名镇兵，而葛荣是镇将，那两个人也不是等闲之辈，今后他们能听自己指挥吗？

晚上，鲜于修礼叫来一人，此人叫元洪业。

元洪业拱手问道："大帅唤我何事？"

鲜于修礼说："这几日，不断有人来投，你有何看法？"

元洪业问："大帅举事，各路豪杰来投，自是好事。"

鲜于修礼点点头，说："可朱浑元为人仁厚，可以重用。但是，葛荣原为将军，身边又有不少人才，其势力不可小觑，今后恐难以指挥，元将军你身为贵族，若不是堂兄元叉之事，怎会沦落到如此地步？所以，我想对你委以重任，不能让葛荣小瞧了我等。"

元洪业听了，立即跪下，说："若得大帅重用，必效犬马之劳。"

鲜于修礼急忙将其扶起。

原来元叉当政之时，为掌兵权，派堂弟元洪业来六镇任职。没想到太后重掌朝政，元叉被除，元洪业不敢回去，参加了叛乱，以致成为流民，听到鲜于修礼要重用他，自然感激涕零。

不久，毛普贤前来投靠鲜于修礼，毛普贤做过元渊的参军，有头脑，懂军事，所以鲜于修礼如获至宝，凡大事，多与毛普贤、元洪业商议。很快葛荣感到自己和潘乐、宇文洛生被疏远了，但葛荣为人狡诈，并不发作。

却说破六韩拔陵兵败后，广阳王元渊领兵到了恒阳，贺拔胜与两位兄弟相见，异常高兴。元渊要回京城，贺拔胜兄弟留在了恒州。

鲜于修礼起义后，率领大军来攻恒州，恒州守将命贺拔三雄出战，两军对阵，鲜于修礼没有派大将挑战，而是指挥大军进攻，贺拔兄弟急忙率兵迎战，两军正在混战，城门突然打开，原来城里有内应，叛军向城内攻去，官兵顿时大乱，贺拔允、贺拔岳与贺拔胜被打散了。

贺拔允与贺拔岳向西南逃去，走了两日，也不知去哪里好。正在犹豫之际，突然看到一人骑马带着仆人走来，那人问道："二位是哪里人士，为何带着武器在这里徘徊？"

贺拔允问："我乃贺拔允，这是我弟弟贺拔岳，你是哪位？"

那人惊喜道："原来是赫赫有名的贺拔兄弟，我乃尔朱天光，你们要到哪里去？"

贺拔允道："我们是在恒州战败，正不知道去哪里才好？"

尔朱天光听了，心中暗喜，说："我主尔朱荣正在招募贤才，二位若有意前去，我可以引荐。"

贺拔允与弟弟商量，决定投靠尔朱荣。

尔朱天光领着贺拔兄弟来到秀容城，立刻向尔朱荣报告："尖山的贺拔允、贺拔岳兄弟来投。"

尔朱荣一听，让尔朱天光请他们进来，尔朱荣看到贺拔兄弟，急忙起来握住二人的手，说："将军兄弟的事迹我早已如雷贯耳，真是盖世英雄，仰慕你们很久了，今日有缘相见，真是万幸。听说你们在恒州，怎么到这里来了？"

贺拔允将经过叙述一遍，说："我们正不知去哪里才好，正好遇到尔朱天光，才知道明公在招贤纳士，劝我们来投，如果明公能收录我们，一定尽心竭力为明公效力。"

尔朱荣听了，高兴地说："将军兄弟来到我这里，乃上天的安排，只是不知道令弟如今在哪里，我可以派人去找，使你们兄弟相聚。"同时授予二人将军之职。

尔朱荣想观看二人武艺，他挑选了一些人马，带着贺拔允、贺拔岳，一同去打猎。路过肆州城下，肆州刺史尉庆宾嫉妒尔朱荣的强悍，闭城不出来迎接。

尔朱荣大怒，说："这个东西居然敢怠慢我。"命士兵攻城。

突然城门大开，一员少年将军带兵杀了出来，摆开阵势，跃马上前，高声叫道："我乃贺拔胜，哪个不怕死的来与我决战？"

贺拔允、贺拔岳二人也看到贺拔胜了，贺拔允高声叫道："破胡，你怎么在这里？"

贺拔胜听了一愣，原来是哥哥，拍马过来，下马就拜，说："兄长和弟弟，我找得你们好苦啊！"

贺拔允、贺拔岳也急忙下马，对贺拔胜说："恒州战败后，我二人走投无路，巧遇尔朱公侄儿尔朱天光，经他介绍，才投靠尔朱明公，兄弟你怎么会在这里？"

贺拔胜说："我也是从恒州战场跑出来，找不到你们，来到肆州，多蒙刺史以礼相待，所以留在了这里。"

贺拔允说："兄弟过来，见过尔朱明公。"他把弟弟领到尔朱荣面前，说："明公，这就是我弟弟贺拔胜。"

尔朱荣早已下马，等着贺拔胜过来，说："我见到破胡将军，心情突然开朗，真是巧呀！"

贺拔胜问："明公，不知为什么要攻打肆州？"

尔朱荣哈哈大笑，说："其实是小事一桩，无非是因他对我无礼而已。"

贺拔胜说："既然尉公冒犯了明公虎威，我在这里代他谢罪，如果明公能宽恕他，我愿投奔您，绝不忘您的恩德。"

尔朱荣听了，呵呵一笑，说："破胡将军讲情，怎能不允？"说完将腰间的狮蛮带解下来，赐给贺拔胜，署为副将。

尔朱荣命贺拔胜带路，进入城中，尉庆宾上前谢罪。

尔朱荣说："像你这样不懂礼仪之辈，如何配当刺史？怎么配领导破胡这样的将军？现在破胡为你求情，免去你死罪，也免去刺史。"命尔朱羽生为肆州刺史，带尉庆宾回了秀容。

话说鲜于修礼叛乱，朝廷命河间王元琛带兵讨伐，两军先后几次交锋，官兵大败，鲜于修礼发令大军围攻中山（今河北定州）。

中山刺史、行台杨津，坚守城池，并请长孙稚与河间王元琛一起率军来援。

杨津，字延祚，弘农华阴（今陕西华阴市）人。乃侍中杨播之弟。杨津原来在朝中供职，永平年间，奉调出朝，以征虏将军头衔任岐州（治今陕西凤翔县）刺史。延昌末年，起为右将军，任华州（治今陕西大荔县）刺史。以前，该州征收税绢时，官府使用的尺子不合标准，多收了百姓的税绢。经办的官吏将多收的绢私分，害苦百姓。杨津到任后，下令用标准尺收绢，并对缴纳优质绢的百姓奖励一杯酒，以示表彰。对缴纳的绢质量差、不够尺寸的百姓，不给其喝酒，以示告诫。因此，杨津深受民众爱戴，争相缴纳好绢，官府收税比以前顺利多了。

杨津善于谋事，在鲜于修礼未来时，他就修理战具，重修城墙。鲜于修礼、葛荣带兵轮番攻打中山，依然攻不进去。

葛荣建议挖地道攻城，杨津知道了，在城中离城墙十步的地方，挖通了许多地道，潜伏士兵，设置炉火冶铁，如果敌人进来，用铁熔液灌敌军。叛军因而相互告诫说："不怕锋利的铁矛、坚固的城池，只怕杨公的铁浆火星。"

该年五月，朝廷委任广阳王元渊为大都督，章武王元融为左都督，裴衍为右都督，率军援助中山。

元渊大军走到临水县（今河北磁县），天色已晚，元渊命令大军在此驻扎。当晚，元渊找来参军于谨商议军情。

于谨说："王爷，我听说元叉有个堂弟叫元洪业，元叉被杀后，他惧怕追责，不敢回京，参加了鲜于修礼的叛乱，若王爷修书一封，秘密派人送去，让他寻机杀了鲜于修礼，朝廷不但不追责，还可封他为刺史，此计若成，大功可成矣。"

元渊听了大喜，说："妙计，我立刻修书，你要派亲信前去送信。"

于谨立刻派人去送信。

元洪业接到元渊的来信，心中不免打鼓，鲜于修礼说要重用他，无非是收买其心，并没有给他要职。毛普贤来后，鲜于修礼有事多与毛普贤商议，元洪业心中难免有怨气，他想：我本是皇家贵族，怎么比不上个普通流民？正在郁闷之际，收到了元渊的密信。元洪业问送信人："广阳王现在何处？"

送信人说："大军已过漳河，到临水县了。王爷让我告诉你：'要你多为未来考虑。'"

送信人离开后，元洪业又看了信，脑子开始思索。跟随鲜于修礼，前途未卜，若投靠朝廷，成为刺史，那是最好的选择。但是，看看葛荣、可朱浑元、毛普贤等，都不是等闲之辈，如何下手呢？

他思谋不定，找来自己的心腹，让他们看了密信，他问："你们看，此事可行否？"

几个心腹面面相觑，不知如何回答。一人问："将军以为如何？"

元洪业说："此等大事，非一人可为，如仅为我一人，不做也罢。我等兄弟之间，都是最可信任之人，现在，各位兄弟屈居人下，很难有出头之日，若事成之后，我成为刺史，绝不忘各位兄弟，自然各有高升了。"

几个心腹说："将军若行此大事，我等自当效劳。"

元洪业说："咱们出手，除掉鲜于修礼不难，若惹得葛荣、可朱浑元、毛普贤等不满如何是好？"

一个心腹说："葛荣、潘乐、宇文洛生现在去阻击章武王，所以不足虑。但是，毛普贤却不可小瞧，要一并除掉，然后不可停留，立即去与广阳王会合。"

元洪业说："此法很好，这几天看我眼色行事。"

时值八月初，天气依然炎热，这几日鲜于修礼心情郁闷，中山城久攻不下，葛荣等阻击北来的章武王元融之兵，胜败未卜，南边广阳王元渊也带兵来援，到时候南北夹攻如何是好？

当晚，鲜于修礼喝酒浇愁，不觉酩酊大醉，回到大帐睡去了。时过子时，元洪业带着心腹来到鲜于修礼大帐前，卫兵看到是自己人，说："大王喝醉了，已经睡了。"

元洪业和心腹突然抽刀，杀了两个卫兵，然后来到帐内，砍下了鲜于修礼的头颅，可叹鲜于修礼一时豪杰，在醉梦中丢了脑袋。

元洪业让心腹将卫兵尸体拖入帐内，然后扮作卫兵，站在帐外，专等毛普贤到来。

不知毛普贤来了性命如何，请看下回章节。

# 第 13 回

## 斩叛将葛荣始称帝　被猜忌高欢再出逃

话说元洪业与心腹等毛普贤到来，不久，毛普贤来了，走进鲜于修礼大帐，元洪业的两名心腹，从背后袭来，毛普贤毫无防备，顿时被杀。

元洪业提着鲜于修礼的头，对赶来的军士说："鲜于修礼带头造反，大逆不道，我受朝廷密旨，已将其除掉，愿意投靠朝廷的跟我走，不愿意的也不勉强，自己寻找出路。"

元洪业和几个心腹，笼络了一些人，正在计划如何向南逃跑，忽然来报："葛荣带兵来了。"

元洪业听到葛荣带兵来了，大吃一惊。不久，葛荣赶到，看着元洪业，冷笑一声说："元将军，没想到吧？我早知道你有二心，所以派人盯着你，现在果不出所料，露原形了吧！"

原来葛荣看到鲜于修礼防着自己，他派人暗中关注鲜于修礼，有什么消息立刻报来。没想到元洪业反叛，收到密报，急忙赶来了。

元洪业忙说："我有广阳王密信，剪除贼人，葛将军原是朝廷将官，若能投靠朝廷，自然会被重用。"

葛荣说："我刚刚反了，现在又去投靠，岂有此理？"

葛荣命令手下，将元洪业等人绑了，召集鲜于修礼的部下，说："大帅被元洪业等小人杀害，我们该怎么办？"

军士大喊："杀了他们，为大帅报仇！"

葛荣立即杀了元洪业等，为鲜于修礼报仇，同时，顺利接手了鲜于修礼的部下。

葛荣看到中山一时攻不下来，召集潘乐、宇文洛生和可朱浑元等，说："中山久攻不下，今南有广阳王元渊，北有章武王元融，此地不可久留，不如放弃中山，向北瀛洲方向进发。"

潘乐说："北边有元融大军，若相遇必有一战。"

葛荣听了，笑着说："元融，背绢砸脚之徒，何足挂齿！"

潘乐、宇文洛生听了，不由得笑起来，原来大家都知道此事。

有一次，胡太后带领王公大臣到储藏绢布的仓库巡视，看着随行王公贵族十几人，她突发奇想，下令说："诸位爱卿，可随意取绢，使足力气，只要背得动，可以带回家去。"

结果，这些平时峨冠博带、道貌岸然的王公大臣，立刻丑态百出，使尽气力，左夹右扛往家里搬。章武王元融和尚书令李崇最贪心，背的绢过重，仆倒在地，元融被砸伤了脚，李崇扭伤了腰。

胡太后看了，先是大笑，然后突然发怒，让卫士把两人赶出仓库，一匹绢也不给他们，当时被人传为笑柄。

侍中崔光只取两匹绢，胡太后问："崔爱卿为何拿这么少？"

崔光回答："臣两手只能拿两匹"。

元融、李崇与其他人听了，脸色涨红，羞愧难当。

葛荣率领大军向北出发，到白牛逻（今河北博野县东南）与元融大军相遇，摆阵大战。

葛荣对众将与军士喊道："我们造反是为了吃饭，只有打胜仗，才有饭吃，明白吗？"

叛军齐呼："知道了！"

葛荣振臂一呼："杀呀！"跃马冲向敌阵。两军混战，不到一个时辰，官兵大败。

元融看到大事不好，急忙拍马逃走。

葛荣高声喊道："元融哪里走？"拍马追去，葛荣马快，不到二里追上了，葛荣举刀就砍，可叹元融命运不济，被砍下头颅。

葛荣军大胜，占领了瀛州（今河北河间市），他召集将领，说："我等起义以来，没有番号，不好称呼，大家商量一下，搞一个国号，每人有一个职务，以后也好称呼。"

各位将领听了，自然十分高兴。

葛荣说："我已经想了一个国号，为齐，我为天子，年号广安。各位大将按贡献封王：潘乐为京兆王，宇文洛生为渔阳王，可朱浑元为梁王，王基为济北王，任延敬为广宁王。在这次作战中，涌现出来的将官，如独孤信、韩贤、张保洛、张琼等，封为将军。"

诸位将军听了，都很高兴，立即制作旗帜，对外宣布，并大摆酒席庆贺三天。

葛荣领导的义军，纪律涣散，四处乱窜，每到一处就大肆抢掠百姓东西。

元渊听到元洪业被杀，葛荣向北窜去，领兵追去，这一天，探马来报：元融兵败，被葛荣杀了。元渊立即下令停止进军。

元渊停军不前，消息传到京城，侍中元晏对元渊不满，趁机向胡太后奏道："广阳王领兵讨贼，不知何因，目前停军不前，他的军师于谨，足智多谋，如有不臣之心，危害要比叛军大呀！"

胡太后听了，立即下旨，捉拿于谨来京。

于谨知道后，对元渊说："太后身边一定有小人诋毁王爷，若不说明停军原因，被朝廷怀疑，后患无穷，我需亲身赴京，说明原因。"

于谨不等朝廷来抓，主动回京投案，请见太后。

胡太后亲自召见，于谨详细说明了前方战场形势，广阳王停军不前的原因。胡太后听了，疑惑稍解，放了于谨。

元渊领兵返回，到中山的南佛寺，命休整三天。他与都督毛谧商议，若遇紧急情况，每人臂膀上系一条黄色丝巾，作为标志，这样不会自相残杀，还可相互救助。

毛谧不明白元渊意图，将此事秘密告诉了杨津，并说："元渊如此行为，是否图谋不轨？"

杨津说："元渊讨贼半途而归，举动异常，不可不防，你可见机行事，随时将其抓获。"

有人将杨津所言告诉了元渊，他感到郁闷，前有朝廷怀疑，今又被身边将领怀疑，下一步如何与叛军交战？不如回京请朝廷另派人讨贼。于是，带领亲信回京去了。

毛谥得到消息，立即派人追赶。

元渊与亲信抄小路到博陵郡（今河北饶阳县）界，恰与潘乐带着流动骑兵相遇，潘乐不费吹灰之力抓了元渊，将其绑了，去见葛荣。

葛荣看到抓来广阳王元渊，心中大喜，但是，他不想杀元渊，命潘乐给王爷松绑，按客人招待。

元渊在葛荣军中，不论对将军还是士兵，交往都是谦恭温和，礼貌待人，受到很多士兵的喜欢。

葛荣为人凶悍，心胸狭窄，他看到元渊如此行事，受人称道，心中很不是滋味，自己刚刚称帝，人心未稳，倘若大家拥护元渊，被其取而代之，岂不坏事？于是，葛荣派人在元渊的食物里投毒，害了元渊。

葛荣自破章武、广阳二王之后，在河北锋不可当。

却说高欢在杜洛周处，对他领导的军队，制定了详细的军纪，要求严格执行，并赏罚严明，很快得到了士兵的拥护。

杜洛周看到高欢威信不断升高，人心逐渐归于高欢，心里很不高兴。他召来贺拔文兴，说："你发现没有，现在军心不稳，人心逐渐归于高欢，如果他像元洪业那样，我就是下一个鲜于修礼。这事绝对不能发生。俗话说先下手为强，不如想办法杀了他，免得日后受其害。"

贺拔文兴说："尉景、段荣都是高欢的亲戚，如果要杀高欢，这两个人也不能留下。"

杜洛周想了一下，说："马上到中秋节了，那天晚上，我们就说要赏月，在山里设宴，请他们三人来，到时候埋伏下军士，将他们拿下，找一个罪名，杀了他们。"

杜洛周与贺拔文兴密谋的时候，在帐外站岗的一个小校，听得一清二楚。这位小校平时受段荣照顾，与其关系极好，私下里将杜洛周的计划告诉了段荣。

段荣听了，大吃一惊，当时已是深夜，又怕被人发觉，所以不敢马上去找高欢，一夜几乎没睡，天明以后，先到大帐参谒，诸将都到齐了，唯独不见高欢到来。杜洛周问："高欢怎么没有来？"

有人禀报说："高欢昨天晚上喝醉了，现在还没起床呢，所以不能来。"

杜洛周说："今天是中秋节，天气不错，佳节不可虚度，我想晚上在山里设宴赏月，大家一定要去。段荣负责告诉高欢，不可缺席，必须参加。"

段荣说："高欢虽然醉了，到晚上肯定能去，主公你可以先走，我去催他，一定让他与主公共同赏月。"

杜洛周听了，点头答应了。

段荣出帐，立刻来到高欢家，将杜洛周与贺拔文兴密谋之事告诉了高欢。

高欢大吃一惊，立即找来尉景，简单说明情况，让昭君、云莲赶紧收拾行李，再悄悄约会蔡隽、孙胜两家做好准备，到下午一起逃走。

下午，高欢探听到杜洛周已经出城，他们将家属藏到车里，尉景在前边带路，蔡隽、孙胜殿后，悄悄出城了。

高欢和段荣跟随众将骑马进山去赴宴，走到中途，高欢对众将说："我有一件事忘记处理了，段荣你和我回去处理一下，你们先去，我们随后赶到。"说完，掉转马头往回走，等众将走远了，他们立即拍马飞奔，追赶家属去了。

晚上，晴空万里，月明星稀，皎洁的月光照得山头一片明亮。杜洛周摆好宴席，埋伏好士兵，一切安排妥当，却不见高欢等人到来，派人去催，往来几里路，半个时辰后，派去的人回来了，报告说："高欢家里空无一人，有人看见他和尉景、孙胜、蔡隽等都出城了。"

杜洛周一听，立刻大怒，对贺拔文兴说："高欢等人一定得到消息，带着家人跑了，他们应该跑出去不远，你带五百轻骑，立刻去追，全部抓回来，不能让一个人逃走。"

贺拔文兴领命而去。

高欢等人脱身后，料到杜洛周一定会派人来追，他对尉景、段荣说："如果追兵到了，既要厮杀，又要保护家眷，会顾此失彼，不如蔡隽、孙胜两兄弟保护车仗先行，我们三人在后，追兵来了，杀退追兵，再去追赶他们。"

尉景说："这个办法很好，就这么办吧。"

蔡隽、孙胜保护家眷，继续前行，高欢等三人勒马站在那里，等候追兵到来。

半个时辰后，果然看到后面来了一队人马，举着火把，喊声不断，跑在前面的正是贺拔文兴。他看到高欢三人，大声喝道："高欢，我主待你不薄，为什么背叛不辞而逃，这是一个豪杰干的事吗？"

高欢一笑，说："贺拔文兴，你来得正好，与你说最有说服力。我们在菩提寺避乱，你说'杜洛周如何有英雄气概，待人厚道，将来共享荣华富贵'，所以我们才跟随了他。如今跟随他一年多了，虽没有大功，但也没有过错，为什么在山中设筵，说什么赏月，企图杀害我等？我劝你赶快回去，把我的话告诉他，并不是我们不讲义气，不辞而别，而是他心胸狭窄，心术不正，不值得追随。"

贺拔文兴听了，自知理亏，无言以对，又看到三人持枪相待，料到不是三人对手，弄不好白白送了性命，他挥手掉转马头，带兵回去了。

高欢三人拍马追赶，不久追上了家眷车队。出了上谷岭，天已大亮，突然，后面传来喊杀之声，高欢说："如果是杜洛周追来，他兵力强大，我们人少，与他们打是寡不敌众，你们快向前去吧，不可回马参战。"

昭君与儿女乘坐的是一辆牛车，高澄才六岁，小男孩调皮好动，几次掉到车下，耽误行驶速度，高欢嫌他捣乱，不听话，拔出弓箭要射死他。

昭君见了大吃一惊，高喊："段荣，快快救我儿子。"

段荣飞马过来，抱起高澄，上马奔驰而去。

后面喊杀声逐渐远去，高欢才放下心来，急急忙忙走了一天，太阳即将落山，荒野之间找不到住宿的地方，偏偏这时乌云滚滚而来，眼看要来一场大雨，这时看到远处有一个寺院，急忙向那里赶去。

中秋时节，北方的天气已经转凉，说话间雨点落下来了，渐渐地越下越大，出来时大家急着赶路，穿的衣服有点单薄，雨淋后不免发冷，大家又饥又冷，到了寺院，一个老和尚出来施礼道："阿弥陀佛，施主到此是否借宿？"

高欢急忙还礼，说："正是，打扰了。"

老和尚说："不必客气，兵荒马乱之年，寺内僧人不多，房间还是有的。"

于是，高欢一行在老和尚的带领下，到客房住下了。昭君、云莲到厨房，简单做了点饭食充饥。

第二天，高欢与大家商量，到哪里去才好？尉景说："最近，听说鲜于修礼被元洪业杀害，葛荣又杀了元洪业，成了义军的首领，他们占领了瀛洲，不如我们去瀛洲，投靠葛荣如何？"

高欢想了一下，说："目前情况也只好如此，不过到了那里，也要看看葛荣为人如何，如果与杜洛周一样，我们也不能久待。"

大家商量以后，向南方出发。到了瀛洲，高欢派段荣去联系葛荣。

葛荣一听说高欢带着家眷来了，非常高兴，立即派人迎接，为他们安排住处。

高欢对葛荣说："我等本来在山中寺院避乱，杜洛周到山上，强行逼我们参加他的队伍，将来共享荣华富贵。没想到他安排在山中赏月，准备杀了我等，幸亏得到消息，才逃出来，到大王这里投靠，不知大王肯收留否？"

葛荣听了，大笑道："我这里正要招募天下豪杰，共举大事，你贺六浑名声在外，怎么能不收留呢？"

当晚，葛荣摆酒席欢迎高欢等来投，高欢等人暂时在葛荣这里安顿下来。

却说葛荣称王后，整天大摆宴席，欣赏歌舞，搜来美女享用。

葛荣手下大将可朱浑元，原来与高欢认识，所以，二人经常接触。有一次，高欢问："葛荣每天如此行事，不知义军前途如何？"

可朱浑元说："葛荣为人并不仗义，而且性格暴躁。我也不知道他要把队伍带到哪里去？"

葛荣其实并不信任高欢，他命心腹密切注视高欢的行踪，经常向他汇报。得知高欢经常接触可朱浑元，很不放心。他想：可朱浑元为人忠厚，不用怀疑。可是高欢就不同了，此人行事与众不同，难怪杜洛周要杀他，将来可能成为后患，看来对其更得防备。

葛荣找来可朱浑元，问："高欢经常与你接触，都说些什么？"

可朱浑元说："我们都是怀朔镇人，原来就认识，无非聊些小时候的事情。"

葛荣说："我看高欢不是一般人，咱们好意收留他，他会不会学习元洪业，将来背叛我？"

可朱浑元说："高欢乃正人君子，不会做那样的事。"

葛荣又说："知人知面不知心，你能保证吗？我看你还是警告他，愿意在这里就老实点，别没事找事儿。"

可朱浑元将葛荣的警告对高欢说了。

高欢说："此人与杜洛周差不多，心胸狭窄，不可共事。"

高欢回来，对尉景说："葛荣已经对我们不满意了，看来这里也不可久留。"

尉景说："上次刘贵不是来信，说尔朱荣张榜招贤，特意邀请你去投奔，我们要是去投他，没有不被接纳的道理。"

高欢说："可惜当时没有去，现在我们在杜洛周、葛荣这里一年多，实际已经跟随了反贼，如果尔朱荣把我们当成反贼，治我们的罪，该如何是好？"

段荣说："刘贵、司马子如等人都在那里，必能为我等帮忙，应该不会被怎么样？"

不知高欢如何脱离葛荣，投奔尔朱荣后事如何，请看下回章节。

# 第14回

## 降烈马尔朱识高欢　破二关洛周据幽燕

　　话说高欢等人商量离开葛荣，准备投奔尔朱荣，高欢说：
"如果要走，绝不能说投奔尔朱荣，只能说回家看望父母。"

　　于是，高欢等带了家眷出走，留下段荣，让他等几个时辰
过后，去告诉可朱浑元，说："既然葛荣已对我等不满，不如
早点离开为好，我们商量了，要回怀朔镇看望父母。"请他告
诉葛荣，然后段荣再快马追赶他们。

　　高欢等人带着家眷悄悄离开了，段荣按计划等了两个时辰，
找到可朱浑元，说："高欢非常感谢你送的消息，他已经带着
家眷回怀朔镇了，请你代为告诉葛荣。"

　　可朱浑元一听不好，说："你赶快走吧，我去告诉葛荣。
搞不好他会派人去追你们。"

　　段荣告辞，可朱浑元停了一会儿，他想段荣可能走远了，
才去见葛荣。

葛荣听了立刻大怒，说："高欢无处可走，我好意收留他，如今不辞而别，是何居心？他们向哪里去了？"

可朱浑元说："他们说，回怀朔镇看望父母去了。"

葛荣立即命令潘乐带领一千兵马，去追赶高欢。

潘乐按照葛荣的指示，向怀朔镇方向追去，追了半天，不见高欢踪影。潘乐想：高欢那么多人，还带着家眷，不会走这么快吧。于是，他向路旁百姓询问，村民说根本没见过有人马过去。

潘乐知道上当了，只好收兵回营。

葛荣听了潘乐的汇报，气得暴跳如雷。

高欢一行向山西晋阳（今山西太原市西南古城营）方向去了，一路上饥餐渴饮，翻山越岭，慌忙赶路，总算到了晋阳，先找一家旅馆住下，然后派段荣去找刘贵，说明情况，看看能不能被收纳。

这一天，刘贵骑马走在路上，忽听身后有人高声叫道："刘君别来无恙乎？"

刘贵回头定睛一看，原来是段荣骑在马上，笑着看自己。刘贵急忙下马相见，问："兄弟，两年未曾谋面，你怎么突然来到这里？贺六浑与众兄弟现在何处？"

段荣说："贺六浑、尉景等都来了，现住客店，派我寻你前去叙旧。"在路上，段荣把事情的前因后果告诉了刘贵。

刘贵一听，非常高兴，说："我早就盼着你们来呢！"说着命令随从，立即去通知司马子如、库狄干、贾显智、窦泰等人，到客店聚会。

到了客店，刘贵与高欢等相见，简单寒暄之后，高欢说："上次接到你的信，因家眷，未能及时来投。没想到杜洛周亲自去逼，只好暂且附贼，后因杜洛周想加害我们，只好逃到葛荣处暂时躲避。葛荣嫉贤妒能，不能相容，我们再次伺机逃出，特来投靠尔朱荣，还请你给引荐为好。"

刘贵兴奋地说："尔朱荣对你印象极好，早已盼你到来，我想一定会受到重用，不会不得志的。"

说话间，司马子如、贾显智等四人到了，他们见了高欢，异常高兴，互诉衷肠，好不热闹。

刘贵站起来，说："诸位在此叙旧，我去见尔朱荣，说明贺六浑来意，明天可直接过去。"

大家都说如此最好。

刘贵来到尔朱荣府，门卫告说："主公到城外桃林寨观兵去了，没在府内。"

刘贵来到桃林寨，见到尔朱荣，说："主公，又有高贤来投靠了！"

尔朱荣问："什么人来了？"

刘贵说："高欢，就是贺六浑，带着他的几个朋友和亲属，来投靠您。"

尔朱荣问："他在哪里？"

刘贵说："现在客店，想明天参见您。不知可否？"

尔朱荣说："我仰慕此人很久了，为何等明天？赶快请他来。"立即命小校随刘贵去接。

高欢听到要立即去见尔朱荣，不敢迟疑，急忙随刘贵去见，到了大帐外，已有别将在等候，高欢见到尔朱荣，拜倒在地，尔朱荣急忙上前扶起，赐座。

尔朱荣观看高欢，心中隐隐产生一股醋意，心说：这小子确实相貌不凡，虽然看上去神情憔悴，容貌枯槁，但难掩其人中豪杰之态，不如故意冷淡他一下，看其表现，想到此，尔朱荣简单问了些情况，并不深谈。

高欢很知趣，很快起身告辞了。

刘贵感到尔朱荣有点反常，暗想：尔朱荣一直盼着高欢来投，今日见了，为何冷淡？

刘贵请高欢到家中，安排酒宴，为其接风洗尘。忽有人来报："主公有令，高欢的朋友、亲戚，明天都去见面。"刘贵答应了。

当天夜里，高欢住在了刘贵家。刘贵对高欢说："你的才智出类拔萃，前途无量，不幸与杜洛周、葛荣搅到一起，如今你到这里，要立功赎罪，不可有退意。"

高欢点头同意。

第二天，刘贵让高欢换上自己的衣服，又请尉景、段荣、蔡隽、孙腾等，一起去见尔朱荣。

尔朱荣以礼相待，并授予各位将军之职，高欢并未获得重用。

尔朱荣新增五员战将，心中高兴，尔朱荣不但在山中养了很多马，而且家中马厩里，养着许多骏马，朋友来了，她喜欢带朋友到马厩里看马。

高欢等随着尔朱荣到了马厩里，发现有一匹马四面皆用铁栏围着，问："此马为何如此围着？"

尔朱荣说："此马叫'毒龙'，异常凶猛，没人能驾驭它，放出来踢人，甚至咬人，只好将其锁上。"

高欢走近仔细观看，说："此乃良马，因脖子下有一撮旋毛，所以如此作孽，若剪去旋毛，必能为明公所用。"

尔朱荣说："我曾数次派人去剪，可是，毛没剪去，人却被伤了，没办法才锁了它。"

高欢说："请允许我为明公剪去此马旋毛。"

尔朱荣说："不可，怎能为一匹马，去伤一个壮士呢？"

高欢说："无妨，我愿一试。"

尔朱荣见高欢主动请缨，也想看看高欢的本领，说："既然你执意要去，请去一试，不要伤着自己。"说完命人放下一侧围栏，诸将都在两旁观看。

高欢走到围栏处，'毒龙'见有人进来，立即前蹄并起，腾空跳跃，想挣断铁索，长啸一声，异常凶猛。

诸将见了，脸色大变，都为高欢捏一把汗。

高欢毫无惧色，上前大声喝道："'毒龙'，你虽为牲畜，但良马应通灵性，主人精心喂养你，你就该让主人驾驭，为何踢伤人？古有伯乐相马，传为美谈。我虽非伯乐，但已识你作孽之因，乃颈下旋毛所致。今天，我为你剪去旋毛，让你改恶从善，跟随主人，上阵杀敌立功，方显你良马本能。"

刘贵与高欢很熟，看到他与马说话，笑道："贺六浑，你与牲畜说话，它能听懂吗？"

刘贵话音未落，尔朱荣与众将惊奇地发现，"毒龙"前蹄落地，马头摇晃，鼻子里喷出两道气来，居然不再跳跃，一只前蹄在地上轻轻地刨着，仰头看着高欢。

高欢上前，抚摸几下"毒龙"的前额，意思是让它老实点，然后，拿剪刀贴上前去，顺利地剪去旋毛，献到尔朱荣面前。

尔朱荣盯着高欢，简直不敢相信眼前的一切，说："'毒龙'伤人多了，你居然能制服烈马，果然异于常人，此马就赐予你，你可骑上一试。"

高欢急忙推辞，说："如此良马，高某怎敢领受。"

尔朱荣说："不必推辞，骏马要配英雄，你能降服'毒龙'，说明此马与你有缘，不可错过。"

高欢看到尔朱荣诚心相赠，急忙谢过，上前解开缰绳，牵到外边，翻身上马，绕校场飞奔。就见'毒龙'四蹄放开，风驰电掣一般跑起来，高欢要在尔朱荣面前显示本领，看着百步之外的旗杆，取弓搭箭，连射三支，都射在旗杆上，大家齐声喝彩。

高欢勒马下来，说："此马过去叫'毒龙'，如今既然已经被驯服，今后就改名'枭龙'吧，相信它会越来越好的。"

尔朱荣大喜，回到大帐，退去左右，只留高欢，赐座，让高欢畅谈对时局的看法。

高欢没有直接发表议论，而是问："听说明公喜欢养马，分别于十二个山谷之中，按不同颜色为群，不知是何意？"

尔朱荣莞尔一笑，反问道："你理解为何意？"

高欢道："我想若要占据战场主动，必须有强大的骑兵，人言兵强马壮，马多且壮，自是力量，分色而养，利于编队。

不知对否？"

尔朱荣说："知我者，贺六浑也。"

高欢说："关于时局，当今天子，年幼弱小。太后掌权，重用奸佞，且不以国事为重，反以淫乐为要。北镇叛乱迭起，地方盗贼横行，朝廷置若罔闻，如此下去，其能久乎？"

高欢说到这里，看了看尔朱荣，尔朱荣点头，表示赞同。

高欢继续道："明公身为第一领民酋长，又是魏国之大臣，当以国事为重。以明公之雄才大略，加以兵精粮足，可寻机发兵京都，讨伐郑俨、徐纥之罪，以清君侧。然后扶持有德者为帝，平定天下之乱，朝野谁不称赞，唯命是听？若立此大功，即可加九锡矣，不知明公以为如何？"

尔朱荣听了，大喜道："高公所言，甚合我意。不知你的志向为何？"

高欢又说："我之志向，投一明主，建功立业，然后封妻荫子，光耀门楣足矣。"

二人意气相投，倾心吐胆，聊至深夜，高欢才告辞回去。

话说高欢等人离开杜洛周后，杜洛周手下值得信赖的大将只有一人，乃妻弟贺拔文兴，其他家族头人，均不在杜洛周视野中。

北魏孝昌二年（526年）正月，天寒地冻，风雪无常，驻扎在安州（今河北隆化）石离、穴城、斛盐等几处的戍兵，因军粮不足，食不果腹，于是，两万余官兵叛变，加入了杜洛周的起义军，极大地壮大了起义军的声势。

不久杜洛周带兵南下，围攻燕州（今北京昌平区沙河镇），燕州刺史常景与刚败回来的都督元谭率兵防守。两军交战数日，燕州城被攻破，常景带兵逃往范阳（今河北涿州）。元谭本是皇家贵族，他不进范阳，继续南逃，回京城去了。

杜洛周率军继续南下，围攻蓟城，守卫蓟城的新任都督李琚，率兵奋力抵抗，数日攻城不下。

贺拔文兴对杜洛周说："李琚新任都督，其劲正足，攻之不易，不如继续南下，围攻范阳。"

杜洛周说："好！"

十一月，杜洛周大军围困范阳。防守范阳的是幽州刺史王延年，此时行台常景也在城内，立即组织军队防守。

杜洛周攻打月余，并未攻下，长期的战争影响了居民的生活，范阳城居民突然造反，抓了王延年、常景，打开城门，迎接义军。然而，城内民众没想到，义军入城后，他们面临的是一场前所未有的浩劫，财产被抢劫，妇女被奸淫，房屋被烧毁，可是已经后悔莫及。

幽州管辖的燕州、范阳、渔阳三郡等主要地区，均被杜洛周占领，其兵力增加到十余万人。

北魏孝昌三年（527年）春，葛荣率军攻打殷州（今河北隆尧东）。殷州刺史崔楷上任之初，人们劝他留下家人，自己一人赴任。崔楷说："食君之禄，忧君之事，如一身独往，朝廷以为我有进退之计，将士谁肯听命服从呢？"于是带领全家赴殷州。

葛荣来攻，崔楷的下属劝他，可将家中幼小子女，送出城躲避贼兵。崔楷说："若将儿女送出去，朝廷和军士、百姓将认为我心不坚，成全了爱心，却亏了忠心，因为我承担着为国守城的重任，绝不可为！"

殷州城小，又是新立，兵力、器械不足，面对如狼似虎的贼兵，崔楷率众奋力抵抗，他鼓励士兵，莫不争先，都说："崔公尚不惜家属，我等何爱一身！"奋战数日，因实力悬殊，殷州城被攻陷了，崔楷被捉，宁死不屈，葛荣将其杀害，时年五十一岁。

葛荣率领手下将领，指挥大军向冀州出发。

冀州刺史元孚，为人仁慈，关注民生，声望很高，他鼓励民众兴农种桑，发家致富，所以辖区民众称他为慈父。冀州人称他为神君。原来冀州郡有八大家，分别是张孟都、张洪建、马潘、崔独怜、张叔绪、崔丑、张天宜、崔思哲等，他们不服从王命，聚众山林，郡民称他们为八大王。

元孚来到冀州后，把他们请到城里来，以礼相待，八个人表示，愿意以死为他效力。

葛荣围攻冀州，元孚率领兵民死守城池，到十一月，冀州被葛荣攻破，元孚被抓。冀州百姓遭到了空前的抢劫。

当时，元孚的兄长元祐是防城都督，侄儿元子礼为录事参军。葛荣要先杀害元子礼，元孚请求让他死，免除元子礼之死，为了侄儿向葛荣叩头，直到流血，葛荣才把元子礼放了。葛荣召集将士，商议处死他们兄弟。元孚的兄弟都说自己的坏话，争着替对方死。而张孟都、潘绍等几百人也都叩头请求被处死，以救元孚。

葛荣虽然凶残，但是，看到这人间真情，葛荣感叹地说：

"这些人真是忠臣义士啊！"于是，将元孚以及拘禁的五百人都释放了。

葛荣大军乃虎狼之师，每攻一城，即进行屠城，士兵烧杀抢掠，无恶不作。殷州百姓大多数被杀，城内、城外到处是死尸，哭号之声，不绝于耳。

葛荣占领了殷州、冀州，与众将商议，说："如今杜洛周占据了幽州、燕州，他若向南进军，会与我们相遇，该如何是好？"

潘乐说："我们起义虽没在一处，但都是义军，目标一致，推翻当今朝廷，应该合并才有力量。"

宇文洛生说："合并？恐怕不易，合并后谁为主帅？"

潘乐说："我们已有国号，且有兵力二十余万，他充其量不足十万，自然是我们为主帅。"

宇文洛生说："他要不想合并呢？"

独孤信说："不合并，就消灭他们。"

葛荣听了，摇头说："不可，他的兵力不是不足十万，而是十多万，这股力量必须为我所用，至于杜洛周，自当别论。"

欲知葛荣将如何对待杜洛周义军，请看下回章节。

# 第 **15** 回

## 吞洛周壮大葛荣军　惹皇帝探秘太后宫

话说葛荣与众将商议，如果与杜洛周相遇，军队不可散去，杜洛周另当别论。

潘乐领会其意，说："那就设法除掉杜洛周，收编其军队。"

葛荣点头，说："只能如此了。"

宇文洛生问："有何良策既能除掉杜洛周，又不使军心混乱？"

葛荣说："此事需根据时机而定。"

北魏武泰元年（528年）正月，杜洛周指挥大军围攻中山。杨津有了上次抵抗鲜于修礼的经验，早有防备。他命令军士整理战具，修筑垛墙，于城内距离城十步，扩大掘地至泉的长度，广做地道，若敌人潜兵涌出，置炉铸铁，持以灌贼。

杜洛周率兵来到中山城下，立即下令攻城。杨津亲自到城头指挥士兵向贼兵射箭、投石。贼兵搭起的云梯，多次被城头官兵掀翻，贼兵伤亡严重，只好暂停进攻。如此攻城数日，毫无进展。杜洛周命令军士挖地道攻城，却被早有防备的官兵用铁炉浇灌致死，贼兵被烧死烧伤无数。

杜洛周无计可施，对贺拔文兴说："暂停攻城，将城围困住，断其出入，待其粮草尽后，不攻自破。"

杜洛周虽是一时豪杰，但也是一个色魔。一路走来，每攻一城，他都让贺拔文兴为其搜罗美女，抓回来给自己享用，围城期间，他的大帐里面，歌舞声不断，美酒佳肴，应有尽有。

围城日久，时任定州镇军长史、代理平北将军、防城都督李裔，看到城内粮草渐尽，外无救兵，军心已乱。他想：与其城破被杀，不如投降求活。于是，他暗中与杜洛周通信，要打开城门，引杜洛周入城。

杜洛周得到消息，大喜，立即与李裔约好时间，趁着夜色，悄悄带兵来到城门下，李裔在城上看到杜洛周大军到了，立刻打开了城门，杜洛周指挥士兵鱼贯而入，进入城中。

刺史杨津在府中入睡，听到军士来报，说："李裔投敌，已开城门，贼兵进城了。"

杨津大吃一惊，急忙起来要去组织军队抵抗，可是，已经晚了。李裔带领杜洛周包围了杨府，杨津被捉。

杜洛周的士兵进城后，开始了烧杀抢掠，老百姓遭受到一场浩劫。

杜洛周坐在刺史的大堂上，命把杨津带来，杨津站立不跪。杜洛周说："杨津，为何不跪，你知罪吗？"

杨津说："笑话，我本朝廷官员，守城乃本分，你是贼人，为何对你下跪？既然被抓，一死而已，何罪之有？"

杜洛周说："我要用你的头，为死去的士兵报仇。"

杨津轻蔑地看着杜洛周，冷笑一声说："你的士兵到处烧杀抢掠，杀人无数，那些死者的仇，应该由谁来报？要杀便杀，不必寻找理由。"

李裔始终不敢正视杨津，看到杨津正气凛然，自感羞愧，劝杜洛周说："杨公为人正直，办事公道，深受中山民众爱戴。我考虑到城中已经无粮，为避免人们饿死，不得已献城，心实亏之，如能免去杨公之死，我心稍安。"

杜洛周虽恨杨津，但也佩服其才能，他知道杀了杨津，会得罪许多人，听了李裔的话，把杨津放了。他对李裔说："攻下中山，你功不可没，封你为中山王。"

李裔说："这次献城，集市、驿站头目也出力甚大。"

杜洛周做事本无章法，说："既然出力甚大，封他们为市王、驿王。"

杜洛周在中山稍事休整，指挥大军攻打瀛州。

瀛州曾被葛荣攻破，但是，葛荣撤走后，朝廷重新任命元宁为刺史，此人胆小怕事，看到杜洛周大军到了城下，他已经在那里等候，表示愿意献城投降。

杜洛周连下两城，心情舒畅，在瀛州城里，每天接受宴请，欣赏歌舞，晚上则美女陪床，尽情享受。

葛荣在冀州，收到杜洛周攻下中山、又到瀛州的消息后，一直考虑如何收编杜洛周的军队。他觉得两支起义队伍不可硬拼，只能采取招降的办法，瓦解杜洛周军心。于是，他召集潘乐、宇文洛生、独孤信等过来，说："我一直在考虑，如何收编杜洛周的军队。北镇起义队伍有个特点，就是一个家族基本在一起。但是，也有的家族两边都有人。你们排查一下，有没有某个家族，有人或亲属在杜洛周处，若有让他们下午到这里来。"

下午，果然找来十多个家族长，在那边都有亲人。葛荣听了，大喜，说："诸位，给你们一个任务，秘密到瀛州，找到亲人，告诉他们杜洛周胸无大志，难成大器，不如跟随我们，推翻朝廷，享受富贵生活。迟早有一天，我们要收编他们。到时候希望他们顺利投诚，不要做无谓的牺牲，要他们把这个消息散出去。"

宇文洛生听了，说："如此传播，不会使杜洛周早有防备吗？"

葛荣笑道："我要乱其军心，军心若乱，防有何用？"

数日后，这些人回来交令，全部完成任务。

二月，葛荣召集所有大将到帐，说："现在，我们要全军出动，一举吞掉杜洛周大军。潘乐、韩贤率五万人马，到瀛州北面扎营；宇文洛生、张琼率五万人马，到瀛州东面扎营；独孤信、张保洛率五万人马，到瀛州西面扎营；可朱浑元随我，率五万人马在南面扎营。我们要包围瀛州，收编杜洛周，如若不从，取其人头，其余人马随任延敬、王基留守冀州。"

冀州到瀛州二百五十多里，大队人马出行，速度受限。他们昼行夜伏，饥餐渴饮，快速行军，第三天下午，四队人马先后赶到了瀛州，按照事先安排，将瀛州四面团团围住。

瀛州城上的士兵，看到城下驻满了军队，立即向杜洛周报告。杜洛周登上城头一看，南面飘扬的旗帜上，是一个大大的"葛"字。他轻轻地摇摇头，心想：难怪这几天军中传言，葛荣要来收编我们，看来不是空穴来风。葛荣到了，我该怎么办呢？再看其他三面，都有几万兵力驻扎。十几天胜利的心情突然沉闷下来。

杜洛周回到大帐，立即召来贺拔文兴、李裔等商量葛荣大军到来，该如何是好。

李裔说："是否派人出城，探问一下情况，然后再作打算。"

杜洛周看着贺拔文兴，说："劳烦你去一趟吧，估计葛荣在南面大营，你先到那里问明情况。"

贺拔文兴不能推辞，只好答应了。

二月的河北，太阳落山较早，贺拔文兴回来，天已经黑了，他拿回葛荣写给杜洛周的一封信。


杜兄：

当今朝廷，皇上年幼，太后当政，贪图淫乐，不理朝政。庙堂之上，更无贤臣。贵族受贿，赋税繁重，地方官员，贪腐成风，遂使民不聊生。为求生存，我等率众起义，初获成功。屈指算来，强大者，唯吾与汝也。若欲推翻朝廷，需合兵一处，壮大力量，同心协力，或能成功。弟率兵而来，即与兄商量此事，不知兄以为如何？

盼复。

葛荣

杜洛周看完信，说："葛荣狡诈无比，明明已带兵围城，还说什么商议合并。"

　　贺拔文兴说："葛荣态度十分傲慢，看来他没怀好意呀！"

　　杜洛周说："若同意合并，我们兵少，必然受制于他，该如何是好？"

　　贺拔文兴说："最好还是各自带兵，互不干扰。"

　　杜洛周说："那是最好的结果。"

　　第二天，杜洛周让贺拔文兴给葛荣回信，写道：

　　葛兄：

　　拜读来信，深知厚意，然而，百足之虫，死而不僵，朝廷虽腐，却兵力强大，我等与战，难以一朝取胜，我意还是你我分兵，两路进攻为好。

杜洛周

　　葛荣看信后，面带怒色，说："你回去告诉杜洛周，别不知好歹，我这次来，是先礼后兵，若不同意合并，后果自负。"

　　贺拔文兴回去，向杜洛周汇报了葛荣的话。

　　杜洛周听了大怒，说："葛荣太猖狂了，杜洛周岂怕威胁，十几万大兵还防不住个城？通知各路人马，做好防守准备，看来难免一战了。"

　　又过了一日，不见杜洛周有什么行动。葛荣下令攻城。一时四面同时进攻，一面进攻，一面对着城头高喊："弟兄们，都是自己人，我们没有冤仇，只要让我们登城，你们顺利投诚，不会亏待你们的。"

杜洛周带领贺拔文兴和李裔，分不同方向指挥士兵防守。但是，部分被家族劝降过的士兵毫无斗志，其他士兵听了城下喊话，又想起几天来的传言，他们想：跟谁走不是为了吃饱饭，何必为守城而死呢？因此，不愿死战，不到一个时辰，瀛州城被攻破了。有些士兵跑出去后，也被堵回来了，听到有人喊："都是自己人，只要接受整编，不会被杀的！"于是，杜洛周的士兵纷纷投降。

杜洛周根本想不到，葛荣的事先宣传，动摇了军心，士兵毫无斗志，城池被破。杜洛周、贺拔文兴和李裔被抓，杜洛周被推到葛荣面前，葛荣说："杜洛周，听说过一山不容二虎吗？你要老老实实接受合并，会有今天的结果吗？如今被抓，还有啥话？"

杜洛周并不服气，说："我宁做鸡头，不做凤尾。要想让我做你的下属，绝无可能。"

葛荣知道，杜洛周绝不可留，留下也是祸害，立即命人推出去砍了，可叹杜洛周横行幽燕数载，结果死于非命。

贺拔文兴与李裔乞求投降，葛荣说："贺拔文兴，你不是杜洛周的妹夫吗？你应该与杜洛周一起走。"说完，命人推出去斩了。然后对李裔说："留你一条命，立即去安抚士兵，不得寻事作乱。"

李裔叩头说："一定效劳，一定效劳。"

葛荣吞并了杜洛周，军队扩张到三十余万。

三月，葛荣派宇文洛生、韩贤率兵攻克沧州（今河北盐山西南）。

至此，葛荣占领了燕、幽、冀、定、瀛、殷、沧七州之地。

却说元诩已十八岁了，但是，因太后当政，他对朝政虽有看法却无从插手。

胡太后私幸郑俨等人，时常怕儿子知晓。于是，在宫中广设耳目，监视元诩的行踪，凡是元诩亲近的人，怕他们得到信息，泄露给元诩，想方设法排挤出去。

有一个密多道人，善于说鲜卑语，元诩宠幸他，还有鸿胪少卿谷会治、通直散骑谷士恢，都是元诩的人，他们经常到宫中见皇上，胡太后十分反感。

有一天，胡太后与元诩在御园游览，谷士恢跟在皇帝后面，胡太后说："谷卿聪明，多才多艺，一定懂得为官之道，派你去晋州任刺史如何？"

谷士恢感觉有皇帝宠幸，不愿外放，他看了皇上一眼，没有回答。

胡太后以为谷士恢没有听清，又说了一遍。

元诩说："谷士恢年少，难当大任，母后就不要让他去了。"

第二天，胡太后在偏殿召谷士恢过来，问："本宫命你去晋州任刺史，为什么违抗本宫的旨意？"

谷士恢说："小臣不敢，若要去赴任，请允许小臣到里面与至尊告别。"

胡太后说："若要去，立刻回去准备，尽快赴任。"

谷士恢再三请求，去与皇上告别。

郑俨在一旁，说："如此一个小臣，居然敢违抗太后懿旨，不斩了他，怎么警示后人？"

胡太后听了，更加恼怒，立即命人将其推出去斩首。

元诩在宫中，不知道谷士恢已死，还命内侍去召他过来。

内侍出去片刻，急急忙忙回来了，内侍说："谷士恢已被太后斩首。"

元诩听了，大吃一惊，问："所为何事，将其杀害？"

内侍将听到的过程讲给皇上。

元诩听了，非常愤怒，可又无计可施。他说自己病了，不再出来。

胡太后使宫女来问病情，皇上不与回答。

胡太后亲自来到显阳殿，问："陛下得了什么病？"

元诩说："朕恨谷士恢，对他那么好，去晋州上任，居然不来辞行，真想把他杀了。"

胡太后听了，说："谷士恢一个小臣，居然敢违抗本宫的旨意，抗颜犯上，已把他杀了。"

元诩问："谷士恢死了吗？"

胡太后说："对！"

元诩说："死了朕要看他的人头。"

胡太后命左右，去将谷士恢的头颅拿过来，一会儿，谷士恢的头颅拿来了。

元诩看了谷士恢的头颅，痛哭流涕，说："这都是郑俨害了你呀，朕一定要给你报仇。"

胡太后听了，大吃一惊，说："陛下错了，是本宫杀了他，与郑俨有什么关系？陛下怎能因为一个下人如此伤感？"

元诩请求厚葬谷士恢，太后默许了。

郑俨听说孝明帝恼恨自己，奏与太后说："密多道人、谷会治还在，这二人常在皇帝身边，恐怕也会坏事。"

太后说："除掉二人容易。卿可召刺客，秘密将此二人处死。"

数日后，在城南一个巷子里，发现了密多道人的尸体。

元诩听了这个消息，大怒，下旨限期严查贼人。

又过了几日，下人来报："谷会治被太后赐死了。"

元诩听了，愤怒异常，他来到紫华宫，对卢妃说："太后之因，朕对郑俨、徐纥进宫，从来不与禁止，如今朕的宠信者，都被太后置于死地，不知是何意？"

卢妃说："陛下深居宫中，朝廷大权全在母后，陛下宠信之人，怎能保全性命？"

元诩说："朕要杀了郑俨、徐纥，来报此仇。"

卢妃说："这二人常在太后身边，陛下如何能杀了他们？"

元诩问："太后与郑俨有私情吗？"

卢妃说："妾不敢说，请陛下留心观察，并且陛下也要多加防备，不要被奸人所害。"

元诩听了，闷闷不乐，当天夜里，留宿紫华宫。

第二天傍晚，元诩对北宫宦官下旨，夜里不许锁嘉福殿大门。

三更时分，元诩带领几个宫人，来到嘉福殿后的骥和阁下，听到阁上欢声笑语不断，问："什么人在阁上？"

宫人悄悄奏道："太后与尚书郑俨在阁上。"

元诩知道太后出轨已是事实，长叹一声，急忙退回去了。

第二天，宫人奏与太后："昨晚陛下来过这里，听了太后与郑尚书在阁上，长叹一声就走了。"

胡太后大惊，问："是谁让我儿子私下来看我？"

郑俨听了，浑身发抖，跪在太后面前，说："此事败露，臣将死定了。"

胡太后说："爱卿不用怕，有我在，绝不会伤害到卿。"

郑俨拜谢道："能得到太后保护，臣才敢常侍左右。"

胡太后将怒火降到守宫门的宫人头上，将他们全部杀死。

元诩听了，更加恼怒。从此母子之间产生了隔阂，两宫不再来往。

胡太后在宫廷与皇帝儿子斗气，不知边远又有叛乱。

萧宝夤连年带兵出战，胜少败多，钱粮耗费很大，他担心遭到朝廷猜忌降罪，心中惶恐，萧宝夤向柳楷、苏湛等询问对策。

柳楷说："大王本是齐明帝的儿子，何必受制于人？如今起兵，符合天意。歌谣也曾道：'鸾生十子九子䴔，一子不䴔关中乱。'周武王有乱臣十人，乱就是理，大王应该管理关中，还有什么好疑虑的？"

欲知萧宝夤听了柳楷的话作何打算，请看下回章节。

# 第16回

## 尔朱荣进表欲进京　胡太后立储假太子

话说柳楷奉劝萧宝夤起兵造反，行台郎中苏湛听了，劝阻说："王爷，朝廷待你不薄，身居高位，荣耀无比。今国家多难，正是王爷尽忠灭贼、报恩之时，怎能乘机反叛呢？朝廷虽暂时衰弱，但天命未改，况王爷难得民众拥护，若自立，恐难以成功。"

俗话说："没有不透风的墙。"萧宝夤商议反叛之事，有人报告了朝廷，有大臣向胡太后上奏："萧宝夤有反叛的迹象。"

胡太后与众大臣商议，决定派一名得力的大臣前往长安巡视，并探明萧宝夤的虚实。

城阳王元徽平素忌恨郦道元，估计这次巡视凶多吉少，他向胡太后进谏："郦道元为人正直，办事公道，担任关右大使一定不辱使命。"

胡太后准奏，任命郦道元为关右大使。

郦道元，字善长，范阳涿县（今河北省涿州）人，地理学家，其父郦范曾任青州刺史。郦范去世后，郦道元承袭其父永宁侯爵位，依照降等承袭的惯例袭伯爵。郦道元为官期间，执法严峻，颇有威名，于是招致一些宗室怨恨。

萧宝夤听到郦道元来巡视，知道郦道元的为人，认为郦道元来了，一定对自己不利，便派遣部下郭子恢带兵，在阴盘驿亭围住了郦道元，令其不可前行。

郦道元被围困在阴盘驿，不能下山，山冈上没有水源，郦道元指挥人员掘井十多丈，也没有挖出水源。因为极度缺水，郦道元等人无力抵抗，叛军跳墙而入，郦道元怒目而视，大声斥责叛军，叛军上前杀害了郦道元，其享年五十九岁。

萧宝夤杀了郦道元，谎称其是被叛军杀害。不久，萧宝夤又杀害了南平王元仲冏，举兵反叛，自称大齐皇帝，改元隆绪。

此时，龙门镇将薛修义受本族薛凤贤诱惑，也趁乱聚众在河东叛乱，占据盐池，围攻蒲坂。

消息传到朝廷，满朝文武都大吃一惊。

胡太后立即派都督长史毛遐起兵讨伐萧宝夤。毛遐奉命率领征讨大军，与萧宝夤部将卢祖迁交战，将卢祖迁击杀。当时，萧宝夤正在南郊祭天，闻听卢祖迁被杀，来不及整顿队伍，便狼狈回城。

北魏孝昌四年（528年），萧宝夤命部将侯终德迎战毛遐，侯终德临阵反叛，回军偷袭萧宝夤。

侯终德行至白门时，萧宝夤方才察觉，出兵交战，兵败而回。萧宝夤无奈，与妻子南阳公主率百余人从后门逃走，投奔万俟醜奴，被万俟醜奴任命为太傅。

却说尔朱荣得到消息，召来高欢，说："关西叛乱不断，我想发兵讨贼，应先去何处？"

高欢说："朝廷没有旨意，出兵无据，况且外贼易平，内贼难除，明公应等待机会，先铲除朝廷内贼，然后奉旨讨贼，出兵有据，何愁不灭？"

尔朱荣听了，说："君言有理，讨贼事应该奉旨。"于是，继续养兵买马，加强训练，并窥视朝廷，伺机进京，铲除朝廷内贼。

并州刺史元天穆，乃魏室宗亲，因胡太后专权，郑俨、徐纥把持朝政，常怀不满。他看尔朱荣兵强马壮，实力雄厚，想借助尔朱荣的力量，清理朝中奸贼，于是，他主动结交尔朱荣。

尔朱荣感觉真乃天助我也，两人焚香歃血为盟，结为兄弟，发誓生死不相负。

话说葛荣吞并杜洛周后，军力大增，横行河北，其势凶盛。

尔朱荣恐其南进，围困邺城，向朝廷上表，曰："冀、瀛二州失守，官军屡屡丧败，反贼葛荣横行河北，践踏抢劫百姓，搞得民不聊生。目前反贼有南侵之意，臣欲令精骑三千，出援相州，断其南望，贼闻此信，应能阻其南进。"

朝廷接到表章，朝堂上议论纷纷。支持者有之，反对者亦有。徐纥出班奏说："尔朱荣乃当世枭雄，若让其出兵，恐怕葛荣未灭，又添一葛荣也。"

胡太后对徐纥言听计从，立即下旨，不许尔朱荣出兵。

尔朱荣接到圣旨，只好罢兵。但是，为了山西安全，以免贼势西延，他召来尔朱仲远，说："今葛荣横行河北，贼兵乱窜，为防止其西来，你率领精兵一千，到滏口陉防守。滏口乃用兵要地，两山之间有滏河，河北岸距离鼓山约几十丈，可居兵把守，要占据有利地势，做好迎敌准备。"

尔朱仲远领命而去。

一天尔朱荣带领高欢、刘贵等几个将官来到并州，高欢被安排在扬州邑人庞苍鹰家中居住。

刺史元天穆看到尔朱荣来了，心中大喜，当晚设宴招待，酒至半酣，元天穆问："兄弟前来，莫非有什么大事商量？"

尔朱荣留下高欢，让其他人退下，说："现在天子愚弱，太后淫乱，奸佞当权，忠臣屏迹，各地大乱，朝廷剿贼无功，如此下去，如何是好？"

元天穆又问："兄弟有何打算？"

尔朱荣说："我想带兵到京城，帮助皇帝铲除奸佞，然后带兵剿灭贼寇，兄长以为如何？"

元天穆说："铲除朝中奸贼，上合天道，下合民心，若有此意，就应早做，以免节外生枝。"

高欢在一旁，说："可先写一个奏章，以讨贼为名，报于朝廷，然后名正言顺进京。"

元天穆说："如此更好。"

尔朱荣说："既然此事可为，我就先上表，然后带兵进京。"

一天，胡太后坐朝，有司官员奏道："尔朱荣有一道奏章，请陛下定夺。"

太后说："所奏何事？"

有司官员说："尔朱荣要带兵进京，来讨内贼。"

胡太后听了，大惊，说："他说谁是内贼？"

有司官员说："奏章里没有说。"

郑俨急忙出班奏道："尔朱荣兵强马壮，心怀不轨，不可让其来京。"

胡太后听了，说："立即下旨，阻其来京。"

于是，朝廷下旨曰："今莫折念生枭首，萧宝夤败逃，万俟丑奴请降，关、陇已定，费穆大破群蛮，绛、蜀渐平。平北将军李神出镇相州，抵御葛荣叛军。卿宜高枕秀荣，不必出兵。"

高欢虽在庞苍鹰家居住，但是，每天早出晚归，很少与他们母子沟通。自从高欢来住后，母子多次发现一些怪异的事情。庞苍鹰的母亲多次看到，高欢居住的房子上有赤气赫然冲天。高欢每次从外面归来，庞苍鹰很远就听得到响动。有一天夜里，庞苍鹰想去高欢屋里，刚走到门口，看到一个青衣人，手持利刃喝道："有什么事，为何要惊动大王？"说完突然不见了。他感到怪异，偷偷地向屋里观看，却看到一条巨大的赤蛇盘在床上，更感到惊异。庞苍鹰告诉了母亲，母子二人知道高欢将来一定了不起，因此，对高欢非常热情，并杀牛分肉，将好肉送给高欢。庞苍鹰的母亲出面，请高欢与儿子结为朋友。

尔朱荣在并州等了数日，朝廷的诏书到了。尔朱荣看了诏书，放声大笑，对元天穆说："盗贼四起，天下大乱，朝廷却说太平无事，简直是自欺欺人。看来胡太后也被奸佞蒙蔽，请旨出兵已不可能。"他立即召集众将商议此事。

高欢说："看了诏书，说明朝廷被蒙蔽，不知天下已乱，不准进京，定是佞臣主意，更说明铲除佞臣，势在必行。"

尔朱荣又写了一道奏章，云："今关中贼势虽衰，但河北叛军猖獗，官兵征讨，屡次失败，人情畏惧，恐实难用，若不思方略，无以万全。臣愚以为宜早发兵，臣麾下兵将虽少，愿尽力命。自井陉以北，滏口以东，分据险要，攻其肘腋。葛荣虽并杜洛周之众，但恩威未著，人心未稳，若允臣所请，大功可立，臣整率师旅以待，惟陛下鉴之。"

尔朱荣一边派人进表，一边安排进军洛阳。他命高欢为都督，统领十万人马，镇守姚林寨，随时听候调遣。自己率领三十万人马，在井陉结营，旌旗蔽日，杀气腾腾。附近州县不知尔朱荣要干什么，人人疑虑，个个惊心。

尔朱荣的奏章再到京师，胡太后与众大臣大惊，知道尔朱荣不肯罢兵。

胡太后问："尔朱荣还要出兵，众卿有何良策可以制止？"
大臣们相互观望，没人发话。
徐纥奏道："臣有一策，可制止尔朱荣出兵。"
太后问："你有何良策？"
徐纥说："尔朱荣世代居住在秀容，靠畜牧发家，近几年招的大将，身份复杂，有反贼余党，有罪臣子孙，大多数为保命，投靠尔朱荣。臣以为可在其属下中，选择一些意志薄弱者，许以高官厚禄，离间其党羽。并秘密令他们刺杀尔朱荣。他们感念朝廷奖赏，群起而诛之，尔朱之祸可灭矣。"

胡太后听了，心中大喜，说："徐爱卿，此事由你安排，依计而行。"

当时，尔朱荣堂弟尔朱世隆在朝任直阁将军，听到朝廷阴谋后，私下立即写信，报告了尔朱荣。

尔朱荣收到信，大怒，立即召集众将，说："我收到密报，说朝廷要下密旨，命令你们杀我，然后给你们荣华富贵，你们要贪图朝廷的高官厚禄，请立即走开。如愿意随我，就留在帐下，不要心怀两意，暗地里生反叛之心。"

众将都说："我们在最困难时，得遇明公，受到重用，列为将军，岂可反叛明公？我等愿意为明公执鞭坠镫，生死相随，朝廷的高官厚禄，不敢奢望。"

尔朱荣听了，非常高兴，说："卿等若不相背，朝廷赐给你们的官职，可以留下来，等日后我得志时，按照朝廷的承诺，一一兑现，绝不食言。"

众将听了，纷纷跪下，拜谢不已。

胡太后安排徐纥依计而行，以为此事一定成功，不再担心尔朱荣进京之事，淫乐如故。

武都有一人，叫杨百花，年轻伟岸，容貌俊美，颇有勇力。胡太后看了，非常喜欢，逼着他入宫，与胡太后上床行乐。事后，杨百花感觉此事不妥，怕引祸上身，寻找机会，偷偷跑到梁朝去了。

胡太后找不到杨百花，十分思念，感叹如此俊男，不能长期厮守，非常遗憾，在纸上写了许多遍"百花"二字。郑俨看到了，知道是思念杨百花之因，便对胡太后说："太后如此多情，实在令臣感动。"

胡太后说："情感乃心之本能，情之所至，不能自已，本宫思念百花，不等于心中没卿，更离不开卿呀！"

郑俨听了，说："百花年轻，不懂真情，辜负了太后一片心，臣蒙太后宠爱，感激不尽，但皇上却时常想杀了臣。我想百花是不是也有这个担忧，所以才不辞而别？"

胡太后听了，点了点头，说："卿说的有道理。不过如今潘充华怀孕将生，若生了皇子，就把皇上幽禁在南宫，立小皇子为帝，看谁敢违抗本宫的圣旨？"

郑俨问："若要是生个公主呢？"

胡太后不假思索，说："即使生个公主，假说男孩，先瞒了群臣百官，然后再妥当安排。"

郑俨听了，非常高兴，说："太后之智，堪比汉朝张良、陈平；太后之决断，堪比汉高祖刘邦。"

二人计议已定，只等潘妃生产。

这一天，胡太后来到绛阳宫，潘妃急忙迎接。太后一看，元诩也在，对元诩说："我听说儿女出生时，父亲不宜最早相见，恐有妨克。皇儿你与潘妃年轻，不知此事，我过来告诉你们，最近几天，皇儿暂到别宫就寝为宜。"

元诩一直与母后不和，但是，他觉得母后说的应该不错，听从了母后的安排。

胡太后召集宫女们说："你们听着，皇妃若生皇子，万事皆休，若生公主，不要声张，因为生公主皇上会不高兴，所以，对外一律说生了皇子，为的是让皇上高兴。如果皇上怪罪，一切由本宫担着。"

宫女们听了，都答应了。过了几日，潘妃生了，结果是个女儿，宫女按照太后嘱咐，报告给皇上生了男孩。

元诩听了，非常高兴，立刻来到绛阳宫看望儿子。

太后迎出说："皇子新生，现在不宜见，需等三日后，才可见。"

元诩毫不怀疑，立刻到前殿，颁发诏书，改元武泰，大赦天下，百官都来祝贺。

却说卢妃宫中有一个宫女，叫慧娘，乃西番国献贡来的女子，年十六岁，心性慧巧，两耳通灵，能知晓宫中大小事情。

卢妃听到潘妃生了皇子，心里很不高兴，今后自己生了儿子，也不能做太子了。

慧娘对卢妃说："潘妃生的不是皇子，是个公主。"

卢妃听了大惊，说："小孩子不要乱说，这是要杀头的，难道你不怕死吗？"

慧娘笑了，说："这是太后与郑俨的计策，假说生了皇子，主要想陷害皇上，娘娘对我十分恩惠，我既知道，不对你说，是辜负了你的恩惠。我对娘娘说了，娘娘不对皇上说，是辜负了皇上的宠爱，我所言皆实，愿以性命担保。"

卢妃见慧娘言之凿凿，非常吃惊，至晚，元诩宿于卢妃宫中，卢妃将慧娘所言告诉了皇上。

元诩立即召来慧娘，问："你对卢妃所言，可是真的？"

慧娘说："甘愿以性命担保。"

元诩又问："你是如何知道的？"

慧娘答："宫中之事，没有我不知道的。"

元诩感觉慧娘说的有蹊跷，命人将慧娘监视起来，说："明天朕去检验，若所言不实，立即除掉，以绝谣传。"

第二天，元诩来到潘妃宫中，看到太后，问："皇子何在？"

胡太后说："尚在龙床上熟睡。"

元诩说："已过三日，让朕看看皇子。"

胡太后不好再次阻拦，只好一起过来看皇子。

元诩揭开帐幔观看，孩子眼睛细，嘴巴小，毫无男孩模样，说："怎么没有男孩模样，倒像个女孩？"说完很不高兴地出来了。

胡太后看到皇帝已经识破，不好再瞒，胡太后让左右叫来皇后，对皇上与皇后说："皇儿年已十九，尚无子嗣，所以，哀家故意说生了皇子，为的是让皇儿高兴，其实是个女孩。"

皇后一听，大吃一惊。

元诩听了，脸都急红了，说："朕因母后说生了皇子，已经昭告天下，受了群臣的祝贺。现在又说是女孩，让朕有何面目再见群臣？"说着拔剑而起。

胡太后惊问："皇儿，你要干什么？"

元诩怒气冲冲，说："朕要杀了此女，以泄朕恨。"

胡太后脸色大变，一言不发，起身回北宫去了。

皇后急忙拦住，说："虽是公主，孩子何罪？况且毕竟是皇上骨血，怎可去杀一个无辜的婴儿？再说何必触犯太后，让她恼怒呢？"

元诩收起宝剑，顿足大恨。当天夜里，元诩睡在别殿，辗转反侧，难以入睡。他想：慧娘所言，句句属实。只有杀了郑俨、徐纥，才能根除后患。可是，太后把持朝政，自己不能轻举妄动，如何才能除掉他们呢？他看到窗外月光皎洁，干脆出来散心，走到沼池旁边，忽然听到有人在窃窃私语，他让内侍过去看看，回来报说：“是巡宫大使与直阁将军尔朱世隆在说话。”

　　元诩听到是尔朱世隆，召他过来。尔朱世隆急忙过来，拜见皇上。

　　元诩问：“卿为直阁将军几年了？”

　　尔朱世隆答：“三年了。”

　　元诩问：“尔朱荣是你什么人？”

　　尔朱世隆答：“是臣的堂兄。”

　　元诩问：“你堂兄是怎样的人？”

　　尔朱世隆答：“臣兄智勇兼备，对朝廷忠心耿耿，常想报答朝廷厚恩，但作为外臣，不能与陛下亲近，常常叹息。”

　　元诩听了，心头一动，说：“卿兄如此忠君爱国，是社稷之忠臣也。朕若召他来辅佐朝政，不知他愿意否？”

　　欲知尔朱世隆如何回答，元诩能否召尔朱荣进京辅政，请看下回章节。

# 第 17 回

## 胡太后狠心毒亲子　尔朱荣兴兵立新君

话说元诩问尔朱世隆："尔朱荣愿意进京辅政否？"

尔朱世隆听了急忙跪下，说："陛下如此看重臣兄，臣兄一定肝脑涂地，报答陛下。"

元诩点点头，说："此事容当日后再论，卿先退下吧。"

元诩回到殿内，暗自思量：若想除去郑俨、徐纥之流，尔朱荣的兵力足可做到，不如秘密召来此人，声讨二贼，为我除掉祸害。

第二天，元诩亲自拟了一道密旨，召来尔朱世隆，说："这道密旨召尔朱荣来京，此事不可对任何人讲，暗中派人，秘密送去。"

尔朱世隆听了大喜，领命而去。

尔朱荣领兵驻在井陉口，每天耀武扬威，忽然收到皇帝密旨，召他进京，铲除二贼。尔朱世隆也有一封信，说明了事情的经过，心中非常高兴，他找来元天穆，说明此事。

元天穆说："以兄弟的威名与武力，铲除郑、徐之徒，易如反掌，这是百世之功，机不可失。"

尔朱荣让使者回奏，说："请回奏皇上，臣将星夜赶往京城，报答皇上大恩。"

使者走后，尔朱荣与元天穆商议，说："需要一名智勇兼备的大将为先锋，你看谁合适？"

元天穆说："我看高欢可当此任。"

尔朱荣也认为高欢合适，立即派人到姚林寨召高欢到大营来。

不久，高欢到了。

尔朱荣对他说："接到皇上密旨，要我入京，铲除奸贼。你为先锋，带领精兵三万，以尉景、段荣、孙贵、贾显智为副将，一同前往。"

高欢大喜，说："皇上英明，高欢一切听明公安排。"

高欢回去与昭君说："尔朱荣要我为先锋，进京除奸，要离开一段时间。"

昭君听了，不由得担心起来。当时，二儿子高洋还不会说话，由使女抱着在一旁，突然听到高洋嘴里发出声音："能活。"

高欢与昭君不禁一惊，这孩子怎么突然说话了？忙嘱咐使女，这种怪事不可对外人言讲。

尔朱荣回府，对其妻说："我将奉旨入朝，铲除内乱，明日将行，你要保重。"

北乡公主说："丈夫威名远扬，致朝廷既疑又怕，诏书到来，不知真假，不如派大将先行，你缓几日再去，观看一下人心向背。"

尔朱荣说："好，我已派高欢为先锋前行，我等三日后再行。"

元诩发出诏书，并无一人知晓，他不理朝政，现在尔朱荣真要来，又有点疑虑，不知道尔朱荣进京，是好事还是坏事。他与长乐王元子攸关系密切，召其到凉风堂，说了这件事。

元子攸一听，大惊失色，说："陛下，尔朱荣几代强盛，威震北边，此人残暴不仁，常有飞扬跋扈之志，陛下召他来京，是开门揖盗，郑、徐虽除，此人为祸更甚，汉末董卓进京，就是前车之鉴。"

元诩听了，如雷轰顶，说："此事之前没有与卿商量，如今只好再发诏书，请其不要发兵。"

元子攸说："这是唯一的办法。"

元诩重新写了密旨，说："郑、徐之徒，少削权威，卿且安守，待朕诛之，然后诏卿入朝，以清外寇。"

尔朱荣收到诏书，大吃一惊，说："这不是皇上的意思，一定有人阻拦。既然有了这道圣旨，只好暂停发兵了。"

此时，高欢带兵已到上党，听说诏书有变，停止了进军，在当地驻扎下来。高欢闲来无事，想四处走走，他让孙贵去访问一下，这里有什么好去处。

孙贵出去不久，回来说："地方人说，上党往东出壶关，向东南走二十余里有一座大王山，那里群山环绕，山势险峻，环境优美，气候宜人。据说山中曾有一座寺庙，宣武帝时，有个术士说，将来会有一个天子，在上党住宿，也会到寺里住宿几日。宣武帝听说此事，派人将寺里的大殿拆毁了，不许人们到山里居住，现在，偶然也有人搬回山里居住。"

高欢听了，立即命尉景、贾显智在营中带兵，自己带了段荣、孙贵以及随从，向大王山出发。到了大王山，果然如地方人所言，值得游览一番。他们寻找大寺遗址，怎么也找不到。想找一个山民打听，却不见一人。直到傍晚，孙贵看到有一处冒出炊烟，忙对高欢说："那里有炊烟，一定有人，不妨过去看看。"

几个人骑马过去，果然看到几户人家，村民说："这里距离大寺还有一段距离，今天已经晚了，去了也没什么可看的。"

高欢听了，决定暂时借住在这里，明日再说。

再说元诩两下诏书，使者往来，又与元子攸密议此事，走漏了风声。

郑俨、徐纥听到此事，吓得魂飞魄散，急忙来到宫中，跪在太后面前，说："皇上恼怒臣等，秘密下旨，要召尔朱荣进京，诛杀臣等。我二人死不足惜，恐怕太后的性命也不保呀！这该如何是好？"

太后听了大怒，说："我儿要夺本宫大权，居然私结外臣，干预朝政。如此看来，本宫应废了他，将他幽禁在南宫，不得外出。"

徐纥说："此不是良策，皇上没有罪过，如果废了，百官不服。尔朱荣也有了借口，立刻发兵，兴师问罪，祸将立到。"

郑俨说："臣有一计，不知能行否？"

太后说："你有何妙计，快快讲来。"

郑俨说："太后要想免生大祸，非下狠心不可。若在皇上食物中下毒，然后立公主为太子，扶立为帝。此时，大权还在太后手中。对内可堵群臣之口，对外可止尔朱荣之兵。待人心安定，再选别的宗室，以正大位。不但能避免大祸，而且大权依然掌握在太后手里。太后以为如何？"

太后听了，没有言语。稍停片刻，叹口气说："既然皇上不顾及母子之情，本宫还顾及儿子干什么？"

郑、徐二人见太后同意了，退了出去。

北魏武泰元年（528年）二月，元诩在显阳殿，晚上有卢妃侍寝，元诩饮酒之后，睡到半夜，口渴难耐，呼叫饮水，之后胸中烦闷异常，问宫女："朕睡前喝的是什么酒？"

宫女答："是太后送来的酒，并说不许告诉陛下。"

元诩知道中毒了，悔恨不已。接着说不出话来，到了五更时分，一命呜呼了，时年十九岁，在位十三年，从未执政。

卢妃痛哭不止，说："太后毒死其子，明日必归罪于我。"然后上吊，随皇帝而去。

宫人飞报太后。太后听了，也是悲痛一番。

第二天上朝，对群臣说："昨晚皇上喝酒过量，没想到五更时崩于显阳殿了。"

群臣听了，相顾失色，高阳王元雍出班奏道："皇上这么年轻，平时无病，怎么能因喝酒去世呢？宫中定有奸人作怪，应该严查何人侍寝？到底吃了什么？搞清楚皇上死因，铲除害皇上之人。"

太后说："昨天夜里，是卢妃侍寝，卢妃已经畏罪自缢，如何去查？"

元雍听了，无话可说。

群臣都怀疑，皇上之死必定与徐、郑有关。但是，只能在一旁议论，没人敢站出来说话。

太后下旨，将潘妃生的假皇子，立为新君，百官先行朝贺，然后发表，文武百官没有一个敢站出来抗争。

三日后，太后看到人心已安，又下了一道诏书，说："潘妃所生，实际是个公主。因天子驾崩，为安人心，所以说是皇子。现在，临洮王元宝晖之子元钊，是高祖的嫡孙，适宜继承大统，立元钊为帝。"

诏书一下，立即将其迎入朝廷，于太极殿登基，时年三岁，为幼帝。群臣明白，太后是想长期专权。之后，大赦天下，百官文武加官二级，宿卫加升三级。

诏书到了晋阳，尔朱荣大吃一惊，找来元天穆，说："皇上六岁为帝，人称幼帝，现在刚刚长大，天下人盼其理政，如今无病而去，内中必有隐情，现在，又找来一个不能言语的小儿为帝，怎能驾驭天下？我想率铁骑进京，铲除奸佞，你意下如何？"

元天穆说："兄弟，你真能办成此事，乃伊、霍再世也。"

于是，尔朱荣命人写了一张抗表，云："皇宫之内，怪事迭出。大行皇帝背弃万方，海内咸称鸩毒去世。岂有天子染恙初不召医，贵戚大臣皆不侍侧，安得不使远近怪愕？再者以皇女为嗣，虚行赦宥，上欺天地，下惑朝野。继之选新君于孩提之中，使奸竖专权，惑乱纲纪，何异掩目捕雀，塞耳撞钟？今群情沸腾，邻敌窥伺，而欲以幼儿坐天下，不亦难乎？愿听臣赴阙，参与大议，问侍臣帝崩之由，访禁卫不知之状，以徐、郑之徒付之有司，雪普天之耻，谢率土之怨。然后更选宗亲，以承宗祚。"

抗表写成立即发出，此时，高欢在上党驻军，已经有两个多月了，尔朱荣命令高欢为先锋，立即引兵先行，然后下令各军：贺拔胜为前军，贺拔岳为副将，尔朱天光为左路军，司马子如为右路军，尔朱兆为副帅，窦泰为前都督，贺拔允为参谋，斛律金为护军，尔朱仲远押后，自主中军，统精兵五万，择日启程。

高欢兵过困龙岗，忽然军士来报："尔朱世隆从京城来了。"高欢急忙接见。

尔朱世隆对高欢说："我奉太后懿旨，来见天宝，将军兵马可暂缓进军，等我见过天宝，再商议进军。"

高欢立即命令军队，停止前进。

尔朱荣见到尔朱世隆，问："你怎么来了？"

尔朱世隆说："太后见了兄长的表章，非常恐慌，召弟入宫，谆谆慰问，命弟前来，劝兄勿动干戈，如能安守边隅，可封高官，永享富贵。弟只好前来见帐。"

尔朱荣说："太后误国，罪不可恕，给我高官，岂能受她笼络？你也不必进京了，随我前去即可。"

尔朱世隆说："弟若不回去复命，太后必起疑心，反而会有所准备，此非良策。不如让我回去复命，说你已停止进军，使她不再怀疑，兄长可乘其不备，直达京师。"

尔朱荣说："既然你要回去，我有一事相托。元天穆劝我废黜幼主，别立宗人，长乐王元子攸，其父武宣王，有功于社稷，可册立为帝，你觉得此人如何？"

尔朱世隆说："此人确实相貌不凡，果有人君风度，立他是最好的选择。"

尔朱荣说："若此人可以，你到京师，将此事悄悄告诉他。我的兵马到了河内，即来奉迎。你也要早寻脱身之计，不要误了大事。"

尔朱世隆领命，说："请兄长计算一下，我回到京师的日子，我到京师，你再发兵。"

尔朱荣说："这个我自会安排。"

尔朱世隆星夜赶回京城，向太后复命，说："臣见了兄长，传了太后的旨意，其已停止发兵，请太后放心。"

太后大喜，赐给他金币慰劳他。

尔朱世隆拜谢后退出，回到家稍停，到元子攸府中谒见。

元子攸问："卿到北边，能阻止你兄长发兵吗？"

尔朱世隆请王爷屏退左右，悄悄对王爷："臣兄要替先帝报仇，大兵必到。他让我私下里找王爷，让王爷继承大统，以主社稷，所以，让我来先告知。"

元子攸说："我有何德何能，怎可为君呢？"

尔朱世隆再三劝说，元子攸才允许了。

太后听了尔朱世隆的回报后，打消了心中疑虑，继续宠幸郑、徐二人，每天淫乐不止。此时，有个宫女对太后说："卢妃在时，有个宫女，名叫慧娘，年纪虽然不大，但是知道的事情很多。并能知未来之事。前日潘妃生公主，传说皇子。慧娘告诉卢妃，卢妃又告诉皇上。当时，皇上认为她是妖言惑众，把她幽禁在永巷。现在，她又说'太后要大祸临头了'，如果能把她放出来，她说能为太后解忧。"

太后听了，命人把她带来。

慧娘见了太后，毫无惧色。

太后问："潘妃生女，你怎么知道不是皇子？"

慧娘说："妾曾遇仙人，传授仙法，能预测过去未来之事。宫中之事，没有我不知道的。上次太后想废黜皇帝，徐、郑二人给太后出的主意，此事能瞒住众人，但瞒不住我。现在，事情是由内部引起的，大祸却会从外部来。到时候，六宫粉黛尽为刀下之鬼，八百里江山，也到他人之手。"

胡太后听了，大怒，说："无知贱人，竟敢妖言惑众，推出去，斩了！"

慧娘听了，大笑道："只怕你杀不了我，有人来杀你，却易如反掌。"说完，慧娘竟然化作一只白鸟，直冲云霄，衣裳、首饰丢在了台阶下。

胡太后看了，呆呆地发愣，半天说不出话来，两旁宫女，吓得目瞪口呆，魂飞魄散。

此时，有黄门表章呈上来，称：尔朱荣大兵已经出了太行山，直阁将军尔朱世隆全家不知去向。

胡太后知道事情危急，忙召集大臣到北宫议事，诸位王爷听了，恨太后平时淫乱，宠信佞臣，不肯说话。

徐纥说："尔朱荣带兵来京，文武宿卫足以抗衡。只要守住险要道口，以逸待劳，他的士兵行军千里，人困马乏，两军相战，必能破敌，请太后不必担心。"

胡太后听了，按照徐纥之言，发旨：黄门侍郎李神轨为大都督，领兵五万，到河北面阻挡尔朱荣。别将郑季明、郑先护领兵屯守河桥。步卫将军费穆屯兵小河津，发现尔朱荣的人马，阻挡其来京。

尔朱荣带兵离开晋阳，大军浩浩荡荡，一路进发，毫无阻挡。沿途各州郡出面犒赏将士。到了上党，高欢迎接，会兵一处，星夜赶路，势如破竹，到了河内。有探子来报："河阳城内，朝廷派大将李神轨领兵把守。"

尔朱荣传令扎营，对诸将说："谁为我去擒拿这个贼人来？"

贺拔胜应声而起，说："请给我五百骑兵，去擒拿此人。"

尔朱荣大喜，令贺拔胜带兵前往。

李神轨带兵在河内，每天都怕尔朱荣兵到，手下将士全无斗志。听说贺拔胜领兵来战，知道此人骁勇善战，难以抵抗，慌忙引兵渡河，退守城内。

尔朱荣听到此事，仰天大笑，说："这种人怎么能配得上污染我的刀呢？"

这时有人来报："尔朱世隆来了。"

尔朱荣让他进来，详细问了洛阳城内的情况。尔朱世隆特别提到了元子攸已经同意为帝。

尔朱荣听了大喜,立即派亲信更换衣服,化装潜入城中,迎接长乐王元子攸和其兄长元绍、弟弟元子正三人,一起来河内。

元子攸对元绍、元子正说:"尔朱荣兵到,洛阳城肯定不保,我等生死未卜,不如暂且听从他的安排,咱们快点走吧,迟了恐怕受阻。"

五更时分,元子攸、元绍和元子正更换服饰,王信领路,悄悄逃出京城。不敢走正路,他们从商渚渡河,来到了尔朱荣大营。

尔朱荣听到长乐王到了,立刻率领诸将到河沿迎接,诸将和军士山呼:"万岁!"

北魏武泰元年(528年)四月,尔朱荣把营房当作宫殿,请长乐王元子攸在河阳即皇帝位,尔朱荣率领诸将都来朝贺,并立即昭告天下。

元子攸下诏:"封元绍为无上王,元子正为始平王。任命尔朱荣为侍中,都督内外军事,大将军、尚书令、太原王。"其余将士都有晋爵升级。

元子攸曾为皇上伴读,颇有贤名,远近听说他登基为帝,人心悦服。

郑先护对季明说:"新君已立,恐怕太后下场不会妙,我们没必要为她死守,不如投奔新君,以免最后被诛杀。"

二人商量后,带领人马投顺尔朱荣,并请新帝入城。

费穆原来与尔朱荣有交往,也来投顺尔朱荣。

尔朱荣大喜,不让他去见新帝,直接留在帐前听令。

李神轨听说北边已经归顺新君，防守已无意义，急忙率领众人回城去了。

尔朱荣看到进洛阳已无障碍，不禁大喜，欲知尔朱荣进京如何铲除奸佞，请看下回章节。

# 第 18 回

## 拜新君百官遭残杀　生贪心尔朱欲称帝

话说尔朱荣在城外，扶持新君元子攸登基，郑先护、费穆等已经投顺新帝。

城内听到消息，徐纥知道大事不好，独自一人，假传太后圣旨，到御马厩牵了十匹快马，开了殿门，逃出城向兖州方向去了。

郑俨听到尔朱荣拥立新君消息，心中恐慌，去与徐纥商议，有人告说他有太后圣旨，带着十匹快马，出宫去了。

郑俨一听，知道徐纥跑了，他也不向胡太后告别，急急忙忙回家，收拾值钱的东西，逃往乡下去了。

胡太后在宫中，宫人来报："尔朱荣已经拥立长乐王称帝，在河阳即位，郑先护、费穆等已经带兵投顺。"

胡太后大吃一惊，又有宫人来报："李神轨回来了。"

胡太后急忙召入。

李神轨奏道："郑先护投顺了尔朱荣，随之，费穆也投顺了，现在洛阳城已无法防守。"

胡太后听了，心惊肉跳，忽然想起郑俨、徐纥二人，平时不离左右，今天怎么不见踪影？急忙命人召郑、徐二人来商量对策。

大约不到半个时辰，宫人回报："郑、徐二人没在家中，有人看到他们先后出城，估计逃跑了。"

胡太后听了，大怒，对李神轨说："这两个东西，本宫平时那么重用他们，危难时候，连只狗都不如，做人怎能如此没有良心？"

李神轨叹了口气，也无话可说，他向胡太后拜了拜，说："太后保重，我先出去了。"

胡太后又命人召集王公大臣，前来商议，等了半天，居然没有一人来。

不久，宫人互传说："新君下旨，文武百官，到河桥迎接新君，百官都遵旨去了。"

尚宝卿来索要玉玺，銮仪卫整备法驾。

胡太后见大势已去，进入后殿，召来宫内妃嫔，共计三百余人，全部随她到瑶光寺出家，大家哭哭啼啼出宫去了。三岁的小皇帝，也被送回原来的家中。

尔朱荣派朱瑞率领一千铁骑，捉拿胡太后和幼主。

朱瑞来到皇宫，问留守官："太后、幼主在哪里？"

留守官说："太后往瑶光寺了，幼主送回原来的家了。"

朱瑞来到瑶光寺，寻见胡太后说："奉太原王之命，来迎太后。"

胡太后说："卿先退下，本宫自己会去的。"

朱瑞一挥手，军士持刀涌上前去，胡太后吓得脸都变色了，只得上马随同前去。

朱瑞又到幼主府上，带了幼主，来到河桥，向尔朱荣复命。

尔朱荣命入帐相见。

胡太后见了尔朱荣，一再解释所干的事均受郑俨、徐纥唆使。

尔朱荣一摆手，说："身为太后，执掌朝政，贪图享乐，淫乱宫闱，重用奸佞，祸国殃民，毒害亲子，蛇蝎心肠，让公主为嗣，闹天下笑话，种种劣行，作何解释？"

胡太后听了，句句是实，目瞪口呆，不知如何回答。

尔朱荣大手一挥，喝令左右，说："把无耻淫后与幼主带到河边，全部沉入河中。"

胡太后脸色发白，两腿发软，根本走不了路，两个军士架起她的胳膊，风一般地出帐去了。

可怜一代国母，最后落得如此下场。

尔朱荣将胡太后、幼主沉河之后，费穆私下问："明公，下一步如何安排？"

尔朱荣说："新君刚立，百官尚未拜见新君，下一步应该让百官拜见新君。"

费穆说："明公兵马不过十万，千里来到洛阳，铲除朝廷佞臣，沉水太后、幼主，拥立新君，确是万世不朽之功。但是，这不是率兵征战四方，消灭叛乱之贼，赢得天下太平的战胜之威，恐怕群臣难以服你。你想，京师朝廷有多少官员，并不知道大王的文治武功，必然对你有轻慢之心。如果不将大批庸官除掉，然后树立亲信，培养新党，执掌朝廷大权，恐怕大王回山西时，还没有过太行山，朝庭内就变了。"

尔朱荣听了，如茅塞顿开，说："若不是你说，我还真没想那么远，你说得很有道理。"

忽然有人来报："慕容绍宗从晋阳来见。"

尔朱荣高兴地说："绍宗来了，我又添了一个助手。"

两人见面，寒暄之后，尔朱荣对慕容绍宗说："洛阳城内官府居多，朝廷官员骄奢淫逸，贪图享乐，不思报国，已成习惯，若不加以铲除，今后恐怕难以制服，我想在百官朝见新君时，将其全部除掉，以绝后患。"

慕容绍宗听了，急忙说："此事不可，太后淫乱失德，奸佞弄权，祸乱朝廷。大王兴义兵，清理朝廷，本是伊、霍之举，天下人无不心悦诚服。朝廷大臣何止千人，若不分忠奸，无故残杀全部大臣，恐怕让天下人大失所望，不是好办法呀！"

尔朱荣本性残忍，做事刚断，费穆的一番言论，已激起他的杀心。

慕容绍宗极力相劝，尔朱荣始终不听。

尔朱荣请元子攸到陶渚，另设行宫居住。无上王和始平王随侍。尔朱荣令心腹骁将郭罗刹、叱列刹鬼持刀立于帝侧，说是防卫，其实是等外边有变，立即杀了无上、始平二王。

文武百官到了，请求朝见新君。

尔朱荣领着百官，到行宫西北河南岸的野地里，说："新君要在这里祭天，请百官下马，在这里等候。"

百官刚刚下马，早已准备好的骑兵，立即包围了百官。百官不解何意，相互观看，听到尔朱荣高声责问百官："昔日肃宗皇帝年幼，太后临朝听政，全靠你们匡扶社稷。可是，先有刘腾玩弄权术，恣惠元叉祸乱朝政。后有徐纥、郑俨之流，浊乱宫闱，以致四方不宁，官逼民反。更不可饶恕的是皇帝被害，居然立公主为嗣，简直是天大的笑话。皇上被毒死，你们之中竟无一人敢直谏于朝堂，申大义于天下。更无大臣勇于以身殉国，报君父之仇。身为王公大臣，却是贪生怕死，唯利是图的无耻之徒，朝廷养你们，有何用处？现在，新君登基，贤名卓著，若还用你们辅佐，不知会出现何等局面。所以，新君不用你们辅佐，留你们也没用，不如追随太后去吧！"

尔朱荣说完，大手一挥，铁骑四面出击，挥舞砍刀，朝着百官之头，如砍瓜切菜一般，顿时血肉横飞，肝脑崩裂，哭喊之声，不绝于耳。朝廷大臣两千余人，不管龙子龙孙，还是皇亲国戚，全部被杀。此时的河南岸上，愁云惨惨，怨气重重，尔朱暴行，骇人听闻。

尔朱荣诛杀百官正欲收兵，陆陆续续又赶来一些朝士。不一会儿，聚集了五百余人。他们看到遍地尸体，吓得魂飞魄散，急忙四处逃跑。尔朱荣命骑兵四面合围，圈在了一起。真如鸟进罗内，鱼入网中，性命在顷刻之间。

此时，有一个骑兵大将喊道："新君即位，全是太原王的功劳，现在，大王在此，你们还不下拜？"

众人为了活命，立即跪倒地上。

此将又高声喊："魏家气数已尽，太原王应该成为人主，你们之中有能写禅文者，可以免死。如果没人会写，全部杀死。"

　　众人不敢说话。尔朱荣大怒，说："你们这群混蛋，难道想欺骗我吗？"此话刚说完，有一人站起来，说："我可以为大王写禅文。"

　　尔朱荣问："你任什么官？"

　　此人答："治书御史赵文则。"

　　尔朱荣命人送他到营里，吩咐道："要好好写，否则，提头来见。"

　　尔朱荣又使六军高喊："元氏灭，尔朱兴！"呼喊声响彻山谷。尔朱荣大喜，派了几十个亲兵，提刀走向行宫，看到皇帝的侍卫，全部杀死。

　　此时，元子攸在帐中，正感忧虑，忽听喊杀之声阵阵，急忙与无上王、始平王出帐观看。郭罗刹看见亲兵到了，忙将天子抱到帐中。无上、始平二王还没有来得及转身，叱列刹鬼手起一刀，把无上王的头砍下来了。始平王想退出去，也被叱列刹鬼残忍杀害。

　　元子攸看到帐外两个兄弟被杀，感觉自己性命不保，暗暗流泪。尔朱荣把新帝迁到河桥，放在帐幕下，率领诸将回到了营中。

　　赵文则已经写成禅文，尔朱荣看了大喜，放了五百名官员。

　　元子攸看出了尔朱荣的野心，他想：与其被逼着禅让，不如主动提出让位。于是，他写了一道圣旨，曰："朝代更替，盛衰无常。吾家社稷垂及一百余年，不幸胡后失德，先帝升遐，四方瓦解，气数将尽。将军奋袂而起，所向无敌，铲除奸佞，匡扶正义，此乃天意，非人力也。我虽为王，志在全生，岂敢妄图天位？将军相逼，以至于此。若天命有归，将军宜及早正号，若推而不居，思欲存魏社稷，亦当更择亲贤，我当流避裔土，何帝之有？"

尔朱荣看了诏书，非常高兴。

高欢在一旁，看到尔朱荣有心称帝，试探着说："大王有了新帝这个诏书，下一步是否登基？"

尔朱荣又问各位将军："你们认为如何？"

司马子如说："现在马上称帝，似有不妥。"

贺拔岳也说："大王带兵进京，志在除去奸臣，虽是大功，但朝廷未稳，就考虑禅让，恐怕不是福报，只会招来祸事。"

尔朱荣听了，犹豫不决。

高欢不希望尔朱荣称帝，但是，他看到尔朱荣犹豫，又说："大王，有一个办法，请人用金子铸像，若成功，即可行，若不成，则缓行。"

尔朱荣认为有道理，命人用金子铸像，结果，一天之内，先后四次，均未成功。

第二天，尔朱荣还不死心，又找来参军刘灵助，此人精通天文地理，熟读《易经》，善于占卜，断事非常准确。尔朱荣平常有事，让他算卦，这次让他算一算，能不能称帝。

刘灵助卜了一卦，说："大王，算卦就要讲实话，不知大王以为如何？"

尔朱荣说："我知道，算卦不留情，留情不算卦。"

刘灵助说："大王，说实话，此卦不吉，大王虽然很有福德，现在还不能那么做，如果强行实施，上逆天心，下失民望，祸殃将连续发生，即使成了帝王，恐怕也不会长久。"

尔朱荣问："既然我不能，元天穆当皇帝怎么样？"

刘灵助说："天穆也没有这样的福德，臣夜观天象，只有长乐王有天命，如果你奉他为主，一定能获得很大的福报。"

尔朱荣听了，心中不快，没有说话，进入帐中独自坐下。到了晚上，他心中烦躁，翻来覆去，难以成眠。到了子时，忽然感觉精神恍惚，头脑发昏，似乎自己不能指挥自己，停了很久，头脑慢慢地醒过来了。思考自己这几天的想法和行为，深感后悔，自言自语道："错了，错了，我只有以死来报答朝廷，不可有非分之想。"

第二天，尔朱荣早饭后，看到大将们来了，将夜间发生的事讲给大家听，并且说："禅让之事，任何人不许再提。"

贺拔岳说："此事是高欢引起的，应该杀了他，以谢天下。"

窦泰、侯渊说："高欢只是问大王下一步是否登基，罪不至死。况且如今四方多事，正是需要勇武之才，杀了他会失去将士们的心。"

尔朱荣说："此事是我的过错，高欢无罪，只是把我的想法说出来了而已。"

尔朱荣心情稳定后，立即命人去请皇上还营，并要求诸将步行，出去迎接皇上。

元子攸在河桥，愁容满面，不知下一步该怎么办。忽然有人来报："太原王率众将来迎接陛下。"

元子攸大吃一惊，不知道尔朱荣打的什么主意。只见各位将军在帐前集中，贺拔岳牵过了御马，请元子攸上马。

元子攸在众将面前，不想显出恐慌的样子，故作镇定问："叫朕去干什么？"

贺拔岳说："陛下不必担心，太原王请陛下过去。"

元子攸听了，半信半疑，上马随去，刚走出不远，就见尔朱荣来到马前，伏地请罪。

元子攸赶紧下马扶起，一起来到大营。

尔朱荣请元子攸正中坐下，带领诸将一起下拜。尔朱荣说："近几天来，臣头脑发热，做了错事，请陛下原谅。若陛下追究，臣愿以死谢罪。"

元子攸说："卿乃国家栋梁，现在朝廷尚无头绪，朕亦不知下一步该如何是好，还需卿辅佐，哪有追责之理？"

尔朱荣说："谢陛下宽宏大量，不追臣责，下一步请陛下进宫，早正帝位。"

元子攸说："一切由大将军安排。"

第二天，尔朱荣保护着皇帝御驾，浩浩荡荡进了洛阳。

元子攸登上太极殿，下诏大赦天下，改元建义。跟随太原王的将士，晋升五级；在京的朝臣，文官加二级，武官加三级，百姓免租税三年。

当时，朝中百官大部分被尔朱荣在河阴诛杀，剩下的幸存者，早已不知去向。只有散骑常侍山伟一人跪拜在殿下。洛阳城中的百姓心怀焦虑，一时传言四起。

有人传言：尔朱荣要怂恿士兵进行大规模抢掠。有的传言：尔朱荣要迁都晋阳。顿时，富裕的人家抛弃了豪宅，贫困人家也带着妻儿老小，跑出城去了。留在城内的，不足百分之十。皇宫、各衙门守卫人员空虚，官府工作无法开展。

尔朱荣的妻子北乡公主，是南安王元桢的女儿，景穆帝女儿的孙女，也是义阳王元略的姑姑。她听说丈夫已经取得成功，赶到洛阳来，见了尔朱荣，说："我想到南安家庙去祭祀一番，然后去看望义阳王。"

尔朱荣说："义阳王已经被杀了。"

北乡公主气愤地说："他有何罪，为什么被杀了？"

尔朱荣说："当时的情况不得不杀，被杀的不只是义阳王一人，现在我可以请皇帝下旨，追赠一下，让他荣耀。"

第二天上朝，尔朱荣上书奏曰："当初大兵交际之时，诸王、朝贵横死者多，如今臣即使以死谢罪，也不足以挽救他们。所以，乞求追赠亡者，以示安慰。请追赠无上王为无上皇帝，其子韶袭封彭城王。其余死于河阴者，诸王赠三司，三品赠令仆，五品赠刺史，七品以下赠郡镇。无后者停继，即授封爵，请陛下恩准。"

元子攸听了准奏，并说："官员、百姓外逃，城内空虚，卿需尽快设法处理。"

尔朱荣立即派人在城中循环慰问，并张贴告示，严禁士兵骚扰百姓，鼓励各府衙门官吏回来，逐渐恢复城内正常生活。于是，一些朝士逐渐敢出来了，逃出城的大部分富户回来了，百姓心情逐渐安定下来。

实际上传言迁都并非空穴来风，进城之前，尔朱荣在河阴屠杀了那么多官员，考虑到在洛阳对自己不利，不如把皇帝迁到北边，在晋阳建都，他曾与元天穆提过此事，只是还没有向朝廷提出。

元子攸登基以来，尔朱荣发现城内百姓稀少，朝堂之上，官员缺位很多，他觉得与其在这里费劲，不如迁都北方，于是，他在上朝时，奏道："陛下，如今洛阳城内十分冷落，不如迁都晋阳，不知陛下感觉如何？"

元子攸不想迁都，又不敢得罪尔朱荣，对大臣们说："诸位爱卿，大家说说，迁都如何？"

尚书元湛出班奏道："陛下，臣认为不可北迁……"

尔朱荣不等元湛说完，大怒道："迁都关你什么事儿，你固执什么？难道忘记河阴发生的事吗？"

元湛并不害怕，对着尔朱荣说："迁都是朝廷大事，涉及所有百姓，应当由天下人讨论，为什么用河阴惨状吓唬我呢？况且，我是国家的宗室，位居常伯，活着既然对社稷没有什么益处，死了又有什么损失呢？就是今天杀头，也没什么可怕的。"

尔朱荣大怒，要立即处罚元湛。

不知尔朱荣如何处罚元湛，请看下回章节。

# 第 19 回

## 定朝纲天宝欲迁都　平叛乱高欢劝梁王

话说尔朱荣要处罚元湛，尔朱世隆急忙出来阻止，说："朝堂议事，各自发表意见，不宜追究责任，请大将军息怒。"

尔朱荣听了，只好作罢。在场的人无不恐惧，元湛却毫无惧色。

司马子如听说尔朱荣想迁都，私下对他说："洛阳为都时间已久，况且人心认可，若迁往北边，有人在洛阳另立一帝，岂不乱套？"

尔朱荣听了，觉得有道理，对迁都一事开始犹豫。

过了几天，尔朱荣陪同皇上与大臣在皇宫游览，到了一个高处，俯瞰壮丽的宫殿，只见皇宫气势庞大，高低建筑错落有致，绿树金瓦相映生辉，不由惊叹道："陛下，臣前几天只考虑城内民众少，竟然生出北迁之意，今天看到皇城如此辉煌，再想想元尚书的话，觉得确实有道理，从此，北迁之事不必再提了。"

又过了几天，尔朱荣奏道："并州刺史元天穆，立功边疆，可封为上党王，入朝辅政；尔朱世隆为侍中尚书；尔朱兆为骠骑将军；汾州刺史尔朱天光为肆州刺史；尔朱仲达为徐州刺史。"

元子攸哪里敢不准，完全按照尔朱荣的奏折授予官职。

尔朱荣手下的其余将士，如高欢被封为铜鞮伯，贺拔兄弟、刘贵、司马子如、窦泰、侯渊、侯景、尉景、段荣、厍狄干、孙胜、蔡隽等，或居内职，或授外任，皆有禄位。

这一天，诸将到太原王府拜谢，尔朱荣设宴款待。

忽报朝廷圣旨到了，尔朱荣接旨，圣旨道：封尔朱荣长子菩提为世子，次子叉罗为梁郡王，三子文殊为平昌郡公，四子文畅为昌乐郡公。尔朱荣大喜，送天使去了，大家重新入席畅饮。他忽然想到，四个儿子如此显贵，几个女儿还没照顾到，长女曾为元诩嫔妃，如今元诩已去世，女儿终身未了，新帝尚无正宫，不如请皇帝纳为皇后，如此岂不显贵？

尔朱荣把想法对尔朱世隆、刘贵等几位说了。

刘贵说："大王此意甚佳，我与世隆可启奏陛下，促成这段美好姻缘。"

尔朱荣高兴地说："如此就有劳二位了。"

第二天，尔朱世隆、刘贵到皇宫，向皇上启奏："陛下已登宝位，目前坤位尚缺，现有太原王长女，才貌双全，品德敦厚，可以配得上陛下，臣等建议纳其为皇后为宜。"

元子攸听了，说："太原王长女本是肃宗的嫔妃，朕如纳为皇后，恐怕不合礼仪。"

黄门侍郎祖莹在旁，说："春秋时期，秦穆公的女儿，嫁给了晋国太子圉，后来，太子圉回国做了晋怀公，却与秦国为敌，秦穆公找到晋公子重耳，帮助重耳回国，夺了晋怀公的王位，就是晋文公。后来，晋文公又娶了嬴氏，历史上有过这样的先例，陛下不必犹豫。"

元子攸自然知道这个典故，于是就答应了。

尔朱世隆、刘贵回来，汇报给尔朱荣。

尔朱荣大喜，立即责成尔朱世隆、刘贵承办此事，选定良辰吉日，促成皇上迎娶其长女为皇后。

尔朱荣成了国丈，经常到宫中走动。一天，他在显阳殿与元子攸议事，再次提到河桥事件，说："臣刚到朝廷，痛恨大臣不能忠心为国，头脑发热，不分忠奸，铸成河桥大错，悔之晚矣，今后臣一定忠于朝廷，绝不会有二心。"

元子攸相信尔朱荣的话，在宫中摆上酒席，宴请国丈。不知不觉，尔朱荣喝得酩酊大醉，然后睡着了。元子攸看到尔朱荣不省人事，拔出宝剑，恨不得杀了尔朱荣。侍从极力劝阻，元子攸才罢手。他命侍从扶尔朱荣上车，将其拉到中常侍省休息。

尔朱荣半夜醒来，发现身在宫中，立刻紧张起来，心想：怎么能喝醉酒呢？一直到天明，再也不敢睡了。从此以后，不再留宿宫中。

尔朱荣的二女儿也很漂亮，嫁给了陈留王元宽为妃。

尔朱荣办理女儿婚事期间，不断有消息传来："葛荣率领贼兵，在河北烧杀抢掠，横行无忌，正在向冀南杀来，邺城危在旦夕。"尔朱荣听了，计划回晋阳，准备讨伐葛荣。

元天穆到了洛阳，尔朱荣向元子攸上奏："元天穆在朝参政，应任侍中、录尚书事兼领军将军。行台郎中桑乾朱瑞为黄门侍郎兼中书舍人。"

元子攸一一准奏。

尔朱荣安排好朝中之事，整顿人马，告别皇上，即日回晋阳。

元子攸带领文武百官，到邙山之南设宴送行。

尔朱荣去后，元子攸才解除忧愁。一天上朝，廷臣上奏："逆臣徐纥逃到幽州，遇到了盗贼，全家都被杀了。郑俨逃到乡里，与其兄长郑仲明合谋，起兵造反。结果被他的部下杀了。李神轨、袁翻等人也被诛杀了，截至目前，胡太后的心腹，全部除掉。"

元子攸听了非常高兴，命令颁发告示，让天下人看到，佞臣都没有好下场。

话说葛荣在河北，横行无阻。目前他的军队号称百万。其实大部分是饥民，之所以跟着队伍跑，为的是能到处抢掠，他下令要夺取邺城，游兵有的已到汲郡（今河南卫辉西南一带）。

元子攸收到急报，立即下旨，大军兵分三路讨伐葛荣，诏令：上党王元天穆为前锋，加封尔朱荣为上柱国大将军，带兵为左军，停驻在怀县的司徒公杨椿为右军，司空穆绍总督粮草为后军接应，奔赴邺城，剿灭葛荣叛军。

尔朱荣接到圣旨，立即召集高欢、斛律椿、慕容绍宗、司马子如等几人商议，他说："葛荣将要围攻邺城，皇上命我等去剿灭，该如何出兵为好？"

　　慕容绍宗说："邺城，是北方重镇，万万不可落入贼人之手。"

　　司马子如说："葛荣现在拥兵百万，气势正猛，恐难以一时剿灭。"

　　高欢最近去山东平贼，很快大获全胜，他听说尔朱荣回了晋阳，所以，带兵经滏口，直接回了晋阳。他曾在葛荣处待过，对其人有所了解，他说："以我对葛荣的了解，他狂妄自大，性格残暴，带兵打仗缺少章法，剿灭葛荣，并非难事。"

　　尔朱荣问："你有何良策，快快讲来。"

　　高欢说："大王与葛荣相比，大王有'六胜'，葛荣有'六败'。大王奉天子之诏剿贼，上承天意，应在天时，军心振奋，胜因之一也；葛荣为将不忠，叛国为贼，率领叛军，逆天行事，败因之一也。大王剿灭葛荣，是为民除害，河北民众必定支持大王，有民众支持，实乃人和，胜因之二也；葛荣在河北横行二年余，烧杀抢掠，无恶不作，河北豪强与民众恨之入骨，已失人和，败因之二也。大王可利用滏口天险，据守要道，在滏口外平原处占用地利，摆开阵势，诱敌来攻，使骑兵奋进，专擒拿贼首，一战可败之，胜因之三也；葛荣横行河北，无人可敌，现在更是目中无人，傲气冲天，其实他的骑兵少，步兵多，若两军相战，其步兵怎敌骑兵？一触即溃，败因之三也。大王麾下兵精将勇，尔朱兆、贺拔兄弟神勇无敌，军士训练有

210

素，精壮矫健，若冲锋陷阵，可以一当十，胜因之四也；葛荣之兵号称百万，其实有战斗力的约三十余万。葛荣原统兵不足二十万，吞并杜洛周，增兵十多万人。之后攻城所收集之兵，皆为流民，只为混口饭吃，战斗力很弱，若遇强敌必败，败因之四也。两军对垒，骑兵为最，大王之战马，均为精挑细选的良马，身形矫健，奔跑如飞，在秀容川内久经训练，适宜战场，胜因之五也；葛荣军中骑兵少，且战马良莠不齐，军士缺少训练，战斗力不强，败因之五也。大王心胸开阔，文武兼备，武功盖世，善于用人，指挥千军万马，运筹帷幄，无往而不胜，胜因之六也；葛荣一勇之夫，缺少智谋，为人寡义，狡诈凶残，身边大将，忠心者少，危险关头，多是自保，败因之六也。"

尔朱荣听了高欢的"六胜六败"，心中大喜，他一直在思考如何剿灭葛荣，并且已有初步想法，高欢的分析，与他不谋而合，更增加了他必胜的信心。他问："高公分析得很好，不知你有何具体良策？"

高欢说："葛荣封可朱浑元为梁王，他是我的少年伙伴。在葛荣处时，与我交往较好，大王若让我去劝降，以可朱浑元的影响，可以带过许多人来。大王与葛荣交战之时，必然使葛荣去掉一个臂膀。"

尔朱荣听了，大喜，说："好，你可带领怀朔镇的几个弟兄，立即出发，先到滏口尔朱仲远处，找到可朱浑元等，晓之以理，劝他们早日归降，此事若能办成，立即命人报我。算你大功一件。"

高欢领命回家，与娄昭君告别。昭君听了，说："时间已久，不知可朱浑元如今为人，君需谨慎行事。"

高欢说："夫人放心，我会随机应变的。"

高欢并没有多带人，只是带了段荣、孙胜和几个亲兵，一人二马，轮换狂奔，很快到了滏口，与尔朱仲远见面，说明了来意。

尔朱仲远说："葛荣之军行动较乱，据我侦查可朱浑元所领之军，大约在牦牛河赵王城一带活动。"

高欢说："有大概方向就行，段荣、孙胜，你二人化装成百姓，先去寻找可朱浑元大营，然后与他见面，告诉他我已到滏口，想与他见面，地点让他来定。"

段荣、孙胜二人领命去了。

天黑以后，段荣、孙胜还没有回来，高欢、尔朱仲远在焦急地等待，不久，二人回来了，说："可朱浑元大营所在地为南城，他听说贺六浑到了，很高兴，明天以打猎为由，到苍岿山下见面。"

高欢听了大喜，说："辛苦了，你们赶紧去休息，明天随我再去。"

苍岿山在滏山（今石鼓山）北段，山下林木茂盛，风景宜人。第二天，高欢等三人，带了二十随从，骑马出滏口北行，约二十里，到了苍岿山下，高欢看到有一农舍，说："我们就在这里暂停，你二人在附近转一转，估计可朱浑元来了，方便找到这里。"

段荣、孙胜各带三人，到附近巡视，不久，看到东北方向尘土飞扬，似有马队过来，段荣急忙迎上前去，果然是可朱浑元。

高欢看到可朱浑元，高声喊道："兄弟，很久未见，别来无恙乎？"

可朱浑元下马上前，握住高欢的手，说："兄弟，你走之后，葛荣派人去追，我很担心，知道没追上才放心，后来听说你在尔朱荣处，不知真假，昨天听段荣说，才知道是真的。"

高欢说："我说回家，其实向西去了，如今在尔朱荣处，听说你被葛荣封为梁王，日子不错吧。"

可朱浑元叹口气说："什么王不王的，虚名而已。"接着问道："你在尔朱荣处怎么样？"

高欢说："还好，太原王虽性格急躁，但心胸开阔，比葛荣强多了，我这次来，是奉太原王之命，专门来见你的。"

可朱浑元笑了，说："我一听段荣说你在尔朱荣处，要见我，我就知道来意了，无非是让我投顺呗。"

高欢也大笑，说："兄弟真是聪明。但是，我还有个想法。"

可朱浑元说："请讲。"

高欢说："我的意思，你现在不必投顺。常言道，耳听为虚，眼见为实。太原王为人怎样，你可观看。下一步，太原王率兵攻打葛荣时，葛荣之命，你可佯装执行，但不必真的投入战斗。葛荣被灭，你若投顺，即可来投。若不想来投，也可另选门路。不过以兄弟之才，不可继续为虎作伥，还是走正道，为国效力，定可立功扬名。"

可朱浑元问："难道尔朱荣肯定能打败葛荣吗？"

高欢道："你不到晋阳，不了解太原王。太原王的兵和马，训练有素，精壮无比，葛荣与太原王没有可比处，以我的见识，葛荣被灭是肯定的。"

可朱浑元说："既然兄长如此说，我信了，我有个想法，不知可行否？"

高欢说："请讲。"

可朱浑元说："我跟随葛荣，心中无底，也不知前途何在。我若召集几个好兄弟，由你出面劝说，到太原王来攻之时，我等一起停军不前，不是更好吗？"

高欢大喜，说："如此更好。不过此事不可声张，暗中见面为好。"

可朱浑元说："那是自然，我回去安排晚上宴请几个兄弟，到时趁着夜色，你们换上我军衣服，到大帐赴宴。"

高欢说："如此甚好。"

可朱浑元走后，段荣说："晚上过去，会不会有危险？"

高欢说："无妨，到时我自有主意。"

到了晚上，可朱浑元派人送来服装，高欢等人换上服装，悄悄来到了可朱浑元大帐。

可朱浑元对请来的几位说："今晚还有一个朋友，看看谁来了？"

可朱浑元说："这是我在家乡少年时的朋友，大名鼎鼎，贺六浑，也曾在我们这里待过，不知你们有交往没有？"

几个人一听，立刻站起来了，说："听说你在尔朱荣那里，怎么突然来这里了？"

高欢点点头。

可朱浑元说:"大家坐下,他来是有事与大家商量。"

在座的有:潘乐、任延敬、张保洛、张琼,都是在附近的将领。

高欢看了大家一眼,说:"我在太原王处,听到皇上圣旨已下,命太原王前来剿灭葛荣,梁王是我兄弟,我不能见死不救,因此,特来告诉他,谨慎行事。"

潘乐年轻气盛,说:"我们有百万大军,攻取邺城指日可待,然后直捣洛阳,推翻魏家天下,我们就可真正成为王爷,有何不好?"

高欢听了,微微一笑,说:"你说的百万大军是实数吗?有战斗力的是多少?别人不知,我能不知道?葛荣原有兵马二十余万,兼并杜洛周十余万人,合起来最多三十余万。其余的都是攻城后加入的一些流民,你觉得他们有战斗力吗?你们想一想,历史上有哪个到处杀人放火不得民心的军队取得了天下?"

张保洛说:"我们自起兵以来,攻无不克,战无不胜,不能被你几句话就吓着了。"

高欢看了看张保洛,说:"张将军应该知道,平原打仗,骑兵最强,葛荣有多少骑兵?两军对阵,如果你步兵占大多数,对方全是骑兵,而且均为良马,你能经得起骑兵冲击吗?"

几个人面面相觑,任延敬问:"尔朱荣到底有多大实力?"

高欢说:"尔朱家族世代在秀容发展,有十二个山谷,全部用来养马,所有马匹都是精挑细选买来的。他的士兵,每天操练，其训练强度之大，可称为魔鬼训练。骑马射箭，个个精良。况且，近年来太原王广招贤才，现在手下猛将上百，以乌合之众对精良之师，你们觉得有胜算吗？"

张琼问："你来是要我们投降吗？"

高欢说："我不是来劝你们投顺的，我与梁王的关系，你们已经知道了，我来是告诉梁王，太原王大军到了，与葛荣两军交战时，保存实力，不必投入战斗，而是观望，最后，谁是胜者，就归顺谁，如果不想投顺太原王，可以自寻出路，此乃自保良策。梁王说他与你们几位都是好兄弟，是不是一起商量，所以我才来与大家见面。"

潘乐、任延敬等几个人，一听不是马上投顺，而是坐山观虎斗，个个都说："这个主意可以考虑。"

可朱浑元看到大家都懂了，没有其他意见，开始劝酒。喝酒期间，高欢说："我为何离开杜洛周和葛荣，投靠太原王？弟兄们，你们都是人中豪杰，背井离乡出来打拼，难道只为混个吃饱了不饿吗？谁不想封妻荫子、光宗耀祖？但是，如果一直在贼中混，不是为国为民出力，什么时候能光宗耀祖？"

大家都说："有道理、有道理。"

高欢又说："太原王代表的是朝廷，取胜之后，诸位愿意跟随太原王的，有可能到某地为一刺史，岂不比跟随反叛之贼好？"

众人都点头称是。

高欢目的已经达到，酒过三巡后，说："兄弟我还有几十里路，先告辞了。"

大家挽留一下，高欢婉言谢绝，带人出来了。

可朱浑元送出来，说："兄长放心，这里下一步由我安排。"

高欢告别可朱浑元，连夜回到滏口军营，见到尔朱仲远，说："大功告成，明日立即派人回去，向太原王禀报。"

太原王得知高欢劝降成功，大喜，立即召来参军刘灵助，请他占卜这一仗如何。

刘灵助说："臣夜观天象，东南方有将星灰暗，应葛荣当灭。此外，按五行讲，大王在西，属金，葛荣在东，属木。金克木，此行大吉。"

尔朱荣听了大喜，他把肆州刺史尔朱天光召回，对他说："天光，我不在时，只有你在，我才放心。所以，你要守好晋阳，尔朱羽生在家帮你，有事多商量。"

尔朱荣召集众将，商议出兵滏口，剿灭葛荣。

不知尔朱荣讨伐葛荣胜败如何，请看下回章节。

# 第 20 回

## 战滏口尔朱擒葛荣　求南梁元颢攻洛阳

话说尔朱荣要出兵滏口，讨伐葛荣。滏口陉，乃太行八陉之一。

太行山脉位于黄土高原与华北平原之间，北起北京西山，南至山西、河南接壤的王屋山，山地被拒马河、滹沱河、滏河等切割，多横谷，当地称陉。由山西向东出太行，有八条交通要道，即轵关陉、太行陉、白陉、滏口陉、井陉、飞狐陉、蒲阴陉和军都陉，称为太行八陉。

滏口陉是第四陉，北靠滏山，南依神麇山（今元宝山），两山夹峙，长有数千米，宽仅百米，滏水由西而东从滏口流过，宽约六十米，剩余四十余米狭长通道，是邺城通往山西之要道。滏口陉向西逐渐分为南北两条通道。南路经长治、潞城、涉县等，直达晋阳；北路走过漫长的山路，经阳泉、晋中，到达晋阳。

尔朱荣展开一张军用草图，上面标着行军路线，叫过侯景来，说："你为先锋，斛律金、叱列平为副将，率两千精锐骑兵，一人双马，立即向滏口出发，兵贵神速，越快越好。"

叫过司马子如，说："你为主将，蔡隽、贾显智为副将，也率两千精锐骑兵，一人双马，到涉城后，向东南行，到西达翻过皮岭，到达岔口，再向南行，到漳河沿着河岸向东，出山后隐藏下来，一面与滏口联系，一面探听消息，待滏口交战时，要出其不意，从后面袭击。"司马子如等领命而去。

尔朱荣亲自率精锐骑兵两千为中军，也是一人双马。尔朱兆、高市贵、慕容绍宗、段荣、贺拔三兄弟、窦泰、厍狄干、郑先护等将，一起出发。刘贵、尉景率领一千骑兵押后。

尔朱荣回到府中，与妻子告别，北乡公主满面愁容，担忧说："大王，葛荣兵多，你只带七千人，能取胜吗？妾很不放心。"

尔朱荣说："我带七千骑兵，原防守滏口有三千，有一万兵力，葛荣多是步兵，怎能与我比？夫人放心，我既如此安排，已经想好了战术，有必胜的把握。"

尔朱荣率军队到襄垣，命令军士列围打猎，突然有一只兔子，从草丛里跳出，尔朱荣弯弓搭箭发誓说："一箭射中则擒葛荣，若不中则否。"一箭射去，兔子应弦而倒。众将与三军看了，无不欢欣鼓舞。

三日后傍晚，尔朱荣大军到了滏口。尔朱仲远、侯景参见，简单了解了情况，连日赶路，尔朱荣感觉疲劳，他躺在大营帐中要休息，迷迷糊糊看见一个穿着帝王服装的人，向一个人索要千牛刀，那人不肯给。帝王怒道："我是道武皇帝，你如何敢违抗命令！"那人听了，急忙将刀奉上。自称道武皇帝之人，接过千牛刀，转身将刀授予尔朱荣。尔朱荣接过千牛刀，道武皇帝飘然而去，尔朱荣还想问话，急忙大声喊叫，可是已经来不及了，结果他被急醒了。

尔朱荣醒来，感到这个梦奇怪，道武帝乃北魏开国皇帝，自己不可能见过，拿刀的人是谁？道武皇帝为何向他要过刀给自己，难道那人是葛荣，要自己宰杀葛荣吗？不免又惊又喜，暗暗祈祷此梦成真。

第二天，尔朱荣命令手下大将一人带一百名骑兵，在滏山东侧树林里分头奔跑，扬尘擂鼓，大声喊叫，造成似有千军万马在树林里活动的声势。

慕容绍宗说："葛荣贼兵百万，声势浩大。朝廷派三路大军剿灭，我们是否等那两路大军集齐后进攻？"

尔朱荣哈哈一笑，说："葛荣的百万大军，其实是乌合之众，简直就是羊群，我的骑兵马壮士勇，训练有素，两军相遇，无异于虎入羊群。"

尔朱兆高声说："我们的骑兵天下无敌！"

葛荣兵马在邺城以北聚集，这一天，他在军营内欣赏歌舞，突然探马来报："朝廷派的三路大军两路尚未到达，尔朱荣兵马已到滏口。"

葛荣横行河北两年多，从未受到像样的抵抗。因此，他认为自己世上无敌，目空一切。葛荣问："尔朱荣带了多少人马？"

探马报说："目前知道五千骑兵，原在滏口防守有两三千人，大约有七八千人。"

葛荣召集部下将领，轻蔑地说："尔朱荣太狂妄了，区区七八千人，就敢来与我们大战。你们要准备一些长绳，每三四个军士结成一组，两军相遇，一个组对付一个敌兵，把他们一个个捆起来，活捉他们！"

众将听了都大笑起来，一个个充满信心，觉得势在必得。

宇文洛生说："现在其他两路军马尚未到达，不如现在就与尔朱荣开战，一战可胜之。"

葛荣说："很好，今天派人给尔朱荣下战表，三日后全军出动，排成鹤翼阵，从南到北，分三路全线向滏口合围，力争午时到达滏口东，尔朱荣若出战，一定全歼他们。"

战书写好后，派人送去。

尔朱荣收到战书，笑道："无知狂徒，死期到了。"并让来人回去告诉葛荣："三日后决一死战。"

送战书人回来报告葛荣，尔朱荣同意三日后决战。

葛荣听了，说："很好，立即召集众将安排战术。"

众将集齐后，葛荣下令："宇文洛生、王基，你们带领十万人马，从邺城西向西北方向进军，快速到达滏河南岸，正面战斗打响以后，立即渡过滏河加入战斗。"

"可朱浑元、任延敬，你们带领十万人马，从南城向西南进军，也要快速到达滏口北侧，正面战斗打响以后，立即投入战斗。"

"潘乐、张保洛，你二人带领五万人马，从码头出发，与可朱浑元会合后，共同迎敌。"

"独孤信、韩贤等，随我率领大军从正面出击。"

葛荣安排完毕，众将各自准备去了。

尔朱荣这边也在召集众将，部署迎战策略。

尔朱荣说："高欢，你和段荣、孙胜，带领原防守滏口士兵一千，向北与可朱浑元、潘乐等相见，确保北部无事。"

高欢等领命而去。

尔朱荣又说："贺拔三兄弟，你们带领一千骑兵，到滏河南，阻击贼兵，两军大战时，司马子如会在背后袭击，其军必乱，我们有三千铁骑，必能取胜。"

贺拔三兄弟领命而去。

尔朱荣对诸将说："其余将士，随我出战。我已让人准备了六千个短棒，骑兵每人一根，两军交战时，不按以往割首级以数量记功，而是要冲入敌阵，见人就砸，直往前冲。目标是冲到中军，活捉葛荣，擒住贼首，其兵不战自乱。"

众将听了，都感到惊奇，而且深服太原王的谋略。

尔朱荣说："侯景、窦泰，你二人带领五百骑兵，进入战斗后，不准恋战，而是要深入敌后，在通往邺城之路上堵截，若葛荣跑到那里，立即捉拿。"

侯景、窦泰领命。

尔朱荣又说："两军交战，葛荣的中军，一定以骑兵为主。其两侧应是步兵。慕容绍宗、高市贵，你二人带领一千骑兵，向南冲击其南侧步兵。库狄干、郑先护，你二人带领一千骑兵，向北冲击其北侧步兵。你们两队冲击步兵，其步兵必乱，然后向葛荣骑兵后面迂回，袭击其骑兵。尔朱兆、刘贵、尉景等随我，带领其余骑兵，从正面冲击，与他们的骑兵交战。到时前后夹攻，其骑兵必定大乱，只要活捉葛荣，就是大胜。"

三日后将近午时，在滏口以东，滏河北岸一片开阔地带，两军摆开了战场。可是，令葛荣焦急的是南、北两路都没有赶来。他哪里知道，在滏河南岸的不远处，宇文洛生与贺拔兄弟见面，虽然以前认识，但是现在各为其主，言语不和，贺拔胜与宇文洛生大战，两人斗了五十余回合，不分胜败。宇文洛生心里着急，眼看时间已到，却不能进军。正在此时，后军突然大乱，只见数千骑兵从天而降一般，冲进队中，如虎入狼群，奋力厮杀，士兵哭爹喊娘，四散逃走，宇文洛生一看不好，丢下贺拔胜，向东逃去，贺拔胜虚晃一枪，也向东追去。

在南城，可朱浑元和潘乐等，正在与高欢等人握手言欢。

南北两路大军没到，葛荣依然毫无惧色，他看到尔朱荣身后骑兵不多，而自己的骑兵与他相当，此外，还有十万步兵，他对尔朱荣喊道："尔朱荣，尔率区区七八千兵马，就要与我百万大军决战，不是找死吗？快快下马投降，我可饶你性命！"

尔朱荣喊道："葛荣，你横行河北，残害百姓，我今奉旨讨贼，你应下马受死，免得将士送命。"

葛荣大笑道："我自起义以来，还没遇到如此狂妄之徒，独孤信何在？"

独孤信答道："末将在！"

葛荣说："立即出战，捉拿尔朱荣。"

独孤信领命，持枪跃马出战，尔朱兆挥刀相迎。二人大战三十回合，难分胜负。

尔朱荣喊道："没工夫与他们消耗，全体出击！"说着大刀一挥，众将带领骑兵，按计划冲杀过去。

葛荣看了，也指挥骑兵冲过来，一场混战开始了。

尔朱荣骑兵的南、北两队冲向葛荣的步兵，那些步兵一看上千匹烈马冲来，拔腿就跑。但是，他们哪里有马跑得快，骑兵追上去，一顿乱棒，有的脑浆迸裂，一命呜呼了；有的被马踏伤，倒在地上，被后边的马踩死了。这些乱兵平时横行乡里，哪见过如此凶猛的骑兵，此时，只恨爹娘少生两条腿跑得慢，数万人逃跑，颇为壮观，一时间尸横遍野，死伤无数。

尔朱荣身先士卒，一马当先，雪亮的弯刀裹着人和战马杀进人群，跟在身后的三千多骑兵挥舞短棒，奋力击打阻挡的敌军，迅速冲出一条通道，向葛荣冲去。

两军骑兵相交，优劣立判，尔朱荣的骑兵，马匹健壮，士兵训练有素，手舞大棒，不是砸向人头，就是砸向马头。

葛荣的骑兵没见过如此阵势，心中不免慌张，眼看就支持不住了。此时，尔朱荣的南、北两队骑兵杀散步兵后，从后边向中间杀回来了，葛荣的骑兵受到前后夹击，不到一个时辰，葛荣的军队很快败下阵来，葛荣不敢犹豫，立刻策马向邺城方向跑去。

尔朱荣一面命人追赶葛荣，一面命令骑兵向四处追赶逃兵。

葛荣单枪匹马，沿着道路狂奔，突然，马腿被一根绳子绊住了，葛荣毫无准备，被摔倒在地，两旁冲出几十名士兵，将葛荣抓住了。侯景看着笑道："太原王早就料到你会跑的，我在这里等你多时了。"

侯景押着葛荣，来见太原王。

尔朱荣见了大喜，说："立即打入槛车，送往京城洛阳。"

葛荣被押送到洛阳，元子攸毫不犹豫，立刻将其斩首。

尔朱荣面对几十万降兵，他想：自己只有区区七千骑兵，怎么去管束这些降兵？如分给各位将领，一旦再次结党，闹出乱子不好收拾。于是，尔朱荣下令："凡是投降的士兵，可以与亲戚、朋友组成团伙，选择喜欢去的地方，统一登记，即可放行。"

于是，群情激奋，几十万人很快分别结成了许多团伙，选出头领，登记居住地点，逐渐散去了。

不久，贺拔三雄、司马子如等，押着宇文洛生和宇文泰到了。

尔朱荣知道，宇文洛生非等闲之辈，此人不可留，立即命人推出去斩首。

宇文洛生毫无惧色，慷慨赴刑场。

尔朱荣看到推进来一个少年，是宇文洛生的弟弟宇文泰，他大声说："大王用人之际，为何要杀壮士？我等从贼，并非所愿，大王能赦免数十万士兵性命，为什么不能赦免我兄弟二人呢？"

尔朱荣听到这小子有胆量，敢于直言，一时起了恻隐之心，又看他年少，命令赦免了他，留在帐下为将。

再说上党王元天穆，领兵刚走到朝歌，司徒杨椿、司空穆绍的军队尚未出发。两路人马不知道大战已经结束，不久到了邺城，尔朱荣看到大队人马到了，与元天穆、杨椿、穆绍商议，派兵将分散出去的降兵全部抓回，统一管制，以防他们再生祸乱。

尔朱荣又安排大将，分赴冀州、定州、沧州、瀛州、殷州等地巡查，以安民心。

正在此时，朝廷下旨："山东贼盗四起，命太原王派人讨伐。"

尔朱荣接到圣旨，与元天穆等商议，只有高欢能够胜任，于是，命高欢带兵一万，尉景、段荣、孙胜、蔡隽为副将，前去山东剿贼。

高欢等领命而去。

此时正是北魏武泰元年（528年）。北海王元颢当年为了躲避尔朱荣的诛杀，逃到南梁。

萧衍建立梁朝后，一直在推行佛教治国，为了使佛教既能统治国家，又便于向民众推广，他冥思苦想，如何改造佛教，使佛教本土化。

他带领高僧，亲自参与佛学研究、讨论，推出新的戒律，将儒家的仁义、孝道、忠君、爱国思想融入佛教，使佛教不断本土化，逐渐适应社会，浸润人心。他还从日常生活入手，颁布了《断酒肉文》，禁止僧众吃肉、喝酒，自己带头奉行素食，从此过上了佛教徒生活。僧众对于不能喝酒、吃肉很不满意。有的与他辩论，认为他是把佛教的教义变成了戒律。

萧衍连续写了四篇《断酒肉文》，宣扬素食主张。他坚持日中一食，每餐只是些豆羹粗饭，自己严格执行。他为了严格推行《断酒肉文》，动用了皇权，对敢于饮酒食肉者，以刑法治罪。接着又下了一道"断杀绝宗庙牺牲诏"，禁止宗庙用肉食。要求医生开药方不准用动物入药。梁武帝如此改动佛教宗旨，主要目的就是用佛教治国。

元颢逃到南梁，向梁武帝哭诉尔朱荣的暴行，笃信佛教的梁武帝，非常同情他的遭遇，封他为魏王。

后来，听到长乐王元子攸做了皇帝，心中不服，尔朱荣回北方了，他向萧衍启奏："陛下，我要借兵数万，消灭尔朱荣的势力，恢复魏国的旧邦，若我登基，甘愿为梁国的藩属国，世代称臣。"

萧衍看到魏国朝廷很乱，早有北侵之意，听了元颢的启奏大喜，立刻下令："东宫直阁将军陈庆之，率领精兵一万，护送魏王回去，若有机会，可攻占洛阳。"

陈庆之，南梁第一名将，足智多谋，骁勇善战。他领了圣旨，点起人马，与元颢拜别萧衍，杀过江来。到铚城县（今安徽宿县西南），命令军士攻城，不到两个时辰，攻破了城池，陈庆之命军队暂时驻扎在城内，向四方发号施令。

魏边防守将立即飞报朝廷，朝廷收到奏报，举朝大惊。因为北海县（今山东潍坊市）邢杲聚兵十万，举旗造反，自称"汉王"，年号天统，正在攻打州郡。忽然，又报元颢领南朝兵来攻，元子攸急忙召集文武大臣，商议此事。

行台尚书薛琡说："邢杲兵将虽多，然而却是些鼠窃狗盗之徒，没有大志，不足为虑。元颢乃皇室亲属，领南朝军队而来，其势难测，又打着正义的旗号，应先抵挡他。"

元天穆说："元颢兵力薄弱，不足为虑，邢杲兵多，容易酿成大祸，还是先打邢杲，然后再打元颢。"

元子攸听了，让元天穆带兵，讨伐邢杲。

元天穆率领大军走的时间不长，元颢与陈庆之的军队正好乘虚而入，从铚城直抵大梁城（今河南开封城西北）。

大梁守将邱大千，有七万将士，分别筑了九个城抵抗。陈庆之从早晨攻城，到了申时，攻破了三个城，邱大千看到抵抗不住，干脆开城乞降。

元颢进入大梁城，与陈庆之商议，说："我想确定尊号，然后，引兵攻打洛阳，这样，老百姓的心中，就没有别的想法了。"

陈庆之认为有道理。于是，元颢设坛于睢阳城南登基，称皇帝，改元为孝基，以陈庆之为将军、徐州刺史，带兵攻打荥阳。

荥阳守将都督杨昱，元颢派人前去劝降，杨昱不降，并立即派人报告元天穆。

元天穆听了，大吃一惊，放弃讨伐邢杲，与骠骑将军尔朱吐没儿率领大军十万，星夜赶来。

梁朝将士知道了非常恐惧，陈庆之对大家说："我军到了这里，屠城掠地，已经不少了，你们杀人家父母，掠人家女眷，难道就没事了？元天穆有十万大军，我们才一万人，怎么抵抗？现在的形势，战则必死。所以，我们不能与敌人野战，唯一出路，就是在他们到来之前，攻下城池，然后，据守城池，方可不死。"

军士听了，很受鼓舞，陈庆之命令，击鼓攻城。顿时，军士像蚂蚁一样，顺着云梯攻城，荥阳守军力量薄弱，不久，荥阳被攻破，军士把杨昱和三百多将士抓来，到了元颢帐前。

陈庆之说："陛下渡江以来，势如破竹，攻破了几个城池，今天进攻荥阳时，伤亡五百多人，应该将杨昱斩首，以报此仇。"

元颢说："杨昱是忠臣，各为其主，守城没有错，怎么能杀他呢？其余的就由你处理吧。"

陈庆之听了，把杨昱的三十七名将佐，全部剜心，然后炖煮吃了。

不久，元天穆领兵到了荥阳，命军士将城团团围住。陈庆之率领三千人马，出城与之交战。

陈庆之在马上叫道："我乃陈庆之，哪个过来受死？"

吐没儿催马出战，说："吐没儿与你大战一百合！"

两人交手三十回合后，吐没儿渐渐招架不住，掉转马头，败下阵来，陈庆之随后追赶。

元天穆看了，立即迎着陈庆之大战，吐没儿这才逃脱性命。

陈庆之看到元天穆出战，想生擒他。没想到元天穆刀法精妙，一时难以取胜。两人大战到五十回合后，元天穆也感到难以取胜。在二马相交后，元天穆突然拍马向本阵而去。

陈庆之哪里肯依，拍马追了过来，士兵一看主将败了，撒腿就跑。陈庆之指挥大军，乘胜追击，一直来到了虎牢关。

虎牢关守将尔朱世隆，听说元天穆大败，陈庆之向虎牢关来，弃城而逃了。

元颢、陈庆之不费吹灰之力，进入虎牢关，元颢大军直指洛阳，一路畅通无阻。

欲知元颢能否攻入洛阳，请看下回章节。

# 第 21 回

## 尔朱荣发兵复京城　贺六浑晋升守晋州

话说元颢、陈庆之大军过了虎牢关，一路向洛阳而来。

元子攸听到消息恐慌万分，急忙召集群臣，说："若守不住京城，朕到哪里去安全？"

侍中李彧奏道："是否可去长安？"

中书舍人高道穆说："关中荒凉不可去，元颢兵力不多，此次是乘虚而入，一路上的城池守将，没有善谋勇敢的帅才，才出现了如此局面，陛下若亲自率领臣等和宿卫军，拼死一战，定能破元颢孤军，陛下若怕有失，则车驾向北渡河，并立即征太原王尔朱荣，带兵火速来救驾，届时，内外夹攻，必见成效，此乃万全之策。"

元子攸听了，心中稍安，下旨："按高道穆所言，立即北渡。"随之，当天夜里，他带人到了河内郡北，让高道穆将诏书张贴数十份，昭告远近，让四方知道，皇帝在哪里。

元颢知道元子攸已经逃去，带领兵马长驱直入，到了洛阳，突然刮起了暴风，人马难行，元颢要进入阊阖门，所骑之马受惊，长嘶不肯进，元颢命人拉着缰绳，强行进入阊阖门。

谏议大夫元昭业听说此事，对人说："汉更始帝刘玄，从洛阳往西去，刚要走马受惊而跑，结果碰到北宫的铁柱上，三匹马都死了，最后刘玄被赤眉军所杀。以古比今，元颢之马受惊不是好兆头"

临怀王元彧、安丰王元延明，率领百官封存府库，备齐法驾迎入元颢。

元颢入了洛阳，改元建武，大赦天下。以陈庆之为侍中、车骑将军，增邑万户。不久，收到消息，元天穆领四万大军，攻取了大梁，又派费穆领兵两万，攻打虎牢关。

元颢立即召来陈庆之，说："元天穆攻取了大梁，又攻打虎牢关，请将军派兵前去援助。"

陈庆之说："臣亲自带兵去讨伐元天穆。"

元天穆听说陈庆之要来，心中惧怕，要向北逃去。

郎中温子昇说："主上因为虎牢关失守，才慌忙逃走。现在元颢是新人，人情尚未安定，若现在去攻打洛阳，一定能攻克，王爷若能平定京师，奉迎大驾，这是恒、文之举。如往北逃，却为王爷可惜了此次机会。"

元天穆不听，依然引兵向北去了。

费穆攻打虎牢关，取得了胜利，听说元天穆往北去了，他怕后续无援，干脆投降了陈庆之。

陈庆之率领大军，继续攻打周围城池，先后攻取了大梁等三十二座城池，历大小四十七战，所向披靡。

北魏军队听说陈庆之兵到，毫无斗志，皆丧魂失魄，亡命而逃。百姓家中小孩哭闹，大人说："陈庆之来了！"孩子都吓得不敢出声。

费穆到了京城，进宫拜见元颢。

元颢看到费穆，不由心燃怒火，厉声问道："费穆，据说是你出主意，让尔朱荣杀害文武百官的？"

费穆跪在地上不敢回话。

元颢又说："当时朝廷命你守城，你不战而投靠尔朱荣，如今又趋炎附势来投靠朕，像你这种反复无常的小人，留着有何用？来人，将这个不讲信义的小人推出去斩首。"

费穆吓得浑身发抖，说不出话来。费穆被斩，一时人心大快。

话说元子攸逃出洛阳，唯有尔朱皇后随行。宫廷侍卫、后宫人员都留在了洛阳。黄河以南的州郡，多数依附了元颢。

元颢顺利占据洛阳，以为是上天的授意，逐渐有了骄傲、懈怠之心，日夜纵酒作乐，不关心军国大事，南梁军士在大街上横行霸道，抢掠东西，朝野对其大失所望。

朝士高子儒从洛阳逃出，一路向北，追上了元子攸。

元子攸问："洛阳情况如何？"

高子儒说："元颢胸无大志，追求享乐，虽占据了洛阳，但时间不会长，若太原王出兵，陛下很快就会重返京城。"

尔朱荣接到快报，说皇上带着皇后向北逃来，立即领兵向南迎去，见了皇上，说："陛下不必北去，臣立即率领人马，收复京城。"

尔朱荣召集各路人马，集齐了粮草，率兵来攻取洛阳。

陈庆之听到尔朱荣要来，知道此人难以对付，急忙向元颢上奏："陛下，我们远道而来，不服者众多，倘若尔朱荣知道我们的虚实，连兵四合，我们拿什么抵抗？现在，应以天子的圣旨，召集精兵，扩大力量，尔朱荣来了，我们已做好了准备，可以一战。"

元颢称帝，已经达到目的，他曾与临怀王、安丰王秘密商议，准备背叛梁国，但是，目前还需要借用陈庆之的兵力维持稳定，所以，并未有何显露，听了陈庆之的话，说："我们带来一万士兵，已经难以管制，如果再增加许多兵，岂不更加难以管制？"

元颢不听陈庆之的建议，不想扩兵。

陈庆之感觉元颢称帝以后，不像原来那样言听计从，知道自己已经不受信任，军副马佛念对陈庆之说："将军威名已震洛阳，元颢称帝，全靠将军，现在，反而不被重用，一旦发生不测，后果不堪设想，不如趁其不备，杀了元颢，占据洛阳，这是千载难逢的好机会！"

陈庆之摇头说："我受梁帝委派，帮助魏王恢复魏室，现在成功了，又杀了人家，这种不义的事，我绝对不会干。"

此时下人来报，尔朱荣大军已经快到洛阳了。陈庆之听了，立刻向元颢报告，陈庆之奏道："现在敌强我弱，不可对阵交战，只有让主力队伍到黄河岸边防守，不准尔朱荣渡河，以守为上。"

元颢不敢轻敌，打仗还是听陈庆之的。于是，与陈庆之一起去安排防守。

尔朱荣大军到来，与元颢的队伍相持在河两岸，三天之内，先后打了十三战，死伤了许多人，尔朱荣也没有渡过黄河。

夏州义士赵峰，为元颢守卫河中渚阴，私下里与尔朱荣通信，说："我准备带人占领桥头，届时，请王爷带领大军通过。"

结果，赵峰带领人马占领了桥头，尔朱荣军队没有及时赶到，元颢却带兵到了，将赵峰等全部杀害，尔朱荣大失所望。

尔朱荣召集众将商议，说："如今没有船只，难以渡河，该如何是好？"

尔朱仲远说："如果不能渡河，是否先回去，等河水降下来再来征讨。"

慕容绍宗说："不可，大王发兵南来，是为了匡扶帝室。我们渡河不顺，并没有什么损失，怎能因赵峰失败就回去？现在，四方都关注着大王，如果还没有与敌人正式交锋，就引兵回归，民心失望，元颢将更加猖狂。不如征集木材，多做些浮筏，间以舟楫，顺着河排列，数百里中，都可成为渡河的浮桥，首尾距离又远，使元颢不知如何来防，一旦渡河成功，则大功可成了。"

高道穆也说："元颢带来梁朝一万精兵，乘虚而入，夺取了洛阳，现在大王拥有数十万众，辅天子而讨叛逆，如果分兵造筏，所在散渡，指日可克敌也，怎能舍弃而北归呢？若使元颢得到营寨，征兵天下，那是养虎为患，后悔就来不及了。"

尔朱荣听了，感到二人说的有理，但是，制作浮筏也非易事。正在发愁之际，忽有军士来报，说："有一个河边的居民，叫杨㯹求见。"

　　尔朱荣命他进来，问："你找我有何事？"

　　杨㯹说："我家族久在马渚河边，世授伏波将军之职，听说大王起兵，匡扶魏室，大兵至此，无船可渡，只有造筏才能渡河，我有水船几十艘，愿献到军前，为大王使用。"

　　尔朱荣听了，大喜，说："杨义士来，真是天助我也，"立即命令杨㯹为向导，令贺拔胜、尔朱兆二人编木为筏，领军一万，从马渚河乘夜间暗渡过去，将士一旦登岸，要呼声震天，奋勇争先杀敌。

　　夜间，陈庆之在北中城，元颢与安丰王元延明、其子元冠寿在南岸大营防守，忽然士兵来报，外边有兵杀来，黑夜不知来兵多少。

　　元冠寿急忙提刀上马，出营门正遇到贺拔胜，两人交战，不出三合，被贺拔胜一枪刺死。尔朱兆、贾显智领兵杀入中军，想活捉元颢，元颢已从元延明帐后跑了，杀到天明，守河军士死的死、逃的逃，已经没有人了。

　　陈庆之在北中城，知道尔朱荣军队渡河了，元颢大败而归，他知道独力难支，元颢又不信任自己，干脆带领士兵向南逃去。

　　尔朱荣听到前方已经告捷，领人马渡过黄河，分兵追赶。

　　陈庆之逃亡之时，不少士兵不跟随大队，四散逃走。可怜南朝第一大将，急急忙忙如丧家之犬，慌慌张张如漏网之鱼向南逃去。在慌乱之中，偏偏又遇大雨，河水高涨，难以渡河，追兵到来，南梁士兵哪有斗志，被杀得片甲不存，陈庆之急中生智，削去头发，伪装成和尚，逃回了南梁。

梁武帝萧衍念陈庆之过去有功，没有治他的罪，封他为右将军、永兴侯。

元颢逃走以后，都督杨津来到皇宫，带领禁兵，打扫宫殿，准备迎接皇上归来。

尔朱荣带领众将来到邙山，向元子攸奏报大捷之事，请皇上归朝。

元子攸大喜，立即驱赶车驾进入洛阳，大赦天下，以安民心。皇上封尔朱荣为天柱大将军，尔朱兆为车骑大将军，其余将士，均论功行赏。

元颢从轘辕关向南逃去，到了临颍县（今河南漯河市北），跟随他的人员逐渐散去。到了临颍县，有一个士兵头目叫江丰，为了邀功，寻找机会将元颢杀了，然后，将他的首级封起来，送往洛阳。

元延明唯恐元子攸追究其罪行，逃亡梁国去了。

元彧躲在自己府中，没脸见元子攸，元子攸没有追究他的罪过。

一日，朝廷接到边庭文书，报：韩楼余逆侵扰幽州、蓟州。万俟丑奴称帝，以萧宝夤为太傅，进攻岐州。

尔朱荣拜见皇上，奏道："臣请归晋阳，讨伐余贼。天穆、世隆依然在京辅政。"

次日，尔朱荣要回晋阳，元子攸亲自率领文武百官，到郊外送行。

话说高欢领兵到山东剿贼，当时主要贼寇有两股势力。

邢杲，河间鄚县（今河北任丘东北）人，士族地主出身，曾任幽州平北府主簿。鲜于修礼起义后，为避乱随民众流亡青州（今山东青州），因饱受当地官僚地主的歧视和压迫，于建义元年（528年）在北海率众起义，兴兵反魏，自称"汉王"，建元天统，仅用十几日，招募人数超过十余万。

泰山太守羊侃听到邢杲造反，也起兵反魏，领兵攻打兖州，刺史羊敦，乃羊侃堂兄，守城抵抗，未能攻下，在周围筑十余城垒进行围困。起初，朝廷安抚羊侃，任命羊侃为骠骑大将军、泰山公、兖州刺史，结果羊侃斩杀使者，拒不接受。

高欢领兵到山东后，与行台尚书左仆射于晖大军会合，当时，羊侃在瑕丘（今山东兖州），高欢将瑕丘围困，羊侃急忙向南梁求援，梁武帝萧衍派大将王增辩领兵来救。

高欢对于晖说："梁军来救不足为虑，行台在此围困贼人，我带兵去抵抗南梁援兵。"

王增辩率领大军一万，在距离瑕丘五十里处，与高欢相遇，两军摆开阵势。

高欢上前高声叫道："来将通名，为何带兵侵犯我境？"

王增辩喊道："我受梁武帝之命，前去瑕丘，不想受死，快快让路！"

高欢听了大怒，策马挺枪向王增辩冲来。王增辩急忙挥刀相迎，二人大战二十余合，高欢越战越勇，王增辩开始心慌，他想：我是带兵去救援，半道上碰到如此强硬的对手，下一步该如何前进呢？脑子思考着，挥刀就慢了。高欢一枪猛刺过去，王增辩急忙躲闪，身子一歪，差点掉下马来，为了活命，他一拍马，败下阵来。

高欢大枪一挥，全军冲杀过去，南梁士兵看到主将败了，扭头就跑，魏兵追杀一阵，南梁士兵死伤大半，王增辩带着败兵，跑回南梁去了。

羊侃在城中，久等南梁军不到，城中粮草将尽，他想：若内无粮草，外无救兵，军心一散，必败无疑。时值十一月，天已寒冷，晚饭时，羊侃命令士兵饱餐一顿，要夜间突围。

当天夜里，时交子时，羊侃大开城门，率兵杀出城向南突围。于晖在城南驻守，听到喊杀之声，立即带兵前来，看到羊侃突然出城，知道他要逃跑，指挥士兵围住厮杀。羊侃不敢恋战，且战且行，突围之后，急行一日一夜，脱离魏境，逃到梁朝去了。

邢杲造反之后，统领人马抢掠光州（今山东莱州），一直抢掠到海边，朝廷下诏，劝其投降。邢杲假说同意，都督李叔仁前去招降，毫无准备，没想到邢杲是诈降，被邢杲杀得大败。

邢杲每到一处，士兵劫掠财物，危害民众，济州人痛恨邢杲，骂他是"吃榆贼"。原来河北人喜欢吃榆树叶，所以如此骂他。

在高欢、于晖讨伐羊侃之时，邢杲乘机西进，攻占了济南。此时，葛荣余部韩楼再度起义，占据幽州。于晖部将都督彭乐，率领部下投奔了韩楼，彭乐叛逃，于晖恐讨伐邢杲难以取胜，于是率部退回了。

于晖撤兵之后，高欢向朝廷奏报，需要增加援兵，讨伐邢呆。

朝廷接到奏报，立即下诏：命元天穆、贾显智率十万大军援助高欢，讨伐邢呆。

元天穆大军到了济南，与高欢军会合，一起将济南城围住。

邢呆看到济南城被围，带兵出城挑战。

元天穆、高欢列阵迎敌。

元天穆厉声喊道："邢呆，天兵到此，还不下马受死，更待何时？"

邢呆叫道："皇帝昏庸，官府腐败，造成民不聊生，如此朝廷，保他何用？不如与我们一起，推翻朝廷，另立新君，你看如何？"

元天穆大怒，立刻发动进攻。邢呆也急忙指挥军队迎战。两军混战，贾显智在混战中不幸被流箭射中胸部，他不顾包扎，继续战斗。

邢呆的军队渐渐败下阵来，他是主簿出身，不善上阵交锋，看到难以取胜，急忙收兵回城。

高欢看出他要逃跑，立即指挥大军杀过去，邢呆的军队多是流民，哪里是高欢军队的对手，一时被杀得哭爹喊娘，跑向城里。

邢呆跑回济南城里，不敢再出去迎战。

高欢、元天穆每天派人在城下叫战。

邢呆看到城内粮草不多了，手下没有大将可以抵挡官兵，于是，派人出城请求投降。

元天穆说："邢呆不讲信用，上次诈降，致使李叔仁大败，我们决不能信。"

高欢说："李叔仁败在大意，太相信邢杲了，我们不同，他要投降，必须做到几点，一是自己主动出城投降。二是大开城门让官军进入。然后，咱们再处理善后事情。"

来人回去，如实报告了邢杲。

邢杲呆呆地想了半天，长叹一声，说："事已至此，别无良法，不如我一人死，免得更多人亡，也算对得起随我造反的众人了。"

次日，邢杲将自己绑了，主动出城投降。

高欢、元天穆将其打入槛车，由元天穆、贾显智带兵押送回洛阳，听候朝廷处理。

却说高欢平定山东，功劳卓著，皇上下旨：封他为仪同三司、晋州刺史。尉景、段荣等都来祝贺。

高欢立即摆酒宴，与大家畅饮。

高欢将邢杲的流民安置妥当，率兵经滏口回山西，回到晋阳，天色已晚，直接回到了家中，娄昭君看到夫君回来了，异常高兴，她已经知道丈夫荣升刺史了，说："夫君现在做了朝廷的大臣，妾也跟着你荣耀了！"

高欢全家团聚，非常高兴。此时，大女儿端娥十三岁，已经长大；大儿子高澄八岁，昭君抱出二儿子高洋相见。

高欢笑着说："我出门时，你刚怀孕，现在已两岁了，时间过得真快。"

娄昭君命人摆开宴席，与高欢一边共饮，一边诉说离别相思之苦。她指着高洋说："这孩子非常奇怪，在腹中时，一天夜里，我的房中黑得伸手不见五指，可是室内似有月亮照耀一般，我想是怎么回事？这光居然是从我身上放出来的。临产前，我做了一梦，梦见一条龙，头在天上，尾巴垂地，张牙舞爪，气势惊人，结果生下来后，其胸旁皮肤像鳞片一样，看来一定是非常之人物。"

高欢听了，急忙劝诫说："此事不知吉凶，千万不能对外人讲。"

娄昭君说："夫君说的是，这个自然不能对外人讲。"

第二天，高欢去参拜尔朱荣。说："承蒙大王不弃，不但重用我，还推荐我做刺史，万分感谢！"

尔朱荣对高欢说："晋阳是国家之根本，晋州（今山西临汾市）是晋阳的屏障，君到晋州，治内御外，一定要格外小心。"

高欢俯首听命，对尔朱荣说："大王之托，敢不尽心竭力办事？但也需要有人辅佐，请以孙腾为晋州长史，段荣为主簿，尉景、库狄干、窦泰为副将，愿大王赐这几个人与我一同前往。"

尔朱荣听了高欢的请求，毫不犹豫，全部答应。高欢一再拜谢。

高欢拜别了尔朱荣，回到家内，看到有许多亲朋好友前来探望，赶紧设宴招待，忙了几日，正要收拾行装，启程赶往晋州，忽然好友刘贵来了。

高欢问："兄来何事？"

刘贵说："我受太原王之命来见你，大王听说你有一个女儿，叫端娥，与世子年龄相当，想娶为儿媳，特命我来做媒。"

　　不知高欢听了段荣之言，能否同意女儿的婚事，请看下回章节。

# 第22回

## 贺六浑巧解退婚姻　贺拔岳妙计抓醜奴

　　话说高欢听了刘贵的话，吃惊道："大王怎么知道我有一个大女儿？"

　　刘贵说："大王府中来了一个相士，叫张文理，精通卜卦，善于相面，而且很准，大王很信任他。上次他从上党过，偶然看到了你的女儿，说你女儿相貌非常，很有富贵相，而且额前紫气已现，不出三年，一定会成为皇帝的后妃，所以，大王听了他的话，想求娶为儿媳。"

　　高欢说："相士如此荒诞之语，大王怎么能相信呢？世子娶媳，必须选门当户对之女，我与大王门户不相配，怎么敢答应呢？况且小女相貌平凡，年小德薄，岂能配得上世子？请兄回见大王，好言谢绝为盼。"

　　刘贵看高欢不同意，说："大王性格暴躁，说出的话一言九鼎，你若不同意，会不会惹怒大王？"

高欢思考片刻，说："兄先回去禀报，我随后过去解释。"

刘贵告别高欢，回去拜见尔朱荣，将高欢之意说了。

尔朱荣听了很不高兴，说："高欢所说门户不对，是不是推辞之语，其实另有想法？"

刘贵说："我看他是真心的，不像有别的想法。"

高欢送走刘贵，到内府见昭君，简要说了尔朱荣求婚之事。

昭君说："尔朱荣凶暴无比，恐怕富贵难以长久，若把女儿嫁过去，今后遇到大难怎么办？我不想把女儿嫁到他家。"

高欢说："恐怕刘贵不能解释清楚这件事，如果因此事惹怒尔朱荣，实在不值，还是让我跑一趟吧。"

高欢说完，急忙牵出"枭龙"，快马来到了太原王府。

高欢到了太原王府，让门人禀报，尔朱荣命他进来。

高欢进去，看到刘贵还在那里。

尔朱荣看到高欢进来，很不高兴地说："你为何拒绝我的意思，难道我的世子配不上你女儿吗？"

高欢急忙解释，说："我怎敢拒绝大王的意思？只是我有个想法，禀告大王，如果大王觉得没有道理，大王说什么我一定服从。大王必知，婚姻讲究门当户对，是有道理的，只有门当户对，娶到家的媳妇，在待人礼仪、生活习惯等方面，才能自然融入新的家庭。大王之家族，在秀容历代属于高门贵族，荣华富贵，声名远播。大王之盛名，盖世无双，四海一人。世子将来要继承大业，成为尔朱家族之主。我私下认为，不是帝室名媛，皇家淑女，不足以配给世子，不知大王认可否？再说世子之婚事，乃人生大事，怎可听信相士之预言，冒昧确定呢？况且我的女儿，出身寒微，过去随我颠沛流离，缺少教育，礼仪方面欠缺许多，自投顺大王后，才有今日，倘若贸然同意婚事，等女儿到了大王家中，不能适应大王家中各种礼仪，岂不有辱大王家风？所以，我怎敢让女儿攀龙附凤呢？"

尔朱荣听了高欢对家族和自己的夸奖，心里很舒服，心怒少解，说："你所言也有道理，既然如此，我也不会强迫你。"然后，请高欢、刘贵坐下来，共同商谈了几件事。

最后，尔朱荣对高欢说："我已讲过，晋州是重地，需要加强治理，你应速去，走之前不必再来见我。"

高欢拜谢而出。

刘贵也随之告辞，出了太原王府，刘贵说："幸亏你及时赶来，解释得很好，不是你亲自来，几乎触怒了大王。"

第二天，高欢带了孙腾、尉景等人一起出行，这时，仆从如云，车马拥道，好不威风。

娄昭君坐在车中，看到人马前呼后拥，想起初识高欢，抗婚出嫁，避战乱于菩提寺，遭逼迫入杜洛周，被嫉妒投靠葛荣，两度逃亡，寄居晋阳，跟随尔朱荣，立功受重用，不由感慨万千。当初看好高欢，盼的就是今天，心中好不快意。

从晋阳到晋州，五百多里路，高欢一行走了十多天，车马将到晋州，官吏、军民都到郊外接迎。因为北魏时期，刺史之任极为重要，兵马、钱粮都属其管，生杀由己，俨然一路诸侯。

话说韩楼在蓟州造反，尔朱荣派侯渊领兵讨伐韩楼，有人问："大王，侯渊带七百人去，是不是兵少？"

尔朱荣说："侯渊带兵特点是灵活机动，如给他更多的兵未必有用，带七百人去，一定能取得胜利！"

侯渊带领七百骑兵，大张声势，直扑蓟州而来。在距离蓟州一百余里处，发现前面尘土飞扬，似有大队人马前来。侯渊立即命令人马埋伏在道路两旁。一会儿，看到一员贼将率领万余兵马而过。等到骑兵过去，步兵过来时，侯渊一声令下，七百匹战马飞奔而出，在人群中冲杀，贼兵四处逃窜。有的跪地投降，俘虏敌兵三千余人，经过审问方知，逃走的敌将叫陈周。

侯渊叫来部分降兵，归还了他们的兵器，放他们回蓟州城。

侯渊的左右劝谏道："我们既然已经俘获了贼军，为什么还让他们回去呢？"

侯渊说道："我军兵力很少，不能力战死拼，必须设奇计，离间敌人，才能打败敌人。"

侯渊估计放还的敌兵已经到了蓟州城，便率骑兵连夜前进，天还没亮，到达蓟州城下，侯渊命令军士叫其城门。守城门的卫兵，以为是自己人回来了，也不查看，轻易开了城门，侯渊策马带兵入城。

此时，韩楼尚在睡梦中，左右听到喊杀声，急忙叫醒他，韩楼以为投降的士兵做了侯渊内因，起来急忙逃走。

侯渊派轻骑追赶，韩楼尚未出城，被骑兵追上擒回来了，在蓟州稍事修整，侯渊又率兵攻打幽州。

此时，刘灵助也带兵在此，侯渊与刘灵助合并，共同攻打幽州，贼兵已是强弩之末，他们很快平定了幽州。

尔朱荣听到困扰河北数年的各地起义，均被平息了，大喜，为了奖励侯渊，向朝廷请旨，任命他为平州刺史。

话说关中地区并不稳定，匈奴人万俟丑奴原为胡琛部将，胡琛死后，万俟丑奴成了新的首领。另一支义军首领莫折念生被叛徒杀害，各股义军统统接受万俟丑奴的节制。

北魏建义元年（528年）七月，万俟丑奴在高平镇自称天子，设置百官，定年号神兽，但未立国号。

北魏永安三年（530年）春，元子攸下旨，让尔朱荣讨伐万俟丑奴。

尔朱荣接到圣旨，与众将商议，命谁领兵前去讨伐。

贺拔岳说："讨伐万俟丑奴，我愿为先锋。"

尔朱荣听了很高兴，说："很好，命尔朱天光为元帅，贺拔岳为先锋，侯莫陈悦为右军大都督，讨伐万俟丑奴。"

尔朱天光受命，只配备了军士数千人，马匹也不多，军队到了赤水，万俟丑奴派兵断了路，军队到了漳关，尔朱天光不敢再往前进了。

贺拔岳说："贼兵不过是些鼠辈，有何可惧？元帅若不前行，我作为先锋，可以先行。"

尔朱天光说："既然先锋如此，你就带兵先行吧。"

宇文泰因为与贺拔家族有旧情，所以投靠尔朱荣后，被编在贺拔岳手下，这次以步兵校尉的身份随贺拔岳入关。

贺拔岳带兵前行，在渭南与万俟丑奴贼兵相遇，他们跃马挺枪，杀入贼中，所向披靡，士兵看到主将如此神勇，个个精神倍增，贼兵抵挡不住，纷纷败下阵来。贺拔岳大破贼兵，缴获战马两千余匹，把健壮的马匹分配给军士。

尔朱天光依然感到兵少，不肯前行。

尔朱荣听到尔朱天光停留不前，心中大怒，说："参军刘贵，你带两千精兵前去支援，立刻起身，到尔朱天光军中，责问他为何停军不前？并代我打他一百军棍，以示惩戒。"

刘贵到了军中，代尔朱荣责打了尔朱天光，说："大王很不满，希望将军火速进军。"

尔朱天光只好率兵进军。

万俟丑奴听到晋阳军队到了，自率大军围攻岐州。另派其大行台尉迟菩萨、仆射万俟仵从武功（今陕西武功县）南渡渭水，围攻魏军的外围营寨。

贺拔岳领兵前行，听到敌人攻击外围营寨，自己率骑兵千人前去救援，可是，已经迟了，尉迟菩萨已经攻破营寨引军而还了。

贺拔岳故意虐杀尉迟菩萨的吏民，借以激怒他，已经率军渡过渭河的尉迟菩萨果然上当，遂将步骑两万大军屯扎在渭河北岸，两军隔渭水相持。

贺拔岳领轻骑五十人，在渭河之南与尉迟菩萨隔河喊话，称扬国威。

尉迟菩萨命省事代其传语。

贺拔岳大怒，道："我与尉迟菩萨说话，你是何人？"说完拔箭射过去，那位省事应声而倒。

第二天，贺拔岳又领了一百余骑兵，隔河与尉迟菩萨大骂，尉迟菩萨命手下与之对骂。

贺拔岳一边喊骂，一边沿河而走，到了一段河水浅，驱马可过之处，贺拔岳突然向东跑去，尉迟菩萨看到贺拔岳人少，以为他要跑，率领骑兵蹚水过河追赶。

贺拔岳开始慢跑，看到尉迟菩萨领兵渡河，心中大喜，乘其半渡之时，突然领兵返身杀回。尉迟菩萨军大乱，正在渡河的扭头要跑，尚未渡河的感到幸运干脆逃了，尉迟菩萨掉转马头要跑。

贺拔岳喊道："下马投降，一律不杀，顽抗到底者，一律杀头。"

尉迟菩萨的骑兵听到了，立即下马投降，尉迟菩萨拍马想逃，贺拔岳拔箭射去，正中其马前腿，那马栽倒，尉迟菩萨摔到地上，士兵上前把他活捉了，清点投降贼兵，约三千人马。

贺拔岳乘胜返回去过河，用同样的方法，收服士兵一万余人，还有许多粮草、辎重。

万俟丑奴闻知尉迟菩萨全军覆没，甚是惊恐，于是放弃岐州，向北退到安定（今甘肃泾川西北），在安定城北的平亭设建了营栅，以御官军。

尔朱天光率大军，从雍州赶到了岐州，与贺拔岳会合。尔朱天光说："贺拔将军取得大胜，何不乘胜追击？"

贺拔胜说："元帅，破获万俟丑奴还需使用妙计。"

时值四月初夏，天气渐热，贺拔岳命军队屯扎在汧水、渭水间，故意歇军牧马，并放出话来："天气越来越热，不适宜行军打仗，等到秋天凉爽了，马也养壮了，再进军剿敌。"

贺拔岳故意放松警戒，让俘获的万俟丑奴的士兵逃走，将情报传给了万俟丑奴。

万俟醜奴得知官军"歇兵避暑、秋凉再战"的机密情报，信以为真，遂放松了戒备，命大将侯元进领兵五千，在每个险要处设立栅栏，留下千人把守，防敌攻袭；然后将大军解散为农，在平畴沃土的细川流域耕田种地，放牛牧马，放眼望去，一派悠然自得的田园风光。

贺拔岳探听到万俟醜奴已经分兵，向尔朱天光请命，秘密令诸军即日出发，攻打侯元进的第一道栅栏，攻下以后，对所俘获的士兵，一律放还。下一个栅栏的士兵，听到放回的士兵说俘获不杀，放弃了防守，直接投降了，贺拔岳一路顺利，很快到了安平城下。

万俟醜奴毫无防备，知道上当了，不敢应战，带领部下弃城而逃。

贺拔岳率领副将侯莫陈悦快马追赶，到平凉追上了。万俟醜奴见追兵到了，马上列阵迎敌。

贺拔岳也列开阵角，与万俟醜奴对阵。

万俟醜奴喊道："我已经给你们让出城池，为什么还要赶尽杀绝？"

贺拔岳说："起兵叛乱，你是死罪，岂能让你逃脱？"

万俟醜奴大怒，说："不要欺人太甚，不怕死的过来。"

侯莫陈悦跃马出战，与万俟醜奴战在一起。万俟醜奴虽然有些勇力，但是，面对官兵心中难免畏惧，在与侯莫陈悦对阵中，有点手忙脚乱，侯莫陈悦想立功，用尽全力拼杀。二十个回合之后，万俟醜奴渐落下风，一个没注意露出破绽，被冲到眼前的侯莫陈悦轻舒猿臂，硬生生地从马上拽过来，生擒于腋下。

阵前将士看到万俟丑奴被抓，立刻欢呼："活捉万俟丑奴了！活捉万俟丑奴了！"

贼兵一看"皇上"被捉，军心已散，贺拔岳指挥大军赶过去掩杀，一时间横尸遍野，大破万俟丑奴，取得全面胜利。

尔朱天光随后赶到，与贺拔岳商议，说："萧宝夤不知报恩，在高平叛国独立，我们需乘胜攻击高平，捉拿萧宝夤。"

贺拔岳领命，率大军逼近高平。

萧宝夤手下的将领，听说贺拔岳不杀投降之兵，他们商量以后，来到萧宝夤府中，将萧宝夤绑了，开城投降了。

至此，三秦大地全被收服，关中安定下来了。

万俟丑奴、萧宝夤被押解到洛阳，元子攸下旨："萧宝夤赐死，万俟丑奴押到东市斩首示众。"

元子攸看到各地贼人逐渐被平，心中高兴，论功行赏，加封尔朱天光为侍中，仪同三司。贺拔岳为泾州刺史，侯莫陈悦为渭州刺史、步兵校尉。

当时，关、陇地区遭受战乱，百业凋敝，民众贫困不堪，贺拔岳乘机扩大自己的影响，对吏民多加安抚，关注民生，施以恩惠，使民众生活大为改善，赢得了民众的好感。人们说："若早点遇到贺拔使君，我辈怎么会从贼作乱呢？"

宇文泰随从贺拔岳入关，被授以征西将军、行原州事，受到了贺拔岳的重用。

尔朱荣辅佐朝廷平定了天下，安排心腹辅佐朝政，得力干将安排到各地做刺史，他回到晋阳，过着不是皇帝、胜似皇帝的生活。

却说高欢在晋州刺史任上，尽职尽责，不但操练士兵，以防外敌侵入，而且关注民生，民众生活安居乐业。

一天，娄昭君对丈夫说："我们在这里生活安乐，不知父母在家里是否安康？我想到平城探望一次。"

高欢说："不必去了，我派段荣前去，接全家到这里，天天在一起，岂不更好？"

娄昭君听了，高兴地说："夫君应立即召段荣来，让他去接家人。"

段荣受命，立刻动身去了平城，用了不到一个月时间，娄家夫妇以及各家老小全部接来了。父母与女儿相见，兴奋得流泪，问长问短，各诉离别思念之情。

娄内干略显老态，看着高欢说："高郎有志，已经成功，果然不负我女儿也。"

高欢客气地说："若非岳丈慷慨解囊相助，岂能如此快就建非常之业？此恩定当报答！"

娄内干说："你弟弟来了，让他干点什么？"

高欢说："我早已想好，命娄昭为大都督。此外，爱君已经成年，是否该成家？如果二位老人同意，将军窦泰威武挺拔，勇冠三军，让二人成亲，也不辱没爱君。"

娄内干夫妇听了，自然愿意，让高欢负责，安排他们择日成亲。

晋州城居民穆思美，家有一个女儿，名叫金娥，十七岁，相貌俊美。邻居有个儿子，叫李文兴，想娶穆金娥为妻，请媒人去说，穆思美不愿意。

李文兴怀恨在心，把穆金娥的容貌画成像，献给了汾州刺史尔朱兆。

尔朱兆本来好色，一看到美人，十分喜欢，说："看画像不错，最好把人带来，看看是否真美？"

李文兴带着尔朱兆的人，到晋州强行把穆金娥带走了。

穆思美大喊大叫，毫无办法，有人对他说："高刺史平时关心民众，你可以找他喊冤，看看如何。"

穆思美一听，立即到刺史辕门喊冤。

高欢让她进来，详细询问了情况，立即命段荣带领轻骑二十人，去追赶李文兴。

不久，李文兴被捉，穆金娥也被救回。

高欢对穆思美说："你女儿已经回来，带她回家吧。"然后对李文兴说："说媒不成，设计陷害，此乃小人也。立即打入大牢，听候发落。"

穆思美带着女儿回家后，心神不安，她怕尔朱兆不肯罢休，再来抢怎么办？思来想去，打定主意，找到主簿孙腾，说："请你给高刺史讲一下，我情愿将女儿献给他作妾，不知高刺史同意否？"

孙腾说："此乃美事，我可以帮你问，只是不知道高刺史是否同意？"

不知孙腾问高欢纳妾之事能否同意，请看下回章节。

# 第 23 回

## 尔朱荣议事赞高欢　元子攸发怒怼天穆

话说孙腾接受了穆思美的请求，来到刺史府，将穆思美的心意告诉了高欢。

高欢说："此事需与夫人商量才行。"他来到后院，对娄昭君讲了此事。

娄昭君说："既然已经判其回家，而后再纳为妾，恐外人说闲话，说夫君救人目的不纯。"

高欢笑道："这不是我的意思，是她母亲怕尔朱兆再来，才这样做的，何况此女确实有倾城之色，我也不忍拒绝呀。"

娄昭君听了，说："你们男人见了美色，就把持不住了，既然如此，照你的意思办吧。"

高欢看到妻子同意了，选了良辰吉日，将穆金娥纳于后房。

尔朱兆听了此事大怒，说："高晋州居然敢抢我的女人，这事没完。"

一天，尔朱兆来到晋阳，尔朱荣正在赐宴，让尔朱兆入席，与之共饮。尔朱兆不敢说自己抢民女一事，而是对尔朱荣说："我听说高欢在晋州，夺取属下民女为妾，恐怕对政体不利。"

尔朱荣说："这等小事，不必为高欢操心，他自己会处理好的。"

酒宴进行到一半，大家喝得尽兴时，尔朱荣问："你们听着，假如有一天，我不在这里，谁可以代我主持军务大事？"

诸将都说："非尔朱兆莫属。"

尔朱兆听了，心中沾沾自喜。

尔朱荣摆摆手，说："你们错了。"他看着尔朱兆，说："你虽然勇力过人，武艺精通，但是，若说带兵能力，不能超过三千骑，多了就乱了，能代替我的人，只有高欢呀！"

尔朱荣又对尔朱兆说："你要记住，你不是高欢的对手，不要与高欢交恶，日后你恐怕要被人家指挥。"

尔朱兆听了，心里很不高兴。

尔朱荣喜欢打猎，一年四季不论寒暑，一如既往，每次打猎像打仗一样，让士兵列成长队，步伐整齐前行，对猎物形成包围之势，即使遇到危险，也不能退避。

有一次，众人围住一只老虎，有一个士兵害怕，看到老虎就想跑。尔朱荣大怒，问："你跑什么，是不是怕死，怕死就不死了？"说完立即命人将其斩首。

从那以后，每次打猎，士兵都心惊胆战，比上战场还恐惧。有一次，在山谷中发现一只老虎，尔朱荣命令："不准射箭，不准用武器，不要损坏了虎皮和毛发，多上几个人，空手与其搏斗，打倒老虎才算本事。"

十几个士兵同时上，也不是老虎的对手。但是，老虎想跑也难，因为到处是兵，到哪里也被困住，最后老虎被打死了。可是，死伤士兵很多，尔朱荣却以此为乐。

有一次，尔朱荣召来元天穆，问："最近朝廷有什么动静？"

元天穆说："朝廷一切还算正常，没有什么情况。"

尔朱荣留他住了几天，并请他一起上山打猎。元天穆建议："大王勋业已盛，现在国家四方无事，是不是应该休政养民，顺时狩猎，何必在盛夏之时上山打猎，劳神费力，消损贵体呢？"

尔朱荣摆摆手，说："胡后乱朝，扫除其乱，侍奉天子，是尽人臣之忠。葛荣之徒，乘势作乱，率军讨伐，是尽人臣之责。我等受国大恩，还没使海内一统，怎么能说勋业呢？听说朝中士族很放纵，今秋我想与兄率军入朝，到嵩山打猎，让那些朝贵入围缚虎，不听令者斩首。然后，出鲁阳，经三荆，过赵燕，直至收复北方六镇。回军之际，扫平汾阳的胡人。稍事休整，分兵向江、淮进军，萧衍若投降，赐其万户侯。若不投降，派几千骑兵，渡江而过，擒拿过来，然后与兄陪同天子，巡游四方，才可称为勋业。现在不通过打猎训练士兵，如何提高他们的作战能力？长期不练，必然懈怠，体能下降，到了打仗的时候，怎么可以用呢？"

元天穆听了，顿觉荡气回肠，再拜说："大王胸怀，广阔似海，见识之高，巍峨如山，古今少有，鄙人真的比不上呀！"

尔朱荣想逐步培养自己的势力，计划将南方的州牧、郡守，全部换成自己人，请元天穆回朝，向皇上奏明此事。

元天穆说："此事一定代大王奏明。"

元天穆回到洛阳，上朝时向元子攸启奏此事。

元子攸看着奏折，满心疑虑，说："河南州牧、郡守都尽职尽责，没理由更换。况且北人不熟悉南方之事，恐怕不宜更换。"

元天穆听了，很不高兴，高声说："太原王有大功于朝廷，为国宰相，即使请陛下将官员全部换了，恐怕陛下也应允许，如今启用几个人，为何不能答应呢？"

元子攸听到元天穆用尔朱荣来压自己，心中不免大怒，厉声说："太原王如果不想做大臣，即便是朕，也可随时更替，如果他还想做大臣，没有代朕管理天下之理。"

元天穆看到皇上急了，不敢再说话，只好退下了。

尔朱荣收到元天穆的回信，知道皇上没准他的奏折，大怒道："天子是谁让他当的？如今居然不听我的话了。"

元子攸为了削弱尔朱荣势力，在朝中培养其他力量，制约尔朱势力，他想到了散骑常侍高乾。

高乾，字乾邕，渤海蓨（今河北景县）人，高氏属于门阀士族。高乾从小聪明，长大后相貌英俊，言行举止文雅。平时轻财重义，交友甚广。他有三个弟弟，二弟高仲密、三弟高敖曹、四弟高季武，均文武全才。其中高敖曹力大无穷，武艺绝伦，人称"楚霸王"。高乾兄弟均为有志之士，前几年，他们看到天下已乱，乃率领河北流民在河、济之间反了。当时，葛荣为了与地方豪强建立关系，进而扩充势力，拉拢高氏兄弟，并封他们为王，高乾开始接受了葛荣封给的官爵。当时朝廷派右仆射元罗巡抚三齐，高乾兄弟相率出降。

元子攸命人召来高氏兄弟，令其一同入朝为官，封高乾为黄门侍郎，高敖曹为散骑常侍。

不久，尔朱荣听到此事，立即上奏："高氏兄弟曾参与葛荣叛乱，不适宜在朝中任职，请立即赶出朝廷。"

元子攸不得已，只好解除高乾兄弟官职，让其返回原地。从此，元子攸心中很不满意。

尔朱皇后容颜绝代，刚入宫时，与皇上相处得很好。但是，她性若烈火，嫉妒心特强，六宫嫔妃虽多，皇上却不能临幸，即使是从王府带过来的人，也不能随便见皇上一面。

三月的洛阳，春光明媚，和风微送，元子攸看到天气如此好，带着内侍几个人，步入御花园游览，园内有一个千秋亭，亭下有一水塘，塘内金鱼游荡，元子攸到亭内依栏观鱼。此时，宫人奏道："紫华宫赵贵人见驾。"

元子攸看到赵贵人已到，问："爱妃怎知朕在此而来？"

赵贵人说："妾不知陛下在此，偶尔到园一游，听说陛下在此，特来朝见。"

元子攸赐座，谈了些往昔之事，命宫人摆酒共饮。

原来赵贵人曾得到皇上的宠爱，后来因尔朱皇后，阻断了旧情，所以见面后，元子攸有点依依不舍。对赵贵人说："朕不到爱妃宫中有几年了？"

赵贵人说："两年。"

元子攸说："朕虽是至尊，行动却不能自主，疏远了爱妃。"

二人谈了一会儿，赵贵人恐皇后怪罪，拜谢而退了。

元子攸也回宫了。

尔朱皇后知道了此事，她在宫中设宴，与皇上对饮，元子攸兴致不高。皇后问："今日谁惹了圣上，对酒不思饮？"

元子攸说："只是不想饮酒，没有人惹朕。"

皇后说："陛下不必瞒我，千秋亭上，赵贵人一定用语言触犯圣上了，所以陛下不高兴，明日妾为陛下管教她就是了。"

元子攸听了，心中一惊，急忙说："赵贵人只是在园中看到朕，过来拜见，朕与她闲聊了几句，有什么触犯，不劳卿去责备。"

皇后说："擅出宫门，一罪也；私去见驾，二罪也。妾主中宫，自有法度，陛下怎能庇护有罪之人呢？"

元子攸听她言语不顺，心中气愤，不再言语，站起来拂袖而去。尔朱皇后看着皇上走了，自己安坐不动。元子攸更加愤恨。

第二天，皇后来到九华殿，召集诸妃贵人，说："紫华宫赵贵人，自恃旧宠，骄纵不法，擅入御园，私赴帝宴，违背后宫法度，按律处死。"说完，命令宫人把赵贵人抓到阶下，当场勒死，然后埋于后院。

诸妃见了，大惊失色，暗暗垂泪，回宫去了。

元子攸听说赵贵人被勒死了，不胜伤感。然而，迫于尔朱家族的势力，只能容忍。他召来尔朱世隆，说了赵贵人之事，说："爱卿是皇后叔父，劝一劝皇后，对宫人应宽宏大量，讲点仁爱。"

尔朱世隆领了皇上旨意，来见皇后。

皇后问："叔叔有什么事到宫里来？"

尔朱世隆说："臣见娘娘，是想建议娘娘，主持内宫执法太严，陛下心内不安，故命臣觐见，劝娘娘宽宏大量，仁爱宫人，别违背圣意。"

皇后听了大怒，说："他当皇帝是我家所立，怎么喜爱别人，反而怨恨我？这不是忘恩负义吗？本宫还怨恨父亲，为什么不自己承担天下大任，而立他人呢？"

尔朱世隆听了，知道劝说无益，随口说道："太原王如果自立为皇帝，臣也早就封王了。"说完出来了。

尔朱世隆向皇上复命，说："臣奉陛下圣旨，劝谕了一番，皇后性格要强，效果不会好的。"

果然如尔朱世隆所言，尔朱皇后不但没有收敛，反而更加凶悍，目中全无皇上。

元子攸虽然贵为皇帝，做起事来倍感为难，外有尔朱荣制约，内有尔朱皇后管制，日夜愁眉不展，丝毫没有当皇帝的威风和乐趣。

当初朝臣奏报："万俟丑奴被灭，关、陇地区安定下来了。"皇帝虽然奖赏了尔朱天光等，但是，并不是非常高兴。他觉得有贼寇存在，与尔朱荣对抗，自己似乎安全些。

有一天，元子攸与朝臣议政，临淮王元彧道："现在贼寇全被消灭了，天下终于安定了，此乃皇上洪福。"

元子攸听了，面无表情，没有说话。

元彧问："我看平定了天下，陛下有点不高兴呢？"

元子攸不想说心里话，附和说："怎么会不高兴呢？平定天下，真的很不容易。"

此时，城阳王元徽、侍中李彧在旁，都觉察到皇上的心中不快，元徽说："陛下，如今天下太平，是否担心尔朱荣没有对手，反而会不利于陛下？"

元子攸苦笑了一下，说："怎么会呢？"

侍中李彧说："臣知陛下讳言此事，但是，尔朱荣性格残暴，野心很大，终非良臣，若不早除，必为后患。"

元子攸不想在大众面前议论此事，说："太原王扶持朕登基，又是朕的岳丈，怎么会做出不臣之事，卿等勿疑。"

元子攸知道，若以河阴之难追责，尔朱荣罪责难逃，予以惩罚，也在情理之中。但是，朝廷力量薄弱，尔朱家族势力巨大，闹不好自己也难保全，不过私下里早有除掉尔朱荣的想法。

一天，元子攸接到尔朱荣的奏折，说："参军许周，劝臣取九锡，臣讨厌其所说，立即予以斥责，将其逐出去了。"

元子攸看了奏折，明白尔朱荣的意思。明明是他想得到特殊礼遇，故意说下边人说的。元子攸下诏，表彰了他的忠心，不过更加讨厌他的虚伪。随后他召心腹大臣城阳王元徽，侍中杨侃、李彧尚书高道穆等人入宫，私密商议此事。

杨侃说："臣有三个计策，请陛下自己决定。"

元子攸说："爱卿请讲。"

杨侃说："其一，秘密调拨兵马，在京城将尔朱荣逆党全部诛杀，然后发兵，据守太行，绝其进犯之路，尔朱荣若率兵前来，与其死战。然后昭告四方，让他们来勤王救驾，或可扫除凶逆，若侥幸成功，朝廷大幸，此乃上策。"

元子攸说："抵挡尔朱荣之兵，总非易事，中策如何？"

杨侃说："其二，尔朱荣上次奏请入朝，想看看皇后怀孕否，若提前到宫，事前秘密埋伏下刀斧手，当其入内时，将其刺死，然后大赦天下，以安其党，此乃中策。"

元子攸问："下策如何？"

杨侃说："如果欲为目前安全考虑，臣以为只能顺其意，任其所为，此乃下策。"

元子攸说："爱卿所说之中策，乃朕之上策也，众卿以为如何？"

元徽说："尔朱荣若来，防备必严，恐难以寻机刺之。"

诸位议论到晚上，没有确定主意，元子攸命他们暂且退下。众人来到太极殿北边，突然看到红灯引路，一人带着随从，停下来等候众人。到了前边一看，原来是尔朱世隆，众人大吃一惊，想躲避已经来不及了，只好上前，与尔朱世隆施礼相见。

尔朱世隆问："各位大人，在宫中议论什么朝政，到此时才去？"

元徽说："皇上闲暇无事，召来我等闲谈消遣。谈到太原王不愿受九锡，应该赐给他特殊的礼物，不知赐给什么为好，商议很久，不知不觉晚了。"

尔朱世隆冷笑道："皇上想赐给太原王九锡，应先与我商谈，诸位与皇上商议半天，中间一定有隐情，但是，祸福全是自己招来的，不要觉得太原王的刀不锋利。"说罢起身而去。

众人听了，心中忐忑，匆匆散去。

尔朱世隆为何在此等候？原来他在宫中布有密报，众大臣入宫，与皇上私下议事，他早就知道了，他想：私下召见，绝非好事，不如在宫里等候，各位大臣出来时，先揭破此事，挫败诸位大臣之心理。当天夜里，他回到府中，立即给尔朱荣写了信，详细说明了城阳王、杨侃等人，终日在宫中密谋，有可能对我们家不利，大王如果要入朝，务必有所准备。

尔朱荣看了信，笑着说："世隆胆子太小了，他们是些什么人，又能怎么对我不利？"

正在此时，元天穆来到晋阳，尔朱荣让他看了书信。

元天穆说："皇帝登基以来，勤于为政，很多事情都自作主张，想让大权回归帝室。城阳王等是皇帝的心腹，他们结党为援，恐怕对大王不利，不可不信。"

尔朱荣说："元徽、杨侃等都是庸才，他们怎敢发难？若皇上变心，我自有主意，目前皇后怀孕，若生太子，我就废了天子，立外甥为君，若不是太子，陈留王也是我的女婿，便扶他为帝，兄以为如何？"

元天穆说："以大王的雄武，何事不能成功呢？待入朝时，看形势而动。我虽不才，愿助一臂之力。"

尔朱荣听了大喜。

次日，尔朱荣又拿了书信，让北乡公主看，并且说准备入朝。

北乡公主大惊道："昔日，河阴之役，京城百官均不能自保，必然怀恨在心，怎么能不生暗算之心呢？皇后深居宫中，外边之事均不知道，世隆探得消息，应该属实，妾为大王想，不如暂且在晋阳居住，看看朝廷有何动静。外边有万仁、仲元、天光，雄兵二十万，各据一方。内有世隆、司马子如、朱元龙秉朝理政，都是大王的心腹。大王虽在外，实际上主持着朝政大权，可以高枕无忧，为何要入朝？还需防备不测。"

不知尔朱荣听了妻子劝告是否入京，请看下回章节。

# 第 24 回

元子攸计杀尔朱荣　李子宣烧桥退世隆

话说尔朱荣听了妻子的劝告，哈哈一笑，说："天下之事，不是妇人所能知道的，我怎能郁郁久居于此？"

尔朱荣不听北乡公主劝说，召集诸将，安排人马，亲自带了妃眷、世子、王府僚属，铁骑五千，向洛阳出发。

在路上，尔朱荣想："朝中文武百官，表面畏惧服从，不知其心真假，不妨试一试。"他让人写了一封信，送给百官。写道："凡朝中百官，顺我者可以留下。与我有异心者，马上离开，不要等我到京城，再有不同。"

朝中百官看了他的信，知道他要入朝，并会有很大变化，都怀着疑惧的心情，胆小者辞官走了，中书舍人温子昇，把书信献给了皇上。

元子攸不希望尔朱荣来京，看了书信，知其必来，不由得忧愁满面。

武卫将军奚毅，心地纯洁，为人刚直。元子攸待他不薄。但是，他是尔朱荣的人，涉及尔朱荣的事，元子攸并不与他说实情。一天，奚毅看到皇上独坐，上前奏道："臣听说尔朱荣要入朝，将有变异，陛下知道吗？"

元子攸佯装不知，说："朕尚未听说。"

奚毅说："尔朱荣有野心，臣虽曾是他麾下，但绝不助其为逆，若有变化，臣宁为陛下而死，也不随他做叛臣。"

元子攸听了，非常感动，说："卿忠君爱国，朕不会忘记，不过尔朱荣会不会有异心，需看其来京表现。"

奚毅对皇上表达了心意，然后退下了。

元子攸召集几位近臣，说："尔朱荣要来了，应该怎样接待他？"

众人都说："趁其入朝时，杀了他。"

元子攸问："汉朝末年，杀了董卓，之后事情怎样了？"

温子昇讲了事情的经过。

元子攸说："王允如果赦免了凉州人，一定不会出现决裂那么坏的后果。"沉思良久，对温子昇说："此事即使死也要干。何况可能不死，朕宁愿像高贵乡公曹髦一样而死，不愿像常道乡公曹奂那样而生。"

诸臣看到皇上决心已定，都说杀尔朱荣的同时，要先杀元天穆，然后赦免其党，也不至于大乱。

九月初，尔朱荣到了洛阳，元子攸派百官出城迎接。

第二天，尔朱荣入朝，在太极殿拜见皇上。元子攸在宫中

267

赐宴招待。

宴会散后，尔朱荣回到相府，众官都来参谒，关系亲近的尔朱世隆、司马子如辈，进内府参见北乡公主。

此后一连数日，尔朱荣入朝，元子攸便赐宴畅饮。

元子攸想伺机杀了尔朱荣，可是，元天穆尚未到达，所以迟迟没有行动。

尔朱荣在宫中，举止越来越放肆，每次朝见，总要在大殿舞剑，然后与皇上一起，带领百官到西林园驰马射箭，并请皇后、嫔妃观看。每次看到皇上射中了，他就起身舞剑，将相、卿士也都盘旋，连嫔妃也不免随之翩翩起舞。接着就要喝酒，喝得面红耳赤、头脑微醺时，坐下来唱歌。一直闹到日暮时分，与左右拉着手、脚踏地、嘴唱歌行为放肆。在整个活动中，他都背着弓箭，剑不离手，一旦他想起动，就用剑击或用箭射，左右经常担心招惹了他被杀。

在大街上，尔朱荣看到一个小和尚，骑着一匹马过来。他认为看到他不下马，就是无礼，于是，命随从拦住小和尚，令其下马以头撞墙，小和尚撞得头破血流，最后没力气了，他又命手下抓住小和尚继续撞，直到撞死才罢。

有一次，尔朱荣对皇上说："有人传言，陛下想图谋害臣。"

元子攸说："朕与卿既是君臣，又是翁婿，外人不明事理，胡言乱语，朕也听到传言，说卿想害朕，此话怎能信呢？"

尔朱荣听了，觉得有道理，不再怀疑，之后每次入宫，随从减少了，而且也不带兵器了。

尔朱荣颇信天命，略懂星象，这一天，他看到长星出中台，扫大角，召来太史令，问："此星象是何意思？"。

太史令说："这应该是除旧布新之象。"

尔朱荣听了，以为是对自己的天象，非常高兴。

他麾下的将士非常放肆，经常凌辱朝廷大臣，对朝政也是说三道四，李显和说："太原王来了这么长时间，怎么还不赐给九锡呢？难道要大王自己要吗？皇上怎么能这样呢？"

郭罗察说："今年正该写禅文，进行禅让，赐什么九锡？"

褚光说："人们传说晋阳城上有紫光，这不是应兆太原王吗？"

尔朱世隆又写了匿名书张贴于城内，道："皇上与城阳王等定计，要谋杀尔朱荣。"

尔朱荣手下揭下来，呈给尔朱荣，并说："应该下手了。"

尔朱荣看了，说："急什么，皇上能有什么作为？等天穆到了，邀请皇上到嵩山打猎，扶持他往北迁移，大事就定了。"同时，他派侍郎朱瑞秘密到中书省，索求太和年间迁都的经过。

此事被奚毅知道了，他私下告诉了皇上。

元天穆到了，尔朱荣与元天穆一起来皇宫朝见皇上。

元子攸在西园林设宴招待，酒到半酣，尔朱荣奏道："近来朝臣都不再练武了，若有战事，何以迎敌？所以，练武尤为重要。臣愿陪陛下带领文武百官，到嵩山狩猎，训练将士。"

元子攸听了，心中暗暗吃惊，知道尔朱荣要有行动，说："这几天朕身体不舒服，等过几日再去吧。"

宴席散后，尔朱荣、元天穆二人走了。

元子攸对元徽、杨侃等说："看来尔朱荣要行动了，迟了恐怕就被动了。"

于是，命李侃带领壮士十余人，埋伏在光明殿东，等尔朱荣、元天穆过来，就将其杀死。

王道习说："尔朱世隆、司马子如、朱元龙这三个人，都是尔朱荣的人，知道天下虚实，也不可留。"

杨侃说："若尔朱世隆不在了，尔朱仲远、尔朱天光还能来吗？也赦免其罪。"

元徽说："尔朱荣腰间常带着刀，其勇猛异常，要防备其野性伤人，到时候陛下请回避。"

一切安排妥当，只等尔朱荣进宫。

第二天，尔朱荣与元天穆一齐入宫，他们坐下来吃饭，尚未吃完就起身走了，杨侃等人从东台阶上殿，看到二人已经到了中庭，只好放弃行动。

之后两天，一天是皇帝忌日，一天是尔朱荣忌日，都不上朝。

在不上朝的两天里，尔朱荣到陈留王家喝酒，结果喝得酩酊大醉，之后身体不舒服，以致连续几日不到宫中。

元子攸怕谋划暴露，几天心中忐忑不安。

元徽对皇上说："可以说皇后生子，向尔朱荣报喜，他一定进宫祝贺，此时可杀之。"

元子攸说："怀孕才九个月，可以说生了吗？"

元徽说："女人生孩子，早产的很多，他不会怀疑的。"

元子攸听了，命元徽去尔朱荣府里报喜，安排武士全部到大殿东埋伏。

元徽到了尔朱荣王府，尔朱荣正在与元天穆练习搏击。元徽进来，尔朱荣并没有停止搏击，听到元徽说："奉陛下旨意，特来告诉太原王，皇后生子了！"

尔朱荣听了，立即欢舞盘旋，在场的文武官员也随之欢舞，片刻之后，尔朱荣停止舞蹈，与元天穆一起，到宫中来了。

元子攸听说尔朱荣来了，面色略有变化，左右说："陛下脸色有变。"元子攸急忙喝了几口酒。

尔朱荣、元天穆到了宫里。

元子攸面西而坐。尔朱荣、元天穆二人面南而坐。

元徽来了，刚拜了一拜，尔朱荣抬头看到，光禄少卿鲁安、典御李侃晞等，提着刀从东门进来了，他感到异常，立刻起来走向御座。

元子攸早有防备，事先在膝下横着一把刀，看到尔朱荣过来了，刚刚走近，突然拿起刀，猛地刺向尔朱荣。

尔朱荣虽有勇力，但是丝毫没有防备，距离又太近，想躲已经来不及了，刀从腹部穿入，尔朱荣根本无力反抗，双手握住元子攸的手，向前扑倒。

元天穆一看不好，急忙想溜走，鲁安领来的武士乱刀齐下，顿时一命呜呼。

大殿外，尔朱荣长子菩提、尔朱阳都等三十余人，都被杀了。

殿前侍卫将尔朱荣的手板交给皇上。

元子攸一看，上面有数条奏议，是安排去留人名。凡是他的心腹，皆安排升职，凡不是他的心腹，全部免职。

元子攸感叹地说："若过了今日，这个逆贼就不可制止了。"于是，内外大喜，百官都来朝贺。皇上登上阊阖门，下诏大赦天下，欢庆之声遍于京师。

元子攸派武卫将军奚毅、前幽州刺史崔渊领兵到北中城把守。

贺拔胜等最先听说朝中有变，带人奔赴太原王府，尔朱世隆等人在商议要杀入大内，为太原王报仇。

贺拔胜制止说："陛下既然这么做，一定早有防备。我等人少，怎么能轻举妄动？不如先出城，然后再想别的办法。"

当天夜里，尔朱世隆保着北乡公主，率领尔朱荣部下，烧毁了西阳门，逃出去了，到了河南岸才驻扎下来。

尔朱世隆等逃走时，贺拔胜并没有跟随。

朱瑞是尔朱荣安排在朝中的，但是，他善于周旋，与皇上走得也很近，所以，半道上跑回来了。

尔朱荣待司马子如很厚，尔朱荣被杀，他从宫中跑出来，不顾得回家，到了太原王府上，随着北乡公主逃出城了。

北乡公主与大家商议，准备回晋阳。

尔朱世隆说："太原王归天，天下必然大乱，此时唯强是举，不如分兵守住河桥，回军向京城，出其不意攻城，也可能成功。若不成功，再向北去不迟，足以显示我们的力量，使天下其他势力畏惧我们，不敢叛乱。"

北乡公主听了，觉得也有道理，命尔朱世隆收拾余兵，攻打北中城。

奚毅知道有兵来攻，急忙带领人马出城迎敌，哪知京城之兵软弱无比，根本不是尔朱家兵马的对手，双方战了几个回合，官兵败走。奚毅奋力抵抗，可是，看到兵众散乱，心意慌乱，被田怡一刀斩于马下。崔渊拍马欲逃，也被乱军杀死。尔朱世隆占据了北中城。令将军田怡护着家眷，屯兵城内，身率诸将，屯兵城外，遥对洛阳，成为进攻之势。

朝廷大臣听说北中城被攻占，心中大惧。前华阳太守段育与尔朱世隆交好，元子攸派他去，劝尔朱世隆退兵。

段育来到尔朱世隆营内，奉劝其退兵，尔朱世隆哪里肯听，两人话不投机，尔朱世隆一怒，把段育杀了。

十月初，尔朱度律来攻打洛阳为尔朱荣报仇，率领一千铁骑，全是白衣白旗，来到洛阳城下，索要太原王尸体。

元子攸在城头观望，城外之兵看到城上有龙凤旌旗，知道皇上到了，齐呼："万岁杀功臣！"

元子攸派遣主书牛法尚对他们说："不是朕要杀功臣，是太原王立功之后，居功自傲，藐视朝廷，近来又有叛逆行为，阴谋篡权，王法不讲亲情。现在，太原王已正典刑，其余人等，概不追究，卿等若不叛乱，官职爵位不变。"

尔朱度律说："臣等随太原王入京，他忽然被冤死。我等不忍心空手而归，想得到太原王尸体，是生是死，没有恨了。"说着大声哭号，哀不自持，兵士都大哭起来，声震城下。

元子攸毕竟是尔朱荣女婿，杀之是不得已而为之，如今看到城下将士如此，不由得也为之悲痛。为了促成尔朱世隆退兵，皇上派朱瑞拿着铁卷，赐给尔朱世隆。

尔朱世隆说:"太原王功比日月,赤心为国,现在,皇上不顾信誓,妄加屠害。今天两行签字,怎么可以相信呢?我不杀你,回去告诉皇上,我要为太原王报仇,没有投降之理。"

朱瑞不敢再说,回来奏与皇上。

元子攸看到尔朱世隆不退兵,用国库中的金帛,悬挂于城西门外,广募敢死勇士,以讨尔朱世隆,一天招了上万人。元子攸派车骑将军李叔仁为大都督,率领军士出城与尔朱度律交战,怎知这些兵没有经过操练,双方交战,互有死伤,虽没有取胜,但暂时挡住了敌兵攻城之势。

尔朱度律因兵少,看到难以取胜,只好暂时退下了。

话说尔朱皇后连日不见皇帝入宫,夜里梦到父亲站在那里,满面是血,醒来方知是梦,心中感到不祥,召来宫使问:"陛下近来在哪个殿议事?"

内使答:"在光明殿。"

皇后说:"你去请陛下到宫里来。"

宫使领命而去。一会儿回来了,报说:"皇上不在宫中,与百官上城去看河桥军马了。"

尔朱皇后大疑,暗想:难道父亲要叛逆,所以军马临城了?于是,召来司殿内臣询问缘由。

司殿内臣不敢隐瞒,将太原王被害、尔朱世隆领兵屯于河桥报仇之事,一一奏与皇后知道。

尔朱皇后听了,吓得魂飞魄散,差点晕过去,随之放声大哭,宫女扶着她回到宫里,躺在床上,三天不吃不喝。

内侍唯恐皇后不测,急忙将皇后情况奏与皇上。

元子攸入宫，坐在皇后一侧，说："你父密谋，等你生下皇子，要杀害朕，立皇儿为帝。朕迫于无奈，只得出此下策。卿念父女之情，也应重夫妇之义。"劝说再三，尔朱皇后只是哭，并不说话。

元子攸嘱咐宫人，要小心伺候皇后，然后又起身出宫去了。

当天夜里，皇后产下一子，元子攸入宫探视，皇后已经起来，心情已比之前好了很多，问："河桥军马退了吗？"

元子攸说："没有。"

皇后说："妾想给母亲写一封信，劝她退兵。"

元子攸说："卿若能劝她退兵，足见卿忠心为朕。"

皇后立即写了一封信，委婉地说了许多好话。

元子攸大喜，派皇后的亲近内侍持书信送去。到了尔朱世隆的军前，尔朱世隆拆开一看，怒道："这不是皇后的笔迹，是伪装的。"将来人逐出军营，内侍抱头鼠窜而归。

元子攸知道尔朱世隆不肯退兵，召集群臣商议退敌之策，百官心内恐惧，没有良策。

通直散骑常侍李苗，字子宣，为人豪爽，忠君爱国，出班奏道："陛下，现在小贼如此猖獗，朝廷有危险，正是忠义之士报国之时，臣虽不是武将，请带一旅之师，为陛下烧断河桥，使贼兵不得渡河。"

元徽、高道穆听了，齐声道："这个办法好。"

元子攸下旨，命李子宣带领五百敢死队，立刻行动。

李子宣带领敢死队五百余人，安排火船在前，战船在后。一更时分，从马渚上游乘船而下，距离河桥数里地时，将火船点燃，风吹火船，焰透九霄，顺流而下，直扑河桥，大火迅速将河桥点燃了。

尔朱世隆的士兵在南岸，望见火光冲天，河桥被烧，争先恐后向河北边跑去，一会儿，桥被烧断，掉到河里的士兵淹死者很多。

李子宣将三百余人停泊在小渚上，等待南军来接应。许久，不见援军到来。

尔朱世隆的兵到了，看到官兵人数不多，又无援兵，立即杀来，一会儿官兵就被杀光了。

李子宣身受几处重伤，仰天大叫，投水而死。

尔朱世隆看到河桥被烧，攻城又不成功，不敢久留，连夜收兵向北去了。

第二天，元子攸听说李子宣已死，伤心而惋惜，赠封河阳侯，谥曰忠烈。所幸尔朱世隆退兵了，心里稍感安慰。下诏命源子恭领兵一万，出西道镇守太行丹谷（今山西晋城东南），修筑工事，防敌来攻。

司空杨津奏道："现在尔朱荣已死，尔朱世隆虽然退了，然而，其党羽很多，尔朱兆占据汾、并，尔朱仲远镇守徐州，尔朱天光独占关西五路，侯莫陈悦、贺拔岳之流辅佐，兵强将勇，一朝有变，朝廷危矣。最好对他们各加官爵，以慰其心。"

朱之龙奏道："关西一路，臣愿带旨前往，慰谕天光，命其为泾、渭二州刺史，使之归顺，管教陛下放心。"

不知元子攸是否派朱之龙出使关西，请看下回章节。

# 第 25 回

## 尔朱兆兴兵洛阳　显阳殿怒杀皇子

话说朱之龙请求出使关西，以保关西稳定，元子攸听了大喜，立即下诏，命朱之龙带敕书，即日向关西而去。

却说尔朱世隆到了胶州（今山西晋城），刺史陆希质闭门拒守。尔朱世隆命令军士攻城，由于守城兵力薄弱，不久城被攻破。陆希质看到不好，提前跑了。尔朱世隆军队见人就杀，几乎将城中百姓杀光。

高乾听说尔朱荣被杀，立即来到京城。元子攸见了非常高兴。原来上次高家弟兄回到冀州后，高敖曹被尔朱荣抓去，拘留在晋阳。在尔朱荣入朝时，又带着高敖曹来京，禁于驼牛署。

元子攸听了，立即召见高敖曹，勉励他为国立功。授予高乾河北大使，高敖曹为直阁将军。并让他们回去，招募乡勇，组织义士，随时听候朝廷调遣。

高氏兄弟走时，元子攸亲自送到河桥践行，对高乾说：

"卿兄弟是冀州的豪杰，能领士卒效命，日后京城有变，你们可以为朕扬尘。"

高乾含着热泪，表示一定为国效忠。高敖曹拔剑起舞，激昂慷慨，誓死以报君恩。然后二人带着随从走了。

元子攸回宫去见皇后，此时太子已经十八天了。皇后身体略有恢复，此时坐在御榻上看着孩子。现在她才明白，皇上过去是如何克制自己的，兔子急了也咬人，看来自己今后需要收敛了，所以对皇上态度有所缓和。

元子攸进来，坐在皇后身边，看着儿子，问了一些无关痛痒的话，又问："爱妃家族叔侄兄弟谁最强？"

皇后不假思索就说："世隆、天光均为庸才，并无真才实学。唯有万仁（尔朱兆）不但勇力过人，武艺上乘，而且性格刚强，暴躁喜杀。他若要引兵前来，京师诸将恐怕都不是他的对手。不仅陛下有危险，恐怕妾也难保。所以，妾私下也为陛下忧愁。"

元子攸叹口气说："人间之事已成这样，只是不知天意如何？朕听说卿平时善观天象，今夜同往观之，意下如何？"

皇后说："可以。"

宫中有一座高台，以备观星之用。夜宴之后，时交三更，元子攸与皇后一同登到台上。此时，天空万里无云，月如弯钩，星光皎洁。皇后指着一颗星对皇上说："那颗是文昌星，光色灰暗，主大臣有灾。"皇后又说："陛下看这两颗星，一个是中台星，其光很乱，应主朝纲不平静。那一颗是紫微星，乃皇帝座也，光尚明，但其位已失，不是吉兆。"

元子攸也学过一些星象知识，知道皇后所言皆为实象。他没有说话，继续仔细观看天象，果然看到东方有一颗星，豪光闪烁，紫气笼罩，其上有云，呈龙虎之状，请皇后看。

皇后一看，大吃一惊，说："此乃天子气，不知应在谁了。"说完长叹一声。

元子攸情绪消沉，用低沉的声音说："看来朕也活不久了，"

皇后听了，扶住皇上哭泣起来，元子攸也忍不住落泪。

第二天，元子攸召见司天太史问情况。太史所言与皇后说的基本吻合，皇上心中闷闷不乐。

再说朱元龙过了潼关，来到泾州。此时，尔朱天光、侯莫陈悦都在泾州，与贺拔岳商议，现在该怎么办。听到朱元龙到了，急忙邀进相见。

尔朱天光说："你本是太原王的人，应该忠于太原王，为何现在却效忠皇帝，来这里干什么？"

朱元龙说："太原王被害，谁的心里不悲痛？可是，事情发生了，我们该怎么办，这才是最重要的。现在，朝廷想天下太平，所以，不追究太原王亲属的责任，而是赦免大家之罪，并下来圣旨，我是来送圣旨的。"说着取出敕书，请他们不必怀疑，向皇帝称臣，绝对无事。

尔朱天光听了，大怒说："你忘了太原王的大恩，想以口舌诱惑我吗？"说着拔出宝剑要杀朱元龙。

贺拔岳急忙制止，说："将军不要着急，元龙本是你家故人，有话慢慢讲。"

尔朱天光对贺拔岳言听计从，只好坐下来。

贺拔岳说："天子既然对我等加恩，自当拱手归顺，今夜就写表文，麻烦老兄转达就是了。"

之后，留朱元龙到私署住下。

尔朱天光不知贺拔岳作何打算，问："难道太原王被杀，就这样没事了吗？"

贺拔岳说："我听说汾州尔朱万仁已占据晋阳，必然引兵去洛阳。朝廷一定抵御万仁，那时，我等暗袭京师，定可成功。现在杀了元龙，皇帝必然对西路严加戒备。到那时就不能长驱直入了。我们明里称臣，按兵不动，让皇帝放松防备。"

尔朱天光听了，点头说："如此甚好。"

于是，他们厚待朱元龙，然后让他回洛阳复命去了。

贺拔岳的真实意图，是不想让尔朱天光出兵，用假言制止了尔朱天光。

尔朱兆听说尔朱荣被害，从汾州率轻骑三千，进据晋阳，作为根本。听说北乡公主、尔朱世隆军马到了长子城，骑快马飞奔来见。详细询问太原王被害经过。听完以后，他咬牙切齿说："皇上既然残害功臣，我们还做什么臣子，不如另立新君，号令天下，然后举兵复仇。但是，不知元氏子孙何人可立？"

尔朱世隆说："并州行事、太原太守长广王元晔，可以拥戴他为皇帝。"

尔朱兆听了，认为可行，第二天回到并州，推举元晔登基，即皇帝位，改元建明。立尔朱兆的大女儿为后，大赦天下，尔朱兆、尔朱世隆都晋爵为王。建立大旗，传檄属郡，整率六师，准备进攻洛阳。

尔朱兆想征用晋州人马，估计高欢不会同意，以新皇帝的名义，封高欢为平阳郡公赐帛千段，召其来共同举兵。

高欢收到信，考虑再三，既不想应召，又不能拒绝，派长史孙腾到晋阳，致书尔朱兆，书中写道："高欢承太原王厚恩，待我以国士，给我以富贵，就是粉身碎骨，也不足以报太原王之恩。大王被害，痛心疾首，欲兴师问罪，愧力量薄弱。足下风驰电掣，举兵犯难，雪不共戴天之仇，伸尔朱家门之怨，召我为前驱，断不敢推辞。但目前晋州山寇作乱，尚未平定，正在攻讨，不可放弃。如半途而废，后患无穷。待平寇之后，定当亲率三军，隔河为犄角之势，为太原王报仇。"

尔朱兆看了书信，很不高兴，对孙腾说："你回去对高晋州说，我做了一个好梦，梦到我与先人登高丘，丘旁之地，耕之已熟，独余马兰草，先人命我拔了，随手而尽。以此观之，无往而不克。今天，晋州不能亲自来，应当派一名大将来援助，才能看出同盟之义。"

孙腾回来，将尔朱兆所言报于高欢。

高欢说："尔朱兆这么狂躁、愚蠢，居然敢为悖逆。看来不能与其共事太长了。如果不派一员大将相从，他一定觉得我有异心了。"考虑了一下，对尉景说："必须你去，才能免除尔朱兆的疑心。"

尉景领命，即日启程，来到晋阳，见到尔朱兆说："高晋州脱不开身，不能随军出征，特命我来帐下，听从指挥。"

尔朱兆大喜，说："士真来了，我就没有忧愁了。"

于是，尔朱兆自领精兵五千为先锋，北乡公主、尔朱世隆主中军，尔朱度律、尔朱彦伯为后队，催起兵马，即日出发。来到丹谷，有都督崔伯凤把守。尔朱兆发兵攻击，关上箭、石齐下，不能前进。

尔朱兆命令军士辱骂崔伯凤，想激怒他，让他出战。

崔伯凤果然大怒，亲自出战。刚排开阵势，尔朱兆大喊一声，单骑匹马冲了过来，崔伯凤急忙迎战，交战不到十个回合，被尔朱兆一枪刺死。士兵看到主将被杀，立刻大乱，到处逃窜。尔朱兆趁势杀入谷口，守兵全部逃跑了。

尔朱兆来到河口，看到滚滚河水阻挡前进，无计可施。忽然看到一个白衣人走来，高声叫道："你的大军想渡河，就随我来。"

尔朱兆叫来此人，问："你知道哪里可以渡河？"

那人道："垒波津河水很浅，徒步即可蹚过河，我给你们引路，帮你们渡河。"

尔朱兆觉得此人说话奇怪，便带领军队来到津边。此人一跃跳入水中，少停一会儿，就见云雾四塞，狂风大起，很久风停了，水势大减，派人一试，河水还到不了马肚子。尔朱兆大喜，说："这是天助我也。"

尔朱兆率领大队人马，一起渡过了河。忽然黑云密布，狂风又起，黄沙遮天，白日犹如黑夜。大军到了洛阳城下，城门大开，守军躲避风沙，不知哪里去了。

尔朱兆率领大军毫不费力，顺利进入城内，大街上空无一人，尔朱兆指挥大军，围困了皇宫。

天空逐渐明朗，风沙越来越小。尔朱兆命军士擂鼓呐喊，守卫皇宫的卫兵才知道，敌人到了。仓促之际，枪不及拿起，箭没有发出，就看到尔朱兆大兵杀了数人，吓得仓皇逃走了。

此时元子攸还在宣政殿，与群臣商议拒敌之策，计划亲自率军讨之。

忽然听到外边喊声震天，派侍者出去探视，没有一个回来的。

元子攸知道有变，自带内侍几个人，步行到云龙门观望。看到城阳王元徽骑马从御街过来，元子攸连呼几声，元徽并不回应，只是回头看了一眼就过去了。元子攸急忙退回。

尔朱兆领兵进入皇宫，抓住皇上，命人将皇上扭送到永宁寺，锁在楼上。皇帝头巾丢了，感觉很冷，向人索要，没有人给他。尔朱兆纵使士兵大肆抢掠。不久，搜获到临怀王元彧、范阳王元诲、青州刺史李延寔等人，尔朱兆不加审判，全部斩首。

尔朱兆来到后宫，皇后闭门不出。尔朱兆坐到殿上，命令尔朱智虎去见皇后，谎称要立皇子为皇帝。

尔朱智虎到了南宫，扣宫求见，说明了尔朱兆的意思。皇后相信了，命乳母抱出皇子，到显阳殿见尔朱兆。当时，皇子出生刚两个月，尔朱兆一怒之下，把皇子、乳母一起杀了。当天夜里，留宿宫中，奸污嫔妃，肆意妄为。

第二天，尔朱兆下令百官集合，不准一人不到，违抗者斩首。文武百官集中齐了，都俯首听命。

尔朱兆最讨厌城阳王元徽，可惜他已经跑了，立即命人四处搜索，捉拿城阳王归案。

城阳王元徽跑到南山，心中茫然，不知投奔哪里为好。忽然想到洛阳令寇祖仁，一家三个刺史，都是自己引荐提拔的，若去他家，一定会因感恩庇护自己。他来到寇祖仁家，还送了百斤黄金，五十匹马。

寇祖仁热情接待了他，也收了他的礼物。寇祖仁的儿子说："尔朱兆悬赏抓城阳王，得到的封千户侯，我们该如何是好？"

寇祖仁说："此事不可声张，我自有办法。"

隔了两天，寇祖仁对元徽说："你在我这里，已走漏风声，尔朱兆很快派人来这里，你不如先到其他地方躲一躲，等风声过后，再回来。"

元徽已是惊弓之鸟，一听走漏了风声，心中恐惧，一个人骑马跑了。

寇祖仁派人在路上，等着元徽到来，然后截杀了元徽，将其头颅送给了尔朱兆。

尔朱兆见了，只是夸奖了几句，并没有奖赏什么。

当天夜里，尔朱兆做了一梦，梦到元徽满脸血迹，对尔朱兆说："我有黄金二百斤，骏马一百多匹，在寇祖仁家里，卿可以去取。"尔朱兆猛然醒来，感觉奇怪，以为梦中之事是真实的。第二天，派人抓来寇祖仁，索要黄金、马匹。

寇祖仁以为有人告发了，交代说："有黄金一百斤，马五十匹。"

尔朱兆怀疑他不老实，故意隐瞒，命人严刑拷打。

寇祖仁为了活命，将家中原有的三十斤黄金，全部交出来了。

尔朱兆依然不信，命人把寇祖仁悬挂在树上，下面再坠上大石头，直至其死。然后抄没其家资，并将他的子弟全部杀死，方才罢休。

不久，北乡公主、尔朱世隆到了。他们认为，尔朱兆一定会到远处迎接他们，没想到尔朱兆竟然没有出门迎接。

尔朱世隆很不高兴。进入城中，在教场上安营。然后带领尔朱度律、尔朱彦伯、司马子如、刘贵等，一起到了皇宫。

尔朱兆见了尔朱世隆，根本没有施礼，反而手按宝剑于地，怒目相视，声色俱厉责问道："叔父在朝，耳目甚广，皇上之阴谋怎么能不知呢？"

尔朱世隆一听，感觉不好，立即辩解说："皇上这次行为，确实不知，有点失职。"然后找个理由告辞了，由此心里深恨尔朱兆。

尔朱皇后知道儿子被杀，恼恨尔朱兆凶残，听说母亲到了京城，乘辇出宫，来见母亲。在母亲面前大声啼哭，控诉尔朱兆无礼，杀了皇子，祈求母亲保全皇帝性命。

北乡公主说："今天万仁必来见我，看他是怎么想的？"

一会儿，尔朱兆来了。北乡公主称赞他的功劳。

尔朱兆知道皇后在此，请与皇后见面。

皇后出来，尔朱兆拜见。他看到皇后愁容满面，说："皇后为什么不高兴？皇帝杀了天柱，我本想杀了皇帝，看在皇后的面子上，只杀了他儿子，现在皇帝囚禁在永宁寺中。"

北乡公主说："皇子已死，不必说了。但你妹年少，何况是你叔父最疼爱的女儿，现在，天子的生死，在侄儿你的手上，切不可加害，还可使其夫妇团聚为好。"

尔朱兆说："皇帝既然先辜负了我们的恩情，我怎么能给皇后留下祸端？皇后还年少，可以另选佳婿，不失为终身富贵，何必留恋皇帝呢？"

皇后脸色大变，说："既然我是皇后，怎能再嫁别人？这是玷污家门之事，我宁死也不能那样做。"

皇后又对尔朱兆说："我想见皇帝一面，你马上给我安排。"

尔朱兆派了两个副将，随皇后同去。

皇后带着宫女到了永宁寺。

元子攸见了皇后，大吃一惊，说："这是什么时候，卿还来看我？"

皇后抱住皇帝大哭，说："妾今日是以死相逼，来见陛下的。"

元子攸说："朕是活不成了，卿才智过人，他日或许能为我洗冤。"

皇后一边哭，一边说："妾与母亲说了，一定确保陛下生命安全。"

二人说话时间不长，尔朱兆已派人来催，皇后不得已，与元子攸告辞，泪水把衣襟都打湿了，左右无不流泪。

北乡公主知道皇后已经回宫，想进宫去看望，又怕尔朱兆夺去兵马。到那时还有什么依靠？只好守在营中。忽然有人来报："尔朱仲远、尔朱天光求见。"

北乡公主急忙召见。

尔朱荣死后，尔朱仲远在徐州反了，他要贾显智与他一同去攻打洛阳，给太原王报仇。贾显智认为不可，率领部下，向东而去。

元子攸听到尔朱仲远反了，派郑先护为主将，贺拔胜为副将，讨伐尔朱仲远。

郑先护怀疑贺拔胜是尔朱一党，把贺拔胜安排在营外。结果屡战不胜，等洛阳丢失了，郑先护投奔梁国了。贺拔胜曾在尔朱荣麾下，于是投顺尔朱仲远了。然后，尔朱仲远来到了洛阳。

尔朱天光听从贺拔岳的计策，按兵不动，后来听说尔朱兆已经入了洛阳，所以骑马来见。在城内大街上，与尔朱仲远相遇，两人一起来参谒北乡公主。

北乡公主见了二位，告诉他们，要劝尔朱兆，不要杀天子。二人说："事已至此，恐怕我们说了也没用。"

二人告辞出来，在洛阳住了几日，各自回所任地方去了。

尔朱兆几次想杀皇帝，只是还没有下手。

一天，他接到高欢一封信，不知高欢信中说了什么，请看下回章节。

# 第 26 回

## 回晋阳万仁劫皇上　探神庙高欢娶桐花

　　却说尔朱兆接到高欢的书信，拆开一看，信中写道："天柱有功于朝廷，突然遇害，令人愤怒。然毕竟是皇上亲手杀之，翁婿之间有何矛盾，我等不知。大王兴兵报仇，本无可厚非。不过我私下认为，陛下身边逆臣，处之即可，至于皇帝，万不可弑君，若弑君则留下恶名，望大王思之。"

　　尔朱兆看了很不高兴，对司马子如说："高欢怎么反而如此说话？"

　　司马子如说："高欢之意，要接受天柱被害的教训，让大王施行仁政，宽以待人，取得民心，他说的是为大王好，大王应该听高欢的劝告。"

　　尔朱兆说："你不必说了，让我考虑一下。"

　　司马子如是高欢早年的朋友，后来投靠尔朱荣，想有进取的机会。尔朱荣待他不薄，为了报恩，他弃下家小，跟随北乡公主往北去了。不知家小在京城如何。这次回到洛阳，看到家小平安无事，深感皇上宽宥之恩，顿时改变了志向，想救皇上，所以同意高欢不杀皇上的建议。

一天，尉景来到司马子如家里，在后堂摆宴，二人谈起洛阳现状，司马子如把高欢来信、尔朱兆如何不满，以及自己如何劝告叙述了一遍。

尉景说："我来时，贺六浑嘱咐，教我随机应变，有事来报。现在，君有救皇帝之心，不如密报晋州，令他来兵，我与你为内应，以救圣驾。"

司马子如说："我看尔朱兆不久要回晋阳，一定会让尔朱世隆守洛阳，尔朱世隆是无能之辈，等尔朱兆走后，可以铲除尔朱世隆，不足为虑。"

尉景说："如此也好。"

当时，河西贼帅纥豆陵步蕃，手下战将千员，精兵二十余万。妻子洞真夫人善施妖术，非常厉害。趁尔朱兆取洛阳之际，步蕃率兵南侵，兵力很盛。

尔朱兆得到消息，知不能在洛阳久停，要回晋阳抵御步蕃，朝中之事托付给尔朱世隆与司马子如。

副将张明义与司马子如不和，向尔朱兆进谗言，说："司马子如心不可测，前几天尉景在他家，不知密谋什么，一直到夜里才散去。"

尔朱兆听了，大怒，立即召来尉景问此事。

尉景性格刚直，说："我与谁相聚，说了什么，还要向你汇报，你心中没鬼怕什么？"

尔朱兆听了大怒，拔出宝剑走下台阶，要斩尉景。

尉景毫不示弱，拔剑相迎。

慕容绍宗急忙制止，说："大王息怒。"然后喝退尉景。

尉景怒气冲冲出来，骑马飞奔而去。

慕容绍宗劝尔朱兆，说："尉景是高欢的姐夫，现在大王许多事还需高欢相助，怎么可以杀他的亲戚？若杀了尉景，必然惹恼高欢，高欢非等闲之辈，何必树立一个劲敌呢？"

尔朱兆听了，恍然大悟，叫来司马子如问情况。

司马子如说："大王知道，我与尉景是旧交，他到我家喝酒，无非回忆一些旧事，也提起了高晋州，根本没有议论大王什么不是。"

尔朱兆说："张明义说尉景在你家骂我，若不是问明情况，差点误了大事。"因此，不再追究尉景。

尉景早有回晋州之意，只是不好与尔朱兆提起，现在闹得剑拔弩张，已难相处，所以趁此机会，收拾东西，带领随从，回晋州去了。

晋阳军情危机，尔朱兆不敢久留，他对尔朱世隆说："步蕃南侵，不可不去抵抗，我走之时，要将皇帝带走，叔叔镇守洛阳，切不可大意失守。"

尔朱世隆说："放心，必定用心防守。"

北魏永安三年（530年）十二月十三日，子时刚过，尔朱兆命尔朱智虎带了元子攸、五百余名侍卫，秘密向晋阳去了，由于号令严明，无人知晓。

元子攸知道，此去晋阳凶多吉少，在路上吟诗一首：

权去生道促，忧来死路长。

怀恨出国门，含悲入鬼乡。

隧门一时闭，幽庭岂复光？

思鸟吟青松，哀风吹白杨。

昔来闻死苦，何言身自当！

第二天，朝臣们才知道，皇上被尔朱兆带走了，有的落下了同情的眼泪。

却说高欢在晋州，突然门吏来报："尉景回来了。"

高欢急忙接见，问："你怎么突然回来了？"

尉景把尔朱兆在洛阳囚皇帝、杀皇子、屠杀大臣、抢夺财物，种种恶行，以及与司马子如交谈，引起尔朱兆怀疑等，详细叙述了一遍。

高欢听了，说："步蕃南侵，尔朱兆必然迁帝驾北行，然后他再随后起行。"立即召来段韶、娄昭两位少年将军，说："此地有恒山，地势偏僻险要，帝驾北行必经此道，你们带领一千人马，埋伏在山下，帝驾到了，邀而截之，迎接皇上来晋州。"

段韶、娄昭领命而去，他们来到恒山脚下，驻扎营寨。娄昭说："这里山路崎岖，人烟绝少，恐怕会有贼寇出没，我们要小心防备。"

段韶说："天寒地冻，夜间更冷，士兵行军辛苦，值班人员尤其不可贪睡失事。"

晚上，二人坐在帐中，设酒对酌，旁边有侍卫数人。二更时分，忽然外面狂风大作，大帐里的灯被吹灭了，黑气罩地，对面看不到人，一会儿，风停了，侍卫点着灯，帐中不见了段、娄二位将军。副将、头目都很诧异，点起火把，远近寻找，一点踪影也没有，闹到天明，不见人影，只好派人火速报于晋州。

高欢听到报告，大吃一惊，急忙点齐五百轻骑，带领窦泰、孙腾等几名将军，骑上枭龙马，飞奔赶来。到了营地天色已晚，命令诸将各守营盘，独领五百军兵，到恒山谷口扎营。

当天夜里，高欢独坐帐中，又到了二更时分，帐外果然狂风大作，黑雾弥天，左右灯火都暗，唯有高欢帐内火焰不灭。

高欢凝神静坐，只见一个青面獠牙的怪物，在帐外想进来，可是又进不来，高欢搭箭拉弓，一箭射去，喊声"着！"那怪物中箭而逃，高欢追出帐外，已不见踪影，一会儿，灯全亮了，大家都没有什么事儿。

高欢对大家说："看来段韶、娄昭是被这个怪物摄去了，鬼怪属阴，只有夜间才能出来横行，等到天明时，派兵进山搜索，救出二将。"

天明之后，高欢命令窦泰、孙腾等带兵分路寻找。

高欢骑了枭龙马，带了五百轻骑，入山寻找。走了几里路，全不见人。忽然飞沙卷地而起，人们都迷了眼，又见乱石如雨打来，不能前行。只有高欢在马上，沙石不能近身。高欢一拍马，单枪匹马进山来了，走了几里路，乌云逐渐退去，天空渐渐晴朗。

高欢看到一座山头，上有一个庙宇。北方的冬天，山谷草木凋零，几棵大树落叶后显得十分萧条，远观该庙，规模宏大，绿瓦红墙，非常壮丽。高欢来到庙前，门楣上一块横匾，上面雕刻着"恒山大王之庙"几个字。他下马走进庙内，正中坐着一尊神像，仪容整肃，威严雄壮。前面香炉里香烟袅袅，看来经常有人来这里上香。扭头向两边看，居然看到段韶、娄昭俨然而立，容貌、服饰与平日一样，伸手一摸，身体变成了石头，心中大骇，说："是何妖孽，将人弄成如此，但如何解救呢？"

庙中并无人影，想打听一下也不能，高欢顿时大怒，遂在寺外捡起一块黄泥，在粉墙上大书："魏晋州刺史高欢，晓谕恒山大王，我的部将二员，被汝摄来，变为石人。三日之内，务将二人送还，万事皆休。如若不从，定当拆庙毁像，绝不轻恕，勿贻后悔。"

高欢写罢出庙欲走，忽然听到不远的树林里，传来伐木之声，循声而去，见一樵夫，过去问道："请问那边庙中是什么神道？谁供奉在这里？"

樵夫说："是山主之庙，此山有百里广大，居民无数，都属于大王管辖。大王在世时，法术高强，能呼风唤雨，飞沙走石，人在百里之外，也能凭空摄来，所以人人畏服。去年大王去世了，遗下一女，号桐花公主，掌管山中事业，建庙在此，凡有过客，进庙焚香献祭，才能安静而过。如有触犯，被大王摄到庙里，变为石人，永世不得超生。"

高欢说："我正是为此事问你，我有两名部将，被她摄来，变为石人，不知怎样才能解救他？"

樵夫说："若要救他们，需求女王。女王法术与大王一样，非常厉害。"

高欢问："女王在哪里？你去对她说，我是晋州刺史，叫她速见我。"

樵夫大笑道："女王是一山至尊，就是皇帝召她，也不管用，何况一个刺史。"说完，向林中去了。

高欢不知女王在哪里，又气又恼，心中不甘，思来想去，如何寻找女王。想顺路返回，居然找不到来时的路了，日色将近中午，肚子有点饿，只好寻找下山的路，刚转过一个弯，忽听金鼓震天，山坳里涌出一队人马，刀枪如林，剑戟似麻，队里有红旗一面，上写着："桐花女帅"，一个年轻女子骑着一匹桃花马，锦袍绣甲，手握双刀，高声叫道："什么晋州刺史，敢来这里撒野？"

高欢心想，正要找你，居然送上门了，说："我就是晋州刺史。"

桐花女王说："你莫非就是朔州的贺六浑吗？"

高欢说："既然知道我的名字，为何不下马投拜？"

桐花女王笑道："我就是肯了，手中的两把宝刀也不肯。"

高欢喝道："如此狂妄，有本事过来！"

桐花女王也不搭话，舞动双刀，要战高欢。

高欢举枪迎战，桐花女王手下众将齐来助战，桐花女王将其喝退，单独与高欢交战，战了十几个回合，不分输赢，桐花女王拨马便走，高欢哪里肯放，随后紧紧追过去，只见桐花女王从身上取出一根三尺长的红绳，往空中一抛，顿时黄云起来，变成一条火龙，张牙舞爪，飞下来抓人。

高欢看了，惊得神魂失散，口中大喊一声，似有一道毫光迸起，火龙落地，云影全无。

桐花女王看到火龙居然拿不住高欢，心中一惊，收了红绳，说："看来将军果然不同凡人，不过现在天色已晚，将军人困马乏，不如到寨中，权住一宿，明天送还二将，将军敢去吗？"

高欢暗想：我要救回二将，有求于她，不如到她寨中，以好言劝之，或许答应，岂不省事。便道："你我本无冤仇，何必相斗，我只为两位将军而来，只要女王答应，有什么不敢？"

桐花女王收兵，高欢随行，走了数里，望见了寨门，气象严整，桐花女王下马恭候，高欢也下马，上前施礼。

桐花女王请高欢到堂上，分宾主坐定，吩咐摆酒宴，对坐共饮。

高欢见她礼仪殷勤，举止温柔，便问道："敢问女王为何独处在荒山之上？"

桐花女王说："妾祖上姓胡，名承德，在宣武朝曾立下功勋，被授予武卫将军之职，后被奸人所害，携家眷逃到了恒山，此山原来有强盗，被我祖收服，遂为一山之主，我祖去世，我父胡十达继承了山大王。父亲曾遇到异人，传授奇术，能驱使鬼神，变异人物，我也得到了他的传授。母亲早年去世，去年父亲不幸也去世了，只留下我一人，据守家业。手下有三千兵，一半耕田，一半打柴，各山都有粮食按月进奉。我父临终时，曾对我说：'最不放心的是你的终身大事，当代英雄，只有贺六浑一人，他日相遇，你可归附于他，以了终身。'方才冒犯，只是想试探一下。今见将军名不虚传，所以，想遵从父亲遗言，不顾女子颜面，愿以身相许。"

高欢听了，说："你是山寨女王，不是平常女子，我已有妻妾，如何能委屈你居下边呢？如果你能归顺朝廷，与你另择良缘，这才是正路。"

桐花女王说："我虽是女子，也知父母为重。况且我平生志向，发誓非英雄不嫁，君若不嫌弃，即使为侧室，也心甘情愿。"

高欢起初并无娶妾之意，听了桐花所言，也是真情实意，原来桐花身穿铠甲，飒爽英姿，豪气冲天，有巾帼英雄之美，如今卸下铠甲，换上女装，看上去体态轻盈，五官俊俏，肤色偏黄，文雅大方，虽有山寨女子野性之姿，但不失闺中女子温柔之美，这种变化让高欢欣赏之至，思考了一番就答应了。

当天夜里，准备花烛，排开香案，让寨中乐队管弦齐鸣，箫鼓合奏，两人拜了天地，送入洞房，遂成夫妻之好。

桐花才十八岁，还是个处女，高欢非常高兴。

次日起身，高欢请桐花救段韶、娄昭。桐花说："夫君不要慌，妾已经派人去请了。"

一会儿，段韶、娄昭到了，看到高欢与一位美貌女子坐在堂上，茫然不解。

高欢一指桐花，说："你二人的性命，全亏这位女王救活，还不过去致谢？"

段韶、娄昭急忙拜谢。

桐花已经命人摆酒宴，给二位将军压惊。

高欢对桐花说："诸位将军还在山下等我，我先同二位回营，然后再来接你。"

桐花说："已经是一家人了，何不去召来诸将聚会，然后收拾东西，一起回晋州。"

高欢觉得这样也好，便派几位喽啰，随段韶去请。

窦泰、孙腾等人，苦苦等了一昼夜，不见主帅回来，带兵到山上寻找，只见五百军士守在谷口，问他们消息，说屡次进去，都被沙石打回来了。

窦泰说："主帅在山里，不知安危，就是赴汤蹈火，也顾不得了，还怕什么飞沙走石？"

众人听了，鼓足勇气再次进山，走了几里路，突然看到十几匹马跑来，段韶坐在马上，众军士看了，兴奋地说："段将军回来了！"

段韶勒马停住，窦泰看到段韶，问："你回来了，主帅在哪里？"

段韶说："幸亏主帅找到山中女王，救了我二人性命。如今女王与主帅结为夫妻，特请你们去喝喜酒呢。"

众人听了大喜，一同进山，此时不再有飞沙走石，顺利来到山寨，在堂上见了高欢，相互谈了事情的经过。

一会儿，桐花出来了，众人看了，暗暗称奇。山野之女居然这么婀娜、娇媚，不比闺阁名媛差，急忙上前施礼。众人入席饮酒，桐花另设一席相陪，旁边鼓乐齐奏，欢声笑语，响彻山谷，酒至半酣，窦泰问娄昭："你们怎么就变成石人了呢？"

娄昭说："我们在营中，突然黑风刮起，飞沙走石，就被摄起，走了几时，茫然不觉，今天直到有人来请，才如梦方醒。”

众人问桐花：“这是何法术？”

桐花笑着说：“这种法术若小用，能驱妖除怪；若大用，能移天换日，驾雾腾云，把人变成石人，不过是雕虫小技，不值得大惊小怪。可是，若逆天行事，也可让你身亡，所以我才一心归顺。”

众人听了，又惊又喜，宴会到子时方散，各自安寝了。

第二天，桐花对高欢说：“昨夜我梦见父亲，告诉我君在庙墙上写了几句话，将受到阴责，求君洗去，可以免罪。”

高欢说：“既然已成一家人了，我应当进庙烧香祭拜，墙上的文字洗去就是了。”又说：“你寨中女子太多，都是你父从别处摄来的，留几个人够用就是了，其余的发给银钱，送还其父母为好。”

不知桐花听了高欢的话，如何处置寨中女子，请听下回分解。

# 第 27 回

战步蕃万仁求晋州　破妖术桐花收秀容

话说桐花要随高欢回晋州，高欢劝桐花放寨中女子回家，问桐花是否同意。

桐花说："我已嫁给夫君，自然要跟随夫君去，山寨的人员一定要解散，让他们各谋生路。"

高欢听了非常高兴，说："如此甚好。"

桐花召来部下，安排山寨人员解散事宜，然后，随着高欢带领队伍回了晋州。

娄昭君知道高欢娶了山大王后，心里不免担忧，她对高欢说："夫君娶山大王回家，我不该有意见，但是，听说该女善行妖法，若惹其不满，作起妖法，岂不害人。"

高欢笑了，说："夫人不必担心，桐花虽生活在山寨，但祖辈也是官宦人家，只是躲避奸人陷害，才成为山野之女，她心地善良，温柔俊雅，不会随便使用妖法害人，况且有我在，还不能管住一个妇人？"

一会儿，桐花到了，来到大堂，娄昭君看了，果然花容月貌，面相温顺，和气喜人，绝无凶暴之相，心里稍安。

桐花看到娄昭君，面如满月，体态端庄，猜想是正室夫人，她看向高欢意思是请他介绍。

高欢笑着说："我给你介绍，这位就是昭君夫人。"

桐华听了，急忙跪下拜见。

娄昭君急忙回礼，说："女王是一方之尊，妾怎敢受此大礼？"

桐花说："过去是山中王，今天是府中人，夫人乃一家之主，得蒙收录，已为万幸，敢不下拜？"

娄昭君说："妾怎敢僭越呢？"

桐花说："夫人如此谦逊对我，是把我当外人了。"

高欢看到两人相互如此礼让，不觉笑了，说："夫人不要谦让了，论序齿还是你长，再说我已经与桐花说明，我有妻子，不能再娶，可是，桐花说自愿做侧室，所以，桐花会尊敬夫人的，今后就以姐妹相称好了。"

听了高欢的话，昭君不再谦让，令府内眷属全来相见，在后堂摆宴，全家聚欢。

桐花自从进门以来，对人恭敬，办事稳妥，与娄昭君相处得很好，特别是高澄，对桐花也以母相称，家庭非常和睦。

且说高欢没有截住皇上一行，元子攸被送到晋阳，尔朱兆回到晋阳，将元子攸幽禁于三级佛寺，加强了看守。

当时，尔朱兆新立的皇帝元晔在晋阳，尔朱兆拜见，奏道：“现在纥豆陵步蕃南侵，臣马上去讨伐，陛下在此，恐不安全，请迁驾到长子城，待贼寇被平之后，再选吉日进京。”

元晔听了，说：“一切听从将军安排。”即日便迁去了。

秀容守将告急，说：“纥豆陵步蕃以救驾为名，沿边四个郡都被夺去，现在兵临秀容城下，日夜攻打，若不急救，秀容危险了。”

尔朱兆对诸将说：“秀容是我们的根本，现在被步蕃围困，需要快速去救。但是，步蕃打着救驾的旗号，很容易迷惑人心，必须先除掉元子攸，使其无名可托。”

慕容昭宗听了，说：“加紧去救秀容，此时杀皇上万万不可。”

尔朱兆不听，派人到三级佛寺，逼迫元子攸自缢，并把尔朱荣二女儿的丈夫陈留王元宽也杀了。

二女儿痛哭，大骂尔朱兆没有人性。

尔朱兆听了大怒，逼迫其自尽。

第二天，尔朱兆亲自率领十万大军，来到秀容与步蕃交战。

步蕃知道尔朱兆来了，退兵十里，排开阵势，发书挑战。

步蕃对洞真夫人说：“我去与尔朱兆交战，然后假装败走，你在路旁埋伏下军士，等其到了，截住厮杀，然后作法破之，使其片甲不留，那时秀容城唾手可得。”

洞真夫人说：“尔朱兆来得正好，保证一战令其大败。”

尔朱兆看了步蕃战书，如约出兵布阵，步蕃来到阵前，对尔朱兆高声叫道：“弑君之贼，快来受死。”

尔朱兆大怒，拍马舞刀，直取步蕃，步蕃挥刀相迎。两人战在一起，二十个回合之后，尔朱兆刀法精湛，力气又大，步蕃感到确实不是对手，急忙败下阵来，尔朱兆怎肯放过，一拍战马追赶上来。

步蕃退有准备，所以退兵极快。

尔朱兆追了几里路，快到南山了，突然，狂风大起，飞沙迷眼，紧接着黑雾翻滚铺天盖地而来，顿时白昼变成了黑夜，只听四面喊声震天，似有千军万马杀来，黑暗中不断有石块飞来，有的士兵被砸得头破脑裂，当场毙命，军士各自逃命，四处逃窜。

尔朱兆心中也很害怕，掉转马头，往后狂奔，快到秀容了，天色渐渐明朗，只见一员女将，率领数万人马，拦住去路。原来洞真夫人想生擒尔朱兆，所以她等尔朱兆追步蕃过去，在其后作法，这样在尔朱兆逃亡时，截住厮杀。

洞真夫人大声喝道："我乃洞真夫人在此，尔朱兆休走。"

尔朱兆身后仅有残兵几百人，又怕她使用妖法，哪里敢恋战，虚晃两枪，夺路逃走，急忙逃进了城中，其余跟随的军士，都被杀尽，带领的十万大军，剩下不足三分之一。

步蕃率兵攻打城池，又猛又急，尔朱兆觉得孤城难守，随即弃城而逃。

步蕃占领了秀容城，与洞真夫人领兵继续追赶。

尔朱兆且战且退，一路上连败十三次，回到晋阳入城，闭门拒守。

步蕃率兵到了晋阳城下，将城团团围住，攻打晋阳。

尔朱兆召集诸将商议，说："步蕃攻城紧急，兵势很强，其夫人妖法厉害，该如何抵御？"

参军高荣祖说："以大王之威武，尚且失利，目前帐下诸将，谁有本领御敌？现在，只有晋州高欢智勇兼备，手下良将也多，大王将其请来，并力而战，则可破敌。"

尔朱兆说："我与高欢有隔阂，召他恐怕不会来。"

诸将都说："高欢多次受太原王厚恩，他一定不会因小事不顾大义的。"

尔朱兆思量一番，没有别的办法，只好给高欢写了一封信，派使者二人，偷偷出城，火速去晋州求救。

高欢收到书信，与诸将商议，说："步蕃兵马围困晋阳，尔朱兆来信求救，应救还是不救？"

尉景说："尔朱兆忤逆弑君是国贼，正该让其灭亡，救他干什么？"

众将都说有道理。

高欢微笑着说："我曾受尔朱荣厚恩，若不去援助，就是不讲道义。况且尔朱兆头脑简单，好勇无谋，日后除去他易如反掌，不必顾虑。各位只想着泄愤，没考虑日后的祸害，步蕃野心很大，若让其夺取晋阳，势力会越来越大，将来一定是国家的祸害，是一个劲敌。不如趁此机会，与尔朱兆合力，消灭步蕃，除去祸害。"

诸将听了，叹服高欢看问题独到，深谋远虑。

高欢命使者迅速返回，告诉尔朱兆坚守城池，援兵很快就到。然后点将：尉景、窦泰、段韶、彭乐领精兵三千，向晋阳出发。

高欢回到府中，对桐花说："听说步蕃军中有一妇人，妖术厉害，我想请卿一起去，破其妖术。"

　　桐花听了非常高兴，说："妾生性爱动，带兵打仗正合妾意。"

　　高欢命桐花领一千军为后队。

　　高欢下令："大队人马行军，不可太急，每天行军不可超过五十里。"

　　一路上，有时停军不前，到山上游玩，有时摆开酒宴，与大家畅饮。众将不解其意。

　　窦泰说："你们知道大帅的意思吗？尔朱兆被步蕃围困，此时还能坚持，所以缓行，等到其最危急之时，再进军相救，其感恩才深。"

　　众将听了，理解了高欢的目的。有人将此事告诉了高欢。高欢听了笑着说："知我心者，窦泰也！"

　　尔朱兆得到回报，坚守城池，专等高欢兵马到来，可是，几天过去了，还不见援兵到来，心中焦急万分。

　　步蕃每日在城下叫骂，尔朱兆哪里忍得住，带兵开城出战，依然是洞真夫人作法，被杀得大败而归，还伤了几员猛将，于是，又派使者去催高欢。

　　高欢在半道上接见使者，说："因连日有雨，山路难行，再加上汾河没有桥，不能过河，所以耽误了行军。"

　　尔朱兆得到回报，更加着急，看到步蕃每日都有兵力增加，危城破在旦夕，只得放弃晋阳城，向汾河方向逃走。

　　探子来报："高欢军已渡汾河。"尔朱兆的心才安定下来。

迎着高欢行进，两军相遇，尔朱兆见了高欢，说："我知道将军讲义气，晋阳危机，一定会来救助，不过步蕃武力不可怕，怕的是他的夫人善行妖法，阵前妖风刮起天昏地暗，飞沙走石，难以抵抗。"

高欢说："大王不必担忧，步蕃虽强，我们联合起来，力量加强了，可一鼓作气擒拿步蕃。"

高欢命令军队继续前行，尔朱兆的军队在后边随行。

步蕃进入晋阳，感觉自己天下无敌，命洞真夫人回去镇守秀容，自领大军来捉拿尔朱兆。

这一天，探子来报："晋州高欢领兵五千，来救尔朱兆。"

步蕃听了，心说：区区五千兵马，能奈我何？他向部下说："今日进兵，若要遇到高欢军队，不要放一骑回去，必须全部消灭。"

两军相遇，高欢率领诸将到阵前观看，笑着说："你们看到了，步蕃兵马虽多，军容不整，阵无章法，这样的军队，很容易被打败，彭乐你先出战，第一阵必须斩其敌将，挫其锐气。"

彭乐得令，一马当先，飞驰过去，高声叫道："我乃彭乐，有胆量的过来交战，没胆量的滚下去。"

步蕃命一勇将出战，几个回合过去，彭乐性起，大喝一声："你下去吧！"手起刀落，将贼将斩于马下，彭乐哈哈大笑。

步蕃阵上二将见了，大怒，拍马过来，二人大战彭乐。

彭乐叫道："无名小卒，也敢来战？"说着奋起神威，一刀一个，全部斩于马下。

高欢看到对方阵中士兵有惧怕之意，挥鞭一指，诸将齐出，刀枪并举，杀向敌阵，贼兵慌忙迎战，彭乐趁势直奔中军，步蕃见了，急忙应战，十几个回合过去，步蕃感觉抵挡不住，虚晃一刀就走。

高欢看到步蕃要跑，拔箭搭弓，一箭射去，正中其后背，步蕃翻身落马，被士兵擒拿了。

高欢命士兵高喊："步蕃已被擒拿，其余人马投降者免死，不投降者格杀勿论。"

贼兵一听主帅被擒，顿时溃散。

高欢的士兵追着砍杀，一时尸横遍野，血流成河，城中士兵听说步蕃被杀，前方大败，相继出城逃跑了。

晋阳城被收复，高欢与尔朱兆一同进城，犒赏三军。

尔朱兆对高欢说："晋阳已收复，可是，秀容还在贼手中，听说是洞真夫人把守，想请高公前往，扫除妖孽。"

高欢说："我不必前去，派女将桐花前去，足以收复了。"

尔朱兆大喜，请高欢尽快安排前去。

高欢命桐花后军改为前军，又派了四个健将为辅，随桐花去捉拿妖妇。

桐花领命前去。

洞真夫人在秀容，忽听报前军已败，丈夫步蕃被擒，非常愤怒，正要进军报仇，桐花领兵已经到了。

洞真夫人急忙摆阵相迎，看到对方阵前是一名美貌女子，身穿绣甲，手持双刀，坐在马上，左右排列几员大将。洞真夫人问："女将叫什么，报上名来？"

桐花说："我乃高晋州麾下女将桐花，你可是步蕃的老婆洞真吗？"

洞真夫人欺负她年轻体弱，便说道："今日你我相遇，不用其他人助战，但我二人各显本领如何？"

桐花笑了，说："可以。"

二人纵马上前，战在一起。一个单刀相劈，一个双刀相迎，你来我往，不觉战了三十余合，洞真夫人见桐花不落下风，知道一时难以取胜，便说："且慢，停一会儿再战。"

桐花说："一切由你。"

洞真夫人回到阵前，口中念念有词，桐花知道她要作法，也念动真言，哪知狂风刚刚刮起，刮到桐花阵前即止，沙石全不飞动，洞真夫人见法术不灵，更加愤怒，拍马出来，叫道："来来来，我与你再战。"

桐花不慌不忙，便与她再战，又战了二十余合，桐花故意回马就走，洞真夫人以为桐花败了，紧紧追过来。

桐花取出一条红绳，往空中一抛，忽见火龙一条，身长三丈，向洞真夫人扑来，洞真夫人一看慌了，扭头就走，但被火龙缠住，摔下马来，众将齐上，将洞真夫人擒住，贼兵一看主将被擒，顿时大乱，四处逃窜，桐花趁势夺取了秀容。

秀容城收复了，桐花立即派人向晋阳告捷。

尔朱兆听了大喜，诸将也都过来贺喜。

桐花带兵回来，把洞真夫人押过来，高欢命令取出步蕃，一起斩首。

尔朱兆疆土全部收回，非常感谢高欢的帮助。

桐花向高欢请示："妖寇既平，已无战事，妾想先回去。"

高欢同意，桐花回晋州去了。

第二天，尔朱兆设宴，酬劳诸将，并请桐花相见。

高欢说："她昨天先回去了。"

尔朱兆立即派人携带珠宝去追，以示慰劳。

尔朱兆私下对高欢说："我与君昔日虽无深交，今日救我于危难之际，足以证明君是一个讲信义、够朋友的好兄弟。但是，将来你我各处一方，恐怕被人离间，想与君结为兄弟，共立盟誓，患难相助，不知君意下如何？"

高欢说："大王此言，正是我的心愿。"

于是，二人共订盟约，相处更欢。

这一天，尔朱兆与高欢一同到南山打猎，走在路上，看到饥民很多，晚上回来对饮，酒到半酣，高欢说："今天看到当地饥民很多，他们太穷了，大王下一步应留意体恤他们。"

尔朱兆听了，长叹一声，说："兄弟有所不知，发愁之事多着呢，有一事与弟商议。天柱平定葛荣后，收拾其部下，共三十余万，流入并州、肆州，这些人大部分是鲜卑人，还有部分汉人、匈奴人、高车人、氐人、羌人，他们不服管制，屡屡造反，大小反了二十多次，每次平乱，诛杀近千人，但是，谋乱依然不止，逃出去当强盗的，不可胜数，兄弟有什么高见，如何治之？"

高欢思考一下，说："这种叛乱大约有两个原因，其一是没有食物，腹中饥饿，为了活命，不惜丢命，也要造反；其二，他们多数以族为群，缺乏管理，若族中头人不满，带头闹事，就会带动一群人叛乱。大王可以选心腹大将，将他们统领起来，先使其有所食宿，然后分别设置专人管理，再有谋乱者，追究主将责任，自然就不会叛乱了。"

尔朱兆思索了一下，点头说："兄弟所言很有道理，但是，谁能胜任呢。"

贺拔允在侧，说："大王手下大将，统领上千人马，尚不能整顿，何况二三十万之众，治理难度很大，我看能担当此任者，只有高晋州可以。"

高欢听了，恐怕尔朱兆对自己产生怀疑，立刻大怒道："天柱在时，奴辈老实得像个驯犬，现在天下取舍，全在大王，你怎敢随意插言，干扰大王决策？大王应将这个目中无人的家伙推出去斩首！"说着起身就要去抓贺拔允。

尔朱兆听了高欢的话，心里很感动，赶紧拦住说："兄弟不要急，贺拔允所言，正合我意，此事非兄弟不可，兄弟应当为我解忧，担当此任。"

高欢说："此事难度太大，而且责任重大，倘若管不好，误了大王的大事，到时候再有小人从中挑拨是非，我罪大矣。"

尔朱兆取过一支箭，递给高欢，说："全权委托于弟，以此箭为信。"

不知高欢看到尔朱兆起誓，能否答应管理葛荣降兵，请看下回章节。

# 第 28 回

## 高欢统领六镇兵　元晔禅让广陵王

话说尔朱兆抽出一支箭，递给高欢，说："兄弟不必怀疑，一定替我解除这个烦心之事，我若有违初心，你当用此箭射来。"

高欢看到尔朱兆一片诚意，才答应下来。

宴席散后，高欢出来，心中异常高兴。一直以来在尔朱氏手下混事，缺的就是自己的军队，天假其便，贺拔允给自己提名，尔朱兆发出这么一个命令。他怕尔朱兆后悔，出大营后马上对众人说："我受大王委托统领原来六镇之兵，刘贵、窦泰和彭乐你们马上通告所有镇兵，让他们的族长带领族人，明天到汾河东集合。不同的族群，要制作不同颜色的旗帜，按照不同的旗帜，召集自己的族人，集中起来，听候号令。"

六镇之兵讨厌尔朱兆的残暴，听到此令，知道高欢待人宽厚，无不欢欣鼓舞，奔走相告，第二天迅速到汾河东集合。

高欢让各族群的族长到前边，说："大王命我来管理你们，我知道你们的困难，主要是缺少粮食，难以维持生活。从今以后，我负责帮你们筹集粮食，但是，我们必须加强管理，散兵游勇难成气候，怎么管理？我们需要商议，制定纪律，然后由你们执行。"

族长们说："我们愿意接受管理，只要有饭吃就好。"

高欢说："首先按照族群编队，根据人数多少，将没有族群的人员加以补充，做到各队人数基本平衡，族长担任队主，然后按照军队管理制定纪律，队主要按照军纪负责管理。我会安排官员来管理，具体一个官员管理几个编队，随后看情况再定。"

高欢对六镇之兵进行安排后，先自筹了部分粮食救急。停了一段时间，高欢派刘贵、窦泰去向尔朱兆申请军粮。

尔朱兆开始少给点，慢慢地感到要得太多，对刘贵说："现在没有军粮可拨，请高晋州自己想办法吧。"

刘贵回来向高欢汇报，高欢听了，不但不急，反而心中暗自高兴，他等的就是尔朱兆这句话。

过了几日，高欢来拜见尔朱兆，说："大王，并、肆二州，几年荒旱，老百姓度日艰难，有的挖田鼠而吃。六镇之兵人数庞大，所需军粮太多，到民间也收不来粮食，倘若骚乱起来，不好收拾，总不能把他们都杀了。我想河北平原粮食丰厚，是否带他们到那里去，先解决吃饭问题，待其温饱后，再决定如何处理他们？"

尔朱兆听了高欢的话，觉得有道理，说："只要不出乱子，兄弟看着怎么好，就怎么办。"

高欢回去之后，开始安排六镇之兵开赴河北。

慕容绍宗听了此事，急忙找到尔朱兆，说："大王将六镇之兵让高欢节制，已经不妥，如今又要让他带到河北去，恐怕后患无穷。"

尔朱兆问："高欢替我解除六镇乱兵之忧，有何后患？"

慕容绍宗说："现在天下不稳，四方纷扰，人怀异望。高欢雄才大略，英雄盖世，把二三十万人给他，像蛟龙得到了云雨，今后势不可测，大王会后悔的。"

尔朱兆与高欢结拜，为了预防有人挑拨离间，相互发过誓。听了慕容绍宗的话，很不高兴，说："六镇之兵二三十次造反，没见你有什么计策，现在高欢统领他们，缺少粮食，让他们到河北解决吃饭问题，有什么不好？再说我与高欢学桃园兄弟，焚香重誓，祭拜为兄弟，高欢又是最讲信义之人，一定不会辜负我的。"

慕容绍宗说："亲兄弟尚不可相信，何况香火弟兄。"

当时，尔朱兆兄弟、叔侄相互猜忌，所以，慕容绍宗才如此说。

尔朱兆听了，说："人与人是有差别的，不可一概而论，况且我令已出，不可更改。"

尔朱兆不听建议，慕容绍宗退出去了。

尔朱兆的左右都收了高欢的金银，说："慕容绍宗与高欢不和，所以故意进谗言陷害高欢，此事如果让高欢知道了，怎么会不产生二心呢？"

尔朱兆也说："我与高欢刚刚结拜，统领六镇之兵，是我求他做的，慕容绍宗为什么来说这些离间的话呢？若不治其罪，高欢怎能安心？"于是，命人将慕容绍宗囚禁起来。派人通知高欢，要尽快出发。

　　高欢命尉景、刘贵、窦泰等分别带着自己负责的编队，陆续出发，最后，高欢告别尔朱兆，一路凯歌而进。

　　高欢以三千精兵，破步蕃四十万大军，威震山西，人人悦服，沿途民众夹道相送。走到武乡，忽然看到一支人马，旌旗浩荡，剑戟林立，往北而来，相遇之时，各问来历，方知乃北乡公主同尔朱皇后回晋阳去的。

　　原来北乡公主在洛阳营中，整天无所事事，闷闷不乐，她想，皇上去北边了，皇后在宫中没依没靠。将来新帝元晔入朝，更不能自主，不如回晋阳母女相依。

　　皇后听从母亲的主意，带领人马一起回晋阳，没想到在武乡与高欢相遇。

　　高欢命令停止行军，靠在一旁，让北乡公主人马过去，车驾过完后，看到后边三百余匹良马，形体高大，矫健异常，有军士在后边赶着走过去了。

　　高欢想：军中正缺少马匹，北乡公主是女流，要这些马匹有什么用处。便叫段荣、彭乐过来，说："你二人赶上北乡公主，以礼相待，说明军前缺少马匹，借这些马一用，若不同意，直接夺回来。"

　　段荣、彭乐追上北乡公主，施礼道："高将军要到河北平定盗贼，正缺少马匹，能否将这些马借来一用？"

北乡公主说：“这些马是我家留下的好马，自有用处，怎可乱借？”

段荣、彭乐听北乡公主不同意，干脆喝散管马的军士，掠夺而回。

北乡公主见他们劫马而去，大怒道：“高欢乃我家旧人，怎敢抢我家的马匹？”想回军追讨，怎奈军中没有良将，恐怕抵挡不过，于是派人飞报尔朱兆，命他领兵来向高欢问罪。

尔朱兆接到急报，大怒，说：“高欢走了还没几天，怎么就有了反的念头？”立即把慕容绍宗放出来，问他此事。

慕容绍宗说：“高欢此时还没有走出我们的辖区，大王可速点人马，赶紧追上，捉拿回来，才能免除后患。”

尔朱兆听了，立即点齐三千精兵，星夜赶来，赶到襄垣浊漳河渡口，高欢因人马太多，刚刚从浮桥上过河，到达南岸。

尔朱兆刚要过河，奇怪的事情发生了，河水突然猛涨，洪波涌起，浮桥被冲垮了。尔朱兆急忙退回几十步，把马勒住，高声喊道：“高欢停住，我有话说。”

高欢看到尔朱兆赶来，知道为马匹而来，便走到岸边，隔河大声喊道：“大王，为何赶来？”

尔朱兆喊道：“我与你结拜，视你为心腹兄弟，你为什么出尔反尔，不讲信义，夺了我家马匹？”

高欢抱拳一拜，说：“大王，一定听了北乡公主的话，亲自追来，我说军前缺少马匹，平定河北盗贼，需借用马匹，没有别的原因。如果大王不信，我甘愿渡河而死，但是，恐怕此时镇兵叛乱，反而耽误了大王心中的大事。”

尔朱兆听了高欢的话，不悦稍解，说："我也觉得你不会辜负我的，因为公主说你无礼，不得不着急，所以赶来问你。"

此时，河水渐渐退去，尔朱兆拍马渡河而来，高欢请他同坐帐中，说："大王接替了天柱，执掌全国兵马，马匹不管在哪里，都是大王的。我是派手下去请示北乡公主，暂借马匹一用，平定盗贼后，安排好六镇之兵，自然会回去向大王复命，那时马匹就回去了，怎么会有二心呢？"

尔朱兆听了，觉得高欢说的有道理，说："对不起兄弟，是我多疑了。"说着拔出刀来，递给高欢，伸长脖子，让高欢砍下自己的头。

高欢将刀丢在地上，扶着尔朱兆，说："我投奔天柱，想终身有个依靠，现在天柱被害，我还能仰仗谁呢？现在尔朱家族只有依靠你了，你就是我们的大家。我想尽全力维护大家。我最怕大家怀疑，现在有人从中离间，大家怎么能说这样的话呢？"

所谓"大家"，乃当时人们对天子的称呼，高欢想愚弄尔朱兆，所以故意这样称呼他。

尔朱兆听了，更加信任高欢，把地上的刀捡起来，杀了白马，与高欢发誓，永不相背。随之又摆上酒席，开怀畅饮，结果大醉，当晚住在高欢大营。

尉景听说尔朱兆在大营，提刀而来。高欢听到帐外有响动，立即出来观看，截住尉景问："你要干什么？"

尉景说："尔朱兆在此，这不是把头送给我们吗？杀了他，为皇帝报仇，为万民除害，如果今天不杀他，还要等到什么时候？"

高欢拉住尉景说："兄长不要乱来，现在杀了他，他的党羽必然跑回去，集结兵力来战。我们现在兵饥马瘦，不能与他为敌，如果各地英雄趁此机会而起，则危害更甚，不如暂且放了他，尔朱兆虽然骁勇凶悍，但并无智谋，可以玩弄于掌上，他日除之，易如反掌。"

尉景听了，不再鲁莽行事。

第二天，尔朱兆醒来，发现自己安然无恙，更加相信高欢别无他意，他回到北岸大营，设宴请高欢过去。高欢上马要过去，孙腾拉住他的衣袖，说："尔朱兆居心叵测，君为什么要用天下仰赖的贵体，去赴不可预测的深渊呢？"

高欢笑着对尔朱兆喊道："大王，军中缺粮，不可久停，我们还要赶到河北筹集粮草，请大王回去吧。"

尔朱兆见高欢被孙腾拦着不能来，不由大怒，隔河大骂孙腾，接着又埋怨高欢，高欢施礼请他回去，带兵向滏口陉走了。

当时，尔朱兆有一个心腹将军念贤，管理镇兵的家属，另外设立一个营盘，随着高欢向东行，在路上，他不断凌辱镇兵家属，镇兵敢怒不敢言。

高欢得知这一情况，让人叫来念贤，假装与他亲近，解下他的佩刀观赏，趁其不注意，一刀杀了他，镇兵看了，非常感谢高欢，更加愿意听从他的指挥。

尔朱兆回到晋阳，北乡公主及皇后已回旧府。尔朱兆来见，告诉她们，元子攸已经缢死，元宽夫妇已赐自尽。

北乡公主听了，脸色大变，皇后边哭边骂，说尔朱兆心狠手辣。

尔朱兆不予理睬，拂袖而去，但是，大权在尔朱兆手中，哭闹半天，心里恨他，别无他法。

尔朱兆看到疆土已经平安，选定吉日，要送新帝元晔去洛阳登基。于是，尔朱兆给尔朱世隆发了书信，让他率领百官到邙山迎驾。

尔朱兆不知道，尔朱天光在洛阳，与尔朱世隆秘密商议，认为元晔是元英的兄弟，与皇室血脉较远，又没有威信，恐怕人心不服，不如立更亲近的人，来掌管社稷。

广陵王元恭是元诩的儿子，聪明好学，很有气度，前几年元叉擅权，所以托病不出，现在居住在龙华佛寺。元子攸在位时，有人向皇帝进谗言，说："元恭有野心，假装嗓子哑了，不能出声，其实是在等待机会。"

元恭听到后，心中恐惧，逃到了洛山，又被捉回京城。结果治疗很久没有效果。

行台郎中薛孝通与元恭交往较深，私下里对尔朱天光说："广陵王是高祖的后代，素有威望，他沉晦不言，可能有隐情，如果扶他登基，必然受到上天与民众的拥护。"

尔朱天光将此事告诉了尔朱世隆，尔朱世隆认为有道理，唯有尔朱度律认为，南阳王元宝炬合适，说："广陵王不能言，怎么治理天下？"

尔朱世隆等怀疑元恭是伪装，派尔朱彦伯去见元恭，并说："你要先给他分析当前形势，魏家天下非他莫属，请他开口说话，只要陈以利害，相信他会开口的。"

尔朱彦伯见到元恭，按计划陈述了国家形势，希望他接受禅让，登基称帝。

元恭沉吟半天，突然开口说："天何言哉？"

此语出自《论语·阳货篇》。大意为：百物自然生长，天何曾说过什么呢？

尔朱彦伯看到元恭开口说话，大喜，立即回来向尔朱世隆报告。

尔朱世隆等听了，非常高兴。立即着手办理迎立之事。

元晔到了邙山，尔朱世隆已为他写好了禅让文书。让泰山太守窦瑗到行宫，去见元晔，说："天下民众希望广陵王登基，请陛下学习尧、舜顺应民意，禅让天下。"并拿出禅文让他看。

元晔看了，不敢违抗，只好签署同意了。

窦瑗回去报告，群臣推举广陵王元恭即位。

元恭三次谦让，然后登基为帝，大赦天下，改元普泰。

元恭闭口八年，现在终于说话了，百姓欣然，以为是明君，希望天下太平。

第二天，元恭下诏："古代三皇称皇，五帝称帝，三代称王，盖递为谦退，自秦以来，都竞相称皇帝，朕今天只称帝，已经很满意了。"然后，封尔朱世隆为仪同三司，赠尔朱荣相国、晋王，加九锡。

尔朱世隆让百官商议，给尔朱荣配享帝庙之荣誉。

司直刘季明说："人臣配享帝庙，必是与君一心一德，生为良辅，死得共享庙中。今太原王若配世宗，于时无功；若配孝明，亲害其母；若配庄帝，为臣不终，以此论之，无所可配。"

尔朱世隆大怒说："你应该死！"

刘季明并不惊慌，说："下官既为议首，就要依礼而言，若有不合被杀，也只好认命了。"

尔朱世隆见他言语很直，却也是事实，所以，并没有加罪。但是，配享帝庙既然提出了，必须落实，最后，只好让尔朱荣配享高祖庙庭，此外，尔朱世隆认为，尔朱荣功劳堪比周公，周公之庙在首阳山，因此，又在首阳山为尔朱荣立庙。

尔朱荣庙建成后，尔朱世隆让太牢去祭祀，百官都去了。祭祀还没开始，只见云雾四合，雷声大作，闪电劈下，引发大火，其庙被烧，泥像被雷劈得粉碎。

尔朱世隆看到天意如此，一言不发，扫兴而归。

再说禅让之事传到晋阳，尔朱兆大怒，说："禅位如此大事，居然不与我商量，就让皇上禅让，立刻发兵，讨伐尔朱世隆。"

使者回来，告诉尔朱世隆："尔朱兆要来兴师问罪。"

尔朱世隆听了，心中非常惧怕，急忙派尔朱彦伯去劝说。

尔朱彦伯到了晋阳，对尔朱兆讲了禅让之因，再三劝说，尔朱兆才决定不出兵，但是，对尔朱世隆非常不满。

元子攸在位时，曾命将军史仵龙、杨文义领兵把守太行岭，尔朱兆领兵到了，二人率先投降。

尔朱兆向新帝元恭上奏："仵龙、文义可封为千户侯。"

元恭说："仵龙、文义二人，与王有功，对国家没有功勋，怎可封侯？"

当时，尔朱天光管制关西；尔朱兆统领并、汾二州；尔朱仲远统领徐州、兖州；尔朱世隆在朝中用事，贪淫无忌，生杀自专，事无大小，都不奏报，有司不敢管，皇上徒有虚名。他为了收买军心，随意为军士加级，一时将军满营，没有什么节制，被授予功勋的官员多到泛滥。

尔朱仲远天性残暴，在徐州、兖州大肆敛财，无恶不作。他诬陷当地富裕家族谋反，然后吞并他们的财物，将男人投到河里，女子有姿色的据为己有，姿色差的赏给下人。自荥阳以东，收的赋税纳入他的军队，不送往京师。上自京师东南的州郡长官，下至当地的普通民户，将尔朱仲远比作豺狼。

尔朱氏家族各霸一方，权势之盛，没有哪个家族能比，他们在辖区无恶不作，人心尽失。

不知尔朱家族如此横行，后事如何，请看下回章节。

# 第 29 回

## 占冀州敖曹显神威　擒令贵高欢再纳妾

话说尔朱家族几个人各据一方，横行霸道，无恶不作，名声越来越臭，各地民众都很厌恶尔朱家族。

幽州行台刘灵助，因善于占卜，受到尔朱荣的重用，尔朱荣奏请皇帝，让其晋爵燕郡公，并任命其父刘僧安为幽州刺史。不久，刘灵助兼任尚书左仆射。皇上下旨，让他到幽州慰劳流民。从北方回来后，刘灵助与都督侯渊一起讨伐韩楼，在蓟州消灭了韩楼，刘灵助负责处理蓟州的政务，又担任幽州、并州、营州、安州四州的行台，继续处理各州政务。

尔朱荣死后，刘灵助看到朝廷大乱，尔朱家族的人他了解，没有能成大事者。他为尔朱氏进行占卜，结论是尔朱氏将逐渐灭亡。于是，他在幽州起兵造反，自称幽州王，对外声称要为孝庄帝元子攸报仇。他驯养大鸟，称为己瑞，妄说图谶，说"刘氏当王"。又鼓吹："欲知避世入鸟村。"遂刻毡为人象，书桃木为符书，作诡道厌祝法，当时人们都相信占卜，知道刘灵助占卜很准，所以相信他的话。幽、瀛、沧、冀等州的饥民，多数赶来随从。刘灵助看到势力壮大，派兵攻打博陵、安国二城。

尔朱兆听到刘灵助以为元子攸报仇为名，举旗造反，立刻大怒，派大都督侯渊率兵讨伐刘灵助。

与此同时，尔朱兆叫来监军孙白鹞，说："你领兵到冀州，以调拨民间马匹为由，要求民户自动将马匹送来。冀州高乾兄弟送马时，把他们抓起来，因为高乾兄弟势力很大，倘若加入刘灵助麾下，后果不堪设想。"

孙白鹞到了冀州，按照尔朱兆的计划，指挥兵丁到各地张贴告示，命令民众将私养的马匹送来，讨伐刘灵助以资军用。

高乾对几个兄弟说："尔朱兆派孙白鹞来冀州，无端调拨民间马匹，还要民户亲自送去，一定是为了我兄弟而来，我们该怎么办？"

高敖曹说："刘灵助在幽州反了，祸乱四起，我们兄弟为什么不召集乡勇，举兵与刘灵助相应？"

高乾说："召集乡勇，举兵造反可以，但是，我们不必与刘灵助相应，有一个人气度非凡，足智多谋，颇有才华，如果与此人合谋，定能成就大事。"

高敖曹问："你说的是谁？"

高乾说："前河内太守封隆之，为了躲避尔朱势力，弃官回冀州城内家里。他父亲封冀，是冀州有名的忠义之士，我们应该与他商议。"

高敖曹说："请兄长快去，商量后尽快举事。"

高乾来到封隆之家，被请到内堂相见。说起国家多难、民众遭殃时，互相嗟叹。

封隆之说："孝庄帝被杀后，尔朱兆更加横行霸道，尔朱家族其他人各据一方，残害百姓，没有一个善人，你难道能忘了河桥相送的情景吗？"

高乾听他提到此事，非常悲愤，说："我经常想报仇，可惜势单力薄，君在冀州为人忠义，很得民心，若咱们共同招募乡勇，占据冀州，作为进取之机，君有这个意思吗？"

封隆之说："家父尚在堂，需要与老人家汇报。"

话音未落，屏风后走出一位老者，正是封隆之父亲封冀。封老先生对高乾说："老夫早有这个想法，可惜我老了，不能带头举事。足下若真能为国复仇，别怕我们父子不参加，就是赴汤蹈火，也在所不辞。

高乾听了，非常高兴，说："既然我们想到一块儿了，咱们就各自招募乡勇，约定一个日子，到时候准备举事！"

封隆之完全同意。他家本是富豪之家，家中仆人有几百人，门下还有不少会武艺的勇士，举事比较容易。

高乾回去，与高敖曹叙述了与封隆之商议的结果，说："通知咱们原来的军士，到时候必须参与举事。"

高敖曹听了大喜，立即命人去通知，不出意外，原来的军士一呼百应，很快就集结了近千人。

到了约定的日子，高敖曹率领五十个骑兵，突然闯进了冀州城门，接管了守门者。高乾率领其余兵丁，很快进了城。封隆之在城内也同时举事。

冀州城的兵将本来对高敖曹的勇猛畏惧，看到他来了，没人敢上前抵抗，所以，他顺利地杀入府衙抓了刺史元嶷。

孙白鹞听说城内乱了，刺史元嶷被抓，准备逃跑，可是，高乾带兵已经到了，孙白鹞当场被擒。高乾审问道："尔朱兆为什么派你来调拨民间马匹？"

孙白鹞说："既已被抓，无可隐瞒，实际是为抓你们高氏兄弟。"

高乾听了冷笑道："尔朱兆匹夫之计，怎能出我意料！"说完，命令军士推出去斩首。

高乾、封隆之占领了冀州城，高乾说："冀州城不可无主，请封冀老先生行使冀州刺史职责，不知老先生意下如何？"

封冀推辞说："关注民生、处理民事，我不如你们，况且我老了，不能再担任重任了。"

高乾说："隆之兄曾做过太守，担当此任最合适了。"

封隆之看高乾不是客气，没有谦让，接受了此任。

封隆之说："我们既然是为孝庄帝报仇举事，应该为孝庄帝举哀，将士要全穿缟素，升坛发誓，向周围郡县发布檄文，共同声讨尔朱氏。"

刘灵助听说高乾、封隆之等在冀州举事，派使者来招高乾，想结为外援，同时劝封隆之受他节度。

尔朱兆听到高乾兄弟造反，立刻通知尔朱羽生前去讨伐。

殷州刺史尔朱羽生，接到尔朱兆指令，带领五千兵马，来袭击冀州。

这一天，高乾收到消息，尔朱羽生领兵来攻，目前已经到了城下。

高敖曹一听，顾不上穿铠甲，带领十几个骑兵，飞奔出城前去迎敌。

高乾怕弟弟有失，派五百骑兵前去支援。

高敖曹冲出城门，与尔朱羽生对阵。

尔朱羽生不认识高敖曹，看他带十几个人迎战，心中不免冷笑，对部下说："谁去擒拿这个小子。"

话音未落，一员满脸胡须的黑大汉冲出去，迎战高敖曹。高敖曹根本没把他看在眼里，等他挥刀砍过来时，挥动大槊，挡开大刀，两马相交之际，高敖曹单手挥槊，照准其后心，狠狠地砸了过去，只听"哎呀"一声，黑大汉一头栽到马下。

尔朱羽生身边诸将看了，吓得胆战心惊。

高敖曹对着尔朱羽生喊道："尔朱羽生，不要让无名小卒送命了，你来与爷爷大战一场！"

尔朱羽生看到此人如此勇猛，心中发怵，迟迟不敢应战。高敖曹看他不敢出来，一拍战马，向尔朱羽生冲去。

尔朱羽生赶紧应战，高敖曹舞动大槊，力大无比，尔朱羽生的刀与高敖曹的槊相碰，震得尔朱羽生两手发麻。十几个回合下来，尔朱羽生敌不住，他虚晃一刀，拨马就走。

高敖曹拍马追赶，尔朱羽生手下大将赶紧过来，护住尔朱羽生逃跑，高敖曹又杀了几员大将，敌方军士看到此人如此勇猛，哪里还敢恋战，纷纷逃了。

仅此一仗，高敖曹勇敢威猛，声震四方。

且说高欢渡过漳河，向河北进发，高欢为了管制这些六镇之兵，制定了严格的军纪，要做到"三不准"：不准抢老百姓的东西，不准糟蹋老百姓的庄稼，不准欺男霸女。若有违反三条中一条者，不论轻重，斩首示众。

　　高欢领着六镇降兵，做到了秋毫无犯，当地人民非常称赞，受到拥戴。

　　这一天，高欢在平原上行军，看到一座孤山，峰不高而突兀，林不大而茂盛，隐约看到山上有一面旗帜飘扬，风光旖旎，景色宜人。高欢叫来一个当地人，问："什么人在山上？"

　　当地人说："山上有一个朔州来的贼兵，叫令贵，占据此山，召集兵马，掠夺四方。现在兵精粮足，官府几次讨伐，均不能取胜，后来不再讨伐了。"

　　高欢听了，心中暗想：我的军队缺乏粮食，如此信息，不可错过，何不攻下山寨，用他们的粮食资补军用。

　　高欢率兵到了山寨口，看了地形，山路狭窄，如果强攻，难免有士兵伤亡。高欢对尉景说："你挑选一千名年老瘦弱的士兵，前去攻打山寨，他们下山与你交战，你佯装败退，引出他们就好。"

　　高欢对段韶、孙胜说："你两个各带领精兵一千人，在距离山寨三里的平缓处，埋伏在路两边，山寨贼人追赶尉景过去后，你们杀出断其后路，合而击之。

　　却说令贵在山寨，听说有军队攻打山寨，急忙到山寨高处观看，只见一千余老兵，队伍不整，在山下叫骂。

　　令贵大怒，带领山寨兵丁，大开寨门，冲下山来，高声喊

326

道：“什么人，敢来攻打山寨？”

尉景看到令贵到了，说：“我乃高晋州手下大将，特来讨伐你这山贼。”

令贵大怒，他看到尉景年龄偏大，后面的军士都是老弱残兵，想速战速决，跃马过来大战尉景。尉景举刀迎战，大战约十几个回合，假装不敌，带兵败走。令贵哪里肯放，紧紧追赶，大约追出三里多，忽听一阵炮响，段韶、孙胜率领精兵从两边杀来。令贵再想退回去，已经来不及了，贼兵全被包围了，混战中，令贵被擒，其余贼兵全部被捉。

高欢领兵上山，到了寨中，命人收取了所有钱财、粮食。高欢观看此山，确实风景秀丽，美不胜收，令贵等贼寇居住在山中，也有殿堂、楼所、家属等，俨然一个小社会。

在清理山寨家属人等时，要求他们列队往殿前广场集合。

高欢看到队中有一女子，特别显眼，宛如鹤立鸡群，命人叫她来，问：“你叫什么名字？”

女子低头小声道：“令灵仙。”

高欢一听姓令，问：“令贵是你什么人？”

令灵仙依然低着头，答：“兄长。”

高欢说：“你不必害怕，抬起头来。”

令灵仙稍微停顿一下，缓缓抬起头来。只见此女面色红润，鼻如悬胆，樱桃小口，恰似三月桃花，娇艳欲滴。

高欢又问：“你芳龄几何，可曾出嫁？”

令灵仙含羞道：“十八岁，尚未出嫁。”

高欢听了，非常高兴，立即命人，将令贵押来。

一会儿，令贵被押来了，高欢命人松绑，对令贵说："我知道你占山为王，是生活所逼，不得不如此。但是，占山为贼，总非长久之计，我若放过你，你将作何打算？"

令贵满腹狐疑问："将军会放过我吗？可是，放我出去，一时真不知道做什么好？"

高欢说："我有一主意，能解决你今后生计问题，不知你愿意否？"

令贵说："请讲。"

高欢说："令妹年已十八，应该成家，我欲纳令妹为妾，你跟我随军征战，日后不会亏待你，你意如何？"

令贵已经知道，坐在面前的将军，就是赫赫有名高晋州，如今自己为阶下囚，高欢还征求自己的意见，令贵听了，不胜惊讶。他已做好了被杀头的准备，没想到一个妹妹，可以改变他的命运。忙说："我是阶下囚，将军手握生杀大权，不敢违拗将军意思。"

高欢听了，说："既然想成为亲戚，必须征求你的意见，你若不同意，我怎么可以强求呢？"

令贵听了，说："将军不但讲礼仪，而且为我考虑如此周全，我全家感激不尽。"

高欢见令贵已经同意，立即着手在山寨举行婚礼。他安排窦泰、段荣、尉景、孙胜等，率领各自带的六镇之兵继续进发。留下彭乐、娄昭、段韶等作陪，他在山寨享受新婚之喜，屯兵几日方才出发。

此时，正是高乾、封隆之在冀州举事之时。

高欢得到报告，立即带兵向冀州出发，扬言要讨伐冀州。

封隆之听到高欢要来讨伐，对高乾说："高欢如果来了，可不是尔朱羽生能比得上的，他刚刚破了步蕃，兵威正盛，收了六镇之兵二三十万，力量大增，我们该如何迎敌？"

高乾说："高欢雄才大略，冠世当今，他的志向绝非居人之下。况且尔朱兆凶残无道，杀君虐民，高欢一定不会为他驱使，如今正是英雄建功立业之时，今天来了，必有远谋。我当骑马迎他，探问他的想法，不必恐惧。"

高乾说完，带了十几个人，骑马迎着高欢而来。

高欢率兵前行，突然前方来报，有一人自称是高乾，请求与明公见面。

高欢听了，立即命令停军扎营，等着高乾到来。

高乾远远地下马，来见高欢。

高欢看到高乾来了，非常高兴，急忙上前拉住高乾的手，说："我一听到你来，就想问一件事，我家祖籍与君都是渤海脩县，不知道是不是一族，如果是一个家族，辈分怎么论？"

高乾笑道："我听说明公要讨伐冀州，城内人心惶惶，我来是要问清楚，明公到底有何打算？明公既然先问家族之事，我就先谈家事，明公说的不错，我们确是一族，若论辈分，祖辈传下来，我应叫你祖高谧叔父。"

高欢说："如此论起来，君乃我的父辈，我该叫叔父了。"

高乾说："我来不是与明公论辈分的。"

高欢说："叔公是河北豪杰，今天来不知有何高见教我？"

高乾说："明公已经知道了，我们在冀州举事，讨伐尔朱兆，为孝庄帝报仇。”

高欢说："是的，知道了。"

高乾说："尔朱家族各霸一方，残酷无道，人神共恨，凡有良心者，皆想与其斗争。明公之威德享誉四海，天下倾心，若带兵举起义旗，那些残暴之徒，绝非明公对手。冀州虽小偏僻，户口约有十万，谷秸之税，足济军粮，愿明公认真考虑此事。"高乾讲话时，情绪激昂，言辞慷慨。

高欢听了，心中异常高兴，他说："我现在不能与尔朱氏分裂，对外宣称讨伐冀州，是让尔朱兆听的。我来冀州，真实想法是找高家人，得到支持。如今听了叔公的话，真是不谋而合，我感到很高兴。"两人意气相投，有点相见恨晚的感觉，敞开心扉，交谈至深夜，当晚二人同帐而眠。

第二天，高乾辞行时，对高欢说："愿明公速来做主，我与封隆之封存府库，专等明公到来。"

高欢说："叔公所言，我已牢记在心，一定去与叔公相聚。"

高乾回去，对封隆之讲述了见高欢的结果，封隆之大喜。消息传开，人心始安。

赵郡太守李显甫，喜欢结交豪杰之士，将本族几千家集中到西山，有五六十里地。李显甫去世，他儿子李元忠继承家业，父亲在世时，家庭富裕，经常出贷求利。

李元忠将乡人集中起来，当众烧毁了乡人的全部借契，表示不再收取，乡人对他感激涕零，非常敬重他。当时，盗贼很多，人行路上，很不安全，有人经过赵郡，求李元忠援助。

李元忠派自己人当向导，说："如果遇到贼人，你就说是李元忠的朋友，贼人会自动退去。"

当初，葛荣叛乱，李元忠率领乡党，筑垒自保。他坐在檞树下，严格监视不听号令者，若有违令者，定斩不饶。结果，先后斩杀违令者近百人。从此，乡党们都遵守他的约束。贼人到了，他率众抵抗。葛荣被灭后，朝廷因李元忠能保护一方百姓，授予他赵郡太守。

李元忠有一嗜好——喝酒，而且放荡不羁。所以，作为太守，政绩不大。

尔朱兆杀了孝庄帝，李元忠弃官回家，想举兵讨伐。

高欢来到冀州南，李元忠对同党说："我将去迎接高欢。"

同党说："高欢本是尔朱一党，今天来想夺取冀州，迎接他有什么用？"

李元忠说："不见高欢，怎知他真实想法？"

不知李元忠见高欢结果如何，请看下回章节。

# 第 30 回

## 进冀州严军得民心　假遣军激反六镇兵

话说李元忠要去见高欢，众人并不看好，李元忠说："你们不了解高欢，他与尔朱氏的人做事不一样，尔朱家族之人欺压百姓，无恶不作，高欢领军从不欺压百姓，我将与高欢商议，共同消灭尔朱氏。听说我到了，高欢一定会顾不上穿鞋，出来迎接我。"

于是，李元忠穿着素衣，乘着素车，带着酒去见高欢。他来到高欢军前，到辕门投入名刺，请求拜见。

高欢对李元忠也有所了解，知道此人嗜酒，嗜酒的人一般都是酒徒，所以，故意冷淡他一下，没有及时接见。

李元忠下车，独自坐下，一边喝酒，一边手掰肉脯而吃，旁若无人，对门卫说："人们传说高公胸怀天下，招揽俊杰，为民伸张正义，今有国士到门，不见他吐哺辍洗来迎，看来所传不实，我已知他是什么人了，还我的名刺来，别通报了。"

门卫把情况报告给高欢。

高欢听了，觉得怠慢了李元忠，急忙出帐亲自迎接，又命人摆上酒宴，与李元忠对酌。

李元忠取出素筝弹奏，慷慨悲歌，然后对高欢说："尔朱家族的几个人，雄踞各地，横行霸道，天怒人怨，明公为何还在为尔朱氏办事？"

高欢故意说："我有今天，所有的富贵都是尔朱氏所赐，怎敢不尽力办事？"

李元忠说："明公说的不是心里话，这不是英雄的见解。高乾兄弟来过吗？"

高欢说："高乾乃我的从叔，本是长辈，再说他是个粗人，怎么会来见我？"

李元忠说："高乾虽是粗人，但见解非粗，他知道该怎么做。"

高欢说："赵郡是不是醉了。"命人扶起。

李元忠不肯起来。

孙腾进来说："明公，这是上天派此君来，不可违背其意。"

高欢摆摆手，他知道李元忠来意，不必多说，扭头问李元忠："赵郡来见我，不知有何指教？"

李元忠先是痛哭流涕，然后慷慨陈词，说："天下人苦尔朱氏久矣，殷州（今邢台隆尧东）小，没粮草，不足以办大事。如果明公举起反尔朱氏大旗，到冀州，高乾兄弟必定认明公为主人。冀州与殷州合到一处，幽、瀛、沧、定等几州自然归顺。只有刘诞狡猾，可能抗拒，但是，此人不是明公的对手，这是多好的机会呀！这是多好的机会呀！绝不可失呀！"

高欢听了，紧紧地握住他的手，诚恳地说："君之所言，乃肺腑良言，刚才与君所言，实际是试探君的意思，君若有意帮我，是我最大的幸事，怎么敢不听君的良言呢？"

李元忠见高欢说了实话，非常高兴，他与高欢商量，约定时间，准备定时举事。

高欢带兵所到之处，继续严格军纪，他对诸将讲："古来成就大事者，无不亲民。汉末曹丞相在许都领兵过麦田，下令不准践踏麦田，结果他的马受惊损坏了麦田，割发代首，做出榜样。我们绝不学葛荣、尔朱氏，领兵害民。现在，正是庄稼成熟的时候，任何人不得毁坏庄稼，若有触犯，定斩不饶。"军令如山，三军无不执行。

高欢从地里经过，学曹公亲自下来牵马过去，将士看到主将如此，无不效仿。

多年来，老百姓没见过这样的军队，纷纷传说："高晋州领的兵，纪律严明，不伤害百姓，真是好军队。"此事一传十，十传百，四方皆知，深得民心。

高欢军队缺粮，派人去相州，向刺史刘诞借粮，刘诞不给，但是，车营有粗粮万担，高欢命军士取走，刘诞不敢阻拦。

高欢来到冀州，高乾、封隆之等开门迎接，奉高欢为主。当时，高敖曹在外掠地，听说兄长、封隆之将冀州让给了高欢，心中不服，说："大丈夫为何要受别人管制？我难道胆小怕他吗?"并且派人送给高欢一套妇人衣服,来羞辱高欢。

高欢看了,说:"他不知我的心意,需要派一人去,说明我的心意。"可是,一时找不到合适的人选。

当时,高欢之子高澄年仅十岁,身高已有五尺,随行在军中,对父亲说:"孩儿请求去招他。"

高欢知道儿子聪明机智,想锻炼一下儿子,同意他去,并嘱咐儿子,说:"高敖曹乃长辈,你要以礼相见。"

左右都说:"公子年幼,敖曹粗鲁,一旦有失,后悔莫及。"

高欢笑着说:"敖曹虽粗,未必敢害我儿。高澄虽然幼小,很聪明,晓事理。况且派高澄去,足以证明我的诚意。"所以,派了十几个骑兵,随同去了。

高澄见了高敖曹,说:"父亲告诉我,您乃我的长辈,见面必须行子孙礼。"于是,高澄以子孙礼拜见。

高敖曹问:"高公子来这里有什么事?"

高澄问:"请问君家在冀州举事,为君自己的家事吗?"

高敖曹说:"我们的志向是灭了尔朱氏,为天子报仇!怎么会是家事?"

高澄说:"如果是这样,君的志向也是我父的志向。为何不能同心协力为国除贼,而要分彼此呢?我听说'识时务者为俊杰',你的兄长能认清形势,与我父联合抗敌,而你却笑他胆小,这是为什么?我父今天不派别人来,而派我来,就是想申明他的诚意,请公考虑考虑。"

高敖曹看到高澄年岁不大,聪明伶俐,颇有辩才。而且说话气度从容，不卑不亢，不觉为这个小孩所折服，说："公子说的有理，我愿同公子一同去见你父。"说完与高澄一同上马，来见高欢。

高欢见了高敖曹大喜，对高敖曹说："我们本是一家，我想与你共干一番事业，你不要外待自己。"

高敖曹再拜说："见过公子，已知明公之心，怎敢不尽力呢？"

高欢知道高敖曹武艺精通，作战勇猛，授其为都督，又是高家族人，对他的宠信超过了以前的友人。

尔朱兆听说高欢得到了冀州，兵势越来越强，恐怕将来难以控制，私下里奏于朝廷，为高欢加爵，召其来京，尔后想办法除之。

朝廷乃发诏书，封高欢为渤海王，征其入朝。

高欢接受了王爵，并没有应征入朝。

却说侯渊领兵去讨刘灵助，来到固城，他担心刘灵助精通占卜，兵力又多，出战难以取胜，领兵往西占据关口，依仗险要的地势，等待战局有什么变化，再做定夺。

副将叱列延庆说："刘灵助虽懂占卜，但是，军事上是个庸人，靠妖术迷惑大众，大兵一到，他的兵马依仗他的符魇，怎么肯拼死作战，与我们争胜负？不如出营城外，诈言西归，刘灵助听了，必然亲自来追，我们则埋伏军士伏击，一战可擒贼了。"

侯渊听了，觉得有道理，依计而行，让叱列延庆带兵到西山埋伏，然后，他在城西驻兵，并让士兵对外声称要到西边去。

第二天，侯渊故意让士兵丢弃东西，匆匆带兵西行。

刘灵助早已得到报告，他认为侯渊无能怯战，想一战消灭侯渊。他看到侯渊毫无防备，亲自率兵追击，没想到进入西山口后，伏兵从后面杀来，侯渊领兵返回厮杀，刘灵助腹背受敌，士兵顿时大乱，四处逃窜。刘灵助慌忙骑马逃跑，叱列延庆高喊："谁杀了刘灵助重重有奖！"于是，众军士围住刘灵助拼杀，他一时难以逃脱，混战之中，刘灵助被围上来的军士杀了。

刘灵助起兵之初，曾为自己占卜，说："三月之末，一定能入定州，尔朱氏不久当亡。"如今还没到三月之末，也没有等到尔朱氏灭亡，自己就先灭亡了。

刘灵助被灭捷报送到朝廷，元恭加封尔朱兆为天柱大将军。

尔朱兆急忙推辞，说："这是我叔父最终的称号，绝对不能接受。"

元恭重新封他为都督十州的军事，世袭并州刺史。

尔朱兆这才高兴，从此，尔朱兆趾高气扬，目中无人，说话办事，更加狂暴，待人愈加刻薄，手下将士都有离开他的心思。

镇南将军斛律金，突然来到高欢大营，说："尔朱氏各霸一方，残害百姓。尔朱兆更是把持朝政，无恶不作。明公若起兵讨伐尔朱兆，我愿意在明公麾下效犬马之力。"

高欢听了，非常高兴，他知道斛律金智勇双全，是个难得的人才，说："将军若愿意协助高某举事，我还有什么不放心的。"于是，将其引为心腹，遇事均与他商量。

尔朱都护是尔朱兆的远房亲属，尔朱兆授予其别将之职，他看到尔朱兆的暴行，心中害怕尔朱兆，他率领一千多骑兵，从井陉出发，打着巡视流民的旗号，找到高欢，要归顺其魔下。

高欢看到人心归附，召来尉景、段荣、孙腾、娄昭等，秘密商议，说："现在四方议论纷纷，希望我举义，铲除尔朱兆这个暴徒，为百姓除害。我不能辜负天下人的希望。可是，六镇之兵暂时得到了安定，如何发动他们，耸动其心，才可举事，你们有何高见？"

孙腾说："大王是否已经想好了？大王安排吧，我们执行就是了。"如今，高欢已是渤海王了，所以，孙腾如此称呼。

高欢说："你们出去，告诉六镇的族人，接到尔朱兆来信，要把六镇之兵配给契胡为部曲，还有兵符，要征发他们迁往契胡，限即日出发。"

大家理解了高欢的意思，退出来后，把高欢的话宣传出去了，高欢决定，第一次遣发五万人，随后依次遣发。

六镇之兵听说后，人心慌乱，纷纷向尉景、孙胜等求情。

尉景、孙胜答应请求高王宽限五日，到了五天后，又将要出发，六镇之兵依然不愿意出发。

尉景、孙胜再请求宽限五日，又过了五日。

高欢说："这次行动不能再推迟了。"并且亲自送他们到郊外，眼含热泪与人们告别，大家都痛哭不止，声震郊野。

高欢悲痛地说："我与你们都是背井离乡之人，像一家人一样，本来想始终在一起，想不到又要征发大家。现在，推迟了十天，误了军期，下一步死活不知，配给契胡后果如何也不知，我真的不愿意你们无缘无故去送死呀！"

众人都跪在地上，请求高欢救他们。

高欢为难地说："怎么办呢？"

有一个族长说："如果不是看在高王面上，我们早反了！"

高欢说："造反需要有人带头，你们之中谁可当此大任？"

众人说："我们怎么会有这样的人呢？只有大王可为我们做主。"

高欢说："你们虽然是鲜卑族，但是，也是我的乡亲，何况我的家族也有鲜卑血统，我很同情你们，有了这一层关系，时间久了，恐怕你们不听指挥，我也不好管制。没见葛荣吗，虽然有百万之众，因为没有法度，治军不严，最终还不是被消灭了。"

众人都叩头，说："我们愿意跟随大王，一切听从大王的命令。"

高欢听了，故作思考一番，说："如果你们愿意以我为主，就不能像以前那样，到处抢掠，杀人放火，欺凌汉人，强奸妇女，犯军令者，生死由我决定，不然就会被天下人耻笑。"

众人都说："一定听从大王的军令。"

于是，高欢命孙腾宣布几条军纪：不准欺凌汉人，不准抢掠百姓东西，不准杀人放火，不准奸淫妇女。

众人表示坚决照办。

高欢命人杀牛羊，慰劳士兵，在冀州举义，但是，依然没有声张背叛尔朱氏。

不久，李元忠起兵进攻殷州，尔朱羽生闭门拒守，高欢派高乾率兵去救，暗中授意李元忠："高乾到了，你要败走。然后，高乾去见尔朱羽生，与他商议军情，尔朱羽生为了表达谢意，一定会出城劳军，到时擒获杀之。

高乾到了殷州城下，与李元忠大战了几十回合，李元忠大败而逃，高乾并不追赶，在城外扎营。

尔朱羽生看到敌兵已退，带领亲兵出城劳军，刚进帐不久，听到四面喊声震天，李元忠再次杀来，尔朱羽生惊慌失措，想要回城，已经晚了，高乾命人绑了尔朱羽生，李元忠到了，杀了尔朱羽生。

李元忠占据了殷州，高乾带了尔朱羽生的头，回去见高欢。

高欢说："如今反尔朱氏，已经明了。"任命李元忠为殷州刺史，镇守广阿。然后制作檄文，控诉尔朱氏罪状，檄文曰："汉朝末年，董卓专权，天下大乱，诸侯争雄，致使朝廷蒙羞，实为世鉴。如今尔朱一族，各霸一方，欺压百姓，暴行四海皆知；朝堂之上，欺君罔上，强权上逼九重。万仁不仁，弑君之罪已彰；世隆不忠，篡国之形渐兆。满门行恶，万民痛心。为上保社稷之安稳，下救黎民于水火，今臣率冀、幽、瀛、沧义兵，讨伐逆贼，义兵所到，逆贼咸除。凡得尔朱氏首领之首级者，封三千户侯，赏钱一千万。部曲偏将诸吏降者，赦免其罪。特布告天下，咸使闻之。"

高欢的檄文传到洛阳，尔朱世隆看了大惊失色，将其表藏匿起来，不敢上奏。

司空杨津家世显赫，门里曾出过七个郡守、三十二个刺史。杨津兄弟四人，均位居三公。孝庄帝杀尔朱荣，杨侃曾参与其谋。尔朱兆来到洛阳，杨侃避祸逃到了乡村，在华阴的旧宅居住，杨津与杨顺还留在朝中。

尔朱天光镇守雍州，嫉妒杨侃，把杨侃杀了，灭其全族，并致书尔朱世隆，要想法除去杨氏。

尔朱世隆散布谣言，说杨津谋反，便派兵围困了其宅院，不论少长男女，全部杀光。

听到此信息者，没有不痛恨的。

杨津的儿子杨愔，字遵彦，年十八岁，好学多才，当时正好外出，回来晚了，城门已关闭，不能进城，到亲戚家投宿。第二天，听到家里凶信，星夜逃走了。

杨愔暗想，若要报仇，非依靠当世英雄不可，掐指算来，非高欢莫属，于是，到信都见到了高欢，痛陈家祸，悲从中来。

高欢听了，非常气愤，说："尔朱世隆为人残暴，居然杀害忠良，人神共愤，先生如愿与我一同讨贼，定当为你报仇雪恨。"

杨愔说："只要能为杨家报仇，愿效犬马之劳。"

当时，高欢带兵攻打邺城，久攻不下，命杨愔作祭天文。杨愔文采出众，很快写成了。高欢召集军队，宣读祭天文，当场焚烧，然后发令攻城，很快攻破了城池。

高欢非常欣赏杨愔之才，任命他为大行台右丞，军国事务之文檄教令，全部出于其手。

尉景看到高欢重用杨愔，对高欢说："一个文弱书生，何必委以重任？"

高欢说："尔朱氏专横跋扈，分裂天下，他们志识短浅，所争唯权，所贪唯财，所好唯色，天下失望，人怀怨愤，所以难成大事。我们要成就大事，只靠弓马之利，掠夺财富，在军事上逞雄，难以长久。学习汉文化，是大势所趋。对行政内务管理方面，鲜卑人一窍不通，只能依靠汉人士，朝中士族大都死于河阴之变，之后尔朱兆攻破洛阳，又横死无数，像杨愔这样能力出众、文武兼备、门第显贵，又遭灭门之祸的汉族子弟，很难寻找，现在来投奔我们，真是天助我也。"

高欢征求杨愔攻打尔朱氏的策略，杨愔讲了自己的想法，基本符合高欢的意见，遂对他更加敬重。

尔朱兆听说尔朱羽生已死，大怒，自带步骑二万，从井陉口出兵，来攻殷州。李元忠知道不敌，弃城逃到了冀州。

尔朱兆占据了殷州，他知道高欢的厉害，不敢直接与高欢交战，求尔朱仲远、尔朱度律迅速来助，攻打高欢。

尔朱仲远、尔朱度律听说高欢起兵，笑着说："这小子是寻死的，一鼓可以擒拿他。"收到尔朱兆的书信，相约出兵，来与尔朱兆会合。

高欢知道尔朱兆到了，对众将说："今天不要与他交战。"

孙腾说："我们与朝廷相距很远，不如另立新君，可以号令三军，将士们决心更坚。"

高欢认为有道理，渤海太守元朗为皇族，于是，请来元朗，立为皇帝，改元中兴，封高欢为侍中、丞相、都督中外诸军事。高乾为侍中，高敖曹为骠骑大将军，孙腾为尚书左仆射，封隆之为吏部尚书。其余根据不同晋爵。

一天，忽报尔朱仲远、尔朱度律领十万人马，来助尔朱兆，又报尔朱世隆派将军斛斯椿、贺拔胜、贾显智领兵三万前来，兵势甚盛。

三路大军来讨，不知高欢如何破敌取胜，请看下回章节。

# 第 31 回

## 离间计大败尔朱兆　据邺城引来诸豪杰

却说尔朱仲远、尔朱度律带兵来讨高欢，高乾、封隆之等人急忙来找高欢，商量如何迎敌。

高欢并不慌张，对诸位说："你们不必担心，尔朱兆头脑简单，缺智少谋。尔朱仲远、尔朱度律还不如尔朱兆，我略施小计，管教他们四分五裂。"

高欢叫来娄昭，说："你去找几个亲兵，出去传言，尔朱世隆对尔朱兆的霸道十分不满，已秘密指使尔朱仲远与尔朱度律，寻找机会诛杀尔朱兆。再用几个亲兵，散布另一种传言，尔朱兆与高欢是结拜兄弟，已经暗中通谋，趁机夺取尔朱仲远与尔朱度律的兵权，如不服就杀了他们。"

当时，尔朱兆屯兵在广阿山前，尔朱仲远与尔朱度律驻军在阳平县北，相距仅有数里，听到流言，各自心中生疑，徘徊不进。

尔朱度律说："听说万仁与高欢已经翻脸，怎么又通谋呢？是不是有人故意挑拨是非？"

尔朱仲远说："我们的疑心可以解除，但万仁的怀疑怎么办呢？"

尔朱度律说："没有别的办法，只有派人过去解释。"

于是，他们让贺拔胜、斛律椿过去问明情况，二人见了尔朱兆，说："目前大敌当前，我们不能相互怀疑，否则，难以取得胜利。"

尔朱兆说："他两个头脑简单，但是，尔朱世隆不见得没想法。"

斛律椿说："大王放心，我们从京城来，世隆没有说什么。"

尔朱兆听了，稍微放心，领了轻骑三百，与二人来到尔朱仲远的营中。

尔朱仲远与尔朱度律见了，急忙将其接入帐中，刚坐下还没交谈，尔朱兆看到帐外有人带刀走动，便疑心顿生，脸色大变，手舞马鞭，立即出帐，上马带人扬长而去。

尔朱仲远不知何故，立即派贺拔胜与斛律椿去追。尔朱兆干脆抓了二人回去了。

尔朱仲远与尔朱度律虽是长辈，但惧怕尔朱兆，一看他如此行事，不免心生恐惧。

尔朱仲远说："他让我们来共同讨伐高欢，居然如此不信任我们，现在该怎么办？"

尔朱度律说："如今看来，讨伐高欢输赢未知，即使赢了，也不会有好结果，不如回去，最为稳妥。"

于是，二人不与尔朱兆打招呼，各自带兵回领地去了。

尔朱兆回到营中，要斩贺拔胜，并数落他的罪状，说："你有三条罪状，其一，杀了卫可孤；其二，天柱被杀，不与尔朱世隆同来；其三，东征尔朱仲远，为朝廷出力。我想杀你很久了。"说完，喝令推出去斩首。

贺拔胜大声分辩说："卫可孤是国家大患，我父子诛杀他，不以为功，反而是罪过吗？天柱之死，以君诛臣，我宁负王家，不负朝廷，不以为忠，也是罪过吗？今日被执，生死是命，但是，大敌在前，王家骨肉成仇，自古至今，这样做是自取灭亡，我不怕死，只怕大王要失算了。"

斛律椿急忙劝解，说："大王，我们的敌人是高欢，贺拔将军说的有道理，两军还没有开战，怎么自己人先动刀了？"

尔朱兆听了，放了贺拔胜与斛律椿。二人回来，看到尔朱仲远与尔朱度律带兵走了，尔朱兆又不可理喻。贺拔胜非常气愤，自己忠于朝廷，尔朱兆居然官报私仇，此人不可相助，所以，与斛律椿商议后，也回洛阳了。

高欢听说南来的两路兵马退去了，下一步专心对付尔朱兆，于是，率领大军与尔朱兆对垒。

高欢对诸将说："今日之战，是我们与尔朱兆的第一战，只能胜不能败。尔朱兆虽然兵多且勇，然而，其为人残暴、寡恩，智者不为其出谋，勇者不为其出力，将士之心已失，两军对阵时，我们要喊投降不杀，瓦解其军心，确保胜利在握。"

段韶说："大王不必忧虑，所谓强者，乃得天下人之力。

得天下人之力，首先要得天下人之心。尔朱兆上杀天子，中屠公卿，下害百姓，人神共诛之。大王是顺天讨贼，关爱将士和百姓，深得民心，必定能胜。"

诸将听了段韶的话，胆气更壮，人人摩拳擦掌，准备大战。

高欢令段韶为先锋，领一千骑兵出阵，两军阵前，段韶向敌方叫阵，敌将先锋奚承贵出战，两人交锋，不到十个回合，段韶枪快，一枪刺中奚承贵使其掉下马来，众兵一看主将胜了，立即呐喊，一起冲入阵中，奋力砍杀。

尔朱兆在后军，知道前军有失，急忙催马过来，看到一个少年，非常勇敢，大喝一声，道："何方小子，在这里横行？"

段韶也不回话，提枪便刺。

尔朱兆大怒，随手隔开，然后舞动大刀，与段韶战在一起，打了几个回合，段韶不能抵抗，回马就走。

尔朱兆大喝道："小子休走！"拍马赶来。

这时，一支兵马横冲过来，当先一将，正是窦泰，截住尔朱兆就战，段韶也回马来战。

尔朱兆有万夫不当之勇，怎么会怕二将，三人战到一处，尔朱兆一时也难以取胜。

高欢到阵前，看到二人大战尔朱兆，一时难以取胜，他知道尔朱兆骁勇，命厍狄干上去助战，三人围住尔朱兆，你来我往，如走马灯似的，杀得尔朱兆手忙脚乱。

高欢看到尔朱兆难以支持太久，指挥大军齐进，呼喊"投降不杀"之声惊天动地，杀向对方阵营。

高欢手下的六镇之兵，平日受尽了尔朱兆的欺凌、虐待，对其恨得咬牙切齿，今日相遇，分外眼红，巴不得杀尽敌人，所以，人人尽力，个个争先，每人以一当十，奋勇杀敌。

尔朱兆的士兵平时不满尔朱兆的残暴，士气本来不高，如今看到如狼似虎的六镇复仇之兵，早已失去了斗志，个个抱头鼠窜，被杀得大败而逃，有的听到投降不杀，干脆投降了。

尔朱兆偷眼观看，发现自己的兵马已经溃败，无心恋战，只得夺路而逃。

三将哪里肯舍，拍马就追，大约追了十几里路，尔朱兆马快，让他逃走了。

尔朱兆逃脱后，收拾残兵，不及三分之一，不敢久留，急急忙忙逃回晋阳去了。

高欢俘虏甲士五千多人，收到粮食、器械无数。诸将到营里祝贺，高欢说："尔朱兆虽然没有被捉，也足以吓破胆了。然而，用兵就要趁势而起，现在应该乘胜去取邺城。"

诸将都说："愿听大王的命令。"

高欢领兵到了邺城，邺城刺史刘诞上次没有借给高欢粮食，心中恐惧，不敢开城，反而督促军士闭门拒守。

高欢率兵攻城，一连几日没有攻下。于是，命军士在城下挖地道，攻破了城池，刘诞不得已乞求投降。

高欢并没有怪罪刘诞，将他用为军中末将。

高欢占领了邺城，带领诸将骑马巡城，走到西北角时，看到三座高台，巍峨高耸，气势不凡，说："邺城看来不大，但是，这三个高台颇有王气。"

段荣懂《周易》，对城市风水颇有研究，说："当年曹操建邺城时，是有讲究的。他要求东西长七里，南北长五里，为七五之城，符合《周易》。因为《周易》把数字格式化了，七象征君子，五象征帝王，曹操为丞相，不敢修九五之城。城市建筑按风水讲，北面应有高山作为靠山，邺城地处平原，曹操就在邺城的乾位，西北角修了这三个高大的台榭来替代高山，取名为金虎台、铜雀台、冰井台，上承天之灵气，下纳地之厚气，符合三生万物之说。金虎台照应金星，铜雀台照应火星，冰井台照应水星。三个台榭夯土而成为土星，三台之间为大型木质阁道，照应木星。因此，整个台榭名称和构筑材料，与金、木、水、火、土五行有关，符合《堪舆金匮》。"

高欢听了，不住地点头，心中对曹操的敬意又加了一分。

这一天，巡视的骑兵，抓到一名逃亡的官员，名叫史麻祥。押到军中，原来史麻祥现在是汤阴县令，听说高欢到了，害怕其报昔日之辱，带着妻子逃走，结果被抓了，见到高欢，磕头谢罪，高欢将其扶起，说："你以前侮辱我，但是，毕竟曾给我饭吃，我若报复你，显得我心胸狭窄，不过你要明白，做官富贵了，不能侮辱下人，因为下人也是人，还有可能下人不再是下人，你知道这个道理就够了。"说完，放他走了。

史麻祥满脸含羞，一个劲地谢罪，叩头起身去了。

高欢占据邺城，四方有识之士，不断前来归附。

青州大都督崔灵珍、行事耿翔，率领部下，前来投诚。

一天，来了一个少年将军，自称是高王从弟，名叫高岳，在辕门求见。高王命引入，问其所来。原来是伯父高优的儿子，一直在雁门居住，没有来往。听说高王起兵，不远千里，前来投奔。高岳身长七尺，容貌堂堂，勇力过人，高王非常器重，叫来高澄与叔叔相见。

邺城人游京之，曾是朔州刺史，有个女儿瑞娘，容颜绝世，名扬四方。高欢没到邺城，已经听说这个美人的大名，仰慕已久。听说此女尚未出嫁，本想娶之，怕游京之不同意，派封隆之、窦泰二人为媒，带了铁骑二百，到游京之门前。

游京之不知何事，十分惊恐。头天夜里，瑞娘梦见一条白龙，从天而降，抓起她飞入云中，她大叫一声而醒。她把这个梦告诉给父母，大家都觉得怪异。

封隆之、窦泰见到游京之，说："奉高王之命，求娶君女儿。"

游京之知道不可抗拒，又想到女儿之梦，畅快地答应了。

高王择佳日迎娶瑞娘，瑞娘相貌俊美，而且非常聪明，又是大户之女，行为言语，无不得体，高欢如获至宝，对她恩宠有加，三天之后，高欢亲自到游京之家，拜见岳父母。

之后，高欢对待游京之以上宾之礼。

高欢在尔朱荣部下时，曾停军上党，有一天，他与刘贵、段荣领军校五十骑，到深山射猎。天晚迷路，投宿一户人家，户主叫王士贵，夜间王士贵发现，高欢睡觉的屋里红光满屋，大觉怪异。他想此人今后必然大富大贵。他有个女儿，叫千花，年龄十八，颇有姿色，如能随了高欢，今后必能富贵。于是，他主动向高欢提出，愿意将女儿嫁给高欢。

高欢认为不妥，开始推辞。

王士贵坚持要高欢留下与女儿成婚。刘贵、段荣一直劝说，所以高欢就同意了。当晚，宿于一处，后来，因军旅繁忙，住了三天告别了，之后多年，没有来往。

突然有一天，王士贵带着女儿来到邺城，还带着一个四岁的孩子，原来高欢走后，千花怀孕，生下一子。

高欢看到儿子，异常高兴，急忙迎入府中，给儿子取名高浚。王士贵也留在了邺城。

北魏中兴二年（532年）正月，高王命刘贵迎接中兴帝元朗入邺城，又添设了文武官员。

尔朱世隆听说高欢占据邺城，另立天子，向皇上元恭奏道："高欢在邺城另立天子，臣以为应该发兵讨之。"

元恭道："卿言有理，只是派谁前去讨伐，需卿安排。"

尔朱世隆想：若没有尔朱兆协助，恐怕不能消灭高欢。可是，尔朱兆猜忌心重，不会前来，便派人送去厚礼，又请皇上娶其二女儿为皇后，六月份下了聘书。

尔朱兆非常满意，解除了与尔朱世隆的积怨，同意马上出兵，共同消灭高欢。

斛律椿私下对贺拔胜说："天下人怨恨尔朱氏，甚至比对贼寇还恨。今后必定被高欢消灭，我与将军协助尔朱氏，必然会同时招祸。不如改变初衷，设法除去尔朱世隆，日后还可自我保全。"

贺拔胜说："尔朱家族几人各霸一方，要想将其全部铲除很难，除之不尽，必为后患。"

斛律椿说："不必担心，我劝尔朱世隆，让他召来尔朱天光，高欢智虑深沉，用兵不测，一定能全部歼灭。"

贺拔胜认为有道理，一同去见尔朱世隆，说："尔朱兆最近被高欢打败，恐怕只靠他不行。如果与尔朱天光合力，就能解决问题。"

　　尔朱世隆听了，认为有道理，马上给尔朱天光写信，说："高欢在河北作乱，扶持元朗为帝，占据邺城。欲消灭我们尔朱一家。万仁刚刚兵败，讨伐高欢，必须有侄儿参加，才能取胜，我们应到并州会合，再去讨伐。"

　　尔朱天光收到书信，不想劳师动众。回信说："高欢不过是我们家一个部将，手下又无雄兵猛将，叔叔与万仁破他，绰绰有余，何必让侄儿去呢？"

　　尔朱世隆看到回信，心中很不高兴。

　　斛律椿说："我亲自去，劝说尔朱天光出兵。"

　　尔朱世隆听了，说："那就麻烦你跑一趟吧。"

　　斛律椿来到关中，见到尔朱天光，说："高欢与王家势不两立，尔朱兆恃勇轻敌，所以失败了，其大势已去。高欢兴起，尔朱氏灭亡，这是大王自家的事，你怎么可以坐视不管呢？"

　　尔朱天光向贺拔岳问计。

　　贺拔岳说："王家跨据三方，士马强盛，高欢刚起势，怎么能与王家相抗衡呢？但是，骨肉同心，事无不捷。若相互猜忌，祸患就免不了啦，怎么能去克制别人？如下官所见，不如暂且镇守关中，先安根本，派一上将去参与讨伐。胜则前进，败则退守，此乃万全之策。"

　　尔朱天光听了，感到虽有道理，但是，自己不去，依然不放心，于是带着一万兵马，向东出发了。

尔朱世隆又给尔朱度律、尔朱仲远去信，说："高欢起兵，最终目的是消灭我们尔朱一家。因此，我们要协力同心，连兵一处，消灭高欢。"

于是，尔朱兆从晋阳来，尔朱天光从长安来，尔朱度律从洛阳出发，尔朱仲远从东都来，都会集到了邺城下。号称军士有二十余万。元恭下诏，以长孙承业为大行台，总督其军。

高欢知道尔朱家族各路人马来讨，命尚书封隆之守邺城，尉景、段荣领兵一万迎战尔朱仲远；刘贵、窦泰领兵一万，迎战尔朱度律；自己带领高岳、高敖曹等主力兵马，迎战尔朱兆和尔朱天光。

高敖曹手下部曲三千人，都是汉人。高欢说："高都督所率之兵都是汉人，恐怕战斗力不行，是不是再配备一千鲜卑兵？"

高敖曹说："我所领之兵，已训练很久，前后格斗，不比鲜卑兵差，现在如果配备来，恐怕胜则争功，败则推责，不必配了。"

高欢当时骑兵不满三千，步兵不足五万，如果硬拼，恐怕寡不敌众。他召集众将，精心谋划，在邺城东南韩陵山下，利用有利地形，摆了一个圆阵，把周围村庄百姓的牛、驴收集起来，将牛、驴与车连在一起，一部分放置在自己的军队后面，为的是阻塞退路，表示士卒要与敌人决一死战，无一想回。一部分埋伏到尔朱兆军队的来路上，只要尔朱兆军队过去，就摆在路上，截断他们的退路。

高欢命高敖曹领左军，高岳领右军，亲自领中军，并说：

"两军交战之时，左右两军突然杀出，尔朱兆兵力虽多，搞不清我军多少人，必然惊慌，我军奋勇杀敌，定可取胜。"

高欢安排妥当，领兵出阵，尔朱兆看到高欢，高声责怪说："高欢，你我结拜，誓同生死，如今背叛，有何话说？"

高欢高声道："我与你结拜，是要同心协力，辅佐朝廷，让百姓过上安居乐业的生活，可是，你们尔朱一家割据几个地方，残害百姓，无恶不作，我还能与你们同流合污吗？"

尔朱兆说："难道你忘了天柱的大恩了吗？"

高欢说："天柱对我之恩，自当难忘。但是，天柱与孝庄帝之间的矛盾，外人不知，既然天柱被杀，也是君杀臣，自有道理，有什么仇可报？可是，你杀君在晋阳自立，这才是反叛。所以，我与你之间的义，已经没有了。"

两人话不投机，准备开战。

不知高欢与尔朱兆两军交战，胜败如何，请看下回章节。

# 第 32 回

## 战韩陵尔朱氏渐灭　进洛阳平阳王登基

　　话说高欢在韩陵山前摆开圆阵，与尔朱兆对阵，言语不合，立刻开战。

　　尔朱兆领兵十万，自恃骁勇，拍马直冲中军而来。高欢让左右将领列阵，亲自出战，两人大战五十回合，尔朱兆越战越勇，高欢边打边想，如此打下去，自己会落下风，思想一走神，动作难免放松。尔朱兆却恨不得一刀劈了高欢。

　　正在此时，高岳引右路军冲出，看到高欢与尔朱兆大战，策马冲来截住尔朱兆大战。高敖曹领左路军从栗园冲出，横着出击，将尔朱兆的军队截为两段，两军混战到一起。别将斛律金也带兵随后赶到，加入了战斗。

　　高敖曹看到高岳一时战不下尔朱兆，过来与高岳双战尔朱兆，高敖曹的加入，让尔朱兆大吃一惊，此人力大势猛，槊法精妙，招招要命，知道不敌，拨马败走，高岳、高敖曹随后追赶。

突然阵中冲出一员小将，有十几岁，手持画戟，拦住尔朱兆去路，叫道："尔朱兆哪里走？"

尔朱兆看到一个孩子拦住去路，欺负他年幼，挥刀来战。哪知这个孩子动作敏捷，挺戟就刺，动作之快，令人难以防备，尔朱兆大吃一惊，心说哪里来的小子，居然如此厉害，两人战了三个回合，看到高岳、高敖曹赶来，尔朱兆无心恋战，落荒而逃。

尔朱兆军士虽多，但不想卖命，所以，战场上逃走的很多。十万大军四处逃窜，十分壮观。由于高欢事前用牛和驴车堵住了去路，逃兵不能顺利逃走，大部分投降了，少数负隅抵抗的难逃被杀的命运。

高欢正在指挥大军冲杀，这时一员猛将骑马飞奔而来，见了高欢，下马叩首，愿意归降。

高欢一看，原来是贺拔胜，急忙下马扶起，说："贺拔将军勇冠三军，令我得到如此英雄，何怕尔朱兆之流？"

高欢乘胜带兵冲击尔朱天光大营，尔朱天光带兵迎战。高欢挺枪直取尔朱天光，二人交战十几个回合，尔朱天光不敌，拨马败走。高欢大枪一挥，全军掩杀过去，喊声震天，杀得尔朱天光的士兵尸横遍野，血流成河。

尔朱仲远带兵从徐州赶来，尔朱度律与贾显智从洛阳来，两军会合一处，列开阵势。尉景、段荣和刘贵、窦泰看到对方合兵一处，他们干脆也会合到一处，列阵对敌。

尔朱仲远武功不及尔朱度律，所以，尔朱度律出战，窦泰见了，跃马迎战，二人大战十几个回合，尔朱度律感到难以取胜，三个回合过去，他没有掉转马头再战，而是直接拍马逃了。窦泰正想寻找破绽，结果其性命，一看尔朱度律逃去，喊道："尔朱度律，哪里走！"拍马追去。

尔朱仲远看到兄弟败下阵来，自己更不是敌手，掉转马头逃跑。尔朱仲远与尔朱度律平时对待部下残忍，现在到了战场上，没人愿意为其卖命。所以，军士纷纷弃枪不战，撒腿而逃。尔朱仲远与尔朱度律顾不得军队，各自逃命去了。贾显智看到对方大将是自己过去的朋友，不战而带兵撤走了。

尉景、刘贵、段荣、窦泰率军追击，个个勇猛，人人争先，只杀得死伤无数，器械满地，惨不忍睹。

高欢追杀尔朱天光一段，还是让他逃走了，鸣金收兵，回到邺城，诸将先后回来了，相互一看，都是血染战袍。

高欢说："看看诸位的战袍，知道这一仗打得多么残酷，不过当时阵中有一员小将，异常勇敢，敢于力敌尔朱兆，不落下风，是什么人？"

斛律金说："那是我儿子，叫斛律光，字明月，他不在军数，是私自来战。"

高欢听了，哈哈一笑，说："哎呀，真乃虎子也。"召过来，慰劳一番。

尔朱兆大败，收拾残军，回到驻地，看到慕容绍宗，十分懊悔地说："当初不听公言，养虎为患，以致今日之败。"

慕容绍宗说："胜败乃兵家常事，不必气馁，赶紧回晋阳，休养生息才是正理。"

尔朱兆点头称是，立即与慕容绍宗收拾残兵，经滏口回晋阳去了。

尔朱仲远向南逃去，他看到尔朱家族难以成事，干脆逃往梁朝。

尔朱度律单人独马，十分狼狈，来见尔朱天光，说："看来我们败局已定，不如先回洛阳，然后去关西吧。"

尔朱天光知道，尔朱度律说的是唯一出路，所以与尔朱度律带领部下，一同回洛阳去了。

斛律椿看到尔朱家族三路军全都败了，贺拔胜投靠了高欢，心中感到危机，对都督贾显度、贾显智兄弟二人说："看来尔朱氏家族灭亡已是必然。我们是朝廷官员，受朝廷的命令随军出征，可是，高欢如果到了京城，把我们当作尔朱家族的逆党问罪，该如何辩护？"

贾显智说："我是高欢早年的朋友，只是后来因在京城做事，才离开高欢，说什么我们也不能成为尔朱家族一党。"

斛律椿说："既然如此，不如我们出其不意，先抓了尔朱氏的人，然后送给高欢，这样我们就与他们不是一类了。"

贾显度、贾显智认为有道理，当天夜里，他们共订盟约，加快行程先回去了。

尔朱世隆在京城，始终不见前方捷报，心中无底。这一天，妻子出去了，他在中堂睡着了，突然看到一个人进来，用刀砍下他的头，提着就走。他不觉大惊，大声喊道："还我头来！"那人随手向后一甩，说："去你的吧。"只见那颗头颅飞来，他猛然醒来，原来是一个梦。

妻子回来了，他对妻子说："看来我要大祸临头了。"

妻子问："为何说出如此话来？"

尔朱世隆将刚才的梦说了一遍，正说着有人来报：前方战斗不利，尔朱氏三路兵马，全都败了。夫妻二人听了，心中大惊，不免相对而泣。

尔朱世隆不敢怠慢，赶紧来到朝廷，布置洛阳的防守。

尔朱彦伯要自己带兵守河桥。尔朱世隆不放心，派参军杨叔渊去守北中城，严格检查回来的败军，核实身份依次放入。

斛律椿与贾显度、贾显智带兵来到北中城时，天色已晚，城门紧闭，他们大喊让开门。

杨叔渊在城头说："我奉命在此镇守，东边回来的兵，不许胡乱收纳，需要等到天亮，检阅之后，才可放入。"

斛律椿说："你难道不认识我吗？据我所知，尔朱天光麾下都是关西人，听说他们要路过京城，大掠洛阳，然后迁驾到长安，所以，你应该让我们先进去，防备其来。"

杨叔渊听信了斛律椿的话，开城门放他们进来了。

斛律椿来到杨叔渊跟前，也不说话，手起一刀，杀了杨叔渊，带兵占据了北中城，把尔朱氏一党全部杀尽。

尔朱天光与尔朱度律领兵到了，呼叫开门，斛律椿不开。尔朱天光要带兵攻打北中城，正在此时，天空电闪雷鸣，一会儿大雨倾盆。尔朱天光的军士、马匹都十分疲顿，哪里还有力量攻城。

尔朱度律说："雨这么大，别攻城了，赶紧回关西去吧。"

尔朱天光只好放弃攻城，向西逃走。到了垒波津，天太晚了，找地方住下了。

却说尔朱天光的手下，平时不满其苛责军士，几个人商量后，趁着二人熟睡，拿绳子将二人帮了，送给了斛律椿。

斛律椿在北中城，派行台长孙稚去洛阳送奏状。派贾显智、张欢率轻骑一千，捉拿尔朱世隆。

当时，由于连日大雨，对外信息不畅，贾显智、张欢带兵包围了尔朱世隆府，开门到了府内，尔朱世隆还不知道发生了什么事，贾显智和张欢命令士兵囚禁了其全家。

长孙稚到神虎门启奏："高欢义功既振，请诛尔朱家一族。"

此时，尔朱彦伯在禁宫，元恭使人告知。

尔朱彦伯狼狈逃出，路遇军兵，也被抓住，与尔朱世隆一起，都被押到阊阖门斩首，后其首级也被送给了高欢。同时，尔朱天光、尔朱度律也一并被押解到了邺城。

元恭派中书舍人卢辩去邺城，慰劳高欢军队。

高欢让卢辩参见元朗。

卢辩说："我奉诏书慰劳大王，没听说又有一个天子。元朗若到洛阳正了皇位，我应当参拜，今天恐怕不可。"

高欢见卢辩言辞侃侃，没有强说什么，让卢辩回洛阳了。

当初尔朱天光往东去时，想带侯莫陈悦一起去，留下弟弟尔朱显智镇守关中。贺拔岳知道尔朱天光此去必败，想留下侯莫陈悦，共同图谋尔朱显智以应高王。

宇文泰对贺拔岳说："现在尔朱天光距离这里还近，侯莫陈悦不敢有二心。如果把这里的秘密告诉他，恐怕他惊恐。侯莫陈悦虽然是主将，但是，为人多疑。如果先说服他的手下，必然有人想留下。侯莫陈悦前进不能按期到尔朱天光处，后退又怕人情变动，这时再去劝说，事情一定会成功。"

宇文泰虽然年轻，但是贺拔岳常听他所言，于是按计行事，侯莫陈悦部下果然不想去，与侯莫陈悦商议。

侯莫陈悦看到部下不愿出征，无奈只好停止进军。

贺拔岳与侯莫陈悦商议，命宇文泰率领轻骑为前驱，攻打长安。尔朱显智听到报告，弃城而逃，宇文泰带兵追赶，到了华阴，抓住尔朱显智将其斩首。

高王听了汇报，任命贺拔岳为关西大行台。贺拔岳则任用宇文泰为行台左丞，事无巨细，都委托他办理。

尔朱仲远投奔梁国，帐下都督乔宁、张子期，半路上抛弃了他，来到邺城投降高欢。

高欢责备他们，说："你们跟随尔朱仲远，为虎作伥，危害民众，尔朱仲远叛逆，你们是贼首。现在，尔朱仲远南去，你们又叛之。事朝廷则不忠，事尔朱仲远则无信。犬马尚且认识饲养它们的人，你们连犬马都不如。"说完，命手下推出去斩首。

尔朱世隆有个弟弟，叫尔朱弼，为青州刺史。知道哥哥尔朱世隆被杀，门户败落，恐怕下属叛乱，数次与部下割臂为盟。帐下部将冯绍隆说："割臂为盟不能真正表达诚意，应该割心前血，与大家为盟，方才管用。"

尔朱弼认为有道理，把部下全部集中起来，脱掉衣服露出前胸，要割心前血。

冯绍隆对尔朱弼说："应该你先来。"说着提刀来到尔朱弼面前，举刀就刺，直入心脏。尔朱弼当场死亡。冯绍隆取其首级，送给了高欢。

春天已到，高欢命尉景守邺城，率领诸将引兵向洛阳。奉元朗到邙山，先命仆射魏兰根慰谕洛阳民众，再看皇帝元恭的为人。

高欢认为元朗与皇族宗派较远，不如仍然拥立元恭为帝，所以，令魏兰根去观看元恭为人。

魏兰根回来说："元恭气质非凡，神采奕奕，恐怕以后很难控制。"

高乾与黄门侍郎崔㥄也劝高欢废了皇帝元恭。

高欢尚未决策，于是，召集百官商议，问："怎么立皇帝好？"

太仆綦母隽说："元恭贤明，宜主社稷。"

崔㥄听了，说："若论贤明，应该是高王登基主社稷。元恭是逆党所立，怎可继续为天子？"

高欢听了崔㥄的话，说："立天子必须是魏家子孙，岂可有别的说法？"说完派崔㥄带兵去，将元恭幽禁于崇训佛寺。

元恭失去帝位，乃赋诗曰：

朱门久可患，紫极非情玩。

颠覆立可待，一年三易换。

时运正如此，唯有修真观。

斛律椿找到贺拔胜，说："现在天下之事，如果不先发制人，将被人所制，只要将军与我同心，高欢初到，人心未稳，除之不难。”

贺拔胜说：“高王消灭尔朱一党有功，此时除他，多有不祥。何况尔朱兆尚在，铲除尔朱兆，非高王不可。我与高王在营中同住了几夜，多次说到往昔之情，提到兄你，也是情谊深厚，为什么要自生反复呢？”

斛律椿看贺拔岳不同意，不再说了。

高欢进入洛阳，以汝南王元悦是高祖之子，想立他为帝。又听说他狂暴无常，就没有立他。当时，诸王避乱逃祸，不在京城。平阳王元脩，在宗室中亲近而贤明，高王想立他为帝。但是，元脩藏匿于田野，不知其所在。

斛律椿说：“散骑侍郎王思政与平阳王亲近，问他应该知道。”

高欢命斛律椿前去找王思政询问。

斛律椿找到王思政，问：“平阳王在哪里？”

王思政问：“为何找平阳王？”

斛律椿说：“高王想立他为天子，所以特来问你。”

王思政听了，知道此乃好事，说了地址，并与斛律椿一起去见。

当时，元脩隐居乡间，独处一室，在桌前看书，忽然见王思政带人进来，还不等问话，二人低头就拜。

元脩赶紧将他们扶起来，说：“二位何故如此？”

王思政把高欢迎接他，想立他为天子的意思讲了。

元脩听了，脸色大变，对王思政说：“你想出卖我吗？”

王思政说：“不是。”

元脩说："你敢保证不出事吗？"

王思政说："事情变化多端，怎么可以保证呢？"

元脩听了，心中怀疑，不免恐惧。

斛律椿说："请王爷不必怀疑，臣先回去，一会儿就来迎驾。"说完告辞，驰马而去。

斛律椿回去，将情况报告给高王。

高王大喜，立即派遣娄昭领四百骑兵前去迎接。

元脩看到娄昭带兵来迎，不好推辞，只得随军来了。

高欢见平阳王到了，急忙出帐迎接，诚心诚意说明来意，说到动情处，眼中含着热泪。

元脩说："我德行不够，怎敢承受天子重任。"

高欢再拜劝说，元脩才答应。

高欢请元脩立即去准备御服，进行沐浴。夜间严格警戒。

第二天早晨，群臣将执鞭以朝，派斛律椿写劝进表。

斛律椿进入帷帐，恭敬弯腰不敢进前。

元脩命王思政取过劝进表，看了一下，说："今天不得不称朕了。"

于是，高欢代替元朗作诏，策划禅让议程。

北魏中兴二年（532年）四月，元脩在洛阳城东即位，年二十三岁，用鲜卑旧制，以黑毡蒙住七人，高欢是其中一人，皇上在毡上，向天祭拜，完毕后进入太极殿，群臣朝贺，升阊阖门，大赦天下，改元太昌。

元脩封高欢为大丞相、天柱大将军，世袭定州刺史。百官晋爵不等，加高澄为侍中，开府仪同三司，自己设置开府以下官职。

高澄进宫谢恩，元脩看到高澄长相俊美，聪明果敢，十分喜欢。又知道高欢十分喜欢这个儿子，于是赐给他宫锦三百匹、白玉带二条、黄金百斤、珠宝无数，以此讨高欢父子开心。

一天，王思政、孙腾等侍奉皇帝。元脩说："高王功勋在社稷，实在太大了。朕发愁没有什么更大的官封他。听说其女尚未出嫁，朕想纳为皇后，以结婚姻之好，二卿以为如何？"

王思政说："如此甚好。"

元脩对孙腾说："爱卿与高王有交情，可以与王思政一同去，说明朕的意思。"

王思政与孙腾奉命来见高王，说明了皇上求婚的意思。

高欢推辞说："我女儿年幼，容貌不美，不可以配至尊。如果想以婚姻结好，皇上有个妹妹华山公主，与我弟弟高琛年龄相当，可以婚配，麻烦二位转奏皇上，不知可否？"

王思政、孙腾回去奏于皇上。

元脩说："高王弟弟高琛，当然可以与公主婚配。朕马上选其为驸马。至于高王的女儿，朕想不立皇后，这个位子空着，只等高王女儿，二卿还应当为朕促成此事。"

孙腾说："高王妻子娄氏，助高王事业有成，他的女儿是娄氏的钟爱，请陛下加恩于娄氏。娄氏若允许了，则高王也就同意了。"

元脩问："高王有几个妻妾？"

孙腾说："一妻五妾。"又把每个人的姓氏名字告诉了皇帝。

元脩想让高欢高兴，给每人赐了封号。娄氏封为渤海王正夫人；王千花封为渤海王左夫人；穆金娥封为渤海王右夫人；胡桐花封为恒山夫人；令灵仙封为遂安夫人；游瑞娥封为仪国夫人。恩旨颁发下去，高王大喜，入朝谢恩，说："臣无大功，陛下念臣，恩及妻妾，臣铭心刻骨，考虑不能报陛下于万一。但是，臣有衷情上表，臣少年时，母亲早年去世，是姐姐抚养长大。她是领军尉景的妻子，乞陛下也给姐姐一个封号，以报姐姐之德。"

不知元脩听了高欢的上奏，给高欢姐姐什么封号，请看下回章节。

# 第 33 回

## 归晋州诸夫人受封　占晋阳尔朱后改嫁

话说高欢不忘姐姐的养育之恩，请皇上给姐姐加封，元脩依奏，封尉景妻子高娄斤为常山郡君，高欢谢恩而退。

高欢堂叔高徽原是河州刺史，如今已经故去，留下一个儿子，名高归彦，与母亲仍在河州居住，高欢接他们到京城，高归彦年龄小，托给高岳抚养。

汝南王元悦任司州牧时，高隆之为户曹从事，建义初年，高隆之出仕为员外散骑常侍，曾与行台于晖出兵泰山讨伐羊侃，为行台郎中，又被授予给事中一职。高欢到晋州，认高隆之为弟弟，任命他为治中，代理平阳郡守事务。现在朝廷需要人才，高欢将其引入朝廷为侍中，侍奉天子。

司马子如原在朝廷任职，后被尔朱世隆排挤到南岐州为刺史。高欢召回司马子如，任为大行台尚书，参加军国大事。

高欢奏与皇上，任命贺拔岳为冀州刺史。

贺拔岳畏惧高欢，想一人入朝。右丞薛孝通对贺拔岳说：
"高欢用几千鲜卑兵，破了尔朱兆数十万之众，确实难以抵抗。
但是，朝廷原来官员，有的职位比他高，或在京师，或在州郡，
高欢如果除之，将失去人望。留之，也是心腹之患。况且尔朱
兆尚在并州，高欢需要内抚群雄，外抗劲敌，很难与公争夺关
中之地。关中豪杰忠于公，愿意为公效力，公可以华山为城，
黄河为堑，守好关西，为什么要去受制于人呢？"

　　贺拔岳听了，握住薛孝通的手，说："君之所言，很有道
理。"于是，写了一封谦逊的书信，派人送去，并不去应征。

　　高欢看了贺拔岳的信，没有多想，对来人说："寄语贺拔
公，关西的事情，全部委托给他了，不要让朝廷忧虑就是了。"

　　高欢安排好朝廷事情，回晋州准备讨伐尔朱兆。于是，留
段荣父子、娄昭、孙腾、高乾、高隆之等在京城，其余将士全
部回晋州。

　　高欢离开洛阳前，入朝辞行。

　　元脩率领群臣到乾脯山送行。

　　高欢再拜，元脩急忙扶起，高欢向皇上施礼而别。

　　高欢率大军先到了邺城，命人把尔朱天光、尔朱度律押送
到京城，请朝廷处理。

　　元脩下旨，将二人斩首示众。

　　高澄请示父亲，想留守邺城。

　　高欢也想锻炼儿子，同意他留守邺城，分一半兵给他。考
虑他年幼怕有闪失，命高岳为副，辅佐高澄，然后领兵向晋州
进发。

高欢路过滏口，望着巍巍鼓山，悠悠滏水，由衷地发出感叹，说："当初，协助尔朱荣讨伐葛荣，我到此地去劝可朱浑元兄弟投顺，情景如在昨日，转眼之间，世事变化如此之大，真的是造化弄人呀！"

众人都赞扬高欢文韬武略，是当代英豪。

高欢感叹一番，带领大军继续行进，沿途文武官员，无不夹道迎送。将到晋州，官吏、军民远远地前来迎接，此时，晋州官府已改为王府，仪仗简直比得上半朝銮驾，真是万民争迎，诸亲眷属无不啧啧称羡。

高欢入府，先与娄妃相见，共叙离别之念。穆金娥、胡桐花以及子女都来拜见。一会儿，游瑞娥、令灵仙、王千花诸妾都到了，彼此相见后，高欢对娄妃和诸妾说："相别二载，幸好都安然无恙，今蒙帝恩，赐给卿等封号，今日乃吉日，理应开读受封。"

娄妃与众妾皆大欢喜，忙着摆香案，受封谢恩。

当天夜里，高欢宿于娄妃房中，他笑着对娄妃说："因知道夫人心胸开阔，宽宏大量，所以，在外边又纳了三个妾，不知夫人怪罪不？"

娄妃看着高欢，说："当初选嫁夫君，是看准夫君有英雄气概，必胸怀大志，能成就一番事业。妾的目的是跟着夫君创业，名留青史，如今达到了目的。今后，妾只盼夫君功业日隆，至于多娶几个妾，妾不在乎，因为古往今来，凡是胸怀远大、事业有成之大丈夫，哪一个不是妻妾成群。"

高欢听了娄妃的话，心中十分感激，说："夫人虽是女辈，心胸之大，有些男人也比不上，日后不论娶妾多少，夫人之地位，在我心中，将稳如泰山。"

第二天，高欢拜见岳父、岳母，娄内干夫妇非常高兴，娄内干不无感慨地说："不知我女儿竟有如此慧眼，净身出嫁也要嫁给高郎，如今果然出息了，老夫也放心了。"

高欢谦逊地说："若非岳丈大力支持，高欢哪有今日？"

高欢告别岳父一家，又来拜见姐姐，告诉姐姐皇上对她的封号，然后摆香案，读诏谢恩，姐弟彼此欣喜，各相庆贺。

再说元脩既登大位，唯恐高王不满意，委心相托，言无不听。

高隆之依仗高欢势力，在朝中十分傲慢，藐视公卿。

南阳王元宝炬对他很不满意，寻找机会打了他一顿，说："一个镇兵，怎敢如此放肆？"

元脩知道后，因高隆之是高欢的兄弟，不想得罪高欢，封予元宝炬为骠骑，让他回到了私宅。

元脩了解元恭的才能，觉得让他留在世上，对自己的帝位始终是个威胁，于是，派人给元恭送去毒酒，结束了他的性命，下诏让百官会丧，用特殊的礼仪厚葬。

安定王元朗、长广王元晔都曾称尊号，先后被毒杀。

元脩又派太尉长孙稚到晋州，迎接高玶到京城与公主成婚。

高琛，字永宝，与高欢是同父异母兄弟，因少年丧母，由娄妃抚养，现在要去与皇室公主结婚，向娄妃告别。

娄妃对他说："你才十六岁，有如此大福，不是偶然，但是，不要依仗势力，傲上慢下，要谦虚谨慎，以礼待人，这才是保福之道。”

高琛再拜，说：“一定谨记嫂嫂嘱咐。”

到了七月，高欢向皇上写奏章，出兵讨伐尔朱兆，召集邺城兵马，到晋州会合。并召高澄随军而行，命段荣守邺城，出兵之时，专门带了恒山夫人桐花一同前往，因为桐花熟悉地形，曾活捉步蕃的洞真夫人，取得秀容城。

高欢率兵从晋州向晋阳进发，命厍狄干率兵从井陉进入山西。

元脩看到高欢的奏章，派高隆之率领步骑十万，到晋州与高欢会师。此时，高欢帐下，猛将如云，军威甚盛。

尔朱兆听说高欢来讨，心中非常恐惧。晋阳军士经过两次大败，无不望风生畏，谁敢应战？尔朱兆自己想战，可又不敢战，想守又怕守不住。于是，在晋阳大肆掠夺一番，带了家眷，向北逃往秀容去了，逃跑时居然不和北乡公主、尔朱后打招呼，自己先逃了。

北乡公主知道高欢将兵临城下，尔朱兆已经逃跑，只好领着三千亲兵，匆匆逃走。

晋阳城中百姓大开城门，执香跪迎高欢入城。

高欢进入城中，安抚军民完毕，知道北乡公主逃走不远，命恒山夫人桐花带兵追赶，劝他们回来。

桐花带兵追了一昼夜，追上了北乡公主的后队，约有二百人马，桐花看到马上女将妆容出众，问：“请问是尔朱皇后吗？”

尔朱后说：“是又怎样？”

桐花说：“奉高王令，请皇后与北乡公主回去，绝不亏待。”

尔朱后说：“我们要是不回去呢？”

桐花笑了，说：“那就对不起了。”

两人言语不合，动起手来，若论武艺，尔朱后不比桐花差。但是，尔朱后是逃亡，心中不免慌乱，她带的兵都想逃，阵脚自乱，尔朱后战了几个回合，回马想走，桐花赶上，伸手抓住了尔朱后的衣服，用力一拖，尔朱后掉下马来，手下齐上，将尔朱后抓过来了。并将尔朱荣的姜张氏、幼子尔朱文殊，全部掳了带回，只有北乡公主逃向秀容去了。

高欢占据了晋阳，心中异常高兴，他过去关注过此地，为何尔朱荣把这里当作根据地？

晋阳四面环山，东依太行山，西扼蒙山，南拥霍太山高壁岭，北控东陉、西陉两关，有金城之固，真乃福基之地。

高欢暂住尔朱荣旧府，作为行署，安排高澄屯兵城外，负责护卫。

高欢对晋阳比较熟悉，征讨尔朱兆之前，他就想好了如何在晋阳建立根据地，因此，他命人在白马寺的基础上，设计建造渤海王府。建筑规模、构图布局一定要做到居室豪华，辉煌壮丽，亭台楼阁，别有情趣。将所有能工巧匠征来，发人夫三千，不分昼夜施工，限期竣工。

桐花带兵回来，报说：“受命追赶北乡公主一行，赶上后队，抓了尔朱荣至亲三人，军士五百余人，尔朱后也被擒获了。”

高欢听了，心中大喜，在堂中摆宴，为桐花庆功。两人对酌，喝到半醉状态，桐花提起尔朱后，说："看她年少青春，容颜绝世，做帝后一场，可惜国破家亡，今天还要骑马动干戈，结果被擒，如此结局，真是人生最大不幸了。"

高欢听说尔朱后容颜绝世，不禁心动，问："尔朱后现在哪里？"

桐花说："软禁在营中。"

高欢说："明天召来，让我见识一下帝后，若真如所传容颜绝世，我有安排。"

桐华听了，惊问道："大王要如何安排？"

高欢说："她是天柱的女儿，陷于逆党，实际是孝庄之后，理应宽待，不可使其失去富贵。"

宴席散后，当晚与桐花同寝。

第二天，高欢独坐一室，召见尔朱后和张氏。

尔朱后走到庭院中，高欢遥望之，果然身姿端庄而不失窈窕，行走稳重而颇具风采，走到近前，看相貌五官清秀，肤如凝脂，真乃国色天香，冠世无双。高欢急忙下座迎接，尔朱后见了高欢，用衣袖掩面，哭泣不止，高欢再拜劝说。

尔朱后不得已，也急忙下拜。

高欢说："皇后不幸而遭遇国变，以至于此，不必痛悔，这都是尔朱兆造成的，不是皇后的过错。营中居住不方便，这里本是皇后的旧府，可以居住。"说着马上命人将其送入内堂，一应服饰使用器皿，都安排如旧，原来宫中服侍人员继续服侍。

尔朱后看到高欢如此厚待自己，心中稍安，她觉得这都是看在父亲面上安排的，并不感到奇怪。

桐花听说此事，过来劝谏，说："妾听说大王留皇后在府中，以为不妥。"

高欢问："有何不妥？"

桐花说："皇后居住在内堂，大王居住在外堂，妾住在东厅。虽然屋宇深远，互有隔别，而同居一府，恐怕有瓜田李下之嫌。为何不让她另选住处，以礼相待，对大王的声誉有好处，让天下人称赞呢？"

高欢知道桐花说的对，但是，他自有想法，所以只是笑，并不答应。

桐花非常机敏，感觉到高欢的心意了，问："大王是想将她纳为妾吗？"

高欢还是笑着，不回答。

桐花说："大王原来说为孝庄帝报仇，天下人响应。现在，如果娶其皇后，怎么对天下人解释？况且天下难道缺少美女吗？大王为何做此不义之举呢？"

高欢说："卿不要说了，同住一室是可以的。"

桐花知道高王的心意不可挽回，叹口气说："早知美色惑人，当时不如放了她，使人家走呢，我罪大了，是我让大王犯病了。"

高欢听了，依然笑了笑就出去了。

过了数日，高欢召见张夫人，说："尔朱家犯了灭门之罪，按律你与文殊都应当被处死。"

张氏跪倒在地，哭着求饶。

高欢说："我有一事，想托你办理，如能玉成，不但可以免死，还能得到富贵，你能办得到吗？"

张氏问："不知何事？"

高欢道："皇后年少，终身未了，若一味守寡，终非合适，若肯随了我，我将金屋藏之，以正妻待她，你子文殊也能复其爵位，以继天柱之后，若不同意，尔朱荣只有绝后了。"

张氏听了，只好唯唯承命，不过她说："大王此事不可性急，皇后性如烈火，需要缓言劝之，一时未必能答应。"

高欢说："你需妥善处理此事，若能促成，他日必有厚报。"

张氏退出，回到内堂，见了皇后脸色有变。

皇后看到张氏面有惊惶之色，问："高欢召你去，说什么事了？"

张氏不好开口，眼里不由得流下泪来，说："尔朱家香火能否延续，全在皇后了。"

尔朱后听了，不解其意，问："此话怎讲？"

张氏说："高王喜欢皇后，若皇后能从了高王，一家可保富贵，若不从，则全家诛绝。"

尔朱后听了，勃然大怒，拔出宝剑就要自刎。

张氏急忙制止，说："皇后只为一身计，难道不为尔朱家族想一想吗？皇后自尽，全了名节。可是，文殊被诛，天柱没有后了，皇后为什么不能留下性命，为尔朱氏延续香火呢？"

尔朱后听了，怒道："既为帝后，岂可改嫁？"

张氏将此事报与高欢，高欢说："你问一下皇后，她当初原为肃宗的嫔妃，肃宗死了，为什么不守节，又嫁给了孝庄。如今孝庄死了，为什么要为孝庄守节呢？"

张氏回去，把高欢的话对皇后说了。

尔朱后听了，沉默不语。

张氏为了保全儿子的性命，这几天挖空心思，想着怎么劝动皇后的心，于是，她想好后对皇后说："有句话我本不该讲，如今不得不说了，希望皇后不要恼。皇后之前嫁给皇帝，生活在皇宫，贵为皇后。可是，两位皇帝哪个有雄才大略？哪个是当世英雄？我们女人在闺中时，谁不想嫁给一个英雄？我虽普通，但嫁给你父王做妾，已经很知足了。我看高王，不但人才俊俏，颇讲礼仪，论雄才大略，真乃当世英雄。皇后如果随了他，一不辱没家门，二嫁给一位英雄，也全了女人心愿，何况高王说了，对待皇后，不是做妾，而是正妃，这样也不会屈居人下。"

张氏这一番话，既符合事实，又合情合理。尔朱后听了，脸色稍有缓和，思考了半天，长叹一口气，说："我知道你说的有道理，在闺阁之时，我何尝不想嫁给天下英雄，可是，生在王府，又岂能不尊重父母之命？父亲做主，要我嫁给皇帝，我怎能不听，只是如今由皇后下嫁大臣，世人必然议论纷纷，让我何以忍受。"

张氏听出皇后有回心之意，又说："有句俗话说：马嘴、驴嘴能拴住，人嘴拴不住。所以，人活世上，不能怕人家说什么，主要是活出自己，何惧他人议论？"

皇后听了，没有再反驳。

张氏看到皇后有意应允，报告给了高王。

高王听了大喜，张氏去后，等到傍晚，他悄悄地进入内堂。

尔朱后与张氏坐在堂中说话，看到高欢来了，已经来不及躲避，站起来请高欢进来坐。

高欢坐下，谦恭地说："下官能有今日，全赖天柱所赐，本想跟定天柱，保国卫家，干一番事业，光宗耀祖，名传后世，没想到朝政突变，造成今日局面，下官对万仁弑君，非常不满，下官接到皇上圣旨，不得不来声讨，他逃走了。可是，皇后与母亲为何要走呢？派桐花追赶你们，是请你们一起回来，依然居住在府里，下官要报答天柱知遇之恩，保证你全家荣华富贵，没想到你们动手了。下官早听人言，夫人容颜绝代，有沉鱼落雁之容，只是没缘得见，前日看到皇后从外边飘然走来，若神女下凡，再看容颜，真如十五的圆月，光彩照人，令下官不敢正视。最近几天，皇后之容颜令下官夜不成寐，实在情之所至，难以自控，于是冒天下之大不韪，请张夫人表达下官的爱慕之心，请皇后不要见怪。"

尔朱后听高欢如此奉承自己，满脸含羞，不好意思回应，只是低头不语。

高欢看到尔朱后没发脾气，心中暗喜，此时夜幕降临，命人点灯，在堂中设宴，三人对饮。高欢趁机讲了为救孝庄帝，如何派大将半途截驾，大将如何遇难，自己如何遇到桐花，耽误截皇驾等。尔朱后听了，进一步了解了高欢之心，两人言谈逐渐融洽。张氏也在一旁助言，高欢一边夸赞尔朱后，一边不断殷勤劝酒。尔朱后听着赞美之言，心情舒服，她又性格爽快，不知不觉喝得多了，伴着酒意，越谈越欢，宴席一直到深夜，尔朱后略有醉意，高欢与张氏扶尔朱后进入寝宫，高欢使个眼色，张氏领会其意，急忙退出。高欢拥着尔朱后，走到床边，抱住尔朱后，尔朱后半推半就倒在床上，当夜成就了夫妻之好。

第二天，桐花知道高王已经成就好事，过来祝贺。

尔朱后见了，面有羞涩，不好意思说话。

桐花说："高王本来就没有与你家为敌，只是没想到成为一家人了，看来这都是缘分呀！"

高欢与尔朱后结为夫妻，不知会引起朝臣如何议论，请看下回章节。

# 第34回

## 应帝命端娥成皇后　袭秀容万仁死深山

话说桐花过来，看到高欢与尔朱后同处一室，知道二人已经在一起了，面带笑容向二人表示祝贺。

高欢听了微笑不止，对桐花事前劝诫、事成祝贺，性情之灵巧，随机之应变，非常满意，所以，高欢也非常喜欢她。

数月后，新王府落成，高欢亲临巡视一番，新府布局宏大敞亮，堪比皇宫。进入王府大门，是一个庭院，两边是廊房，正前方一排房子，中间有一道门，通往中院，这里是高欢处理政务的地方，前方是正殿；两边有东殿、西殿。正殿两侧有两个圆形月亮门，通往后院，后院面积很大，因是妻妾住所，所以建成了大小不同的院落，分别有德阳堂、紫云堂、芙蓉堂、芝兰堂、仪凤堂等一百余间，雕梁画栋，朱门金壁。王府东西两侧有两座林园，里面曲径、池塘、楼台、亭榭随处可见。中间花、草、木、石点缀，游玩其间，赏心悦目，人们看了，觉得神仙之府不过如此。

高欢检验过后大喜，重赏监造人员。命尉景、孙腾带领三千轻骑，到晋州接来眷属，同到晋阳居住。

高欢命部下在民间选妙龄女子三百名，充入府中使用，百官庆贺新府落成，每天开宴欢饮。

一天，下人来报："正使赵郡王元谌、副使华山王元鸷、内使元士鼎，持诏书到了。"

高欢将其迎入府中，开读圣旨，乃赐给高欢锦绣千匹、黄金千两、牙床一座、流苏帐两顶、宫娥二十名。

高欢领旨谢恩，然后，请天使入厅堂叙话。

元谌说："我等这次来，奉皇上旨意，欲立正宫，必求王女，正位朝阳。陛下说如果大王不答应，将终生不立国母，望高王理解皇上的意思。"

高欢说："皇上之命，怎敢不从，但请王爷在此等候几日，家眷正从晋州往这里来，等家人到了，容我与娄妃商议后复命。"

元谌说："既然如此，我们等候就是了"

高欢派人送二位王爷和内使到公署安歇。

元谌、元鸷等人去后，高欢赶紧取了一顶流苏帐，送入后堂，并带二十名宫女，来见尔朱后，宫女叩首侍立，偷眼往上一看，原来是尔朱娘娘，怎么在这里呢？

尔朱后看了，有服侍过自己的，追思往事，不觉脸色有变。

高欢说："这顶帐子与宫娥，都是皇上所赐，我特地赠给卿，卿怎么不高兴呢？"命左右，开始歌舞。

尔朱后说："清洁、简单一些就可以了，不必铺张。"

高欢迷恋尔朱后美色，往往几天不出门，皇上求婚一事也不提起。在尔朱旧府添设楼台殿阁，作为游乐之所，把这里叫作西府，尔朱后居住。新府称为北府，等妻妾到来居住。

这一天，娄妃等家眷已到晋阳，文武百官到郊外迎接。桐花也去迎接，正好可以迁入新府。

高欢对桐花说："这里的事情，先瞒着娄妃，我已吩咐左右近侍，不许泄露，如有泄露，责任就在你了。"

桐花含笑答应了。

高欢到内堂对尔朱后说："今日眷属都到，我去北府安排一番，卿在这里不要伤心寂寞。"

尔朱后说："大王去吧，我与你妻子总是不要相见，免得羞愧。"

高欢说："此事不用担心，以后各自为尊就是了，不过今后我要称你夫人了。"

尔朱后听了，微微一笑，没有言语。

高欢到了北府，妻妾车马已经到了，相见大喜。诸妻妾、儿女都来拜见。府中铺设齐备，娄妃居于正室，诸妾左右各居一院，从民间采选的三百名女子，按丫鬟装扮，拨给各宫侍候，服饰、器皿无不华丽精巧。

娄妃心中非常高兴，笑着对高欢说："妾等受此荣华，皆托大王之福。"

高欢也笑着说："也是夫人的福报。"

到了晚上，在后堂摆宴，合家聚庆，灯火辉煌，管弦齐奏，好不热闹。宴席到一半时，高欢看了看端娥，对娄妃说："皇上屡次求婚，情难再却，我想许之，不知夫人意下如何？"

娄妃说："我怀此女时，曾梦月入怀，月亮本是皇后的象征，当初有一占卜先生，说此女有皇后之命，如今天子欲纳为后，是命中定数，妾怎敢违抗？"

高欢听了大喜，宴席散后，高欢宿于娄妃宫中，各位姜回自己的宫院去了。

第二天，元谧、元鸷和内使都来祝贺，说起皇上之命，高欢不再推辞，说："已与娄妃商议，不敢违抗圣命，择吉日嫁娶就是了。"

两位王爷听了大喜，当天告辞高欢，回京复命去了。

回到洛阳，两位王爷向皇上奏道："高王已经答应嫁女与帝了。"

元倏大喜，立即派李元忠带了所需礼物，去晋阳办理此事。

天下之事，从来是好事不出门，坏事传千里。高欢纳了尔朱后，仅仅瞒了北府，元谧、元鸷等在晋阳住了几天，早有耳闻。所以，到了京城，难免传扬此事，有人听了，对高欢行事另有看法。

李元忠是高欢的旧人，让其当大婚使，高欢热情接待，每日摆宴饮酒，喝到痛快处，论及当年之事，李元忠说："昔日建议举义，轰轰烈烈多么快哉，比起原来寂寞之时，无人问津，真是大不一样呀！"

高欢听了，笑着拍了一下手，说："当时是你逼我起兵的。"

李元忠也开玩笑，说："如果不给个侍中，我要再找个人建议了。"说完大笑。

高欢说："找人建议不难，但是，要找我这样的老翁，恐怕不可遇了。"

李元忠说："正因为这样的老翁不可遇，所以我哪儿也不去了。"

高欢听了大笑，他知道李元忠的心意，非常重视。

吉日到了，皇上娶妇，高王嫁女，富贵显赫，难以言表。端娥临行，拉住母亲衣服，泪流不止，全家人见了，无不流泪，高欢也落下泪来，只有高澄在一旁偷笑。

第二天，高欢召来高澄，严肃地问："端娥入宫，可能终生不得回来，你怎么没有兄妹之情，在一旁偷笑？"

高澄说："女子能成为皇后，富贵到了顶点，还有什么不是，为什么哭泣呢？孩儿以为天下可忧之事正多，父亲不忧大事，而忧此事，所以偷笑。"

高欢问："你说有什么可忧的大事？"

高澄说："尔朱兆还在秀容，分兵把守关口，经常出入掠夺财物，如果不早点除掉，恐怕会酿成后患，父王屡次出兵，突然又止，不知是什么意思？"

高欢说："你懂什么？此乃用兵之谋也。"

高澄异常聪明，立即醒悟道："哦，我明白了，是不是虚张声势，却不出兵，数次以后，使其麻痹，到一定时候，突然袭击，消灭他呢？"

高欢听了，既感叹儿子聪明，又不能让他乱说，警告说：

"你既悟到，不可乱说。"

高澄答应，拜后出去了。

高欢嫁女之后，总说军务繁忙，要到军营料理，不在北府居住。

在人事安排上，高欢让尉景任并州刺史，库狄干管理三军，没什么大事，他在西府与尔朱夫人形影不离，欢乐宴请，诸将知之，却不敢言语。

到了冬末，除夕即将到来，高欢对尔朱夫人说："为了国事，我要去东边几天，暂别卿去。"

尔朱夫人不愿过问外边之事，说："大王总要处理公务，我不会有怨言的。"

高欢出来，带了几个骑兵来到军营，召集诸将听令，安排秘密出兵，突袭秀容。召来高澄，私下对他说："我今夜起兵，去捉尔朱兆。新春诸多事务，你替我做主，西府中，元旦也要贺节，库内有玉如意一只、金凤炉一座，你去送为贺礼，对待她也要像对待你母亲一样，如果傲慢无礼，回来要重重责罚。还要瞒住你母亲及各位夫人。你回去，只说我军行要紧，没时间回府了。"

高澄频频点头，表示一切照办，直到大军出行，他才回府。不知道父亲在西府宠信的什么人，教他如此恭敬？又想到恒山夫人在西府住过，必知其中详情，于是，他将父亲行军之事告诉了母亲后，悄悄来到桐花宫中，说："请问姨母，西府居住的是什么人？"

桐花说："不知道。"

高澄说："姨母不必隐晦，父亲命我元旦去西府贺节，礼敬如母，所以，我想问个明白，然后才好去办事。"

桐花听了，说："大王嘱咐我不能泄露，所以不敢说，既然命你去贺节，可以告诉你，居住在西府者，是尔朱皇后。前次逃往秀容时，大王命我去追，被我擒回，没想到大王喜欢，于是纳之，宠幸非常，你虽已知，千万不可泄露，使你父恼怒。"

高澄连说："不敢！不敢！"

却说高欢出兵，考虑到大队人马行驶缓慢，命窦泰带领三千轻骑为先锋，率先出发，窦泰一天一夜行军三百里，直抵秀容城下。

尔朱兆在秀容，每次听到高欢出兵，慌忙准备一番，结果没音信了，如此多次，防守渐渐有些懈怠。现在，到了年末岁首，过了今夜就是除夕，军将们都在庆贺新年，摆宴畅饮。高欢大军到了，全无消息。

天色微明，把守秀容城门的士兵，不知外面来了敌人，也不看外面情况，直接开启了城门，窦泰的兵马一拥而入，一路喊杀，来到尔朱兆府，将其围得水泄不通。

尔朱兆早起，在中堂观看左右晨练，忽然来报："高欢的兵马到了，已经把府门围住了。"

尔朱兆听了，吓得魂飞天外，魄散九霄，急忙召集手下，他的妻子听到外边金鼓喧天，急忙出来问情况。尔朱兆暴跳如雷，说："高欢的兵已到，一切都完了，但是，我不能留下你和女儿，再受人辱。"说着，拔出宝剑，杀了妻子，还想杀女儿，可是，女儿尚未出来，来不及寻找，只得收拾一下，拉来战马，带领亲兵数骑，杀出府门。

窦泰上前拦住，尔朱兆挥刀来战，二人战了几个回合，尔朱兆无心恋战，杀出条血路，拍马而逃，窦泰随后追赶，追到城外，尔朱兆马快，一路向北逃走了。

一会儿，高欢领兵到了，听说尔朱兆跑了，命令窦泰留在后面，安抚城中百姓。只有北乡公主府中，任其出入，不必设兵严禁，自率大军追赶尔朱兆。追到一座高山前，不知道尔朱兆逃到哪里了，高欢命屯兵山下，让彭乐、斛律金二将各带一百骑兵，入山搜寻。

此山重峦叠嶂，山路崎岖，又是冬天，寒冷无比，追寻了几天，不见踪影。一天，一个壮士，身穿豹衣，手执三股叉，看到彭乐，高声叫道："你们是不是要找尔朱兆？"

彭乐道："是的，你知道他在哪里吗？"

壮士说："知道，我可以带你们去。"

彭乐听了大喜，随之前往，原来尔朱兆逃到深山，心慌意乱，居然走到一处绝境，前无去路，后退又恐追兵，跟随他的只剩下张亮、陈海二人。

尔朱兆对二人说："你二人以死相随，我也没什么可以报答的，现在就剩这颗头颅，你们斩下拿去，还可得到赏赐。"

二人听了，都摇头不忍如此做。

尔朱兆说："既然如此，你们各寻出路去吧。"

张亮、陈海拜别去后，尔朱兆杀了自己的马，在一棵树上自缢而死。

那位壮士在远处看到这一切，所以来报信。彭乐等到了，斩下尔朱兆的首级，回营报告给高欢。

高欢看到尔朱兆的首级，不禁摇头哀怜，略有悲伤，命令前去收尸埋葬。

张亮、陈海无路可逃，走出山来被军士拦住，带着来见高欢。

高欢问明二人情况，说："难得你二人如此忠义，我不杀你们，可以走了。"

彭乐说："有一位壮士，报信有功。"

高欢问："此人在哪里？"

彭乐说："在辕门外。"

高欢命召进来，壮士进来下拜，高欢觉得此人面熟。仔细辨认一番，说："莫非你是韩伯军吗？"

壮士说："我是韩轨。"原来这位壮士是高欢的同学。其妹韩俊英，高欢姐姐曾为弟弟求婚，但是，其母嫌高家穷，不同意，自此断绝了来往。

高欢急忙将其扶起来，请坐下，问："你家不在这里，怎么流落到这里打猎？"

韩轨说："自从遭遇拔陵之乱，家业荡尽，后来又被葛荣掳去，葛荣败了，又陷入韩楼逆党，本应该死，又侥幸逃脱，在这里打猎为生。"

高欢提起往事，韩轨急忙谢罪，又说："前段听说大王起义，本想去投奔。考虑到当年之事，所以没敢去。"

高欢问："现在你母亲、妹妹在哪里？"

韩轨说："我逃跑以后，尔朱荣将我母亲和妹妹收为官婢，现在拘于秀容宫中织绣，如果大王能将她们放出来，我就能和母亲、妹妹相聚了。若如此，一定感念大王的恩德无量。"

高欢马上下令，去召她母女到营，又赐给韩轨衣服、帽子，留在营中，因为高欢还要晓谕边防的夷人，所以停军在此。

第二天，韩轨的母亲、妹妹来到营中，进入大帐叩见。

高欢看韩母头发花白，牙齿已掉，老态可怜。韩俊美不施粉黛，风韵犹存，韩轨随后也来了。

高欢问其母："你女儿为何不嫁给贵人，而憔悴成这个样子？"

韩母惭愧不已，说："过去有眼不识英雄，现在后悔也来不及了，我女儿还没出嫁，愿大王纳之，服侍大王，赎以前的过错。"

高欢说："过去不肯做我妻子，现在怎么愿做妾呢？"

韩轨跪到地上，说："大人不记小人过，请大王成全我母心愿吧。"

高欢笑着答应了，立即命人带去，拿来梳洗用具，让母女梳妆打扮去。当天夜里，在营中与俊英同居一处。

不久，高欢回到秀容，慕容绍宗叩辕求见，高欢急忙起来迎接，说："我感念将军很久了，怎么现在才来相见？"

慕容绍宗说："北乡公主尚在，不忍弃之而去。"

高欢说："公不忘主人之恩，忠义感人呀！"又问："北乡公主安全吗？公为我致语北乡公主，尔朱后与文殊都很安乐，如果肯迁回晋阳，与尔朱后同居，则非常好，如不同意，也让她富贵如故，不必忧虑。"

慕容绍宗退出，来见北乡公主，把高欢的话告诉了她。

北乡公主不知女儿如何，心中疑虑，一会儿，门人来报："高王使者在外求见。"

北乡公主召入，问使者："皇后在晋阳，居住在哪里？"

使者说："在你们原来的王府中，高王已将那里改为西府，比过去还要豪华。"

北乡公主一听，问："高王也在那里住吗？"

使者说："对。"

北乡公主知道皇后已经失节，勃然变色，叫使者退出，到里边放声大哭，说："皇后失节，我还有什么脸面活在世上？"

北乡公主哭了一会儿，让使女出去，在房梁上自缢。

慕容绍宗此时赶到，发现北乡公主上吊，急忙卸下来急救，一会儿，北乡公主缓过气来，说："你为什么救我？"

慕容绍宗说："不论发生什么事，夫人也不能走这条路。"

高欢听说了，急忙来见北乡公主，跪拜道："我与天柱的感情绝无二心，但是，后来皇上杀天柱，尔朱兆又杀皇上，这次奉旨带兵来，只想解除万仁兵权，如何处理万仁，由朝廷定夺。我与皇后之缘，还请公主谅解，请公主见了皇后问明缘由，切不可自寻短见。"高欢转向慕容绍宗说："请绍宗负责，一定保证公主安全。"

慕容绍宗表示，一定不负所托。

北乡公主面沉似水，始终一言不发。

高欢还要处理军务，告辞出来，到尔朱兆府，没收所有财产，拉到晋阳。其家口赏给诸将为奴。当面查点，只见一个女子，体态娇柔，容貌出众，面色悲不自胜，高欢叫过来，问："你是万仁的什么人？"

女子对高欢说："妾名金婉，乃万仁女儿。"

高欢命将金婉留下，其余都照簿遣发了。高欢对金婉说："我与你父结拜，本想共保朝廷，建功立业，可是，想不到你父弑君，引起众怒，我奉命带兵来，只想解除他的军队，没想到他却逃到山里，在一棵树上吊死了，我会厚葬他的。不知你今后有何打算？"

金婉年龄尚小，低声说："家已没了，还能怎样，只听大王安排就是了。"

高欢说："既然如此，和我在一起吧。"

到了夜里，高王命金婉陪着喝酒，又纳为姜，称为小尔朱夫人。

高欢命韩轨为都督，镇守秀容。然后，三军齐发，率大军赶回了晋阳。正值元旦，高欢命文武诸将各自回去，他陪着北乡公主来到西府，将尔朱夫人拉到一边，简单叙述了母亲寻短见的事，请她一定做好解释，并说他要去北府安排一些事情。尔朱夫人点头会意。

高欢来到北府与娄妃相见，诸夫人听说高欢回来了，都来拜见。众人刚坐定，一会儿，两辆香车到了殿下，两边侍女十几人，诸夫人看到后，感到吃惊，秀幔中走出两位美女，侍女拥着，从台阶上来，到了殿里下拜。

不知娄妃以及众姜见了，表情如何，请看下回章节。

# 第 35 回

乱朝纲斛斯椿献计　论国运乙弗妃惊梦

话说从台阶下走上来二位女子，娄妃看着高欢，问："二位女子是什么人？"

高欢说："记得我对你说过，当年在姐姐家，姐姐曾给我介绍一个女子，当时他母亲嫌弃我家穷，不同意，那个年纪大点的，就是那个女子，当初不肯做我的妻子，现在却愿意做我的妾，所以我就同意了。年少的是尔朱兆女儿，本来已经入为官婢，我看她娇媚可人，也纳为妾了，卿不会怪我吧？"

娄妃笑着说："妾曾说过，纳妾之事，不会怪王。况且男人好色，实乃本性。男人中的豪杰，好色更甚，妾怪你干什么？"

二位看出娄妃身份，急忙上前下拜。

娄妃急忙请起。

高欢安排二人各居一院，拨给宫女二十名，当天夜里，大办宴席，共度元宵。

　　且说北乡公主看到女儿，怒道："身为皇后，怎可再嫁，不知道有辱家门，让我有何脸面活在世上？"

　　尔朱夫人听了，流下泪来，说："这个道理我如何不知，开始我想自尽，可是，涉及父王能否有后代，我考虑再三，只好委屈此身了。"

　　北乡公主大惊，说："怎么扯上你父王有后了？"

　　尔朱夫人说："文殊与母亲也被抓了，我若不同意改嫁，全都该杀。若同意全都活命，为父王留后，我才同意。"

　　北乡公主听了，长叹一声，没有说话。

　　尔朱夫人又说："其实还有一个理由，我们女人嫁人，谁不想嫁给英雄？像母亲一样，与父亲成婚，多少人羡慕？难道女儿就不想嫁给像父亲一样的英雄吗？女儿听从父母之命，嫁给了皇上，说起来荣耀无比，可是，先后二位皇上，哪个是当世英雄？"

　　北乡公主说："你父王没有考虑这些，而是觉得一个女人成为皇后，是无比荣光的事，谁知你有如此想法？"

　　母女二人把话说开了，北乡公主不再抱怨了。

　　第二天，高欢来到西府，拜见北乡公主。

　　北乡公主心情好多了，只是不好意思与高欢多说话。

　　高欢问尔朱夫人："岁首元旦，世子曾来祝贺过吗？"

　　尔朱夫人说："世子来过，长得聪明俊秀，谦下有礼，真乃好儿子。"

　　高欢说："这孩子聪明，办事颇称我心，所以才命他来见。"

宫女摆上宴席，三人小酌，高欢受父亲影响，粗通音律，命人取过琵琶，亲自弹奏，取悦北乡公主与尔朱夫人。

尔朱夫人看到高欢居然会弹琵琶，暗自思量，自己嫁给臣下，虽有失德之嫌，但此人运筹帷幄，决胜千里；上马征战，勇冠三军；弹奏音律，悦耳动听，作为女人，能嫁给如此人物，这辈子也算值了。

宫女们也都欢声笑语，非常快乐，不知不觉已到更深，撤去宴席，宿于尔朱夫人宫中。

第二天，有人报说："建州刺史韩贤，派人贡献蛟龙锦三百四。"展开观看，织工奇巧，五彩相间，画面祥云缭绕，云间金龙、玉蛟出没，屈曲盘旋，光彩夺目，每匹长五丈，宽七尺。

高欢说："蛟龙锦中国也有，不能如此奇妙，此锦从何而来？"

使者说："这些锦是番商带来的，每匹百金，我主以为是奇货，所以买来献给大王。"

高欢大喜，厚赏使者，对尔朱夫人说："这些锦夫人可做成一顶幔帐，在中间或坐或卧，岂不快哉。"从此，高欢深居西府，即使是和最亲近的官员，也很少见面。

却说元修娶了高王女儿后，对其敬爱有加，皇后也很舒心，而元修有两个妹妹，一个叫明月公主，一个叫云阳公主，都姿色绝美，得到元修的宠爱，留在宫中，没有出嫁，而元修对其中明月公主宠爱更多。

高皇后听说此事，很不高兴，常想劝谏皇上，可是没敢开口。

一天，内侍有人议论，说："高王娶了尔朱皇后。"

元脩听了心中不快，到后宫对高皇后说："近来听说你父娶了尔朱皇后为妾，不知是否真有此事，若是真的，君臣之礼不是打乱了吗？"

高皇后听了，微笑着说："君臣之礼不可乱，兄妹之情可以乱吗？陛下宠信明月、云阳，外庭都知道，拿什么告示天下，教化后世呢？我父若真那样做了，正所谓有其君必有其臣了。"

元脩听了，无言以对。从此，内心与皇后也不那么和睦了，隔阂从此产生。

元脩对高欢纳尔朱皇后不满，但是，并没有图谋之心。可是，在朝廷大臣中，唯有斛律椿为人奸诈，对高欢心怀不满，他平时喜欢与一些术士交往，经常做一些狡诈的勾当。

高欢初入洛阳，斛律椿就曾与贺拔胜商议，谋害高欢。因贺拔胜劝说才放弃。如今他与南阳王元宝炬、武卫将军元毗、侍郎王思政等结为一党，经常在皇上面前说高欢的坏话，劝皇上除掉高欢。

舍人元士弼也说："皇上诏书到晋阳，高欢坐着听读，骄傲无礼。"

元脩听得多了，心中渐有不平之气，想除掉高欢，却没有合适的计策。一天，忽然接到高欢的奏表，说："尔朱兆已正杀君之罪，灭其全家。而太原王尔朱荣，曾有大功于社稷，不应无后，其幼子文殊已渐渐长成人了，应该赐他继承爵位，以表彰其父之功勋。"

元脩看了奏表，狐疑不定，如果答应了，就是封叛臣之子为王，如果不答应，又怕触怒高欢，发生不测之事。于是，秘密召来斛斯椿，把奏表给他看。

斛斯椿说："陛下不可不许，高欢之所以这么做，是因为尔朱后，所以志在必得，不如允许，以慰其心，这么做，也许是天朝的好事。"

元脩问："是什么好事？"

斛斯椿说："高欢是一个有雄才大略的人，当初励精图治，经营大业，他的势力很难制止，听说最近娶了尔朱后，只图欢乐，诸将很难见他一面。对过去的妻妾，他也不闻不问。他以尉景为并州刺史，政事全委托于他，自己毫不关心。他可能看到北部、东部已平，关西通好，天下无事。因此心满意足，只把酒色做欢乐。现在，趁其昏惰之时，设计除掉他。高欢如果一除，其长子高澄年仅十几岁，其余的都不足虑。虽然有谋臣、武将，蛇无头不行，都可以利诱，这样做，大权必归于皇室，天下就会臣服陛下了。"

元脩问："有什么办法可以除掉高欢呢？"

斛斯椿说："陛下手下的护卫之师，非能征惯战之兵，应当先广招勇武之士，添置内阁都督部属，每个都督手下增置几百人。此外，诸州行台管辖一方，都是高欢的人在管理。当时，因战乱临时委派。现在，可以声称天下太平，不再需要这些设置，全部罢免了他们的兵权，高欢就孤立了。关西贺拔岳兵强马壮，表面上与高欢和好，但是，未必心服。派一个善辩之士，劝说其顺应朝廷，再派其都督三荆七州的军事，并为荆州刺史，以其为外援，早点实施，足以打败高欢了。"

元脩说："司空高乾，朕想重用。"

原来，高乾在冀州时，遭遇父亲去世，当时军情紧急，没时间行孝，元脩即位后，高乾写表请解除侍中一职，回家尽孝，但是，当时没有解除司空一职。高乾虽然要求退，皇上没有批准，后来，既然不当侍中了，对朝政许多政务不再过问，所以平时也没有什么事情，现在，皇上既然已经不与高欢一心，希望高乾为自己所用，在桦林园摆宴，单独留下高乾对饮。

元脩说："司空几代忠良，现在又建立了不朽功勋，朕与卿论礼是君臣，讲义则是兄弟，我们可以共立盟约，作为讲信义的契约。"

高乾说："臣以身许国，怎么敢有二心呢？"

元脩又说了一遍，高乾只好答应，况且事情来得突然，不知皇上有别的企图，没有固执地推辞，与皇上焚香订盟，誓言永不相负。

斛律椿说："高乾若能被陛下所用，其弟高敖曹勇冠三军，雄武无敌，可以结交，为陛下所用。"

元脩大喜，从此，朝政大事专门召斛律椿商议，能够参与其事的，还有元宝炬、王思政几人。他们多次商谈除掉高欢，然而，元宝炬担心事不成，惹出麻烦，心中很忧虑。

退朝之后，元宝炬回家坐在阁中，其妻乙弗氏贤惠而有姿色，很受元宝炬宠爱。两人闲聊时，经常谈论一些时事，乙弗氏看到王爷闷闷不乐，问："王爷，有什么不开心的事吗？"

元宝炬说：“当今朝廷，实际是高欢当权，如今皇上对高欢不满，我担心将来出事，反而会祸及到我。”

乙弗氏说：“王爷受到皇上的厚爱，怎么会畏惧高欢呢？”

元宝炬说：“皇上是他扶植起来的，国政大权在他的掌握之中，现在天子不满高欢，一旦有变，天子恐怕连社稷都保不住，还有我什么呢？所以，我很担忧。”

乙弗妃说：“这不是王爷一个人的事，且宽心就是了。你认识高欢吗，他是个什么样的人？”

元宝炬向乙弗妃讲了认识高欢的经过。

在孝庄帝时期，有一次，元宝炬与高道穆到景明寺游览，那时，高欢随尔朱荣来京，他与司马子如也在寺中游览。相遇之后，元宝炬见此人容貌特异，声音洪亮，看了他很久。

高道穆问：“王爷认识此人吗？”

元宝炬摇摇头，说：“不认识。”

高道穆说：“此人姓高，名欢，鲜卑名贺六浑，渤海人。我对其祖上历史略有所知，其祖上名隐，出仕于晋，其子名庆，曾是燕国的吏部尚书，高庆之子名泰，是燕国的都尹，燕亡后，高泰之子高湖当时是燕郡太守，引兵投降了本朝，世祖皇帝封为右将，高湖有四个儿子，二儿子高谧为侍御史，因触怒当时的太后，被贬到怀朔镇。高谧与我家同姓，与我父同辈，在去怀朔镇时，高谧把祖宗神像寄给我父，说：‘门户衰落，不知将流落何处，恐怕遗失，请弟为我保留好，我虽犯罪，今后或有子孙能成事者，可以把这个交给他。’说完就走了。之后，相互没有通信。我父经常用这个教育我们兄弟，我曾看过其先祖的像，高欢的容貌，与其祖高湖十分相像，只是胡须少一些，他是高湖的曾孙。"

元宝炬说："既有此事，为什么不把其先祖之像还给人家？此人神姿秀异，所谓能成事者，应该就是这个人呀！"

高道穆听了元宝炬的话，过去与高欢相见，邀请到室内，四人共坐。

高道穆说："如果我没有猜错，君姓高名欢吧？"

高欢听了，面露惊奇之色，回答说："是的，明公认识我吗？"

高道穆又问："君祖上乃高御史高谧吧。"

高欢又说："是的。"

高道穆把其祖上去怀朔镇时，寄存祖像之事，告诉了高欢。

高欢听了，站起来整理一下衣服，向高道穆再拜。

高道穆回拜。

高欢起来，恭敬地说："我祖不幸犯法被流放，因明公父亲贤明，寄留了先祖之像。今有幸遇到明公，才知道原委，愿请将遗像归还，这也是公明的高尚品德呀！"说完低下头，流下了眼泪。

高道穆说："正是知道君是贤子孙，所以想奉还先祖之像，君若不弃，可到寒舍奉还。"

高欢不肯马上去，而是约定次日仍在寺中取像，然后各自别去。

第二天，高道穆拿着遗像，与元宝炬同去寺里，高欢设酒招待。

高道穆将其先祖遗像奉还。

高欢见到先祖遗像，展开放在案上，跪在地上，说："先祖在上，我衣冠族也，而沉沦至此，今日得遇高公，归还祖像，实乃万幸，回去之后，当供奉起来，以观孝心。"说着悲痛得不能控制自己，泪洒如雨，在场的人都被感动了，当天虽然摆了宴席，只是略饮几杯就散了。

出来以后，高道穆深有感触地说："高欢相貌非凡，为人知礼，如此孝敬，今后必成大事。"

元宝炬讲到这里，对乙弗妃说："通过此事，我才知道他的家世。"

乙弗妃说："既然这样，高欢也是名家之子，为人还十分孝敬，怎么知道他不是忠臣呢？"

元宝炬说："你没见过高欢，此人有奇才异相，怎么会安分守己、久居人下呢？"

乙弗妃问："高欢是怎样的异相呢？"

元宝炬说："高欢身长八尺，体貌如神，龙行虎步，双眉浓秀，目有精光，长头高额，齿白如玉，肌肤细嫩，十个手指如初出的笋尖一般，说话声如裂帛，又能终日不说话，通宵不眠，喜怒不形于色。人不能测其意，性既沉稳见识宏远，实天地异人也，乱阶一作，天命有归，高欢如果具有天位，魏家宗室就绝了。"

乙弗妃说："这是大王过虑了，高欢相貌奇特，说明非一般人，但是，王爷刚才讲的此人如此知礼，又很孝敬，以此推论，他会终守臣子的节操，也不是不可能的。"

元宝炬说："智者都有先见之明，何况有些事情已经显露出来了，最近听说一件事，已表现出高欢眼里没有君王了。"

乙弗妃问："什么事？"

元宝炬说："高欢十分好色，姬妾很多。正妃娄氏贤明宽厚，是当今皇后的生母。有一个妾叫桐花，能行妖法，颜色娇媚，身体纤弱，如果穿上战袍，也能冲锋陷阵，所向披靡，战必大捷，被皇上封为恒山夫人，在尔朱皇后逃往秀容时，被她擒去，高欢居然纳其为妾，宠爱非常，高欢纳尔朱皇后为妾，难道不知道上下之分吗？"

乙弗妃听了，不觉惊道："此事一定不是虚的，妾曾随诸王妃入宫，见过尔朱皇后，她的身材有一种说不出来的协调，丰润而不胖，肌肤雪白如凝脂，面色红润，大眼机灵，娇颜丽质，真可说绝世无双，即使是洛浦神女、嫦娥仙子也不过如此。我作为女子，看了也是既喜欢又嫉妒。现在孝庄帝去世，皇后年少，被高欢得到，美色诱人，她怎么能不失节呢？但是，高欢做这样的事，在为臣之节上太不应该了，如此看来，今后之事不可预料了。"

元宝炬说："我忧虑的正是此事，陛下虽然在做准备，但是，高欢手下精兵能将何止千人，陛下这事恐怕搞不成，反受其害，我们也会受到连累。"

乙弗妃听了，心中也发起了忧愁。

当天夜里，乙弗妃躺下一直在思考南阳王说的事，久久不能入睡。大约过了子时，她迷迷糊糊看到，陛下领兵出了西阳门，一会儿，突然变成一条龙，鳞甲虽有，爪角不长，气象很弱，乘着紫气云彩冉冉西去。护从人员一个也没有。随后看到南阳王光着脚来了，看到她也不言语，突然也化为一条龙，往西飞去了。乙弗妃急忙高喊："王爷，带着我呀！"自身不觉也随之西行。一会儿，见北方来了一人，高大威猛，心里想着应该是高欢，他仗剑立在大树之顶，再看那棵大树，高七十余丈，树冠很大，一人身披金甲，手持白刃，也在树上，大声呼曰："大家高欢！"话音未落，就见高欢足生祥云，化为黄龙，长六十余丈，在祥云中矫健地飞腾。此时，雷电交加，风雨骤至，那黄龙金鳞耀眼，火眼睁光，牙爪攫拿，翻覆有势，云雾遮了半边天。南阳王急忙回避，蜿蜒而行。此时，望见西北天上又有黑云一片，从地而起，一人仗剑立于云上，仪表非凡，衣服全黑，发垂两肩，长与身高相等，气势很盛，与南阳王相遇，化为白龙，鳞甲爪牙如玉。其黑云也遮了半边天，南阳王虽是龙，但畏缩一团，仰视红日天光，烟雾弥漫，氤氲不散。一会儿，有彩云一朵，从西而来，中间有两朵仙花，其大如盘，南阳王乘云而去，衔得一朵，擎于手中。乙弗妃心中恶之，与南阳王相失了。随后，黄龙乘势赶上，也衔了一朵而去。乙弗妃不见南阳王，没有了依靠，十分恐惧，低头一看，身在万仞高山之上，危险难行，不禁失足，跌下深渊。乙弗妃惊出一身冷汗醒了，原来是南柯一梦。

不知乙弗妃所梦凶吉如何，请看下回章节。

# 第 **36** 回

王思政奉诏入关西　李虚无盗衣走晋阳

话说乙弗妃夜里做了一个离奇的梦，梦醒之后，正是五鼓，乙弗妃起来梳洗之后，细想梦中景象，觉得似乎在预示着什么，若此梦成真，朝廷必有大变。南阳王怎么能变成龙，而且那么畏缩？将来即使没事，恐怕自身不保，坐在房中发呆，闷闷不乐。

元宝炬上朝回来，乙弗妃把夜梦告诉了王爷。

元宝炬听了，心中惊讶不已，停了一会儿，对乙弗妃说："如果应了此梦，魏室江山必然倾覆。龙者，君像也，高欢为黄龙，主有天下。况且其父名为高树生，正应了神人的话。白龙，庚辛色，只怕西方还会有人称帝。我化为龙，或许也有人君之份，但是，奄奄不振，必然是受制于强臣之手，徒有虚名。至于衔花一事，主我有重婚之兆。但是，我与卿结发情深，断无弃卿别娶之理。可是，高欢也取了一朵花，不可理解。"说完取出花笺一张，将乙弗妃梦中所见一一记之，让她收好，留为他日见证。

夫妻二人正说话间，报说："侍郎王思政来访。"立即接入密室议事。

王思政说："我奉帝诏，要去关西联络贺拔胜，让其对抗高欢，特来与王爷告别。"

元宝炬嘱咐说："此事机密不可泄露，愿君慎重。"

王思政说："我扮作商人，潜入关西，相机行事就是了。"

元宝炬说："如此甚好。"

却说贺拔岳镇守关西，军政安稳，四民乐业，全以行台左丞宇文泰为心腹。宇文泰文武全才，态度深沉。贺拔岳非常器重他，言无不听，计无不从。

宇文泰已二十四岁，尚无正室，身边只有李姬一人。想等李姬生了儿子，册立为正室。后来，李姬生了一个女儿，所以没有扶正。

有一天，贺拔岳出来狩猎，驻军华阳城外，众将跟随去了。宇文泰看到军中无事，对手下三个头目说："你们化装成游客，陪我到华阳城游玩去。"

他们走过几条街道，忽然看到一个相面算命的招牌，一个头目说："那里有看相算命的，左丞是否算一算？"

宇文泰也是临时起意，说："好的。"于是带着三人走入店中，向相面先生拱手道："请问，先生如何看相算命？"

相面先生说："在下略通《相经》，自然可通过面相算命。"

宇文泰说："请先生为我看看面相。"

相面先生看了宇文泰面相，又问了生辰年月，对宇文泰说道："这里不便说话，请贵人到里边谈话。"

四人走进去，相面先生向宇文泰作揖，说："不知贵人下降，有失迎迓。"

宇文泰说："我乃经商之人，何敢称贵人？"

相面先生说："贵人不必瞒我，尊命极贵，眼下虽有爵位，不足为奇，一遇风云，飞升云表，必为万民至尊，现在喜气重重，来春必生贵子。"

宇文泰笑了，说："我尚未娶妻，哪儿来的贵子？"

相面先生听了，拍手笑道："好呀！今天算是遇着了。"

宇文泰问："怎么遇着了？"

相面先生说："我是成都府人，云游无定，为什么在这里耽搁呢？因为受人之托，必须了却此事才能走。"

宇文泰问："什么事？"

相面先生说："此间有一长者，姓姚，名文信，几代名家，富有而好礼，世居盘陀村，有一个女儿名叫金花，年方十八，才貌无双，前日我推算其命，贵不可言，定当母仪天下，不是寻常人可以配得上的，姚老爷想寻贵婿，留我在这里相面，看看有没有可以配得上的人，为她做媒。今天遇到贵人，与她正是天生一对，既然没有娶妻，在下愿做媒，敢问姓名，好去通知。"

宇文泰听了，喜出望外，便把名字告之，定于明日来讨回音。回来时，嘱咐三人，此事不可泄露。

相面先生到姚文信家，说："近日遇到一个贵人，前来算卦，此人将来极贵，实在是佳婿，不可错过。"

姚文信听了，非常高兴，说："先生说是佳婿，我们自然满意。"

第二天，相面先生在原地等候。

宇文泰来了，相面先生告诉他，姚家已经答应了。

宇文泰立即报告给了贺拔岳。

贺拔岳听到宇文泰寻到满意的女子，让他立即备聘礼去求婚，早日娶过来。

于是，停军三日，城内备下公署，让宇文泰与姚金花共结花烛。

宇文泰娶到姚金花一看，不但长相美丽，而且说话温柔，举止文雅，心中十分高兴。于是拜别姚金花父母，一同回了长安。到家之后，宾朋都来祝贺，宇文泰张罗招待，忙了数日，一天，门人持贴来报："有一商人打扮之人，从洛阳来，要见主人。"

宇文泰拿过名帖，一看名字，心中大惊，急忙亲自出去迎接，见面施礼，问道："侍郎乃天子贵臣，为何突然到这里来？"

王思政说："偶然来访亲友，不想打扰地方，所以扮成商人，特来看望左丞。"

宇文泰问："侍郎是不是要见我们元帅呀？"

王思政说："贺拔公也要去拜见，久闻左丞才智不凡，见识高远，先来一叙。"

宇文泰听了王思政的话，请到密室相谈。

宇文泰问："不知侍郎要谈何事？"

王思政说："我今天特为国事而来。"

宇文泰说："自从渤海王当国，寇乱已平，天下治理安全，国家能有什么事麻烦侍郎远来。"

王思政问："左丞以为渤海王是什么人？"

宇文泰说："高王灭尔朱，扶帝室，大魏之功臣。"

王思政说："起初我等也是这样认为的，但是，谁知道灭了一个尔朱，又生了一个尔朱。现在，高欢身在晋阳，遥执朝政，重要的郡镇，都是他的旧党所据，天子孤立于上，国事自危，最近，高欢又把尔朱后纳为妾，败坏纲常，做出这样的事情，他会坚守臣节吗？皇上素知行台与左丞忠义，兵马足以与高欢抗衡，所以，特派我秘密前来，商谈共订盟约，为异日长城之靠，所以推心置腹来谈此事。"

宇文泰说："高欢之心，路人皆知，我们元帅怎么能与他同流合污呢？只是其势甚大，所以，表面上与他结好，请一起去见贺拔元帅，商议此事。"

王思政与宇文泰一同来见贺拔岳。

贺拔岳听说王思政到了，急忙下阶相迎，寒暄过后，王思政拿出皇上的密诏，给贺拔岳看。

贺拔岳再拜而受，说："国势将危，正是人臣捐躯效节之时，何况还有皇上的圣旨，我等一定遵旨，不敢有二心。"

贺拔岳请王思政到后堂，设宴招待，宴罢，王思政不敢久留，起身告辞。

贺拔岳说："请奏于天子，高欢如果有变，我们必尽死以报，倘有见闻，当使宇文左丞到京面陈。"

王思政告别贺拔岳、宇文泰，星夜赶回京城，将此行结果奏与皇上。

元脩说："贺拔岳应该没有他意，但是，恐怕高欢始终难以制止，怎么办呢？"

斛斯椿说："陛下勿忧，臣有一计，足以除去高欢。"

元脩问："爱卿有何计策？"

斛斯椿说："臣结识两个嵩山道士，善于用符魇之法，臣曾尝试其法，很灵验。他们说能摄人魂魄，用伏尸术，埋而压之，其人必死。只要本人出生年月日及贴身内衣，用这个办法没有不灵验的。臣欲托其行事。现在，高欢的出生年月日已有，缺少他的贴身内衣，需要一人到晋阳盗取，只要法物齐备，作起法来，可坐等其毙命。"

元脩说："此法如果灵验，胜于用兵数倍，卿善用之，不要做不成，白白地让人笑话。"

斛斯椿受命而去。

却说高乾与皇上订立盟约之后，没想到皇上有别的意图。后来看到皇上增加部曲，心中怀疑。私下对亲信说："主上不用勋贤，而亲近群小，派遣近臣去关西，与贺拔岳计议，又派贺拔胜为荆州刺史，对外似乎显示疏远猜忌，实际是树立自己的党派，这是招祸的做法，必然涉及我。"于是，秘密地告诉了高欢。

高欢已经收到了封隆之、孙腾的书报，说："朝廷听任匪人，暗招刺客，潜入晋阳，欲害大王，宜谨慎防之。"

高欢收到书报，既怒且笑，说："皇帝即使嫉妒我，又能奈我何？只是这刺客，应当防备。"

此后，每日与尔朱夫人身居内室，在旁伺候的全是女子。外官不是亲近的不得常见。每三天或五日，处理军务。四方有要紧文书，都是侍女传递。十天宴请众官，也不出府。从正厅到寝室，共有十个门，每个门设立两个监守官员，查看出入人等。内堂门户，都是女子把守，不敢乱行。原来搞宴会，不到二更不散。现在到了日落西山，立即散席。他最亲爱的人，只有尔朱夫人一人。关于防刺客一事，告诉了尔朱夫人，其他人都不知道。高欢这次又收到高乾的书信，心想：此事不能不管了，召来高乾，当面商谈此事。

高乾见了高王，详细陈述了朝廷的所为，并且说："不久一定有变动，大王不如接受禅让，自己做了皇帝，就不会有这些祸事了。"

高欢急忙制止高乾，说："司空不要妄言，此事想都不要想。我马上写奏折，请任命司空为侍中，门下之事，全靠司空了。"说完，马上写了奏章，奏请高乾为侍中。又对高乾说："明天是花朝节，当在北府中宴请司空。"传令百官，明天都到相府伺候。

高乾拜别高欢，回馆驿休息。

第二天，司马子如来见高欢，二人一同往北府去，正走之间，看到一个蓬头道人，手持团扇，上写：善观气色，预识吉凶。他见高欢的仪仗队到来，全不退避，军人将其拿住，送到马前。

道人叩首说："不知大王到了，冒犯虎威，乞求免罪。"

高欢吩咐放了他，道人起身，偷眼看了一下高欢。

高欢到了北府，安排在西园宴请，等高乾与众人到来。不久，人员到齐，酒宴摆上。高欢座在南面，高乾与百官依次坐下，笙歌奏起，女伶乐伎纷纷敬酒。

此时，娄妃与众夫人在景春园的百娇亭上饮酒赏花。听到乐声嘹亮，问宫人："何处奏乐？"

宫人答："大王来了，在西园宴请客人。"

娄妃暗想：大王与我一月不见，宴罢之后，自然进宫。便同诸夫人各自回内阁了。哪知高欢一心只在西府，时间刚到未时，便起身对高乾说："司空早回朝中，皇上会再让你为侍中，诸事留心，明日为你送行。"

高乾拜谢，高欢说完就走了。

娄妃听说高欢走了，心里很不高兴。

司马子如送高欢回府，走到中途，又看到蓬头道人立在街旁，注视高欢。司马子如心中怀疑，就命人将他带回府，问他为什么两次冲道。

道人说："贫道深通相术，今天观大王气色，主在今夜就会有疾病缠身，想为大王寻求一个解救之术。所以在旁偷看。"

司马子如说："你这话当真？今夜如不能应验，定加重责。"吩咐左右，将他锁在空闲客房，不许放出去。

高欢回到西府，已是傍晚了，与尔朱夫人在春风亭上开筵对饮，宫女轮流斟酒。人美花香，十分快意，不觉沉醉。将近二更时分，月明如昼，想下阶闲步，站起身时，不小心衣袖将一个金杯扫于地上，他弯腰去拾，忽然一股黑风从地而起，直冲高欢面孔，回避不及，顿觉气冷如冰。

尔朱夫人看到高欢脸色有变，慌忙问："怎么了？"

高欢不应，与尔朱夫人联坐，再命进酒，连饮数杯身渐不快。尔朱夫人急忙扶着高欢来到寝室，他刚坐下，突然大口呕吐，然后倒在榻上。

尔朱夫人侍坐在榻旁，不忍去睡，三更时候，高欢大呼疼痛，尔朱夫人急忙问："哪里疼痛？"

高欢说："太阳穴如斧劈，痛不可忍。"话还没说完，又说："我的右肋、左膝也特别痛，不知是怎么回事？"

尔朱夫人急忙命宫女拿来蜡烛，亲自观看。

高欢皮肤本来白皙，这时三处都是青色。

尔朱夫人惊道："乍疼乍青，症候很奇特，请医生来看看吧。"

高王说："等到天明再说吧。"

尔朱夫人说："大王过去曾有过这症状吗？"

高欢忍着痛说："我自幼体弱，饮食少进，不能受劳累，三十年前，身体很瘦弱，后来身居高位，但是，东征西杀，依然不够精神，自从来到晋阳，逐渐肌丰神壮，身体日强，虽应付事务繁忙，也终日不倦，已经五六年了，疾病全无。所以才敢纵情酒色，朝夕自娱，过去有值班医官，我因没病，让他走了。今天半夜去找医生，恐人心惊慌，所以，天明以后如果还不好，再去找来。"

尔朱夫人见高欢愁眉不展，似有不胜疼痛之状，心中很着

410

急，盼着快点天明。天色微明，急忙传谕出宫，宣召医官来看。

医官来了诊过脉息，再看其痛处，来到外边开方，私下对侍者说："诊断大王的脉息，没什么病，三个疼痛之处，看不出是什么原因，恐怕是遇到妖魅之物，以致此祸，应启奏妃主，问明大王，再商量如何治理。"

内侍说："昨夜在后花园饮酒，都是宫女侍候，归寝大吐，我问宫女方知，妃主之前不敢禀报。"

却说司马子如绝早起床，往西府验看道人之言真假。此时，百官聚集齐了，忽有内侍传令出来，说："大王昨日醉酒，不能劳动，命刺史尉景为高司空践行，百官免见。"

司马子如有疑问，留下来到里边，问门吏："大王在夜里有什么动静？"

门吏说："大王五更就传医官进去诊病，医官说大王脉象没什么病，身上三处疼痛，疑为邪气所侵，恐怕不是药石可救，得有术士才可解救。"

司马子如听了，暗想：道人之言果然应验，遂令内侍报告请见高欢。

高欢命司马子如进去，看到高欢忍痛之状，问道："大王的病，从何而起？"

高欢就将昨晚之事告之。

司马子如说："昨晚送大王回去，我看到一个蓬头道士，屡次观看大王，带回去问他，他说：'看大王气色，应在半夜发病。'我怀疑他说的话，把他禁在家中，现在大王说有黑气相犯，可能真是妖孽作祟，何不召之来治？"

高欢点头同意，司马子如派人去召道士，一会儿，道士到了，来到内宫，高欢努力坐起。

　　道士见高欢再拜，请看痛处，说："没有别的缘故，这是因为中了鬼毒，请以神针，针其患处就好。"

　　高欢不同意，说："我疼尚能忍，岂可再用针刺？况且太阳穴、肋、膝等处，不是可针之处，你可用别的良方医治。"

　　道士说："良方虽有，但不能根治，只能暂时止痛。"

　　高欢命试一下。

　　道士讨来一杯净水，画符念咒，以水喷于三处，果然疼痛减轻，命留其在外阁，司马子如告退。

　　这天夜里，道士独宿阁中，将过半夜，道士再行邪法，高欢病又大作，比昨天更痛。

　　尔朱夫人大惊，命侍从去叫道士，道士说："大王不许用针，所以复发。"

　　尔朱夫人又派人去问："除了用针之法，还有什么解救之法？"

　　道士说："大王不肯用针，还有一术，但需明夜为之。"

　　侍从问："什么方法？"

　　道士说："需用大王贴身内衣数件，在东南找一个僻静之处，待贫道作法，则鬼毒可除，大王便得安宁。"

　　侍从报给尔朱夫人，尔朱夫人见高欢闭目忍痛，不去告之，命宫女将大王换下来的贴身内衣数件，放一匣中，付与内侍，命其明日与道士同住，选一僻静处，在内作法，不许放他出去。

　　侍从领命而去，将衣服交与道士，道士大喜。

次日，道士对侍从说："我住的旅店在东南方，你与我同去。"来到店内，侍从紧紧守定。

到了夜间，道士说："我要作法，请你宿于外边，贫道需闭门作法，外人不可窥探。"

不知道士拿了高欢内衣，如何作法，请看下回章节。

# 第37回

伏尸术奸人害高王　识诡计桐花开衣匣

话说道士做法事不让外人在旁，侍从只好按他的要求，在外边等候。

半夜时分，道士将高欢衣服藏起来，取出几件破衣服，装于匣内，书符数道，封住匣口，然后取出高王画像，拔去三个针，用火焚烧了。

道士做好了一切准备，天明出来对侍从说："我已施法，大王自然好了。"

夜里三更时，高欢疼痛渐渐好了，起身对尔朱夫人说："此病速来速去，非常奇怪。"

尔朱夫人将道人取衣作法告诉了高王。

高欢说："道士作法这么灵验，此功不小，我今日出去处理军务，以解内外之惑。"梳洗完毕，侍从带着匣子进来，说："道士叮嘱，此匣不可轻开，开则恐大王之症复发。"

高欢命藏起来，问："道士何在？"

侍从说："在外边。"

高欢说："要厚赏道士，并请他到清宵宫居住。"

清宵宫是晋阳第一道观，侍从出来，对道士讲了高欢的安排。

道士说："大王疾病已解，贫道不是贪赏而治病，事已毕要去云游了。"侍从挽留不住，随他去了。

高欢自思，那天夜里招黑气致病，是否因尔朱旧宅，尔朱兆魂魄作祟？不如在城东选址，建造新府，于是，召集工匠，选出新址，日夜督造，限期建成。

此时，段韶从京师回来，高欢召入，细问朝事，段韶说："皇上以斛律椿为心腹，让贺拔胜为荆州刺史，派王思政到关西与贺拔岳密谋，虽不知为何事，但估计应该是针对大王的。"

高欢听了，叹口气说："我不负皇帝，皇帝负我。古人云，功高震主者身危，说的正是我呀！"然后对段韶说："你在这里就职吧，不必再回京城了。"

段韶受命而出。

次日，接到肆州文书，报说阿至罗带兵十万攻打肆州，所到之处，烧杀抢掠，无恶不作，请发兵救援，诸将请求去救。

高欢说："朝廷自有良谋，何烦我去征讨？"

不久，朝廷的诏书到了，催高欢发兵讨伐。

高欢将诏书放在一旁，依然不发兵。

司马子如说："肆州与晋阳连界，肆州若危，晋阳也不得安宁。"

高欢说：“其中利害，我岂不知？但我恨朝廷急则用我，缓则忌我，我不发兵，朝廷必急，让朝廷感到危机吧。阿至罗虽强，只要我说发兵，其心必怯，其实我不用发兵，遣使持书晓以威福，可以不战而屈之。”

于是，高欢给阿至罗写了一封信，派使者送去，劝其归顺。

阿至罗收到高欢的信，亲自接见使者，说：“高王有命。我不敢违抗。”引兵退回了原境。

却说骗取高欢衣服的道士，叫李虚无，他回到洛阳，对斛斯春等详细诉说了骗取衣服一事。

斛斯椿及潘有璋、黄平信大喜，共入密室，推算其年命，这一年，高欢三十八岁。

黄平信说：“按高欢八字推算，今年三月，主其时运有灾星，可以助成我术，其他时间都是吉星照命，施术难以成功。”

于是，他们绑了一个草人，给其穿上高欢衣服，又画一个人形，压在草人身上，共埋地下。日夕画符作法，召其魂魄，告诫不可乱动，到三月十五日子时三刻，其命自绝，这种伏尸之术，未有能幸免者。

最近一段时间，高欢常精神不振，寒热时作，每隔三四日，高欢出来处理军务，感到十分疲倦，医官时时进药，百无一效。

这一天，东城新府造成，高欢亲自来观看，只见庭院深深，楼台重叠；假山水榭，布局合理；土木之工，精巧绝妙；蓝墙黄瓦，金碧辉煌。高欢命人选择吉日搬迁，通过先生查看，三月初三为吉日，可以搬迁。于是，高欢与尔朱夫人乔迁新居，寝宫题名为"广寒仙府"，珠帘绣户，仿佛瑶台，曲室兰房，宛如仙境。

百官入贺，皆令免见，到了晚上，与尔朱夫人并坐对饮，笑着对尔朱夫人说："卿是阿娇，此处可当金屋否？"

尔朱夫人微笑着不语。

高欢又说："前日得病，以府邸不安，才想建此新府，想到一个安静之处……"话没说完，高欢忽然闭目口噤，鼻子出血如注，身体坐不稳，渐渐垂下了头。

尔朱夫人以及左右大吃一惊，急忙将其扶起，已不省人事，只见高欢神气将绝，吓得尔朱夫人边哭边喊，用世俗解救暴死之法，命宫女取外祠纸钱烧于庭下，取酒谢地，一会儿，鼻血少止，张开口，尔朱夫人急忙取姜汤缓缓灌之，很久才醒。约有两个时辰，高欢忽然长吁，流着眼泪对尔朱夫人说："我差点儿见不到卿了。"

尔朱夫人问："大王是怎么了？让人惊慌，要吓死人了。"

高欢说："我正与卿讲话，只见一人身长丈余，头裹黄巾，手拿文书对我说'主司有请'。我问：'主司是什么人，你敢擅自入内？'正要斥责他，此人将我咽喉卡住，顿时我两眼发黑，不知南北，耳中只听卿在唤我，却张不开口。魂魄渐渐离开了我的身体，忽有火光从顶门出，喉间才有气出，睁眼看到了卿。现在喉咙还痛、眼也痛，浑身无力，看来我命不久了。"

尔朱夫人听了，泪如雨下，勉强安慰说："大王神气虚弱，故见神见鬼，应该告诉世子，召来医官，调理元气，自然平复。"高欢点头同意。

天明，高欢派人去召世子。

高澄急忙来到新府，拜见父亲与尔朱夫人。

高欢对他说："我二月中旬得病，淹留至今，昨晚更加沉重，看来不久于人世，你母亲在北府尚未知道。你回去告诉她吧。"

高澄退到中堂，请出尔朱娘娘，问："我父犯的是什么病？儿实不知，求娘娘细说过程。"

尔朱夫人将其先后得病过程——告知，高澄听了大惊失色，说："父亲病如此严重，应该找医官医治，诸事全靠娘娘调护，我且去告诉母亲，再来问候。"

高澄急急忙忙来到北府，见到母亲，泪如雨下，说："今日去见父王，卧病在床，十分沉重，原来二月就病了，现在越发严重。"

娄妃听了大惊，问道："什么病？"

高澄把高欢二月得病、昨晚再犯过程，详细告诉了母亲。

娄妃与高欢夫妻情深，尽人皆知，听说他病情如此严重，脸色大变，说："新府是什么人在陪侍，能使你父流连忘返？"

高澄说："此事父王不许泄露，所以不敢告知，时至今日，不能不告诉母亲了，新府美人，是尔朱皇后。"

娄妃问："尔朱皇后怎么会在这里？"

高澄说："北乡公主逃走时，父亲命恒山夫人去追，结果，追上以后尔朱皇后与恒山夫人交战，被恒山夫人擒拿来。父亲喜欢她的美色，收纳宫中，朝夕不离。"

娄妃听了非常着急，说："臣纳帝后，关系到名声，你父怎么能这么做？你今夜到东府，在阁门外宿寝，你父病势轻重，随时派人告诉我。"

高澄再拜而退。

娄妃哀叹不已。一会儿，诸位夫人听说大王病了，都来问讯，娄妃实话告知。

桐花来了，娄妃很不高兴地问："大王纳尔朱后，你怎么瞒着我？"

桐花说："大王有命，不许告知，但罪实在妾，若不擒获，放尔朱后去，就不会让她被大王所纳了。"

众夫人问："此女容颜如何？"

桐花说："若论容颜，身材、五官、肤色等，真乃国色天香，作为女人，我看了也生出怜爱之心，大王见了，怎么会不爱呢？"

忽有使者到，告说："大王疾病少可，已进汤药。"

众人听了，心中稍安。

娄妃想亲自去看，先派宫使启请。

高欢说："病已见轻，不必过来看了，痊愈后自会过去。"

娄妃听了，心中很不高兴。

到了黄昏，遂又发昏，口鼻流血，遥见羽仪仗队，停在翠屏轩一侧，黄巾人等拥满床前，邀请同往，灵魂飘飘欲去，幸亏有两个大力士似天神一般，一个手持宝剑，一个手持金瓜，侍立在床前护卫，使黄巾人不敢近身，到了四更方醒，夜夜如此，所以肌肉消瘦，自惧不保。

这一天，召来高澄吩咐道："我吉凶难料，但军务不可废弛，你传我命令，叫窦泰领兵三千，去巡视恒州、肆州，慑服阿至罗；彭乐领兵三千，移屯平阳；段韶暂领镇城都督，领骁步五千，守御晋阳；韩轨镇守秀容，兼督东京关外诸军事；司马子如可参府事。其余头目、诸将各依原来职责施行，明日替我去各庙敬香，祭告家庙。"

高澄逐一领命，才出阁门，忽报大王又昏迷了，口鼻出血，高澄心中着急，忙问医官："我父王究竟是什么病？"

医官说："臣等昨日诊大王之脉，外冷内热，今日诊之，又外热内冷，这是祟脉，必有妖魅作祟，所以日轻夜重。"

高澄听了，更加忧虑。

第三天，高欢感觉身体稍可，恐大家心中不安，强乘步辇，坐堂听政。堂上设金床绣帐，旁边有执事宫女十二个，合府大小和文武官员都来参谒，高欢简单安排一番，命众人退去，独召天文官，问："卿观天象有何变异？"

天文官说："天象没有特别的异常，但是，台辅星不明，邪气蒙蔽，主大王有不测之灾。"

高欢问："此气何时开始出现？"

天文官说："三月初三夜间已犯此气，近日或明或暗，未尝有定，怀疑有人下伏尸鬼为祸，所以大王不得安也。"

高欢问："伏尸鬼是什么意思？"

天文官说："天上月孛星、计都星为灾星，此所谓伏尸也。今大王所犯，必有怨王者在暗中作魔魅之术，以乱气迷相，使大王精神减损，幸亏大王命中尚有吉星相临，可保无妨也。"

到了酉时，高王乘步辇入内，他想：内外左右都不敢有怨，唯有恒山夫人素通妖术，没有尔朱夫人时，与其恩爱无间，现在冷落了她，或生怨望，暗中害我？总之，胡思乱想，说不清楚，又想："不如召来，以夫妇之情动之，即使非她所为，也能施法救我。"

当天夜里，其病复发，次日，派人召桐花前来。

桐花拜见娄妃，说："大王召妾前去，不知何意？"

娄妃说："妹妹多才智，你去我也放心，赶紧去吧。"

桐花到了新府，高欢躺在床上，尔朱夫人侍坐床前，桐花与尔朱夫人相见，便揭帐去看，只见高欢形容憔悴，顿时流下泪来，说："几日不见大王，怎么消瘦成如此模样了？"

高欢拉住桐花的手，问："娄妃知道卿来看我吗？"

桐花说："我拜见了娄妃，是娄妃命我来的？"

高欢说："我其实没有病，据天文官说，是有人怨恨我，暗里施行魔魅之术害我，日轻夜重，夜晚昏迷时，常有黄巾人等前来相逼，卿素有灵术，想让卿作法驱除，以解我厄，不然，恐怕要长别了。"

桐花说："妾等全靠大王一人，现在大王有难，即使粉身碎骨在所不辞，但恐妾之术不能制止。"说罢泪如雨下。

高欢见桐花如此诚心，也流下了眼泪，说："前日有道士解救，要我贴身衣服数件，用为法物，方得止痛。"

桐花警问道："道士何在？"

高欢说："已经走了。"

桐花听了说："哎呀，大王可能被他骗了，既然解救了，为何又犯此病，衣服何在？"

高欢说："衣服已经交还，现在封在匣中，告诫不可妄动，

421

动则病发。"

桐花说："使用魇魅之术，必须有大王衣服，此道士绝非好人，必定是害王者，来盗取大王衣服。"

高欢大悟，马上命人取来匣子，打开一看，果然是几件破衣服，并非王服，高欢与尔朱夫人大惊。

高欢对桐花说："要不是卿多智，不能破其奸也，下一步该怎么办？"

桐花说："妾请试之。"她到密室，仗剑念咒，取净水一杯，置于寝宫门前。

当天夜里，高欢刚昏迷，过了一会儿就醒了，对桐花说："刚睡去，见寝室门前一条大河，无数黄巾人隔河而望，不能过来，因此就醒了，这都是卿的功劳。"

且说潘有璋在京城，日夜作法，不见高欢魂魄摄来，乃召神使问之，神使道："前几日高欢床前有九真宫游击二将，奉九真之命，差来护卫，因此不能摄来其魂魄。昨日高欢门前出现一条大河，黄金人过不去，所以不能摄其魂魄。"

潘有璋听了，又加密咒，禁绝床前二将，使其不得救护，又书符数道，焚化炉中，使黄巾人得以过河，前无阻路，吩咐道："刻期已到，速将生魂拘到，不得有违。"

黄巾人奉命而去，果然妖术厉害，高欢那夜血涌如泉，昏迷欲死，尔朱夫人与桐花守到半夜，渐渐气息将绝，惊慌无计，相对而泣，又急忙召来高澄。

高澄进来，看到父亲危急，悲痛欲绝，只得跪到庭前，对天祷告，当时，已是三月十五子时，高欢渐渐口中气若游丝，流血也止住了，两只眼睛微微张开，渐能言语，看到世子在前，说："我差点不返人世了，在我昏迷之际，看到黄巾人又来了，各仗一剑，像暴风一样渡过大河，床前二将也不见了，被黄巾人相逼，不得自主，只得随之而去，其行如飞。我感觉这次死定了，行到半路，忽然见一队人马到来，马上坐着一贵人，冠服像个王者，拦住道路，喝散黄巾人。牵过一匹马，让我骑上，送我回来。说：'我是晋王，庙在城西，听说大王有难，特来救护，明日有人在我西廊下，其事便见分晓，以后黄巾人不敢再来相扰了。'来到宫门前，把我一推就醒了。明日，你早点去庙里烧香，带着司马子如同去。细心察访。"

尔朱夫人与桐花听了，心中稍安。

高欢又对高澄说："你母亲那里，也要告知，免得她担心。"

高澄说："孩儿见父王危急，已派人去报，现在好了，又派人去报了。"

当时，娄妃在北府，初闻高欢病危，与众夫人相对而哭。后来使者到，报大王暂时无事，心下稍安。

高澄坐到天明，召司马子如来，告诉他父亲的指令，便一同乘马来到晋王庙前，只带亲随数人进去。

道长迎接，先到大殿焚香，拜谒神灵。

高澄跪下祷谢，拜毕起身，同司马子如步入西廊，只见一人急急躲避。

司马子如看到此人，感觉面熟，忽然想起，他是斛斯椿的家人，叫张苟儿，为何在此？必有缘故，命随从将其拿住，带到府中，高澄不解其意，司马子如说："一会儿就明白了。"

高澄一起来到司马子如府，在密室坐定，命带人进来，司马子如问："你叫什么名字，在这里干什么？"

那人说："小人名叫石方，到此地买马，因有同伴二人，住在庙中，所以到庙里寻找二人。"

司马子如问："你认识我吗？"

那人摇头，说："不认得。"

司马子如说："你不认识我，我却认识你，你是斛斯椿的家人，叫张苟儿，为什么不说实话？"

那人听了，大吃一惊，叩头说："小人实是斛斯椿家人，奉主人之命，到这里给东陉关张信甫送信。"

司马子如说："一派谎言，你是侍中的亲信家人，差你到此，必有缘故，快快招来，免得一死。"

高澄喝令："左右拔刀侍候，若有支吾，即行斩首。"

张苟儿还是不承认。

司马子如吩咐将其锁起来，派人到庙里，找到道长，捉拿他的两个同伙。

不知司马子如能否抓住张苟儿的同伙，请看下回章节。

# 第 38 回

## 尔朱妃喜生贵子　贺拔岳扩张被害

　　话说司马子如派人去捉张苟儿同伙，一会儿，押来二人，不让他们与张苟儿相见。司马子如在厅内排列两行刀斧手，对二人喝道："你们是斛斯椿的家人，你家主人之事，张苟儿已经招认，你二人也要详细招来，倘有一言不符，立即做刀下之鬼。"

　　二人听到张苟儿已经招供，吓得面如土色，知道难以抵赖，把斛斯椿留道人在家，使用魔魅之法害高王一事供出。

　　司马子如掌握了情况，将张苟儿带来，喝道："你家主人暗行魔魅之术，欲害高王，我已全知，你还想抵赖吗？如不交代，立即用刑。"

　　张苟儿见事已败露，受刑无益，只好如实交代。

　　高澄问："妖道叫什么名字？"

　　张苟儿说："一个叫黄平信、一个叫潘有璋。还有一个叫李虚无，就是他来骗取衣服。"

高澄问："他们如何施行妖术？"

张苟儿说："听说叫伏尸法。将大王的衣服穿在草人身上，埋压于地下，说三月十五日子时，高王必命绝，所以，派小人来此打听消息，这都是主人的命令，事不由己，望能饶命。"

高澄听罢，大怒说："堂堂天朝大臣，暗行魍魉之术，真乃小人伎俩，看来这些人个个该死。"

司马子如说："若不是大王有福，险遭毒手。"命将三人监禁起来。

高澄回到新府，走到寝室门口，遇到恒山夫人，问："我父王怎么样了？"

桐花说："现在好多了。"

高澄来到寝室见父王，将庙里捉拿张苟儿等，审出斛斯椿暗行魍魉之事，告诉了父王。

高欢叹口气，说："我没有对不住朝廷的地方，为什么一定要置我于死地？我不得不为自己考虑了。"

高澄出来，门吏来报："恒州术士高荣祖、山东术士李业兴到了。"

原来高欢有病时，命人召其来解救。

高澄见了，将前后经过细述其故。

高荣祖说："那两个妖道，我们都认识，黄平信法力有限，潘有璋善于持符咒伏尸术，足以害人性命，今幸其法已破，除却此术，我们有办法禳解，不足为虑。"

高澄大喜，急忙告知父王，将二人留在府中。

高欢自此气体平复，精神渐强，事无大小，均自行解决，不再禀告朝廷。

再说斛斯椿等到三月十五日功满，张苟儿杳无信息，潘有璋惶恐着急，对斛斯椿说："此人洪福很大，暗中已得到救护，伏尸之术已无用处。"

斛斯椿大惊失色，说："此人不死，我辈死无葬身之地，下一步该怎么办呢？"

潘有璋摇头说："没有其他办法。"

第二天，元脩召见斛斯椿，问："魔魅之术如何？"

斛斯椿如实上奏。

元脩很不高兴，说："为之无益，徒成画饼，倘若让其知道，更增仇恨。"

斛斯椿说："此事甚密，高欢怎会知道？但其耳目甚广，恐现在京城勋贵有泄露者。"

元脩说："司空高乾曾与朕立盟，绝不负朕，现在又结交高欢，泄露机密，高欢奏请其为侍中，朕不允许。又求为徐州刺史，其意叵测，朕欲诛之，你看如何？"

斛斯椿说："高乾与高欢本是一族，又是同起事之人，往来密切，很有可能泄露机密，他若把私盟之事告诉高欢，高欢必有二心，高乾应该诛杀。"

元脩听从斛斯椿的计策，下诏给高欢，说："高乾曾与朕联盟，数言王短，现在又到王前，有什么说法，王可直奏，以止离间之口。"

高欢见了诏书，对高乾与皇帝结盟不满，立即取来高乾前后数封书信，封好送给皇上。

元脩召见高乾，对着高欢的使者，责备高乾。

高乾说："陛下自立异图，反过来说臣反复，人主加罪，何患无辞？"

元脩大怒，赐高乾死，又敕书徐州刺史潘绍业杀其弟高敖曹。

高敖曹听说兄长被赐死，知自己祸也不远了，于是埋伏壮士在路边，捉拿了潘绍业，得到了敕书，带了十几个亲信，投奔晋阳来了。

高欢听到高乾被皇帝赐死，非常后悔。见了高敖曹，抱其头大哭，说："陛下无故妄杀司空，令我心痛。"

高仲密为光州刺史，元脩下诏青州刺史断其归路。

高仲密得到消息，也来到晋阳，高欢任命他为将。

高欢病愈后，尚未到北府与娄妃相见。这一天，高欢让桐花先回去，告诉娄妃自己一会儿过去。

桐花回来拜见娄妃，娄妃问高欢起居，桐花说："大王容颜已和过去一样，一会儿就来了。"

不久，高欢就到了，他抓住娄妃的手，深表歉意。

诸妾知道高欢来了，带着儿女都来拜贺。

高欢说："真是上天保佑，又与卿等见面了，然而，天下事尚未可知，我绝不会学尔朱天宝，任其宰割也。"

娄妃说："天下谅无什么变化，大王就在晋阳静守，且图安乐就是了。"

当天夜里，高欢宿于娄妃宫中，私下对娄妃说："我纳尔朱后，夫人一定知道了，夫人一向度量宽宏，定不怨我。但是，彼此各不相见，也不是常理，现在尔朱夫人怀孕将产，如生男，想委屈夫人去贺一番，彼此便可会面，不知愿意否？"

娄妃说："妾虽量宽，但纳尔朱后有损大王威名，不过木已成舟，见面有什么不可？尔朱夫人果生男孩，妾自当去贺喜。"

高欢大喜，作揖谢之，并说："我岂不知此事有损声誉，但其色绝美，实在不忍弃之。"

数日后，尔朱夫人果然生了一个男孩，高欢非常高兴，取名浟，字子深，乃高欢第五个儿子。

过了三天，娄妃备礼来贺，与尔朱夫人相见。

尔朱夫人已经知道娄妃要来，派人迎接，相见后各叙宾主之礼。

娄妃稍停后，回了北府，从此，两府往来无间，不必细述。

且说关西贺拔岳接了皇上密诏，要共图晋阳，然而，又惧怕高欢强大，心中不安，召来宇文泰商议。

宇文泰说："最近听说高欢有病，不能理政，不知真否？公应派使者到晋阳，一探消息，二观其强弱，然后再定夺。"

贺拔岳派行台郎冯景去晋阳探听虚实，高欢听说贺拔岳的使者到了，大喜，立即召见。冯景到殿下再拜，呈上贺拔岳书信。

高欢看完，对冯景说："多蒙行台不弃，劳烦你来一趟，但是，破胡出镇荆州，为什么没有使者相通呢？行台处曾有使者去吗？"

冯景说："也没有。"

高欢命在外厅摆宴，招待冯景，然后送到驿馆。二日后，冯景告辞，高欢又请冯景到殿上，与冯景歃血，约贺拔岳为兄弟。

冯景回来，说："高王礼仪殷勤，欲申盟好，对行台相厚，究竟真假，不可知也。"

宇文泰说："高欢奸诈有余，不可信也。"

贺拔岳说："左丞若去，定可了解其真心，但使者刚回，再去恐怕怀疑。"

宇文泰说："高欢纳尔朱后为姿，听说生了儿子，内外百官皆贺，现在备下礼仪，托言祝贺，他就不会怀疑了。"

贺拔岳说："好！"

贺拔岳派宇文泰充当贺使，前去晋阳贺喜。

宇文泰到了晋阳，叩辕求见，将贺礼送上。

高欢接到贺礼，知道来使乃宇文泰，即传入内。

宇文泰到阶下再拜，高欢看其相貌非常，目光如曙，说："公之大名，早有耳闻，只是未曾谋面，今日一见，果然相貌不凡。"

宇文泰说："高王见笑了，前使回去，说高王添子，贺拔行台派我来拜贺，送来薄礼，请高王笑纳。"

高欢说："有什么可贺的，劳烦公这么远跑一趟，足感行台之念，我不会忘的。"随之在堂上设宴，高欢亲自作陪。他暗想：黑獭形貌绝非凡物，不如留在晋阳，免除后患。酒至半酣，高欢对宇文泰说："公是北方人，宗族在北方，卿事贺拔公，为什么不跟我呢？公如能屈居于此，定以高官相授。"

宇文泰听了，立即下席再拜，说："大王看得起小臣，不敢违命，但这次臣是奉行台之命而来，若贪恋富贵，留在这里，则失去了为人之道，如果我是不讲信义之人，大王还喜欢我吗？我先回关西复命，然后再来为大王办事。不知大王以为如何？"

高欢见其言语诚直，遂同意了。

宴罢，宇文泰退去，不回馆驿，带上从人，飞马出城去了。

第二天，高欢想执意将宇文泰留下，派人去馆驿请，回来报说宇文泰昨天就走了。

高欢听了，知道此人不可小看，但是，既然已去，只好作罢。

宇文泰连夜回到关西，向贺拔岳复命，说："高欢状貌举止，很难终守臣节，现在之所以没有篡权，可能时机未到。公应暗里做好准备，到时候图之不难。现在，费也头手下骑兵不下一万。夏州刺史斛拔弥俄突有强兵三千。灵州刺史曹泥、河西流民纥豆陵伊利等各拥部众，没有什么归属。公若发兵到陇山，扼其要害，震之以威，怀之以惠，可收其兵马，以资我军。收编氐羌，北抚沙塞，还军长安，匡扶魏室，此恒、文之功也。"

贺拔岳听了大喜，派宇文泰去洛阳觐见皇上，秘密奏报关西现状和他们的忠心。

元脩听了宇文泰的奏报，心中大悦，封宇文泰为武卫将军，让他回去告诉贺拔岳，可以便宜行事。

八月，元脩以贺拔岳为都督，指挥雍、华等十二个州诸军事，并为雍州刺史，又割心前之血，派使者送去。

贺拔岳受诏，以牧马为名，领兵到平凉驻守。

斛拔弥俄突、纥豆陵伊利、费也头、万俟、受洛、铁勒、斛律沙门等，不敢与贺拔岳斗，依附了贺拔岳。秦、南秦、河、渭四州刺史，同会平凉，均受贺拔岳节制。

唯有灵州曹泥不从，仍依附晋阳。

贺拔岳从此威名大震，兵势日强，他又以夏州为边要重地，要派有才能的刺史镇守，众人推举宇文泰。

贺拔岳说："宇文左丞是我的左右手，怎么可以离开呢？"沉吟几日，没有一人可以胜任，不得已，只好上表任命宇文泰。

高欢得知贺拔岳屯兵平凉，招抚边郡各部落，派长史侯景去招降纥豆陵伊利。

纥豆陵伊利觉得刚受命关西，不同意归顺，侯景回来如实报告。

高欢大怒，领兵三千，亲自率领诸将袭击之，纥豆陵伊利拒战于河西，结果被高欢杀得大败，纥豆陵伊利被生擒，高欢将其部落迁移到了河东。

贺拔岳听说纥豆陵伊利被高欢擒拿，大怒，对诸将说："伊利刚归顺我，高欢竟然灭之，是使我不得有归顺之徒也。今曹泥依附他，我也起兵灭之，以报纥豆陵伊利被擒之仇。"

众人认为不妥，建议派都督赵贵去夏州，与宇文泰商议。

宇文泰说："曹泥孤城阻远，不足为虑，侯莫陈悦贪而无信，宜先图之。"

赵贵回来，将宇文泰的建议报于贺拔岳。

贺拔岳说："侯莫陈悦新受皇上圣旨，许我同心为国，岂有他意？若不灭曹泥，使人畏惧高欢，不畏惧我也，何以威名？"遂起兵，召侯莫陈悦在高平相会，共商讨伐曹泥。

高欢本来忌讳侯莫陈悦与贺拔岳联合，右丞翟嵩说："我可以用三寸不烂之舌，离间他们，让他们自相残杀。"

高欢大喜，派翟嵩秘密潜入关西。

翟嵩到了渭州，扮作江湖术士，贿赂门人求见侯莫陈悦。

侯莫陈悦看翟嵩仪表非凡，应答如流，非常敬佩，留在府内，与其日夕谈论，相交甚欢。

侯莫陈悦问："君游历四方，所见贵人有几个，而极贵者是谁？"

翟嵩说："我相人多矣，若论身材伟岸，相貌出众，命相极贵者，都不如高晋阳，非目前王侯辈所及也。但是，相人也不全在形貌上，还要看其处事。高晋阳为人深沉有度，求贤若渴，有功必赏，故能纠合智勇之士，铲除寇乱。像尔朱家族当初各人称霸一方，谁能抵挡？高晋阳振臂一呼，率领数万之众，将尔朱家族彻底打败。特别是尔朱兆，可以说非常勇猛，而且拥有百万之众，高晋阳与其相战，简直如摧枯拉朽，应该说高晋阳是当代少有的英雄。"

侯莫陈悦听了，心中非常佩服，说："我想结交高王很久了，但是，没有机会。"

翟嵩说："将军真有意结识高王吗，如果将军有诚意，我可以为将军介绍？"

侯莫陈悦问："君与高王有关系吗？"

翟嵩笑道："不只是有关系，我实际是高王的右丞翟嵩，高王知道公的英名，所以特派我到此，探看公的心意，如果公有诚意，就与公密订盟约。"

侯莫陈悦听了大惊，起身致敬说："哎呀，不识右丞光临，连日得罪，如果高王真有念我之心，敢不执鞭以从。"

翟嵩又说了高欢许多好处，侯莫陈悦心悦诚服。

一日，忽报长安有文书到，侯莫陈悦看了，乃召他会师高平，进军讨伐灵州，他暗想：我想依附高王，而去讨伐其属下，此事不可。但如果违背贺拔岳命令，则先触犯了贺拔岳，也觉不可。他召来翟嵩商议。

翟嵩说："制人与受制于人哪个好？"

侯莫陈悦说："当然是制人好。"

翟嵩又问："独居一方与分居一方哪个好？"

侯莫陈悦说："当然独居一方好。"

翟嵩说："那么将军不用犹豫了，为公之计，公先奉其命，即引兵赴之，使其不疑，然后乘机而图之，诛其帅，抚其众，内据关中之固，外援晋阳之力，称雄一方，天下畏服，为什么要受制于贺拔岳呢？"

侯莫陈悦听了，认为翟嵩说的有道理，说："右丞言之有理，我的主意定了。"乃领兵三千，与贺拔岳相会。

贺拔岳听到侯莫陈悦来了，心中大喜，热情接待，数次宴请。

长史雷诏说："我观侯莫陈悦眼神游移不定，莫非心怀叵测，宜谨防之。"

贺拔岳不以为意，使侯莫陈悦领兵在前，行到河曲，侯莫陈悦请贺拔岳到营中商议军事，坐下不久，侯莫陈悦说肚子痛而起。

贺拔岳看着侯莫陈悦，没注意身边的元洪景突然拔刀砍来。

贺拔岳毫无防范，被元洪景一刀砍死，可叹一时豪杰，年仅二十八岁，死了也不知什么原因。

贺拔岳的左右大惊，立刻跑了出去。

侯莫陈悦大声说："我受密旨，只取一人，诸君不必惊慌。"

众人以为皇帝另有圣旨，均不敢动，侯莫陈悦既然斩了贺拔岳，以为大事已定，没有及时招抚众人，而是一面派翟嵩报于高欢，一面引军入陇，屯兵于洛城。

贺拔岳的部将赵贵，请求将贺拔岳的尸体领去，侯莫陈悦同意了，赵贵将其埋葬在高岗上。

侯莫陈悦军中将士相贺，行台郎中薛憕私下对亲信说："我们主帅才智素寡，辄害良将，我等可能随时被虏，有什么可贺的？"

贺拔岳的属下没有依靠，都督寇洛年长，众将推举他总领军事，寇洛说："我才智不足，何以服众，还是另请贤者为好。"

赵贵说："若论贤良，宇文泰英略冠世，远近归心，赏罚严明，士卒听命，若请他做主，定可成事。"

有的说："还是报告朝廷，请朝廷定夺。"

李虎说："我可以去请贺拔岳之兄贺拔胜，来接收贺拔岳的人马。"

都督杜朔周说："远水救不了近火，今日之事，除非宇文泰，没有能办事的，赵将军说的对，让我轻骑告哀，迎接他来。"

众将都同意了，杜朔周骑上快马，一路狂奔向夏州而去。

李虎依然主张去请贺拔胜，他骑上快马，奔荆州而去。

不知杜朔周与李虎准能请来接替贺拔岳之人，请看下回章节。

# 第39回

## 黑獭雪仇掌关西　高欢贪色惑朝廷

话说杜朔周去请宇文泰，到了夏州，诉说了贺拔岳被害的经过，宇文泰听了，当众泪流不止，说："一定是晋阳派人过来，与侯莫陈悦通谋，杀害元帅。如果不杀了侯莫陈悦，为元帅报仇，非大丈夫也。"

杜朔周请他快去，主持军务。

宇文泰说："侯莫陈悦应趁势占据平凉，而今却退去，屯兵水洛，可见其无能，兵贵神速，若不早去，众心将离。"

当时，都督元进与侯莫陈悦关系紧密，宇文泰知道他们之间必有阴谋，与亲信蔡佑商议要捉拿他。

蔡佑说："元进一定会反叛，不如杀之。"

宇文泰召集众将进来议事，宇文泰说："侯莫陈悦叛逆，杀害元帅，我等应同仇敌忾，合力杀敌报仇，众人里边有没有不同意的？"

437

蔡佑披甲提刀直入，瞪着眼睛对众将说："朝谋夕变，何以为人？今日必斩奸人之首。"

众将都跪地叩头，说："愿听将令。"

元进有点迟疑，看到众人跪下，急忙也跪下了，蔡佑斥责道："你如果不同意就立即走。"

元进听了，站起来就走，蔡佑在其后突然挥刀砍去，元进立刻死于刀下。

宇文泰对蔡佑说："好！我若待你如儿，你能待我如父吗？"

蔡佑立刻跪地拜说："义父在上，请受孩儿一拜。"

宇文泰大喜，立刻令杜朔周领兵一千，占据弹筝峡。

当时，杜朔周领军出行，路上管理混乱，有的开始逃散，有的趁势进入民宅，抢掠东西，民众惶恐不已。

杜朔周对部将说："宇文公是伐罪吊民，怎能助贼为虐？我等要约束军队，不得扰民。"于是，加强军队管理，对民众秋毫无犯，民众看了，拍手称快，兵行无阻。

翟嵩回去见到高欢，说："侯莫陈悦已杀了贺拔岳，军中无主，可派大将前去收抚。"

高欢听了大喜，立即命长史侯景领轻骑五百，前去平凉，收抚其余众，不得迟误。

侯景领命而去，行到安定郡，正好与宇文泰军相遇。

宇文泰正在吃午饭，听士卒报："高欢长史侯景，领兵往平凉招抚。"

宇文泰听了，顾不得吃饭，吐哺上马，出来与侯景相会，厉声对侯景说："贺拔公虽死，宇文泰尚在，君来何干？"

侯景一看宇文泰到了，心中一惊，稍停片刻，说："我乃一支箭，为人所射。"遂不前行，领军而还。

宇文泰见侯景退去，立即向平凉出发，到了平凉，换上孝服，拜在贺拔岳灵前，放声大哭，泪流满面，三军将士无不悲哀。他对诸将说："侯莫陈悦谋害元帅，实际是晋阳派人指使，诸君既然推我为主，须听我命令。一是大仇要报，二是王命易遵。不灭侯莫陈悦，不能报大帅之仇。不拒晋阳，不能体恤国家之难。诸将若有不附国，而附高欢者，请离去，不必心怀疑虑，我绝不阻拦。"

诸将说："将军放心，我等唯命是从。"

宇文泰总领军事，号令严明，众心才有所属。

杜朔周回军见宇文泰，知其严令军队不许扰民，很高兴，抱拳贺之。

侯景回去，报与高欢。

高欢又派侯景与代郡张华原、太安王基去平凉慰劳宇文泰。

宇文泰不受，想劫留三人，对三人说："你们留下就共享富贵，不留则命丧今日。"、

张华原说："明公想以死威胁我等，以为我等怕死吗？"

宇文泰见三人不肯留下，只好放他们走了。

三人回来见高欢，说："黑獭雄杰，他日必定成大王之患，趁其未定，出兵灭之，之后无西边之忧了。"

高欢说："卿不见贺拔岳乎？我当以计取之。"

朝廷收到贺拔岳死去的奏报，元修大吃一惊，对斛斯椿

439

说："贺拔岳忠心为国，朕本想倚仗其制约高欢，今被贼臣所害，朕失去一助也。"

斛斯椿说："贺拔岳死了，军内无主，将他的兵全部召到京城，组成为禁卫军，足以壮国威，将侯莫陈悦也召来，以弭后患。"

元脩准许，下旨武卫将军元毗，去慰劳贺拔岳的军队和侯莫陈悦。

却说李虎去荆州请贺拔胜，见到贺拔胜讲明原委，贺拔胜听到弟弟被害，非常痛心，但是，他说："掌管关西之事，应由朝廷决定，我怎么可以去呢？"

李虎听了贺拔胜所言，再三相请，可是贺拔胜不为所动。李虎只好往回赶，此时听到宇文泰已接管了贺拔岳的人马。他来到洛阳，拜见王思政。

王思政向他了解了贺拔岳被害情况，领着他求见皇上。

元脩见到李虎，心中大喜，任命他为卫将军，并赐一大笔财物。

再说元毗到了平凉，对宇文泰宣读了圣旨。

宇文泰说："让我等成为天子的禁卫军，很好，但是，侯莫陈悦既然依附高欢，害死元帅，恐怕不会接受圣旨，公留在这里，派使以皇上命令召之，看其去留如何？"

元毗认为可以，派人召侯莫陈悦来领旨。

侯莫陈悦果然不应诏。

宇文泰对元毗说："侯莫陈悦不奉诏，因有高欢为靠山。我军若去京城，关西必然被高欢所有，此事不可不虑，我写了奏表，请君回奏于帝。"

元毗认为宇文泰所言有理，带了宇文泰的奏表回京，将表奉上，奏表曰："贺拔公被奸人所害，麾下将领拥臣暂掌军事，今若奉诏入京，恐非时机。因臣所领士卒多是西人，顾恋乡土，若逼令赴京，其心不悦。况且侯莫陈悦依附高欢，残害忠良，若不除之，恐祸国殃民。臣请陛下宽限时日，讨伐侯莫陈悦叛逆之罪，稳定关西局势后，整顿军纪，渐引东进，报效朝廷。

元脩看了表奏之后，认为很好，下诏以宇文泰为大都督，统领贺拔岳之军。派李虎回关中，辅佐宇文泰。"

宇文泰收到皇帝的任命，准备发兵讨伐侯莫陈悦。

当时，史贵任原州刺史，是贺拔岳亲自任命的，可是，史贵被侯莫陈悦拉拢，为其利用。侯莫陈悦为了确保原州安全，派王伯和、成次安领兵两千来援助，镇守原州。

宇文泰讨厌不懂感恩之人，派都督陈崇率轻骑袭击史贵，并告说，城内有人接应。

陈崇乘着夜间来到原州，将大队人马埋伏在远处，说："等我进城后，听到鼓响，全体进发，攻到城内。"然后，自己带十几个骑兵来到城下。

原州守城之人不知陈崇乃攻城之大将，毫无防备，陈崇顺利进入城中，立刻占据了城门。城里内应乃高平令李贤，看到李崇得手，立即鼓噪起来，城外伏兵听到鼓噪，一起向城内冲去。

史贵听到鼓噪之声，急忙询问发生什么事了。下属报说："有人来攻城了。"史贵立刻带领人马过去，正好与李崇相遇，两人言语不合，动起手来，史贵不是陈崇对手，几个回合过去，拨马逃走。

陈崇看到史贵跑了，立刻刺马追击，史贵没跑多远就被陈崇擒拿了。王伯和、成次安也被捉拿。

宇文泰到了原州，命陈崇负责原州之事，然后集合全军，去讨伐侯莫陈悦。

侯莫陈悦听到原州被占，大吃一惊，急忙与众将商议如何是好。

南秦州刺史李弼说："贺拔公无罪而公杀之，又不安抚其众，如今宇文泰率军而来，声言为主报仇，人怀怨心，其势不可敌也。为公考虑，宜解除兵权，向其谢罪，以求退兵，不然，必有祸事。"

侯莫陈悦听了，说："那不等于送死吗？"

此时，宇文泰大军已到上陇，军令严明，对老百姓秋毫无犯，百姓大喜，归附者很多。军队出了木峡关，夜间下了大雪，深有数尺，众将想停止前进。

宇文泰说："乘大雪而进，正是兵书所言的出其不意，攻其不备，一举消灭敌人之时，怎么能丢失这个机会呢？"于是，倍道而行，赶往水洛。

侯莫陈悦听到宇文泰冒雪而来，立刻退保略阳，留下一万余人守水洛。

宇文泰到了，侯莫陈悦留下的一万余人，不愿做无谓的牺牲，全部投降了，宇文泰轻松地占据了水洛，派轻骑数百直取略阳。

侯莫陈悦命李弼在略阳抵抗宇文泰，自己要逃往上邽（今甘肃天水区西南）。

李弼知道侯莫陈悦必败，私下派人与宇文泰联系，愿意做内应，宇文泰大喜。

李弼对侯莫陈悦的下属说："侯莫陈悦欲回上邽，你们怎么还不收拾行李？"因李弼的妻子是侯莫陈悦的姨，大家都信了，争着要去上邽，李弼乘机占据了城门。

宇文泰到了，李弼召集众人，举城投降了宇文泰。

宇文泰命李弼为原州刺史。

当天夜里，侯莫陈悦继续前行，可是，军心已乱，逐渐有士兵逃跑，侯莫陈悦猜忌心重，已经失败，还不听身边人的建议。后与其二弟、儿子，还有谋杀贺拔岳的七八个人，弃军而逃。数日之间，盘桓往来，不知所措，左右劝其去灵州，投靠曹泥。侯莫陈悦从之，自己骑一头驴，令左右步行，想从山中去灵州。

宇文泰派贺拔颖追赶，侯莫陈悦到了山岭，走了六七里路，望见追兵将到，知道难以逃走，找了一棵树自缢而死。

贺拔颖追到树下，割下其首级，献给了宇文泰。

宇文泰到了上邽，为贺拔岳设立灵堂，将侯莫陈悦的头献上而祭祀。引薛憕为记室参军，没收侯莫陈悦的府库，财物堆积如山，宇文泰秋毫不取，全部赏赐给了士卒。左右偷了一瓮银而归，宇文泰知道了，立即降罪，并将银子分于将士。从此，归附者更多。

之后，宇文泰乘胜平定了秦、陇一带。

宇文泰平定了侯莫陈悦，派亲信张轨报于朝廷。

斛斯椿问张轨："高欢逆谋，路人皆知，人情所恃，唯在西方，不知宇文公如何？"

张轨说："宇文公文可经国，武能定乱，确实是国家柱石之臣。"

斛斯椿说："若真如君言，乃国家之幸也。"

元脩下诏：加宇文泰为侍中、骠骑大将军、开府仪同三司、关西大行台、略阳县公，承制封拜。命宇文泰派两千轻骑，镇守东雍州，其大军稍引而东，助为声援，

张轨带诏书回来，宇文泰看了诏书大喜，然后量才录用，拜诸将为诸州刺史，各守要地。南岐州刺史卢侍伯不受代，宇文泰派轻骑袭击而擒之。

长史于谨对宇文泰说："明公据关中，乃险固之地。将士骁勇，土地肥沃。天子在洛阳，迫于群雄，若明公向皇帝陈述利害，迁都关中，挟天子以令诸侯，奉王命而讨暴乱，此乃恒、文之业，千载一逢也。"

宇文泰认为此议很好，但是，暂时不准备实行，需待时而动。

且说元脩妹妹平阳公主，才貌俱佳，到了出嫁年龄，想在朝臣中，选一个有才貌者，招为驸马。

当时，侍中封隆之、仆射孙腾皆丧妻，元脩觉得都可召为驸马。元脩问王思政："卿看此二人，谁可招为驸马？"

王思政说："若选驸马，孙腾不如封隆之。"

元脩思量一下，说："二臣都是高欢的心腹，朕自有办法

处理。"

第二天，元脩召封隆之、孙腾到御园，摆宴饮酒，让公主楼上观看，宴罢，二臣退去。

元脩问平阳公主："你看谁可招为驸马？"

公主含羞不答。

元脩说："此事必由你来选择。"

公主这才说："封隆之可以。"

元脩按照平阳公主的选择，招封隆之为驸马，选择吉日，举办了婚礼。

孙腾抱怨封隆之不让给自己，对斛斯椿说："封隆之常私启高王，说你在朝廷必造祸难。"

斛律椿听了，大怒，立即将此事启奏于皇上。

元脩听了，非常愤怒。

封隆之听到此事，非常恐惧，当天夜里逃往晋阳了。

孙腾因擅杀御史，也怕被逮，畏罪而逃了。

当时，高欢的勋戚三人在朝，如今只剩下娄昭作为领军在朝了，他看到形势孤立，称病辞官回晋阳了。

元脩命斛斯椿兼任领军，斛律椿欣然受命，元脩看到朝中没有高欢的人了，更加想铲除高欢。

娄昭回到晋阳，高欢问："怎么突然回来了？"

娄昭说："我看朝廷局势要有变化，恐怕要有祸端，所以称病回来了。"

高欢说："你放心吧。"

当时，高欢正广选美女，专图娱乐，全不以国事为意。

娄昭心中责怪姐夫，不知道他为什么这么做。

高欢在东府听政堂，让一百二十名宫女伺候，十二人为一班，共十班，每日一换，不值班时，仍然回尔朱夫人宫中。

有一个宫女荀翠荣，年十四，美而慧，为诸侍女之首，高欢很喜欢她。一天，高欢身体不舒服，宿于听政堂后院，半夜欲饮，诸侍女都熟睡，只有荀翠荣没有睡，为高欢进汤。

高欢问："其他人去干什么了？"

荀翠荣说："都睡了。"

高欢躺下又睡了，第二天，高欢责怪诸侍女，而赐给荀翠荣黄金钗一副，其他侍女都怨恨荀翠荣，说其与高王有私。

尔朱夫人听了大怒，剪去其发，欲置其于死地。

高欢知道了，送荀翠荣去了北府。

尔朱夫人更加恼怒，当天夜里，高欢归寝，尔朱夫人闭门不纳。

高欢见了发怒，立刻去了北府，命人广宣美女，想寻找胜过尔朱夫人的美女。

青州刺史朱元贵献上美女，叫杜真娘，高欢纳之。晋阳赵氏有二女，皆美色，长名兰娆，次名兰秀，高欢也纳之。

龙门薛修文，有女琼英，山东卢氏有女风华，皆称绝美，高欢都聘娶回来。这些美女虽然姿色很好，然而，若论气质谈吐，终不及尔朱夫人。

高欢曾访问陈山提，山提说："臣目中只有一女，名董仲容，颍川人，除东府美人外，没有与之匹敌的。"

高欢听了大喜，立即命陈山提前去聘娶。

娄昭看到高欢沉醉于选美，心中不满，乘机建议说："如今皇上心已变，祸事就要来临，大王乃一代英雄，为何不考虑朝廷大事，而醉心于声色呢？"

高欢说："人生贵在追求成功，成功之后就该享受，此外，还有什么可追求的？"

娄昭听了，一句话也没说。

高欢看其脸色不好，笑着说："你知道我的妻妾多，怎么不看看我的宫殿有多美？"说着拉住娄昭的手，一同入宫来了。

高欢的府邸，在晋阳白马寺的根基上扩建而成，之后随着娶妾渐多，又对后院进行了扩建，因此宫苑深深，豪华无比。娄妃居正府，有宫殿九间，廊宇二十四间，寝宫五间，左右四轩。后面有迎春阁，阁外就是花园。阁的左右有宫娥房五十余间。寝宫前有天街，街前宝廷堂，是会见亲戚朋友之所，左有雕楼七间，右有画堂九间，向楼左行五十余步，即锁云轩。小尔朱夫人所居，右行五十余步，即凤仪院，乃达奚夫人所居，高欢征伊利时，见其美而娶之。从柏林堂而入，又有堰月堂，堂后分为二巷，巷内回廊复道，皆众夫人所居。王夫人居左巷之首，次则恒山夫人所居，再者岳夫人之栖鸾院，四是韩夫人的清凝阁。每一处相隔一个花园。右巷之首是穆夫人所居；次则游夫人的天香院；其余别馆，不可胜数，皆新娶美人居之，库藏仓廪一百余所，府中宫娥六百余人，珍宝罗绮，堆积如山。

娄昭随着高欢游览一遍，诸夫人有相见的，有不相见的，珠围翠绕，夺目移情，到了晚上，在娄妃宫中，设宴开怀畅饮，高欢不觉醉了。

娄昭告辞回去，暗想：有如此乐境，赛过皇宫。怪不得他专事游乐。夜里刚交五鼓，忽被叫醒，来使说："大王在西郊校场演兵，诸将都去了，特命领军同去观看。"

娄昭听了，急忙乘马赶去，只见旌旗密布，兵马如云。

高欢坐在将台上，诸将侍立，屏息听令。少顷，白旗一挥，诸将各施技勇，人如猛虎，马赛蛟龙，射箭到百步之外，没有不中的。诸将演习完毕，三军排开阵势，如临大敌，步伐进退，不失尺寸，即使孙武用兵，不过如此。

娄昭看了，心中不觉对高欢肃然起敬。

一会儿，高欢回府，问娄昭："今天看了我军演武，有何感觉，比朝廷禁旅如何？"

娄昭说："朝廷禁旅，哪能达到这样威武呀？"

高欢说："不仅仅这支军旅如此，四境之兵，全是如此。"

娄昭表示佩服。

高欢说："我不是在与朝廷比强弱，我之所以沉醉酒色，是想让朝廷别猜忌我，各自相安无事就是了。没想到皇上听信佞臣之言，怀疑我有不臣之心，看来清君侧势在必行。"

不知高欢将如何清君侧，请看下回章节。

# 第 40 回

骗晋阳元脩扩军　清君侧高欢兴兵

话说高欢向娄昭展示了军威，又解释了最近为什么迷恋酒色。

娄昭说："姐夫如此用心，众人都不明白呀！"

高欢笑了，说："众人不明白就对了，你是自己人，你明白就好。"

却说斛斯椿做贼心虚，惧怕高欢进京，经常劝皇上除之，一日，对皇上奏道："建州刺史韩贤、济州刺史蔡俊，都是高欢的党羽，各据要害之地，宜先除之。"

元脩已鬼迷心窍，不辨真伪，对斛斯椿言听计从。下诏改置都督，革除建州刺史，让韩贤离位，又让御史列举蔡俊罪状，罢免其职，让汝阳王元暹代之。

高欢听说蔡俊被罢免了官职，上书奏道："蔡俊功勋很大，不可废黜，若认为汝阳王有德，当授大藩。臣弟高琛任定州，

449

妄叨禄位，可让汝阳王代之，使避贤路。"

元脩认为朝廷已经下旨，不可更改。

高欢大怒，乃命蔡俊据济州，不受朝廷命令，又有华山王元鸷在徐州，高欢命令大都督邸珍夺其职位，从此，朝廷内外都知道高欢要反了。

元脩为壮大朝廷护卫，命增置勋府将六百人，增骑官将二百人，将河南诸州十几万兵，全部调到京师，在洛阳城外阅兵。南临洛水，北靠邙山，军容甚盛。

元脩与斛斯椿穿戎装观看，对外宣称，要讨伐梁朝。为了迷惑高欢，给高欢下密诏，说："宇文黑獭、贺拔破胡各据要地，颇蓄异心，故假称伐梁，实际是做准备，高王也要做准备为援助。"

高欢得诏，大笑道："朝廷这掩耳盗铃之计，岂能瞒我？我怎能受其愚弄？"立即上表："荆、雍既有谋逆之举，臣今领兵马三万，自河东渡；派恒州刺史库狄干领兵四万，到延津渡；领军将领娄昭带兵五万，讨伐荆州；冀州刺史尉景等带兵七万，突骑五万，讨伐江左，所有部队，均听从调遣。"

元脩看了高欢上表，出示给群臣看。

王思政说："高欢兵马一动，必定直抵洛阳，其意叵测，宜急制止。"

元脩弄巧成拙，此时感到了畏惧。

且说高欢自得到诏书后，知道皇上完全被斛斯椿等蒙蔽，异日必有北伐之举，不如先发制人，引兵入朝清君侧，奉迎大驾，迁都邺城，方可上下相安。筹划已定，发精骑三千，镇守建州，又发兵马三千，去助蔡俊守济州，派娄昭带兵三万，镇守河东一路，以防帝驾西行，派大将把守白沟河，将一应地方粮储运到邺城，不许运往京师。然后，向皇帝上表，云："朝中奸佞陷害臣，使陛下见疑，臣女为后，岂能负陛下，若有负朝廷，愿身受天殃，子孙殄绝。陛下若垂信臣之赤心，使不动干戈，朝中几个佞臣，请陛下斟量废黜。"

斛斯椿看了高欢的表奏，假装请求辞官。

元脩听了，说："高欢的话怎么可信？"乃使大都督源子恭守阳湖，汝阳王守石济，仪同三司贾显智为济州刺史。

贾显智到了济州，看到城门紧闭，派人到城下叫道："朝廷有圣旨到了，速开城门。"

蔡俊让城上人回答："奉高王之命，不许开城门纳人，有圣旨可以告诉一声。"

使者说："朝廷派贾仪同来代行济州事，怎么敢违抗圣旨？"

城上人答道："不是奉高王的命令，不能受代，什么贾仪同，叫他早点回去吧。"

使者回报贾显智，他只得回京，说："蔡俊拒绝接受皇帝的圣旨。"

元脩大怒，知道是高欢指使，立即让舍人温子昇拟敕书，赐给高欢。

朝廷的诏书到了，高欢不看，放到一边。

洛阳军队没有粮食，如何战斗？元脩非常忧虑，再次给高欢下诏。

朝廷第二道诏书到了，高欢依然不应。

斛律椿向皇上奏道："臣看高欢的意思，不是口舌所能说动的，其兵必然南来，洛阳不是用武之地，难与争锋。关中地险而势阻，资粮富足，兵革有余，况宇文泰忠心王室，智力足以抵挡高欢，不如迁驾长安，等待时机，再整师旅，克复旧京，铲除凶逆，高欢虽然强大，可坐而诛之。"

元脩认为他说的有道理，但是，还是依恋洛阳，犹豫不决。

当时，广宁太守任祥在洛阳，元脩命其兼尚书左仆射、开府同三司。

任祥属于高欢一党，所以弃官而走，渡河据郡，等待高欢。

元脩下旨给文武官员：凡是北来者，任其去留。遂下制书，数高欢罪恶，又派使者去荆州，召贺拔胜来京师护驾。

贺拔胜接到诏书，召来卢柔商议。

卢柔饱读诗书，善写文章，对事物有独到的见解，说："皇上乃高王拥立，其女儿又是皇后，说高王叛逆，不合常理。根本原因，是皇上对高王把持朝政不满，斛斯春从中挑拨，导致今日之势。如今公坚守原地，北阻鲁阳，南并旧楚，东联兖、豫，西引关中，观衅而动，是上策；领旨率军赴京，与高王决战，胜负难料，是中策；举三荆之地，庇身于南梁，此地功名都失去了，是下策。"

贺拔胜听了，说："公分析得很有道理，看来只有按上策做了。"

一日，元脩坐朝，黄门奏道："关西宇文泰派帐下都督杨荐入朝，面陈忠心。"

元脩大喜，召杨荐问之。

杨荐奏道："宇文将军本想卷甲进京，因高欢大军西指，深恐关中有失，所以发兵中止。派臣来，是建议请圣驾入关，以图后举，如合上意，躬率将士出关候迎。"

元脩听了，思考再三，感觉难以阻挡高欢进京，不如西去，说："行台既然忠于朝廷，朕还怕什么远途跋涉？"

当时，阳平公主驸马都督宇文测在旁，也劝皇帝西行。

元脩对宇文测和杨荐说："你二人去告诉行台，朕到了长安，当以冯翊长公主为行台妻子，速派骑士来迎我。"

宇文测、杨荐受命而去。

于是，朝廷内外都知道，皇帝将西行，王侯贵族无不忧愁。

宇文测回到家中，对阳平公主说："皇上将要西行，命我先去见宇文泰，此后还不知能否相见？"

阳平公主说："为什么不一起走？免得家室离散。"

宇文测说："皇上圣旨严迫，怎么能同往呢？"

夫妻相对而泣，此时阶下走来一人，跪下道："驸马勿忧，倘有祸乱，小人情愿保护公主西行。"

阳平公主问："此人有何才干，能保护我家？"

宇文测说："此人姓张，名吉，为人忠直，勇敢当先。三年前，曾犯死罪，我救了他，所以愿意为我的仆人，做事有胆略，得到他的保护，公主可以无忧了。"又想到恐怕家人不服，因此，将自身佩带的宝剑赐给张吉，对仆人吩咐道："若遇危险，凡事都由张吉做主。"

张吉同其他仆人叩头受命。

宇文测安排妥当，告别阳平公主而去。

元脩广征州郡兵力，东郡太守裴侠，率部到洛阳。

王思政问："今权臣擅命，王室日卑，怎么办？"

裴侠问："听说天子要西行，真有这事吗？"

王思政反问："君以为如何？"

裴侠说："未见得是好事，宇文泰是三军推举的元帅，占据关西，深得军心，所谓已操戈矛，怎肯授人以柄？虽说效忠朝廷，但真到了那里，恐无异于避开沸汤，又入火中。"

王思政问："然而，君以为如何才好？"

裴侠说："与高欢为敌，祸患马上就到了。迁往关西，将来也会有祸患，此事需认真考虑才是。"

王思政认为他说的有道理，带他去见皇上。

元脩授予他左中郎将。

当时，高欢虽然四路进兵，但大军未发，召其弟高琛从定州来，以长史崔暹辅佐，镇守晋阳，他亲自率兵南下，告诉诸将："之前因尔朱兆等作乱，我率兵建大义于海内，奉待主上，诚意可昭日月，没想到斛斯椿等屡进谗言，以忠为逆，这次南行，主要是清君侧，诛杀斛斯椿，明日五鼓，将士全部集中到辕门，听候命令。"

当天夜里，高欢入宫告诉了娄妃，说："我将入京，清除君侧之恶人，明日起行，来与夫人告别。"

娄妃说："大王身居爵位，儿授显职，弟为驸马，女为皇后，尊荣已极，何必做此动作？"

因为高欢做事机密，朝廷之事娄妃全然不知，所以，娄妃不支持高欢的行动。

高欢说：“我能容人，可人不能容我，须入朝整顿一番。”

娄妃问：“皇帝与皇后如何处理？”

高王说：“迁驾邺城，仍扶为帝，他虽用尔朱荣来比我，我却绝不学尔朱荣所为。”

娄妃恐怕对皇后不利，始终不放心。一会儿，诸夫人听说大王出兵，都来拜送。

高欢命宫中大小事务，一律听从娄妃处理，对娄妃说：“东府因她性刚，我不去辞别，五儿周岁，你须同诸夫人去贺，别冷落了她。”

娄妃说：“大王放心，这个自然要去。”

当天夜里，高欢去营中休息，带高澄同往，到了五更，马步兵十三万、将帅三千余人，以高敖曹为先锋；刘贵、封隆之为左右翼，彭乐、窦泰辅之；高隆之押后。其余能征惯战之将，集中在中军，临时调用，军声所致，无不望风畏惧。

此时，宇文测到了长安，宣读诏书，令宇文泰迎驾。

宇文泰受旨后，命上将王贤领人马一万，据守华州，以防晋阳兵到。派都督骆超引兵一千，直抵洛阳接驾。自领大军屯于弘农，以为声援，并命人撰写檄文，历数高欢之罪。

高欢看了檄文，大笑道：“本想皇上昏聩，没想到宇文泰也如此幼稚，如此言语能耸动天下吗？能危害我吗？”乃领军倍道而行，限期七月十三日，到黄河渡口集合，以便进取，不得迟误。

元俏闻报，高欢亲率十三万大军来京，认为自己早有准备，带领文武官员，屯于河桥，以斛斯椿为前驱，屯于邙山之北。

斛斯椿对元脩说："臣闻高欢之兵，昼行夜伏，三日不停，行军数千里，人马必乏。臣愿率兵一万，渡河袭击之，趁其疲劳，可以取胜。"

元脩本想同意这个建议，黄门侍郎杨宽与斛斯椿不和，向皇上奏道："高欢恃其兵强，所以能以臣伐君，何所不至？让斛斯椿领兵渡河，万一有功，是灭一高欢，又生一高欢。"

元脩听了，犹豫不决，最终制止了斛斯椿的行动。

斛斯椿叹口气，说："今荧惑入南斗，皇上信左右离间之言，不用我计，难道是天意吗？"

《五行志》说："荧惑入斗，天子不安其位。"老百姓的俗语说："荧惑入南斗，天子下殿走。"所以，斛斯椿才如此说。

元脩命令以据守为计，使斛斯椿、元斌和孙稚斌共领人马一万，镇守虎牢；贾显智、斛斯元寿领兵一万，镇守滑台；汝阳王元暹领兵一万，镇守石济。

高欢率领兵马过了常山，知道各路城池有兵把守。派上将韩贤以五千骑兵攻打石济；窦泰领兵五千，攻打滑台。自领诸将、军士，继续前行。

滑台守将贾显智，本是高欢故人，素有归降之意，听说窦泰到了，对斛斯元寿说："窦泰是员猛将，不可与战。"

斛斯元寿胆小，听了贾显智的话，闭门不战。

贾显智私下秘密与窦泰联系，愿为内应。

军师元圆看出贾显智别有用心，对斛斯元寿说："贾将军乃高欢的朋友，我看贾将军行为不端，恐怕有别的图谋，将军应该有所准备。"

斛斯元寿听了，半信半疑，大敌当前，又不能抓贾显智，派元圆去见皇上，请求增兵支援。

元脩听了元圆的汇报，派大都督侯机绍领兵去救援。

窦泰知道有援兵来了，带兵直抵城下。

侯机绍带兵列开阵势，亲自出战。

贾显智看到窦泰到了，让斛斯元寿守城，自己开城门领兵出战。

侯机绍与窦泰在阵前大战，二人战了几个回合，窦泰越战越勇，侯机绍渐渐不敌，贾显智在后面高喊："侯将军要败了，赶紧撤退！"

京城军队战斗力不强，一听败了，撒腿就跑，侯机绍不能制止，被窦泰追过来，一戟刺死。

斛斯元寿听说侯机绍被杀，前方军队已败，吓得魂不附体，急忙弃城而逃。

贾显智迎接窦泰入城，窦泰派人报与高欢。

高欢听了大喜。

当时，北中郎将田亦，也派使者见高欢，相约投降高欢，请速进兵，结果，做事不密，事情败露被杀了。

元脩看到人们内心有变，更加惧怕。

高欢到了野王城，离河十里，停军不前，派使者送信，奏与皇帝，说明自己不是叛逆，只是想面陈实情，以明心迹，祈求皇上不要怀疑。

元脩看了，不与答应。

元斌与斛斯椿争权，抛下斛斯椿，自己回朝了。

元斌见了皇帝，奏道："滑台、石济都没有守兵，高欢军队已经到了。"

元脩此时非常恐慌，派使者召回斛斯椿，又召来南阳王元宝炬、清河王元亶、广阳王元湛，率领五千骑兵，宿于瀍西，沙门惠臻带了玉玺，持千牛刀随从。

众人知道皇上要西去，当天夜里，逃亡者过半。元亶、元湛二王也逃走了。

元脩派人到宫中，单迎公主几人，仓皇上路，从者很少。

武卫将军独孤信，单骑追上皇帝。

元脩见了，说："将军辞别父母、妻子而来，这才是乱世忠臣，不是虚话呀！"

高欢到了河津，知道皇帝已经西去，吩咐段韶飞马过河，安抚大小三军，各守营寨，然后率领大军渡河。

河桥的军士没有逃走，拜迎高欢军队。

当天夜里，高欢在河桥寨中，看到一应表奏文书，堆积案上，灯下翻阅，有尚书杨机奏云："高欢久失臣节，必无善意，宇文泰兵马精壮，潼关险阻，不如西幸为上。"

高欢看了，不胜大怒。

高隆之平常与吏部尚书崔孝芬、驸马都尉郑严祖有怨，想乘机害之，看到高欢倚床默坐，面有怒色，说："皇帝西行，实非本意，都是几个贼臣出的主意。"

高欢说："若真是这样，尚书杨机素称老到，朝堂宿望，我很看重他，看其表奏，说我过恶，劝帝西去，岂不可恨？"

高隆之说："不单单是杨机，还有吏部崔孝芬、驸马郑严祖，每次都在皇帝面前，列举大王之过，劝皇上西行，罪不容诛。"

高欢说："明日进了城，应当全部诛杀。"

第二天，高欢进入洛阳，朝官跪道相迎，百姓也执香来迎，因永宁寺壮丽，作为行署居住。

高欢派娄昭、段韶，率轻骑追赶皇帝，请驾东还，命世子高澄入宫去见皇后。

高皇后见了兄长大哭，想见父王。

高澄说："父王有命，将亲自去迎皇帝回来，然后就来相见。"

高皇后依然悲痛，高澄用好言劝之。

高欢在永宁寺正殿，召集文武官员，责备说："作为大臣供职于朝廷，职责就是忠君辅政，发现朝廷有隐患，敢于谏诤于朝堂，陛下出逃，不能阻止，平时则争宠求荣，遇事则逃避躲藏，作为大臣的节操在哪里？"

话说高欢责问文武官员不能尽责，不知官员如何回应，请看下回章节。

# 北朝遗韵

下

程发龙／编著

北京出版集团
北京工艺美术出版社

# 第 41 回

高欢进京杀佞臣　元脩西逃入长安

话说高欢质问文武百官，为何不能阻止皇帝西行，众人不能应。

尚书左仆射辛雄站出来，说："陛下最近谋事，从不在朝堂商议，只与斛律椿、南阳王、王思政等私下商议，我等不得而知，若追随陛下西去，恐怕成了逆党，留下来又被责怪，我等进退都是罪过。"

高欢问："公等作为朝堂大臣，哪一位以国事为重，像古人比干那样，劝谏皇上亲贤臣、远小人？若劝过陛下，公等尽了责任，陛下被佞臣迷惑，有一人谏净吗？"

辛雄无言以对，不再辩解。

高欢来到杨机面前，严肃地说："公作为朝中老臣，我以为该见识高远、办事沉稳，你居然上书陛下，说我对朝廷必无善意，请陛下西迁，试问：陛下是我扶上位的，我女为皇后，我对皇上会有什么恶意？你既然劝皇上西行，为何又不追随而去？"

杨机浑身颤抖，满头冒汗，不能言对。

高欢命将杨机、辛雄、仪同三司叱列延庆、吏部崔孝芬、常侍元士弼等全部处死，派人去捉郑严祖，几天前，其全家已经跑了。

高欢颁布命令：凡朝臣西去者，不论王侯贵戚，全部抓其家属，拘于瑶光佛寺，回来者将家属放还，不追究责任。若有劝皇帝回来的，重加官爵，授予重赏。唯有斛斯椿妻子黄氏、幼子斛斯演，被收禁到天牢。

这一天，司马子如捉拿了妖道潘有璋、黄平信和李虚无，带来请高欢治罪。

高欢亲自审问，三人说出实情，马上到斛斯椿家，搜寻魔魅之物，来到神秘之处，名叫堰月堂，供奉九天使者，旁列黄巾数十，是高欢病中所见，问潘有璋付尸埋在何处？

潘有璋指出地方，命人挖出，是一个三四岁的小儿，身首异处，一草人穿高欢衣服，一百二十肢节，都用麻绳绑缚，身边有一口剑，剑锋上全是血迹。

高欢看了，怒从心起，命人立即烧掉。

术士李业兴急忙劝道："不可造次，须将草人肢节——解散，焚烧才妥。小儿尸体必须用棺木成殓，入土安葬，冤魂才解。"

高欢听了，不敢盲目从事，请李业兴负责处理。之后，将潘有璋、黄平信、李虚无凌迟处死，从天牢里押出斛斯椿儿子斩首，其妻子依然被囚。

斛斯椿无事生非，迷惑皇帝，造谣生事，如今子戮妻囚，得到了报应。

且说元脩西行，事起仓促，粮草未备，又因长孙子彦不能守陕州，弃城而走。高欢兵马逼近，形势很危急，于是，星夜赶往龙门，两三天来，随从官员没有饭吃，只得饮山泉水充饥，到了湖城，村民将麦饭壶浆献于皇上。

元脩大悦，答应一村十年免除赋税。

到了稠桑，潼关大都督毛鸿宾迎接，献酒食，随从官员才解了饥渴。

不久，斛斯椿到了，稍有粮食，用来济军，然而，不见宇文泰来接。元脩心中生疑，感到不安，沿河西行，人烟稀少，绝非洛阳气象，情绪低落，对左右说："此水东流，而朕西去，若能再回洛阳，亲谒陵庙，需靠卿等努力。"

随从大臣听了，悲从心来，有的流涕不止。

元脩看到大臣如此，也悲不自胜。

宇文泰命李虎率军到潼关迎接皇上，李虎到了潼关拜见皇上，元脩见到李虎感慨万千，命李虎护送西行，李虎派人先行，向宇文泰报告。

宇文泰听说皇上到了，亲自率领诸将，到驿馆谒见皇上，叩头驾前，免冠流涕说："臣不能抵抗贼寇，致使皇上远迁，臣之罪过。"

元脩安慰说："公之忠节闻名遐迩，朕以寡德，造成这次远迁，今日相见，感慨万千，今后社稷之安危，全靠爱卿了。"

将士齐呼："万岁！"

宇文泰迎接皇上进入长安，暂时安排雍州的官衙作为宫殿。

元脩授予宇文泰大将军、雍州刺史兼尚书令，另设二位尚书，分掌机事，以行台尚书毛遐、周惠达为之。二人积粮储，冶器械，为朝廷尽力。

元脩为让宇文泰忠于朝廷，以冯翊长公主嫁给宇文泰，拜驸马都督，只是军国草创，随从的官员，没有住处。

洛阳传来消息，高欢拘留了西行官员家属，归者释放家属，于是逃回者过半。没有妻小者留下了，暂时借住在民居。只有宇文测一家，靠张吉护着平阳公主西来，夫妻重聚，人人都说张吉讲义气，宇文测得到一个好人。

高欢与诸位皇族王爷商议，说："朝中不能无主，需推举一位王爷任大司马，暂时代理朝政。"

经过商议，推举清河王元亶为大司马，代理朝政。安排了此事，高欢欲亲自率领大军西行，劝皇上回归，起行前夜忽然感到身体不舒服，只好暂居永宁寺静养。

夜间四更时分，高欢见一个妙龄女子身穿粉红纱衫，衣角摇曳，罩着婀娜的身躯，披肩长发，随风飘浮，一双大眼，叶眉含黛，面颊白中透红，两个浅浅酒窝不笑含乐，真是美而不妖，艳而不俗，千娇百媚，无与伦比，令人不可逼视。

高欢心说：尔朱夫人堪称绝色，但这个美人长得更好。那美人登阶而拜，说："妾乃南岳地仙，与大王有夙世姻缘，此时不可造次，会合之期，当在弘农地方。"说完飘然而去。高欢看到美人走了，不由得大声喊叫，不觉惊醒。衣袍上还有龙涎香气。那一刻，美人的形象印在了脑海里，自以为巫山之梦不过如此。又想大军西行，必从弘农经过，难道那里有美人相遇？不知能否美梦成真。

第二天，高欢率兵西行，派仆射元子思率骑兵往潼关，追赶皇帝。自领大军到了弘农，在城中休整，忽有游骑来报，驸马郑严祖一家在逃亡中被抓了。

高欢命将其收禁在后营，回京后发落。

原来郑严祖世代为国戚，永新朝娶了新宁公主，富贵无比，新宁公主生了一个女儿，名大车，号曰娥，已经十六岁了，出落得玉洁冰清，白璧无瑕，美若仙子，父母爱如珍宝，已经许给广平王元赞。

高欢领兵入洛阳时，郑严祖惧祸，起初想随皇上西行，后来又想：我与高欢无仇，不至于害我。所以，改变了主意，暂时躲避在河东，准备等事情平息后回京。后来听说高欢要治他的罪，只得逃往长安，哪知在路上，被高欢的游骑抓了，此时囚在营中，插翅难逃。

一日，高欢闻报，王子思追到潼关，守将毛鸿宾不投降，难以再追。

高欢听了大怒，命高澄守住军营，亲自率精兵来攻打潼关。

毛鸿宾不知高欢厉害，自恃武艺了得，开城出战。

高欢命彭乐出战，二人交战不到十个回合，彭乐故意漏出一个破绽，毛鸿宾以为得手，挺枪来刺，哪知彭乐一闪身，毛鸿宾刺空，两马交错之际，彭乐伸手抓住毛鸿宾，用力一带将其擒获。

高欢看到毛鸿宾被擒，立即挥军冲杀，潼关守军看到主将被擒，四散逃跑，高欢顺利进入潼关，然后驻军华阴。

龙门都督薛崇礼听到潼关失守，知道不敌，主动向高欢投降。

消息传到长安，元修以及随行官员人人惧怕。

高澄自从父王去后，不敢怠慢，日夜巡视各营。一天晚上，月色微明，与段韶巡视完军营，到营外巡游，行至后营，忽听有哭声传来。

高澄问随行士兵："什么人在这里啼哭？"

随行士兵说："这里是后营，估计是郑驸马家属。"

高澄不知郑严祖一家被擒，暂时关在这里，来到帐中，问郑严祖："驸马为何如此？"

郑严祖长叹一声，没有说话。

高澄看到灯光之下，有一女子拥罗而泣，身材窈窕娉婷，面色凄惨但难掩秀色。走近一看，女子收起罗裙站起来了，娇容艳绝，世上少有。高澄顿觉神魂飘荡，目不转睛盯着观看，问："此女是什么人？"

段韶看高澄的样子，问："你是不是看到神女了？"

郑严祖低声说："是我女儿。"

高澄听了，暗自高兴，看着段韶说："恐怕神女也比不上吧。"他对郑驸马说："驸马不必忧愁，等父王回来，我当禀报，请释放你的全家，官职依旧。"

郑严祖听了，不住地拜谢。

从此，高澄每天到后营探望，每日送去佳肴美酒，时时露出迷恋之情，满以为日久情熟，好事必成。

高欢因高澄年幼，恐有疏忽，屡次派人到军中查看，使者回报说："世子在营中，别无他事，唯有对郑驸马一家，实行宽纵，关怀备至。"

高欢听了，怒道："孺子是何原因，居然敢纵容反贼？"即日派遣使者到营，用囚车收郑氏一家，押往京城，投入大监，等候发落。

高澄知道后，不由得大惊，然而惧怕父王的威严，想留下妻女，却不敢启齿，怏怏不乐。

再说贺拔胜听说皇上西去，恐怕高欢难容自己，不如西去。委托长史元颖守荆州，自己率领所部去关西，到了析阳，知道高欢已屯兵华阴，难以过去，就想回去。

左丞崔谦说："现在皇室颠覆，主上蒙尘，公应倍道兼行，与宇文泰同心协力，保卫皇室，天下谁不望风响应？现在退去，一失时机，后悔莫及。"

贺拔胜说："高欢领军之能，岂可轻视？"说完领兵而还。

高欢退兵屯于河东，命行台长史薛瑜守潼关；大都督库狄温守封陵。发民夫一万，筑城于蒲津两岸，限十日竣工。命薛绍宗为华州刺史，以高敖曹行豫州事。

高欢自从晋阳发兵，先后上表四十余封，元脩均不应。高欢向西追赶，看到道路险阻，劳军费力，引兵而还。派行台侯景带兵袭击荆州，荆州民众在邓诞的带领下，捉了元颖，迎接侯景。

元脩在洛阳时，曾派都督赵刚到东荆州，召刺史冯景昭入京为援，兵还未发，皇帝就西去了。

冯景昭召集文武商议，下一步怎么办？

司马冯道和说："可以占据此州，等北方处分。"

赵刚说："宜领兵去追赶皇上。"

冯景昭拿不定主意。赵刚抽出刀，投到地上，说："公若想做忠臣，请斩冯道和，若要从贼，可速杀我。"

冯景昭被赵刚一激，当然要做忠臣，马上点起人马，向西而行。

此时，侯景带兵逼近穰城，东荆州民杨祖欢起兵响应，带领人马在路上与冯景昭相遇，两军相战，冯景昭的兵毫无斗志，四散逃窜，赵刚在乱战中被杀，因此，三荆之地皆归高欢。

且说贺拔胜在归途中，听说荆州失守，大惊道："荆州乃我的根本，今若失去，妻子、儿子岂不全被掳了？"说完急急忙忙率兵赶回荆州。

侯景听到贺拔胜回荆州，知道他骁勇难敌，急忙写信向高敖曹求救。

高敖曹看了来信，说："高王让我行豫州事，正是为了今天，贺拔胜之勇，不是侯景能敌的，我当力战破之。"立即引兵前往。

贺拔胜回到荆州，侯景带兵抵御。

贺拔胜问："来将何人？"

侯景出马，说："贺拔将军，还认识侯景吗？"

贺拔胜一看，问："你是我的故人，为何夺我城池？"

侯景说："这城池是大魏的，怎么说是你的？你既然走了，为何又回来？现在荆州既然被我占领，劝你不要多想了。"

贺拔胜一听，大怒，拍马直取侯景，侯景迎战了几个回合，哪里是贺拔胜的对手，侯景命众将齐上，围攻贺拔胜。贺拔胜枪挑了几员战将，三军皆惧，一起往后退走。贺拔胜挥军直进，追下数里，忽然看到西北角上，尘土遮天，金鼓振地，拥出一队人马，乃豫州高敖曹，引兵五千来救荆州。

贺拔胜看到有援兵，暂时退下。

侯景看到高敖曹，激动地说："若不是将军及时到来，我等几乎要失手了。"

高敖曹说："君勿忧，明日看我如何大战贺拔胜。"

第二天，东方微明，贺拔胜出来挑战，高敖曹出马，对贺拔胜说："你我二人都号称善战，你知我勇，我知你强。今天要各显本领，不许一人一马帮忙，单打独斗，我输了，还你荆州，你输了，从此去吧。"

贺拔胜说："好！"

两军后退，拉开战场，枪槊并举，两骑争先，一来一往，战在一起。只见枪槊上下翻飞，白光闪闪，从清晨战到中午，不知有几百个回合，二人越战越勇，两边军士看得目瞪口呆。

侯景喊道："高将军，要不要吃了午饭再战？"

高敖曹道："正要不吃饭继续战，才能分出高低呢！"

贺拔胜也不搭言，继续与高敖曹大战，直到红日西沉，即将落山，两人还不住手，侯景不再商量，直接命鸣金收兵。

贺拔胜回到营中，饱餐一顿，想起一家人性命在人家手中，不斩高敖曹，怎能夺得城池，救出全家？吩咐军士，点起火把，出营高叫道："高敖曹，你敢与我夜战吗？"

高敖曹听了，岂能服输，也让军士点起火把，骑马出来，喊道："来来来，退避者不算好汉。"

两人又战在了一起。火光之下，各显神威，正是棋逢对手，你不服我，我不让你，大战一夜，天色微明，二人恋战如故。

侯景机智过人，多谋善断，他觉得不能与贺拔胜这样拼下去，想办法取胜才是上策，他想：贺拔胜的士卒都是荆州人，不会愿意到关西去，不如让士兵向对方喊话："只要不想西去的士兵，投诚过来可继续当兵，也可回家，不追究过往事情。"

结果，侯景让士兵一喊，对方士兵中一阵骚动，有的就要往这边来，军心一动，随之不稳。

贺拔胜正在酣战，看到自己的士兵骚动，知道大事不好，只得回马而走。高敖曹并不追赶，拉满雕弓，一箭射去，正中其右臂，贺拔胜落荒而逃，败走约三十里，竟无一骑相随。一会儿，部分将士赶到，收拾残兵，只有五六百人，贺拔胜非常悲愤，要拔剑自刎。

左丞崔谦制止说："将军不可轻生，现在西归无路，不如暂时投靠梁朝，再图后举。"

贺拔胜别无良方，只好听从劝告，奔投梁朝去了。

高欢回到洛阳，考虑重新拥立一位皇帝，尚未最后决定，看到清河王出入，俨然以天子自居，暗自好笑，其实高欢想立其儿子为帝，却没有明言。

高欢选了元脩一个亲信，派他去表奏皇上，写道："陛下若远赐一制，许以还洛，臣当率文武百官，迎接帝驾。若返京无日，则国不可无主，万民须有所归，臣宁负殿下，不负社稷。"

但是，此表未发，内史侍郎冯子昂等西行文武十余人，逃回洛阳，高欢见了大喜，亲自到瑶光佛寺，放还其家属。

冯子昂有个女儿，叫严娘，年十九，容貌俊美，曾嫁给任城王为妃，任城王去世后，回归娘家。现在，拘于寺中。高欢见了，非常喜欢。

第二天，派高隆之去做媒，冯子昂不敢违抗，遂纳于高欢，封为安德夫人，高欢对其宠信有加。

安德夫人对高欢说："城阳王妃李氏，乃侍中李昱之妹，冰肌玉骨，雾鬟云鬓，可称得上绝美，同拘于寺中，城阳王被尔朱兆所害，李妃孀居已久，今年二十一岁，大王何不纳之？"

高欢说："若真如卿说得那么好，应该让她来与卿为伴。"

第二天，派内侍王信忠到寺里，特召侍中李昱之妹问事，不久，李氏乘车而来。

高欢看到李氏，淡妆素服，愁容戚态，愈觉动人，不胜大喜，当天夜里，将其收纳，封为宏化夫人，凡李氏亲属全部放出，对之比安德夫人还要宠爱。

这一天凌晨，高欢与李夫人还在休息，高澄与司马子如来见，有事启奏。

内侍说："高王与李夫人在休息。"二人不敢入内。

司马子如对高澄说："你也怕大王？"

高澄说："不是怕，是不敢惊了美梦。"

二人不敢走，等到天亮以后，高欢起来，内侍禀报："司马子如与世子在外求见。"

高欢召入，司马子如刚要说话，忽然宫官进来，报说："今天，耆老百官已到午门，等候大王议事。"

司马子如刚要开口说话，高欢站起来，说："不是重要的事情就别说了，先随我入朝，商议朝廷大事。"

高欢来到朝堂，文武百官都在等候，高欢说："永熙弃国而去，数次请回，不予回应，国不可一日无君，我想从诸王中选一人，以主社稷，诸位议一下，谁合适呢？"

众人都说："愿听大王的安排。"

高欢说："孝明以来，立帝不顺，孝庄以叔继侄，永熙以兄继弟，轮序失正，所以国家衰乱，今当按次而立，此事非同小可，不能由我一人说了算，应该大家商量。"

众人议论纷纷，一时拿不定主意。

不知最后推荐哪位王爷登基称帝，请看下回章节。

# 第 42 回

## 元善见登基建东魏　高晋阳圆梦娶仙姝

话说高欢看大家议不出结果，高声说："请诸位安静，这样议论很难有结果，我看清河王世子元善见，依序而贤，深得人心，大家以为如何？"

众人听了，没有人提出反对意见，高欢说："如果没有意见，就这样定吧。"

清河王元亶听到让儿子为帝，并不高兴，回想这几天的行为，又羞又恼，心里不平，回去率轻骑向南而去。

高欢闻报，亲自骑马追赶，追到河中府，与元亶相见，说："儿子即将为帝，哪有父亲往外逃的？"

元亶诉说了原因。

高欢笑着说："如今是王爷儿子称帝，有什么不好意思？"

元亶不再执拗，与高欢并马而回。高欢在清河王府中，索要酒喝，元亶摆宴，叫世子元善见过来拜见。

高欢急忙回拜，宴罢，元亶又召其妃胡氏与长女琼姝出来拜见，对高欢说："我家性命全在大王。"

高欢说："世子称帝，怎能不保全王爷全家平安。"又看到琼姝美丽端庄，问："几岁了？"

琼姝答："十三岁。"

高欢看着清河王说："王爷的女儿与我儿高澄，年龄相貌相当，约为秦晋之好如何？"

元亶大喜，说："若能得世子为婚，是我家幸事也。"

高欢解下一条玉带为聘。

元亶也取出一顶紫金冠为酬，二人相谈甚欢。

北魏永熙三年（534年），十月，高欢请太史选择吉日，率领文武百官，迎请元善见在洛阳城东北即位，宣告了东魏的建立，大赦天下，改元天平，时年十一岁。

郑驸马一家，被收禁在监狱。高澄屡次想去探望，又怕父王知道被责，所以不敢去。

郑严祖忧恐无计，想到咸阳王元坦是公主的叔父，若肯出手相助，或可一试，于是修书一封，求咸阳王解救。

元坦收到书信，第二天，微服入狱，与郑严祖相见。

元坦说："因你们在狱中，我日思夜想，如何相救，可是，无计可施。我曾几次求司马子如相助，他不肯帮忙，这将如何是好？"

郑严祖夫妻一听，更加悲戚，其女郑娥也在一旁哭泣。

元坦看到外甥女容貌俊美，此时愁容满面，更觉令人爱怜，忽然灵机一动，说："要改变你们一家性命，或许在外甥女身上。"

郑严祖问："此话怎讲？"

元坦说："高欢为人，深不能测，其心很难动摇，唯有美色可以动之，冯子昂之女，侍郎之妹，皆因美色被纳于后房，而家族无不释放，我看外甥女容颜绝世，若使纳之，必然喜欢，可保无事。"

新宁公主说："大车年幼，况且已许给广平王，如何使得？"

元坦说："广平王已去关西，估计没有返回的时候，况且全家性命与一女婚事，哪个重要？若不用此计，难免受刑戮，将来外甥女还不知飘落何处呢？"

夫妻二人听了，不由得愁容满面，郑娥更是泪如雨下。

元坦无奈地说："尔朱后是皇帝的后妃，还做了妾呢，何况你们的女儿？

新宁公主说："既然如此，只要能救全家，全靠叔叔做主吧。"

元坦见公主答应了，郑严祖自然听从，遂告别而出。回到家里，已经二更了，细想此事，如何在高欢面前开口？辗转不眠，天明起来，走到堂上，看到墙壁上挂着《神女图》一幅，乃江南张增繇所画，精妙绝伦，今天看了，突然觉得外甥女的神韵与神女有点像，命内侍收下，午时后，带上此画来见高欢。

高欢请元坦到厅内，略叙寒暄，元坦命内侍送上画，说："此幅《神女图》出自江南张增繇之笔，我看画得很好，特拿来与大王把玩。"

高欢说："张增繇的画可以通神，我久闻其名，未见其画呀！"

元坦展开画卷，高欢一看，果然仙容如活，高欢感到画中女子形态似曾见过，深思片刻，突然想起上次梦中仙子，有点神似，问元坦："画中美女，世间少有，王爷见过这么美的女子吗？"

元坦说："肯定有，甚至比这个还美，只是大王没有看见罢了。"

高欢听了，笑着问："好像王爷见过似的，哪里有？"

元坦说："驸马郑严祖的女儿，恐怕比画中美女还要美一些。"

高欢说："郑严祖在弘农被抓，现在天牢，我还没有处理，他的女儿有这么美吗？"

元坦说："此女是新宁公主所生，现年十六岁，名娥，容貌之美，我感觉世间少有，大王若不信，可召来一看便知。"

高欢听了眼放金光，说："若真的如此，我当赦免其全家。"

元坦看到事情已基本成功，说："大王可亲自相看，相信不会令大王失望的。"

高欢私下让画工到监狱，画出郑娥相貌，画工用了一天工夫就画好了，第二天献于高欢。

高欢一看，暗暗吃惊，此女与梦中所见南岳地仙神色、容貌有点相似，又想她在弘农被抓，难道郑娥是南岳地仙？不由得欣喜欲狂，立即下令，放出郑驸马一家，房产资材全部奉还。

郑严祖一家突然又富贵如前了。

第二天，高欢请元坦到郑家做媒，前去聘之。

新宁公主不敢不从，只得挥泪送别女儿。

高欢见到郑娥，椭圆脸，柳叶眉，丹凤眼，鼻梁高挺，樱桃小口，皮肤白嫩，比画得还美，真如梦中仙女，不敢以妾礼相待，也没讲梦中之事，只对郑娥说："看了画上卿的芳容，已令人神醉，今日得亲玉体，真令我销魂！"

郑娥含羞低眉，婉转柔顺，高欢更加爱之，封其为楚国夫人。

高澄听说父亲纳了郑娥，若有所失，心中不乐。

高欢见高澄闷闷不乐，以为他思念母亲，对他说："你离开母亲已久，可以先回晋阳，告诉你母亲，我将迁驾到邺城，定都完毕再回去。"

高澄不敢违抗，受命而去。

这一天，忽然有人来报，宇文泰带兵攻打潼关，守将薛瑜阵亡，诸将请去救。

高欢说："当前大事乃迁都，没时间发兵，况且他也不敢深入，讨伐之期，以后再说。"乃下令："洛阳建都已久，且西有宇文泰相逼，南接近梁境，非据守之地，不如迁驾邺城，文武军民三日内出发。"

以赵郡王元湛为大司马，咸阳王元坦为太尉，高盛为司徒，高敖曹为司空，司马子如、高隆之、孙腾共知朝政，先期护驾迁往邺城，自己留下来处理后事。

东魏天平元年（534 年），元善见一行从洛阳出发，六宫从行，军民四十万户，匆忙上路，迁往邺城。当时缺少马匹，尚书、丞、郎以上非陪从者，都骑驴，改司州为洛州，以尚书令元弼为洛州刺史，镇守洛州。

元善见一行到了邺城，暂住在城北的官署。改相州刺史为司州牧，魏郡太守为魏尹，将邺城旧居之人迁到西边百里之外以便安置新迁来的人。

邺城下设置临漳县，将魏郡、林虑、广平、阳丘、汲郡、黎阳、东濮阳、清河、广宗等郡定为京城直辖区域。

当时，邺城民间流传着一首民谣：

> 可怜青雀子，飞到邺城里。
>
> 羽翼重欲成，化作鹦鹉子。

人们不解其意，如今看来，青雀子，应指元善见是清河王之子，飞到邺城为帝，最后化作鹦鹉子。鹦鹉子指什么？当时人们不解，后世看来，应指神武帝之子高洋篡位。

不久，高欢从洛阳到了邺城，奏与皇上，派侍中封隆之、尉景、司马子如等五人为大使，到各地巡视并告谕天下。

高欢看到邺北城破旧，与清河王元亶等商议，说："邺城宫殿破旧，况且面积不大，是否在邺城之南扩建新城，请皇上居住？"

元亶与诸位大臣听了，都说："如此安排当然更好。"

高欢见清河王与大臣同意，奏与皇上，责成段荣、高隆之和吏部尚书元世俊为总领，负责筹建。

段荣、高隆之命人召集负责工程的官员，请来风水先生，借鉴洛阳、长安以及邺城的建设特点，设计新城建设方案，经朝廷审阅后定稿开工。

东魏天平二年（535年）八月，朝廷征用八万多民工开挖城墙地基。一天，民工在挖土时挖出一只大龟，其甲壳约有方丈，高隆之急忙奏与皇上，朝中大臣纷纷议论，说："这是神龟，乃吉祥之物。"

赵郡王元湛说："既然是吉祥之物，新城设计方案可以调整一下，按照神龟形状来建。"

元善见听了，说："既然是吉祥征兆，就按赵郡王所说办吧。"

高隆之听了，说："遵旨，臣马上与元尚书商议，修改设计方案。"

新城方案修改后，从北城的南城墙向南延伸约八里，东南角与西南角呈圆形，中间的城门向外伸出，象征龟首，取名朱明门。新城东西宽约六里，朱明门两侧各有一门，东侧名启夏门，西侧名厚载门。东城墙有四个门，由南向北为仁寿门、中阳门、上春门、昭德门。西城墙四个门，由南向北为上秋门、西华门、乾门、纳义门。北城墙乃老城的南城墙，有三个门，中间名永阳门，东侧名广阳门，西侧名凤阳门。南北城墙的三对城门相通，形成了三条纵行大道。东西城墙的四对城门，除最北边的昭德门与纳义门之间不通外，其他三对城门相通，皇城宫殿区在中轴线最北部，南北长三百余丈，东西宽二百余丈，将东西的上春门与乾门之间的大道截为两段。城内设计民居区与商业区分明，东西两边各有商业区，分别称为东市、西市。城内还设计了几处寺院。

由于工程量大，宫殿建设木材短缺，段荣对高王说："宫殿所需木材巨大，当地短缺，施工难以进行。"

高欢略一思考，说："可到洛阳，拆除那里的宫殿，将木材运来使用，一定加紧施工，越快越好。"

新迁来的民众四十余万户，没有资粮，免不了有怨言，高欢命开仓，先后出粟一百三十万斤救济，民众才安稳下来。

当时佛教盛行，高欢从洛阳来邺城时，带来一些僧人，其中有两名高僧，一个叫慧光，一个叫菩提流之，传扬佛教。邺城附近先后建有寺院四千余所，僧人八万余人，成为佛教中心。

高欢通过慧光、菩提流之大力宣扬佛事，突然听到一件驱赶僧人、捣毁寺庙之事，高欢立即命段荣带人查处此事。

段荣经过访查后，回来向高欢说："在邺城西北武城附近，有一个白塔寺，附近有个村庄因塔起名白塔村，村民男女经常到寺内参拜，白塔寺住持行为不端，经常调戏到寺内的年轻女子，没想到调戏了一位富家女子，该家族发起民众到寺里寻找住持，声言非宰了住持不可，住持吓得跑了，民众到寺中驱赶僧人，他们痛恨白塔寺，砸了寺庙。村民与私塾先生商议，村名不叫白塔村了，改成了白道村。"

高欢听了，请来慧光、菩提流之，说："此事不能怪民众，当引以为戒。请二位高僧告知所有寺院，僧众必须严守戒律，为民众祈福，方能赢得民众拥护。"

慧光、菩提流之说："请大王放心，今后断不会再出此事。"

高欢想起韩陵之战，以少胜多值得纪念，他奏与皇上，说："当初臣在韩陵山大败尔朱氏等人，此战值得纪念，臣请在韩陵山立碑，望陛下恩准。"

元善见十二岁，朝政以高欢之意为准，但是，高欢每遇大事必经过皇上，为的是在大臣中树立皇上威望。

高欢得到皇上恩准，请才子温子昇撰写碑文，高僧慧光和菩提流之负责，在韩陵山建佛寺、立碑。

当时，梁朝的文人雅士很多，看不起北方的文化。梁朝文学家庾信来到了韩陵山寺，看到温子昇的碑文，辞藻华丽，大气磅礴，连连叫好，把碑文抄了下来。

庾信回到梁朝，有朋友问："北方文士如何？"

庾信说："只有韩陵山一片石，其碑文之文采，与我方比毫不逊色。"

从此，这座石碑便被叫作"韩陵片石"。

高欢安排完朝中之事，考虑到晋阳的战略地位很重要，必须加强防守，于是辞别皇上以及诸位大臣，回了晋阳。

高欢回到晋阳，娄妃问："女儿皇后如何安排了？"

高欢说："永熙西去，皇后迁到了邺城，有我在没人敢慢待她。"

一会儿，门人来报："三位夫人到了。"

娄妃问："是何人？"

高欢逐一告之，升堂拜见娄妃，又命与众夫人相见。

大家看了冯、李二夫人，貌虽美，并不觉出奇，唯有看到郑娥，都大吃一惊，怀疑这是人间的人吗？

娄妃看了，笑道："大王得到如此美人，不怕我怪你不念旧吗？"

高欢说："知道夫人不会嫉妒，我才敢如此。"

当天夜里，在娄妃宫中摆宴，请娄妃与三位新人宴饮。高欢说："当初，我的志向要学习曹公，成就一番事业，现在我的地位很像曹公，但是，与曹公比还差得很远。有一点我不会学曹公的，就是挟天子以令诸侯，今后国家如何治理，让朝廷与大臣商议，我在晋阳练兵，做好西边和北边的防守，与夫人长期相守，岂不快哉？"

娄妃说："如此甚好。"

宴罢，高欢安排三位夫人各住一个宫苑，其中飞仙院层楼画阁，胜于他处，命楚国夫人居住，该院在德阳堂后，与高欢听政之所相近，早晚出入方便。

却说贾显智在洛阳临阵归顺后，随窦泰见了高欢。当时，高欢忙于事务，无暇顾及他。迁都之后，依然没有对他进行安排。高欢厌恶他去就多端，为人不忠，所以故意冷落他。贾显智在邺城无所事事，到晋阳找高欢，希望得到重用。

高欢见了贾显智，依然热情接待他，说："你原来在沧州、济州做过刺史，是不是在这两个地方选一个，仍然做刺史？"

贾显智思考片刻，说："那就在济州吧。"

高欢说："好，我向皇上推荐，你就在济州吧。"

贾显智走后，高欢在娄妃宫中，看到诸夫人都在，私下里问桐花："最近我不在晋阳，不知东府近况如何？"

桐花笑道："大王去看看不就知道了。"

高欢说："我想去东府，但不知夫人恼不恼了，麻烦卿先去，叫她不要再拒绝我。"

桐花笑着说："大王去，尔朱夫人什么时候拒绝过？"

桐花来到东府，尔朱夫人正在独坐，闷闷不乐，看到桐花来了，笑着说："夫人还想着我吗？"

桐花说："不仅仅我想念你，是大王更想念夫人。"

尔朱后说："他正贪恋新欢，怎么会想着旧人呢？"

桐花说："大王不来，是怕夫人见怪，若大王前来，请不要计前嫌了。"

尔朱夫人听了，又喜又恨。

桐花劝尔朱夫人，说："我有两句话说与夫人，请勿见怪。"

尔朱夫人说："请讲，我不见怪。"

桐花说："夫人知道大王纳妾，娄妃为何不管吗？"

尔朱夫人摇摇头，看着桐花，等她解释。

桐花说："娄妃心胸非比常人，她从不管束大王纳妾，还对我等说'大王乃盖世英雄，任何人都不可能约束他，你若约束他，只能是自绝于他，你若想大王亲近你，不能只靠美色，还要靠你一颗温柔、善良、宽怀的心'。所以，大家都以娄妃为榜样，相互之间从不争宠。"

尔朱夫人听了，点点头说："此话确实很有道理，具有英雄气概的男人，与一般男人是不一样的。"正说着，门人来报："高王到了。"

尔朱夫人与桐花急忙上前迎接。

高欢看到尔朱夫人明显消瘦了，顿生怜惜之情，说："夫人身体没事吧，怎么明显瘦了？"

桐花笑着说："夫人身体没事，是不见大王，食之无味，所以消瘦了。"

高欢听了，自责不已，尔朱夫人则含羞不语。当时，高澂已经过了周岁，抱出来给父王看，高欢非常高兴，命人摆宴，三人共同欢饮。

到了晚上，桐花回宫。

高欢留宿尔朱夫人宫，二人久别如新婚，欢好如初。

这一天，高欢对娄妃说："澂儿情窦已开，我在洛阳时，曾答应清河王，聘其女儿为澂儿妻，今年冬天，给他们完婚，夫人看可以吗？"

娄妃说："妾也有意给澂儿娶妻，只是没有合适人家，能与清河王结亲，就该早办。"

高王看到娄妃同意，请工匠设计、建造世子府，并要非常华丽，并一面修书告之亲友；一面写娶帖送给清河王，择吉日娶琼姝。

清河王元亶收到娶帖，非常高兴，回了信。

转眼婚期已到，高澂亲自到邺城迎亲，将公主琼姝娶回。

皇上与清河王都给了丰厚的陪嫁，内外百官，无不祝贺，迎至晋阳，在北府正始成亲，拜见父母，然后送到新府，这时，高澂年少尚主，加以郎才女貌，正是富贵无双，荣华莫比。

郑娥母亲新宁公主，本是清河王元亶的堂妹，郑娥与琼姝也是姑舅姊妹，幼时常在一起玩耍，是最亲密的伙伴，听说琼姝嫁过来了，不胜欣喜，所以，郑娥请示高欢，说："世子所娶琼姝，乃妾之姑舅姐妹，妾想过去看望一下。"

高欢不想让郑娥与高澄见面，又不想惹她不高兴，只是说："停几天再说吧。"

郑娥看高欢没有同意，又恳求于娄妃。

娄妃对高欢说此事。

高欢说："我不让她去，是有原因的。澄儿刚新婚，要他们夫妻和谐，楚国夫人之美，会让别的女子逊色，新媳妇远远比不上她，澄儿见了楚国夫人之美，必然嫌弃妻子容貌不佳，是离间他们的欢心，所以，不让她去。"

娄妃说："大王想得太多了，澄儿怎么敢那样呢？"

高欢听了娄妃的话，没有再拒绝。

郑娥听说高欢同意了，非常高兴，第二天，打扮一番，带了宫娥十人，乘香车往世子府而来。

门人报与高澄，说："楚国夫人到了。"

高澄听了，大喜过望，说："楚国夫人来了！"急忙整衣正冠相迎。

一会儿，郑娥到堂前下车，女官二人引道，与高澄见了，远远地听到环佩之声，乃琼姝公主，由一群宫女拥着出来迎接，彼此相见，非常欢乐，携手进入内宫，二人并坐，宫女献茶，

不知郑娥与琼姝公主见面，高澄如何表现？请看下回章节。

# 第 43 回

守贞节郑娥求内主　使妖术高澄达心愿

话说郑娥与琼姝公主相聚，高澄跟着进来，在一旁就座。郑娥年龄尚小，来到高家才两月有余，见人很少说话，今天见到幼时女伴，不胜欣喜，因为高澄在座，有几次想说的话，到口边又停了。

高澄感觉到了，起身出去了。

郑娥对琼姝说："我们姊妹一别，不觉已有半年左右，想起我们共乘木兰舟，游太液池，令侍女采莲唱歌，都是在洛阳的上苑之中，没想到今天在这里相见。"

琼姝说："人事变迁，不堪回首。今天贤姐来，恍如天降，真是令我喜出望外。"

郑娥说："自从别了父母，每天都想念家人，使人梦魂颠倒，不知我父母怎么样了？"

琼姝说："我在家时，皇姑来见，精神很好，就是念念不忘贤姐，令妹带话，要你注意饮食，善保玉体。"

两人促膝密语，欢笑不已。

高澄在屏风后偷偷地倾听，郑娥之欢声笑语，更觉可爱，命宫女送来新鲜水果和佳肴美酒。

郑娥不会饮酒，正在此时，有侍女来报："午时将到，请楚国夫人回去。"郑娥起身告辞。

琼妹不敢留，说："后日去参谒公姑，再与贤姐相聚。"亲自送到宫门。

高澄在香车旁等候，见楚国夫人到了，忙说："今日承蒙夫人下降，仓促简慢，请夫人勿怪。"

郑娥说声"不敢"登车而去。

高澄见郑娥走了，站在原地呆想，在弘农时，郑娥尚在困苦忧愁之际，其天然秀色，已使他爱不能舍，今日盛装一新，喜笑颜开，简直是月中嫦娥下凡一般。再看自己的妻子，确实凡人一个，新婚燕尔，不思新娘，一心想着郑娥：如此神仙美人，本是自己最早发现的，可惜被父王霸占了，若能亲其芳泽，虽死无憾。此后，打听到父王去东府或军营，他就到飞仙院外转悠，企图一见。

一天，郑娥在宫中与侍女闲聊，侍女李庆云说："今冬暖和，墙外梅花已盛开，白者如雪，红者似火，微风吹过，香气袭人。"

郑娥素爱梅花，听了大喜，领着五六个侍女，来到飞仙院外，观看梅花，结果外面看不到，问："梅花在哪里？"

李庆云指着一个亭子，说："在前面是翠微亭，夫人要看，需到亭上观看。"

郑娥四处看了看，庭院深深，绝无人迹，才信步走到亭上。果然看到四处都是梅花，不觉很高兴。忽然听到林中传来吹角之声，嘹亮悦耳，不觉问道："何人在花下吹角？"

侍女下去一看，回来报道："世子在花下吹角。"

郑娥听说是高澄，急忙说："既是世子，不要去打扰，我们该回去了。"

高澄早已看到亭上有人，猜想也许是郑娥来看梅花，就放下画角，上亭来见。

郑娥不想与高澄见面，看到高澄来了，只好打个招呼，然后就想离开。

高澄见她想走，便说："请夫人自在观梅，不打扰了。"说完边走下亭去，依然吹角。

郑娥看高澄走了，准备下亭回去，远远地看到高欢来了。

高澄也看到父亲来了，仓皇要走，高欢截住他，问："你不在宫中，来这里干什么？"

高澄道："听人说梅花开了，特来这里看看。"

高欢对其叱责一番，命他退去。

郑娥向高欢走来，说："大王怎么到这里来了？"

高欢道："我到飞仙院不见你，说看梅花去了，才来这里。"

郑娥说："妾听说梅花开了，故此来这里观看，正好遇到世子在梅下吹角，暂立听一听。"直言不讳，也不为异，便携了高欢之手同回院中。

高欢面色沉重，对郑娥说："我宫中规矩很严，各位夫人无事不准出宫，你为什么擅自外出？"

郑娥年幼，听了高欢责问，心里非常害怕，不由得脸色变了。

高欢知道她是无心之举，安慰她说："你年幼不知，我不怪你，今后不可再这样了。"

郑娥低声说："妾知道了。"

从此，郑娥无事不再出去了。

高澄也不敢再去窥探。

且说石州豪强刘蠡升，是伪汉刘元海之后，骁勇绝伦，民众都怕他。距离石州一百余里，有一个云阳谷，谷内方圆数百里，被刘蠡升占去，招兵买马，日益强大，手下精兵数万，勇将百员。石州一带，经常被其骚扰。当年，尔朱荣曾进兵讨伐，但没有将其消灭。最近，刘蠡升得到两个番僧，能行妖术，教演弟子二三百人，专门兴妖作怪。其女九华公主，美丽而勇敢，也学会了番僧之术，能剪纸为马，撒豆成兵，他看到魏国一分为二，中原骚乱，有机可乘，便领兵来夺石州，官兵不能抵抗，刺史杨天佑修书，急报高欢。

高欢收到急报，在德阳堂召集诸将商议，说："刘蠡升强暴已久，非我亲自去，恐怕不能收服。"

诸将请出战，于是，高欢点起精兵三万，猛将娄昭、彭乐、段韶等十二员，择吉日出发。

高欢来到北府对娄妃说："刘蠡升反了，我要亲自去讨伐，有一事相托，卿勿负我。"

娄妃问："什么事？"

高欢屏退左右，小声对娄妃说："楚国夫人年幼，夫人应以女儿待之，加以呵护。但是，此女性好游玩，当诚其静守宫中，不要放纵外出。澄儿屡次在飞仙院外闲逛，我几次见他，其意叵测，夫人主宫事，尤其要防微杜渐，不要弄出事来，追悔莫及。"

娄妃笑道："楚国夫人年少，性格活泼，举止可爱，我也喜欢，何用大王嘱托。澄儿颇晓礼仪，怎敢妄行？妾自然留心防备，大王不必挂念。"

高欢说："夫人能如此，我还有什么忧虑呢？"又到飞仙院，叮嘱了郑娥一番。然后到军中，对高澄说："我这次出兵，留你在晋阳，一定要谨慎防守，倘有疏忽，定要严惩。"

高澄再拜受命。

高欢处理完事后，率领兵将星夜赶往石州。

高澄自父王出兵之后，迷恋郑娥美色，邪念又起，常想偷偷地去献殷勤，又怕泄露，弄得夜不成寐，食不甘味。一天，忽然看见飞仙院宫女李庆云来了，高澄截住，问道："你来这里有何事？"

李庆云说："奉夫人之命，送金樱给公主，兼问近安。"

高澄听了大喜，遂同李庆云入宫去见琼姝公主。

李庆云拜见琼姝公主，致了夫人之命。

琼姝公主问了楚国夫人最近情况，闲聊了一会儿，李庆云便告辞出来。

高澄随着李庆云出来，手持一书，封固很严，递给李庆云，说："公主有书送与夫人，你可带去。"

李庆云接了书，回到飞仙院，把书呈与夫人，说："这是公主送给夫人的。"

郑娥看到封面上写着楚国夫人亲启，打开一看，是一首五言诗，曰：

金闺久无主，罗袂欲生尘。

愿作吹箫伴，同为骑凤人。

郑娥一看，大怒，问："这是谁给你的？"

李庆云看夫人怒了，急忙说："小婢出宫时，世子说是公主的书信，叫我带回来。"

郑娥说："世子把我当什么人了？胆敢吟诗戏我？我去告诉内主，看他有什么颜面？"

李庆云听了，跪下说："夫人息怒，小婢有一言相告，若告诉内主，不过将世子责备一番，但是，宫内知道了，议论蜂起，反而对夫人名声不利，不如退还其书，绝其意消除于无事为好。"

郑娥听了也觉得有理，按下怒气，说："你去将书信交到公主手里，说世子再敢如此，决不罢休。"

李庆云又到世子府，将书信交到公主手里，并说夫人看了大怒，本要送给内主，经劝后命即送还，若世子再敢如此，决不罢休。

琼姝公主看了，确实是高澄亲笔，大惊失色，对李庆云说："你回去对夫人说，此事看在奴薄面，切勿声张。"

李庆云不敢停留，急急忙忙走了。

高澄晚上才回来，琼姝公主说："楚国夫人是父王的宠妃，世子送书给她，为什么这么大胆，难道不怕大王恼怒吗？"

高澄听了，抢过书信，立即在火上烧了，说："今生不得此女，有如此书。"

琼姝公主听了大惊，还想说什么，高澄已经出宫去了。

这一天，郑娥在娄妃宫中夜宴而回，时间已是深更，到了院门，月明如水，四面无人，忽见高澄立于台阶下，对郑娥说："请夫人稍留片刻，我有一言想讲。"

郑娥听了，变色道："世子前日无礼，我将告诉内主，后隐忍而罢，今夜尚有何言？妾非路柳墙花，任人轻薄，世子也有父子之义，岂可不知过吗？"

高澄说："我自弘农相见，已致殷勤，夫人面上并非寡情，为何如此拒绝我呢？"

郑娥说："高情虽有，大义难犯。"说罢就走。

高澄拦住其去路，依依不舍，侍女都很害怕，郑娥发急流下泪来，说："世子若行无礼，我当撞死在阶前。"

高澄一听害怕了，急忙谢罪而去。

郑娥回到宫中，不停地落泪，李庆云再三劝慰，又嘱咐宫人不可泄露，郑娥才睡下。

第二天是灯节，高澄命人造样式精巧的新灯千百盏，送到娄妃宫中，结灯山一座。

娄妃在宫中设宴，召诸夫人赏灯。郑娥没有去，派宫女李庆云来说：身体不舒服，不能赴宴。

娄妃说："既然身体欠安，不必劳她来了，明天我去看她。"

李庆云退到台阶下，徘徊观望，半晌不去。

高澄派侍女问："你留在这里，不怕夫人怪罪吗？"

李庆云说："夫人性格非常善良，不会怪罪我的。"

时间晚了，酒席已散，李庆云回到翠微轩，门户寂寂，忽听到廊下有人说："庆云为何一人到这里？"

李庆云听了大吃一惊，原来是高澄，说："我刚从内府回来。"

高澄笑着说："现在阁门已关闭，你怎么进去呢？不如跟我去吧。"拉起李庆云的手，来到高欢休息之所，与之共寝。

李庆云本是一个婢女，突然得到高澄宠爱，又惊又喜。高澄将喜欢郑夫人，希望她在夫人面前相帮之话说了。李庆云笑着答应了，到天明才离开，临走时，高澄又给了她一包珠宝，要她送给其他侍女，一起帮忙。

李庆云回到宫中，郑娥尚未起床，叫到床前问："昨晚哪里去了？"

李庆云说："内主娘娘赐我观灯，所以没有及时回来。"

郑娥听了，没有再说什么。

下午，娄妃来探望，郑娥急忙迎接，娄妃问："夫人有什么不舒服？"

郑娥低着头，没有回答。

娄妃又问："有什么只管说来。"

郑娥说："妾想让二郡主来这里同居，则病就全好了，不知娘娘同意否？"

娄妃说："夫人若感到宫中寂寞，我让她来给你做伴就是了。"马上命侍女用步辇去接。

二郡主是高欢的次女，名端爱，年十二岁，伶俐明决，与郑娥最相得，所以，郑娥想让她来，以拒绝高澄的纠缠。

一会儿，端爱来了，娄妃说："夫人想你，要你来做伴。"

端爱听了，非常高兴，命人将妆具拿来，安排住宿。

娄妃走了，郑娥的忧愁解除了。

李庆云急忙报给高澄，说："事情不好办了，夫人请二郡主相伴，同床共榻，小婢有力难为，怎么办？"

高澄大惊，遂到飞仙院求见二郡主。

郑娥躲起来，不与相见。

高澄问郡主："妹子你怎么在这里？你年幼不知宫禁，诸夫人谁不寂寞，你能一一陪伴吗？父王回来恐怕要怪罪。"

端爱说："我是奉母命在这里，为何怕父王怪罪？"

高澄出去，郡主隔帘观望，见其在宫门口与李庆云窃窃私语，心中怀疑。来到房中，郑娥问："世子来说什么意思？"

端爱把高澄的话说了一遍。

郑娥急忙说："我恳请郡主来，正是怕世子纠缠，前边曾用书信相戏，第二次又拦住我无礼，本想告诉内主，反恐见怪，所以隐忍不发，今天怎么能让郡主离我而去呢？"

端爱说："我怀疑李庆云与世子有私情，夫人应告诉母妃，以重责之，才会有惧心。"

郑娥说："我与郡主一起去说。"

端爱答应了，二人乘辇来拜见娄妃。

娄妃命二人共坐围炉，以逼寒气，又命进膳，谈话良久，郑娥站起来，说："妾有一事欲诉，请娘娘屏去左右。"

娄妃令左右退下去，只留郡主在侧，娄妃问："什么事？"

郑娥哭着诉说了高澄之事。

娄妃大惊，说："大王真乃神人也，世子果然不良，日后必遭大祸，这是我没有教育好，让畜生对你无礼，我必责之，以后自然不敢了。大王回来，千万不可让大王知道。"

郑娥拜谢，遂与端爱一同回去了。

娄妃立即召来高澄，责之说："你简直要死，楚国夫人是你父王所爱，怎么能无礼相犯呢？若让你父知道，你性命不保，我也救不了你。"

高澄跪下，连称不敢。

娄妃再三训诫，然后喝令其退下。

高澄回府，闷闷不乐，问计于亲信冯文洛、田敬容，因二人有巧思，多才干。

冯文洛说："既然楚国夫人执意不从，还是绝了此念为好。"

田敬容说："世子若要想成，可让一人相助，定可成功。"

高澄问："何人？"

田敬容说："通直郎李业兴，善用魔魅之术，能使仇怨化为亲爱，贞洁变为悦从。去年，司马尚书得一美人，是吴人被掳到这里，司马尚书纳之为姜，屡次想亲近，其妇以死抗拒。李业兴为她施了一道符，此妇便顺从了，与司马尚书非常相爱。若能得到其术，世子的事还怕不成吗？"

高澄说："李业兴是父王的人，恐怕不会为我办此事。"

田敬容说："李业兴最近收了别人的金子，偷改文书，出人死罪，用此事威胁他，不怕他不同意。"

高澄召来李业兴，面带怒色，说："大王是怎么待你的，你居然收人家金子，偷改文书，出人死罪，若禀告大王，恐怕你难免一死。"

李业兴听了，非常害怕，跪到地上，说："世子若饶恕我的罪过，当衔环报德。"

高澄说："既然要我饶恕你，我有一事相托，你肯依我吗？"

李业兴说："世子有事，怎敢不效劳呢？"

高澄携其手进入密室，说："听说卿素有灵术，能成人好事，我有一心爱之人，亲近不得，烦卿为我图之。"

李业兴说："图之容易，但必须知道其姓名住址，然后才好行法。"

高澄沉吟一会儿，说："既然要你行事，不得不对你说了，我所爱者，是楚国夫人也。"

李业兴听了，非常害怕，不敢答应。

高澄说："今日言出我口，入你耳，事在必成，否则，杀你灭口。"

李业兴怕死，便说道："世子休急，但须近其入处，于密室行法，三日后应验。"

高澄说："飞仙院外深密处很多，卿可安心居住，但是，院内还有二郡主内住，怎么办？"

李业兴说："不碍事，包管三日后郡主自己离开。"

高澄大喜，带领李业兴入宫，暗中行术。

且说郑娥本来安心独守，不被高澄所惑，但是，自从李业兴行术之后，立刻起了怀春之意。

这天晚上，二郡主在睡梦中，梦见一只猛虎扑向自己，立刻惊醒。刚一合眼，猛虎又来相扰，非常害怕，一夜不眠。

第二天，郡主对郑娥说："我兄被母亲训斥后，绝不敢再来无礼，我想回宫，几天后再来。"

郑娥也不强留，让她走了。

高澄听说行术有效，心中大喜，召李庆云到偏僻处，问："近日夫人情况怎么样？"

李庆云说："夫人整天感到困倦，若有所思的样子。"

高澄听了很高兴，告诉她原因，并说："我计已成，今夜入宫，夫人必不拒我，但要嘱咐诸位婢女，临时退去，你一人在门口等候，不得辜负我的相托。"

李庆云受命而去。

当天夜里，月色微明，高澄说有事，在外轩休息，夜深人静之后，偷偷来到飞仙院叩门，李庆云开门迎入，高澄问："夫人睡了没有？"

李庆云说："已睡了半晌了。"领着高澄进入房中，说："大王回来了。"

郑娥听说大王回来了，心中高兴，急忙披衣而起，却见高澄立于床前，惊问道："世子来这里干什么？"连呼侍女不应。

高澄笑颜相对，说："我爱慕夫人而来，今夜生死当在一起，说着坐到床边。"

此时，郑娥知道不妥，急忙向里躲避，说："世子如此放肆，难道不要命了？"

高澄跪到床上，说："在弘农初见夫人，我就爱慕夫人，阴差阳错，父亲得到了夫人，今夜若能与夫人共度一宿，死也值了。"说完双手去抱郑娥。

郑娥本能想拒绝，怎奈高澄力大，哪里能推开高澄，况且郑娥受妖术所致，经常怀春，当看到世子眉目若画，肌肤如雪，仪容秀丽，意乱情迷，若在梦中，半推半就，与高澄倒在床上，共赴阳台之梦，成就了高澄好事。

更交五鼓，李庆云说："天快明了，世子该起身了。"

高澄听了，看着郑娥绝美的婀娜身姿，依依不舍，但是，想到要躲人耳目，不得不起身要走。

郑娥对他说："妾以陋质，蒙大王宠爱，决心以洁身报大王大德，可叹君如此深意，以致失身，请君慎之，万无泄露。"

高澄说："感谢夫人不弃，今后密相往来，定不让人知道。"

郑娥不再请郡主来了，高澄居然朝夕出入飞仙院，行为更加放肆。

却说刘蠡升手下大将刘涉与二位番僧领兵攻打石州，因番僧使用妖法，黑雾迷天，狂风大作，黄沙卷地，守城将士都很害怕，不敢出战。

高欢率兵到了石州，贼将退下十余里，以备征战。

高欢命军队扎营城外，对众将说："我军刚到，贼兵即退，有惧我之心，今后出战，只许败，不许胜，我自有办法胜敌。"

欲知高欢如何降住二位番僧，取得胜利，请看下回章节。

## 第44回

◆

# 神女托梦惊动高王　私情败露刑罚世子

话说高欢讨伐刘蠡升，要求众将出战时，只许败，不许胜，众将领命。

第一天上午，命段韶领兵出战，与刘涉交战，战了几个回合，段韶装作不敌而退，贼军一齐掩杀过来，士兵急忙逃回来了。下午，命刘贵出战，正好遇到二位番僧，左右夹攻，刘贵也带兵败回来了。

第二天上午，命彭乐出战，二位番僧迎战，彭乐与一位番僧大战，一时难分胜败，突然另一位番僧作法，黑风突起，彭乐急忙引兵退回。下午，命窦泰出战，两军交锋又以失败退回。

三天之内，接连打了六仗，高欢之兵均以失败告终，高欢命收军入城，留下寨中粮草，被贼兵抢去，贼兵屡次获胜，又得到很多粮草，耻笑高欢军队太软弱了。

这天晚上，刘涉与二位番僧庆祝胜利，摆宴开怀畅饮，他们认为二番僧妖法厉害，所以全不设防。

当夜三更，高欢召集诸将，说："贼兵连日胜利，已冲昏头脑，我要今夜劫营，诸将听令，贺拔仁、刘贵，你二人领兵一万，转到贼后，截住其归路，当贼兵逃跑时，将其全部消灭，其余诸将，率轻骑一万，前去劫营。"

高欢率兵来到敌营，贼兵都在睡梦中，高欢之军喊声震天，快马冲入敌营，逢敌就杀，简直如砍瓜切菜一般，各个束手受死。

刘涉在帐中，听到外面喊声，急忙起来穿衣甲，高欢军士已杀到帐外，只得从帐后混入乱军中逃命。

二位番僧因醉不醒，更别提起来了，结果都被杀了。

天明后，只见尸横遍野，流血成冰，逃出去的兵又被贺拔仁、刘贵带兵截杀，斩首无数。

刘涉混在乱兵之中，终因衣甲不同，被发现抓起来了，押解到军前，高欢将其斩首。

高欢领兵乘胜前进，大军直抵云阳谷口，刘蠡升弟弟刘信明和大将万安把守谷口，收到前军被歼灭消息后，一面急忙报告刘蠡升，请求添兵，一面坚守谷口，以防攻入。

刘蠡升闻报，大吃一惊，对他女儿九华公主说："谷口如破，咱们的都城也保不住，你素通法术，可去协助防守。"

九华公主带兵来到谷口，对众将说："我们的兵新败，不可与战。"命军士抬乱石堆积在关前，以便临敌使用。

此谷口壁立万仞，陡如斧削，中间只有一条小路可上，真乃一夫把关，万夫莫开。

高欢领兵刚到，乘其锐气，鼓勇而登。

九华公主作起法来，一阵狂风，吹得乱石如雨，打在士兵头上，头破血流，有的脑浆迸裂而死。

高欢命退到山下，想诱敌出战，然而，贼将坚守不出，屡次进攻，反而伤了不少士兵，派人四处寻找路径，都是高山峻峰，无路可进，此时，偏偏又下了一场大雪，漫山遍野一片银白，相持半月，别无良谋。

此时，宿于帐中，十分寒冷。一夜，高欢独寐帐中，难以入眠。耳畔传来更漏之声，顿起归心，三更过后，渐渐睡去。梦见一个美人倚帐而泣，吟诗云：

　　　　君去期花时，花时君不至。

　　　　檐前双飞燕，动妾泪相思。

高欢仔细观之，乃楚国夫人也，高欢喜不自胜，问："夫人从哪里来，怎么到了这里？"

美人不答，又吟诗云：

　　　　秋风一夜至，零落后庭花。

　　　　莫作经别时，风流有宋家。

高欢突然醒来，大为惊奇，辗转反侧，达明不寐。

第二天，高欢召集诸将，说："天寒地冻，风雪不止，久在这里，徒劳军士，不如班师回晋阳，三个月后，再来讨伐。"

诸将都说："好。"

高欢命贺拔仁、康德二将领兵三千，屯兵石州要害之处，其余将士回晋阳。

高澄听说父王回来了，带领文武到郊外远迎。

娄妃及诸夫人、大小儿女，在府中相接。

高欢入府一一见过，命众人都坐下，将杀退贼兵、全军大胜之过程，细说一遍。

娄妃与诸夫人都表示祝贺。一会儿，诸夫人都退下了，高欢问娄妃："府中有什么事没有？"

娄妃说："没有事。"

高欢又问："飞仙院没什么事吗？"

娄妃又说："没什么事。"

高欢说："我不放心的，是她年龄小，怕出事。"

娄妃说："妾承大王托，早晚留意，元宵之夜，郑夫人因有小病，不能赴宴，第二天，妾亲自去看她，不过是大王不在宫中，自伤孤寂，想请端爱做伴，妾立即允许，端爱与她同床共眠，情同姐妹。"

高欢听了娄妃的话，心中大喜，到了晚上，高欢来到飞仙院，问郑娥别后之事，说的与娄妃相同，高欢说了军前梦到夫人，并说了梦中诗句。

郑娥说："这是大王不忘妾的缘故。"

高欢更加宠爱郑娥，一天下午，高欢听政回来，走到玩芳亭，看到奇葩异卉开放一庭，召来郑娥一同观赏。

郑娥闻召，带宫女徐步走来。

高澄在凝远楼上，望见郑娥绕栏而行，飘若神仙，便下楼拦住问："夫人要到哪里去？"

郑娥说："大王召我去。"

高澄说："夫人能稍留片刻吗？"

郑娥说："不可。"

高澄乃上前执其手，夫人挣脱急走。

高欢已在前面，高澄往外急忙躲避。

高欢问："世子与你说什么？"

郑娥说："妾急着来见大王，不顾听其话而来，不知什么话？"

高欢虽然不怀疑郑娥，但是对高澄非常恼怒。

却说郑娥的婢女穆容娥，是郑娥的陪嫁丫鬟，平时与李庆云不和，一天，在后阁与婢女赵良宵下棋，夫人到了，坐而不避，郑夫人大怒，命李庆云训斥她。

穆容娥说："我虽无礼，不敢与人私通。"

李庆云听了，非常恼怒，告诉郑夫人，痛责惩罚她。

穆容娥怀恨在心，想报此仇，不如将她勾引世子的事，告诉高王，叫她死在眼前，于是，她暗地里写了状子，偷偷来到德阳堂，看到高王在那里看书，上台阶递状。

高欢接过一看，写道："飞仙院婢女穆容娥为首明事，今年正月初六日，夫人遣知院李庆云到世子府送金樱于公主，世子遂与之私通，代送私书于夫人，夫人欲禀内主，庆云劝住，元宵夜与世子同宿于重林堂轩下，一夜不归，自后每引世子调戏夫人，遂成私合，婢欲进谏，苦被禁止，夫人失节，罪在庆云。"

高欢看罢大怒，问穆容娥："你说的都是真话吗？倘有一句假话，立即处死。"

穆容娥说："若不实，甘愿领罪。"

高欢立刻召来婢女赵良宵等四人，分别审问，先盘问孟秀昭，秀昭说："正月初六，世子以私书相送，夫人大怒，让李庆云还回去了，后来又在飞仙院门口，世子拦住夫人不放，夫人欲撞死在阶前，世子才走，夫人怕世子擅入院中，请郡主来陪伴，后来，郡主走了，李庆云以世子命，将金珠分给我等，不许不答应，世子遂宿于宫中，到天明才离去。"

高欢再审婢女赵良宵、定红、谢玉瑞，所供皆同。

高欢立即召来李庆云。

李庆云知道事情败露，只得如实招供。但又说："穆容娥无礼，夫人命我训斥她，怀恨在心才出首。"

高欢吩咐左右，将其全部剥光衣服，赤体受刑，打李庆云荆条一百，赵良宵等各打五十，穆容娥也打二十，个个血流满地，苦不堪言，打罢，全部上了刑具，收入冷监，然后到飞仙院。

郑娥见婢女都被召去了，不知什么事，看到高欢怒容满面，上坐喝道："我待你不薄，我去后，胆敢与逆子私通，你要从实招来，如有一言隐瞒，教你立死。"

郑娥又惊又羞，呆立半晌，诉说了世子相逼之状，并且说："我身边人都与他一心，教我如何拒得？"

高欢说："为什么不禀告内主？"

郑娥说："我同二郡主当面哭诉，娘娘不为奴做主，怎么办？"

高欢听到曾诉于娄妃，娄妃没有管，心想：我出门时，怎么托付的，竟然值之漠然，使郑娥孤立无援，陷于奸计，受逆子之辱，不胜大怒，又看到郑娥悲啼婉转，反而生出怜惜之情，说："逆子难饶，我不怪你就是了。"站起来走出去，召见高澄。

高澄不知事情败露，挺身来见。

高欢见了，怒气顿加，喝令跪下，以穆容娥之状给他看。

高澄一看，吓得面如土色，哑口无言。

高欢不再审问，喝令左右将其拉出，去其衣冠，痛杖一百，因于内监，欲置死地，此时，高澄被打得皮开肉绽，满身血迹，昏死过去数次。田敬容用汤灌下才醒。

高澄哭着对田敬容说："我在这里，不知母亲知道否？"

田敬容说："大王吩咐，不许一人传至内室，谁敢去报？"

高澄说："你去告诉公主，让她速求母亲救我。"

田敬容赶紧去报与公主，公主大惊，急忙去求见娄妃。哪里知道世子之事，娄妃尚不知晓。听说公主来了，急忙召入，见其愁容满面，问："公主有何事不高兴？"

公主将世子私通楚国夫人、穆容娥首告、世子被责等说了一遍，哭着说："娘娘须念母子之情，救他一命。"

娄妃听了大惊失色，说："我曾再三叮咛，他依然不改，现在触怒其父，教我如何解救？由他自作自受去吧。"

因高欢曾再三托付，要关注郑娥，郑娥又来诉说过，自己不能全其名节，知道高欢必然恼怒自己，说也无益，所以推辞不管。

公主含泪回府，把内主之言告诉了田敬容，让他回报世子。

高澄见父母恩义具绝，即使偷得残生，必然被废弃，感到伤心不已，起身到一个房梁下，欲悬梁自缢。

田敬容看到高澄寻短见，急忙制止，劝说："世子负不世之才，留下性命，当有大作为，怎么能轻生呢？"

一会儿，冯文洛到了，对高澄说："臣在外打听，司马尚书近在晋阳，如果司马尚书劝大王，或可使大王回心，世子何不写书求之。"

高澄马上写了一封书信，密令送去，其书云："尚书大人，我鬼迷心窍，做事有违常伦，触怒严亲，罪在不赦，现在身被杖责，血流枕席，囚于牢笼，命悬汤火，不知何时赴死，痛无援手之人，生无寻觅之路，忽闻尚书返回，温暖在心，唯望尚书施展才智，上启王心，下全我命，若能使父王慈心再现，爱子如初，敢不生死衔结，报恩于日后，冒禁通书，幸不弃我。"

司马子如看了书信，对来使说："回去叫世子安心，我还未见大王，见时自有道理，且不敢泄露机关。"

司马子如回来，已经听到这个消息，现在要救世子，不敢拖延，第二天绝早，便来见高欢。

高欢听报司马子如来了，马上召到德阳堂，共坐细谈。

司马子如略将朝中事叙述一遍，起身告说："久不见内主娘娘，求入宫一见。"因司马子如与高欢夫妻感情深厚，所以每次回来，都要拜见娄妃。

高欢说："你不要去见了，世子不堪继承大业，准备废了他，其母怎能无罪？"

司马子如装作不知何故，惊问道："大王为何说这样话？"

高欢叹一口气，将事情的起因、后果告诉了司马子如。

司马子如听了，说："大王你错了。内主娘娘是大王的结发之妻，有大恩于王，用家资助大王立业，患难相随，历尽困

苦，恩情似海！况且娄领军是大王的心腹将佐，屡建大功。处
理此事岂可不与内主娘娘商议？况且郑夫人有倾国倾城之貌，
是大王的最爱；世子从小有过人的资质，是大王和内主娘娘最
得意的儿子，这种男女暗昧之事，未定真假，大王怎么能以一
个婢女之言，而要遗弃大王最亲近的三个人呢？下官认为大王
妃嫔满园，郑夫人独邀宠幸，或有嫉妒者，造谣诽谤，也未可
知，世子是大王的亲儿子，在宫中出入自由，不避嫌疑，也许
与郑夫人年龄相当，说话不知忌讳或许有之，然有违常伦之时，
我感觉断不可信，宫婢畏惧刑具，逞口妄供，何足为信？大王
凭一时之怒，而失去善后的办法，我认为大王应该以大局为
重。"

　　高欢听了司马子如一番话，头脑逐渐冷静下来，特别谈到
娄妃，虽然没有保护好郑娥，也不能因此事恼恨，他知道司马
子如如此说，是为自己家庭好，便说："你说的也有道理，但
是，事已至此，该如何收场？"

　　司马子如说："可否让我审问一下几位婢女？"

　　高欢说："既如此，你再审问一次吧。"

　　司马子如领命，来到监所，坐到公堂，调出婢女穆容娥等
六人，她们跪于阶下，又让人领来高澄，高澄见司马子如来了，
急忙下拜。

　　司马子如说："我奉大王之命审案，世子不要怪罪。"同时，
看到世子面容憔悴，满目忧愁，拉住他的手，说："男儿胆气
宜壮，怎么畏惧成这个样子？"命其坐在一旁。

　　司马子如先提穆容娥，喝道："你本夫人最亲近之人，怎

可诬陷夫人，败坏夫人名节？大王已经查出真因，你罪该斩首，今天就不用你的供词了。"喝叫左右，将她绑起来，推到一旁候死。

然后召来谢玉瑞、孟秀昭、赵良宵、定红，令其一起跪下，喝道："穆容娥犯诬陷之罪，即刻就要正法，你等生死也在一言，若不说出穆容娥诬陷实情，仍旧协同诬陷夫人，一并斩首。"

四人听了大惊，叩头说："唯大人之命是从。"

司马子如让人给她们纸笔，各自书供，赵良宵挥笔写道："妾为夫人婢女，常侍奉夫人与内阁，忠于职守，朝夕在帏，夫人之贞淑，大众皆知；只是不知何因，穆容娥泄私愤而诬陷夫人，致使奴婢被牵连而陷入奇冤，如今悔恨不已，有口莫辩，今蒙大人提问，方敢吐露实情，以前所告皆属子虚乌有，请大人明察。"

其他三人，与赵良宵所供大同小异，司马子如看罢，大喜，叫来李庆云，喝道："夫人被诬陷，你应该全力辩解，为何不辩？你死不足惜，让夫人和世子怎么做人？现在命你老实写出原委，免你一死。"

李庆云听了，写供状说："奴婢资质平凡，被大王选中，初为婢女，后蒙主恩，任知院之职，平时畏法奉公，不敢肆情放纵，况夫人行为端庄，尽人皆知，穆容娥受责含恨，捏造谎言，玷污夫人清德，又损坏世子形象，当初畏惧杖责，一时屈认。之后苦于有冤无处申诉，悔不当初，今承蒙大人再度审讯，敢不如实诉说，请大人明察。"

509

司马子如看完，说："众人口供已定，倘若大王再审，不得有别的说法。"

众侍女都叩头领命。

司马子如吩咐左右，将穆容娥带去，先令自尽，立等回报。

一会儿，左右来报，穆容娥已死。

司马子如下笔判道："穆容娥惧罪自缢，诬陷显然是真，赵良宵等人口供相同，真情可查，宫禁本自肃清，含沙射影，前供皆为捏造。一人既死，无烦斧钺之力，余众无辜，宜释囹圄之禁。"

司马子如判毕，取宫女口供，来见高欢。

高欢看了，心中暗喜，道："我知此事非卿不能了也。"

然后，命内侍去请娄妃。

高欢对司马子如说："我忙于军务，必然耽误对儿子们的教育。哪里有德高博学的鸿儒，请来教导孩子，不至于耽误孩子的学业。"

司马子如说："我在邺城，结识一个人，可以担当此任。"

高欢说："快快讲来。"

司马子如说："此人叫卢景裕，字仲儒，范阳郡涿县（今河北涿州市）人。父亲卢靖，曾在朝任太常丞。卢景裕聪慧过人，专心于经学，居住于拒马河，带一位老年婢女给自己做饭，妻子儿女不让跟随，又躲避到大宁山，不问世事，居住期间不事其他，唯独一心读书注解，卢景裕的足迹只在田园之间，感情寄托在郊野之中，谦恭守道，贞素自得，因此人们称他为居士。节闵帝元恭初年，卢景裕被授国子博士，参议音韵的订正工作，待遇极高，被给予不需称臣的礼节。永熙初年，官职依例被解除。天平年间，卢景裕回到故乡，与邢子才、魏季景、魏收、邢昕等人同时被征召到邺城。卢景裕寄居在佛寺中，不停止他的讲学，不久，卢景裕回了范阳郡。卢景裕风度仪表、言论举止被人们叹服赞赏。他注解《周易》《尚书》《孝经》《论语》《礼记》《老子》等，水平很高。其讲解理义精微，谈吐闲雅。当时有诘问驳辩，有人诋毁吵闹，厉声叫嚷，言语不逊，而卢景裕神采俨然，风度语调如一，从容应对，没有可钻的空子。因此士大夫都赞美他。这个人个性清静，淡泊名利，破衣粗食，恬然自安，终日端庄严肃，如同面对宾客一样。"

高欢听了，高兴地一拍桌案，说："了如，你不说我还真忘了，此人我早有耳闻，非常适合做先生，教导孩子。"

高欢立即修书一封，命娄昭亲自到范阳郡涿县去请。

不知卢景裕能否同意来高欢府中教导子弟，请看下回章节。

# 第 45 回

平蠡升高澄娶九华　正朝纲黑獭毒元脩

话说高欢派人请娄妃过去，娄妃不明情况，不免心中紧张，估计要讲世子乱伦之事，甚感不安，不能不来，来到德阳堂，高欢见了，急忙出堂笑脸相迎。

高欢没有怒气，娄妃心中疑惑，又看到有司马子如相陪，心情稍安，司马子如上前拜见。

高欢命召来世子，高澄到阶下跪拜，看到母亲，悲不自胜，泪如雨下。

娄妃看着世子，长叹一口气，没话可说。

高欢面色庄重，训斥道："你要记住，你的罪过是尚书为你洗脱，保全了你的性命，还不快谢！"

高澄听了，急忙转过去拜谢不已。

高欢奖给司马子如黄金千两，以酬其功，留司马子如到晚上，摆宴共饮，尽欢而散。

之后，李庆云、赵良宵等婢女，以其他原因被赐死。

高欢对娄妃说："澄儿之事，初知确实很急，但细细想来，不全怪夫人，不过对待澄儿，还是应该严格一些。"

此后，对娄妃依然如故，与郑娥更加恩爱。

几天后，卢景裕到了晋阳，高欢以礼相待，安排住所，诉说了请先生教导儿子的目的。

高欢在府中设了学馆，卢景裕在学馆，每天给孩子们上课，十天回一次家，连同馆中饮食一起带回家。

寒冬已过，春意盎然。高欢接到石州文书，报：刘蠡升又来大肆抢掠，其女九华公主妖法难破，请发兵讨伐。

高欢说："我正准备出兵讨伐，他却先来找事了。"

高欢召来桐花，说："刘蠡升倚仗其女妖法，多次作乱，我欲出兵讨之，必须请卿前去，才能破其妖法。"

桐花听了非常高兴，说："大王出兵，只要带我，敢不从命？"

高欢出兵时，命高澄随行，到了石州，贺拔仁、任祥来见。

高欢问："贼势如何？"

贺拔仁说："贼将只有万安骁勇，其他都不是对手，但每战之际，九华公主作妖法，天昏地暗，飞沙眯眼，咫尺难辨，所以，我军只好后退，若擒住此女，破刘蠡升就不难了。"

高欢说："他们若坚守谷口，攻之不易，若引兵来战，擒拿不难。"

第二天，高欢命桐花守住大寨，嘱托说："我命人前去挑战，引其前来，等其兵到，你用法术破她。"

高欢命高澄带队，段韶、任祥相助，引兵一千，去打头阵，只准败，不准赢，诱敌来追，刘贵、贺拔仁等诸将各领兵一千，埋伏在路两旁，等敌兵败退逃回时，四处截杀，一定要擒住九华公主，众将依计而行。

九华公主听说高欢兵到，对诸将说："上次我军落败，因其黑夜劫营，法不能及时施行，今日交战，我要作法胜之。他们若败走，你们要尽力追杀，叫他们片甲不回，才能报了前仇。"

万安等将听了，说："全仗公主法力取胜。"

刚说完，士兵来报："高营将领在营前挑战。"

九华公主率众将出营，立于旗门下，看到对方阵前，一位少年将军，美貌风流，头戴紫金冠，身披红绣甲，手持画戟，坐下白马，分明是潘安再世，宋玉复生，九华暗想：擒住此子回来，与奴作配，岂不是一生中的幸事。于是，不发一令，只管呆看。

段韶见对方不动，大叫道："来将听着，你敢不用妖法，与我斗力吗？"

九华公主似乎这才惊醒，命万安出马，二人战了几个回合，忽然黑气罩地，沙石乱飞，空中似有千军万马杀来。段韶、任祥保着高澄便退。

九华公主见了，驱动神兵，亲自赶来，高澄、段韶和任祥带领士兵匆忙逃走。

九华公主一心要捉拿高澄，单单追着高澄，紧紧不放，眼看追到高寨，一员女将将其挡住，高澄躲到了女将背后，狂风顿息，天气开朗，空中神兵变成了纸人纸马，纷纷落地。

九华公主大惊，忙欲再念咒语施行妖法。

桐花喝道："你的妖术已破，还不下马受缚？"

九华公主听了，知道遇见敌手，心中恐慌，掉转马头便逃。

此时，四面伏兵纷纷涌起，围得如铁桶一般，喊道："投降者免死！"

贼兵听到喊声，有的投降，有的逃走，乱作一团，万安带着几十名骑兵，突围而去，九华公主被桐花截住厮杀，她看到万安逃走，无心恋战，也想逃走，桐花取出红绳，念动咒语，抛向空中，红绳变做火龙，将九华公主抓下马来，桐花命士兵将其绑了。

桐华擒拿了九华公主，高欢非常高兴，命人将九华公主囚于后营，指挥大军长驱直进。

刘蠡升听到女儿被擒，魂胆俱丧，自料不能抵抗，只好派将过来求和。

高欢不想杀刘蠡生，同意其求和。

刘蠡升派人来，说："请将九华公主送还，然后出来投降。"

高欢对使者说："回去告诉刘蠡升，他若真投降，我想将其女配给我家世子，所以，公主今天不能回去。"

使者回去禀告，刘蠡升信以为真，遂不设防，当天夜里，高欢领兵袭击谷口，大军齐进，围了其都城。

刘蠡升的部将刘信明、万安看到官兵势大，怕同时被歼灭，两人商量后，趁机杀了刘蠡升，开城投降。

高欢入城，安抚百姓。桐花对高欢说："九华公主年轻貌美，武艺超群，又懂法术，请大王赦免其罪。"

高欢说："刘蠡升请求投降在先，其女儿自然应该赦免。"

高欢命人召来九华公主，当着其面，责骂刘信明和万安："你主已与我联系，请求投降，我已经准许，你们为何杀之？事主不忠，何以为人？推出去斩首。"

九华公主叩头谢恩，说："谢大王为妾报仇。"

高欢说："你还年轻，与我的世子年龄相当，我与你父约好，让世子纳你为妾，你父也同意了，没想到你父被叛将杀了，现在你愿跟世子为妾吗？"

九华公主立刻脸红了，说："一切听大王安排。"

于是，高欢命高澄纳其为妾。

刘蠡升的伪王公将相、文武四百余人，全部被抓。高欢命将其押送晋阳，迁其民三万余户，安插内地，班师回晋阳。

高欢将重要战俘献于朝廷。元善见因高欢功高，赐殊礼、假黄钺，剑履上殿，入朝不趋，手下诸将晋爵不等。

高欢上表，不要殊礼。

元善见再三下旨，高欢坚持不受，奏道："请陛下加封恒山王胡士达，以酬桐花之功。"

元善见准奏，谥恒山王为武王，建立新庙。

高欢命人速建新庙，不久，新庙竣工，高欢与桐花亲自到新庙祭奠。

夏天快要到了，高欢觉得晋阳暑天异常炎热，召来司马子如，说："你带上几个人，到西边山上，寻找一块凉爽之地，然后建一处避暑宫，到了暑天可去避暑。"

司马子如领命，带人深入西山寻找，这一天，在西南山间，发现一个妙处，四周山峦起伏，山坳松柏葱郁，山间有一石洞，洞中有泉水流出，溪水潺潺，清澈透亮。山风吹来，清爽至极，暑气全无，感觉乃避暑之胜地也。下山之时，遇到一个农夫，司马子如问："此山叫什么山？"

农夫说："叫方山。"

司马子如知道了，回来向高欢报告。

高欢听了大喜。第二天，司马子如带路，高欢亲自前去考察，到了方山，果然风景绝美，空气凉爽，特别是有泉水流淌，显得灵气十足，是个避暑好去处，立刻准备在此处建避暑宫。

高欢来到东边山峰下，举目观看，只见此处山势下面较缓，上面逐渐陡峭，临近山顶，山石裸露，对司马子如说："山上悬崖陡峭处可开凿石窟，用以供奉佛祖。"

司马子如说："不错，是个好地方。"

高欢说："此事就劳烦子如负责，寻找工匠，建造避暑宫，同时开凿石窟。"

司马子如领命。

却说元脩在长安，朝廷大权在宇文泰手中，生杀升降，朝廷不能参与，虽有天子之名，却无天子之威，徒有虚位。宇文泰挟天子而令天下，表面上还能尽为臣之礼，所以上下相安无事。

这一天，宇文泰与广陵王元欣入宫奏事，到宫院时，看到元脩与一个女子在宫中说笑。

宇文泰与元欣进去，女子站到元脩一侧，打扮得十分妖艳。宇文泰奏完事，从宫中出来，问元欣："站在皇帝一侧的妃子，是谁家女子？"

　　元欣说："那个女子是南阳王之妹，叫明月，封为平原公主，被皇上宠爱，入关时六宫都抛弃了，只带这个女子，随皇上而来。"

　　宇文泰听了，非常惊讶，说："南阳王之妹，应该是皇上的从妹，怎么能纳之为妃？"

　　元欣说："此确为乱伦之事，可是，皇上不醒悟怎么办？"

　　宇文泰请元欣到府内，说："王爷稍坐，我去请南阳王等王爷，到此商议此事。"

　　一会儿，诸王都到了，宇文泰说："请诸位王爷屈驾到此，有一事相商。"

　　诸王说："丞相有何事请讲。"

　　宇文泰说："臣等奉戴皇上，要使纲纪严肃于上，信义彰显于世，天下人才能信服。孔子云：其身正，不令而行；其身不正，虽令不从。何况高欢据有山西、河北等地，日夜窥伺，正当讨其不臣，而怎能自陷于不义？现在天子宠爱平原公主，以妹作妃，大乱人伦之道，怎能震慑四方而收复旧都？我的意思是要正君心之失，必先除去所惑之人，诸王以为如何？"

　　诸王听了，都大惊失色。

　　南阳王说："此女是我的亲妹妹，秽乱宫闱，实当诛罪，但是，此事出于至尊，现在如果除去，恐丞相作为人臣，礼数不宜，怎么办？"

宇文泰说："杀了她，上正帝心，下洗王耻，若留在宫中，皇上必不改前辙，以致纲常扫地，大事无成，这是臣下不能匡扶朝政的失误，怎么能是礼数不宜呢？"

诸王听了，都说："那就听从丞相的意见吧。"

宇文泰说："诸王既然让我安排，我自有计除之，明天请诸位到南阳王府中，我有安排。"

诸王都答应后辞去。

南阳王元宝炬回去，向乙弗妃讲了此事。

乙弗妃说："宇文泰虽然说的有理，但是，不臣之心已经显露，恐怕他比高欢有过之而无不及，怎么办呢？"

元宝炬说："我也为此事忧虑呢。"

第二天，宇文泰和诸王到了，元宝炬以为要共同入朝，向皇上谏言呢，所以向宇文泰施礼，说："今日在皇上面前，全仗丞相力诤。"

宇文泰说："不用，平原公主很快就到了。"

元宝炬疑问道："她怎么会来？"

宇文泰说："早晨，我已派人去宫中，说王爷有病，想见平原公主，皇上命她来了。"

一会儿，果然门人报："平原公主到了。"

乙弗妃将其接入内堂。

平原公主问："兄长有什么病？"

乙弗妃说："没有什么病，就是想与皇姑说话而已。"

元宝炬进来了。

平原公主问："兄长有什么话？"

元宝炬不答，只是流下泪来，乙弗妃也以袖掩面躲避到一边去了。

平原公主十分惊疑，又见宇文泰和诸王都进来坐下了，心中更加惊慌。

宇文泰怒目而视，说："你本是金枝玉叶，与皇上是兄妹关系，怎么不知廉耻，淫乱宫闱，陷君于不义，你知罪吗？"

平原公主听了，吓得心惊胆战，不由得哭着说："奴确实有罪。但是，父母早丧，幼育宫中，现今皇上即位，逼侍衾枕，身不由己，请丞相明鉴。"

宇文泰说："事关伦常纲纪，这罪怎么能免呢？今天请你一死，以绝君心。"回顾左右："为什么还不动手？"

两个武士立即雄赳赳走向前，平原公主已经瘫倒在地，武士抓住她的手臂，将白绫套在她的颈上，当场缢死。

在场的诸王没有敢出声的。

宇文泰看到平原公主已死，对诸王说："不这么做，不能禁止皇上的邪念，请诸位王爷莫怪。"

诸王都唯唯诺诺。

宇文泰说："现在尚早，等到夜间再载尸入宫。"说完告别诸王而去。

元脩自平原公主去后，到傍晚还不见回宫，正要派人去召，忽然内侍报说："平原公主已经身故，现在载着尸体回宫。"

元脩大吃一惊，问："早上还好好的，怎么会身故，尸体在哪里？"

内侍说："应该已经入宫了。"

元脩急忙来到寝宫，走到尸体旁一看，果见玉容如生，香魂已断，放声大哭，问随行内侍："公主是怎么死的？"

内侍详细叙述了宇文丞相和诸王相逼的情况。

元脩听了，怒气填胸，说："这都是南阳王欺骗朕，骗去逼死，誓必杀之。"

第二天上朝，文武百官集齐了，元脩看到南阳王，拍案大骂，说："你以病欺君，诛杀亲妹，不忠不仁，留你有什么用？"喝令值殿武士，将南阳王收禁南牢治罪。

宇文泰出班奏说："陛下，此事不怪南阳王，这是臣的主意，与南阳王无关。平原公主秽乱宫闱，不合纲常，若不除去，损坏陛下的美德，所以臣主张除去。"

元脩怒道："即使治罪，为何不奏与朕知道？"

宇文泰说："臣知道平原公主越轨承恩，陛下必然不能割爱全义，所以擅行处死，以绝陛下之意，独断下令之罪，请陛下谅解。"

元脩不再说话，拂袖而起，乘辇回宫。

此时，朝政全在宇文泰手中，文武大臣敢违皇上圣旨，不敢违逆宇文泰，即使是皇上也没有办法。

元脩回到宫中，咬牙切齿发怒，一会儿拿起弯弓射空，一会儿拔剑砍柱，真是鸟啼花落，触处伤心。

宇文泰知道皇上的怒气没有消除，秘密安排心腹在宫中，观察皇上的行动，一举一动都要报告。

元脩曾探听过邺城情况，得知高欢对元善见恭敬有加，为百官做榜样，回想当时在洛阳，斛斯春等说高欢有野心，想篡位。可是并无具体事实，而今宇文泰的行为，与高欢相比，狂妄至极。高欢女儿为后，却从不问后宫之事，想到此不免悔恨不已。这一夜，月明星稀，月光如水，遥望星空，追思平原公主，不觉潸然泪下，于是，吟诗一首：

> 明月依旧在，佳人难再求。
>
> 香魂游浅土，玉骨葬荒丘。
>
> 把剑难复仇，吞声怨未休。
>
> 枉为天子贵，一妇不能留。

宇文泰的密探抄了皇上的诗，报给了宇文泰。

宇文泰看了，暗想：我不害他，他有怨气，必会害我，怎么还能奉为皇上？于是，召来心腹，商议废立之计。

侍中于谨说："高欢负有逐君之罪，非议者很多。如果现在就行废立，恐怕丞相要犯杀君之名，怎么办？"

宇文泰说："现在祸难方兴，征战未挺，我欲抵御外患，必除内乱。我用赤心待他，他反以我为仇，他日如果疆场有事，我等率兵出战，他在宫中起乱，则大事去矣。不如除去无道之君，另立贤明，才是国家的长久之计。"

于谨说："皇上之心确实不能保证，但是，既奉之，又害之，恐怕被高欢耻笑。"

宇文泰说："耻笑是小事，现在是骑虎难下之势，不得不如此行事。"

因此，定计在长安城东，请皇帝游猎，暗里进行杀逆，宇文泰入朝奏道："臣想训练武士，明日请皇上一同去游猎，皇上有意去吗？"

元脩不知有计，同意前去。

天文官闻听此事，启奏皇上，说："臣夜观乾象，帝星不明，有客星侵犯帝座，黑气直入紫微垣，主明日陛下有不测之忧，请勿出宫。"

元脩说："丞相请朕出猎，天象怎么有如此变异？"于是降旨给宇文泰："朕身体偶感不适，明日不能出行。"

宇文泰复请说："圣躬不安，请明日君臣共宴于华林园，以遣帝怀。"

北魏永熙三年（534年）闰十二月，宇文泰在华林园摆宴，会集百官，恭迎帝驾光临，拉炉引导，曲尽臣礼。宴前管弦齐奏，歌舞喧闹，山珍海味，应有尽有，百官轮流敬酒，元脩不知不觉就醉了。

宇文泰跪献美酒一杯，元脩又饮之。

宴罢，元脩回到宫中，文武百官都退去了，召来天文官，问："今日已过，应该没事了吧？"

天文官说："须到亥时，圣躬万福。"

元脩命其退去，躺下来休息，到了半夜，忽然肚子疼痛不止，他怀疑中毒了，大声呼喊："斛斯椿误我！斛斯椿误我！"连呼几声驾崩，此时正是亥时，享年二十五岁。

宫中官员急忙报与宇文泰，他正在等待宫中消息，立即带领心腹来到宫中，先自入朝，问内侍："陛下驾崩时，有什么话？"

内侍说："陛下连呼'斛斯椿误我'数声，随之气绝。"

宇文泰命御林军把守各处宫门，然后召集百官，天将明时，百官都到了，听说皇上驾崩，都大惊失色，然而，大权在宇文泰手中，没有人敢出声。

宇文泰命装殓皇上尸体，等新天子登基，再行丧礼。

宇文泰命群臣商议，谁能立为天子？

群臣知道宇文泰早有打算，所以都说："一切全听丞相安排。"

宇文泰说："推举新君乃国家大事，怎可由我一人做主呢？"

众人议论纷纷，一时拿不定主意。最后，一致推举孝武帝兄长之子，广平王元赞，年虽幼，以序当立，符合人望。

宇文泰不甚满意，犹豫不决，一天，他独坐室中，侍中濮阳王元顺来见，宇文泰迎入室中，问："王爷意中谁可立为新君？"

元顺说："高欢逼逐先帝，立幼主为了专权，明公应反其道而行之，广平王年幼，不足为帝，愿明公选年长者为君，以安社稷。"

宇文泰听了元顺说立年长者为宜，说："王爷所言很好，我想奉南阳王为帝，王爷以为如何？"

元顺说："南阳王素有仁者之风，奉为天子，天下人信服，足见丞相赤心为国。"

宇文泰召来百官，说："濮阳王向我建议，立长者称帝为宜，我觉得有道理，南阳王有仁者之风，立为帝如何？"

百官听了都说："好，南阳王确实有仁者之风。"

宇文泰看百官满意，立即备法驾，具冠冕，率领文武百官，到南阳王府，请南阳王元宝炬登基。

欲知宇文泰请南阳王元宝炬称帝后事如何，请看下回章节。

# 第 46 回

立新君元宝炬登基　求道士郑大车还魂

话说元宝炬在府中，突然看到宇文泰率百官到来，茫然不解，问："诸位突然到来，不知何事？"

宇文泰说："受百官推举，请王爷登基为新君。"

元宝炬听了大惊，说："我有何德何能？岂能继承大位。"

宇文泰带头，跪到地上，山呼万岁！经过再三奉劝，元宝炬才答应。

宇文泰命人在城西设坛，为新帝登基准备。

西魏大统元年（535年），正月初一日，元宝炬到城西登坛即位，然后到大殿受朝拜，改元大统，史称西魏。皇帝颁诏大赦，追赠父亲京兆王为文景皇帝，母亲杨氏为文景皇后，立乙弗妃为皇后，长子元钦为太子，进丞相宇文泰为都督中外军事、录尚书事、大行台，封为安定王。

宇文泰坚决不称王，乃封为安定公。

以尚书斛斯椿为太保，广平王元赞为司徒，文武官员各有不同的升迁。

设立元脩灵堂于草堂佛寺，丧礼具简。

谏议大夫宋珠悲哀特甚，几天水米不进，呕血数升。

宇文泰知道他是知名大儒，所以并没有怪罪他。

元脩驾崩的消息，传到渭州，刺史可朱浑元大惊，可朱浑元是怀朔人氏，当初与侯莫陈悦连兵相应，后来，侯莫陈悦被宇文泰所杀。

宇文泰想收服可朱浑元，可朱浑元不从，宇文泰率兵攻之，可朱浑元奋力抵抗，没有攻下来，宇文泰与之讲和，命其守渭州。

元脩西迁，魏国分为东、西魏，可朱浑元之母、兄长都在东魏，不能接来。因少年时与高欢有交情，所以高欢经常抚慰他们。因元脩是君王，不忍背叛，所以留在关西。如今知道元脩驾崩，乃宇文泰毒死，立刻大怒，对众将说："我之所以弃家离母，留在这里，是因高欢有逐君之罪，宇文泰奉主有功。现在，宇文泰擅行杀君，其恶比高欢更甚，怎能与这种人共事？我要带兵东行，诸将愿去的，随我前行。不愿去的，请归长安，我不阻拦。"

众将说："公不想与逆臣为伍，我等也生死跟随将军。"

可朱浑元是关西虎将，不但有万夫不当之勇，而且智谋超群，善于用兵，能与下属同甘共苦，深受下属喜爱，每次打仗，士卒效命。

可朱浑元说："我要写一封书信，派人送到晋阳，谁可作为使者？"

阶下走出一员大将，年方二十，身材彪悍，威风凛凛，说："小弟愿往！"原来是可朱浑元弟弟可朱浑天元。

可朱浑元大喜，说："弟弟去送信最好，但是，路上要小心，不可有失。"

可朱浑天元领了兄长之命，带了十几个家将，飞马而去。到了乌兰关，守将不肯放行。

因为灵州曹泥不肯投降，宇文泰欲派李弼、赵贵去征伐，为了谨防奸细出入，所以没有宇文泰的命令，不准放一人一骑出去。

可朱浑天元等到夜间，便在关口前四处放火，风吹火势迅速蔓延，关上军士看到后，立即报告给守将，守将急忙带人开关出来救火。可朱浑天元趁着救火之乱，夺路而去，守关军士急忙阻拦，可朱浑天元连杀数十人，闯出关口，向灵州飞奔而去，不到一日，到了灵州，向曹泥详细诉说了兄长要投奔高王之事，曹泥大喜，派人护送前往晋阳。

却说可朱浑天元闯关之时，有一个随从被守关大将擒获，审出实情，飞报宇文泰。

宇文泰听了大吃一惊，对诸将说："可朱浑元勇冠三军，若让他东去，我们又增一个劲敌，必须在他去之前，擒拿过来，方免后患，谁可去擒拿？"

众人推举侯莫陈崇可使，因侯莫陈崇勇而善战，所向无敌，曾单骑擒拿丑奴于阵上，是宇文泰麾下第一员战将，所以大家推举他。

宇文泰授予侯莫陈崇精骑五千，往渭州截住其去路，他又想到，侯莫陈崇虽勇，但恐不足以制服可朱浑元，传谕李弼与赵贵，大军不要去灵州，直接到乌兰关截杀可朱浑元，不要让他走脱。

　　且说侯莫陈崇到了渭州，可朱浑元已经离开渭州，听说有追兵到了，可朱浑元对诸将说："暂停前进，我当先破其军，然后再去。"因此，停军等待。

　　侯莫陈崇带兵追赶上来，大声喝道："可朱浑元，朝廷待你不薄，为何去投外邦？今日天兵已到，快快下马受缚，免得一死。"

　　可朱浑元出马，说："侯莫陈崇，你也是堂堂男子汉，为逆臣效力，怎么不知羞耻？"

　　侯莫陈崇喝道："你是反贼，谁是逆臣？"

　　可朱浑元说："我是皇上授予的爵位，现在，皇上何在？不是被宇文泰毒杀了吗？你不念旧君之恩，厚颜事仇，也是逆贼，还在这里摇唇鼓舌，难道不知道羞耻吗？"

　　侯莫陈崇听了，怒气冲天，举枪直刺过来，可朱浑元与其交锋，战了十几个回合，不分胜负，可朱浑元架住枪，说："我还要赶路，谁有耐心与你战下去？"说完回马便走。

　　侯莫陈崇以为他是胆怯，乘势追来，哪知可朱浑元暗藏飞锤在手，眼看着他越来越近，突然喝道："着！"飞锤如流星一般，向侯莫陈崇胸口飞去。

　　侯莫陈崇毫无防备，被飞锤打个正着，翻身落马，口吐鲜血，不省人事，副将与军士急忙将其救起。

可朱浑元赶上去，喝道："你们听着，我知道侯莫陈崇也是好汉，不忍杀之，今天暂且饶他，你们回去，告诉宇文泰，少不得有一天，我会杀到长安，正他杀君之罪。"说罢，全军启程，谁敢阻拦。

这一天，可朱浑元到了乌兰关，看到李弼、赵贵奉了宇文泰之命，引兵把守关口。双方驱兵大战，可朱浑元率先策马冲入敌阵，简直如天神下凡一般，一条长枪如飞龙一般，上下翻飞，杀开一条血路，后面将士也奋勇冲杀，敌兵大乱，纷纷退却。

李弼、赵贵双双来战可朱浑元，可惜不能抵抗，被可朱浑元破关而出。

可朱浑元到了灵州，曹泥开城接见，停军一日，第二天出发，一路无话。将近云州地面，军士缺乏粮食，众人心中不免慌乱，只见一支人马，旌旗耀日，驻扎在云州界上，上前去问，原来是云州贺拔仁受高欢之命，带着粮草在此等候，可朱浑元与贺拔仁相见，贺拔仁说："高王知道将军远道而来，粮草必定不足，所以，先运军粮在此等候。"

可朱浑元激动地说："高王真神人也。"

两军合队而行，到了晋阳郊外，高欢已派人来接。

可朱浑元见到高欢要拜，高欢急忙拦住，握住他的手，抚慰说："有朋自远方来，不亦乐乎？屈公到这里来，不要怕不得志。"

可朱浑元拱手拜谢，高欢命为车骑大将军。

原来元脩驾崩，晋阳并不知情，可朱浑元的书信到来，才知此事。

高欢派使者到邺城，奏请如何为孝武帝治丧？元善见让群臣商议。

太学博士潘崇和奏道："君王待臣子，不以礼则不必穿孝服，所以，商汤之民众不哭桀；周武之民不服纣，按礼不穿孝服。"

国子博士卫既隆、李同轨合奏说："高王与臣众可以不穿孝服，只有高后与永熙还没有离绝，丈夫死了，妻子不可不穿孝服，应该在宫中设位举哀，改服守孝。"

这一天，高欢到了东府，心中不高兴。尔朱夫人问："什么事让大王不高兴？"

高欢说："孝武帝驾崩，娄妃因女儿守寡，心中不高兴，所以我也为此事闹心。"又叹口气说："他们夫妻之事，全怨斛斯椿这个奸贼。"

尔朱夫人听了，叹口气说："这事也不能全怨斛斯椿，凡事或有报应，当初大王逼我失节，如今致使大王女儿为后不终，今后未必不学我呢。"

高欢听了，沉默不语。

到了端午节，高欢与郑娥同宴于翠微亭，高欢醉了。贪恋亭内凉爽，与郑夫人共宿于亭上，宫人秉烛坐于亭外。将近三更，一个宫人睡梦中看到：空中有车马仪仗冉冉而至，忽然有纱灯面对，隐隐照前，一个美人穿着紫衣，手拿金牌，上面写着"宣召南岳真仙云司夫人郑大车"。紫衣美人来到亭内，直接挽起郑夫人，飘然驾云飞去。宫人看着郑夫人飞走，大吃一惊，正要叫唤，立刻醒了。

天明以后，高欢起身，郑夫人躺着不动，叫她也不应。高欢大吃一惊，忙召侍女来看，昏睡如故。

高欢问："夫人如此，是病了还是在睡？"

侍女答不上来，其中一个侍女把夜间之梦，急忙说给高欢。

高欢听了大惊，说："如此说来，夫人的仙魂已经去了。"命令侍女守着，不准乱动。

第二天，依然不醒，高欢急忙召娄妃来看。

娄妃揭开帐子一看，红颜如故，抚摸四肢，温软如玉，嘴里只有微弱的气息，似断似续，对高欢说："夫人病得不轻，可召医官来看。"

高欢说："已经让医官看了，不知何病，只说这是离魂之症，不是药石可治的，该怎么办呢？"

娄妃说："要不就张榜招贤，有治疗此症的，给予重赏，或许有良医来救，也是可以的。"

高欢按照娄妃所说，张榜招贤，结果，应命而来的，都不能治，已经七天了，郑夫人依然如故。

高欢日夜忧愁，寝食不安，傍晚时，高欢偶尔来到廊下，忽听内侍在窃窃私语，说："大王要救夫人，为何不召来世子问一下？"

高欢走过去，喝道："你等为何说出这样的话？"

内侍看到高王，急忙跪下，说："听说前天夜里，世子做了一个梦，曾梦见夫人，怕大王恼怒，所以不敢告诉。大王如果召来世子一问，也许就知原因了。"

高欢立即召见高澄。

却说高澄近几天身体不爽，没有出府。郑夫人有病，他并不知晓。这天夜里，他正在睡觉，忽然有人敲门，出来一看，外面一片红光，香气扑鼻，一个黄衣女子，站在门外，说："奉仙主之命，召世子前去。"

高澄尚未回答，只见黄衣女子上前，抓起他的衣服腾空而起。高澄举目观看，不知是往何处路径，直觉气候温暖如春，道旁鲜花盛开，不久到了一座山前，祥云笼罩，瑞气萦绕，一个大门金碧辉煌，上写着"云龙洞府"四字，门半开着，黄衣女子领着高澄进去，开始登山，山间悬崖峭壁，十分险要，一条瀑布，从山顶飞下，发出隆隆的水声。瀑布一侧有一平地，山崖下有一洞，洞门上金书"南岳洞天"四字，女子上前叩门，有一女童开门，黄衫女子说："高世子已经召来。"

女童入报，一会儿出来说："请世子进洞相见。"

高澄心中忐忑，慢慢走到里边，但见洞内珠帘低垂，路旁绿植红花，洞内仙禽飞舞，一个神女端坐堂上。高澄急忙施礼拜见。

神女命侍女将其扶起，叙了宾主之礼，分左右而坐，对高澄说："我姓胡，号月仙夫人，为此洞主，有一个妹妹禾仙夫人，因与君父亲有宿世姻缘，奉天曹之命，降生为郑氏女，得侍高王，我怕他迷失本性，所以召来一见，没想到君父大生忧疑，想让世子回去，禀告父亲。"

说到这里，一个美人从里边走来，高澄定睛一看，原来是郑夫人，对高澄说："我在这里很好，不忍心看大王忧愁，想回去又不能自己做主，世子回去，告诉大王，接我回去。"

高澄问："仙凡相隔，如何来接？"

郑夫人说："清宵观有一个道士，姓徐，是这里的仙官，求他表奏天庭，我就回去了。"

高澄领命，又问月仙夫人："仙主知道尘世凶吉，不知在下前程如何？请指点迷津。"

月仙夫人说："天机不可泄露，君若能守正而行，就不至于自误其身了。"说完，拿出一个云笺，写上四句话赠之："明月团团，功成水澜，时来遇玉，事去逢兰。"

高澄看了，茫然不解。

月仙夫人命黄衣女子："送高世子回去。"

黄衫女子送高澄走到中途，有一座石桥，桥下水波荡漾，高澄看到水中金鱼游跃，凭栏而观。黄衫女子说："此处不是久留之地，赶紧回去吧。"说完用手一推，高澄跌往桥下，大声喊叫，醒来原是一个梦。

天明以后，问内侍："飞仙院郑夫人是否有事？"

内侍说："听说郑夫人昏睡不醒，已经有几天了，现在大王出榜招名医呢。"

高澄听了，知道所梦不假，进去告诉公主，公主说："为何不告诉父王？"

高澄说："此事涉及郑夫人，不敢说呀！"

高澄与公主所言，被内侍听了，相互传说，连北府的宫人也知道了，所以，当天夜里，内侍对高王说了。

高欢立即召来高澄，问："听说你做了一个梦，是怎么回事？"

高澄就把梦中所遇，详细告诉了父王，说："必须到清宵观中，找一个姓徐的道人，方能救夫人还魂，不知到底有没有这个人？"

高欢命高澄去道观问一下，是否有徐姓道人。

高澄到了清宵观访问，果然有姓徐的道人，来这里一个多月了。

高澄急忙见过徐道士，请他到府里。

高欢看他丰神潇洒，气度不凡，大有仙气，以礼款待，然后将郑夫人昏迷之事说了，请道人解救夫人。

徐道士说："大王必须虔诚地修一道表章，结坛礼拜，等贫道作法，上达天听就是了。"

高欢听了，立刻去修表章，并命人搭建高坛，当天夜里，徐道士拿了高欢写的表章，登上高坛，拜伏坛中。

高欢与世子在旁边坐着守候，第二天拂晓，不见徐道士起来，上前一看，只有衣冠在地，徐道人不知去向，非常诧异，忽然内侍来报："大王，郑夫人醒了！"

高欢闻讯急忙回府去看，见郑夫人精神如故，身已坐起。高欢握住她的手，问："哎呀，吓死我了，这是怎么回事？"

郑夫人说："前夜与王宿在这里，看到有一个紫衣女子，手持金牌，来召妾去，妾随之往，到了南岳洞府，被月仙夫人留住，妾想回来却不能。因为世子有仙骨，可到洞天，所以召去，为大王送信。现在天庭有旨，放妾回来，妾才得以返还人世，此时更觉身轻骨健，不比前日。"

高欢听了，又惊又喜，携起郑夫人的手，一起回了飞仙院。

此事在宫中传为奇谈，娄妃及诸夫人都来相贺，桐花夫人上前，对郑夫人说："夫人居住在飞仙院，果然不负这飞仙之名，但是，今后不要再飞去了，免得大王忧愁。"

众夫人听了大笑起来，从此，宫中都呼郑娥为仙夫人。

高澄私下里与公主说："我曾在梦中问仙主自己的前程，仙主拿出一个云笺，写上四句话：'明月团团，功成水澜，时来遇玉，事去逢兰。'不知何意。"

公主听了，也不解其意，说道："夫君要相信，举头三尺有神灵，只要咱们多做善事，就会有福报。"

高澄说："仙主也说要守正而行，就会无事。"

东魏天平二年（535 年）八月，娄妃身怀六甲，生第六个儿子，取名演，字延安。

且说高欢因北方无事，就想西征，命司马李仪做檄文，布告天下，结果文不称意，有人推荐行台郎中孙搴，说他博学能文，高欢命孙搴另作檄文。

天色已晚，孙搴在灯下，挥笔疾书，很快就写成了，拿给高欢一看，其文甚美。

高欢大喜，立即授予其丞相府主簿，专掌文笔。

几天之后，高欢率领将军厍狄干等，领兵一万，袭击西魏的夏州，高欢行兵神速，四日即到，架起云梯，夜入其城，活捉了刺史斛拔弥俄突，赦其罪，继续留用，留下都督张琼，领兵镇守，迁其部落五千户回去。

回师到半路，灵州曹泥派使者来报：西魏李弼、赵贵领兵来攻灵州，决水灌城，城外都是巨河，形势非常紧急。

高欢知道灵州危机，想回军去救，恐来不及，于是，星夜派使者送书到至罗国，令其速发人马，绕到西魏军之后，袭击西魏军，以解灵州之围。

使者将书信送到，至罗国果然引兵袭击西魏军队，西魏军大败，缴获其盔甲、马匹五千，西魏军乃退。

高欢领兵到了，灵州之围已解，曹泥迎接，拜于马前。高欢对曹泥说："灵州在西魏境内，不能久守，你不要留在这里受困了。"于是，将灵州民众迁往北边，另授予曹泥官爵，其女婿刘丰生有雄才，高欢喜爱他，授为南洛州刺史。

朝廷因高欢平夏州有功，封其次子高洋为骠骑大将军、开府仪同、太原郡公，食邑三千户，当时，高洋才七岁，已授显爵。

高欢任命杨愔为太原公司马，继而又升为大行台右丞。因高洋年幼，尚在府内生活，不能外出理政，所以，高欢命杨愔暂到高澄处效力。

此时，高澄已经十七岁了，虽然年少，但有宰世之志，听说朝中诸权贵贪腐贿赂成风，法度不严，他向父王请命，说："孩儿听说朝中权贵不守法度，政纪混乱，愿到朝廷辅政，惩治臣僚的不法行为。"

高欢听了高澄要到朝廷辅政的想法，说："你小子乳臭未干，从政毫无历练，竟敢说入朝辅政？没听说不能操刀而割，必伤其手吗？"

高澄听了不敢辩解，只好退下了。

当时孙搴在旁，高澄走后，他对高王说："刚才世子想入朝辅政，大王为什么不同意呢？京师诸贵，倚仗是大王的故人，横行无忌，以致民众抱怨，若不设法震慑他们，恐怕腐败更甚，朝政日坏，一旦敌人来攻，民众反叛，天下必然大乱。世子聪明，但历练不够，正该让其入朝历练一番，既可增长世子才干，又可整肃朝纲，壮大国家。大王为何不用这万全之策呢？"

高欢听了孙搴之言，虽觉有道理，但依然拿不定主意，因为朝中权贵，最难处理的是其姐夫尉景，如今他官居显要，年龄居长，本该清廉自守，但贪得无厌，挖空心思聚敛钱财，

高欢曾劝他，说："姐夫，到一地为官，应该实行仁政，爱民如子，不要乱使官威，贪腐受贿。"

尉景当面接受，但是，到了任上依然如故。在任冀州刺史时，不仅大纳货贿，发不义之财。而且耍威风，动辄兴师动众，调用军队以作私用，竟然创下一次打猎行动中"死者数百人"的纪录，成为一时丑闻。

尉景与厍狄干是连襟，有一次，在高欢堂上，尉景、厍狄干等人在聊天，都是自己人，说话随便，厍狄干突然问高欢："大王，能不能调任我去做御史中尉？"

高欢一时没有反应过来，论身份，厍狄干早已位及王公，何至于要求去当个御史中尉，高欢问："怎么突然降低身份，要做御史中尉？"

厍狄干认真地说："我想查查尉景，然后法办！"

高欢这才会意，与厍狄干相视而笑，令尉景大窘。

厍狄干取笑尉景时，恰逢宫中优伶石董桶也在，石董桶是

当时一代名优，善笑言，其机智幽默堪与当年淳于髡、东方朔之流相比，素以口出妙语、讥讽时弊见长，此刻见库狄干调侃尉景，博得诸位一片哄笑，于是也戏弄起这位达官贵戚，他三步两步走到尉景身边，还没等他缓过神来，伸手剥他的衣服。

尉景连忙护住自己的朝服，惊异地斥问："石董桶，为何如此无礼？"

石董桶也是一脸认真地说："公剥百姓，董桶为何不能剥公的衣服？"

众人再次哄堂大笑，尉景的脸上又是红一阵、白一阵。情急之下尉景对着高欢说："我不过从百姓身上盘剥，而你是窃国而享有天下，与你比起来，我又算得了什么？"

高欢早想整顿朝廷，治理贪腐，但是，得罪人的事谁去合适呢？苦于无人可用。孙搴建议后，他考虑再三，也许高澄是最佳人选。于是写了奏章，报于皇上，以高澄为尚书令，加领左右京畿四面大都督，入朝辅政。

不知元善见接到高欢奏章，是否让高澄入朝辅政，请看下回章节。

# 第47回

## 高澄辅政结南梁　窦泰讨西丧潼关

话说元善见看了高欢奏章，立刻下诏，命人将诏书送往晋阳，让高澄入朝辅政。

高欢接到诏书，将高澄召来，说："我已经向皇上请旨，让你入朝辅政，但是，考虑到你年龄尚小，缺乏历练，到京城一定要上尊皇上，下爱黎民，处理朝中之事，多与老臣商议，坚持法度，谨慎从事，不可意气用事，出现纰漏。"

高澄听了，说："一定谨遵父命，遇到难以处理的事情，再请示父王。"

高欢又告诫道："特别是上尊皇上，朝廷不论何事，必须在朝堂上，请陛下恩准，方可实行，如有不尊皇上之事，小心回来严惩。"

高澄再拜说："孩儿知道了，一定照办。"

东魏天平三年（536年），高澄拜别父母，带领家眷到邺城受职。朝廷诸臣听说高澄入朝辅政，认为其年少，不会有什么大作为，依然我行我素，毫不收敛。

高澄上任以后，尚书省积案如山，他目不停览，手不停批，决断适当，处理有据，没到半月，所有事情全部处理完毕。高澄召来并州别驾崔暹，任命为吏部左丞，凡有参劾，不避权贵，调查落实后，高澄亲自处理，用法严峻。

朝中风气有所好转，人们不敢再轻视这位世子。

高欢因至罗国救助灵州之功，派使者送去金帛，又使其领兵逼近西魏秦州。

秦州刺史万俟普，性格豪爽，颇有武力。其子万俟洛，正直慷慨，讲究气节，身长八尺，有万夫不当之勇。听说至罗国兵将到，对父亲说："孝武帝驾崩，实际是宇文泰毒害而死，观其为人，不如高王，我父子为何要替他出力？不如东归，必获重用。"

万俟普认为儿子说的有理，遂率部将三百人，弃城东归。

高欢见了，大喜说："万俟父子乃关西虎将，今天能来，等于断了宇文泰一只臂膀。"遂封万俟普为河西郡公，万俟洛为建昌郡公。

高欢因孙搴建议高澄入朝，得到宠信，加为散骑常侍。一天，司马子如来晋阳，孙搴与高季式在其家喝酒。孙搴喝得高兴，不觉酩酊大醉，在席上就倒下了。

司马子如与高季式急忙将其扶起，送回家中后居然断气了，二人心中惶恐，急忙报与高欢。

高欢听了，不禁叹口气，说："你们怎么能喝成这样？子如呀！你把我的主簿喝死了，须还我一人。"

司马子如略一思索，说："魏收有才，可以录用。"

高欢召来魏收，代替了孙搴的职务。没想到魏收才华虽好，却行止轻浮，高欢不喜欢，免去了他的官职。

高欢召来高季式，问："司徒高敖曹曾说有一人士，姓陈，很有文采，且行事谨密，他是谁，在哪里？"

高季式说："莫非是记室陈元康吗？"

高欢说："对，我听说他暗中能作书，真佳士也。"于是，高欢召来重用。

陈元康博学多能，通达古今。当时，军国多事，他能做到所问皆能回答，没有不知道的。

高欢带他出行，在马上发号令，多的能有十几条，陈元康屈指数来，全能记下来，性格很严谨，无事不多说一句话。

高欢非常喜欢他，说："像这样的人，怎么能多得呀！"将其封为安平子。

丞相功曹参军赵彦深，也是以文学见长，赵彦深少孤多学，为司马子如代笔。

高欢行文到邺城，急要文吏一人。司马子如让赵彦深去应召，很称高欢之意，与陈元康同掌机密，并受到异宠，当时人称"陈赵"。

高欢重视人才，广选文学之士，列之朝班。一天，传谕高澄说："我欲西征黑獭，必须通好梁邦，南方多人物，非宏道博雅者，不足以胜任此职，朝臣中谁可为使者？"

高澄平时喜欢与文学之士交往，他喜欢书法，特别喜欢东汉蔡邕创制的"八分书",所谓"八分书",通常被称为"汉隶",闲暇之际,经常练习,又制作金玉笔管,汇集古今人文,府中书吏常有百人,给赐丰厚,士大夫对此赞不绝口。

当高欢让他推荐人选时,高澄说:"散骑常侍李谐、礼部侍郎卢元明,通晓天文地理,博学多才,足可为使。"

高欢命他二人出使梁朝。

梁朝皇帝萧衍称帝前,诗赋文采过人,善于辩论。当时比较著名的文人学士有八位,时称"竟陵八友",即萧衍、谢朓、沈约、任昉、王融、萧琛、范云、陆倕。

萧衍称帝后,梁朝经济、文化进一步发展。当时,为了发展经济,他曾下令广辟良田,不管公私土地,务尽其地利。下诏规定:凡天下之民,有流移到其他地方的,让他们回到故地,免征课税三年;不愿还者,允许著土籍为民;凡是荒田废宅被没收为公田的,除官府已垦种的部分外,都分给贫民。同时,他下令禁止豪家占取公田。

萧衍处理政务之余,依然招聚文人学士,以赋诗为乐,推动了梁朝文学风气的兴盛。

萧衍总结南朝齐国灭亡的教训,认为其君臣既不懂高雅情志,又不讲仁义孝道,只知享受,荒淫无道。因此,萧衍决定靠佛教治国,他生活节俭,不讲吃穿,每天只吃一顿饭;勤于政务,不分春夏秋冬,总是五更起床,批改公文奏章,冬天把手都冻裂了。萧衍尊崇佛教到了极致,此外,他与印度高僧达摩的见面,对他影响极深。

萧衍问:"朕登基以来,建寺、造像、写经、度人不可胜数，这些功德大不大？"

达摩摇摇头，说："并无功德。"

萧衍没有听到赞美，很失望，又问："为何并无功德？"

达摩说："这只是人天小果，有漏之因，好比人的影子，看起来像有，其实并非真有。"

萧衍满腹疑问，又问："究竟如何才是真功德？"

达摩说："清静智慧，圆融无碍，本体寂寞，无法可循。功德，绝不是世间有为之法所能求到的。"

萧衍没有听到他所期望的夸奖，心有不甘，换了一个话题，问："什么才是圣人所求的最高义谛呢？"

达摩说："世间空荡荡，哪有什么圣人？"

萧衍追问："对着我坐的人是谁？"

达摩说："不认识。"

两人话不投机，达摩感到了萧衍的不悦，起身告辞。

萧衍心中虽然不满，但是，他思考达摩的意思，以他的文学修养，大致理解了，应该是：刻意而为，并非功德。无功利心而为，才有功德。醒悟以后，萧衍带人去请达摩。

此时达摩在长江边上，看到萧衍派人来了，随手拿起一根芦苇，投入长江，然后站立芦苇之上，飘然而去。

与达摩面谈之后，萧衍决心成为一个虔诚的佛弟子，不做皇帝了，到同泰寺出家。大臣们到寺院长久跪地，对他奏道："国不可一日无君，请陛下回朝理政。"

萧衍说："请我回去，朝廷要拿一亿元将我赎回去。"如此先后四次，每次都要朝廷花钱赎回。

萧衍回归朝廷，任用官吏，注重其政事能力。这些人或有才能，或有德识，或敢于直言谏诤，都是难得之人才。要求地方长官一定要清廉，经常召见他们，训导为国为民，清正廉明。政令实行以后，梁朝的吏治得到显著改善。当时有的州郡官员并非良才，朝廷发现其横行霸道，贪污腐败，马上给予严厉惩处。

当时，贵族门阀把握话事权，如何处理士族与庶族关系，萧衍经过深思熟虑，决定：让高门士族的人担任高官，但不给实权，他们崇尚玄虚，不亲事务，对于簿领文案等事不肯用心。出身寒门的令史谙熟政事，勤恳耐劳，让他们掌握实际大权，尽量做到"唯才是务"。

萧衍曾设置五经博士，又设立招收寒门弟子的五经馆，"修饰国学，增广生员"，学生免学费，食宿全由国家供给。生员只要精通其中一部经书，经考试合格，都可被录取进入官吏队伍。

萧衍下诏：哪怕是放羊的，看牛的，只要能考上，有才能就要录用，绝对不准阻拦。这让寒门子弟有了进入国家管理层的可能性。在政府提倡鼓励之下，向学之士四方云集。自梁朝开始，通过考试录用人才成为常设制度。

为了广开言路，下令在门前设立两个盒子，一个是'谤木函'，百姓想给国家提批评或建议，可以往谤木函投书。一个是'肺石函'，功臣和有才之人，因有功没受到赏赐和提拔，或者良才没被录用，可以往肺石函里投书信。

高欢正是想借鉴南梁经验，才命高澄派使者与南梁通好。

萧衍召见东魏两位使者，在殿堂上他们丰神秀爽，应对如流，令萧衍刮目相看。目送二人出去后，萧衍对左右说："卿等时常说北朝没有人物，这两个人是从哪里来的？"

众人不能对答。

之后，东魏与南梁关系越来越好，往来使者不断，以赞扬的语言夸对方德才兼备，每次派去南梁的，必定是有才有德者，无才无德者则不可去。

南梁与东魏通好，动摇了几位大臣的心，贺拔胜在荆州失守后，与卢柔、史宁投奔了梁朝，其后独孤信、杨忠在荆州也被侯景打败，投奔了梁朝，这几个人都有去西魏的想法，怕萧衍不准，所以均不敢说，现在，看到梁朝与东魏通好，各怀忧惧，因此，到萧衍面前哭诉，请求去西魏。

萧衍非常爽快地答应了，于是，他们带着原来的兵将，渡河北去。

这时，侯景镇守河南，听到报告贺拔胜等人要去投西魏，选了三千轻骑，把守去路，不让他们通过。

贺拔胜等不敢与其交锋，只好改换衣服，从小路徒步进关，到了长安，宇文泰接见，非常高兴，一同去见皇上，贺拔胜看到孝武帝去世，又换了皇帝，不胜伤感。

当时，斛斯椿已死，正缺三公之位，元宝炬封贺拔胜为太师，封史宁为将军。宇文泰看到卢柔有文学之才，引入相府，为从事中郎，独孤信、杨忠均为帐下都督。

西魏大统三年（537 年），关中大旱，田禾尽死，颗粒无收，人与人易子相食。高欢听了，说："这是上天要西魏灭亡，我必须去帮助上天取之。"于是，调集人马，择日启程，命司徒高敖曹引兵三万，攻取上洛；大都督窦泰引兵三万，攻取潼关；高欢自率大军，攻取蒲坂，连造三座浮桥，准备渡河。

西魏闻之大惊，人心惶恐，觉得强弱悬殊，十分忧虑。

宇文泰领兵到广阳，对诸将说："高欢分三路来攻，造了三座浮桥，看似一定会渡河而来，使我军在这里防守，让窦泰从西乘虚而入。高欢自从起兵以来，每次都派窦泰为先锋，其下精兵锐卒，屡次胜利，必然骄傲，士气必怠。现在，我用轻兵去袭击，一定能攻克他，窦泰被攻克了，高欢不战就退兵了。如果留在这里，一旦相持，胜负不可预料。"

诸将说："贼兵在近处不出击，舍近求远，倘有闪失，后悔就晚了。"

宇文泰说："不对，上次高欢进攻潼关，我军不出灞上一步，今天大举而来，他料我一定会自守，有轻我之心。趁此袭击他，还怕攻不克吗？高欢架了浮桥，还没有渡河，不出五天，我取窦泰一定能胜。"

众将心存疑虑，唯有左丞苏绰表示赞成。

苏绰少时喜爱学习，博览群书，特别擅长算术。当初，他的堂兄苏让出任汾州刺史，宇文泰问："你家子弟之中，还有谁可以任用？"

苏让说："堂弟苏绰，博学多才，可以重用。"

宇文泰便召来苏绰，令其担任行台郎中。

苏绰任职期间，宇文泰并没有深入了解他，但各官署中有难决之事，都会向苏绰请教才能决定。官府之间的文书，也由苏绰定下格式，行台中的官员都称赞苏绰的才能。

有一次，宇文泰与仆射周惠达议事，周惠达一时不能回答，说："请让我出去一趟。"

宇文泰答应了。

周惠达找到苏绰，把事情告诉他，请苏绰出主意。

苏绰略加思考，为他衡量裁定拿出了办法。

周惠达再次入内，回答了刚才的问题。

宇文泰认为很好，但是，他觉得周惠达怎么出去一次，就有了这么好的办法？便问："谁为你出的主意？"

周惠达说："苏绰，此人有王佐之才，各官署有了难题，都找苏绰出主意，他总能想出办法解决。"

宇文泰说："我知道他很久了，但是没想到这么厉害。"随即任命苏绰为著作佐郎。

宇文泰曾与公卿们到昆明池观看捕鱼，走到城西汉代仓库遗址，宇文泰问："谁能讲一讲这里的故事？"

公卿内没有人能回答，有人说："苏绰博识多知，问他一定可以。"

宇文泰召来苏绰，问他此地故事。

苏绰不假思索，详细作答。

宇文泰听了十分高兴，又进一步询问天地造化之由来，历代兴亡的遗迹。苏绰对答如流。宇文泰更加高兴，竟然不看捕鱼就返回，把苏绰留下来直到深夜，向他询问治国之道。

宇文泰开始躺着听，苏绰陈述帝王之道，并讲述申不害、韩非的精要，宇文泰听到精彩处，起身整衣，移坐而前，一直听苏绰讲到天明。

次日，宇文泰对周惠达说："苏绰真是才能出众，我要委任他政事。"随即任命苏绰为大行台左丞，参与决定机密大事，从此对他的宠爱礼遇越来越优厚。

苏绰创制文案程式，用红黑两色分别书写出入公文，又制定计账、户籍之法。

宇文泰看到苏绰支持自己的计策，心中有底了，他隐瞒了自己的计策，问本家族子弟直事郎中宇文深。

宇文深说："窦泰乃高欢的勇将，现在我们大军攻蒲坂，则高欢拒守，窦泰就会来救，我们里外受敌，此乃危险之道，不如选轻骑潜出小关，窦泰性格急躁，必来决战，高欢认为窦泰能敌，未必去救，我们快速击之，窦泰就可被擒，窦泰被擒，高欢必然被挫，回师击之，可获大胜。"

宇文泰听了哈哈大笑，说："你小子行，居然与我想的一样。"

于是，宇文泰对外宣称，要保陇右，到朝中去见皇上。

元宝炬问："敌势如何？"

宇文泰说："陛下不必忧虑，一定为陛下破之。"

元宝炬说："保国安邦，全靠丞相神算。"

宇文泰拜辞出来，立即率领大军东行，来到小关，过马牧泽时，看到西南上有黄紫气抱于日旁，从未时到西时方散，占卜官蒋生说："此乃喜气，主大军得喜气下临，乃窦泰授首之兆。"

窦泰，字世宁，官拜大都督行台，雄武多智。他的妻子是娄妃的妹妹，与高欢连襟，所以，高欢非常信任他，这次讨伐西魏之战，被委以重任，专征一面。

在没有起兵时，邺城中有民谣，市井小儿唱之，说："窦行台，去不来。"

窦泰起兵前一夜，三更时分，有几个穿红衣服的人来了，说收窦行台，值夜班的人都惊起，忽然不见了，人们都觉得怪异，感到这次行兵打仗恐怕难以胜利。

可是，窦泰当时意气正盛，声言要生擒黑獭，平定长安，非常自负，他西取潼关，以为宇文泰大军在抵抗高欢大军，必然不会来这里，长驱深入，可以无事。

宇文泰突然亲自到来，出乎窦泰之料，他心中不免惊慌，但是，两军相遇不可不战。双方指挥大军混战，不分胜负。突然，有一支军队从后面冲出，喊声大震，杀入后队勇不可当，前后夹攻，窦泰军大乱，有的投降，有的逃跑，一时散尽。

窦泰看到大势已去，只得杀出一条血路，拍马而走，登到一个小山高处招呼军士，没有应者。

一会儿，四面被围，尽是黑衣黑甲，喊着要活捉窦泰。窦泰看到左右竟无一人，仰天长叹，说："我窦世宁起兵以来，没有遇到如此大败，今后有什么颜面去见高王？"遂拔剑自刎了。

窦泰自刎而死，西魏兵士上去，斩其首级而去。

原来宇文泰在前军迎战窦泰，暗令窦炽、窦毅二将，率精兵从后山偷袭窦泰后军，所以东魏兵大败。

宇文泰将窦泰的首级送往长安，又率大军回广安，与高欢对抗。

元宝炬看到宇文泰率领诸将，以弱胜强，大败东魏，心中高兴，对有功之臣封赏：宇文泰为安定公、元欣为广陵公、李弼为赵郡公、独孤信为河内公、赵贵为南阳公、于谨为常山公、侯莫陈崇为彭城公、李虎为陇西郡公，均加封"柱国"衔，号称"八柱国"。

高欢听说窦泰自刎了，全军覆没，命令拆除浮桥退兵了。

高欢撤军，命都督薛孤进领军殿后，西魏军追来，薛孤进且战且退，一天砍折十五把刀，敌兵才退，自己率领的军队损伤不大。

回到晋阳，高欢将痛失窦泰，奏与皇上，皇上追赠其大司马、太尉、尚书事，谥曰忠贞，让其儿子孝敬继承父亲的爵位。

高敖曹率领军队从商山进去，连破西魏军队，所向无敌。进攻上洛，守将泉企防御很严，十多天攻不下来。

高敖曹攻城不利，正在寻求办法，此时，上洛豪民杜窋，暗中联络泉岳、泉猛、泉略弟兄三人，计划做内应，帮助东魏军攻城，事情败露，泉企抓了泉岳弟兄三人斩首，杜窋从城中逃出，投奔高敖曹，请攻城。

高敖曹大喜，让杜窋作向导，指挥士兵奋力攻城，城上箭如雨下，高敖曹连中三箭，有一支箭从胸前穿入，落马昏过去了，很久才苏醒过来。血污满身，乃卸下甲胄，割了征袍，包裹住伤口，上马再攻，力杀数人，诸将看了，奋力攻城，占领了城头，擒获了刺史泉企。

泉企对高敖曹说："我虽被擒，但心中不服。"

欲知高敖曹如何处理泉企，请看下回章节。

# 第 48 回

论朝政高欢纵贪　暗偷香永宝丧命

话说高敖曹擒了泉企，直接将其推出去斩首。当时，高敖曹疮伤很严重，考虑不能活多久了，叹口气说："我死无憾，唯恨不能见季式作刺史也。"

诸将对高欢说了，高欢任命高季式为济州刺史，并向高敖曹写信，说："窦泰军没，人心动摇，卿宜速归。"

高敖曹乃以杜窟负责洛州事务，全军而还。

高欢这次讨伐西魏，丧失了窦泰，伤了高敖曹，无功而返，暂时休养生息，东、西魏各守边境，民众始得安宁。

却说高欢与宇文泰行事不同，东魏富饶，所以高欢建造离宫别馆，纵情声色。然而，他能驾驭英雄豪杰，善识权益，远在千里之外，烛照如神，所以群臣效命，天下威服。西魏贫穷，宇文泰做事节俭，不纳歌姬舞女，不建府邸花园，省财钱、惜民力，所以西魏民众感其德，真心拥护。

晋阳北有一座山，名燕山。山上有一个大池，方圆约一里，池水明澈澄清，俗称"天池"。夏日荷花最盛，高欢造舟池内，载着妻妾游玩。

有一次，高欢在水中得到一块奇石，隐隐有四个字："六王三川"，高欢觉得奇怪，让众将观看，人们不解其意。

行台郎中阳休之说："此石乃大王之祥瑞也。"

高欢问："什么祥瑞？"

阳休之说："六者，是大王之讳也，王者，当为天下王，三川者，河、洛、伊为三川；泾、渭、洛也为三川，主大王应受天命，应有关、洛，这还不是大王之祥瑞吗？"

高欢听了说："世人传话无常，有人怀疑我会谋逆，如果传出此话，必然出现更多的谣言，今后千万不可妄言此事。"

此时，尉景也在座，说："大王忘了在信都时僧灵远之言吗？其预测尔朱败亡的时间，一一都应验了。又说齐当兴，东海出天子，大王封为渤海王，应在齐地，天意如此，还怕大业不成吗？"

高欢听了尉景的话，摇摇头说："你也不懂我的心呀！我怎么会贪天位，忘记做臣子的礼节呢？今后不要再说此话了，会被人误解的。"

二人不敢再说，只好退下了。

行台郎中杜弼，为官清廉，遵纪守法，看到官员贪腐，向高欢建议说："权贵贪腐成风，不加以制止，会愈演愈烈。"

高欢说："行台说得很好，我很想惩治贪腐。但是，治理贪腐，必须审时度势才能有益。现在，朝中权贵、王公贵族可分为两大类，一类是有战功的督军战将，宇文泰经常招诱他们，人情去留，尚未可定；二类是当年与我生死相依的兄弟朋友，我要做的是'苟富贵，勿相忘'，而不是'飞鸟尽，良弓藏；狡兔死，走狗烹'。况且江南梁主萧老翁，崇尚衣冠礼乐，中原士大夫看了，以为那才是正统，现在如果严肃纲纪，恐怕战将都投奔宇文泰，士子多投奔南梁了，咱们这里还是国家吗？"

杜弼听了，不以为意，他性格迂腐执拗，疾恶如仇，隔了几天，又对高欢说："大王欲除外贼，当先除内贼。"

高欢问："谁是内贼？"

杜弼说："满朝勋贵，都是内贼。"

高欢微微一笑，没有说话，下令组织三千甲士，分列两行，从辕门起直到大堂台阶，组成一个夹道，甲杖鲜明，剑戟锋利，弓上弦，刀出鞘，如临大敌。然后对杜弼说："请公从中间走过去，不必惊慌。"

杜弼听命而行，走在夹道之中，只见两旁都是锋利的刀、剑，一个文人哪见过如此阵势，不由得心惊胆战，冷汗如雨，身体战栗，走到台阶，已经面如死灰。

高欢此时说："刀出鞘不砍，箭上弦不射，公就这么恐惧，那么，朝中战将在战场上冲锋陷阵，大小百余战，出生入死，伤痕遍体，从万死中争得功名，今天享受一些荣华富贵，而却责其贪鄙，弃大功而责小过，谁还为国冲锋陷阵杀敌？"

杜弼问："这么说不能反贪官了？"

高欢摇摇头，说："既要反贪官，还要用贪官。"

杜弼不由得疑惑起来，问："贪官怎么用？"

高欢说："对国家来讲，以大臣忠于国家为大，臣忠则国安，国安则民安。然而，做官没有利益，大臣谁还会有忠心？反之，若对国不忠，还要贪腐，则必须给予严处。"

杜弼思考一番，点点头说："原来大王是如此考虑的，是我考虑不周了。"

当时，鲜卑人与汉人之间的矛盾非常尖锐，高欢虽是汉人，可是在鲜卑族长大，对两边人想什么、喜欢什么非常清楚。所以，如何对待两方面的人，他善于抓住其心理，进行安抚。

对鲜卑人，他说："汉人给你们做奴隶，男人为你们耕田，女人为你们织布，交纳粟帛，让你们吃得饱，穿得暖。你们为什么要欺凌他们呢？"

对汉族人，他说："鲜卑人来到这里，是你们的客人，他们得到了一斛粟、一匹绢，却为你们抗击贼寇，防守边疆，让你们生活安定，你们为什么要恨他们呢？"

经过高欢多次劝说，两个族群的人都感到有道理，减少了矛盾。

当时，鲜卑人轻视汉人，但是，都怕高敖曹。有一天，他去拜谒高欢，正好高欢在午睡，守军不敢去报，高敖曹大怒，搭弓拔箭要射杀他们，门人吓得赶紧跑了，左右急忙报告高欢，说："高敖曹反了！"

高欢笑着说："敖曹怎么会反呢？"急忙召高敖曹进来，多加抚慰，像驯服猛虎一般，不加束缚，自受节制。

高欢在军中，对诸将说话，一般用鲜卑语，唯独对高敖曹则用汉语，所以，高敖曹倍感亲切，誓死要报高欢知遇之恩。

却说高欢的弟弟高琛，字永宝，娶妻华山公主，为驸马都督，生了一个儿子，小字须拔。永宝早年父母双亡，是娄妃将其养大的。所以，他对大嫂像对母亲一样，常出入后宫。

元善见即位，封他为南赵郡公，富贵无比，家里也是妻妾都有，正是朝欢暮乐的时候，哪知他不知满足，生出一件事来。

高欢去了避暑宫，命永宝在府中校检文书，与二世子高洋做伴，所以，永宝宿于德阳堂轩内，一天，进见娄妃，坐下说了半天话，退出来与高洋、高浚来到宝庆堂，相伴玩蹴鞠之戏，一会儿，高洋走了，高浚拉着永宝来到宝庆堂左边，旁有雕楼七间，楼上楼下丹青图画，金碧辉煌。走过楼廊三、五十步，看到一个宫苑，珠帘翠幕，楼台缥缈，有双环侍女立于帘外，永宝问："什么人在这里居住？"

高浚说："这里是锁云轩，金婉夫人住在这里。"

永宝才知道是尔朱金婉所居住，便要退出。

高浚拖住不放，对侍女说："去报告夫人，叔叔驸马在此，快送些茶果来。"

侍女进去回报。一会儿，果然送出来冰桃雪藕，请二位解渴，金婉在帘内观望，看到永宝年少风流，仪表不俗，心中暗生羡慕，正好一阵风吹来，把帘幕吹开了，

高浚看到夫人在内，便走近施礼，招呼永宝说："夫人在此，叔叔进来相见。"

永宝听到招呼，走近施礼，一见金婉，千般娇媚，万种风流，顿时神迷意乱，口称夫人不绝，加意亲热。

金婉见他殷勤，便走入堂内，坐下献茶，频频用目看永宝，颇有些动情。

高浚年少，还是个孩子心性，只顾贪玩，哪里知道两人之间心理反应。

一会儿告辞，永宝回到外堂，辗转思量，夜不能寐，第二天午后，吩咐侍者："二世子倘若问我，说我暂时回府去了。"却不带一人，悄悄来到内府，直接到了锁云轩门口。

女侍者见了，急忙报与金婉。

金婉还没有答应，永宝已经入宫来了。

金婉只好起身迎接，忙问："驸马有什么事吗？"

永宝说："昨天承蒙赐香茶，特来拜谢。"

金婉听了，大吃一惊，说："昨天驸马到这里，本不应邀留喝茶，因有三世子在，所以冒禁相见，今天驸马独自来，府中耳目甚多，恐涉瓜李之嫌，招致非议，请驸马速回。"

永宝说："夫人果然是天神之女，难道不能容俗子一步芳尘吗？"

金婉见其语言暧昧，深有相爱之意，便说："承驸马不弃，只好等来生结缘了，今生休想。"说完连催请回。

永宝只好怏怏而出，才下台阶，守门婢女来报："巫山府胡夫人、凝远楼穆夫人快要到了。"

金婉听了，大吃一惊，对永宝说："驸马出去，一定被她们撞见，恐惹人疑，不如暂时躲一边，等他们走后，驸马再出去。"

永宝听了，急忙转身，去后边躲藏。

金婉接入二位夫人，请坐献茶，闲谈了一会儿，巴不得二人早点回去，可是，天气炎热，二人闲聊，直到晚上才回宫。

金婉等二人走后，急忙请驸马出院。

永宝急忙走出。婢女说："门吏专等二位夫人辇出，之后锁门了，驸马出不去了。"

永宝只好退回来。

金婉说："这事该怎么办呢？"

永宝说："今夜进退两难，只好借宫中一席之地，权宿一宵，明日早点出去，谅无妨碍，不知夫人肯赐成全否？"

金婉也无可奈何，只得准备夜膳，对坐共酌，开始还有所顾忌，三杯酒下肚，渐渐亲热起来，永宝夸赞夫人美丽，金婉听得非常受用，两人眉目传情，春心荡漾，永宝起身来拉金婉，金婉半推半就，二人便同床共枕了，天将明，永宝偷偷出去了。

几天来，永宝暗想：事虽如愿，但怎能常常相聚呢？于是，他看了宫府全图，锁云轩墙外是东游园，园中有假山一座，正靠墙边，若从背后挖一个通道，便可直通里边，出入可以自由，打算已定，他对高洋说："这里太热了，东园幽静凉爽，我想去那里借宿几日，你看好吗？"

高洋说："叔叔去住就是了，说什么借呢？"

永宝移居园内，命心腹内侍从墙外挖掘，暗暗通知金婉，金婉知道高欢宫规严厉，不想与永宝来往，但是，自从上次二人同床之后，经常回忆那天夜里的愉悦，听了永宝的计划，也很高兴，命宫女在内帮助，地道遂成，从此，暮入朝出，全无人知，如此已非一日。

却说高澄在朝，看到高隆之在修筑新南城的同时，正在城西开凿漳河引水到护城河，并利用流水落差建水碾、水磨加工粮食，到城东后引水入万金渠，在万金渠之北，有一道土梁，据说是后赵时期石虎挖渠堆积的河土。

高澄对高隆之说："现在挖渠挖出的土，让他们堆积到那道土梁上，堆积成一个土山，在上边种植各种树，几年之后，即可成荫，闲暇之时来此处游玩，一定很好。"

高隆之说："这个主意很好，就这样办。"高隆之立刻通知工地领工人员，指挥民工向土梁上运土。

高欢不知高澄在京辅政如何，又怕他贪图淫乐，想召回考查其朝政得失，忽报柔然入侵，便召高澄回来镇守晋阳，领兵抵御柔然去了。

高澄在晋阳，想与永宝叙旧，二人年纪相当，幼时玩耍情谊最亲密，一天将晚，去见永宝，却不见人，命内侍张宝财寻找，一会儿，张宝财回来说："驸马可能去东园了。"

高澄来到东园，问园吏："驸马在里边吗？"

园吏说："在呢。"

高澄到了园内却不见永宝，坐在亭中，命张宝财去寻找。结果找遍园内不见永宝，走到假山后面，看到一个地洞，深有六尺，洞口泥土光滑，似乎有人出入其间，回去报与高澄，高澄过去一看，果然有一洞，命张宝财进去探看，一会儿出来，说："向内走十余步，通入墙内，洞口有树木遮蔽，有一楼阁，隐隐有男女谈笑之声。"

高澄听罢大惊，暗想：墙内是宫府，与锁云轩最近，难道叔叔与金婉夫人有私情吗？吩咐张宝财："你今夜宿于园中，听候消息，明日禀告与我。"说完回府去了。

第二天又来园中，问张宝财："驸马曾出来没有？"

张宝财说："没有。"

高澄说："一会儿驸马肯定会出来，你说我在千秋亭等他，有事商量，速来相见。"

不久，永宝出来了，见了张宝财大惊失色，张宝财说："驸马别慌，世子在千秋亭上，请驸马相见。"

永宝只好走进亭来。

高澄见了，说："叔叔不是韩寿，为什么偷香？"

永宝跪下，说："这件事请世子为我庇护，千万不可让兄长知道。"

高澄扶起他，说："此事我怎么敢泄露？但日久必败，倘若被父王知道，祸是免不了的，前次我因一念不慎，几乎丧了性命，叔叔为何不以我为鉴呢？早点改正，还可无事。"

永宝不住地点头称是，两人来到德阳堂，高澄说了一番，只说永宝以后自然悔改，从此绝口不提此事。

这一天，有人来报："高王讨伐柔然获胜，凯奏回师了，大军将到晋阳。"高澄遂同府中文武官员到郊外迎接。

高欢回来，犒劳三军以后，回到娄妃宫中夜宴。当天夜里，宿于飞仙院。

第二天到了东府，与尔朱夫人相聚，三日不出。一天夜里，回到北府，本想去娄妃宫中，走到宝庆堂，看到雕楼下月色甚明，忽然想起金婉处冷落已久，如此良宵，与她相聚也好。走到锁云轩，看见院门深闭，令人叩门，忽听高王到了，哪知金婉正在与永宝相会，彼此失色，永宝急忙走进内阁躲避，夫人下阶相迎，夜宴之具来不及收拾。

高欢进来，看到夜宴之具，问："夫人在这里独自饮酒吗？"

金婉说："因贪恋月色，所以在这里小饮。"口虽答应，面却露惊慌之色。

高欢心中怀疑，遂解衣共寝，金婉不发一言，全不似往日相叙光景，高欢心中更加怀疑，又起来望月，金婉依然绝无一语，走到房外，听到墙外有人窃窃私语，遂从帘内望之。月光如昼，见几个宫人送一个少年出去了，一人说："驸马今夜只好在园中耽搁了。"另一人说："驸马休慌，世子在飞仙院，也曾如此。"

高欢知道是永宝，心中大怒却没有作声，命值夜班宫女开门出去了，到了雕楼下有人说话，叫过来，乃内侍王信忠。命锁了锁云轩外门，便到柏林堂倚床休息。

天明之后，高欢召来园吏，问："昨夜何人在园？"

园吏说："驸马。"

高王问："现在还在吗？"

园吏说："已经走了。"

高王喝道："你们职守园门，为何纵人出入？"

园吏说："因为是驸马，且是大王的亲弟弟，所以不敢阻拦。"

高欢问："什么时候开始留宿？"

园吏说："往来时日，皆有记录。"

高欢命取来，一会儿，园吏呈上一簿，乃驸马留宿园中记录，其中世子寻见地道根由，全写在上面，高欢知道园吏无罪，遂叱令退出，命人召来永宝。

永宝虽然怀惧在心，但不敢不到。

高澄知道永宝事发，也随之而入。

高欢面有怒色，将园吏之记录让他看，永宝面如土色，跪地谢罪，高欢命左右剥去其衣服，痛杖一百，打得血流满地，令人扶出。又怒责世子，说："你也罪责难逃。"命人痛杖责之，幽禁于柏林堂西屋。

高欢怒气满面，来到娄妃宫中。

娄妃见了，忙问："大王何事如此恼怒？"

高欢将锁云轩之事告之。

娄妃听了也很吃惊，但是又说："永宝虽然有罪，望大王念手足之情，宽待为好。"

高欢还没说话，忽然内侍来报："驸马不堪受杖，回到府中气绝身亡。"

因为永宝是文人，身体偏胖，外强中干，受杖既深，顿时痰涌，上不来气，即使急救也已经晚了。

高欢听了，也吃惊不小。

娄妃听了，顿时泪如雨下。

一会儿，高欢拔剑就走，娄妃忙问："大王要杀何人？"

高欢说："永宝之死都是金婉害的，我去杀了这个贱婢。"

娄妃急忙拦住，说："金婉不足杀，大王广收美色，纳入后宫，使之独守空房，其年正盛，寂寞空虚，为人所诱，此心能不乱吗？现在，驸马死了，岂可再杀金婉，况且金婉已生一子，若杀了她，叫这个孩子靠谁？大王不念其母，能不念其子吗？依妾之见，闭锁深宫，使其不齿于诸夫人之列就是了。"

高欢听了，认为有道理，收起宝剑坐下来。

一会儿，看守高澄的来报："世子杖后发晕数次。"

娄妃惊问："澄儿是什么罪，大王也打他？"

高欢叹口气，说："此儿虽聪明有才，但是，旧性不改，在京城建造宫苑，广收美色，纵欲无度，依仗职权，淫人妻子，不痛责之，不能使其改正。"

娄妃听了，叹口气说："大王不必着急，妾说句不中听的话吧。"

高欢说："你要说什么？"

娄妃说："大王还记得曾遇神仙，送大王的话吗？其中有'刀下有巴，贻害无穷'，刀下有巴是什么字，不是个'色'字吗？大王贪色无厌，岂能不影响下一代？"

高欢听了，没有说话。

原来高澄在邺城，大兴土木建造宫苑，然后广选佳丽，充入其中，自己享用，有一天，散朝回府，一个夫人在马前诉冤，高澄看夫人貌美，命带到府里再审。

回到府里，高澄问："夫人找我要诉什么怨？"

那夫人说："妾姓裴，乃将军伊琳妻子，丈夫奉命往洛阳运送木头，误了工期，孙腾弹劾他侵贪运费，被高隆之构成其罪，收禁在狱中，已三年有余，孙腾在洛阳盗取内府金银，偷了珊瑚树一株，珠帘一顶，是伊琳亲眼所见。孙腾想杀人灭口，所以将其问成了死罪。"

高澄听了，大怒说："孙侍中仗势贪财，擅自构人死罪，事关权贵，我需查清是否属实，但你状告权贵，出去之后，会被人暗杀，谁与你作证？你可暂住我府，等事情明白了，然后再出去。"

裴氏连连拜谢。原来高澄贪其美色，当天夜里与之同床共枕了。

第二天，高澄下书尚书省，提问伊琳一案。

封隆之使人送来文书，对高澄说："伊琳之罪，已定快一年，罪状很明，不必再追究了。"

高澄不听，一定要提问。

孙腾与高隆之坚持不放伊琳出狱。

高澄没法审问，将此事上诉于父王。

不知高欢如何处置此事，请看下回章节。

# 第 49 回

## 结外援元宝炬废后　战渭曲渤海王败北

话说高澄将伊琳案的原委报告给父王，孙腾与高隆之也向高欢汇报高澄为伊琳翻案之因，闹得不可开交。

高欢看到双方争持不下，命司马子如前去从中调停。

司马子如到了邺城，先找到孙腾、高隆之，说："高王收到你们双方的申诉，命我来调停此事，如果按照高澄的申诉，认真追究起来，你们也难辞其咎。高王既然让我调停，就是不想追究谁的责任，所以，你们不如赦免了伊琳之罪，前事不再追究。"

孙腾、高隆之听了，知道硬顶下去，追究出自己的过错，也不好交代，便同意赦免伊琳。

司马子如来见高澄，说："高王命我来调停此事，我已见了孙腾、高隆之，他们同意赦免伊琳之罪，世子也不必再追究他们的过错，如果按照他们的指控，追究你为伊琳翻案的目的，你知道是什么结果？"

高澄听了，不敢不从，双方才相安无事。

却说贾显智在济州任上已三年多，他觉得高欢对几个老朋友都不错，唯独对自己不够好，因此，他在济州想方设法搜刮民财，过着锦衣玉食、贪淫无度的日子。

当时，官宦和富贵人家常养家妓。济州城有一户富商，家中养有一位绝色女子，让贾显智知道了，想夺为己有，富商惹不起，只好奉上。

富商送走美女，心里不爽，于是花高价请杀手。杀手夜间潜入刺史府房中，贾显智看到杀手进来，大吃一惊，急忙去拿宝剑，可是杀手动作快，一个箭步上前，一刀插入贾显智的肚子，他身子一歪倒在地上。美妓在一旁吓得直哆嗦，不敢睁眼。而杀手转眼不见了。

高欢听到贾显智被刺身亡，想到仙人曾说他"不得善终"，结果竟然是如此恶果。

高澄想着恢复伊琳的官爵，上朝奏于皇上。元善见准奏，伊琳官复原职。

伊琳请高澄到家中赴宴，宴罢在其家留宿，之后，高澄几次到其家留宿，与裴氏厮混。

高欢知道这件事后，心中很恼怒，因为军旅匆忙，没有顾得上责问，现在，又涉及庇护永宝，所以一并责之。但是，永宝已死，心中不忍，命世子回府调养。

高欢命将金婉禁于冷宫，余者都不追究。

永宝之子须拔年幼，因游夫人没有儿子，命其抚养在宫，列于诸子之内，取名高睿。

再说宇文泰在潼关杀了窦泰，迫使高欢从蒲坂退兵，关西趋于安定。但是，关西连年饥馑，兵粮不足，宇文泰怕高欢起兵复仇，为了防备高欢来侵，想结交外援。当时，柔然土地广大，兵强马壮，与东魏相结，曾讨伐西魏。宇文泰想与柔然修好，派使者前去通好。

柔然主说："西魏要想与我们修好，必须娶我的女儿作为皇后，这样我们才能帮助你们。"

使者回来复命，宇文泰听了，向皇上奏报。

元宝炬说："朕已有皇后，是我的结发之妻，怎能娶柔然女为后呢？"

宇文泰召集群臣商议，群臣为了迎合宇文泰，都说："娶柔然公主，需要废后。不娶其女为后，恐怕外患来了，无人救援，社稷就危险了。"

元宝炬迫于众议，叹口气说："看来为了社稷大计，朕只能废后了。"于是，皇上到后宫见乙弗后说明此事。

乙弗后说："还记得在洛阳家中我的梦吗？"

元宝炬想起来了，点点头，说："看来天意如此。"

西魏大统四年（538年）二月，乙弗后含泪与皇上而别，降之别院，出家为尼。

元宝炬废后了，派扶风王元孚带着金帛礼仪，去柔然求亲，娶头兵可汗公主为后。

可汗阿那瓌大喜，说："我的公主能成为大魏皇后，真是天赐良缘。"立即安排送女儿到西魏，陪送五百乘车、五千匹马、一千头骆驼，珍宝异物不可胜数。

柔然的风俗，以向东为贵，所以，公主行走一直面向东。将到长安，元孚请公主面南，公主说："此时，我还是柔然之女，魏自向南，我自向东，有什么妨害？"

三月，元宝炬娶柔然公主，立郁久闾氏为后，大赦天下。

宇文泰从华州到朝祝贺，之后，他回到华州，听说弘农郡有很多粮食，派兵袭击弘农，夺取了粮食。

这一年，元善见十五岁，娶高欢女儿为后，正好边疆的郡守送来一头巨象，改元为元象，大赦天下。

宇文泰到弘农夺取粮食，高欢听了大怒，立刻向皇上写奏折，准备发兵讨伐西魏。

段荣建议说："我夜观天象，大军西行不利，最好等来年再战。"

高欢说："天道幽远，现在军队已戒严，不可阻挡士气，公不必畏惧。"

娄妃也劝说："妾听说秦地有山河之固，地势险阻，大军仰而攻之，主客悬殊，劳逸不同，请大王慎重。"

高欢说："我筹备已经成熟，现在不去讨伐，荡平宇文泰就没有时候了，此行是不得已也。"

高欢率领诸将和十二万人马出发，大军到了壶口，侯景领五万人马，从河南到了，刘贵领三万人马，从河北到了，共计二十万人马，兵势浩大。

高敖曹知道大军已发，从虎牢出兵，围住了弘农。

段荣向高欢建议，说："西魏连年饥馑，所以冒死来侵陕州，想取粮食以养三军，现在，敖曹已围弘农，粮食不能出来，我们只要安置军队到几条道上，不与他野战，等到了麦秋季节，收成又缺，其民自然饿死，元宝炬、黑獭还能不投降吗？我军不必长驱渡河呀。"

高欢一向自负，不听劝告，继续进军。

侯景也对高欢说："此次征讨，发兵众多，声势很大，万一不胜，很难马上收敛，不如分为两队，大王统领前军，臣统领后军，相继而行，前军若胜，后军全力以赴；前军若败，后军立即援助，万无一失。"

高欢听了并不采纳，亲自率领大军从浦津渡河，全军到了西岸。

宇文泰听说东魏大军到了，心中大惧，因华州在首要道路，急忙派遣信使到华州，命令刺史王罴严守。

王罴对使者说："老罴当道卧，豹子哪得过？回去告诉丞相，放心就是了。"

不久，高欢兵到，对王罴喊话："大军到此，为何不早点投降？"

王罴大呼说："华州城是我王罴的冢，生死在此，不怕死的就上来！"

诸将听了，请求攻城。

高欢说："不必攻城，我要消灭宇文泰，这等碌碌之辈，怎么能玷污我的刀枪。"于是，率军渡过洛水，在许原之西连营三十里。

宇文泰连续发了十几道征书，调集各路人马，结果都没有到，将士不足五万，要抵抗高欢，诸将都感到寡不敌众，请求等高欢大军再往西进，以观其势。

宇文泰说："高欢若到了长安，则人心就会大乱，那时就难以收拾了，现在，趁其远来，站脚未稳，击之可以一胜。"

贺拔胜说："丞相之言有理，不可让其深入。"

于是，宇文泰在渭水上造了浮桥，命三军带三天粮食，以示必死，轻骑渡过渭水，留下辎重在后面，行军到沙苑，距离东魏军六十里，可是，看到东魏兵势很盛，将士恐惧，宇文泰心中也隐隐不安。

唯有宇文深说："我军可以取胜了。"

宇文泰问："怎样才能取胜？"

宇文深说："高欢镇守山西、河北，很得人心，以此自守，要消灭他，确实很难。现在，他悬师渡河，是为窦泰复仇而来。手下众将，恐怕不这样想，这就是所说的忿兵，可一战而擒之，为何不能取胜呢？"

宇文泰说："听了你的话，使人胆壮十倍。"说完，宇文泰派达奚武带几个人，去探听高欢军情。

达奚武带了三个骑兵，换上高欢军士的衣服，太阳即将落山的时候，到了高欢兵营几百步处，下马趴在地上偷听，知道了高欢兵营的口令，上马到营内，好像夜里巡视一般，了解了敌情后才回来。

仪同李弼说："敌众我寡，不可与其在开阔地交战。离这里有几里地，有个地方叫渭曲，地势狭长而险阻，如果在那里开战，高欢军虽多，但摆不开大阵，渭曲两边有很多芦苇，便于埋伏军队，我们可以在此设伏，以奇兵胜之。"

宇文泰听了，认为此计甚妙，命李弼为右队，带领五千人马，勇将五员，埋伏于渭曲之西；命赵贵为左队，带领五千人马，勇将五员，埋伏在渭曲之东，听到鼓声而出；自己带了中军，背水布阵。

不久，东魏兵到了，他们看到西魏兵力很少，有轻敌之心，都督赵青雀请战。

斛律羌举向高欢建议，说："黑獭举国而来，想决一死战，就像疯狗，或能咬人，况且渭曲芦苇密深，路土泥泞，不利于大部队驰骋，为今之计，不如不与之交锋，秘密分出精锐，袭击长安。巢穴已倾，则黑獭不战可擒也。"

高欢认为胜券在握，不听斛律羌举之言，问："他们埋伏在芦苇中，我以火烧之如何？"

侯景说："以大王的军队，什么军队不能破？今日应当生擒黑獭，以示三军。若纵火烧之，体现不出我们的勇猛。"

彭乐喝醉了，盛气请战，说："大王为何不速战？今日众寡悬殊，以百人擒一人，何患不克？"

高欢看到众将勇气可嘉，命彭乐出战。

彭乐纵身上马，大声呼道："能杀敌的跟我来！"

高欢站于高坡之上督战，号令军中："能生擒黑獭者，封万户侯。"

于是，兵将一涌而过，不成行列。

宇文泰率领诸将死战，一会儿，他命令战鼓三通，左右伏兵听到鼓声突然冲出，并奋力死战，将东魏军冲为两段。

彭乐深入敌阵，正遇耿令贵，二人交战，耿令贵败走，不料李标在后，一枪刺过来，正中彭乐腰下，把肠子都拖出来了。

段韶看到了，急忙来救，彭乐将肠子塞回腹中，有塞不回去的，塞于腰间，然后用衣带束住创口，继续奋战，勇气不减。敌军见者，无不吐舌惊讶。

斛律明月被围阵中，一支画戟使得神出鬼没，连杀数将。贺拔胜出马相迎，力战几十个回合，明月全无惧色，贺拔胜说："谁家生此虎儿？"放他去了。

这时，西魏军拼死决战，东魏军前后不能相顾，尽行溃散。

高欢在高坡上，看到自己的军队要败，想收兵再战，派张华原各营点兵，没有应者，回来报说："众兵尽散，营房都空了。"

斛律金在旁说："众心离散，不可复用，宜急速回河东，再图后举。"

一会儿，娄昭、潘乐、段韶飞奔而来，问："大王为何不走？"

高欢问："还能再战吗？"

段韶说："不能了，赵青雀已投降西魏，诸将以为大王东去了，有的已渡到河东去了，此时不走，敌兵包围上来，恐怕就走不了啦！"

高欢依然坐在马上不动。

斛律金挥起马鞭，打了高欢的枭龙一鞭，枭龙才奔驰而去，几位将军护着前行。

高欢说："全军都没了，我怎么返回？"

段韶说：“臣父带领锦衣军，有兵一万，侯景有五万人马，屯在河桥，渡过洛水，就得到他们接应了。”

来到洛口，已是二更天了，只见前面火把齐明，早有敌军拦住去路。段韶一马当先，刺死敌将，杀散众兵，赶往河桥。将近黄河，忽报西魏军抄近路，已拆了河桥。

高王问：“侯景人马何在？”

段韶说：“还在迎敌西魏军。”

一会儿，天色渐明，侯景接着，对高欢说：“大王不必忧愁，先登舟渡河，我在这里迎接诸将。”

高欢循河而行，果然看到段荣、刘贵乘舟等候，但岸高舟远，不能马上登船，看到一头骆驼立在水中，高欢下马，纵身一跃，立在骆驼身上，才上了船。

诸将相继渡河，统计兵卒器械，丧失甲士八万，丢弃镫杖十有八九。

宇文泰追到河边，选甲士二万留下，余下士卒全部回去了。

都督李穆说：“高欢已被吓破了胆，若渡河追之，高欢可被擒获。”

宇文泰说：“我兵力不济，况且高欢也不是能一举消灭的。”回军渭南，所征之兵，令所有人种一棵柳树，以旌武功。

元宝炬听说大捷，加封宇文泰为柱国大将军，李弼等十二位将军，都有不同晋爵。

李弼有一个弟弟，叫李标，身材小，但十分勇猛。每次跃马入阵，隐身鞍甲之中，彭乐几乎命丧其手，敌人每次见了，都说：“要躲避这个小儿。”

宇文泰说："胆量如此之大，何必需要身长八尺？"

耿令贵多处受伤，铠甲和衣服都露出了肌肉。

宇文泰说："观其铠甲，足以知道令贵有多么勇敢，何必数首级来记功呢？"

当时，高敖曹听说高欢军败，放弃对弘农的包围，退回到洛阳。

西魏行台宫景寿等带兵攻打洛阳，洛州大都督韩贤出击，使其败走。洛州韩栏作乱，韩贤又破之。有一贼藏匿尸体间，韩贤回到住所，收起甲杖，贼突然跃起，用刀砍韩贤。韩贤因没有准备被砍死。

宇文泰听说韩贤死了，以为洛州可图，派行台元季海与独孤信领步骑二万，来取洛州；杨忠、李显领兵三万取荆州；贺拔胜、李弼领兵二万围困蒲坂。

高欢西伐之时，蒲坂之民敬珍对其族兄敬祥说："高欢驱逐天子，天下忠义之士都要割其肉，现在又要西伐，我与兄长起兵，断其归路，这是千载难逢的好机会。"

敬祥同意，纠合乡里，数日集中了上万之众。

高欢从渭曲败退回来，敬祥与敬珍率众邀请。高欢恐怕关东人心有变，急着赶回晋阳，镇抚四方，不顾而还。

贺拔胜与李弼到了河东，敬祥、敬珍率领人马归顺，宇文泰命敬珍为平阳太守，敬祥为行台郎中。

秦州刺史薛崇礼守蒲坂，防御很坚固，其族弟薛善为秦州别驾，想投降西魏，对薛崇礼说："高欢有逐君之罪，我与兄长本是魏臣，世受国恩，现在大军已到，我们还为高欢固守，一旦城陷，被杀头送到长安，称为逆贼，死了也觉得有愧，今日归顺，也不算迟呀。"

薛崇礼听了，犹豫不决。薛善与族人斩关开城，让西魏军进入，薛崇礼出逃，被追上捉回。

至此，宇文泰进了蒲坂，将汾、绛以西平定了，凡薛氏族人开城之谋者，皆赐王等爵位。

薛善说："背道归顺，臣子常节，怎能让全体族人都享受封爵呢？"与其弟弟薛慎，坚持不受，宇文泰非常赞他。

晋州刺史封祖业，听说西魏兵将到，弃城而逃，仪同三司薛循义追到洪洞，劝其回去坚守，封祖业不听。

薛循义说："临难而逃，非丈夫也。"回去据守晋州。

此时，西魏长孙子彦领兵攻城，薛循义开门埋伏甲士以待之，长孙子彦不知虚实，不敢进城退去了。

高欢听了此事，罢免了封祖业的官，命薛循义为晋州刺史。

独孤信带兵逼近洛阳，刺史广阳王元湛弃城，跑回了邺城，高敖曹不能独自留下，也领兵向北渡河而来。

独孤信占据了金墉，于是，颍川的贺若统投降了西魏；前散骑侍郎郑伟在陈留起兵，占据梁州，投降了西魏；前尚书郎中崔彦穆起兵，占据广州（今山西吕梁市岚县），投降了西魏，宇文泰都授予他们刺史之职。

东魏行台任祥，听到颍川失守，率领骁将尧雄、赵青、昙云宝，进兵攻打。

贺若统急忙报告宇文泰，宇文泰派宇文贵领步骑三千去救，军到阳邑，尧雄等已退了三十里，任祥率兵四万继其后，宇文贵的诸将均认为敌众我寡，不可与其争锋。

宇文贵说："尧雄等认为我兵少，必不敢进。我出其不意进攻，与贺若统合兵击之，不会不胜的，如果缓慢一些，使他们与任祥合兵，进攻颍川，城池一定会被攻破，城池失去了，我们来这里干什么？"说完带兵疾行，来到颍川，背城为阵，与尧雄等在城下大战，结果，尧雄等大败，赵青投降，俘获士卒万余人，任祥听到尧雄败了，不敢再前进。

宇文贵又率军袭击苑陵，任祥军又败，昙云宝也投降了。

西魏都督韦孝宽率兵攻打东魏的豫州，攻克后，抓了行台冯邕。

只有慕容俨为东荆州刺史，西魏大将郭鸾来攻，昼夜攻城两月余，没有攻下来。一天，慕容俨突然开城，带兵袭击。郭鸾毫无准备，大败而逃，河南诸城多数失守，唯有东荆州得以保全。

高季式为洛州刺史，有部曲千余人，马八百匹，铠仗齐备。当时，濮阳盗贼杜灵椿等，聚众万人，掠夺城外百姓。高季式派三百骑兵，一战擒之，又进击阳平贼人路文徒等，全部消灭，远近都被肃清。有人对高季式说："濮阳、平阳乃畿内之地，不奉诏命，又不侵境，而私自出军远战，万一有失，岂不会获罪吗？"

高季式说："怎么会获罪呢？我与国家安危共存，有贼而讨之，民众安乐。况且贼人以为我军不去，又不怀疑州外有兵来袭，必然麻痹大意，我乘其不备，破其很容易。若因此获罪，也不后悔。"

高欢听到消息，对高季式加以嘉奖。

高欢兵败回晋阳，心中闷闷不乐。

侯景说："黑獭新胜，必然骄傲，不做防备，我愿领精骑三万，前去取之。"

高欢没有马上答应。

高欢与娄妃说这件事，娄妃说："假如听他的话，侯景去了，还会回来吗？消灭一个黑獭，再生一个黑獭，对大王有什么好处呢？不如藏起锋锐，待时而动，不必急着行动。"

高欢听了娄妃的话，觉得有道理，没有行动。

一年后，高欢的兵力又振奋起来，分派诸将进取河南诸州。

贺拔仁攻取南汾州，刺史韦子粲投降。

宇文泰闻之大怒，将韦子粲家族全部杀害。

西魏大将韦孝宽、赵继宗听到东魏军到，因孤城难守，弃城而逃。

侯景攻打广州尚未成功，听说西魏救兵快到了，召集诸将商议退敌之策，将军卢勇请去探看敌人形势，侯景同意了。

不知卢勇去探看敌情后果如何，请看下回章节。

---

◆

# 第50回

## 败西魏侯景立功　回长安黑獭平乱

---

话说卢勇率百骑到大隗山，遇到西魏兵马，此时天色已晚，卢勇将旌旗置于树巅，每十人为一队，分为十队，乘夜间鸣角直前。

西魏兵不知来了多少人马，军队大乱，卢勇擒获了程华，斩其帅王征蛮而还，广州守将骆超闻之十分恐惧，急忙开城投降了。

此时，汾、颍、豫、广四州，又归了东魏。

西魏大统四年（538年），元宝炬知道独孤信已经占据金墉，将到洛阳，希望能去祭拜园陵。

可是，此时来信急报："东魏高敖曹、侯景围攻金墉，情况非常紧急，请朝廷发兵救援。"

宇文泰奏请銮驾到洛阳，前去观看形势。

元宝炬准奏，命尚书左仆射周惠达辅佐太子，镇守长安。

命李弼、达奚武率三千骑兵为前驱，前往洛阳。

侯景听说敌兵将到，对诸将说："西贼新来，兵锋必利，我们应隐蔽起来，等他们到来，再慢慢图之。"

莫多娄贷文说："贼兵远来，应当乘其未稳袭击之，我愿自领所部，去挫其锋。"

可朱浑元也认为如此甚好。

侯景不答应，二人不听将令，各领一千骑兵出战，夜里莫都娄代文走到秀水，与李弼的军队相遇。李弼命军士鼓噪，扬尘造势，使莫都娄代文不知底细，不敢出战，引军而退。

莫都娄代文退军不远，李弼追上去，与其交战，几个回合后，莫都娄代文心中发慌，被李弼一刀砍下首级，俘获其部分骑兵，送到了恒农。

可朱浑元听到莫都娄代文战死，不敢冒进，带兵回来了。

侯景知道二人私战失利，又听说宇文泰的兵已到瀍东，知道金墉一时不能攻下，乘着夜间解围而去。

宇文泰率轻骑追侯景到河上。

侯景摆出长蛇阵，北据河桥，南据邙山，与宇文泰交战。

长蛇阵运转，犹如巨蟒出击，攻击凌厉。两翼骑兵的机动能力最为重要。若敌人攻击蛇首，则蛇尾卷动，将敌人包围；若敌人攻击蛇尾，则蛇首动，卷过去将敌人咬住；若敌人攻击蛇身，则首尾回卷，绞杀敌人。

西魏军将冲攻击蛇身，东魏军蛇身向后撤退，宇文泰以为东魏军胆怯，亲自带队冲入阵中。突然，鼓声大震，喊声震天，东魏军蛇首、蛇尾合围过来，蛇身之军也返回合力奋战，宇文泰军被围，诸将不及相顾，只好各自为战。

宇文泰冲到交战人少的地方，左右都散了，忽然一支箭射中其马，马受惊而奔，宇文泰没注意，被掀翻在地。李穆看到了，立刻下马，让宇文泰骑上自己的马，一路拼杀，突围而去。

宇文泰逃回营中，将士也逐渐回来了，整顿兵力，准备进击东魏军。

侯景见好就收，带领军队向北撤退了。

高敖曹心高气傲，轻视宇文泰，命左右制作一面旌旗，写上官名、将名，显示贵重的伞盖，跨马临阵。

宇文泰说："这是高敖曹，此人勇猛，必须全力进攻，方可取胜，千万不要错失机会。"于是，派最精锐的军队围攻高敖曹，两军混战，高敖曹虽然勇猛，但是，西魏兵重重包围，屡杀不退，他率领的兵被杀得大败。

高敖曹看到难以取胜，不得不单骑突围，只有一个随从相随，跑往河阳，守将是高欢堂侄高永乐，曾与高敖曹有过节，关闭城门，不让高敖曹进城。

高敖曹呼叫城上，可以用绳索下来救他，没人应答；他又拔刀猛砍城门，想劈出个洞来逃入城中，城门坚厚，砍了许久也砍不开，只得辗转逃于一座桥下藏身。

西魏追兵赶到，看到桥下有金带飘出，立时万箭齐发，高敖曹身上中箭无数，知道性命不保，于是索性抢身出来，奋声大叫："来呀！把开国公的头颅给你们！"

西魏兵士过来，斩下高敖曹头颅回去了。

西兖州刺史宋显，有兵三万，与宇文泰交战，被宇文泰杀了，被虏获甲士一万五千，跳入河中死者有一万余人。

高敖曹的首级被送到营中，宇文泰大喜，全军祝贺，赏给杀高敖曹的军士绢万匹，分批每年发给一部分。

万俟普自从归了东魏，高欢对他非常尊重，常亲自扶他上马，其子受洛干对高欢说："愿出死力，以报深恩。"

这次宇文泰进兵，各路军队都北渡了，受洛干勒兵不动。等西魏兵到，他对西魏军大声喊道："万俟受洛干在此，谁来与我决一死战？"

西魏军看到他怒目圆睁，恰似三国时期当阳桥的张翼德，不敢上前，向后撤退了，东魏兵对他赞扬有加，将这个地方取名"回洛"。

侯景听说高敖曹死了，立即要去报仇。

诸将说："我军新失大将，人有恐惧之心，胜势在对方，不可与之交锋。"

侯景说："不对，黑獭连胜几阵，必然有轻我之心，其下面的将士，必然骄傲，彼骄我惧，正好可以一战。况且渭曲之败还没有报仇，今天丧师失将，这太耻辱了。大王给我带兵重任，若不大破黑獭，有何面目见人？我计已决，诸君勿疑。"

侯景率领大军，全部渡过了河桥，下令说："今日之战，有进无退，退后者斩首。"命令诸将分队进击。

宇文泰看到东魏军到了，急忙命令军士出战，自己带领精兵一千，保护帝驾，站在高处观战。

但是，两边布阵都大，首尾相距很远，从早晨开战，直到晚上，战了几十个回合，彼此不分高低，有时东魏军占优，有时西魏军占优，双方都舍生忘死，难分胜负，突然，天降大雾，视线模糊，双方战斗不利。

侯景突然下令，对东边的军士说："西边阵上已经抓住黑獭了！"东阵将士欢呼不已。又下令对西阵的军士说："东边已经抓住黑獭了！"西阵将士欢呼不已。

西魏军听到东魏军欢呼，惊疑不定。看不到主帅是否真的被抓了，于是，西魏兵丧失了信心，随之大败。

独孤信不知道皇帝和宇文泰在哪里，弃军而去。

将军李虎、念贤等为后继，看到独孤信等败下阵来，也溃不成军，大败而逃。

宇文泰看到前军瓦解，不敢停留，与皇上烧了军营，急忙逃去了。

在激战中，王思政下马，举起槊左右横扫，一下子打伤几个军士，因入阵较深，随从都死了，他也身受重伤，闷绝于地，此时，因天色已晚，东魏军收兵了。

帐下都督雷五安发现王思政，哭着叫醒他，割衣为其包扎伤口，扶其上马而去。

将军蔡祐下马步斗，左右劝他上马，以便应付突发情况，蔡祐怒道："丞相爱我如子，今日怎能怕死呢？"率左右十余人齐声大呼，杀伤东魏兵很多。东魏兵围了十几层，蔡祐用弓箭四面拒敌，有一个厚甲用长刀的人，直进取之，离蔡祐三十余步，蔡祐还有一支箭，左右劝其射之，蔡祐喝声"着"，其人应声而倒，东魏兵退却，蔡祐徐徐而还。

宇文泰保护皇上逃跑，将要到达弘农，听说弘农的守将知道大军失败，已弃城而逃，城中无主，曾经俘获的降卒，结党作乱，听说宇文泰来了，闭门拒守，宇文泰下令攻城，不久城破，抓住乱党，审出罪魁以及随从近百人，将其全部斩首，城中才稳定。

一天过去了，诸将还没有回来，宇文泰心神不宁，夜不成寐，到了夜里，蔡祐先到。

宇文泰说："你能先回来，我就放心了。"当天夜里，宇文泰枕在蔡祐的大腿上，酣然入睡。

第二天，兵将逐渐回来，宇文泰留下长孙彦守金墉，王思政守弘农，自引大军保护皇上回长安了。

在宇文泰东征之时，关中留兵很少，过去所虏获的东魏士兵散在民间，听说东征军大败，集合起来共同作乱。李虎等回到长安，看到贼势猖獗，想不出办法治理，不得已与太尉王盟、仆射周惠达，保护太子钦到渭北屯住，于是，老百姓互相抢掠，关中大乱。

降将赵青雀与雍州于伏德，聚众万人，占据长安子城。咸阳太守慕容思也起兵叛逆，各招降卒，拒绝返回的士兵入城。长安民众不从者，相聚抗拒赵青雀，每日几十战，不分胜负，幸亏侯莫陈崇前去抗击，才打败他们。

王罴镇守河东，见人心惶惶，大开城门，召来全部军士，说："听说大军失利，赵青雀作乱，大家都没有决心，我受命在此，当以死报国，与我有共同决心的，可留下，不能者，请现在出城，我绝不阻拦。"众人都非常感动，没有异志者。

宇文泰听说长安有变，向皇上奏道："陛下暂留在关乡，赵青雀是乌合之众，臣到长安，以轻骑击之，必能擒之，不足为虑。"

散骑常侍陆通说："逆贼谋划已久，必无善心，怎么可以轻敌。且贼诈言东寇将至，今若以轻骑临之，百姓都相信了，就会扰乱，现在军队虽然疲劳，精锐尚多，以明公之威，率大军临之，何忧不克？"

宇文泰听了，有所醒悟，乃引兵西去。

长安父老乡亲看到宇文泰回来了，奔走相贺，华州刺史宇文导，知道贼兵占据咸阳，起兵袭之，杀了慕容思和于伏德，然后南渡渭水，与宇文泰合兵，攻打赵青雀。

赵青雀手下都是散兵游勇，抵挡不住宇文泰大军，城破被捉，宇文泰命令将其斩首，然后，请太子入朝，安抚百姓。

九月，元宝炬回到长安，宇文泰回华州，内外才稳定下来。

再说高欢收到高敖曹的死讯，如丧肝胆，立即从晋阳率七千骑兵，赶往孟津，走到半道，又听说侯景大胜，宇文泰已烧营而逃，西魏兵全部退去，斩获甲士、收获粮草无数。

高欢大喜，到了济河，诸将相继来会，谈论起高敖曹被杀，众将都说："高永乐见死不救，若开城迎入，绝不至死。"

高欢听了大怒。立即召来永乐，斥责他不救高敖曹，命左右扒去衣服，重责二百军棍，罢免其官职，发回晋阳。追赠高敖曹为太师、大司马、太尉，谥号忠武公。

当时，金墉城尚未攻下，高欢进兵攻之，长孙彦知道守不住，焚烧城中房屋，弃城而走。

高欢进入城中，看到民众逃跑所剩无几，楼房无存，乃毁之而还。

东魏迁都邺城时，主客郎中裴让之留守洛阳，在独孤信败归西魏时，其弟裴诹之相随入关，宇文泰赐给他官爵，为大行台、仓曹郎中。

高欢对其弟外叛不满，将裴让之兄弟五人全部囚之。

裴让之对高欢说："汉朝末年，诸葛孔明兄弟分别在吴、蜀做事，各尽其心。况且我的老母亲尚在这里，若我不忠不孝，一定不能这样做的。明公诚心待物，物必然归心，若猜忌疑虑，怎么能建立霸王之业呢？"

高欢听了，觉得有理，把他们兄弟放了。

此时，原来的辖区全部恢复，边境稳定，高欢奖赏有功将士，向皇上写奏章，进侯景为大将军、大行台，领兵十万，镇守河南，自己率兵回了晋阳。

东魏元象二年（539年），元善见因高欢有大功没有奖赏，封其子高浚为永安郡公，高涣为平原郡公，高清为韦武郡公，高湛为长广郡公，虽然都还是孩子，并赐金章紫绶。

高欢为了感谢皇恩，亲自到了邺城，同时，他还要察看朝政得失，百官是否贤能。

高澄对父王说："吏部尚书一职尚缺，因为关系到选拔人才，得到贤才则治，得不到贤才则乱。过去，崔亮为吏部尚书时，不能选出贤才，论资格升迁，以州、县官员年长者提拔，导致有真才实学的人才流失，士气不振。孝庄即位，李仲隽为吏部尚书，专门引入年少之人，造成朝廷缺乏经国之才，导致尔朱世隆摄选，贤良人才被埋没。小人在朝，纪纲大坏，天下骚乱。后来，崔孝芬为吏部尚书，也是华而不实，只知附有斯文之称，终究不是安世之道。现在，迁到邺城以来，三换其人，都没有什么可取之处，怎样才能招募人才，忠心为国，使国家长治久安呢？"

高欢听了心中满意，说："你能留心人才，不徇私情，便可不负此职，我奏请皇帝，任命你为吏部尚书，发现人才，量才录用。"

于是，高澄被任命为吏部尚书，百官都表示信服。

高欢设宴招待文武官员，看到缺少高敖曹，深表叹息，对群臣说："我想派使者去西魏，求他们把敖曹的首级还给我们，恐怕有伤国体，被黑獭所笑，不去求又于心不忍，诸君谁能为我想想办法？"

陈元康说："这个容易，命侯景去求，首级一定可得，黑獭自上次大败以来，畏惧侯景如虎，必不敢违逆。"

高欢认为有道理，命侯景设法讨还高敖曹首级。

邺城事务安排妥当，高欢带人回晋阳，走到滏山西侧，已近中午，想找地方就餐，然后休息，但是，却找不到客栈，他叫过一个随从，指着山下一片平地，说："你返回邺城，告诉世子，让他派人在这里建一处馆舍，今后往来可以在这里休息一下。"

随从骑马返回邺城，向高澄传达了高王要求，高澄立即带着崔季舒去选址，并让崔季舒负责找人设计、筹建事项。

侯景得到高欢的指令，向西魏要高敖曹的首级，派人到西魏扬言，说："若宇文泰送还敖曹首级，我军按兵不动。若不奉还，将长驱入关，以报河阳之辱。"

宇文泰听说了，笑着说："哪有为了死人头而大动干戈的？无非是想得到敖曹首级。我方兵疲力乏，况且想闭关息民，不可激其怒。"命人将高敖曹、窦泰、莫多娄贷文三人首级送还侯景，侯景派人送到晋阳。

高欢看到首级，抚首痛哭，全部加以厚葬。

再说高澄到城东巡视，看到民工挖渠运土，堆积土山向东北延伸约五里，高度约十丈，已经基本成型，安排人员在山上种树，并建亭榭馆室，以备游玩使用，取名东岫山。

高澄担任吏部尚书以后，招揽人才不敢胡来，注重发现正直贤良人才，重要之职让有为者任之。其余一般之职，也要量才录用。对文才卓著没有授职位者，引置门下，讲论诗赋，交流书画，以相娱乐。

一天，黄门侍郎崔季舒对高澄说："最近有人来报，西部山区有烧造陶器的匠人，烧造出了一种新的器物，其光亮、坚硬程度比原来的陶器强百倍，大将军是否亲自去观看一番，若属实可征用来，供皇室、王府使用。"

高澄听了大喜，说："若真有此事，当然是好事，明天就去，那地方叫什么名字，你知道吗？"

崔季舒说："我问了，叫贾璧村。"

第二天，高澄、崔季舒带领随从，骑马向西山贾璧村方向驰去。

邺城距离贾璧村约百里，通过滏口西行，高澄一行到达贾璧村，经村民指引，烧造陶器的窑口在贾璧村西南寺沟。

高澄、崔季舒来到窑厂，窑主看到来了一些衣着高贵的人士，急忙迎接。

崔季舒向窑主介绍，说："这位是当朝大将军，特来看看你烧造的器物。"

窑主将高澄领进放置器物的棚子。

高澄看到光鲜亮丽的器物，有杯、盘、碟、砚、壶、碗、莲花尊等，颜色有绿色的、黄绿色的，拿到手中感觉到胎质坚硬，纹理细密，比起过去的陶器，简直好上百倍。

高澄问窑主："你烧造的东西很好，应该叫什么？"

窑主说："因为比陶器光鲜、坚硬，我们行业一般叫青瓷。"

高澄说："不错，今后皇宫、各王府向你定制这些青瓷，能保证完成吗？"

窑主说："要看定制多少，一次定制太多，恐怕有问题。"

高澄又说："你这里距离京城有点远，如果在滏口附近造窑烧制不好吗？"

窑主说："大将军有所不知，在临水附近就有窑口，也能烧造青瓷。"

高澄听了，立刻看着崔季舒说："公难道不知道临水有吗？"

崔季舒说："知道有烧造陶器的，不知道能否烧出这么好的青瓷。"

高澄说："立刻回去寻找，然后，确定数量，分头烧造，要让皇宫和晋阳王府早日用上。"

高澄走时，带了部分青瓷。

高澄回到邺城，带了几件青瓷，入朝请皇上观看。

元善见看了，非常喜欢，高澄说："今后可以为皇宫定制，逐渐将陶器全部换成青瓷。"

元善见听了，非常高兴，夸奖了几句，然后说："朕有一事，欲与卿说。"

高澄问："不知何事？请陛下明示。"

元善见命人召来，只听屏后有玉佩之声，走出一位女子，端庄秀质，颜容出众，向高澄低头一拜。

高澄急忙还礼，问："这是哪位？"

元善见说："这是东光县主，叫静仪，是朕的姑姑，高阳王元斌之妹，侍郎崔恬之妇，因家中有难，求朕拿主意，朕难以拿主意，所以求卿处理。"

高澄说："臣掌管的是朝廷之法，朝廷之法乃陛下之法，不知县主有什么事？"

元善见说："崔恬弟弟崔悛，去年在洛阳，被宇文泰逼着西去，做了西魏的大臣，若正其外叛之罪，累及一门，崔恬也当杀，卿父执法难违，想请卿帮忙处理。"

高澄说："帝命不敢违，父意恐难回转，这不是臣能做主的。"

静仪见高澄不帮忙，流泪不止，说："崔悛西去，我等确实不知情，望大将军向高王言明，救命之恩永世不忘。"

不知高澄能否答应静仪，向其父王求情，拯救静仪一家，请看下回章节。

# 第 51 回

## 污皇姑高澄再受责　斩乱麻高洋渐被宠

话说静仪眼含热泪如梨花带雨，高澄看了愈觉爱怜，不忍绝之，对皇上说："陛下既有宽赦之情，小臣岂无哀怜之意？自当禀报父王，竭力帮助。"

元善见听了，对静仪说："既然大将军已经答应，你就回去等候吧。"

静仪再次拜谢高澄，又向皇上谢恩而出。

高澄告别皇上，回到府中，问公主："卿知道高阳王有个妹妹叫静仪吗？"

公主说："她是妾的姑姑，小时候曾见过。"

高澄说："可惜绝色美人，不知将来命运如何？"

公主忙问："有什么事？"

高澄说了事情的缘由，说："刚才皇上让她与我相见，求我向父王说情，我只好答应，如果父王不允许，岂不是要满门被灭吗？"

公主说："父王执法如山，未必肯宽恕吧。"

高澄寻思："不赦静仪，则美色可爱；赦之，则惧怕父王责怪。"思前想后，进退两难。

这一日，晋阳送来密扎，其中果然有崔恬一案，内云："崔悛投身伪国，礼合全家正法，但崔恬世代名门，民望所属，你要细细斟酌，妥善处置，不得造成不良的影响。"

高澄看了父王的密扎，心中大喜，说："既然父王有此言语，宽赦崔氏之罪就不难了。"

不久，高澄上殿奏与皇上，说："臣已请示过父王，因崔恬乃世代名门之后，为了不造成不良影响，所以，崔氏连坐者，可以赦免。"

高澄又修书回复其父王："崔悛被掳入关，从逆非其本心，当时崔恬尽职邺城，不知此事，况且崔恬并无异志，无辜被诛，易招民议，免其连坐，合乎民意，况崔恬之妻东光县主，乃高阳王之妹，皇上之姑，皇上也有意曲全，儿根据父王密扎之意，奏与皇上，已特行宽宥矣。"

高欢看了来信，知道处理得当，不再过问此事。

崔恬夫妇非常感激，皇上也很高兴。

一日，元善见在后宫宴请高澄，皇后在座。静仪正好来谢恩，皇上召其入内，令其坐在皇后一侧，静仪向高澄敬酒三杯，以谢高澄救助之恩。

高澄也回敬了一回，对静仪说："县主与我妇也是至亲，少时常聚，至今每有怀念，他日当让她去拜见。"

静仪说："妾本计划明日登堂拜谢，怎敢劳驾公主下降。"

高澄假装说："不敢。"而心中实是高兴。

高澄回府，知道明日静仪必来，暗里嘱咐门吏："明日东光县主到了，不要回报公主，引其步舆，从平乐堂直入降阳轩中。"

第二天，静仪到了高澄府，门吏引路，步舆直入降阳轩深处，随从全部在屏外，静仪坐在车中，但见曲径花道，两旁翠柏屏风，不像公主居室模样，停车后不见一人，此时过来一个侍女，揭开幔帐说："公主在轩内相等，请县主入见。"

侍女引路，静仪移步相随，到了轩内，不见公主，侍女说："在暖阁中。"

进入暖阁，却见高澄过来施礼，静仪心中生疑，问："公主在哪里？"

高澄说："稍停相见，因有秘事相告，先委屈县主在此一叙。"

侍女摆上宴来，静仪欲辞退。

高澄说："昨天在皇上面前，承蒙赐酒三杯，今日少尽下情，县主不必推辞。"

静仪无奈，只好心怀忐忑坐下。

高澄殷勤奉劝，侍女连着送来金樽，侍女皆退。

静仪问："有何秘事请讲。"

高澄笑着说："昨天夜里，梦到与卿相遇，今日相逢，乃天缘也，请卿怜之。"

静仪早已觉得高澄不怀好意，听了此话，依然大惊，说：

"全我家之德，没齿难忘，若想侮辱我，断难受辱。"说完就走。

可是，门已紧闭，高澄上前相拥，静仪反抗，衣服都被扯破了，静仪毕竟力弱，遂成私合，当夜同宿轩中，侍女得到厚赏，嘱咐不准泄露。

外边以为静仪被公主留住，并不怀疑有别的事情，三日后，静仪坚决告辞，高澄不得已送其回府。

静仪回去，向丈夫哭诉，说高澄对其无礼，崔恬不敢细问，只是善待妻子，因为怕触怒高澄，发生不测之祸。

高澄见静仪回去，没有事情发生，于是，邪念又生，想再与静仪私会，苦于无计可施，召其奴张宝财谋之。

张宝财想了想，说："这事也容易。可授予崔恬爵位，出使在外地，世子则可以潜游其家了。"

高澄听了，认为此法甚妙，于是向皇上启奏，封崔恬为散骑常侍，出使外地。崔恬走后，高澄屏去侍从，独自一人潜至其家，与静仪相会，静仪不敢反抗，连宿数夜不归。

结果，高澄行迹败露，被世人知道，传得沸沸扬扬。

高阳王元斌听了此事，非常恼怒，觉得妹妹有辱门庭，奏与皇上，说："请赐静仪死，以免受狂童之辱。"

元善见说："此事实伤国体，但不是静仪之罪，乃高世子之过，高王功高，大权在握，世子是他的宠爱，朝中之事全部委托于他，国家安危，系于其喜怒，若赐静仪死，世子必怀怨，怎么可以因一个女子而挑起大祸呢？"

元斌见皇上不同意，只好默然而退。

高澄也怕人们议论，常晚去早归，微服往来。

当时，高岳、孙腾、司马子如、高隆之四人闻听此事，都很担心。四人商议，孙腾说："高王命我等在此辅佐世子，现在，世子以万金之体，夜出潜行，倘有小人图之，祸生不测，我等死不足以赎罪。如果直接劝阻，他一定不听，反而会怀怨。不如密报高王，使之禁止。"

四人议定，将高澄私通静仪之事写成密信，送给高欢。

高欢看了密信，勃然大怒，对娄妃说："澄儿不堪重用，我必废了他。"

娄妃惊问其故。

高欢把事情全部告诉了娄妃。

娄妃也恨其荒淫，说："此儿终不得善终。"

高欢召高澄夫妇立即来晋阳，本想废黜了他的官职，又怜惜他的才智，在高欢眼中，诸子都比不上他。

这一天，高欢在仪光楼下，看到高洋兄弟四个，在花荫下踢球玩耍，看到父王来了，都跪下拜见，高欢想考验一下诸儿子的志量，正要说话，恰巧看到一个内侍，捧着一团乱麻走过去，高欢喊来内侍，问："这乱麻做什么用？"

内侍说："这是纺织作坊丢弃的废麻，没啥用处。"

高欢命拿过来，对几个儿子说："你们每人取一些，将其理顺，看该如何理顺？"

高浚、高淹等人拿过来，开始用手理顺，唯有高洋拿过去，放到台上，拔出宝剑将其斩断。

高欢看了，问："你为什么这样做？"

高洋回答说："乱麻无用，何须理顺？用快刀斩断即可。"

高欢听了，心中暗暗惊喜，没想到这个最不起眼的孩子，居然有如此心胸。

原来高洋的相貌不如兄弟们俊美，高澄就看不起他，经常嘲笑他，说："此人也得到富贵，怎么用相法来解释呢？"他们兄弟经常侍立在高欢身边，问及时事，高澄对答如流，高洋总是默默无语，所以，高欢也不怎么看重他。

今天，看到他出语不凡，不免刮目相看，知道将来处事，要比高澄更加果敢，而且没有荒淫偏好，可以用心培养，私下对娄妃说："此儿表面上昏愚，实际上志量刚强，聪明内蕴，非澄儿所能及，可取而代之。"

娄妃说："澄儿辅政已久，朝野尽服。有了错误，责其改过就行了，若要将其废去，妾以为不可取。"

不久，高澄夫妇到了晋阳，想拜见父王。

高欢不见，又拜见母亲，娄妃只见公主，不见高澄。

娄妃责问公主："澄儿与静仪之事你知道吗？"

公主听了，不敢隐瞒，如实告之。

娄妃说："回去告诉你丈夫，这次你们父王之怒不可回也。"

公主哭着求情。

娄妃说："你先回府，等我见了你们父王后再说。"

公主回去，把经过告诉了高澄，高澄知道静仪之事败露，非常恐惧。

第二天，高欢坐在德阳堂，先召来赵道德、张宝财责问高澄之事，说："若有一言不实，立即杖下而死。"

两个奴才非常害怕，只好如实诉说。

高欢恼怒他们指导主人为非，各杖一百，下到狱中，接着召见世子，历数其罪，杖责一百，立即幽禁，不准回朝。

高澄知道自己可能被废，忧惧成疾。

娄妃向高欢求情。

高欢说："若其能改过，然后再复其职。"

娄妃派人密报于高澄，高澄的伤逐渐痊愈。

高欢命阳休之撰定律令，命高澄主其事，每天到崇义堂检校一次，即入德阳堂，侍立于父王一侧。

高欢天性严肃性急，终日衣冠整洁，威严端坐，人不可犯，因为世子过错甚多，高欢对其面色更严。

高澄朝夕战战兢兢，唯恐获罪。

这一天，高欢白日休息。

高澄去拜见母亲，请放还朝，偏巧诸夫人在柏林堂游玩，高澄怕有嫌疑，不敢进前，背立在湖山书院的帘幕之下。

诸夫人每次朝拜娄妃，都要过了七星桥，下车步行，经过湖山书院、芙蓉楼、柏林堂，大约有百余步，才能到娄妃宫里，芙蓉楼七间，梁栋幔帐都画芙蓉，因此得名，湖山书院有十几间房，内有洞庭湖、金芝亭、卧龙山，奇花异草，苍松翠柏，仿佛江南风景。又有沉香阁，十余丈高，乃收藏图书之所。柏林堂九间，内有古柏一株，小亭一座，景致极雅。诸夫人拜见娄妃后，常在这里徘徊。其中卢夫人年纪尚小，举止轻佻，在院中观玩稍久，回步走出，不知高澄在帘内，用手一推，触落了高澄头上的罗巾，看到高澄大惊，急忙到帘外谢罪。

高澄尚未回答，高欢正好走来，看到世子与卢夫人隔帘对立，以为他们相戏，以致掉下帽子，大怒，喝道："你在这里干什么？"

诸夫人见高欢到了，急忙走散。

高欢将世子摔倒在地，拳打脚踢，无所不至。

当时，陈元康最受高欢信任，正好有事来启，问："高王在哪里？"

内侍说："大王在柏林堂毒打世子，恐怕世子性命不保。"

陈元康听了，冒禁到里边，抱住高欢的腿，哀求道："大王，父子至情，怎么能忍心如此毒打？倘若失误致死，后悔莫及呀！"

高欢知道陈元康是好心，遂停下来了。

陈元康扶起高澄，送到外面，又来到德阳堂，问："大王为何怒打世子？"

高王把世子之罪告诉了陈元康。

陈元康说："大王恐怕误会了。世子最近很有敬畏之心，他入宫不过是见内主。况且诸夫人都在，他怎么敢相戏？失帽定是出于无心，请大王细察，定知臣所言不错。况且朝中权贵横行，非世子之才，不能制之。大王为何因泄小愤而乱大谋呢？"

高欢听了，冷静了许多，说："卿说的对，可是我性急，看到他与卢夫人说话不能自制。"

陈元康说："大王自知性严且急，今后愿遇事细察，不可重复。"

高欢听了，没有再说话，入宫问诸夫人，都说没有相戏之事。高欢听了，才解心头之怒，然而，并没有让其入朝。

娄妃因世子屡次触怒父王，不敢说让世子回朝，私下里向高后通信，劝皇上召回世子。

不久，果然皇上诏书到了，召世子回朝。

高欢遵照圣旨，让高澄奉旨赴邺城。临行之际，夫妇来拜辞父王。

高欢告诫公主，说："你丈夫若有不轨行为，必须先告诉我。"

高澄随从赵道德可以赦免，张宝财必须诛杀。

张宝财之妻，乃娄妃原婢女冬梅，娄妃觉得冬梅从小贴身服侍，当年嫁于高王，冬梅有功，不忍杀其丈夫，向高欢求情。

高欢说："冬梅暂留府中，可以改嫁他人，张宝财属于心术不正之人，必须杀之。"

高澄回朝后，再也不敢去崔氏家，励精图治，政令一新，朝纲肃然，高欢闻报，心中甚悦。

如今四方安定，国力大增，元善见决定改元武定，大赦天下。

高欢出巡晋、肆二州。直到边界，派使者到柔然，诳称宇文泰谋杀柔然公主，其下嫁者，都是远亲，并不是公主，若与我邦通好，则天子当以亲公主下嫁。

却说西魏皇后柔然公主为什么去世？因乙弗后废为尼姑，降居别院，郁闾后非常嫉妒，元宝炬不得已，命次子武都王元戊为秦州刺史，乙弗后随之而去。元宝炬常思念她，秘密令她蓄发，还有追还之意。

西魏大统六年（540 年），忽报柔然举兵来侵，号众百万，前锋已到夏州，声言：故后尚在，新后不安，所以发兵。

消息传到长安，群臣震恐。

元宝炬感到不安，派中常侍曹宠带圣旨到秦州，赐乙弗后自尽。

乙弗后看到圣旨，泪水如雨，想起洛阳之梦，对曹宠说："回奏陛下，如今一切如梦，唯愿天下常宁，至尊万岁，妾死无憾！"说完又对皇太子嘱咐几句，饮下毒酒，然后躺在床上，用被子盖住自己，毒发去世，享年三十二岁，左右痛哭不止。

曹宠回去复命，将乙弗后最后之言奏与皇上。

元宝炬听了，频频点头，默默伤感，命凿陇葬之，号为寂陵。

不久，郁间后怀孕，移居瑶光殿，宫女、侍卫百余人。一天，郁间后忽然看到一位贵妇穿着后妃服装，缓缓前来，问宫女："此夫人是谁？"

左右都说："什么夫人？没有呀。"

郁间后惊恐不已，顿时昏厥过去了，如此数次，人们怀疑是乙弗后现身，郁间后将要产子，又见此妇在前，产完而崩，所生儿子也死了。

高欢借此事离间，柔然果然怨恨西魏，派使者到东魏，愿求和亲。

高欢奏于朝廷，元善见在诸王宗室内，选出常山王元骘之妹，封为兰陵公主，下嫁柔然。

东魏武定元年（543 年），柔然派使者来迎亲，皇上厚加赠送，兰陵公主过晋阳，高欢又赠嫁妆，金银二百余万，因为是国家大事，又亲自送了很远才回来。

宇文泰听说此事，心中大惧，他想贺拔胜之兄贺拔允，在晋阳谋事，可以结交，然后图谋高欢，他对贺拔胜说："高欢乃国贼，也是公之仇敌。听说你兄在那里，也不得志，何不召他过来？若能乘机除掉高欢，为国除害，此功不小，公以为如何？"

贺拔胜说："我兄从高欢实非本心，以公之意结交，断无不从。"

宇文泰听了非常高兴，贺拔胜立即写信寄给兄长。并嘱咐其暗害高欢，乘乱投西。

贺拔允收到书信，认为弟弟说的有道理，有了图谋高欢的意思。

有一天，高欢到平阳打猎，召贺拔允同去，贺拔允带了弓箭前往。

高欢到了平阳城外，看到青山翠绿，麋鹿成群，令军士列围而进，亲自射兽，诸将均四散驱逐。

贺拔允乘马在高欢背后，暗想：乘左右无人，若不下手，更待何时？于是，拽满雕弓，照高欢后背射来，哪知用力过猛，弓折箭落地。左右看到，大呼："贺拔太尉反了！"

高欢听了大惊，回头看时，贺拔允丢弃弓，拔刀相对，诸将赶来，将其擒于马下。

高欢问："贺拔公为何欲害我？"

贺拔允说："今日弓折，真乃天意，没有什么可说的。"

高欢命囚之，回到晋阳，商议其罪，诸将请诛杀其全家。高欢念及故情，赦免其两个孩子，将贺拔允斩首。

当时，高洋已经十五岁，高欢为他娶媳妇。右长史李希宗有个女儿，叫祖娥，德容兼备，被聘为太原公夫人，百官都来祝贺。

成婚之后，李祖娥看到高洋身上暗中有光，怪而问之。

高洋说："此光由来已久，不知是凶是吉，所以我常独寝，你不要往外传说。"此后，侍女都到外边宿住，高洋独与夫人入寝。

高洋如此隐瞒，得益于他的恩师大儒卢景裕。

当初，高欢请卢景裕教儿子们读书，卢景裕发现高洋其貌不扬，但聪明好学，胆量过人，他是次子，而兄长高澄年轻有为，已在朝辅政，如果高洋才能外露，恐怕被其兄嫉妒，于是，他单独辅导高洋。

卢景裕将《易经》中的乾卦图形画出，指着图形对高洋讲："你看第一卦，'初九，潜龙勿用。'初，是开始；九表示阳爻；潜龙，是指龙潜在水底；勿用，是暂时不可妄动。'九二，见龙在田，利见大人。'九二，是第二个阳爻；见龙在田，是说龙可以出现在田间了；利见大人，指见大人有利。今天只讲两个爻，其他以后再讲，知道为什么给你先讲这两个爻吗？"

高洋想了想，带着疑问的口气说："先生是让我知道'潜龙勿用'的道理吗？"

卢景裕听了大喜，说："孺子可教也。你脑子聪明，但不可外露，什么时候露，自己把握。以后，你不但要学好《易经》，还要学好《道德经》，其中做人智慧无穷。"

高洋瞪着大眼问："《道德经》也讲潜龙勿用的道理吗？"

卢景裕听了，点头赞许，说："是的，你可看看第二十八章，要知其雄，守其雌；知其白，守其黑；知其荣，守其辱。其中奥妙必须学以致用，学而不用，必然成空。"

高洋虔诚地说："多谢老师教诲，弟子一定牢记在心。"

高洋从此研习《易经》《道德经》，非常用功。慢慢他变得处世极为低调，做事谨慎，有时表现得很无能。人们都笑他愚，唯有其父知道，此子颇有城府。为了历练高洋，高王命他为并州刺史，杨愔为副。

高欢的另几个儿子长相英俊，都非常聪明，高浚幼时，到府外游玩，看到祭神，回来问其师卢景裕："人们祭神，有神还是无神？"

卢景裕说："有神。"

高浚说："既有神，神在哪里？"

不知卢景裕如何回答高浚，请看下回章节。

# 第 52 回

## 妻受辱高仲密投西　战邙山宇文泰逃命

话说高浚问先生卢景裕："若有神，神在哪里？"

卢景裕看着这个聪明的学生，不想与他讲玄妙的道理，微微一笑，不予回答。

高澄在弟弟中特别喜欢高浚，向父王请示，授予他仪同三司，到朝中与高澄朝夕相随。

东魏兴和四年（542 年），柔然可汗阿那瓌派人到晋阳，主动求和，请以五岁的孙女（郁久闾庵罗辰女儿）邻和公主和亲，嫁给高欢第九子八岁的高湛。

娄妃说："孩子这么小，柔然可汗却来和亲，这不是娃娃亲吗？"

高欢说："娃娃亲也不错，主要还对稳定边疆有利，何乐而不为？"

娄妃说："既然涉及国事，妾自然同意。"

高欢得到妻子同意，奏与皇上，元善见下诏：柔然可汗主动和亲，此事甚佳，准予和亲。

于是，高欢派人迎亲，阿那瓌派人将邻和公主送到晋阳成亲。

御史中丞高仲密，在朝身居要职，其妻子为侍郎崔暹之妹，夫妇相处和睦，最近却因一件事，让高仲密犹豫再三，最后决定休妻。

邺城居民李荣，有一女年十八，号琼仙，容貌甚美。高仲密因一个偶然机会发现该女，非常喜欢，想娶到家做妾，可是李荣说："我女儿在家是宝贝，怎么可以为人做妾，必须为正室才可出嫁。"

高仲密贪恋美色，回到家狠心将妻子休掉，并逐出家门，然后娶琼仙为妻。

崔氏性格刚烈，自己无过错被休，感觉没脸见人，含恨服毒自尽。

崔暹因妹妹之死，与高仲密结怨。

高仲密作为御史中丞，任用人多是其亲党，高澄觉得他所用之人非贤才，奏请改选。

高仲密认为是崔暹从中作祟，心中怨恨崔暹。

高澄在邺城东建了一个庄园，取名花庄，内有舞榭歌台五六处，珠馆画桥十余处，宫室之美，无与伦比，四季赏玩，各有去处：其中燕云堂适宜春季，碧云轩适宜夏季，翠云楼适宜秋季，藏云阁适宜冬季。又有步云桥、赏月台、木雅亭、茶谜架、鹤庄、鹿坨等风景，奇花异树、怪兽珍禽，充满其中。

观者叹其为人间仙境、世上蓬莱。高澄命内侍王承恩专门负责把守，只有府中姬妾才能进去游玩，外人一律不准进去。

琼仙未嫁时，非常向往园中佳境，但是，苦于无门可入，现在，她成了高仲密的妻子，这一天借丈夫的声势，到这里游玩。王承恩与高仲密素来熟悉，不怕他阻拦，于是，带着女从往花庄而来。

王承恩看到高仲密新婚妻子来了，正好园中没人，私自做主，让她进去游玩。

高澄下朝之后，颇觉无聊，也到花庄来了。王承恩看到高澄来了，大吃一惊，立即让人告诉琼仙带人躲避。

高澄登上翠云楼，凭栏观望，忽然看到赏月亭中有一群妇女，隐身在内，召来王承恩训斥道："让你掌管园门，专司开闭，为何让外人入内？"

王承恩跪下道："奴才从不敢让外人进去，是高御史大人的新夫人想观园景，奴才想高御史是王府至亲，不敢阻拦，所以让其入园，到这里时间不久，殿下忽然来了，所以躲避在亭中。"

高澄一听是高仲密新娶的夫人，听说很美，想要见面，说："既是仲密新夫人，请上楼相见。"

一会儿，琼仙上楼来，果然花容月貌，天姿国色。高澄顿起淫心，向前施礼，殷勤请坐，说："夫人到这里不容易，想看园中景致，随便游玩。我与御史本是一家，夫人是至亲，不避嫌疑。"忙令内侍引路，请夫人游遍各处，其余随从女子在外边等候。

此时，琼仙不好推辞，只好轻移脚步，随内侍而行。过了几处亭台，不觉走入深境，来到一室，锦帐银屏，罗帏绣幔，知是就寝之所，忙想退出。

高澄突然出现在门口，拦住她说："夫人闲步已久，恐怕已经累了，在此处小饮三杯，少表敬意。"说着侍从摆上宴来，高澄端起酒杯相劝，琼仙不肯饮。

高澄问："夫人是害怕仲密吗？还是嫌弃我？"

琼仙说："妾本是民家之女，仲密乃天朝贵臣，怎么能不畏惧呢？"说完想夺门而走。

高澄将其拦住，想让琼仙往里面去。

琼仙左躲右闪出不去，急得哭了，说："听说世子淫人妇多了，我绝不受辱，若再强逼，今日唯有一死而已。"看到墙壁上有剑，走过去欲拔剑自刎。

高澄见了，怕其自尽，急忙制止，放其出去。

琼仙回到府中，哭着向高仲密诉说："妾今天差点不得生还。"

高仲密急忙问怎么回事。

琼仙把到花庄游玩，恰遇高澄、如何相逼、自己要自尽才保得清白的经过说了一遍。

高仲密听了，十分愤恨，对高澄产生了异志。

其后，崔暹又弹劾高仲密非才受任，高澄奏请皇上：命高仲密出任北豫州（今荥阳市氾水镇）刺史，不授予兵权，只理民事。

高仲密知道是高澄所为，咬牙切齿恨之，思来想去，做出一个大胆的决定，向宇文泰写投降信，以虎牢归西魏，请以兵应之。

宇文泰见信大喜，立刻出兵接应。

高仲密到北豫州，趁机杀了镇北将军奚寿兴，夺其兵而外叛。消息传到邺城，举朝大惊。

高欢得到高仲密外叛的消息，了解是因崔暹弹劾之故，命高澄将崔暹押到晋阳，进行审问。

高澄怕父王杀之，向父王哀求，说："崔暹为人正直，看到不平之事，敢于直谏，人才难得，请父王赦免其罪。"

高欢看了，想见一见崔暹，派陈元康到邺城押来崔暹。

陈元康到了邺城，对高澄说："我受高王之命而来，押解崔暹，我向你承诺，不杀他，只是痛责而已。"

高澄让崔暹出来了，对陈元康说："若让崔暹受了杖刑，就不要再相见了。"

陈元康带崔暹到了晋阳，高欢在德阳堂见之，斥责其弹劾高仲密，致使其叛变。

崔暹并不畏惧，辩解说："弹劾朝中大臣，是臣的职能。高仲密不用人才，任人唯亲，弹劾他是为了朝廷，并无私心。"

高欢问："有人说你是因他休了你妹妹，协私报复。"

崔暹说："高仲密作为朝中大臣，妻子无错而休之，本应弹劾，但涉及我妹妹，所以并没弹劾此事。"

高欢说："虽然你有道理，但是，造成高仲密叛逃也是事实，罪不至死，杖刑难免。"

崔暹听了，脱下衣服接受杖刑。

陈元康急忙走上台阶，对高欢说："大王将朝政付予世子，世子想保护一个崔暹，却不能使其免受杖刑，父子还这样，何况其他人呢？"

高欢宠信陈元康，说："若不是元康求情，当杖责一百，不过你要记住，回朝以后，不能因为此事，胆小怕事，对于朝臣中不法之事，要大胆弹劾，即使是世子，也不能隐瞒。"

崔暹说："一定谨遵大王教诲。"

高季式镇守永安，听说哥哥高仲密反了，单骑直奔晋阳，请高欢处分。

高欢说："你们兄弟都讲义气，有功勋，对我尽忠，敖曹去世，我至今不忘，现在仲密无故外叛，深为惋惜，与你没有什么相干。"让其复职，待之如旧。

且说宇文泰知道，高仲密是高欢的心腹之臣，一旦来投，有机可乘。豫、洛一路皆可攻取，亲自率兵十五万，以大将李远为先锋，直取洛阳，仪同于谨攻破柏壁关，直取龙门，宇文泰引兵围困河桥，兵势甚强。

高欢闻报，命斛律金为先锋，援助洛阳，自己集中精兵十万，亲临河北拒之。

宇文泰把部队撤到瀍水上游，从那里放出火船，想烧掉河桥。

斛律金刚到北岸，发现火船，立即派张亮用一百多只小船链在一起，待火船快要到来时，从中拦截，然后用锁链拖到岸边，桥梁得以保全，大军安然渡河，占据邙山，让军士暂时休整，连续几日并不出兵。

宇文泰不知高欢玩什么把戏，把装备、辎重留在瀍曲，半夜时分，亲自率领将士，登上邙山，准备偷袭高欢。

探马飞报高欢，说："贼兵距离这里四十多里，吃饱了干粮之后来的。"

高欢哈哈大笑，说："若如此，军士一定会渴死，还用我去杀他们吗？"说完下令诸将，摆开阵势，等待敌人的到来。

天色微明，宇文泰得知高欢有准备，在数里外停下来。

高欢命彭乐率领五千铁骑前去，必须斩将夺旗而回。

彭乐一马当先，率领铁骑冲锋陷阵，直入西魏军中，他冲到哪里，哪里就溃散，彭乐直杀入西魏军深处。西魏军将彭乐团团围住，东魏军看不到彭乐的旗帜，飞报高欢："不见彭乐，是不是叛变了？"

高欢听了心中不信。一会儿，西北方尘土飞扬，呼声震天，只见彭乐在西魏军中，如蛟龙闹海，所向披靡，西魏将士纷纷落马。

彭乐派使者跑来报捷，说："已俘虏了西魏的侍中、开府仪同三司、大都督、临洮王元柬、蜀郡王元荣宗、江夏王元昇、巨鹿王元阐、谯郡王元亮、詹事赵善以及督将四十余人。"

高欢听了大喜，命令斛律金、段韶等诸将乘胜出击，西魏军大败，被斩首三万多人。

当时，西魏军溃散时，宇文泰的左右也被冲散了，他只好自己到阵前，集合剩余的军士，突然，彭乐一马当先赶来，宇文泰知道敌不过他，急忙上马而逃。

彭乐紧追数里，已接近马尾，大呼道："黑獭休走，快拿头来！"

宇文泰灵机一动，喊道："你不是彭乐吗？你这个呆子，今天杀了我，明天你还有用吗？为何不收取一些金银财宝，赶快回营！"

彭乐虽勇，但头脑简单。听了他的话，收了宇文泰一条金带返回，他对高欢说："宇文黑獭差点被我杀掉，已经吓破胆了！"

高欢虽然对彭乐取胜感到高兴，但对他放走宇文泰十分不满，命他趴到地上，揪住他的头髻，往下磕，并数落他在渭曲之战中失败的事，三次举刀要砍他的头，只是没有落刀。

彭乐抬头求饶，说："请再给我五千名骑兵，我去为大王取宇文泰头来。"

高欢骂道："你放他是什么目的？现在又说要去取？"说完，命人取来三千匹绢，压在彭乐的背上，算是赏赐给他的奖励。

宇文泰回去，兵将逐渐败退回营，他对诸将说："今日失败，军威受挫，明日当决一死战。"

第二天，宇文泰秣马厉兵，分为三队，自己居于中军，命中山公赵贵为左军，领军若干惠为右军，对二人说："东魏军来攻中军，你们要左右合力攻击，狠狠地打击对方。说罢，五更造饭，以备迎敌。

黎明时分，高欢因昨日放走宇文泰，心中不甘，亲自率领诸将为先锋，冲入西魏军中，西魏军以死抵抗，左右两军杀出，奋力合击，东魏军不敌，有的步卒被俘虏去。

高欢的坐骑枭龙中箭倒地，赫连阳顺跳下马，将自己的马让给高欢骑，西魏军围上来，一时不能闯出去，忽然狂风大作，飞沙走石，天昏地暗，军士不能睁眼。高欢乘机拍马冲出重围。随从只有亲信都督尉兴庆和步骑七人，诸将都不知高欢在何处。追兵要到了，尉兴庆说："大王您快跑，我还有一百支箭，足可射死一百人，保大王脱身。"

高欢感动地说："如我能摆脱劫难，任命你为怀州刺史，如你不幸战死，就把这个职位给你儿子。"

尉兴庆说："我儿子还小，任用我的兄长吧！"

高欢说："好吧，但是你一定活着回来。"

尉兴庆一人殿后抵抗，他箭无虚发，射倒一百余名西魏军，身上的箭用尽后，拔刀与敌人拼命，最后力尽被乱刀杀死。

高欢手下有一个小卒，曾盗窃民户一头驴，高欢要治他的罪，因马上出兵作战，尚未治罪，小卒感到回去会被治罪，在战场上投降了西魏，告诉宇文泰："高欢现在一人一骑，已向邙山之后跑了，追上去可以擒获。"

宇文泰立即令大都督贺拔胜率兵去追高欢。

贺拔胜认识高欢，带十几名骑兵追来，不久，看到了高欢，贺拔胜叫道："贺六浑休走，破胡今天一定杀了你！"

高欢一见贺拔胜追来，拍马急逃，可是赫连阳顺的马远不如枭龙，贺拔胜越追越近，正在危急时刻，河州刺史刘洪徽从斜道出来，看见贺拔胜追高欢甚急，抓起弓箭向贺拔胜射去，射中两名骑兵。段韶也从山后冲出来，喊道："休伤我主！"说完放出一箭，射中贺拔胜马腿的上部，马突然栽倒，贺拔胜被摔下马来，随行骑兵急忙将其救起。段韶、刘洪徽保着高欢策马而去。

贺拔胜叹息道："今日没带弓箭，这是天意呀！"

高欢回营，召集诸将，因段韶、刘洪徽有救助之功，赐予二人锦袍、玉带。封段韶为长乐侯，刘洪徽是刘贵的儿子，当时，刘贵已经去世，让刘洪徽继承了其父亲的爵位，封为平成侯，尉兴庆已阵亡，授予其兄长为怀州刺史。

高欢整顿军队，计划再战，李业兴对高欢说："西贼的旗帜是黑色，属于水，大王的旗帜是红色，属于火。水能克火，所以不利，黄色属于土，土能克水，应当用黄色旗帜，方能制之。"

高欢突然想起仙人指点之"胜不与黑"，看来应该防备遇黑。命人连夜制作黄色旗帜一百面，再次与宇文泰交战。东魏军挥舞着黄旗，发动进攻。果然西魏军战况不利，东魏军士气大振，宇文泰看到难以取胜，败下阵来。

宇文泰败回营中，命各营收拾东西，连夜逃走了。

第二天，高欢派兵乘胜追击。幸好西魏大将独孤信、于谨在后面，收集了一些散兵，与东魏军且战且退，使西魏军各路得以保全。

若干惠也在夜间退走，东魏军追赶甚急，若干惠下马，命令厨师埋锅做饭，吃完饭，对左右说："死于长安，还是死在这里，有什么区别吗？"说罢，率兵列阵，驻马以待，东魏骑兵追来，以为有埋伏，不敢逼近，若干惠才收拾败卒而还。

宇文泰入关，屯兵于渭上，东魏军到了陕地，宇文泰命达奚武等人抵抗。

行台郎中封子绘对高欢说："消灭黑獭，统一东西魏，就在今天，过去，魏太祖平定汉中，没有乘胜取巴、蜀，后悔不已，愿大王不要迟疑。"

高欢召集诸将商议，大家都认为："野外没有青草，人马疲乏至极，不能远追，不如暂回晋阳，休整以后，再图进取。"

陈元康说："两雄交战，岁月已久，今幸大胜，这是天意，机不可失，时不再来，应该乘胜追击。"

高欢反问道："深入之后，若遇埋伏，我们该怎么办？"

陈元康说："大王在渭曲战役中失利，他们尚没有埋兵，现在，兵败狼狈逃窜，正疲于奔命，怎么能计划埋伏？若舍弃不追，必成后患。"

高欢感觉战事已久，众将斗志不坚，无心入关，不听陈元康之言，只派刘丰生率几千名骑兵追赶，其余班师。

宇文泰出兵到玉璧时，曾派人去召守将王思政，准备让他镇守虎牢，王思政没有赶到，宇文泰已经大败而归，改派王思政镇守弘农。

王思政到了弘农，城中兵少粮缺，他别无良策，防守很难，心生一计，命人大开城门，解衣而卧，表示不足为惧。

刘丰生带兵来到弘农，见城门大开，不摸敌情，怕城中有埋伏，不敢冒进，迟疑了一会儿，带着兵将撤走了。

王思政见敌兵退去，立即下令，修筑城郭，建立侦察、防御的高台，鼓励民众经营农田、囤积粮草，以此加强弘农的防守。

邙山之战，宇文泰诸将中，耿令贵立功最多，他常常陷入敌阵，敌兵刀枪齐下，人们都以为他死了，没想到他突然大叫一声，奋力跃起，舞动飞刀，砍杀敌人。可是，不久又被打倒，如此数次。虽然身上多处受伤，依然砍杀了不少敌兵，他说："我不是喜欢杀人，是壮士除贼，不得不如此。若不能杀贼，又被贼所伤，与坐在那里空发议论有什么两样？"

都督王胡仁、王仲达也立功不少，宇文泰把雍、岐、北雍三个州交给三人掌管，因三个州各有优劣，所以让他们抽签决定。又赐耿令贵名豪，王胡仁名勇，王文达名杰，以此表彰他们的功绩。

当初，高仲密叛变时，曾暗中煽动冀州豪杰为内应，让他们响应自己。

高欢派高隆之去，对他们进行安抚，冀州得以平安。

高澄秘密给高隆之写信，说："高仲密党徒中，凡跟其一起叛变去西魏的，把其家属全部抓起来，给予惩戒。"

高隆之认为，既然决定宽待，按理不该反悔，若再抓起来，使民众感到朝廷言而无信，得不偿失，禀告高欢不再追究。

侯景带兵进攻虎牢，想收复其城，高仲密与西魏大将魏光把守，听说侯景要来，立即向宇文泰求救。

宇文泰回信，命令其坚守，并告诉他们，援军很快就到，派人暗中去虎牢送信，没想到送信之人被侯景的士兵捉住了，搜出其信，侯景看了，他将信改成了："兵不能发，若守不住宜快速离开。"然后，让军士穿上信使的衣服，进城去送信。

魏光看了书信，与高仲密商议后，当天夜里弃城而去。

侯景占领城池，同时派兵追赶，魏光与高仲密知道追兵将到，骑马快速逃走，高仲密的家属被抓，侯景命人押送到邺城。

　　元善见以高仲密叛逃之罪，要诛杀高仲密全家。

　　高欢闻讯，上书奏说："高仲密当年有功，高敖曹死于王事，高季式曾主动来告之，可以免去死罪，只是其妻李氏，坐罪当诛。"

　　元善见准奏，除李氏外，赦免其全家死罪。

　　高澄听到琼仙被擒回来了，父王没有赦免其罪，可是，琼仙秀色难寻，怎么能诛杀呢？

　　高澄欲保琼仙活命，不知后事如何，请看下回章节。

# 第53回

震慑四贵高澄施威　欲斩三少高欢徇情

　　话说高澄想赦免琼仙，收为专房，请杨愔去见皇上，奏说："高仲密后娶之妻李氏，实为少女，叛变与其无关，赐其死实不合适，请赦免其死罪。"

　　元善见知道是高澄的主意，准奏，赦免其死罪，令回其父母家。

　　过了几日，高澄请杨愔去李家说合。

　　杨愔到琼仙家，对其父母说："高仲密叛逃，家眷依法当斩，你家女儿是大将军向陛下保奏，赦免了死罪，现在大将军想娶你女儿，命我来做媒。"

　　琼仙父母不敢坚持女儿不做妾了，完全同意。

　　高澄将其迎入府中，让她居住在迎春院，赐给服饰，器用、侍女皆备。晚上，高澄穿着盛服来见，他问琼仙："卿前次百般推阻，今日能顺从吗？"

琼仙低着头，说："妾虽是民女，但略知礼法，前是仲密妻，当为仲密守身。今为将军妾，自当听将军吩咐。"

高澄听了大喜，当夜相拥而寝，号为河南夫人。

却说宇文泰回到长安，向皇上奏说："臣这次战役，丧师辱国，请贬爵位。"

元宝炬说："胜败乃兵家常事，怎么能因一战而降爵呢？"

宇文泰回同州，招募关、陇地区豪杰，充实兵旅，他有一个妾叫叱奴氏，生了一个儿子，取名邕。

术士蒋升看了其子，私下对宇文泰说："丞相新生儿子，将来贵不可言，他日必登九五之尊，但是，不宜在贵府中成长，宜到吉祥之地抚养。"

宇文泰问："何为吉祥之地？"

蒋升说："泰州有紫气，适宜他居住。"

宇文泰奏请皇帝，授李穆为泰州刺史，并将儿子委托于他培养。

宇文泰女儿，名云祥，是李夫人所生，年十六岁，容貌端严，气质不凡，喜欢看古代烈女传，绘图于闺房之中，早晚浏览，宇文泰非常喜欢此女，说："每次看到女儿，心中感到慰藉。"

元宝炬想要娶其为太子妃，降诏求之。

宇文泰按照皇上旨意，送女儿到长安，与太子成婚。

却说高欢在晋阳，很少去邺城，朝中孙腾、司马子如、高岳、高隆之四人，权倾朝野，邺城人称之为"四贵"。然而，论治国理政，他们都缺少经济之才，反而不遵守法纪，贪财纳货。

东魏武定三年（545年），春节过后，高欢与娄妃聊天，谈到高澄在朝辅政，高欢说："现在天下平安，但是，朝中诸贵越来越不像话，有时横行霸道，贪腐无度，我想惩治其腐败，使其收敛，不知澄儿能不能胜任？"

娄妃说："朝中四贵横行，真应该管束一下，但是，澄儿毕竟年轻，若大权独揽，恐怕会骄傲，还需派正人监督为宜。"

高欢觉得娄妃所言有理，他说："再过一段时间，天气渐暖，我带人到冀州、定州去巡查一番，核算河北用户损益，然后到京城，安排澄儿处理此事。"

三月，高欢带着段韶以及随从数百人，开始到河北巡视，因邙山之战用黄旗得胜，出入仪仗卫士，全部建黄旗于马前，号"河阳幡"。

四月，高欢巡视一路南行，到了邯郸之南，只见田野广阔，林木繁盛，心情大悦，在距离邺城约三十里处，发现有村民惊慌失措奔跑，高欢命段韶去问什么情况。

段韶骑马过去，拦住村民问："你们为何如此惊慌奔跑？"

村民说："我们在地里干活，突然发现一只老虎，所以才跑。"

段韶回来向高欢汇报，高欢说："我正想在这里围猎呢，既然有老虎，让人马散开，开始围猎。"

于是，段韶安排人马进行围猎，高欢骑在马上，看到一只兔子奔跑，搭弓射箭，一箭射中，大家欢呼不已。突然，战马一声嘶鸣，似乎受到惊吓。一只猛虎出现了，人们一阵惊慌。

高欢立刻拔箭射之，一箭射中，猛虎受伤暴怒，冲着人群蹿来，高欢急忙连续补了两箭，一箭射中虎目，一箭射中咽喉，老虎终于发不出威了，段韶等人上前，打死了老虎。

高欢觉得今天有如神助，每支箭都能射中，特别射老虎的后两支箭，直接射中要害，非常高兴。

高欢命士兵抬着死虎向村子走来，村民看到高欢射死了老虎，千恩万谢，邀请高欢一行到村里，指着村边一家客栈，说："那里有客栈，请你们到那里休息一下再走。"

店主看到村民领来了贵客，急忙招待。当看到士兵抬着老虎，大为吃惊，说："最近，这只老虎经常来这里，大家害怕极了，没想到被你们打死了，这下可以放心了。"

高欢看到店内太小，请店主将酒桌摆在店外，坐在外面一边欣赏四处风光，一边等候店主上菜。高欢问村民："你们此处土地肥沃，看来是个好地方呀，每年庄稼收成怎么样？"

村民们哀叹一声，说："过去兵荒马乱，哪里能好好种田？如今托朝廷的福，高王将京城迁到邺城，我们这里成了京郊，现在安定下来了，可以好好种田了。"

段韶笑道："你们知道这位是谁吗？"说着一指高欢。

村民说："不知道，但我们看出是贵人。"

段韶道："他就是你们说的高王。"

村民一听，急忙施礼，说："不知王爷驾到，为我们除了害，能在我们村小店一坐，真是万分荣幸呀！"

高欢谦逊道："不必施礼，只要你们过得好就成。"

高欢一行休息后，起身向邺城而去。

村民与店主送走高欢，店主逢人就炫耀，说："高王今天在我店里吃饭，夸我们这里是个好地方。"

人们感念高欢射死老虎，都赞叹不已。

高欢来到邺城，去见皇上。因邙山之战获胜，元善见要给予高欢特殊礼遇，高欢不受。

元善见说："黑獭大败而逃，虎牢收复，都是高王的功劳，为何不受奖赏呢？"

高欢再拜，说："杀贼保国，乃臣之本分，怎么敢称功劳呢？"说毕奏道："京城诸贵贪腐成风，作威作福，臣想惩治一番，此事别人恐怕难以承办。臣以为封高澄为大将军，门下省机务全归中书，刑法和奖赏，都归其管，所司擅行者立斩，让他来处理此事。"

元善见听了，对高欢整顿权贵的想法大加赞赏。因为京城诸贵都是高欢的朋友，皇上心知肚明，不敢处理。如今高欢提出让高澄处理此事，心中大悦，立刻准奏。

高欢召来高澄，说："我奏请皇上授予你大权，知道为什么吗？"

高澄说："孩儿不知，请父王明示！"

高欢说："让你代我行事，不但要勤政爱民，而且要惩治腐败，今后不论是谁，官有多大，凡作威作福、违法乱纪者，贪腐成性者，一律严惩，确保朝堂人尽其责，廉洁奉公。"

高澄说："父王嘱托，孩儿一定谨遵父命。"

高欢又说："还有一件事，需要安排人员落实，这次在邺城北围猎，我不但每箭射中，而且射虎时，都射中要害，犹如有神助，可以在那里建一座佛寺，以示纪念，地址你去问段韶。"

高澄说："很好，我一定安排好，建成后取什么名字好？"

高欢思考片刻，说："叫文殊寺吧。"

高澄说："好。"

高欢在邺城安排妥当，上朝与皇上告别，带领人马回了晋阳。

从此，高澄在朝之权，朝臣中没有能与其对抗的。他知道朝中权贵主要指的是谁，准备先打击他们的气焰。

有一次，孙腾去见他，不肯按照礼仪尊敬他，高澄故意大怒，斥责他下去，让其立于门外，并让刀斧手围住他。

高隆之到高澄府中，正好遇到高洋也在，他看到高隆之后，叫了声"叔叔"。

高澄听了，训斥高洋，说："你叫他什么？简直侮辱祖宗，你现在是什么地位，为何叫他叔叔？"闹得高隆之很尴尬。

当时，司马子如在朝中任尚书令，其儿子娶了桐花夫人之女为妻，声势显赫。一次出外巡视，做主杀了两个县令，只要有冒犯者，以白刃相加，官吏百姓都十分恐惧，有的逃窜，有的藏匿。

司马子如对高澄有救助之恩，高澄不好意思直接指责他，他指使崔暹弹劾司马子如之罪，皇上追究其罪，按律将他投入大狱。

司马子如上有高欢的宠信，下有救过高澄的前情，平时胆大妄为，没人干涉。这次忽然被关押，非常恐惧，以为不能自全，入狱一夜，他请求交代，自己写了书款，说："过去在岐州，追随大王，虽不敢言有何功劳，毕竟忠心为王做事，今获其罪，理应法处，然已知罪，决心痛改前非，望王谅之。"

高澄对司马子如只想惩戒一番，不是真的追究其罪，将其书送给父王，高欢看了，想到过去经历，去信赦免了他，命他外出为刺史。

库狄干是高澄的姨父，从定州来邺城拜见，在门外等候三天，才能见一面。

长乐郡公尉景恃恩专姿，所作所为，多数违法，有司不敢问，崔暹向皇上弹劾了他。

元善见召见高澄，说："崔暹弹劾尉景贪腐之罪，卿看如何处理？"

高澄奏道："尉景虽是臣的姑父，但犯法也应惩处，请皇上定夺。"

元善见听高澄如此说，下旨：立即将尉景逮捕入狱。

论罪，尉景犯的是杀头罪，他觉得是高澄在捣鬼，要对自己动真的，于是使出了看家绝活——痛说家史，他趁提审时，托人带话给高欢，要问一问贺六浑："你在哪里长大的，现在富贵了，就要杀我吗？"

高欢知道尉景已经下狱，他支持惩治权贵，所以没有马上出面，幼年时姐夫、姐姐的养育之恩，怎能忘记。但毕竟尉景的事已经立案，报到了皇上那里，高欢上表三次，乞求赦免其罪，均不准奏。

高欢从晋阳赶到邺城，亲自进宫向皇上求情，说："陛下，尉景之罪，本当重处，可是，当初没有尉景，臣无以至今日，请陛下开恩，赦免尉景死罪。"

元善见因高欢亲自过来求情，自然不能不给面子，于是，赦免尉景死罪。但是，尉景毕竟罪证昭昭，即便死罪得免，活罪难逃，被贬官为骠骑大将军、开府仪同三司。

高欢对他实施"打一打，揉三揉"的策略，带着高澄去他府中看望，以示安慰。高欢到了，尉景躺在床上，怒目大叫道："你父子还有脸来看我？你父子富贵无比，竟然要杀我？"

高欢急忙道歉，说："对不起，朝廷法度不可违。"

常山郡主在一旁说："他已是个老人，还能活多少日子，你怎么能忍心熬煎至此？"又对世子说："你还年轻，不知道当时贫贱受苦的状况，然而，你应该知道，当年我们待你父不薄。"又历数昔年的抚养情节，拉着高欢的手不住地流泪。

高欢看到姐姐如此，也流下泪来，说："我怎么能忘记姐姐、姐夫的恩情？可是，这是国法，不可因私废公，不然，怎么能让天下人信服呢？我星夜赶来，向皇上求情，还不是怕姐夫在狱中受罪，日后我保证姐夫不失其位、富贵如故就是了。"

尉景说："土相扶为墙，人相扶为王，我为高家效力一辈子，老了连一匹中意的马也留不住，还要被勒索去吗？"

高欢问："怎么回事儿？"

尉景说："我得到一匹好马，高澄看了想要，我不给他，他就借题发挥整我。"

高欢闻言，立即命高澄跪下，要下人用棍棒责之。

常山郡主见了，急忙上前救护外甥，不让打。

尉景站在一边，冷语道："这小子被惯得不知尊敬长辈，你何必护着不让打？"

尉景虽然不说软话，但是，心里也知错了，之后有所收敛。

高澄建造了一个新宫，堂宇规模，俨如太极殿。

高欢看了责之说："你年岁不小了，为什么不知道君臣之分？"命其立即改建，告诫说："要求别人守法，自己绝不能犯法。"

高欢在京城，群臣来拜见，高欢看到崔暹，握住他的手，说："过去，朝廷岂无法官，而面对贪官，没有人肯弹劾。卿能尽心为国，不避豪强，遂使政风改变，群公奉法，实乃不易。打仗冲锋陷阵，大有其人，当官为政清廉，敢于直言，在卿身上体现出来了。"赐给崔暹良马，让他骑上相从，且行且语，崔暹下马参拜，马受惊而走，高欢护住崔暹，抓住马的笼头，递给他缰绳。

有一天，元善见设宴于华林园，百官都到了，酒至半酣，元善见对高欢说："卿看朝臣中谁为忠贞者，可赐酒一杯。"

高欢说："御史崔暹为人忠贞，可喝一杯，并请赐绢一百匹，以表彰其为人正直。"

元善见说："好！"立即命赐酒。

崔暹跪下受饮，举朝皆以为荣。

筵席散后，高澄对崔暹说："今天我还羡慕卿，何况他人？"

尚书郎宋游道，为人刚直，不畏权势，高欢见了他，说："多次听到卿的大名，今天才见到卿。"对其进行嘉奖。

高欢要回晋阳，百官送到紫陌宫，设宴饮酒，宋游道也在座。高欢抓住其手，说："我知道朝中大臣，有忌公忠直者，然而，公不要有顾虑，即使世子有过，也要直言。"于是，请奏皇上，升宋游道为御史中丞。

高欢回到晋阳，听到一件事，立刻大怒。

飞仙院郑夫人弟弟仲礼，十八岁，因姐姐被宠，被任用为帐前都督，专管高欢的弓箭，朝夕在身旁。尔朱夫人弟弟文畅，也因姐姐受宠爱，被任用为仪同，常在高欢一侧。还有任祥的儿子任胄，年少英俊，因是功臣的儿子，被任用为丞相司马。三人受到高欢宠爱，骄纵不法，高欢入朝后，三人留在晋阳，擅夺民财，横行无忌。

高欢召来三人，严厉责怪他们，并命他们将掠夺的财务退回。

三人心里有怨气，约了十八个人，密谋杀高欢，他们推举文畅为主，暗中使人送信通西魏，乞求援助，信使出境时，受到边将盘查，边将搜出密信，报与高欢。

高欢看了，大吃一惊，因为郑娥与尔朱夫人，不忍诛杀他们，含怒未发。

三人也知道事情败露，非常担忧。到了年底，任胄对文畅说："如今已到岁末，我们还不行动，将坐而待诛吗？"

文畅说："须早日杀之。"

三人商定，春节过后，正月十五元宵节，高欢到东教场观看打簌戏，到时乘机杀之。

任胄家里客人知道了此事，秘密告诉了高欢。

高欢知道后，把此人藏匿起来，隐而不发。

因为是春节，高澄也在晋阳贺节，到了元宵夜，高欢对高澄说："今天晚上，文畅、仲礼、任胄三人将有不法行为，你派人暗中监视三人行踪，不得有误。"

高欢到东教场，场中灯火万炬，堆设锦帛三架，武士盛装在列，然后轮刀舞剑，驰骋上下，艺高者赐给锦，其次者赐给帛。过去，在洛阳京城有这个习俗，晋阳与京城习俗相同，所以也有此习俗，当时，观看者人山人海，举城狂欢。

到升场时，文畅等三人都在高欢身边，高澄想，他们离父王太近，如果他们动了手，制止迟缓，后果不堪设想。不如提前直接行动，想到这里，高澄来到他们面前，命人带下去，搜查其身，在他们衣服内搜出利刃，三人叩头请死，高欢命囚之，其余十八人全部被拿下，下入大狱。

高欢没有到活动结束就回府了。

娄妃与诸夫人庆赏元宵，宴席未完，高欢突然回府，夫人们都惊疑。一会儿，诸夫人都退了，高欢向娄妃说了此事。

娄妃听了大惊，对高欢说："仲礼、文畅之罪，确实该死，但是，看在他们姐姐的面上，宜放一条生路。"

高欢说："不连坐其罪就是了，怎么还要宽宥其本人呢？"

郑娥听到消息，吓得魂不附体，次日求见高欢，高欢避而不见。她又恳求娄妃，娄妃说："大王法在必行，恐怕不能回改了。"郑娥含泪而退。

一会儿，高欢到了，娄妃问："为什么不见郑夫人？"

高欢说："我怕看了她的容貌，改变了我的主意。"

尔朱夫人闻听此事，也想来求情，后来听说高王没见郑夫人，知道他也会对自己避而不见，忧惶无措，叫来儿子高浟，说："你去见父王，请求他赦免你舅舅，若不能救你舅舅，就不要回来见我。"

高浟天资聪明，很有见识，元象二年（539年）八岁，被授予通直散骑常侍，封为长乐郡公，博士韩毅书法很好，高欢请韩博士教高浟写字，韩毅见他笔体不工整，开玩笑说："五郎的字写成这样，忽然被授予常侍，开国会怎么办！今后应该更用心一些！"

高浟扬起稚嫩的脸，严肃地说："甘罗十二岁任秦国上卿，没听说善于书法，为官应看他才能如何，为什么要看他的字好坏呢？博士您善于书法，为什么不任三公呢？"

韩毅听了，居然一时无语相对，在场的人都啧啧称赞，真是人小见识高呀。

高浟虽有见识，但是，母亲让他去为舅舅说情，却不敢去见父王，便求于世子，世子领着高浟见父王，再拜乞求。

高欢说："你来干什么？回去告诉你母亲，我不能因私废法。"

高浟哭丧着脸说："父王不赦舅舅，母亲不准我回去见面。"

高欢说："那你就在这里吧。"

高澄也求宽宥，高欢不听，即日先将其党十八人全部斩首。

郑娥因弟弟被囚，高欢不赦，痛苦万分，惊悸成疾，高欢听说郑娥病了，又心疼起来，忙去探望，郑娥抓住高欢的手大哭。

高欢安慰说："卿不必忧愁，我总不会让你父无后。"

尔朱夫人见儿子不回来，派人去召唤高浟，高浟不敢回去，高欢带着他一同去见尔朱夫人。

尔朱夫人悲愤之色露于颜面，看到高浟怒道："你不能救你舅舅，有何颜面来见我？"

高浟见母亲发怒，立刻跪在地上，不敢起来。

高欢很不高兴，说："我的儿子，怎么像老鼠一样趴在地上？起来，明日命你为沧州刺史。"

尔朱夫人听了，下座抱住高浟哭道："当初大王答应我，只要随了你，就不杀我弟，如今怎么反悔呢？还要让我的儿子远离我，心怎么那么狠呀！"

高欢听了尔朱夫人的抱怨，事情确实如此，但文畅犯的是谋杀之罪，不可轻饶，再看尔朱夫人悲痛的样子，心中矛盾起来，说："卿不必痛哭，我不杀他，教训他可以吧。"

几日后，高欢将三个人押到德阳堂，命人扒去衣服，每人重责一百杖。然后，文畅送到尔朱夫人那里调养。仲礼送回驸马郑严祖家里。任胄也发回家里，不再重用。

几天以后，高澄要回朝，高欢命他办一件事，说："回朝以后，奏与皇上，近来吐谷浑强盛，宜结为姻亲，免得边境不安。"

高澄回到邺城，将父王所说之事奏与皇上。

元善见准奏，立即派使者与吐谷浑联系，娶吐谷浑之妹为华容夫人。

这一天，高澄上早朝，灯火引路而来，见两个女子站在道旁，令人问话，说要去高阳王府，不知路径。

高澄看了她们的打扮，对手下人说："不知是谁家逃出来的婢女，先把她们送到府中，等我下朝后回去问一问。"

欲知两位女子是什么人，高澄将怎样处理，请看下回章节。

# 第 54 回

◆

## 元玉仪幸运遇高澄　柔然女志高嫁英雄

却说高澄早朝散了，回到府中召来两位女子询问情况，凌晨没看清楚，这时一看，年轻者容貌恍似静仪模样，心中非常惊异，问："你们是谁家女子，怎么凌晨在大街上？"

年轻女子说："我们在孙太傅家，要去高阳王府。"

高澄问："高阳王是你什么人？"

年轻女子说："我的兄长。"

高澄又问："你既是高阳王之妹，认识静仪吗？"

年轻女子说："是我的姐姐。"

高澄问其原因，年轻女子止不住流泪，诉说落难始末，言辞凄婉，娇柔可怜。

原来高阳王元斌的祖父、父亲，都死于河阴惨案，到了迁都邺城之时，最小的妹妹玉仪，年七岁，随母流落途中，其母被人掳去，与婢女在路旁啼哭。

当时孙腾从那里经过，看到两个女子，询问后带回家中，充为侍女。

在孙家十年，年轻女子得知兄长元斌继承了王位，富贵如故，向孙腾说明情况，请求回家。孙腾不信她的话，不允许她去见高阳王，因此时常流泪。

孙腾的妾贾氏了解情况后，同情姑娘，这天深夜，私放她们出府去了。

二人来在街上，不知该往哪里走，正在发愁之时，遇到了高澄。

高澄听是静仪之妹，不胜欣喜，问："你叫什么？"

年轻女子说："我叫玉仪，她是婢女秀娟。"

高澄说："你先在我府中住下，等我向你的兄长说明情况，叫他来认你就是了。"随之安排她们在月堂暂住。

所谓月堂，是在庭院种植了许多桂树，又在树下养了许多白兔，像蟾宫模样，所以名为月堂。内有寝室三间，罗帷幕，象牙床，一应具备，侍女送来香汤，让其沐浴。高澄色心甚重，他想看看玉仪姿色如何，便潜到后窗窥视。

玉仪脱去衣衫沐浴，只见她身材修长，体白如雪，肌肤光滑，似乎比静仪更美，高澄不由得喜出望外。

玉仪沐浴完毕，换上锦衣绣裳，装束一新，容颜酷似静仪，年龄又小，娇柔之态更胜静仪。

高澄对玉仪说："你本是金枝玉叶，可惜流落民间，饱受疾苦，后又在孙府为婢，就如凤凰落架，今天与我相遇，实乃机缘巧合，我能让你改变命运，过上荣华富贵的生活，从此不再受苦。"

玉仪已经知道，面前这位公子，乃大名鼎鼎的高世子，对于高世子的权势与风流韵事她早有耳闻，况且自己昨天还是婢女，今天流落街头，寻兄无助，如今可一步登天，何乐而不为？于是，羞答答地说："妾既然到了这里，一切听从安排好了。"

高澄听了，非常高兴，说："你我相遇相识，真乃天赐之缘，应该珍惜。"

高澄命人摆宴，与玉仪宴饮聊天，高澄说："婢女别叫秀娟了，这个院子叫月堂，让她改叫芊月吧。"

玉仪说："一切听大将军的。"

到了夜晚，高澄安排芊月到侍女房休息，然后抱起玉仪走向绣床。

玉仪并不推辞，只是闭目含羞，满面通红，双臂扒住高澄肩颈，与高澄享受鱼水之欢去了。

第二天，公主听说了，对高澄说："这是孙家的逃婢，路柳墙花，大将军为何却认为是金枝玉叶？"

高澄听了，只是笑，并不搭话，派人去请高阳王元斌。

元斌不知何事，来到高澄府里，高澄让他与王仪相见。

王仪见到元斌，不敢确定，激动地问："你是元斌哥哥？"

元斌满腹疑问，问："你是……"

王仪说："我是玉仪呀！"

元斌简直不敢相信，失散多年的妹妹，突然出现在眼前，兄妹相抱痛哭，然后细说情由，元斌才知道妹妹一直在京城，如今见到妹妹，非常感谢高澄。

高澄说："明天请王爷上朝，奏请皇上，给公主封号。"

第二天，元斌奏请皇上，皇上封其妹妹王仪为琅琊公主。

高澄目的达到，十分高兴，将琅琊公主安排一院，与正室不分尊卑，同为夫人。

崔季舒经常为高澄选美人，但是，每次选来的，高澄都不满意。他去见高澄，高澄笑着对他说："公一向为我选美色，均不如意，还不如我偶然得到的佳丽。"

崔季舒听了，请求一见。

高澄叫来琅琊公主，崔季舒一见，眼前一亮，也是赞不绝口。

崔暹以刚正自居，看到有违礼法之人，都要弹劾。他对叔父崔季舒的行为，非常不满，便弹劾其叔父，对宫官说："我叔叔谄媚大将军，陷大将军于不义，可斩之。"

高澄娶了琅琊公主，礼同正室，有违礼教，恐怕崔暹会参奏，几天来，见到崔暹，故意不以欢颜相待。

一天，崔暹求见高澄，将一块美玉坠于胸前，高澄问："这是什么东西？"

崔暹虽然刚毅，但是，很会审时度势，他说："想将此美玉献给将军新娶公主。"

高澄听了大喜，拉着崔暹，到府内去见琅琊公主。

崔季舒听说此事，对人说："崔暹常说我是佞臣，现在看来他有时比我还佞。"

人们都以之为笑谈。

西魏大统十年（544年），宇文泰向皇上奏道："我国要富国强兵，就需要教化民众，兴农富国，此事需要订立典章制度，请陛下授予苏绰大行台度支尚书，领著作，兼司农卿，由他负责此事。"

元宝炬听了，说："爱卿所奏之事很重要，准奏。"

苏绰上任之后，立即着手改革有关制度，首先草拟了"六条诏书"，具体内容有：

"治心身。"执政者，关键在于"清心"，"心气清和，志意端静"，邪恶想法就不会产生。执政者，要"治身"，"心如清水，形如白玉"，躬行仁义、孝悌、忠信、礼让、廉平、俭约。执政者能端正认识，以身作则，就能得到民众拥护。

"敦教化。"宣扬道德文化教育，移风易俗，培养人民俭朴、慈爱、和睦、敬让的品质。

"尽地利。"劝课农桑，不违农时，发展农业生产。

"擢贤良。"选贤任能，不拘资历和门第，要善于发掘人才，勇于起用人才，让人才在实践中成长起来。而且，精简机构，罢黜冗员。

"恤狱讼。"明断狱案，不能滥施刑罚，而要"随事加刑，轻重皆当"。

"均赋役"。均平赋役，调济贫富，不可舍豪强而征贫弱。

宇文泰看了"六条诏书"，认为很好，下令朝廷百官都要习诵，规定不通六条及计账者不得居官。后又草成《大诰》，痛斥六朝以来的浮华文风，后被作为范文，西魏作文皆仿其体。苏绰晚年奉命据《周礼》改定官制，未成而死。

苏绰为官勤俭朴素，不经营产业，家里没有多余的财产。

由于天下尚未平定，他常把国家大事当作自己分内的职责，并广泛访求贤能英杰之士，共同弘扬治国之道。凡是他所推荐提拔的人才，都逐渐得到了提拔。

苏绰曾说，治国之道，应当像慈父那样爱惜百姓，像严师那样教育百姓。

西魏在这些管理制度下，政通人和，逐渐兴旺发达起来。

却说贺拔胜当初认为高欢有逐君之罪，不肯在其麾下，先投南梁，后到西魏，结果看到宇文泰把持朝政，行为比高欢还霸气，于是心中常闷闷不乐。

邙山之战中他追赶高欢，差点要了高欢的性命，但最后没有得手，这一行为惹怒了高欢，高欢回到晋阳，立刻将他留在东魏的几个儿子，以及全家杀了。

贺拔胜听说后，又悔又恨，忧结成病，于五月去世，享年四十二岁。

元宝炬非常惋惜，对其谥号贞献公。

宇文泰也很难过，对左右说："诸将临阵对敌，神色都会恐惧，唯有贺拔公临阵，面不改色，真乃大勇之人啊！现在突然去世，失去一良将也。"

当时，柔然与东魏通好，几次侵略西魏，宇文泰十分忧愁，想方设法阻止柔然的侵扰。

宇文深说："柔然贪心甚大，可以用利益使其动心，听说柔然可汗有三个女儿，长女入我朝为后，次女也已婚配，唯有三女儿叫胜明公主，年十八岁，才貌双全，是国王的最爱，尚未许人，如果用厚礼金帛求婚于明公长子，若果成功，则会一心依附我们，比十万雄师还有用。"

宇文泰认为有理，令侍中杨荐出使柔然，并带去许多求婚礼物。

柔然可汗贪其金帛，热情款待，杨荐称赞宇文泰公子如何优秀，想向公主求婚，可汗大喜，计划允许其求婚。偏巧东魏使者也来柔然，可汗拒之不见，东魏使者向大臣问明原因，回报高欢。

高欢召集众将商议，说："柔然如此反复无常，原来与我朝和亲，怎么见钱眼开，又要结好宇文泰，怎样才能与其永结同心？"

陈元康说："宇文泰送厚礼，以求婚让其高兴，不如我们也以世子求婚，足以夺其计。"

高欢听了，觉得可行，派行台郎中杜弼出使柔然，请以世子结秦晋之好，又贿赂柔然可汗的左右，左右劝可汗将公主许给东魏。

柔然可汗拿不定主意，回到宫中，私下问公主："现在东、西两魏都来求婚，你愿去哪里？"

公主说："女儿的志向是非天下英雄不嫁。宇文泰公子不足道也，高王世子虽有名气，但远不如其父，都不足以与女儿匹配，当世英雄只有高王一人而已。"

可汗知道了女儿的思想，对杜弼说："我女儿当嫁天下英雄，高世子不足以当之，如果高王自己娶之则可。"

杜弼听了，说："此事关系重大，需回晋阳复命，请高王决定后，再来聘娶。"

可汗同意，请杜弼进去见公主一面。

杜弼来到公主宫中，见玉阶宝殿，锦幔银屏，一女子坐在床上，头戴飞凤金冠，身披紫霞绣袍，面如满月，两旁宫女成行，都佩剑而立。

杜弼施礼拜后出来，辞别国王回晋阳见了高欢，将柔然公主的意思报给高欢。

高欢听了认为不可，自己年龄大了，再娶一个公主，娄妃如何安排？于是，召集群臣商议，群臣劝高欢答应，说："如果能赢得柔然友好，消灭黑獭不难，如果让其与西魏结好，二寇来侵，恐不能顾及。"

高欢说："娶公主非纳妾，娄妃乃我贫贱时的结发之妻，今若另娶，把娄妃放在什么地位？"

娄昭说："我姐姐素来胸怀大计，若为了国事而委屈，应当不会拒绝，大王若不放心，为何不召来内主商议？"

高欢请娄妃到德阳堂，共同商议此事。

娄妃听了，说："妾虽深居府中，也知柔然兵力强大，为我朝之患，与东结盟则东胜，与西结盟则西胜。此中情之向背，关系到国家安危。现在，他想以女儿嫁给大王，永结邻好，是朝之大幸也。怎么能以妾之故而拒绝？况且妾求一国之安，为何不同意呢？请大王不要犹豫，妾退居别室，让她住在正室就是了。"

群臣听了，点头称赞，觉得娄妃识大体，真乃女中少有之贤良者也。

高欢听了娄妃的话，感激不尽，说："夫人能如此，我还忧虑什么？"命杜弼为正使，慕容俨为副使，带了礼品，去柔然求婚。

柔然可汗受礼后，选择吉日良辰启程，派其弟秃突佳率领三千骑兵护送。嘱咐其弟说："不见外甥，你不要回来。"又陪送珍珠十斛，良马二千匹，骆驼二百头，车八十乘，舞女五十名。

胜明公主拜别父王时，说："女儿此去，回国无期，想留下一物为信，女儿有神箭两支，藏在宫中，准备出嫁时，留下一支，奉于父母，乞借殿前老柏以留此箭。"

可汗同意了。侍女呈上箭，胜明公主左手把弓，右手执箭，弓弦响处，正中柏树上，左右无不喝彩。公主跪下说："父王看到箭，如见女儿。"

可汗说："儿去勿忧，我自此以后，一心助高王成功。"

胜明公主再拜而别。

东魏武定四年（546年）八月，高欢迎接胜明公主于下馆城，送亲队伍将到了，派遣使者报之。

秃突佳对胜明公主说："下馆城是与东魏交界之地，高王亲自来迎接，仪仗将到，公主应该换东魏服饰，然后与之相见。"

高欢盛装来到，秃突佳接见，一同入帐与胜明公主相见。

胜明公主拜之，高欢回拜，礼毕同坐。胜明公主斟酒相敬。高欢也送筵宴来，摆下同饮。胜明公主自饮其本族酒。

宴罢，高欢出来。

高欢临来之时，到东府对尔朱夫人说："我为国家计，娶柔然公主，听说此女颇有些勇略，娄妃不便相见，想麻烦卿去迎接，届时若需要夫人展示武艺，夫人可一展风采，让她知道，我宫中并非没有人才。"

尔朱夫人听了，欣然从命，走到木井城，知道高欢已经见过，离番营不远，便骑上骏马，腰悬弓箭，带领女兵百人，戎装来迎，直到番营，与胜明公主相见，相互致礼后，先出来了。

高欢率领的军士，与送亲的番兵一同行进。胜明公主坐在马上，看到一群大雁飞过，弯弓射之，雁随箭落，军士看了，欢声震天。

尔朱夫人听说了，知道公主射雁，笑着说："番女也有这等技能？"正行间，也看到一群大雁飞来，随手取出弓箭射之，一发而中，军士也齐声呼喊喝彩。

高欢高兴地说："我有如此二女将，足可以克敌了。"

娄妃知道柔然公主将到，退居凤仪堂，乃宫中僻静处。对诸夫人说："数月之内，我不与诸位相见，你等要善事新主。"

桐花不服，说："我伺候娘娘，不伺候他人，愿一同退处。"

娄妃同意了。

高欢等到了晋阳，请胜明公主入宫，月拜花烛后，深感娄妃之贤，抽空到凤仪堂长跪谢之。

娄妃说："妾为社稷之故，不是为了番女而委屈，大王不要再这样了。"

高欢既然娶了柔然公主，常宿其宫，诸夫人处一概不去。一日，高洋回来省亲，见柔然公主居住正室，其母反而住别苑，心中不快。向父王请示道："母亲委屈自己，甘愿退避，不如让儿奉母入京，稍尽膝下之欢。"

高欢说："你母退避，事出权宜，我自有计，不会让她总是屈居人下，你不必关注此事。"

柔然公主虽然貌美，但是，性格急躁，行事严谨，在宫中总是行柔然礼数。

高欢要取得她的欢心，对她独厚，无形中疏远了诸夫人。原来受宠的夫人，心里不乐意，另外，三王秃突佳早晚入宫请见，高欢颇为厌恶。

有一天，高欢陪胜明公主同游南宫，设宴在香亭上，小饮盘桓，高欢问："这个宫苑如何？"

胜明公主说："山色如画，亭台幽雅，真如小洞天呀！"

高欢说："卿言即是，我们宫中不如这里，我与卿移居这里，卿感觉如何？"

胜明公主说："大王喜欢这里，妾也爱这里。"

高欢召来秃突佳，说："北府宫廷深远，人数众多，公主居住其内，不能与王叔亲近。刚才游览这里，公主喜欢，如果居住到这里，王叔出入也方便，况且王叔在此独居，没有配偶，生活无趣，王叔若住在左院中，娶个美妇，与王叔做伴如何？"

秃突佳一听，高兴地说："公主居住在这里最好，省得每天请见走那么远。"

高欢见二人同意了，当天夜里，留在南宫就寝。

第二天，高欢命人将北府所有物品，全部搬来。

又过了几日，高欢到凤仪堂迎接娄妃回宫，诸夫人又时时过去，心中不再挂念此事。

初夏时节，高欢在飞仙院宴饮，深夜准备入寝，偶感风寒，次日就病了，急忙召医官调治。娄妃亲自奉送汤药，半月之间，并不见好转。

胜明公主许多天不见高欢，以为他将自己抛弃了，有人告诉她大王病了。胜明公主依然怀疑，心中怀有怨气。

高欢听说公主不满，乘步辇遮幔，抱病而来。

公主将其迎入，看到高欢果然有病，才解开疑心。又过了几天，高欢才逐渐痊愈。

再说宇文泰，眼看柔然与东魏通好，日夜忧虑柔然来侵袭，他召来苏绰商议此事。他对苏绰的信任与依赖超过所有的人，经常推心置腹，委以重任，彼此之间没有猜忌。有时宇文泰外出巡游，便把预先签字的空白纸交给苏绰，如果有急需处理的政事，苏绰可根据情况决断，宇文泰回来时，也只是打开看一下。

苏绰说："柔然不讲信义，很难收服其心，为今之计，应先选择良将把守城池，以防侵袭。"

宇文泰说："尚书所言有理，容我考虑后再定。"

玉璧城地连东界，为关西屏障，命王思政把守，多集结兵力，后来，又想让王思政到荆州为刺史。苦于无人代替，召来王思政，问："公往荆州，谁可代守玉璧？"

王思政说："诸位臣中，只有晋州刺史韦孝宽，智勇兼备，忠心为国，使其守之，必为国家汤城之固，其他人都比不了他。"

宇文泰说"我也知道此人贤能，公今保举，定不负众望也。"

因此，王思政去了荆州，调韦孝宽守玉璧。

苏绰每次与公卿讨论政事，总是从白天直到深夜，无论大事小事，他都十分清楚。因思劳过度，苏绰患上了气疾，医治无效，于西魏大统十二年（546年）在任内去世，享年四十九岁。

欲知苏绰去世，宇文泰如何处理，请看下回章节。

# 第 55 回

## 功未成高欢魂归天　叛东魏侯景投南梁

话说宇文泰听到苏绰去世，恸哭不止，极感哀痛、惋惜，办理苏绰丧事，宇文泰说："苏尚书一生简朴，我们要尊重其品德，从简安葬。"

苏绰灵柩归葬于武功县（今陕西咸阳市杨凌区西南），用一辆白色布质的车子装载棺椁，宇文泰与公卿们步行送到同州城门外，亲自在灵车后以酒浇地，说："苏尚书平生行事，妻子、孩子、兄弟们有不知道的，我都知道。只有你懂得我的心，我了解你的心。正准备共同平定天下，不幸竟舍我而去，怎能不让我心痛！"说到此处，宇文泰放声痛哭，酒杯也从手里掉下去。

安葬当天，宇文泰又派使者以牛、羊、猪三牲祭奠，并亲自撰写悼文。

韦孝宽到玉璧上任后，广积粮草，训练兵勇，完全按照王思政的方法防守。

高欢听说玉璧换了守将，对诸将说："过去，不去攻玉璧，因王思政善于防守，现在换人了，我取之如摧枯拉朽一般。"

段韶说："大王欲西征，不如直捣关中，攻其不备，没必要攻一座城池。"

高欢说："不对，宇文泰以玉璧为重镇，我往攻之，西师必出，然后击之，能不胜吗？"

诸将都说："如此很好。"

高欢召来高洋守晋阳，大发各郡兵马，亲自率领诸将，往关西出发。

东魏武定四年（546年）十月，高欢率兵到玉璧城，旌旗蔽野，鼓声震天，城中百姓人心惶惶。

韦孝宽并不慌乱，立即部署守城，有人建议向朝廷求救。韦孝宽说："朝廷命我守此地，是因我能抵御敌人，现在有城可守，有兵可战，敌人来了，应当用计破之。有事就向朝廷求援，不是让朝廷担忧吗？诸君只要遵守我的命令，以静制动，不久，贼兵就自动退去了，有什么可怕的？"于是，下令坚守，不出一兵。

高欢停军玉璧城外，屡次挑战，城内并不动静。于是，命四面攻城，昼夜不停，韦孝宽指挥守城，高欢连续攻城数日，没有成功。

此时城中缺水，韦孝宽派军士到汾水取水。

高欢知道了，立刻命令将士断绝其水路。

韦孝宽看到去汾水不行，命军士在城内掘井取水。

高欢又命在城南堆筑土山，欲居高临下攻城。

韦孝宽见了，命人搭木加高城楼，令其始终高于土山，并准备了足够的战具用来抵御攻城，使东魏军不能得逞。

高欢命斛律金带领军士攻城，并对城中喊："你们架楼到天上，城破也会抓到你们。"

高欢看到攻城不利，于是改变战术，命斛律金、段韶等率军士集中兵力从西北攻城，昼夜不息，而秘密在城东南挖掘十条地道，想通过地道进城。

韦孝宽看到东魏军从西北攻城，对左右说："西北地形天险，非人力所能攻，不过是虚张声势，应该加强东南方的防守。"他料到高欢会挖地道进攻，命军士在城内挖长沟，派精兵驻守，待东魏军挖到深沟通了，韦孝宽早已在沟边堆积木柴，备好火种，将木柴塞进地道，投火燃烧，并借助牛皮囊鼓风，烈火浓烟，吹入地道，地道中的东魏士卒被呛得透不过气来，有的被烧得焦头烂额。

高欢看了大怒，下令将士制造冲车攻城，车之所及，声如霹雳，城墙砖石碎落如雨，眼看有摧毁的危险，守城将士看了都很恐惧。

韦孝宽急忙用布匹做成帐幔，随其所向张开，东魏军士用冲车撞城墙时，韦孝宽将帐幔张开悬空，冲车撞到帐幔上，减去了力量，城墙不再被撞坏。

高欢命军士把干燥的松枝、麻秆绑到长杆上，灌以膏油燃火，焚烧帐幔，企图连玉璧城楼一起焚毁。韦孝宽命人在长杆上绑一把锐利的钩刀，等火杆攻击时，士兵举起钩刀割之，把正点燃的松枝、麻秆全部割掉。

高欢又命东魏军转变地道的用途，在城四周挖宽地道二十多条，中间用木柱支撑，然后以油灌柱，放火烧断木柱，使城墙崩塌。韦孝宽看到城墙崩塌，立即在城墙崩塌处用栅栏堵住，使东魏军无法攻入城内。

城外不断更新攻城之术，城内不断变换守城之法，高欢用尽攻城之术，皆被韦孝宽所破，始终攻不进去。

高欢派仓曹参军祖珽对韦孝宽说："君独守孤城，这么长时间了，西魏并无救援，恐不能自保，杀身无益，何不早降？"

韦孝宽说："我城池坚固，兵粮有余，攻者自劳，守者自逸，岂有旬日之间就需救援？我反而替你们不撤兵感到危险，孝宽乃关西男子，必不作投降将军。"

祖珽又对城中人说："韦孝宽受到荣禄，军民们为什么随他赴汤蹈火呢？"

高欢命人向城里射入劝降信，写道："能斩城主归降者，拜太尉、封开国公、赏帛万匹。"

有人拾到信送给韦孝宽，韦孝宽看了，在背面写上"能斩高欢者，准此。"反而射回东魏军营。

高欢攻城不克，派人劝降也没有成功，来时已是初冬，攻城五十多天了，士卒死亡约万人，高欢心情焦躁不安，感到攻城无功，精疲力竭，心力交瘁，心中着急，这一天又受到风寒，浑身发烧，毫无气力，躺下起不来了。

这天夜里，有一颗巨大的流星，从空中降落，坠入东魏军营不见了，东魏军将士见到的，都十分惊惧。

段韶来看望高欢，说："现在已是冬季，大王身染疾病，不如暂时退兵，等大王身体康复，时机成熟再来攻城。"

高欢知道段韶说的有理，说："你通知各部，今日停止攻城，休息两日，十一月初一，解除包围，全体撤军。"

当初，西魏朝廷听说玉璧被围攻时，诸将都说应出兵援助。宇文泰说："有韦孝宽在，必能御敌，不必去救援。况且高欢率兵来攻打玉璧，料定我们要出兵，想趁机突袭我军，侥幸一胜。这种主意孝宽一定料到了。所以被围以来，不派一人来朝廷求援，正是要守孤城而挫其锐气。"于是，宇文泰不发一兵。

韦孝宽看到高欢撤兵，立即向朝廷报捷。

宇文泰收到捷报，高兴地说："王思政识人很准呀！"奏请皇上加封韦孝宽为骠骑大将军，开府仪同三司，其余守城将士，均有不同程度的晋级和嘉奖。

高欢回军路上，越想越郁闷，急火攻心，高烧引起旧病复发，躺在车帐内，不见众人。

此时，军中传出谣言，说："高王在攻城时，被韦孝宽用箭射中了，因病重在车内已经去世。"一时传遍军中，军士心中都很慌乱。

段韶、彭乐等听到军中此言，急忙报与高欢，说："军中谣言造成军心不稳，如何是好？"

高欢知道了，说："此事不难，立即通告全军，停军一日，召大小将士来见。"

众将来到大帐，高欢抖擞精神，接见大小将士。

将士见了高欢，精神振奋，又召集诸贵到帐内开宴乐饮。酒酣之际，高欢高声说："斛律金，你来带头，我们高唱你们敕勒人的敕勒歌！"

于是，在大帐前，敕勒歌响彻山谷：

敕勒川，阴山下，天似穹庐，笼罩四野。天苍苍，野茫茫，风吹草低见牛羊。

在斛律金的带动下，加入合唱的人越来越多。

高欢也随着唱起来，众将看到高欢带病坚持歌唱，无不感到心疼，有的不觉流下泪来。

左右将士见了，也被感染了，忍不住泪流满面。

高欢对斛律金、彭乐等说："现在，我的病有点重，我想召来世子，代理总军事，而邺城朝中又缺少人主持，我曾与段韶谈论兵法，此子有一些特殊才略，朝中之事，委托段韶，你们看如何？"

斛律金说："知臣莫若大王，段韶之才足当此任，请大王不必再犹豫。"

高欢命段韶飞奔晋阳，带上高洋到邺城入朝辅政，换来高澄，速到军中。

高洋与段韶来到邺城，向高澄传达了父王的召唤，他立即将朝中之事托付给二人，告别皇上而去。刚出府门，一只异鸟飞来，后面跟着无数小鸟，向高澄哀鸣。

高澄拔箭射之，鸟坠于马前，看其形状，特别奇异。众人都不认识是什么鸟，说："这是妖鸟也。"因厌恶它就抛弃了。

高澄星夜赶路，不几日与大军相遇，高澄进营，拜见父王。

高欢有气无力地说："孩子，你来了。"

高澄看到父王病重如此，不觉掉下泪来，说："是。"

高欢又问："你来皇上知道吗？"

高澄说："皇上知道孩儿回晋阳，不知道父王有病。"

高欢说："叫你来是让你主持军事，速回晋阳。"

大军回到晋阳，高欢进入府中，娄妃与诸夫人见了，没想到高欢病得如此严重，无不忧心不已。

娄妃对高欢情谊最深，满眼含泪劝高欢要静养，诸事托高澄处理。

却说司徒侯景，怀朔镇人，羯族，身材矮小，上身长下身短，宽额头高颧骨，脸色暗红，没有胡须，眼神喜欢在地面上左顾右盼，声音喑哑嘶裂，善于相面之人说此声乃豺狼之声，所以能吃人，但也会被人所吃。此人胸多计谋，智略过人，东魏诸将如：高敖曹、彭乐等，都勇冠三军，侯景却轻视他们，说："这些人属于走狗，能有什么作为？"又常言："愿借精兵三万，横扫天下。"

高欢重用侯景，对他像亲兄弟一样，根据其才略，使其率兵十万，专门治理河南。

侯景敬重高欢，但轻视高澄，曾对司马子如说："有高王在，我不敢有二心，如果有一天，高王不在了，我不能与鲜卑小儿共事也。"

司马子如急忙堵住其口，说："不要乱说。"

侯景的话传到高澄耳畔，他心中不免怀恨。

高澄看到父亲病重，一旦父亲归天，侯景作乱，如何是好？于是，他私下诈作高欢的书信，召其前来。

侯景收到书信，翻看一下背面，立刻知道不是高欢来信，没有去晋阳。不久，从晋阳传来消息，高欢病了。侯景坚守自己的地盘，以观天下大事。原来侯景与高欢之间有个约定，他曾对高欢说："现在大王让我掌兵权，距离大王很远，防备有人伪诈，今后凡赐给我的书信，背后请加微点，以便分出真伪。"

高澄不知道此事，此信反而弄巧成拙。侯景没有来，他也没有办法。

有一天，高欢问高澄："我有病，你心中忧愁是情理之中，但是，我看你脸上还有别的忧愁，为什么？"

高澄没有回答。

高欢又问："是不是担心侯景会反？"

高澄点头说："是的。"

高欢说："侯景与我是布衣之交，屡立大功，因其才能出众，故命他专制河南。十四年了，常有飞扬跋扈之志，只有我能蓄养他，将来你驾驭不了他。现在四方未定，我死之后，不要急着发哀，要等人心稍安，再发也不晚。库狄干鲜卑老公、斛律金敕勒老公，秉性耿直，会始终不负你。可朱浑元、刘丰生远来投我，必无异心。潘乐是学道之人，性格和厚，你兄弟应该得到他的助力。韩轨为人憨厚，可宽待之。彭乐虽勇，但心腹难得，宜防护之。将来若侯景作乱，能够抵挡者，只有慕容绍宗。我没有给他显耀职务，是留给你的。日后若侯景有变，可重用慕容绍宗，命绍宗去征讨他，一定能平定。"稍停了一会儿，又说："段韶忠良仁厚，智勇双全，亲戚之中，唯有他能与你共商军旅大事，我恐怕临危之际，不能详细嘱咐，所以，先对你说这些。"

高澄听了泪流满面，跪下说："父王该安心养病，不必如此交待后事。"

高欢轻轻摆一下手，继续说："邙山之战，我不听陈元康之言，留下祸患给你，死不瞑目，可是，后悔已经来不及了。"

第二天，胜明公主来北府探病。

娄妃恐怕高欢不安，出外接见，平叙姐妹之礼，携手而入，当时，尔朱夫人、郑夫人也在高欢身边，一一相见。

胜明公主看到高欢如此病重，不觉流下泪来。

高欢说："咱们的缘分已经尽了，我死后，夫人可以回柔然。"

胜明公主说："妾身既然归大王，终不能回去。如果大王去世，我当终守在此，怎么能回去呢？"

高欢听了，对着她流下泪来。

东魏武定五年（547年）正月初一，百官入贺。高欢带病到御前殿，大会文武，忽然，日色惨淡无光，问："这是什么原因？"

左右说："此乃日食也。"

高欢临轩仰望，日食如钩，天色昏暗，想下台阶，已不能了，叹息道："难道这日食是为了我吗？死了有什么可恨的！"说完回宫，病势越来越重。

到了初五，高欢召集娄妃、诸夫人、世子兄弟等到床前，交代后事，向朝廷修遗表：臣不能灭贼，收服关西，上负国恩为罪。又嘱咐娄妃，说："夫人当年屈身嫁我，助我成就如此事业，如今不能陪夫人享受今后的生活了，夫人当自爱之。诸夫人有子女者，异日各归子女就养。无子女者，随夫人在宫中终身，夫人当善待之，别辜负我的相托。"说完两眼一闭，不久断气，时年五十二岁。

娄妃与宫中眷属无不伤心痛哭，唯有岳夫人不哭，悄步回宫了。

高澄遵父王遗命，秘不发丧，告诫宫人，不准外泄。到了夜里，忽报岳夫人在宫中自缢了。

娄妃带诸夫人共往观看，已经珠沉玉碎，莫不伤感，只好以礼殓之。

且说侯景预料高王病情严重，恐怕难以恢复，又想到与高澄有隔阂，心中也是不安。于是，他派人与宇文泰联系，想将河南之地叛归西魏。

颍州刺史司马世云与侯景相交很好，知道侯景要叛变，依附侯景一起叛变。还有襄州刺史高元成、广州刺史暴显、冀州刺史李密，都被侯景诱骗过去，并将其抓起来吞并其地。接着，侯景又派军士二百人，潜入兖州，想袭击其城。

兖州刺史邢子才发觉后，将二百人逮住，全部杀之。并向东方各州发文，要严加防备侯景。同时，将侯景叛逆的信息报与朝廷和晋阳。

高澄闻报大惊，急忙召集群臣商议，派司徒韩轨率兵讨伐侯景，诸将都受他节制。

高澄虽然派兵讨伐，心中依然不安。让高洋守邺城，召段韶到晋阳，对段韶说："侯景外叛，我怕其他地方也有变化，想去巡视安抚，然后再入朝，请卿留守晋阳，我才放心。"

段韶再拜而受。

高澄又命陈元康代作高王教令几十条，遍布内外。临行握住段韶的手，眼里含着热泪，说："亲戚之中，唯有卿可以受心腹之托，现在，我把母亲和弟弟的安全相托，请公尽心竭力守好晋阳，切勿出事。"说着哽咽良久，不能再语。

段韶也流下了眼泪，说："昔日高王待我恩重如山，如今殿下又如此信任，臣敢不肝脑涂地，守好晋阳。"

侯景私通西魏，却没有看到西魏发兵。听说韩轨引兵来讨，考虑寡不敌众，又派行台郎中丁和与梁朝联系，准备举函谷关以东，瑕丘以西，豫广等十三州投靠南梁。

梁武帝萧衍听了大喜，欣然接收。授予侯景为大将军、河南王、都督河南诸军事、大行台承制。派司州刺史羊鸦仁、兖州刺史桓和等领兵三万，前往悬瓠，运粮接应。

韩轨大军到了，军锋甚锐。侯景知道军力不敌，躲避在城里坚守不出，却说："一个喜欢吃猪肠子的，有什么能耐？"

梁朝军队不能及时到来，韩轨将侯景围困起来。侯景恐惧，又将东荆州、北兖州、鲁阳、长社四城，送给西魏，以求援助。

宇文泰要发兵援助，仆射于谨说："侯景为人奸诈难测，不如只给他爵位，以观其变，不可发兵。"

左丞王悦也说："侯景本是高欢的死党，既有乡党之情，又有君臣之谊，终不是人下之人。如今背叛高氏，证明是反复无常的小人，怎么肯对我朝讲诚信呢？现在是形势所迫，向我们求救，若将来又背叛我们，该如何是好？"

王思政却说："我们想图河南很久了，若不趁势图之，后悔来不及了，愿以荆州步骑一万，从鲁阳向阳翟进发，名为援救，可以得志。"

宇文泰同意了，奏请皇上封侯景为大将军兼尚书令，命太尉李弼、仪同赵贵领兵一万，前往颖川。

侯景又怕给了西魏地盘，梁主责备，使人送书给梁武帝萧衍，说："梁军至今未到，生死存亡之际，只好向关中求援，解目前之危。臣既不想安于高氏，岂能见容于黑獭？但强敌围城，事不得已，请不要怪臣。今以四州之地，献给关中，已令宇文泰遣人入守。自豫州以东，齐海以西，现有之地尽归圣朝。悬瓠、项城、徐州、南兖四城，愿陛下速救境上，各置重兵，与臣相应，不使差误，臣冒死告诉陛下。"

梁武帝萧衍看了奏表，并不怪罪，而是下诏慰问，将侯景所献之地全部纳之。

且说韩轨围困颖川，昼夜攻打不下，听说西魏援兵将到，对众将说："西师之来，必然是精锐之师。我军人马疲劳，不可与战，不如班师回朝，再图后举。"于是，解围回邺城而去。

六月，高澄在晋阳为其父王发丧，布告内外。

元善见召集文武到东堂，举哀三日。赐以特殊礼仪，谥号献武王，封其妻子娄妃为渤海王太妃，命高洋暂摄军国之政，因元辅去世，停兵不发。

侯景见东魏军已退，李弼、赵贵兵到，扎营城外。侯景又起了反西魏之心，在城中设宴，想邀请二人进城赴宴而拘留，以夺其军。

欲知侯景请李弼、赵贵赴宴，二位赴宴与否，请看下回章节。

◆

# 第 56 回

# 启绍宗大败侯景　取颍川名将陨落

话说侯景请李弼、赵贵赴宴，二人知道侯景狡诈，心存疑虑，不敢轻易进城，二人商量该怎么办？

赵贵说："侯景本是高欢重用之人，如今高欢去世就突然背叛，如此不忠不义之徒，怎可轻信，不如诱其来营，然后杀之。"

李弼说："河南尚未夺取，杀了侯景是为东魏除去一个祸害，况且梁兵已到汝州，留在这里必有一战，徒伤士卒，于大计无益，不如回去较为稳妥。"

赵贵觉得有理，二人领兵回了长安。

侯景看到李弼、赵贵退去，又向宇文泰请兵。

宇文泰再次派都督韦法保、贺兰愿德率兵助之，并召侯景入朝。

侯景希望韦法保、贺兰愿德为己所用，对二人盛情厚待，往来之间，侍从很少。

长史裴宽对韦法保说："侯景狡诈，一定不肯应召入关，他要设宴招待，切记不可深信。我们若宴请他来，伏兵斩之，也是一世之功。若不这样，也应时刻防备，不可轻信他，被其诓骗，将来后悔。"

韦法保认为裴宽说的很对，但不敢谋杀侯景，只是自己防备而已。

王思政知道侯景狡诈，密召韦法保、贺兰愿德等回去，分布诸军占据侯景七州十二镇。

侯景看到西魏如此，决意归南梁，他给宇文泰写了一封书信，说："我耻与高澄为伍，安肯与黑獭比肩？"

宇文泰看了侯景的书信，大怒，立刻把授予侯景的官爵全部收回。

侯景与宇文泰闹翻，全心转投南梁，派人将降书送给梁武帝萧衍。

占领中原，一直是萧衍挥之不去的情结，正在此时，侯景的降表送抵建康（今南京市）。萧衍看了大喜，自陈庆之死后，南朝一直缺乏良将，所以，萧衍想接纳侯景。

在群臣廷议时，尚书仆射谢举奏道："陛下，侯景乃高欢之旧友，高欢去世，他就反叛，如今兵败，走投无路来投我朝，可见此人反复无常，若收留侯景，必招来战事，望陛下三思。"

众大臣认为谢举说的有理。

萧衍听了犹豫不决。

这时，宠臣朱异道："收复中原，乃陛下心愿，时机不熟，不可强为。今侯景据河南十余州，分魏土之半，望归我朝，乃上苍赐之，岂有不收之理？今若拒而不收，恐绝后来之望，愿陛下不必犹豫！"

萧衍听了，决心摒弃廷议，说："卿言有理，接收侯景，则可得中原半土，机会难得，岂可放弃！"于是下诏：以侯景为大将军，封河南王、大行台，都督河南诸军事。派贞阳侯萧渊明与司州刺史羊鸦仁等率军接应侯景。

萧渊明领兵接应侯景，到了韩城，准备先攻取彭城，于距离彭城十八里处，建筑土堰，截断泗水，准备水淹彭城。

彭城守将王则据守城池，牢固设防。

高澄写信劝侯景回去，告诉他他家无恙，若肯回来，当以豫州刺史终其身，并让他与妻子、儿子相聚，对其所率文武，概不追究。

侯景收到信后，并不相信高澄，命王伟回书，写道："我今率领大军北讨，将士如虎豹奋勇，克复中原指日可待，何劳你的恩赐。昔汉末王陵母亲被楚王抓了，其母为了促使儿子归顺汉王，依然伏剑自刎。今我妻子在彼处，何必介意？如果诛之对君有益，我欲制止不能；君杀之对我无损，岂不是徒劳杀戮。我妻杀与不杀在君，关我什么事儿？"

高澄看了回书，勃然大怒，发誓必杀此贼。

高澄看到侯景铁了心叛逆，派潘乐领兵先去救援彭城，然后讨伐侯景。

陈元康说："潘乐不善机变，不如慕容绍宗善于用兵，先王曾有遗命，大将军只要推心置腹重用此人，他一定能尽忠效命，对侯景有什么可忧呢？"

高澄也想起其父王的嘱咐，当时，慕容绍宗在外地，高澄说："慕容绍宗非等闲之人，若下书召之，恐非适宜，需要派一个有名望之人去请，方才为好。"

陈元康说："绍宗知道臣特蒙顾爱，最近派人来要饷金，臣想按照他的意思付给，我可以前去，定能请绍宗赴任。"

高澄乃命陈元康去请慕容绍宗。

慕容绍宗果然与陈元康一起来了。

高澄亲自出迎，讲明了当前局势，请他出任东南大行台，高岳、潘乐为副将，率兵先解彭城之围，然后讨伐侯景。

慕容绍宗毫不推辞，与高岳、潘乐点齐人马奔赴前线。

侯景听说慕容绍宗带兵前来，立刻面有惧色，在马上拍着马鞍，说："谁出的主意，让鲜卑小儿派绍宗来？若是这样，说明高欢一定还没有死。"

冬十一月末，慕容绍宗率兵十万，占据橐驼岘，梁侍中羊侃劝萧渊明说："魏兵远来，须乘其未定而击之。"

萧渊明不听，第二天，羊侃又劝其出战，依然不听。萧渊明不是将才，性格怯懦，因为是萧衍的侄儿，任为上将，进攻打仗非其长处。

羊侃看到萧渊明不听其言，自领所部屯于堰上。

慕容绍宗领兵到了城下，率步骑万人进攻梁将郭凤的军营，郭凤一面命弓箭手射箭防守，一面命人向萧渊明告急。此时，萧渊明竟然喝醉了，不能起床，众人都袖手旁观。

偏将胡贵松对赵伯超说："我等来这里干什么？难道就这

样袖手旁观吗？"

赵伯超手下也有几千人，他对其下属说："敌人强盛，与之交战必败，不如自己坚守。"于是，不发一兵。

慕容绍宗对高岳、潘乐说："明日与梁军交战，南兵自来骁勇彪悍，若想取胜，必须智取。此地有座山叫韩山，你们各带三千兵埋伏到山路两侧，我上前与敌交战，然后佯装败退，让吴儿来追，等其兵过，你们带兵在其背后袭击之，我回军拼杀，其必大败。"

侯景对东魏军非常了解，他曾告诫梁军将官，说："与东魏军交战时，若胜了，追赶不要超过二里。"

次日，慕容绍宗带兵挑战，萧渊明手下战将请求出战，两军对垒，慕容绍宗亲自出战，梁军偏将胡贵松出战，两人大战十几个回合，慕容绍宗故意卖个破绽，败下阵来，手下士兵跟着败退。

胡贵松看到取胜，哪还记得侯景的警告，跃马乘胜追击，萧渊明没想到东魏军如此不堪一击，指挥大军追杀，追到韩山深处，高岳、潘乐的伏兵从两边杀出，慕容绍宗回军拼杀，喊杀声震天，梁军被围，一时军心大乱，四处逃窜。萧渊明、胡贵松、赵伯超等，全被东魏所掳，逃走士卒数万人。

郭凤听说萧渊明大败，急忙退守潼州。

慕容绍宗率大军向潼州进发，郭凤闻讯，知道不敌，弃城而去。

捷报到邺城，举朝相贺，高澄命军司杜弼作檄文，送给南梁。

当时，梁朝士大夫见到檄文，莫不悚然，以收纳侯景为非，而萧衍依然不醒悟。

侯景带兵围攻谯城，谯城守将严密防守，一时难以攻下。侯景求胜心切，进攻谯城东南的一个小城，不久攻克了。立刻派其死党王伟到建康，对梁武帝说："高澄野心狂妄，幽禁其主，杀元氏宗室六十余人，东魏民众都念其主，邺城文武官员，无不离心，私下约臣前去讨伐，请再立元氏一人为帝，以从人望，若能成功，则陛下有继绝之名，臣有立功之效，河之南北，为圣朝所属，国之士女，为大梁之臣妾。"

萧衍看了，认为侯景主意很好，当时，梁朝太子舍人元贞，本是魏之宗室，士于南朝，萧衍马上封其为咸阳王，以兵力资助，使其还东魏称帝，并答应他渡江后即位，制作了仪仗、乘舆等。

此时，前方报告韩山失利，萧渊明等被掳，此事只好停止。

萧渊明被押解到邺城，元善见打开闾阖门受俘，然后将其押送至晋阳，请高澄发落。

高澄见了萧渊明，说："我们两朝本是睦邻关系，你主纳一人之叛，而失两国之好，为的是什么呢？君若能劝你主修复旧好，令你回江南。"

萧渊明拜谢不已，说："若能回去，定将大将军意思传给我主，继续两国友好关系。"

高澄没有难为萧渊明，对其招待得很好。

且说慕容绍宗大败梁师后，移兵讨伐侯景。

侯景退居涡阳，辎重数千辆，马匹数千，士卒四万人，兵力尚强。

慕容绍宗乘胜而来，鸣鼓长驱而前，士卒十万，旗甲鲜明，干戈森立，直逼贼营。

侯景派人对慕容绍宗说："公来送客吗？想与我决雌雄吗？"

慕容绍宗对来人说："回去告诉侯景，想与他一决胜负。"然后，顺风布阵。

侯景逆风布阵，闭垒不出。

慕容绍宗告诫高岳、潘乐："侯景为人狡猾，诡计多端，好乘人不备，袭击军营，当谨慎防守。"

一天夜里，侯景果然带兵前来劫营，刚进入营寨，突然灯火通明，高岳、斛律光带兵从营外杀来，慕容绍宗、潘乐等从营内杀出。侯景大惊，急忙命令撤军，两军混战，侯景军大败，趁夜色逃回。

侯景回去，心中不服，整顿军队，想再次两军对阵，交战时争回面子。侯景命令军士披短甲，执短刀，两军交战时，进入东魏阵后，只是砍人腿和马足。东魏军没有见过如此战法，不能坚持，败下阵来，裨将刘丰生也受伤了，慕容绍宗领兵退到谯城。

裨将斛律光、张恃显对慕容绍宗说："两军交战，各胜一场，为何惧怕敌人，退守谯城呢？"

慕容绍宗说："我经历大战多了，不会怕侯景，但是，对待像侯景这样狡猾难克者，必须谨慎用兵，否则会吃大亏。"

二人请求带兵出战。

慕容绍宗告诫他们说："你二人出战，与其争锋，绝不可渡涡水。"

斛律光、张恃显二人领兵到了涡水，停军对岸，斛律光命射手向对岸射之。

侯景在涡水对岸，对斛律光说："你是求功名而来，我是怕死而去，我与你父亲是朋友，为何射我？你怎么不渡过涡水，慕容绍宗教你的吗？"

斛律光并不搭话。

侯景手下田迁善于射箭，侯景命其射斛律光的马。田迁一箭射中了斛律光马的前胸，斛律光换了一匹马，隐藏在树中间，田迁又射来一支箭，射中了树，斛律光退于军中。

张恃显不听慕容绍宗的告诫，恃勇渡过涡水，结果被侯景擒获。

侯景因为他是无名之将，放他回来了。

斛律光、张恃显出战无功，回到了谯城。

慕容绍宗见了，说："二位将军现在不说我怯敌了吧。"

慕容绍宗观察敌情，看到敌军营房四周荒草茂盛，暗里派人潜入风的上头，纵火烧之，大火立即扑向侯景军营。

侯景一看，眼珠一转，计上心来，立即命骑兵拖着布幔下到水中，然后在草丛里奔走，草被水湿，火渐渐熄灭了。

侯景与慕容绍宗相持数月，未分出胜负。此时，侯景手下将官投诚过来，告诉慕容绍宗："侯景的军粮已基本光了，很快会向南撤走。"

慕容绍宗得到这个消息，命高岳、潘乐各领铁骑五千，分为左右两翼，夹击侯景的军队。

慕容绍宗为了瓦解侯景军心，让军士高呼："对方的伙计们，你们是北方人，你们的家属盼着你们回去呢，不要为一个叛国贼卖命，赶紧放下武器投降吧，如果回来，不会亏待你们的，官勋照旧。"并且向对面军士发了誓。

侯景的士卒都是北方人，本来不愿意南渡，听了慕容绍宗士兵的喊话，侯景手下将官暴显等，各自率领部下，向慕容绍宗投降。

侯景的军队一时大溃，争着蹚过涡水，过来投诚，涡水一时为之不流。

侯景一看大势不好，带领几个心腹，骑马向硖石跑了。

慕容绍宗看到侯景逃跑，立即命高岳、潘乐领铁骑追赶。

侯景从硖石跑到一座小城，收拾散卒，共八百余人。侯景要入城，城头上一人在女墙处骂道："跛脚奴想干什么？"

侯景听了，大怒。命令攻城，不久城破，侯景将骂自己的人杀了。

侯景败逃，慕容绍宗追赶甚急。侯景前无援兵，后有追师，心中非常恐惧，他暗中使人对慕容绍宗说："高澄重用公者，是因为有我在，如果没有了我，明日能有公吗？为何不留着我在，为公保有功名之地？"

慕容绍宗听了此言，暗想：我与高氏，并非心腹重臣，其用我，不过是我能敌侯景的缘故。侯景若被擒，我还有什么用？于是，命令队伍停止追击，进行休整。

侯景南逃，河南州、府全部收复，只有王思政还占据颍川，高澄命慕容绍宗、高岳、刘丰生三将，率兵十万攻取颍川。

王思政知道东魏兵到，命偃旗息鼓，关闭城门。高岳领兵先到，看到颍川城这么萧条，正在思考如何攻城，突然城门大开，王思政挑选骁勇士卒杀出城来，东魏兵没有防备，慌忙迎战，毫无章法，遂之败走。

高岳整顿兵力，再次攻城，命军士筑起土山，昼夜攻之。

王思政善于防守，城池难以攻破，当高岳军士疲惫之时，王思政率兵乘间出击，夺其土山，置楼堞以助防守。

高岳等一时难以攻克其城，刘丰生献计说：“颍川郡治所乃长社城，地势低洼，城西北有洧水（今延河）经过，可以效仿关云长水淹七军，引洧水灌之，既可阻止援兵之路，又可使其城崩颓。”

慕容绍宗和高岳认为此计甚好。于是，在洧水筑堰截流，引水下灌，顿时，洧水暴涨，呼啸而下，不久，城内被淹，水满为患。

王思政亲自到城头，与士卒同劳共苦，加强防御。城中悬釜而饮，城内兵民并无叛变。

宇文泰知道颍川危机，派赵贵率领东南诸兵来救，怎知长社以北，均为泽国，一望无际，兵不能过。

高岳又使善射者乘大船，临城射之。城将要被攻陷，慕容绍宗、刘丰生以为攻城必克，突然东北尘土飞扬，风沙眯眼，急忙入船避之。一会儿，暴风突起，缆绳尽断，战船漂向城墙而去。城上士兵看到船过来，用长钩牵其船，弓弩乱发。慕容绍宗急忙跳下船，准备逃走，没想到水深浪大，结果溺水而亡。

刘丰生逃上土山，城上士兵向他射箭，土山上无处可藏，刘丰生中箭而死。

当初，慕容绍宗曾遇一个术士，请术士看相，术士对他说："君足智多谋，战无不胜，但需避免水战，遇水战会遭厄运。"所以，慕容绍宗一生不乐于水战，没想到在这里得到了应验。

高岳看到二将阵亡，士气沮丧，不敢再攻颍川，所以，相持不下。

却说高欢去世后，秃突佳看到公主生孩子的希望破灭了，他不能回柔然。但是，依据柔然的习俗，可"子妻后母"，即高欢的儿子可以娶后母为妻。于是，他找到高澄，把柔然的习俗讲给了高澄，并说："公主不生孩子，我不能回柔然。"

高澄听了，心中暗自高兴，但是，并没有表现出来，只是说："此乃大事，需告知母亲才能决定。"

秃突佳点头同意了，说："这是应该的。"

高澄来见母亲，把秃突佳说的意思讲给母亲。

娄妃思考一下，说："鲜卑习俗，有'兄终弟及'之事。'子妻后母'却没听说过。不过柔然若有此习俗，也未尝不可。况且你父当时与柔然联姻，是想让你与公主成亲，是柔然公主执意要嫁给你父，才闹成今天这个样子。只要公主愿意，你可按照秃突佳的意思去办。"

高澄见母亲同意，立即来见秃突佳，商议何时娶公主之事。

高欢的去世，使高澄成熟了许多。他感到娶柔然公主会有人说三道四，便没有大张旗鼓地办理，只说："父王去世不久，不宜大办，择佳日娶过来即可。"所以，到了日子，只是请亲朋好友，简单聚会一下，就过去了。

胜明公主听到叔叔讲柔然习俗，可以"子妻后母"，并没有反感，因为她才十九岁，不想这么年轻守寡。高澄年轻帅气，相貌俊美，心中也没意见。自此也愁去喜来，如沐春露，床笫之欢更是另一番滋味，不久，柔然公主有身孕了。秃突佳非常高兴，在异朝客居数年，很快就能回朝报喜了。

高澄请来高归彦、高岳和段韶等人，商议父亲灵柩安葬一事，欲知高欢的灵柩安葬到哪里，请看下回章节。

# 第 **57** 回

害权臣荀济反被煮　乱南梁侯景围宫城

话说高澄请高归彦、高岳和段韶等商议其父亲灵枢安葬一事，高岳说："我感觉安葬地点从两个中选一个为好，一个是大王经常生活的地方，在晋阳附近，大王是朝廷大臣，另一个选京城附近也行，先确定安葬地点。"

高归彦说："大王一生忠于朝廷，在京城附近选址更合适。"

高岳、段韶等人听了，都说："这个理由很好，应该符合大王的性格。"

高澄听了大家的议论，认为有道理。于是，决定在邺城附近选址。但是，高澄有个想法，他觉得应该保密，所以没有对众人说。

邺城北谷子村，据说是鬼谷子的出生地。村里有鬼谷子的传人，善看风水。高澄回到邺城，立刻让高归彦到谷子村，请几名风水先生，为安葬高王选址。高归彦领着风水先生选址，他们看到磁州之南、邺城西北的漳河之畔山清水秀，风水极好，选定墓址，请高澄看后确定。

数月后，墓穴已经挖好，高澄率领高归彦、高岳等家族人员，以及父王生前好友司马子如、孙腾等，将高王灵柩送到墓地安葬。尉景自从知道高王去世，悲痛不止，身体染病，此时已经病入膏肓，不能前来，同年五月在青州任上去世。

高澄私下对高归彦说："你找高僧在滏山西悬崖处开凿佛洞，在佛洞之中暗凿一洞，对外说邺城附近的墓葬，是个衣冠冢，真的灵柩葬于佛洞。"

当年，人们常说高欢有逐君之罪。高王倍感冤枉，因此，扶持元善见登基后，凡事都曲尽臣礼，事无大小，必然启奏。每当侍宴，恭敬相陪。元善见设法会乘辇行香，高王手执香炉步行相随。所以，其下官员不敢对皇上不恭。

东魏武定四年（546年），元善见已二十三岁，仪容英俊，风度翩翩，文武兼长，聪明好学，知识渊博，处理朝政从容温雅。鲜卑人从小练武，臂力过人，能将石狮子举过头顶，骑马射箭，百发百中。他的文学造诣也很高，与群臣宴会时，常命群臣赋诗，气度从容、深沉、儒雅，人们都说他有孝文帝之风采。

高澄看到皇上如此优秀，甚为顾忌，任命崔季舒为中书黄门侍郎，监视元善见的动静，无论大小事情都要通报。

高澄没有了其父王制约，对皇上逐渐傲慢尤礼起来，并使崔季舒早晚伺候皇上，察其动静，然后告诉他。

有一次，元善见与高澄到邺城东狩猎，元善见手持弓箭，乘马飞驰。

高澄看了很不高兴，都督乌那罗在后面高喊："皇上不要跑了，大将军生气了。"

元善见听了，揽辔而还。

有一次，高澄陪皇上宴饮，不知不觉有些醉意，言谈举止没有君臣之分，高澄举起酒杯，说："臣劝陛下饮了此酒。"

元善见对高澄的无礼之举不满，没有接他的酒杯，愤慨地说："大将军如此鄙视朕，朕认为自古无不亡之国，朕如此为帝，有什么用？"

高澄听了，带着醉意怒道："朕、朕、狗屁朕。"还命令崔季舒去打皇上。

崔季舒觉得高澄醉了，背过身挡住高澄的视线，面对皇上，向皇上示意，挥舞了两下手臂，假装打了皇上，然后搀起高澄向皇上告辞。

第二天，高澄酒醒了，想到昨晚的事，非常后悔。派崔季舒入宫，向皇上谢罪，说："臣醉后，情志昏迷，冒犯陛下，请恕不恭之罪。"

元善见说："朕也大醉，几乎忘了昨天的事儿。"赐予崔季舒绢百匹。元善见对高澄的无礼，怀恨在心，时常诵读谢灵运的诗发泄情绪：

韩亡子房奋，秦帝鲁连耻。

本是江海人，忠义感君子。

当时，元善见身旁侍讲荀济，字子通，颍川人，世代居于江东，博学能文，通善音律，他创作的音韵在邺城下士和大夫之间流传。荀济看出皇上对高澄的不满，密奏与皇上，说：
"过去，献武王对国家有大功，也不曾在陛下面前失礼，今嗣王悖乱至极，陛下今后一定有不测之祸，宜早除之，以绝后患。"

荀济年轻时在南朝，与梁武帝萧衍是布衣之交，他知道萧衍有大志，然而不服气，与朋友谈到萧衍时，常说："我会在盾牌的把手上研墨，写文檄之。"

萧衍听了，很不高兴，他登基为帝，有人推荐荀济，夸其有才。萧衍说："此人虽有才，但乱俗好反，不可用也。"

当时，萧衍治理国家，崇尚佛教，大力支持外国僧人译经，僧伽婆罗法师被他召入五处译场从事译经，他继续广造寺院，有大爱敬寺、智度寺、光宅寺、同泰寺等十一座，据史书记载，梁武帝时期，仅南梁京城附近，建造佛寺超过五百座。

后世唐朝诗人杜牧作诗《江南春》：

千里莺啼绿映红，水村山郭酒旗风。

南朝四百八十寺，多少楼台烟雨中。

大臣郭祖抬着棺材上朝，奏道："国家大量土地被寺庙占领，耗资巨大，而且不缴纳赋税。许多人并不信奉佛教，为了逃避赋税，不断加入寺庙之中，许多僧众依靠剥削为生，养尊处优。陛下对他们宽容仁厚，造成官员贪腐严重，日益残暴。"

萧衍听了大怒，问："朕节俭已到了极致，谁贪腐了？"

又有大臣上奏："陛下节俭是小善，整个王朝贪腐成风，百姓苦不堪言，如果放任下去，土地和户口大量减少，国家就十分危险了。"

萧衍不接受大臣所说的结果，坚持自己的执政方针，之后，批评的意见越来越少。

荀济也曾向萧衍上疏，说："陛下宠信佛法，建设塔寺过多，造成奢费，不可为也。"

萧衍不予理睬，荀济不甘心，经常发表讥讽佛法的言论，有人报告给萧衍。萧衍听了大怒，准备派人抓他，召集朝臣，当众将其斩首。

大臣朱异与荀济交往友好，秘密告诉荀济，要他立即逃走。

荀济听了，不敢停留，立刻逃往邺城朋友崔甗家。荀济到了邺城后，因文才出众，崔甗引荐他认识了高澄。

高澄当时正在招揽人才，发现荀济之才后，向高欢请示，想让荀济入朝为侍读。

高欢派人了解荀济为人，调查后对荀济有了初步了解，对高澄说："荀济之才在南朝闻名朝野，但是，如果你想成全他，不要让他入朝做官，此人恃才傲物，野心颇大，若让他入朝，迟早必生祸端，那时反而害了他。"

高澄只认才能，依然坚持，一再请示，高欢就同意了。

高澄不会想到，首先向皇上建议除掉他的正是他推荐的荀济。

元善见听了荀济的话，说："朕也深知其祸，然而能怎么办呢？"

荀济说："朝中怀有忠义者不少，只要陛下有旨，臣愿意为陛下想办法。"

元善见问："爱卿有何办法？"

荀济说：“此事需要召集心腹之人商议才妥。”

之后，荀济秘密与祠部郎中元瑾、长秋卿刘思逸、华山王元大器、淮南王拓跋宣洪、济北王元徽等联系，到宫中面见皇上，歃血为盟，诛杀权臣，共扶帝室。

元善见说：“高澄兵权在握，皇宫护卫全是他的人，稍不留意，就会走漏消息，恐怕很难成功。”

荀济说：“陛下不用担忧，我们不能用兵，只能智取。可从宫中向外挖一条地道，通往城外，挖出的土堆一个假山，让武士通过地道，藏于宫中，然后在高澄入宫议事时，乘其不备，命武士诛之。”

大家都说：“此计最妙。”

荀济等安排人员秘密挖起了地道。

邺城地下土厚，很快挖到了秋门，守门者听到地下有响声，非常奇怪，报告给了高澄。经过查验，发现了地道，而且通往皇宫。

高澄对崔季舒说：“这是谁挖的地道，他们通往皇宫想干什么？”

崔季舒想了想，说：“此事没有别的原因，一定是陛下被小人蛊惑，掘地道而纳其党，欲行不轨之事也。”

高澄带兵入宫，见了皇上，不拜而坐，说：“陛下，不知背着臣挖地道何用？”

元善见知道事情败露，也不搭话。

高澄继续说：“臣父子忠心护国，功存社稷，有什么负了陛下？为什么想反？是什么人所谋？难道是左右嫔妃所为？”

元善见听了高澄的话，抓住他的不恭之语，义正词严地反驳道："卿言差矣，自古只听说臣反君，没听说君反臣，卿如果自己想造反，何必责怪朕？朕谨慎办事，尚不能得到尊重，如今看来性命难以自保，何况嫔妃？卿一定要杀逆，迟早在卿。"

高澄听了，知道前段行为过当，如今又出言不恭，急忙叩头谢罪。

元善见看到高澄知罪，又不想搞得太僵，说："卿请起，不必如此。"然后召来高皇后相见，令她劝解一番。

高澄见到妹妹，更没话说，只是谢罪而已。

元善见在九和宫摆宴，与皇后、高澄对饮。令胡、李二嫔妃进酒。宫女奏乐，相与酬饮，直到夜里，高澄才出宫。

高澄查了三天，知是荀济、元瑾等所为，立刻加强了皇宫警戒，幽禁了元善见，派人抓了荀济、元瑾等六人。

侍中杨遵去看荀济，说："衰暮之年，何苦做这样的事情？"

荀济说："年岁已老，但壮气还在。"于是，写了一书："吾自伤感年纪见老，尚无功名，所以想助天子诛杀权臣，事情既然败露，粉身碎骨绝不后悔。"

高澄想起父亲的告诫，当初推荐荀济，确实是害了荀济。但是，他不想落一个杀害才子的名声，想成全他，亲自审问，说："我欣赏荀公才情，才推荐公入朝为官，不图回报，但你为何不报恩反而想害我呢？"

荀济理直气壮地说："作为朝廷官员，应该忠于朝廷，建议陛下诛杀权臣，义不容辞，此乃报朝廷之恩，难道错了吗？"

高澄听了大怒，挥手让军士将其推出去，与其他人一同在闹市煮之。

高澄怀疑温子昇参与其谋，想杀了他，但温子昇学识造诣很高，是北朝少有的才子，他写的《韩陵山寺碑》受到南朝文人庾信的赞赏。高澄命温子昇做献武王碑，做成后，将其收入监狱，并惩罚他绝食数日。没想到温子昇一介文人，经不起折腾，最后饿死在狱中。

高澄知道了，觉得可惜，但想到他知情不报，又不想原谅他。命人将温子昇的尸体抛在荒野，并将其家小斩草除根。

长史宋游道为人耿直，不拉帮结派，但是，他可惜温子昇的才情，出面将其尸体收葬，人们都说宋游道要遭殃。

高澄知道了，并不责怪，对宋游道说："我曾与朝中一些大臣闲聊，他们说你不喜结交朋党，品质高洁，但也是一种缺陷。现在看来，你并不是不会交友，而是一个重节义之人，这种节义不可夺。我本意不想杀子昇，只是想惩罚他，没想到如此结果，你埋葬他又怕什么呢，替你担心的人，是不了解我的心啊。"

事件平息以后，元善见临朝议事，高澄奏说："臣父在时，委托臣请陛下安排高淯出任沧州刺史，请陛下恩准。"

元善见对高欢心存感激，说："既是高王遗愿，岂有不办之理？下旨，命高淯为沧州刺史。"

东魏武定六年（548 年），高淯出任沧州刺史，到任之后，整顿风纪，为政严厉，明察秋毫，违法必惩，管辖之地风气很快有了明显的改变。他要求郡守、县令、官佐僚属，以及办理文书的小吏，行走往来，都是自备粮食，不得对下属白吃白拿。

隰沃县主簿张达，曾到州里办事，晚上，到一个人家投宿，吃了人家鸡羹，走时没有给钱。

高浟获知此事后，召集郡守、县令到来，当场问张达："你吃人家鸡羹，按照等值给人家钱了吗？"

张达吓得浑身发抖，立刻服罪，并如数给了人家钱。

此事传开后，很多人称赞高浟英明。

有一天，从幽州来了一个客商，他的驴驮着鹿脯，到了沧州的地界，因脚疼行走缓慢，偶遇一人，于是结伴而行，后来这个人偷了他的驴子和鹿脯逃走了。第二天早晨，客商到州府告状，请求破案。

高浟接到状子，下令手下和府中的僚属，分别到街上购买鹿脯，不限定价格但每人要记住购买鹿脯的地点。然后，让失主认出自己的鹿脯，以便抓到盗贼。果然，失主很快从购买的鹿脯中认出了自己的鹿脯，官兵顺藤摸瓜，抓获了盗贼。

高浟转任都督、定州刺史。当时有一农户黑牛被盗，牛背上长着白色的毛，农户告到府衙，请求破案。

长史韦道建对中从事魏道胜说："听说高刺史在沧州时，抓奸邪之人如同神灵，如果能抓住这个盗贼，他一定是神了。"

高浟召集手下，说："我要制作上等的符节，需要购买最好的牛皮，并加倍付给酬金。"

手下人急忙到市场上购买牛皮，然后让农户辨认买来的牛皮。农户果然通过牛背上的皮毛，认出自家牛的皮来。

高浟立即派人抓获了盗牛贼，韦道建等人领教了高浟的破案手段，十分赞叹佩服。

一个姓王的老婆婆，孤独一人，种了三亩菜地，多次被偷。高澄知道后，派人秘密在菜叶上写了字。

第二天，命人到菜市场，专找有字的菜叶，结果很容易抓到了盗贼。

之后，高澄管辖的地区再也没有盗贼，政事和教化得到了很大的转变，他受到民众的交口称赞。

却说侯景投靠梁朝后，知道王、谢乃名门望族，请萧衍为媒，娶名门望族女为妻。

当时，南梁非常讲究门当户对，萧衍认为侯景与王、谢之家，门不当户不对，予以拒绝。

萧渊明被俘后，高澄让其写信给萧衍，若两国重归于好，便可放萧渊明回去。

萧衍一向重视宗室团结，看到萧渊明信函后竟然流泪，同时看到梁军战斗力之差，不堪再战，所以偏向通好。近臣朱异、张绾等也主和。

侯景害怕自己被作为交换筹码，因此多次上书梁武帝，陈述不可与东魏通好，并请缨北伐，均遭萧衍驳回。侯景又送钱给朱异，请他改变主意，朱异收了钱却不改变主意。

侯景奸诈，他想试探萧衍，于是伪造了一封书信，内容是东魏求以侯景交换萧渊明。

萧衍看了伪信，欣然同意，复书说："贞阳侯萧渊明早上回来，下午就可将侯景送给你们。"

侯景看了回书，怒不可遏，说："我就知道这糟老头子没心没肺！"

侯景当时镇守寿阳，他决定以寿阳为基地，密谋叛乱。为了收买民心，废除了南梁盘剥百姓的市场税和田租，使百姓都来参与叛军，又将百姓女子分配给叛军，使寿阳成为一个大军营。

萧衍的养子临贺王萧正德，早有不轨之志，侯景知道后与他联系，共同谋反。

侯景屡次向朝廷索求钱财武器，言辞也愈发傲慢，但萧衍从未拒绝，一味姑息，给侯景运输物资的信使不断，有时两个信使能相互看到。

萧范、羊鸦仁、元贞、裴之悌等人，相继向朝廷报告，侯景有可能谋反。

萧衍及朱异等人却不以为意，说："侯景孤危寄命，譬如婴儿仰人乳哺，以此事势，怎么能造反呢？"

侯景利用萧衍的忽视，迅速壮大起来。

南梁太清二年（548年），侯景以诛杀中领军朱异、少府卿徐驎等为借口，于寿阳起兵，兵力约有八千人。

萧衍听到侯景叛乱，笑道："侯景有何能为，朕即使马鞭折断了也照样鞭挞他！"然后派邵陵郡王萧纶率领诸军，征讨侯景。

九月，侯景听到梁军来攻，留部将王显贵守寿阳，自己诈称游猎，出寿阳城，扬言进攻合肥，实际上却袭占谯州、历阳（今安徽和县），进而引兵临江。

萧衍征询都官尚书羊侃讨侯景之策，羊侃请求派两千人，首先占据采石（今安徽马鞍山市），另派一军袭击寿阳，从而使侯景进退失据。

朱异却说："侯景一定没有渡江之志。"所以羊侃的建议未被采纳。

萧衍命萧正德为平北将军、都督京师诸军事，屯守丹阳。

萧正德早已与侯景约为内应，派大船数十艘，以运芦苇为名，暗中接济侯景军辎重。

当时，南梁宁远将军王质率水军三千巡弋江上，侯景将要渡江，担心被其阻击，便派间谍查看。

此时，临川太守陈昕向萧衍建议，采石急需重兵镇守，而王质水军力量较弱，请求增加防守兵力。

萧衍遂命王质与陈昕换防。

侯景派出去的密探将此消息，立刻回报。侯景乘王质与陈昕换防之机，率八千兵，自横江渡江，抢占采石，俘获陈昕。接着又分兵袭取姑孰城（今安徽当涂县），俘获淮南太守萧宁，主力进到慈湖，建康震动。

萧衍看到建康危机，命太子萧纲负责建康防务，命宣城王萧大器总督城内诸军，并赦免囚徒以充军。

百姓听说侯景的军队到了，争相逃入城中，士大夫几十年不见兵器，柔弱不堪，闻变后惶惶不可终日。

羊侃布置防守，整顿秩序，太子萧纲欣赏羊侃的胆识，对他非常倚重。

十月二十四日，侯景军到朱雀航，萧正德作为内应，侯景很快攻破朱雀门，守门的东宫学士庾信逃走，接着，萧正德开宣阳门，迎接侯景军入城。

侯景率领军队入城，立即命令包围宫城，第二天，指挥军队开始攻城。

建康宫城形势危急。萧衍第七子湘东郡王萧绎，时任荆州刺史，在江陵起兵讨伐侯景，并联络河东郡王萧誉、岳阳王萧詧一起，领兵增援建康。

北徐州刺史萧正表投降了侯景，率兵万人于江中立栅，阻遏江陵萧绎等援军，又引兵袭击广陵（今江苏扬州市），战败后逃往了东魏。

侯景率兵攻打建康城，萧衍命太子帮助羊侃，日夜巡视，安排士兵守城，欲知建康城能否守住，请看下回章节。

# 第 58 回

◆

## 破宫城萧衍仙去　责厨奴高澄遭难

却说侯景攻城不利，为了蛊惑军心，侯景与萧正德商议，拥立他称帝，然后攻城，可以鼓舞士气。

萧正德听了正合心意，于是，十一月初一，萧正德在建康城外登基称帝，改元正平，封侯景为丞相。

侯景觉得拥立新帝，鼓舞了士气，立刻采取火攻，但是，建康城墙高且厚，攻不下来，又引玄武湖水灌宫城，羊侃对侯景的每次进攻，都设法破解，侯景久攻不下，乃筑长围切断宫城与外界联系。

守城正在关键之际，股肱之臣羊侃突发疾病去世，罪魁祸首朱异也在一个月后病死。

侯景叛乱之初，先后有十多万百姓及两万士兵，涌入宫城避难，因数月作战，内外不通，城内粮食越来越少，人们生活受困，大多数人开始是身体浮肿，以致奄奄一息，死亡人数不断增加，能作战的士兵不到四千人，城外侯景军则已发展到十万人。

南梁太清三年（549年）三月，侯景再次引玄武湖水灌台城，并四面猛攻，十二日拂晓，侯景军队在梁将萧坚等引导下，由西北角楼攻入宫城，并纵容其部下四处放火，东宫藏有十四余万卷典籍，全被烧毁。

侯景进入宫城，并假借圣旨阻止援军到来，各路援军看到圣旨，逐渐退兵。柳仲礼等出降，侯景占领了建康全城，控制了南梁军政大权。

侯景攻城数月，萧衍心烦气躁，饮食不安，显得更加老态龙钟，他有气无力地问左右："侯景在哪儿？朕要与他谈谈。"

侯景进来后，萧衍和他拉起家常，问："卿打哪儿来？老婆孩子都好吗？"

侯景不言语。

别人代答说："他老婆孩子被高澄杀了。"

萧衍问："卿当初来时带了多少人？"

侯景答："八百人。"

萧衍问："围城时多少人？"

侯景答："十万人。"

萧衍问："那现在呢？"

侯景答："普天之下，都是我的人。"

萧衍低头不语了，侯景将萧衍软禁在宫中，命令下属减少梁武帝饭食，最后断绝了供应。

萧衍没有饭吃，口苦想喝一点蜜水，侯景不给。

五月初二，梁武帝大叫了两声"嗬！嗬！"气绝仙去，享年八十六岁。

侯景扶皇太子萧纲即位，改元大宝，军政大权均被侯景掌握。

伪皇帝萧正德，看到自己被侯景当枪使，心怀怨愤，密召鄱阳王萧范，带兵入京讨伐侯景。

侯景获知萧正德反叛，命人将其勒死。

在这之后半年内，侯景四处出击，战火不断，对王、谢等名门望族赶尽杀绝，致使三吴大地千里绝烟，人迹罕见。侯景占领了南梁大部分属地，声势达到了顶峰。他逼娶了萧纲的女儿溧阳公主，自封为宇宙大将军、都督六合诸军事。

此时，南梁各地诸王自相残杀，萧绎杀了萧恮、萧誉，萧詧投奔西魏，萧纶、萧范、萧大心诸王也相互攻击，三吴大地战火不断，民不聊生。

话说高澄一直有接受禅让之心，他与陈元康、崔季舒等商议，请皇上先加以特殊礼仪。

陈元康说："先王在世，数次拒绝殊礼，如今大王自辅政以来，时间尚短，还没有建立显著的功绩，不易施行。"

高澄觉得陈元康说的有道理，想建功立业后再施行。

王思政镇守颍川，盘踞在长社，因其善于防守，难以攻破。

高澄要建功立业，准备先打硬仗。

东魏武定七年（549 年）五月，高澄亲自率领十万大军，浩浩荡荡，攻打长社来了。

洛州刺史可朱浑元建议，说："关口、大谷二道是长社咽喉要地，我们驻兵守卫，扼住王思政的粮道，长社城就彻底断粮了，城中无粮，军心必然散乱，那时就不难攻克了。"

高澄立即采纳，命潘乐、斛律光带兵扼守二要道，断其粮草通路，然后命令军士攻城。

王思政早有防备，立即登城指挥防守。

高澄连续攻城，双方各有死伤，王思政初入颖川，手下有八千将士，如今只剩下三千余人。两军相持近一个月，高澄召集诸将商议，如何尽快攻破长社。

高岳说："上次引洧水灌城，本来胜券在握，只是突然大风刮来，水浪巨大，船绳断后漂向城墙，敌人箭如雨下，才致失败，若再次用水攻城，或许成功。"

高澄别无良策，决定再次堆土聚水，放水攻城。他亲临前沿督造土堰，土堰筑成了，水势很大。高澄命令放水，风助水势，水借风威，顿时水浪滔天，如猛虎下山，奔向长社城，北城门被冲毁，大水灌进城中，守城士兵拔腿就跑，东魏将士趁着水势，乘船攻入城中。

高澄下令："有人能生擒王大将军者，封万户侯。不可损伤大将军，若有损伤立即斩首。"

王思政此时据于土山，对手下将士说："我力屈计穷，只有以死谢国了。"说完仰天大哭，向西再拜，拔剑要自刎。

都督骆训急忙制止，说："公常常教育我等，说'拿我的人头去投降，不但可以得到富贵，还可以保一城人的性命。'现在，高澄有令保公性命，公为何不考虑士卒之命呢？"

高澄派赵彦深到土山，赵彦深送给王思政白羽扇，执其手说明来意，拉着他下了山，见了高澄。

高澄急忙迎接，不让其下拜，对王思政以礼相待。

祭酒卢潜说："王思政不能守节而死，何足为重？"

高澄对左右说："我有卢潜，更得一个王思政。"

长社失守后，宇文泰觉得占据东魏的诸郡道路阻绝，下令各郡撤军西归，于是，各郡又归东魏。

高澄得胜还朝，元善见以高澄克复颍川有功，封高澄为相国、齐王，加殊礼，入朝不趋，赞拜不名，加食邑十五万户。

高澄不加推辞，就要接受。

陈元康说："不可，应该学习先王，予以推让。"

高澄听了陈元康的话，辞去爵位、殊礼。

高澄始终看不起高洋，高洋对兄长始终恭敬有加，每遇事自贬而退，对高澄的话言听计从。

高洋为夫人买了衣服上的配饰，李祖娥戴上很高兴。

高澄看到了，问："这个配饰真好看，可以送给我吗？"

李祖娥心里不愿意，看着一旁的丈夫，没有行动。

高洋却笑着说："这东西容易找到，兄长喜欢，咱怎么能吝啬呢？"

高澄听了，反而不好意思拿了。

高洋亲自从妻子身上摘下来，送给兄长，高澄也没有再推让。

每次退朝回来，高洋在阁中静坐，即使对妻子，也能整天不说一句话，有时袒胸赤足跳跃。

夫人问："夫君为什么这样？"

高洋说："为你游戏。"

吴人有个瞽者，到了邺城，能通过声音辨别此人贵贱，崔暹将其推荐给高澄。

高澄听了，命召来试验。

听了刘桃枝声音，说："此人应属于奴才，后来会富贵。"

听了赵道德的声音，说："此人为奴，今后富贵不会小。"

听了高洋的声音，吃惊道："此人应该是人中之王。"

听了高澄的声音，他沉默了。

崔暹私下捏其手，示意他说，瞽者才说："也应是人之主也。"

高澄笑着说："我家奴才尚且富贵，何况我呢？"

瞽者出来，崔暹私下问："为何听了高王声音不说了？"

瞽者说："大王祸不远了，怎能有大福呢？"

崔暹听了，不敢问有何祸，也不敢对高澄说。

此时，太史令密奏于皇上，说："臣夜观天象，西垣杀气很重，宰辅星微暗失位，应主大将军，祸变不出一日也。"

元善见说："你不知李业兴之死吗？为什么要蹈其覆辙？"

李业兴学识渊博，熟读天文、历法之书，善于观星，预测祸福。他曾对高澄说："到秋天大王会有大凶之事。"

高澄讨厌他说不吉利之言，把李兴业囚于狱中，他不久死去。所以，皇上让其引以为戒。

却说高澄府中有一个厨奴，名叫兰京，是南梁徐州刺史兰钦之子。

韩山之战梁兵大败，东魏俘获梁军万人。当时，兰京随父亲在军中，也被俘虏过来。

高澄让兰京在府中厨房为奴，后来，南梁与东魏和好，兰钦曾求高澄释放其子，高澄不表态，兰京依然在高府为奴，他多次哀求放了自己。高澄大怒，命人打了兰京四十杖，说："再要求回去，就杀了你。"

兰京受到责打，怀恨在心，私下结交死党，想报复高澄。

高澄居住在邺北城东柏堂，有一天，他与陈元康、杨愔、崔季舒等心腹，商量怎样才能受魏主禅让之事，并拟任百官。

此时，兰京送食物进来了。

高澄斥责他出去，对诸位说："昨夜，我梦见此奴要杀我，看来不如我先杀之。"

陈元康说："只是一个奴才，怎么敢为祸呢？"

兰京出门没走多远，听到了高澄说要杀他。

兰京回到厨房，与其党六人说："刚才我在门外听到高澄说要杀我，不如我先下手为强，你们随我过去，见机行事。"说完将一把短刀放置在盘下，借口送食物再次进去。

高澄见了，大怒，说："我没有要求送饭，为什么又来？"

兰京突然亮出短刀，大声说："我来杀你！"说着贼党六人全部进来了，这时，室内陈元康、杨愔、崔季舒等几人手无寸铁，左右侍卫全部在屏外，没有命令，不能进来。

高澄见兰京举刀砍来，慌忙用手臂挡住，结果手臂受伤了，他一转身钻入床下。

陈元康上去拦截，与贼夺刀，另一贼人用刀捅来，陈元康被刺破肚子，肠子出来倒在地上。

兰京等人掀翻床，高澄无处藏身，被兰京连砍几刀，顿时毙命。

兰京等人杀了高澄，寻找其他人，已经不见踪影。

杨愔乘机向外逃，跌倒在门外，丢下一只靴子，来不及捡起就跑了。

崔季舒也狼狈逃窜，一时不知去哪里，急忙躲到厕所。

库直王纮与纥奚舍乐听到室内有动静，领人冒死带刀进去，兰京等人将纥奚舍乐杀了，王纮受伤，众人见贼人气势汹汹，不敢上前，飞报内宫，说："大王被害了！"众人大吃一惊。

公主一听此信，吓得面如土色，跌倒在地上，说："赶紧派人报告给太原公，请他快来。"

家人飞奔去报太原公，此时，太原公高洋刚退朝，与高澄家人相遇，听了兄长高澄被害，心中一惊，立即带领部下赶到高澄府，捉拿贼人。

兰京等六人正在与府中兵丁对抗。

高洋领人到了，喝令他们放下武器。但是，兰京等人依然顽抗，高洋大怒，持刀上前与兰京等格斗，没想到高洋一改往日猥琐模样，展现出超强的武功，只见他刀法精妙，势不可当，逼得兰京等人节节后退，片刻就将兰京等人打倒在地，然后命令手下将他们绑了，进行审问。

兰京的帮凶交代了经过，高洋大怒，将其全部斩首，并将其尸体剁成肉片，然后对手下说："此事不可对外乱说，只能说家奴造反，大将军受伤了，没有大事。"

部下齐声说："是。"

高洋进入宫内，去见公主。

公主看到高洋来了，抚胸大哭。

高洋安慰说："大将军被害，事出非常，现在暂安人心，不可立即发丧。"

于是，各位夫人都暗暗悲哀。

此时，公主突然想起，高澄梦到仙主，讨要的云笺上写的话：明月团团，功成水澜，时来遇玉，事去逢兰。如今看来，莫非放水攻城取胜，是"功成水澜"；巧遇奴婢却是公主娶玉仪，乃"时来遇玉"；那么"事去逢兰"，就是逢到兰京把命丢了，原来冥冥之中，一切早定。

陈元康自知伤重必死，忍痛亲手给母亲写书，然后又口述数百言，让参使军祖珽代书，叙述方便做的事，言毕而死。

高洋将陈元康殡于府中，诈言其出使去了，以王纮领左右都督，又假借高澄之名，奏请皇上：自己身体有病，命高洋代替处理军政。除了几个心腹大臣，其余人都不知道高澄已死。

过了几日，高澄已死之信息逐渐传开。

元善见私下对左右说："大将军死似是天意，权威应当归还帝室了。"左右都相互庆祝，高呼"万岁"。

高洋想到重兵都在晋阳，他需要早到晋阳，以固根本，连夜召来都护唐邕和部分将士，命他们镇遏四方。

唐邕领命支配各军，不久完毕了。

高洋又请高岳、高隆之、司马子如、杨愔四人，留守邺城。当时，司马子如已经复出，在朝中为仪同三司，其余勋贵都随高洋而行。

临行之时，高洋到昭阳殿，拜谒皇上，带领随从甲士八千人，登阶者二百人，短衣打扮，手执钢刀，俨如对敌。

高洋立于几十步之外，令主事者传奏，说："臣有家事，将去晋阳。"说完再拜而去。

元善见看着高洋如此行事，与过去截然不同，大惊失色，目送其走出去，说："此人怎么突然变得如此？又似不相容者，朕死不知什么时候呀！"

高洋星夜赶到了晋阳，入宫见太妃，哭诉兄长死亡之事。

娄太妃听了大惊，凄然流下泪来，说："澄儿聪明晓事，才能卓著，但有时不通人情，刚愎自用，不接受教训，自招其祸，然而，还不到三十岁，弃我而去，目前事业更靠何人？"说完，悲不能止。

高洋与左右都流着泪相劝。

当时，宋夫人与其子孝瑜在晋阳，听说高澄遇害，母子大哭，高孝瑜十三岁，天性孝顺，请奔父丧。

高洋与太妃商议后，答应了他的请求，当天带了随从奔往邺城。

高洋对太妃说："兄长暴死，孩儿威名未立，恐怕人心有变，所以，未敢发丧，还请秘不发丧。"

娄妃说："今后大事，全靠孩儿作主了，但要记住，不要辜负了你父亲和兄长的大业。"

高洋再拜而出，然后把晋阳的旧臣、宿将全部召集来，大会于德阳堂。这些旧臣、宿将平时轻视高洋，见了高洋也不怎么畏惧和尊敬。

高洋坐在堂上英姿焕发，一改以往木讷表现，面色庄重，目透精光，言辞敏决，处事果断。

诸旧臣、宿将大吃一惊，心里暗想：这是高洋吗？

高洋对高澄时期有些政令不便的，全部改了，因此，内外信服，人们对他变得敬畏不已。

东魏武定八年（550年）正月，高澄去世已有数月，高洋威信已经树立，大权在握，此时才派使者哀告于皇上："大将军高澄已经去世。"然后发丧。

元善见在太极东堂举哀，派百官致祭诏，赠绫罗八百段。治丧之礼与献武王一样，谥号文襄王。

高洋也在晋阳发丧，令宫中、府中全部穿上孝服。

朝廷商议为高洋加爵，以摄大权，任命高洋为丞相、都督中外军事、录尚书事、大行台、齐郡王。

诏书使者到晋阳，宣读圣旨，高洋拜受。

二月，高洋命人到邺城西北选址，后将文襄王高澄埋葬于距离献武王义平陵约六十丈处，为峻成陵。

高洋虽然大权在握，但是，感到自己的封号不高，他与高德政等闲谈时，表露出此意。

高德政明白高洋的心思，上朝时向皇上启奏，请给予高洋更高的封号。

三月，元善见准奏，封高洋为齐王，食邑五郡。

一天夜里，高洋做了一个梦，梦中他来到一处仙山，遇到一个神仙模样的人，并没有与他说话，而是用朱笔在他额头上点了一点，他感到一惊，不由得醒了。他一翻身起来，想：这是什么意思，难道我将要被废退吗？

天明之后，高洋叫来管记王昙首，讲了夜梦与自己的担忧。

王昙首说："这是大吉兆呀！试想：王字头上加点儿，便是'主'字，大王不久要居九五之尊，为人中之主呀！"

高洋听了，立刻严肃地说："此乃大逆不道之言，怎可妄谈？"他口中否定，心里却偷偷地喜欢。

近期邺城民间传诵着一个民谣，说："一束藁两头燃，河边杀勃飞上天"。

高洋听到这个民谣，召来长史张思进问："近来邺城盛传一个民谣'一束藁两头燃，河边杀勃飞上天'，可知是何意思？"

张思进也听到民谣了，而且有自己的理解，所以，他不假思索就说："藁字两头燃，上下燃烧后，剩下一个'高'字，河边，指'水'，勃是指'羊'，'水'与'羊'合起来，不是一个"洋"字吗？这正是大王之名。飞上天，指飞得高，高高在上者应该为帝，大王不必怀疑。"

高洋也是这么理解的，但是，他却说："民谣岂能相信，此乃大逆不道之言，不可乱说。"

光禄大夫徐之才、北平太守宋景业，二人善于图谶，他们共占天象，以为太岁在午，当有异常革命，想劝高洋接受禅让，因不了解高洋的心思，不敢进言。

徐之才对宋景业说："高德政深受丞相信任，丞相对其言听计从，不如将此事讲给他，请他告诉丞相。"

宋景业认为这样最好，二人找到高德政，请他将他们共占天象的结果告诉高洋。

高德政听了，非常赞成，赶紧报告给高洋。

高德政向高洋报告了徐之才和宋景业图谶之事，高洋命召来二人，问："你们与高德政所言，是怎么回事儿？"

徐之才与宋景业把天象解释了一番，然后说："天命已定，愿大王不要违背天命。"

高洋听了，心中暗喜，但是，他面沉似水，说："此事关系重大，闹不好是杀头之罪，因此，你们不可到处乱说。"

高德政与徐、宋二人都说："这个自然，不过请大王早做准备。"

高洋进宫将此事说与娄太妃商议。

娄太妃听了，说："你父如龙，你兄如虎，都认为天位不可妄据，终身面北，你怎敢行尧、舜之事？这是有人想陷你于不义，切勿信之。"

不知高洋听了母亲的训话，是否进行禅让一事，请看下回章节。

# 第59回

## 释谶文东魏帝基危  逼禅让高洋称齐帝

话说高洋听了母亲的训话，不敢辩解，唯唯而退，然后把太妃之言告诉了高德政与徐、宋二人。

徐之才说："正因为不及父兄，所以才宜早升尊位。上天赠予而不取，反受其制。大王不要丧失这个机会呀！况且谶文说'羊饮盟津，角挂天津'，盟津、天津，都是指水。羊饮水，王的名字，角挂天，就是升大位呀！最近，听说阳平郡皇驿旁有土一方，四面环水。常常看到群羊几百只卧立其上，走近一看，却不见了。事与谶合，人事如此，天意可知，大王怎能违背天意而不受禅让呢？"

高洋听了，依然犹豫不决。

东魏武定八年（550年）四月，高湛之妻柔然邻和公主得病，医治无效，在晋阳去世，享年仅十三岁，高湛因公主年纪小，十分懊悔，在献武王义平陵之北选址，予以厚葬。

赵道德建议高洋，禅让一事可与先王老臣商议，当时，尉景、娄昭、段荣等最亲近者都已去世。唯有斛律金在肆州，司马子如在邺城，此事必须与他们商议。因此，高洋把二位长者请到晋阳，在太妃宫中，共商此事。

司马子如说："大王上任时间短，功业尚浅，不可如此。"

斛律金说："徐之才、宋景业等人最先提出此事，其心叵测，不可饶恕，应杀之。"

太妃说："我儿懦直，必无此心。高德政之辈贪图富贵，乐于祸乱，教我儿作乱。"说到这里，指着斛律金与司马子如说："二卿之言，是老成之见，儿应听从。"

高洋不敢违背，此事乃止。然而，既然此事已经提起，不免总是想到此事，经常闷闷不乐，抚胸长叹。

徐之才、宋景业等人，经常陈说阴阳之事，劝其早日受命。

高洋又让术士李密卜之，遇大横，说："此乃汉文之卦也，还有什么比这个更大吉大利吗？"

原来汉文帝刘恒未登基时，请人卜卦，卦辞为"大横庚庚，余为天王，夏启以光"。刘恒想：我已是代王，怎么又说为王？不解其意。

卜卦者说："天王乃帝王也。"

高洋又让宋景业筮之，遇乾之鼎。说："乾，君也。鼎，五月卦也。宜在仲夏时受禅。"

宋景业说："大王是天命所归，不可违背天意，应该居其位，谋其政，负其责。"

高洋听了大喜，对徐子才说："我意已决，但诸勋贵议论不一，必须先说服他们，方可行事。我现在召集诸臣到德阳堂，卿等为我明辩，晓谕大家，使之不阻拦此事才好。"

徐子才、宋景业领命，不久，百官到了，共同商议禅让之事。

高洋在屏风后面窃听。

徐子才说："几次卜卦，大王均应接受东魏禅让，此乃上合天意，下从民心。尧、舜之事，又在今天见到了。诸位公卿不思助其成大业，而反有异议，不知为什么？"

司马子如说："你们说的禅让，有三不可，文襄王之丧不久，就行大事，好像以兄之死为幸事，有损王德，不可一也；皇上以王为心腹，开诚相待，不像孝庄猜疑，致生变更，不可二也；大王秉政日浅，没有奇功大勋，威服四方，不可三也。我以为守政居藩，自享无穷之福，倘若贪图天位，万一蹉跌，后悔就来不及了。"

徐子才说："不对。过去文襄王曾想禅让一事，而中道暴亡，以致大业无成。大王若为帝，是完成文襄王的遗志，光大前业，垂裕后昆，正是先王有子，文襄有弟也，有什么嫌疑而不为呢？皇上目前安静，但荀济之事，已可为鉴。王不正位，人易生心。谚语云'骑虎难下'，正是大王今日面临的形势。他秉政以来，虽然未立大功，而献武王、文襄王之功，都应归功于大王，天下谁不怀德而畏威？过去，曹孟德不称帝，而曹丕称帝；司马昭不称帝，而司马炎称帝。古今一辙，大王为什么不可称帝呢？"

司马子如听了，不再说话。

长史杜弼说："关西是国家的劲敌，常有吞并东犯之志，现在闭关不出，如果接受魏禅，敌人师出有名，一旦挟天子称义兵，长驱向东，将如何办？不如保存魏之社稷，整顿文武，立功廊庙，剪除外寇，等四海统一，然后禅让。不然，纵然内乱不会发生，有了外患怎么办？"

徐子才说："现在与大王争天下者，只有宇文黑獭，此人野心很大，也有学我王的可能，若他学我王称帝，何惧之有？"

杜弼也没话说了。

高洋出来，厉声说："我听说筑室道谋，三年不成，凡举大事者，得一二人同心足矣，徐之才言之有理，不可更改了！"

众人见高洋决心已定，则不敢多言了。

高洋进去对娄太妃说："今内外推尊儿为帝，若不顺从，恐违民意，现在，孩儿将去邺城，暂且离开母亲一段时间。"

娄太妃看到儿子主意难改，说："我儿称帝，当然是好事。但夺取帝位容易，保住帝位确非易事，儿须好自为之。皇上乃你妹夫，需将其和你妹妹安置到好地方，不可失去尊严之礼。"

高洋说："母亲不必担忧，孩儿当以杞、宋之礼待之。"

高洋再拜而出，从晋阳出发，带兵向邺城而来。

高德政提前写了禅让所需事条，令陈山提将所录事条，骑快马秘密送给了杨愔。

杨愔，字遵彦，小字秦王，出身于望族弘农杨氏，为人聪明机智，宽厚仁慈。其父亲杨津原是并州刺史、北道大行台，杨愔随父亲在任所。邯郸人杨宽，因尔朱兆杀害皇帝，找到杨津，慷慨激昂历数尔朱兆罪行，愿跟随杨津讨伐尔朱兆，杨愔请求父亲收留杨宽。

后来，杨愔家遭难，他途经邯郸，到杨宽家拜访，不料却被杨宽捆绑，送给相州刺史刘诞。

刘诞认为杨愔家世显赫、德行出众，对他非常同情，命长史慕容白泽将他拘禁，之后命队主巩荣贵将其押送京师，行至安阳亭时，杨愔对巩荣贵道："我杨家世代忠良，忠于魏室，因国破家亡，才落到如此田地。今我为囚徒，无颜见先帝和祖宗，请给我一条麻绳，让我留个全尸，我终生不忘你的恩德。"

巩荣贵被杨愔的忠心打动，遂决定放了他，并与其一同投奔了高欢。他见了高欢，自陈家难，言辞哀切，以致痛哭流涕。

高欢为之动容，当即任命他为行台郎中。之后，杨愔随军向南攻打邺城，路经杨宽的村庄，杨宽在他的马前叩头请罪。

杨愔说："为人不讲恩义，不如犬也。如此之人不值我恨，你走吧。"放走了杨宽。

杨愔收到高德政送来的书信，知道此事不可缓行，立即召来太常卿邢邵，商议禅让程序。秘书魏收起草九锡、禅让、劝进檄文。

魏室诸王都被引入北宫，闭关在东斋。

五月，高洋进相国，备九锡，前往邺城，行至前亭，所乘之马忽然倒地，他心里很厌恶，到了平都城（山西顺县西），不肯再进，想回晋阳。

仓丞李集问："大王，因为什么事要回去呢？难道要违背民心所向吗？"

王德政、徐子才等也苦苦相劝，说："陈山提已经先去了，机关已泄，大王现在怎么可以中止呢？"高洋乃命司马子如、杜弼驰马邺城，观察形势如何。

司马子如到了邺城，在朝文武知道此事已成必然之势，禅让在即，没有不俯首顺从的。司马子如立刻密报于高洋。

高洋收到密报才放心，顺利到了邺城，入居原来官邸，百官都来进谒。高洋下令，召人夫带工具，集于邺城三台之金虎台下。

高隆之问："召集人夫干什么？"

高洋讨厌高隆之，不加解释，怒色道："我自然有事，你问这个干什么？难道想被灭族吗？"

高隆之听了，心中恐惧，急忙退下。

于是，高洋命人夫在金虎台上筑圆丘、备法物，一日一夜，全部完工。

高洋命襄城王元旭与司徒潘乐、侍中张亮、黄门郎赵彦琛等人入宫奏请禅让。

元善见在昭阳殿召见了他们。元旭说："五行相代，有始有终。齐王圣德英明，万姓归仰。臣等冒死进奏，愿陛下效法尧帝禅位给舜帝的先例。"

元善见正色答道："此事酝酿已久，谨当逊让。"又说："如果禅让，须作一道诏书。"

中书郎崔劼说："制书已经作好。"便从衣袖中取出，让杨愔进之。

杨愔随即呈给元善见，内容有十条。

元善见问："你们将把朕安置到何处？怎么个去法？"

潘乐道："在北城另有府第，还是备齐御驾，依照往常的仪仗规模前往。"

元善见走下御座，向东廊走去，随口吟诵范晔《后汉书·孝献帝纪》的"赞"道："献生不辰，身播国屯。终我四百，永作虞宾。"

元旭、潘乐等奏请起驾。

元善见说："古人对遗弃的簪子、穿破的鞋尚且恋恋不舍，朕想与六宫道别，可以吗？"

高隆之说："此时天下还是陛下的，何况是后宫。"

于是元善见与夫人、妃嫔及以下的宫人诀别，莫不唏嘘流泪。嫔妃赵国李氏吟咏陈思王曹植的诗句道："王其爱玉体，俱享黄发期。"皇后以下的六宫嫔妃全都痛哭失声。

直长赵道德，备一辆牛车在东阁等候。元善见出来登车，赵道德上前挟持住他。

元善见用臂肘撞他，说："朕敬畏天命，顺从民愿，甘让大位，你为家奴，怎敢逼朕？"

牛车出云龙门，王公大臣、文武百官身着礼服，拜辞皇上。

元善见叹道："今日场面，不减常道乡公、汉献帝当年。"众人都十分悲痛，高隆之更是凄然泪下。

牛车到了邺北城，元善见便居住在司马子如的南宅。太尉王元韶等奉玉璧禅让于高洋。

当初，元善见出宫时，因为皇后是高王之女，所以不见而去。

皇后听说后，大哭道："皇上既然退居北城，我怎么能独居大内？"让仪卫退去，只带宫女数人，来到北城皇上住所。

元善见看到皇后来了，流下泪来，说："卿为何要来？你家正当隆盛，怎么来找我这败亡之身呢？"

皇后眼含热泪说："妾侍陛下已久，生死愿在一起，怎么能以盛衰而变节呢？"

两人抱在一起大哭，皇后守住元善见，不肯离去。

东魏武定八年（550年）五月，高洋率领朝臣到金虎台，登坛烧柴祭祀，祷告上天。

臣高洋受命祈告天帝：

国运盛衰上应天时，朝代更替关乎民心。天道不问亲疏，日月更换顺时。上古圣君尧、舜，顺应天时而禅让帝位。而今魏国多难，已近三十年矣，孝明帝后，社会动荡，战乱频繁，帝王忠奸不分，佞臣朝堂横行，朝臣明哲保身，百姓屡次遭殃，国将不国，社稷将倾。

齐献武王审时度势，奋而起兵，外除乱党，内清奸贼，挽魏国于既倒，扶新帝于宗庙，恩德施与百姓，功勋照耀宇宙。

文襄王继承武功，建功立业，遍于华夏，北方不毛之地感恩戴德，西边贼寇降伏归顺，青丘国听候命令，丹穴之地前来朝贡，父、兄两代，为国立功大焉。

而今魏帝深感天命难违，国运将终，遂顺应天意，将帝位禅让于臣高洋，使四海归于国家，天下合为一统，主宰万方，总领百姓。众朝臣亦推波助澜，建议接受禅让，为百姓效命。

臣不敢违抗天意，唯恭敬受命登基。臣以寡德，上应天命，下托百姓，择其良辰吉日，诚心登台接受禅位，在此举行祭天之礼，以报天下人心意，使幸福长久兴盛，保佑齐朝，给以享受无穷无尽的福运。

祈告完毕，与大臣商议，定国号为"齐"，大赦天下。

徐子才、宋景业等奏说："齐要得到上天的保佑，年号可取为'天保'"。

高洋听到"天保"二字，略一思考，脸色一沉，很不高兴。

大臣们看到高洋不悦，纷纷问杨愔原因。

杨愔也看出来了，问："皇上为何不悦？"

高洋略思片刻，挥手说："没什么，天意如此，就这样吧。"

大臣们依然不解其意，原来高洋善于测字，他认为"天保"二字拆开看，天字为"一、大"，保字为"人、只、十"，合起来就是"一大人只十"，暗含他当皇帝可能在位十年。

当天有人在邺城获得一只赤雀，献于坛上。

高洋见了大喜，以为受命之瑞兆，立即发令，朝廷内外百官都有不同程度的晋升。

随之，封元善见为中山王，待以不臣之礼，立九庙，都冠以帝号。追尊献武王为献武皇帝，庙号高祖；文襄王为文襄皇帝，庙号世宗。

东魏武定八年改为北齐天保元年。凡是魏朝所封爵号，皆降一级。原来为齐效力的，不在降爵范围。紧接着册尊娄太妃为皇太后。命太保元脩伯持节前往晋阳，进玺绶册书于皇太后。

娄太后受册，穿上太后服饰，升殿接受朝贺。诸夫人都行九叩礼。尔朱夫人平时与太后一般不见面，互不拜见。现在，事已至此，也按礼仪跪拜。

六月，迎娄太后到邺城，一应嫔妃眷属随行。

高洋在崇训宫朝拜娄太后。

娄太后说："先帝在时，常夸我儿素有大志，今天果然应验。然而，你应当牢记先帝东征西战之苦，经营创业之难，不要以为得到天下，就妄自菲薄。"

高洋再拜受命。

高洋有十三个弟弟，下诏全部封为王。高浚为永安王、高淹为平阳王、高浟为彭城王、高演为常山王、高涣为上党王、高淯为襄阳王、高湛为长广王、高湝为任城王、高湜为高阳王、高济为博陵王、高凝为新平王、高润为冯翊王、高洽为汉阳王。

又下诏封宗室高岳为清河王，高归彦为平秦王，高隆之为平原王，高思宗为上洛王，高长弼为广武王，高普为武兴王，高子瑗为平昌王，高显国为襄乐王，高睿为赵郡王，高孝绪为脩城王。又诏封功臣库狄干为章武王，斛律金为咸阳王，贺拔仁为安定王，韩轨为安德王，可朱浑道元为扶风王，彭乐为陈留王，潘乐为河东王。

尉景儿子尉灿为仪同三司，尉灿忭格粗暴，见库狄干等封王，其父没有封王，心中不满，十余日不上朝。

高洋派使去召，尉灿闭门不让进去，隔着门对使者说："请上告天子，不封我父为王，我还有什么脸面见人？"

使者回奏与皇上。

高洋欣赏他的耿直，追封尉景为长乐王。

高洋要立皇后，召集群臣商议。因为高洋为太原王时，娶长史李希宗之女李祖娥，伉俪相处，十分融洽。后来，又娶段韶妹妹，对之更加宠爱。

高隆之、高德政想结交勋贵，说："李妃是汉人，不可为天下之母，请立段妃。"

高洋不从，立李氏为后，儿子高殷为皇太子。赦免京城辖区内与晋阳的死犯，其他州的死犯均有减刑。当时，政令一新，臣民悦服。只有关西需要警戒，严设重兵以待。

高洋知道过去民风浮夸，需要整治，对各地下诏：一直以来风俗放荡，浮华攀比日益滋长，家族有吉凶事，力求争奇斗胜。婚丧嫁娶之费用，车辆服饰饮食之奢华，动辄花费一年之收入，求一天之富足。家有奴仆，则佩金戴玉，婢妾则穿绸着丝。前者以首创而猎奇，后者以超前为荣耀，上下贵贱，不分等级差别。现在国运尚弱，正应节俭图强之时，必须革除弊端，返璞归真，为百姓制定行为准则，订立条文法规，使节俭之风得以推广为宜。

八月，高洋又连下四条诏书，加强国家治理。

下诏曰：各州郡要修建学馆，延请名儒，教学子尊礼习儒，增长才干。文襄皇帝曾运来蔡邕石经五十二块，放置在学馆，按顺序建立起来。

又下诏曰：凡能直言规劝，不避罪罚，忠诚正直如朱云，直言进谏如周舍，启发朕思想，丰富朕头脑，对朕帮助，对民有效益，一定加以荣誉俸禄，不依常规对待。

又下诏曰：各地官员需专心务农植桑，尽心鼓励督促，广泛获取天地的利益，以防备水旱的灾患。

又下诏曰：朕腹空智浅，继承帝王之基业，欲扩展先帝之功绩，使之流传万年。虽有史官执笔，所闻绝不遗漏，但依然担心遗漏未尽言论，或美好事物。若有遗漏，上自王公贵族、大小文武官员，下至平民百姓、僧侣，或亲自表达自己的意旨，或传下来的其他学说，凡是可以记载典籍者，都应该依次记录保存。

一天，高洋上朝对众臣说："东魏时期，制定的《麟趾格》，虽是一部通行的法律制度，官吏审案施用，但是，还不够完善，我朝应该完善、施行新的法令。此事由谁主持为好？"

尚书左仆射元韶奏说："封氏家族对法律研究颇深，有律学家封述主持为好。封隆之、崔选、魏收参加，定能修好新的律令。"

高洋听了准奏。

高洋登基半年来，派遣大使到四方观察风俗，问民疾苦，严勒长吏，厉以廉平，兴利除害，务存安静。发现法律有不便执行的，处理政务制度不完善者，逐条列出，标明得失，上奏朝廷，加以改革。并向全国发令：诏限仲冬一月可以燎野，他时不得行火，损昆虫草木。夏四月，对于涉及捕鱼、捉虾蟹、蚬蛤等水生动物，规定了具体时间，时间之外不得随便捕捉。各项措施顺民心、合民意，社会逐步稳定。农业、盐铁业、瓷器制造业等，出现了兴旺发达的势头。

高洋尊崇儒学，因老师教导受益匪浅，他向鲁郡下诏：给孔子后裔崇圣侯分封一百户，用来祭祀孔子，并让鲁郡及时修治孔府庙宇，对孔子崇敬之至。在皇宫重金聘请名儒，教授皇子及诸王儒学经术，鼓励民间办学兴儒，传播儒学。

从秦始皇开始，历代帝王都要对五岳四渎进行祭祀，以宣告天地其功德，五岳即东岳泰山、南岳衡山、西岳华山、北岳恒山、中岳嵩山。四渎即长江、黄河、淮河、济水。高洋派遣大臣到五岳四渎进行祭祀，对尧祠舜庙，以及孔父、老君等载于祀典者，按照顺序祭祀不可遗漏。

却说高洋接受禅让传到西魏，宇文泰大怒："高洋居然敢窃取天位，立刻兴兵讨伐高洋。"

不知宇文泰欲讨伐高洋后事如何，请看下回章节。

# 第 60 回

## 抗黑獭高洋显威　灭侯景萧绎统兵

话说当初宇文泰听说高澄死了，以为高氏会败亡，不胜大喜。之后，又听说其弟高洋篡位，登基做了皇帝，不由得大怒，对左右说："高洋不过是个无能小子，料其才能，与其父兄相差甚远，居然敢行禅让大逆不道之事，我大军前去，声讨其罪，必定战无不胜。"

宇文泰从同州来到长安，入见皇上，奏说："高洋废君篡国，大逆不道，臣请兴兵讨伐，以诛逆臣之罪，以便统一大魏。"

元宝炬对高洋篡位更为不满，立刻准奏，命宇文泰出兵讨伐。

宇文泰命秦州刺史宇文导为大将军，都督二十三州诸军事，镇守长安，自领十万大军，上将百员，往关东进发。

时值十一月，边臣听到消息，飞报邺城，声言西魏兵马十万，飞渡黄河，不日将到晋阳。

北齐朝廷收到急报，举朝大惊，高洋召集群臣商议。

高隆之说："黑獭养精蓄锐多年，现在倾国而来，其锋不可挡，只有坚壁清野以待之，使其前来没有所获，力倦自退，过去先帝围玉璧，西师不出，也是这个意思。"

高洋说："这是懦夫的计策。"

赵道德说："过去，黑獭侵犯洛阳，先帝派大将拒之，结果全军大胜。现在，陛下可调集各路人马，命一上将迎敌，贼兵自退，陛下可以高枕无忧了。"

高洋说："诸卿之言，只守成法，不足以震慑黑獭，黑獭之所以来侵，认为朕年少新立，未经战阵，声名不彰，有轻我之心。如果敛兵躲避，以怯示之，更增长他的气焰，我国兵将不战自乱。现在，需要趁其刚到，朕御驾亲征，突然降临，黑獭一定想不到朕去，见朕必惊，其势必沮，此乃先声夺人，转弱为强，在此一举。"

高德政请等各路兵集齐，然后出师。

当年，高欢想看儿子们的意志，让年长的几个孩子各率兵四出，然后派都督彭乐率甲骑攻打他们，高澄等几个兄弟都害怕、归服。只有高洋不怕，率兵与彭乐相斗，彭乐脱下甲胄，向高洋说明情况，高洋仍然把彭乐擒住，献给父亲。现在面对强敌他毫不畏惧，令段韶、斛律光统大军在后，自己穿上衣甲，率领铁骑五千连夜驰往山西，率先迎敌。

高洋率兵赶到建州（今山西晋城市），发现西魏前锋赵贵领兵万余人，在此扎营。高洋一声号令，率兵直攻其营，他身先士卒，与敌军搏战。诸将与士卒看到皇上如此勇猛，精神大振，个个奋勇杀敌，赵贵军毫无准备，不知敌兵多少，乱作一团，大败而逃。

宇文泰听说前锋失利，不免大惊，问："来将是什么人？"

探者报："是齐主高洋亲自来了，距离大军不远，旌旗浩大，人马精神，军威严整，行阵肃穆。"

宇文泰听了，不免疑惑不定，心想：高洋闻听我到，保命逃跑还来不及，怎么敢与我对阵呢？

当天夜幕降临，宇文泰带杨忠、达奚武等将领，换了服装，来到高处观看齐军。

高洋面对强敌不敢大意，驻军当晚命军士演武，只见漫山遍野，刀枪林立，鼓声喧天，军容威武，调度有力，让人望而生畏。

宇文泰看了叹气道："高欢有这样的儿子，是其没有死呀！"回到营里，宇文泰暗想：高洋如此年轻，属于晚辈，领军居然如此有才，若与其战，未必能胜，倘若战败，自己的威名何在？若不战而退，又怕被人笑话。辗转反侧，犹豫不决，此时正是秋尽冬初，当天夜里，天气突变，雨雪交加，气温骤降。

第二天，乌云满天，雨雪时断时续，初冬的寒风吹得军士瑟瑟发抖，下属来报，军中马匹多病，军心不安，该如何是好？

宇文泰召集众将商议如何迎敌。

众将纷纷说："如今天气转寒，雨雪突来，使弓弦解胶，不利打仗，不如暂回长安，等明年春天，天气转暖再来讨伐。"

宇文泰听了，正合其意，遂班师回去了。

高洋闻听西魏军退去，追到河口，没有追上而回。

西魏元宝炬看到东魏已亡，痛恨高洋篡位，出兵进讨无功，不久黑獭必然效仿，魏氏宗室将尽归他姓，由此郁郁不乐，逐渐成病，以致不起。

宇文泰听说皇上病重，急忙入朝问安。

元宝炬看到宇文泰，有气无力地说："卿来得正好，朕命不久了，不足惜也。但是，太子年幼，不谙国政，辅政之任唯靠卿了，望卿能尽心辅之。"下遗诏：驾崩后太子元钦即位，其要与乙弗后合葬。

西魏大统十七年（551年）三月，元宝炬去世，享年四十五岁。其在位十六年，安静自守，国家大事取决于宇文泰，未尝自立，所以处于乱世，以终天年。

宇文泰奉太子元钦登基，立宇文泰长女宇文氏为后。百官朝贺。然后发丧，颁示天下，谥号文帝。

宇文泰回到同州，因为此地关河险要，北控诸蛮，东扼齐境，所以，宇文泰常年在此。

不久"八柱国"之一李虎去世，其子李昞袭封陇西郡公，迁骠骑大将军、开府仪同三司、侍中。

却说高洋率领大军，初战告捷，震慑黑獭不战而退，消息传出，使边夷臣服。不久，柔然、高丽、吐谷浑、梁朝、库莫奚等，先后带贡品来朝。

高洋回到邺城，召集大臣，商讨国家治理之事，说："现在，地方官吏太多，人浮于事，不利于发展。况且自魏孝庄帝之后，官吏不发俸禄，纵容官吏挖空心思搜刮民财，贪腐成风，民众负担太重。我朝不必延续这个制度，朕认为必须整顿吏治，若不改革，如何富民强国？”

尚书右仆射段韶说：“若要减少官吏人数，首先应合并州、郡，或者干脆削去州、郡建制，可以减少大批官吏。”

群臣没有异议，皆认为改革吏治很有必要。

高洋听了，说：“众卿若没有异议，此事由段韶、元韶二位爱卿负责，制订方案后奏来，待朕审阅后施行。”

不久，段韶、元韶二人将制订的方案呈给了高洋。方案确立了削去州、郡建制，减少官吏数万人。地方官吏职数，按需设置，凡朝廷批准设置的职位，一律发给俸禄。严禁加大农民赋税，若发现官吏贪腐，一律严惩不贷。高洋稍作改动后，颁布施行。

新政颁布实施以后，官场混乱的局面得到改善，遏制了贪腐之风，减轻了基层民众的负担。

官场从来是上有政策，下有对策，有些人看到做官可以领俸禄，一股跑官要官之风在各地出现。有些人拉关系、找门子，送厚礼，企图混进官场，捞一份薪酬。

高洋很快收到了这一信息，他立刻下令：各地官府要准备几根木棒，凡有跑官、要官者，不问青红皂白，一概乱棒打出去，即使打死也不追究责任。此令一出，各地出现了“刑政尚新，吏皆奉法”的气象。

十二月，天文官报：荧惑星犯房北头第一星及钩钤（星座名）。高洋请人占卜，占卜者说：“恐大臣有反者，需加谨慎。”

天保二年（551年）二月，前行襄州事刘章告发，陈留王彭乐有谋反的迹象。正好齐国有一本《秘记》，其中有"天王陈留入并州"一语。

高洋想起父亲临终曾嘱咐兄长高澄，说："彭乐虽勇，然头脑简单，反复无常，难以成为心腹，宜防护之。"如今天象与《秘记》之中都有反映，此事应验在彭乐身上，于是，下诏诛杀了彭乐。

高洋来到晋阳出宫巡行，走到西山白龙洞，遇到了一位高僧，高僧看到皇上御驾，上前施礼说："阿弥陀佛！陛下今到此地，可知此地为晋阳龙脉，得晋阳者可得天下？"

高洋还礼问道："既为龙脉，该如何利用？请高僧指教。"

高僧说："若能在此地依山造型，修一尊巨大佛像，则可保陛下几代皇帝平安。"

高洋听了大喜，回到晋阳宫，马上部署建造大佛之事。当时佛教盛行，找来大庄严寺住持，命他负责选址。最后，选定了大庄严寺附近，依山定规制、拟草图、择工匠，开凿佛像。同时，高洋赐寺庙名"开化"，分为上、下两个寺，被称为大庄严石窟二寺。

高洋召集大臣议事，说："魏朝已经终结，应该给魏朝修史，谁来负责此事为宜？"

杨愔奏道："魏收博学多才，可担当此任。"

于是，高洋下旨：命魏收总负责，召集史官等文人，开始撰写《魏史》。

却说侯景在梁朝作乱，攻下了江州、豫章。南梁湘东王萧绎派宁州刺史徐文盛率军数万，与侯景大将任约交战，任约大败。徐文盛率兵进逼大举口，侯景急忙派宋子仙等，率兵两万前去援助。

次年正月，新吴（今江西奉新县）太守余孝顷举兵声讨侯景，侯景命于庆迎战。与此同时，萧绎派护军将军尹悦、安东将军杜幼安、巴州刺史王询等率军两万，自江夏到武昌，受徐文盛节度，攻击任约。

三月，徐文盛等攻克武昌，任约向侯景求援。侯景亲自率军西上，闰三月到西阳，与徐文盛等隔江筑垒对峙，不久，侯景的军垒被徐文盛军击破。

四月，侯景闻江夏空虚，命宋子仙、任约率轻骑四百，袭郢州，俘虏刺史萧方诸。侯景乘风举帆，越过徐文盛等军而入据江夏。

徐文盛看到不妙，逃回萧绎大本营江陵，王询、杜幼安等投降侯景。

萧绎见徐文盛战败，又派王僧辩为大都督，统率诸军征讨侯景，进至巴陵，王僧辩得知郢州失守，于巴陵筑垒固守。

侯景一面命任约攻打江陵，一面命宋子仙率军一万为先锋，攻打巴陵，自率大军随后跟进，昼夜攻击，未能攻下。到了五月，因疾疫流行，侯景士卒死伤大半。

萧绎任命胡僧祐为领军将军，率兵援助巴陵，胡僧祐与信州刺史陆法和会师，前往巴陵。侯景命任约率军阻击，两军交战，胡僧祐身先士卒，奋勇杀敌，任约兵不敌，溃败而逃，胡僧祐跃马追击，活捉任约。

侯景闻听任约兵败被俘，急忙焚烧军营退走。留宋子仙等领兵二万守郢州，命别将支化仁镇守鲁山，命仪同三司任廷和与范希荣等分别守晋州、江州，自率大军顺流东归，到了芜湖，遭到豫州刺史简朗截击，竭力突围返抵建康。

王僧辩看到侯景撤围而去，率军进抵汉口，攻克鲁山、郢州，擒获宋子仙、支化仁等，战局大为改观。

交州刺史陈霸先，与投降侯景的高州刺史李迁仕交战，获胜后自南向北，进屯西昌（今江西泰和县）。

七月，王僧辩率军攻克溢城，陈霸先率三万兵屯军巴丘，与王僧辩会合。

八月，王僧辩派前锋袭击于庆，于庆与浔阳守将范希荣知道不敌，弃城东走。

萧绎命王僧辩屯兵浔阳，以待上流援军。

却说侯景退还建康，看到自己折兵损将，恐不能久存，遂废简文帝为晋安王，迎梁武帝曾孙豫章王萧栋为帝，改元天正，不久，侯景杀了简文帝。

侯景对王伟等部下说："你们知道吗，我侯姓的人字旁，不是作给人看的，是要作人主的。"

王伟等人七嘴八舌说："既然如此，还是请大王早做打算，接受禅让。"

侯景大喜，立刻责成王伟、侯子鉴等面见萧栋，说明禅位一事。

于是，侯子鉴向萧栋启奏："现在天下大乱，陛下能登基为帝，全赖宇宙大将军，如今众将愿拥立宇宙大将军为帝，请陛下禅让为好。"

萧栋知道不能违抗，于是，禅位给侯景。

南梁大宝二年（551年）十一月十九日，侯景登基，改国号为汉，建元太始。

萧绎听说侯景篡位，立即传檄各地，讨伐侯景。命王僧辩率诸军从浔阳出发，对侯景发动全面反攻。陈霸先率甲士三万、舟船两千从南江挥师北上，与王僧辩会师于白茅湾。

王僧辩率军攻击南陵、鹊头二地，势如破竹，占领二地后，进军到了大雷（今安徽望江县）。

侯景收到急报，立刻命侯子鉴率水师迎敌。

侯子鉴率兵与王僧辩、陈霸先相遇，两军交战，侯子鉴哪里是王、陈二位猛将的对手，被打得大败，逃奔淮南去了。

王僧辩与陈霸先率军继续前进，抵达芜湖，守将张黑弃城而走。

侯子鉴逃到姑孰（今安徽当涂县），继续与来兵抵抗，侯景怕姑孰有失，派两千兵去支援。

侯子鉴接受教训，不敢挑战，闭营不出。王僧辩大军到了姑孰，观察形势，然后用大舰断其归路，向侯子鉴发起进攻，侯子鉴大败而逃，王僧辩占领了姑孰。不久，王僧辩大军乘胜进入秦淮河。

侯景看到大事不妙，命人将大小船只装满石头，沉入江里，堵塞了秦淮河口，沿淮筑垒，从石头城至朱雀航十余里。

陈霸先率军抢渡到北岸，在石头城之西落星山筑栅，其他军队依次修城堡八座，延伸到整个石头城西北，形成包围之势，王僧辩则进军招提寺北，占据了石头城的北面。

侯景担心西州路被切断，在石头城东北，筑起了五城，控制道路，命部将王伟等防守宫城。

三月一日，侯景率军万余人到西州之西，列阵拒敌。

十九日，陈霸先率军与侯景交战，佯装败退，侯景不知是计，命令军士追击，突然，陈霸先埋伏的两千弓箭手，横着冲出来，袭击侯景军的后边，侯景前后受敌，军心大乱，大败而逃。

与此同时，王僧辩率军猛攻石头城，侯景部将卢晖略知道侯景会被灭，于是，向王僧辩去信投诚，大开北门迎接王僧辩大军，王僧辩攻入石头城。

侯景引败军退回，看到石头城已被攻破，不敢入宫城，收拾残部百余骑，向苏州逃去。

王僧辩率军进入宫城，并命侯瑱带骑兵追击侯景。

侯景逃至胡逗洲（今江苏南通），已成丧家之犬。部将羊鹍与手下商量，与其随侯景逃亡，不如杀之送给王僧辩，众人同意。羊鹍在帐外埋伏军士，侯景毫无防备，走出帐外，被埋伏的军士杀死。

羊鹍将侯景的尸体送到了建康。

王僧辩见了大喜，褒奖了羊鹍等人，然后暴其尸于市，建康城军民见了，争相持刀割其肉而吃。

溧阳公主曾受尽侯景之辱，命人割侯景的肉而食。王僧辩将侯景的谋臣王伟等押至江陵，萧绎将其处死。

却说元善见禅让之后，娄太后恐怕高洋谋杀元善见，多次劝说:"中山王是你妹夫,不可害他。"

高皇后也怕丈夫有事,对元善见的饮食非常注意,每餐必先尝,使其得保安康。

北齐天保三年(552年)正月,娄太妃要回晋阳。

高洋对杨愔说:"只要中山王在世,西魏就会以他为借口,出兵来讨,朕宴请母后,请妹妹作陪,趁此机会,卿派人将此酒送给中山王饮下。"杨愔会意。

高洋在后宫为母亲设宴,请高皇后过来作陪,宴席之间,杨愔派使者送药酒给元善见饮了。

高皇后回去,元善见已崩,她痛哭不止,就要自尽,左右慌忙劝阻方止。

高洋命令发丧,谥号孝静皇帝,葬于邺城西北方向,前巷村之南丘岗上。

高皇后被送往晋阳,在娄太后身旁生活。

高洋处理完朝中大事,起驾来到晋阳,参拜娄太后,之后,召集手下大将商谈军事。

库莫奚人分布在饶乐水(今内蒙古西拉木伦河)流域,历代以游牧业为生,生性彪悍,经常到齐国北部骚扰。

此时的北国,阴风怒号,冰雪覆盖,寒冷异常,根本不适宜打仗。高洋认为战机不可错过,亲率大军征伐库莫奚族。大军到了代郡(今山西大同),库莫奚人依然沉浸在春节的喜庆中,北齐大军突然降临,他们毫无防备,慌忙迎战。高洋在战场上,从来都是身先士卒,跃马出战,齐军在皇上的率领下,个个奋勇向前。库莫奚族士兵少,没想到齐军战斗力如此强,很快败下阵来。齐军大获全胜，仅牲畜俘获十余万头，高洋根据战功大小，分发给将士。

此时，柔然与突厥交战，柔然战败，其主郁久闾阿那瓌自杀，柔然太子庵罗辰以及其叔叔登注俟利、其堂弟注子库提等带领众人来投靠齐国。

高洋接纳了他们，柔然余下众人拥立郁久闾铁伐为新的柔然可汗。

不久，高洋要降服南梁，命清河王高岳，南道大都督、司徒潘乐，东道大都督、东南道行台辛术率众讨伐南梁。

南梁萧绎刚平息侯景之乱，登基称帝，急忙召集群臣商议。

王僧辩奏道："我国经历侯景之乱，国力贫弱，如果与齐国交战，恐怕败多胜少，不如和谈，表示臣服，然后休养生息，国力强盛之后，再做打算。"

萧绎准奏，派王僧辩出使，与齐国来将相商，表示愿意臣服齐国。

齐国大将辛术与王僧辩交谈，将南梁愿意臣服的意思报与高洋。

高洋听了，不再征讨，下旨，封萧绎为梁王。

夏四月，辛术移师广陵镇守，此时，辛术无意中得到了传国玉玺，不知辛术怎样处理玉玺一事，请看下回章节。

# 第 61 回

◆

## 征蛮夷高洋称雄　废少帝黑獭施威

话说辛术得到传国玉玺，知道玉玺代表皇帝最高权威，不敢私藏，遂将玉玺奉送到了邺城。

玉玺乃秦国所制，方四寸，上为纽交盘龙，其文曰："受命于天，既寿永昌。"秦灭亡后，两汉相传，又传到魏、晋。晋朝末年，在战乱中南朝宋、齐、梁先后相传，梁败后侯景得之。侯景败亡，侍中赵思贤将玉玺送给南兖州刺史郭元建，郭元建送给了辛术。

高洋得到玉玺，持玉玺到太庙告慰祖上，并将晋阳定为行宫，每年暑期他到晋阳，带领嫔妃到父王建造的方山避暑宫去住。当时，佛教盛行，高洋到东山巡视开凿石窟进展情况，要求督造官员，完成父王确定的两个石窟后，再开凿三个石窟。又请风水先生与高僧在山下选址，建造一座寺院，定名为天龙寺。

北齐天保三年（552年），十月，高洋巡视黄栌岭，为防止北胡侵袭，下令修筑黄栌岭至社平成段长城，四百余里。

高洋曾与大臣议事，问："众爱卿，传言得玉玺者得天下，侯景已经得到了玉玺，为何没有保住天子的宝座？"

诸臣面面相对，不知如何以答。

高洋笑了笑，说："侯景曾对部下说，'我侯姓的人字旁，不是作给人看的，而是要作人主。'不错，侯景确实当上了人主，可他不知道，不能光看侯姓，还要看他的名字：景。侯景两个字拆开看，就是"小人百日天子"，所以他在天子宝座上，屁股还没坐热就滚下台了。朕帮他算了一下，他以辛未年十一月十九日篡位，到壬申年三月一日离开皇宫，前往姑孰，刚好在宫殿住了满百日，十九日兵败，总共是一百二十日。"

众臣听了，无不钦佩高洋拆字的神机妙算。

一天，高洋上朝与大臣议事，说："宫中使用的青瓷，都是从山区贾璧、临水运来的，因路途较远，山道难行，损坏较多，朕想在邺城附近，选择一地建窑，专为皇宫烧造器物，岂不运输方便？"

常山王高演说："皇上所言甚佳，臣也认为在邺城附近选址烧造好。"

群臣都表示此乃好事。

高洋说："既然如此，此事由常山王与宋景业负责，选择地址，聘请工匠，开工建窑，为宫廷烧造青瓷用品。"

高演与宋景业通过实地考察，邺城东的曹村，在京城近郊，滨临漳河，在此建窑比较合适。

高演说："我们奏与皇上，然后就可到贾璧、临水请工匠开工建窑。"

宋景业说："南方绍兴、宁波一带烧造青瓷已有历史，水平很高，也可从南方请工匠来，提高烧造瓷器的质量。"

于是，高演、宋景业将选址情况，以及准备请工匠建窑思路向高洋上奏。

高洋听了，说："只要能烧出精美的瓷器，此事由你们二人全权负责，朕要的是精美瓷器。"

高演、宋景业领了圣旨，开始了请工匠，建瓷窑的工程。高演让宋景业负责，不但让北方的工匠开始建窑，并到南方聘请烧瓷工匠。

一天，高洋让群臣各自陈述自己的志向。

魏收说："我愿在东观秉笔直书，早日写出《魏书》。"

高洋听了大喜，命魏收为魏尹，总负责编撰，专门在史馆著述，不参与其他事务。任命高隆之为总监。高洋对魏收说："卿要好好地直笔写史，我不会像魏太武那样诛杀史官。"

魏收专心修史，与通直常侍房延祐、司马辛元植、国子博士刁柔、裴昂之、尚书郎高孝干等，在前人搜集史料的基础上，博览总括，认真斟酌，终于写成《魏书》，共一百一十四卷。

北齐天保四年（553 年），山胡作乱，高洋亲率大军讨伐，山胡首领听了消息，不等高洋大军到达，急忙逃窜了。高洋一边巡视各地，一边命军士狩猎，满载而归。

九月，契丹兵来侵犯，高洋亲自帅军前往讨伐。到了昌黎城，高洋下诏安德王韩轨率领五千精锐骑兵，向东出发，切断契丹归路。然后，指挥大军，倍道兼行，袭击契丹。

契丹知道高洋大军已到，列阵迎敌。两军对阵，高洋从不派大将单挑，而是击鼓，直接指挥大军掩杀。高洋则扬鞭跃马，冲在士卒前方。齐国军队每次看到皇上冲锋在前，立刻喊声震天，勇往直前。厮杀半个时辰，契丹兵抵抗不住，开始向东逃窜。韩轨率领骑兵截断了契丹兵的逃路，契丹兵只好纷纷投降。

高洋大获全胜，捕获俘虏十余万人，杂畜数十万头。为防止契丹再次聚集捣乱，高洋将所获人口、杂畜分发给各州，严加管理。

高洋得胜而归，每天只吃肉饮水，精力旺盛，经常赤膊而行，昼夜不息，有时骑马狂奔。

年底，突厥人进攻柔然，柔然可汗知道敌不过，率领族人向南逃来。

高洋亲自迎接柔然，废了其国主库提，立庵罗辰为柔然，将他们安置到马邑川，给了粮食、布帛等。然后，率领大军迎战突厥。突厥人畏惧高洋，急忙逃跑。但是，没想到高洋兵马神速，到朔州追上了突厥人。突厥不战请降，高洋答应其降，并要求其年年奉员。

高演、宋景业负责曹村窑的建造，如今终于烧出了瓷器，无论造型样式还是釉色光泽，明显优于贾璧窑和临水窑，看来聘请南方的师傅很有成效。他们带了成品送到皇宫，高洋看了十分满意，说："今后宫中所有器皿，都要改进造型，烧出更加精美的器具。"

北齐天保五年（554年），高洋在晋阳春节刚过，召集大臣商议，说："北方山胡，盘踞在石楼，每年骚扰边境，朕想先下手为强，兵分三路，讨伐山胡，一举将其降服，使其永远不敢来犯。"

太师、咸阳王斛律金说："陛下此意很好，否则，山胡年年来犯，年年征伐，既劳军又废粮草，不如一举歼灭，一劳永逸。"

于是，高洋亲自率领十万大军，从离石道出兵；斛律金率领十万大军，从显州道出兵；高演率领十万大军，从晋州道出兵，成为掎角之势，讨伐山胡。

山胡兵虽然骁勇善战，但是，听说齐国分三路大军而来，不得不分兵迎敌。高洋率兵与山胡兵相遇，依然是身先士卒，带兵奋勇杀敌，山胡兵抵挡不住，纷纷逃窜。

斛律光领兵与山胡交战，手中一杆银枪，少有敌手。他枪挑了山胡领兵的大将，指挥大军冲锋陷阵，杀向山胡兵，山胡兵看到大将阵亡，丧失斗志，撒腿就跑。

高演一路与山胡混战，大约两个时辰，难分胜负。突然斛律金引兵来援，山胡兵大败。

这一仗斩首敌兵数万人，缴获杂畜数十万，平定了石楼，远近山胡闻风丧胆，莫不慑服。

三月，柔然可汗庵罗辰感觉部族强大了，反叛齐国，兴兵十万，来犯齐疆土。肆州守将急报于朝廷，高洋接到文书，召集诸将商议，说："柔然可汗庵罗辰上次败给突厥，来求帮助，是我们救了他，如今居然背信弃义，却来掠扰我朝，该如何讨伐？"

司徒潘乐说："过去先帝以柔然反复无常，难以力服。所以，娶其女为妃，岁赐金帛，以结其心，边境才安。现在，先帝已崩，柔然公主也去世了，聘问之礼遂断，所以兴兵而来。不如仍以重赂结之，复申旧好，使干戈永息，边疆无忧。"

高洋说："过去，先帝想破西魏之阴谋，故以玉帛赂之，结以婚姻，以致太后避位，此乃权宜之计，也是先帝之耻。现在，其又藐视我邦，再行猖獗，不擒灭之，难以伸张朕之恨，何用通好？"

段韶说："陛下若要亲征，臣请为先锋。"

高洋大喜，命段韶为先锋，率兵直抵恒州，与柔然兵相遇。庵罗辰手下有勇将二人，前来讨战。斛律丰乐跃马挺枪迎敌，战了几个回合，尚未取胜。

高洋随后赶到，看着性起，拍马亲自杀出，直取敌将，将其斩落马下。众将见天子亲自临阵杀敌，谁敢居后，奋勇齐进，两军混战，柔然兵逐渐败下阵来，四散逃走。

高洋得胜后，召来高岳、段韶、斛律光和潘乐四将说："卿等告诉士兵，要分兵班师回朝，留少数兵力驻扎营地，然后分四路撤退时，埋伏在军营周围，庵罗辰知我军撤退，必来偷袭，届时两军交战，卿等率兵四面杀回，一战可彻底消灭柔然军力，使其今后不敢再犯我边境。"四将领命而去。

高洋自留三千骑兵，当夜在黄瓜堆宿营。

庵罗辰探听到齐军大队撤走，后卫兵少，于是率领精骑数万，连夜赶来，把三千齐军四面围困，只见火把烛天，枪林密布，齐军士兵大都惊慌失措。

高洋却安卧不动，众将士看到皇帝稳如泰山，不再惊慌，直到天明，高洋神色自若，率兵出阵，立马阵前，对众将指画形势，讲述战法，然后纵兵奋战。

庵罗辰也指挥柔然兵迎战，两军交锋，混战在一起。突然齐军从四面杀出，声威大震，个个勇猛，拼死奋战。柔然兵立刻抵挡不住，四散逃窜。齐军骑兵马快，冲入敌阵，奋勇杀敌，柔然兵急忙逃走，齐军追杀约二十里，死尸遍地。庵罗辰之妻叱奴氏被擒，还有番兵三万余众，庵罗辰看到局势不妙，单骑快马逃脱，高洋命将叱奴氏斩首。

庵罗辰率领残部，向东逃去。

高洋要彻底消灭柔然，派斛律光、段韶率兵继续追杀。庵罗辰已成惊弓之鸟，领着残部急忙向北方远处逃窜。

却说魏收修《魏史》已有一年，主要内容已经基本齐全，经过多次校对、修改，基本定稿，呈送给高洋。

高洋看了大喜，任命魏收为梁州刺史。

魏收上表，有些内容并未修完，请求继续完成这项事业。

高洋准奏。

到了年底，魏收又将补修的内容十志送上：《天象》四卷、《地形》三卷、《律历》二卷、《礼乐》五卷、《食货》一卷、《刑罚》一卷、《灵征》二卷、《官氏》一卷、《释老》一卷，共二十卷，加上纪、列传，共一百三十篇。全书共分十二帙，其中有三十五例、二十五序、九十四论，前后还有二表一启，都是由魏收独创的体例。

《魏书》修成以后，有些人看到书中对其先祖有所贬抑，非常不满，对魏收等群起而攻之，要求惩办魏收等人。

高洋拒绝了他们，命魏收与尚书省、诸家子孙共加讨论之后定稿，并且以"谤史之罪"处罚了卢斐、卢思道、李庶、王松年等人。

却说西魏看到南梁与齐国交好，派兵到江陵讨伐南梁。

梁元帝萧绎急忙向齐国求救。

高洋召集大臣说："上次朕率师与西魏交战，其不敢出兵。这次居然出兵侵犯南梁，朕将派兵援助南梁。"于是，派清河王高岳、平原王段韶、河东王潘乐率兵去救。大军尚未到达江陵，江陵城被攻破，梁元帝萧绎被西魏大将于谨所杀。

梁朝太尉王僧辩、司空陈霸先在建邺推举晋安王萧方智为太子，都督中外诸军事，按照承制设置百官。

高洋赐予王僧辩、陈霸先玺书，王僧辩不接受诏书。

北齐天保六年（555年）春，高洋向南梁进军，命清河王高岳率领五万大军渡江，攻克夏首，送南梁郢州刺史陆法和。下诏梁朝散骑常侍、贞阳侯萧渊明为梁主，从前抓获的南梁大将湛海珍等人跟随萧渊明归南。命尚书左仆射、上党王高涣送行。

高涣请萧渊明给王僧辩写信，陈述利害。

王僧辩不接受，往来再三，依然不同意。

于是，高涣率领大军向南进发，不久，高涣攻破东关，杀死裴之横，江南危急恐惧。

王僧辩看到大势不可抵挡，急忙向高涣写信，表示接纳萧渊明，派船迎接。

高涣以酒食款待南梁将士，同萧渊明杀牲歃血，订立盟约。

南梁承圣四年（555 年）七月，北齐由侍中裴英起护送萧渊明，进入建康称帝，年号天成，大赦天下，册立梁元帝第九子萧方智为太子，任命王僧辩为大司马。

萧渊明顺利称帝，立刻上表，派其子萧章乘马疾驰到邺城，拜谢皇上高洋。

南梁司空陈霸先认为，萧渊明为帝，南梁将成为齐国的附庸，因此，他苦劝王僧辩不可如此，王僧辩不听。陈霸先召集徐度、侯安都、周文育等谋划，他先给齐国朝廷上表，诬告王僧辩叛国谋逆，并于京口起兵，袭击其亲家王僧辩，将其杀之。然后废黜萧渊明，改立萧方智为帝，并以萧渊明为太傅、建安王。陈霸先自任尚书令、都督中外诸军事、车骑将军，以及扬、南徐二州刺史。同时派人上表，仍然请求向齐国称臣，永远当其附属国。

齐国派遣行台司马恭和南梁在历阳订立盟约。

南梁太平二年（557 年），陈霸先势力越来越大，他认为时机成熟，便废掉梁敬帝萧方智，自己在建康称帝，建立陈国。

高洋率众到沃野、怀朔等地巡视，到了白道，恰逢另一支柔然人作乱，高洋命留下辎重，率轻骑五千，追击他们。到怀朔镇，高洋亲身抵挡弓箭飞石，大败柔然，追到沃野，抓获其头目俟利蔼焉力娄阿帝、吐头发郁久闾状延等，并两万余人口，牛羊数十万头。柔然俟利郁久闾李家提率数百部人投降。

为了加强边境防范，高洋命征集民夫一百八十万人，自幽州北夏口至恒州九百余里，修筑长城。

却说西魏尚书元烈是帝室亲属，看到宇文泰专权，屡怀不平，想杀之以兴帝室。然而，其性格粗鲁，做事莽撞，在大庭广众之前，谈及国事，抚胸长叹，怒形于色。所以，其谋未成，而机密早已泄露。

宇文泰得到密报，不向皇上启奏，将元烈及其党羽抓了，并全部杀死。

元钦听到元烈被杀，大怒，私下对左右说："丞相擅杀大臣，又不启奏，目中还有朕吗？朕不杀宇文泰，他必杀我。谁肯为朕谋之？"

这一天元钦召临淮王、广平王商议，讲了想除掉宇文泰之意。二王垂泪谏说："不可为也。丞相长时间秉政，大权在其手上。朝廷孤立久了，为何要赤手捋虎须呢？事若不成，大祸立至。愿陛下不要有这个想法。"

少帝不听劝阻，说："朕也不能束手等死呀！"

此时，宇文泰的几个儿子年幼，以诸位女婿为心腹。长女云英，已为帝后。次女云容，嫁给清河郡公李远之子李基。三女云庆嫁给义城郡公李弼之子李晖。四女云瑞，嫁给常山郡公于谨之子于翼。几个女婿都封为武卫将军，分掌禁军，以防朝廷有变。

李基等探听到皇上想害宇文泰，临淮、广平二王劝阻不听的消息，派人密报于宇文泰。

宇文泰听了大怒，说："孺子不堪为君！"立即入朝，以皇上居位无道，缺乏人君气度，不可做社稷之主为由，告示百官，另立贤明者为帝。

群臣不敢违抗，宇文泰废元钦为庶人，放置到雍州。

西魏废帝三年（554年）正月，宇文泰废黜元钦，拥立文帝第四个儿子齐王元廓为天子，立若干氏为帝后，大赦天下，以安人心。

宇文泰喜欢复古，奏请皇上去年号，称元年。复姓拓跋氏，其百分之九十九改为单姓者，皆复其旧。天子称"王"，宗室诸王皆改为称"公"。

从此，宇文泰的权力更大了，即使是魏国的旧臣大将，都小心谨慎，唯命是从。

元钦在雍州，朝夕怨望，宇文泰观其有英气，恐日久生变，派人带了药酒，到了雍州。

元钦见使者到了，问："你来干什么？"

使者说："太师献寿酒一瓶。"

元钦听了，知道此酒有毒，不觉流下泪来，与皇后诀别，说："因担忧魏国之运被颠覆，想为社稷做点事，没想到遭此横祸，我命已经完了，卿可归娘家，不必念我。"

皇后抱住元钦大哭，对使者说："太师既然废帝为庶人，就应该让我夫妻相守到老，即使不念少帝，为什么不可怜我？请你为我复命。"

使者说："太师之旨，谁敢有违？"

少帝服毒酒而亡，时年二十四岁。

皇后哀伤不已，以致绝食，与左右亲自为元钦收殓。

使者说："太师有令，请皇后回去。"

皇后泪流满面，泣不成声，半天缓过气来，说："太师既然不看父女情深，毒死我丈夫，我岂能抛弃丈夫，离他而去？”

使者无法，只好回去复命。

宇文泰闻女儿口出怨言，大怒，再令使者带毒酒到雍州，说：“皇后若执迷不悟，请饮此毒酒。”

使者到了雍州，皇后身穿重孝，在元钦灵前哭泣。

使者将宇文泰的命令复述给皇后，说：“皇后回去没事，否则，请饮此酒。”

宇文皇后听了使者的话，失声痛哭，抹了一把泪，说：“我是未亡人，本想终百日之丧，然后追随少帝而去，没想到如此相逼，我还活着干什么？只是辜负了母亲生育之恩，不能见一面为恨呀！”说完大哭，哭罢，饮酒而死，时年二十二岁。

宇文泰毒杀元钦，看到人心不变，天位易取，大业将成，而尚未立世子。正妃元氏生子觉，年十五，宇文泰想立觉为世子。但次妃姚氏生的儿子毓，年龄大，而且已娶妻，其妻乃大司马独孤信之女，独孤信位居重任，若立觉为世子，恐怕独孤信不高兴，召集诸将商议。

诸将说：“公想立哪位，就立哪位，谁敢违抗？”

宇文泰说：“我想舍去长子，立嫡，恐怕大司马不高兴。”

柱国大将李昞说：“臣听说立子，以嫡不以长，古之道也。略阳公当为世子无疑，臣认为大司马作为老臣，不应该不满，若大司马真的不满，请先斩之。”

不知宇文泰听了李昞的话，如何决定立世子，请看下回章节。

# 第62回

立周公元廓禅位　求长寿高洋变性

话说宇文泰听到李昞说："杀了独孤信。"不由得笑了，说："何至于此？"

李昞，西魏八柱国之一李虎的三儿子，世袭其父爵位，陇西郡公，迁骠骑大将军、开府仪同三司、侍中。

独孤信在一旁，说："李柱国所言有理，立觉为世子，符合传统之道，怎能因毓年长，又是我的女婿，我就不满呢？"

李昞是独孤信的女婿，退出来时，李昞对独孤信说："请岳父莫怪，当时，我已看出丞相的意思了，不得不那样说。"

独孤信笑了，说："我理解，知道你是为我好。"

宇文泰立觉为世子，办了一件大事，心中高兴，率领部下到西北巡视，到了平凉郡，建武将军史宁带其儿子、侄儿来迎。

宇文泰看了大喜，说："我想到平凉城东狩猎，你可率子弟一起过去。"

第二天，狩猎于牵屯山，宇文泰看到一个小将，年纪虽幼，容貌出众，弓马娴熟，往来如飞，箭无虚发。

宇文泰问："那少年是谁？"

史宁答："我的儿子，叫史雄。"

宇文泰问："曾娶妻没有？"

史宁答："没有。"

宇文泰说："是你的好孩子，难道不能成为我的女婿吗？"因为宇文泰的幼女云安未嫁，想以此儿为婿。

史宁听了，说："能与丞相结亲，是我家的荣幸。"立刻答应了。

宇文泰给小女儿找到佳婿，心中高兴，骑马狩猎时间过长，回来后感到身体乏力，躺下就睡去了。第二天起来，双脚走路犹如踩在棉花上，不得不在平凉住下。

这一天凌晨，巡夜的士兵发现一件怪事，夜间平静无风，军中帅旗的旗杆无故自折，心中大惊，急忙报与宇文泰。

宇文泰听了，心中十分不爽，随之头晕头疼，恶心呕吐。请当地医师治疗，不见效果。其实他最近身体一直感觉沉重，四肢无力，只是他没当回事儿。今天他想到旗杆无故自折，必非吉兆。考虑到大权不可付予他姓，其兄之子宇文护掌管家政，颇有才能，可以托付后事，便命人去召宇文护来见，并立刻带领人马回长安。

宇文护接到召唤，立刻赶来，在泾州与宇文泰人马相遇。

宇文泰对他说："我的身体看来不行了，几个孩子年幼且弱，外寇方强，天下之事，托付于你，你要努力完成我的志愿。"

宇文护劝说："叔父还是保重，回去调养一段会好的。"

宇文泰摆摆手，说："你不必劝我，听话，大权必须掌握在宇文家手中，明白吗？"

宇文护急忙说："明白、明白。"再拜受命，然后率领人马继续前行。

西魏大定二年（556年）十月，宇文泰车队来到云阳，他病情突然加重，水米不进，言语模糊，呕吐不止，咽下了最后一口气，时年五十岁。

宇文泰生性简朴，平常不喜虚饰，崇儒好古，凡所设施，都依照旧章。元廓登基时，天子称王，宗室诸王皆改称"公"。所以，宇文泰虽然勋业隆重，但只能是安定公终身。

宇文泰去世，宇文护扶枢而还，到了长安后发丧，奉世子觉嗣位，为太师柱国、大冢宰，袭封安定郡公，镇同州。自天子以下，大小臣僚，府中将士，都穿素服举哀。

此时，元辅新丧，举朝惶惶。宇文护虽然受了宇文泰的遗命，但名位低下，未曾主政，缺乏人望，在朝诸公有共图执政之意，对其不肯服从。

宇文护心中非常担忧，向大司寇于谨问计。

于谨说："我蒙安定公知遇之恩，情同骨肉，今日之事，必须以死争之，若对众人定策，公不能有任何谦让。"

第二天，诸公商议，太傅赵贵对众人说："丞相去世，谁主天下事？"在赵贵心中，认为非自己莫属。

于谨说："昔日帝室倾危，安定公力挽狂澜，才有今日。

733

现在，安定公辞世，世子年幼，但中山公是其亲兄之子，兼受安定公顾托，军国之事理应归中山公处理，有什么可议论的？"于谨说话时，面色庄重，言辞铿锵，听者为之惊动。

宇文护说："这本是家事，我虽然庸昧，既受叔父重托，怎么敢推辞呢？"

于谨说："公若统领军国大事，谨等皆有所依。"遂下拜，群臣受于谨影响，也都下拜。

宇文护见众议已定，着手严肃纲纪，安抚文武，人心遂安。随之，封世子觉为周公，为下一步谋求禅让做准备。

宇文护当国之后，感到周公觉年幼，想早正大位，以安人心，十二月，将宇文泰葬于成陵。

之后，宇文护召集于谨、赵贵、李弼等商议禅让之事。

宇文护说："东魏禅让高氏，已有数年。安定公在世，虽未行禅让，但也有此意。我们应早行禅让，以正大位。"

于谨、赵贵、李弼等表示同意。

于是，宇文护奏请皇上，请禅位于周公宇文觉。元廓在位三年，知道不可违抗，遂只得同意禅让。遂使大宗伯赵贵持节册奉，济北公元迪奉皇帝玉玺和绶带，送到周公宇文觉府，然后搬出皇宫，居于别的府邸。

西魏大定三年（557年）正月初一日，宇文觉在堂兄宇文护以及于谨、赵贵、李弼等的扶持下，正式即位，称天王，国号周，昭告天下。百官在露门朝拜，追尊王考宇文泰为文王，妣为文后，大赦天下，封元廓为宋公。

封中山公宇文护为大司马、都督内外诸军事，加封晋公，李弼为太师，赵贵为太傅，独孤信为太保，凡文武百官皆有不同晋爵。

八月十五日，宇文护以祭祀月亮为名，派人送给元廓酒，元廓怀疑酒中有毒，没有饮用。

送酒人说："大司马有言，须看到宋公饮下酒才可回。"

元廓知道不可违拗，遂饮下毒酒，顷刻而死。

北齐天保七年（556年），齐国的国力到了鼎盛时期，势力范围向南达到长江边，农业、盐铁业、瓷器制造业相当发达。

高洋带领皇后李祖娥到山东巡视，这一天来到泰山南麓，遇到一位身穿青色长道袍、脚蹬翘头厚布鞋、头挽道髻、手持拂尘、面色红润、长眉凤目、神采飘逸的道士，高洋感觉老道犹如神仙，忙上前搭话。

道士看到来人头戴皇冠，前呼后拥，急忙退到路旁，拱手施礼道："无量寿福，不知皇帝陛下降临，挡了去路，望请恕罪。"

高洋说："道长并非有意，何罪之有？"

道长退道路旁，让皇帝人马先过。没想到高洋停下来，说："道长，朕有一事不明，想请道长测算一下，不知可否？"

道长再次拱手道："陛下想测算何事？"

高洋说："朕想知道能在位多少年？"

道长听了，问了生辰八字，掐指一算，向他伸出三个手指，回答道："三十。"

高洋听了，思考片刻，点点头，向道长告谢，继续前行。

李皇后看到高洋面无喜色，问："道长说三十年，陛下怎么不高兴呢？"

高洋说："道长没说三十年，只说三十，可能是指十年十月十日，三个十加起来也是三十！"

高洋回到邺城，心中闷闷不乐，每想到道士的话，心中烦躁不安。于是召来宠臣喝酒，而且逢酒必醉，醉酒后不免放浪形骸，言语无状，对近臣说："朕登基以来，北击库莫奚，驱逐契丹，西破柔然，平定山胡，南取淮南，如今四方稳定。有时朕想，古往今来，凡为帝王者，都寻求长寿之方，难道朕不想吗，众卿谁能为朕寻找此方？"

高洋讲完，群臣面面相觑，不知该如何回答。

参军崔季舒颇通医术，上前奏道："汉武帝时，方士李少君、栾大等，烧炼五石散服用，据说服之能祛病强身，延年益寿。名医张仲景在《伤寒杂病论》里也有记载，被道家推崇，三国时魏国驸马何晏，是五石散的倡导者，当时，贵族中人们相继服用，一时成为风气。据闻现在民间富贵人家亦有流传，陛下是否服用一试？"

高洋听了，说："既然古人曾服用，名医有记载，朕可以试用。"便命崔季舒寻找此药。

"五石散"由钟乳、硫黄、白石英、紫石英、赤石脂等物配成，又叫"寒食散"。道家提倡采石炼丹，妄称其可以延年益寿，是长寿之药。魏晋时期人们服用成风，开始时服用后精神会忽然超脱，渐入飘飘然的佳境，慢慢地会上瘾，一旦药性发作，情不自禁地赤膊奔跳，放浪形骸，做出种种荒诞无稽的举动。

当时，齐国佛教盛行，道教不是主流。但是，崔季舒通过信奉道教之士找到道士，寻求五石散，进献给高洋。

高洋按剂量服用后，果然觉得身轻如燕，精神亢奋，效果明显，对崔季舒给予嘉奖。

高洋平时喜欢饮酒，而且不醉不归，醉酒后加用五石散，药性发作，很快使高洋如醉如痴，不能自已。他有时性情狂暴，喜怒无常，甚至出现精神变态。

清河王高岳，早年追随神武帝起兵，屡立战功，颇有威名。东魏时期，累迁卫将军，留守邺都辅政，拜侍中、骠骑大将军、开府仪同三司，封清河郡公，与孙腾、高隆之、司马子如合称东魏朝廷"四贵"。

高洋建立齐国后，高岳拜司州牧，封清河王，加太子太保，论辈分乃高洋之叔，但他生性奢侈，喜好酒色，家中歌姬舞女、钟鼓器乐，更是冠绝诸王，高岳府里有一名歌伎姓薛，体态曼妙若柳，容貌绚丽似花，曲眉丰颊、朱唇皓齿，乃天生尤物。

高洋到高岳府上，宴饮之间，少不了歌舞陪伴。高洋初见薛氏，顿感眼前一亮、新鲜刺激，想后宫宫娥成群，都索然无味，于是，要带薛氏回后宫。

高岳不敢阻拦，任其带走。薛氏受到皇上青睐，使出媚惑男人之术，与高洋淫乐。高洋感觉她比宫中嫔妃强十倍。

高洋初期韬光养晦，登基后革新吏治，扫荡四海，乃马上皇帝，哪里享受过如此快活，很快被薛氏迷倒了，将其留在后宫，肆意淫乐，封为薛嫔。但薛嫔行动自由，不时回家里居住。高洋迷恋薛嫔，有时到薛家相会，一天夜里，高洋来到薛家，看到薛嫔姐姐，也是一个尤物，别有一番风味，便与薛嫔姐姐发生了关系。此后，薛氏姐妹一起迷惑高洋，有时数日不离床榻，两姐妹则极尽风流，博取高洋的欢心。

一天，薛嫔姐姐向高洋道："臣妾姐妹侍奉陛下，受到陛下恩宠，然而，臣妾父亲并无官职，可否封我父为司德公？"

高洋听了，很不高兴，他最讨厌别人向他要官，薛氏父亲乃卖唱艺人，地位卑贱，岂可当官，便敷衍说："此事以后再说。"

有一天，高洋酒后服了五石散，忽忽悠悠来到薛家，薛嫔与其姐姐都不在，高洋一再追问，才知道薛嫔与其姐姐都被高岳接走了。

高洋大怒，立即命人到清河王府要人，不久两姐妹回来了，急忙跪下请罪，高洋命人把薛嫔姐姐拉出去杀了，后将其尸体锯成八块。然后抽出宝剑，来到薛嫔面前，亲自砍了她的头，把头藏在怀里，命人摆宴，邀请大臣饮酒。大臣来了刚坐下，高洋突然从怀里掏出薛嫔的头扔到桌上，大臣们大吃一惊，不知如何是好。

高洋命乐师用薛嫔的腿骨做成乐器，每次酒宴上，让乐师弹奏"佳人再难得"的曲子，以示对薛嫔的"怀念"。

高归彦的父亲高徽，乃神武帝的叔父，早年在长安与妇人王氏私通，生了儿子，取名高归彦。他九岁时被神武帝接到洛阳，委托高岳抚养。高岳对待高归彦很严厉，甚至有点刻薄，高归彦常有怨言。

高洋即位后，高归彦为领军大将军，很受宠爱。他想报复高岳，私下调查高岳之事，然后向高洋启奏了两件事，一是高岳在城南建造大宅，修了一条永巷，不过没有修阙门，有违宫禁规制。二是高岳对皇上杀薛氏姐妹有怨言，认为薛氏姐妹无罪，不该杀。

高洋听了大怒，对高归彦说："高岳身为贵胄，居然奸淫民女，败坏官场风俗。修建宅院，又建永巷，有违制嫌疑，论罪当收监。但是，念其过去战功，免去收监，要其居家思过，痛改前非。"

高归彦来到高岳府上，宣读皇上口谕，声色俱厉，加以斥责。

高岳听了，心中恐惧，知道得罪高洋没有好结果，思虑再三，找来毒酒，饮下而亡。

太保高隆之，是高祖的义弟。高洋年少时，经常被其轻侮，受禅之时，高隆之又说不可为，所以，高洋怀恨在心。

崔季舒曾被高隆之弹劾，迁徙远方，如今成为高洋的近臣，他对高洋进谗言，奏道："高隆之每处理一事，说非自己不可，别人不可能做成，这不是让人们看轻朝廷吗？"

高洋听了崔季叔的话，加上以前积怨，立即召来高隆之，令武士捶打他，直至其气绝而止。

高洋每次饮酒加服五石散后，性格大变，遇事易怒。整天迷迷糊糊，淫暴更甚。有时自身歌舞，通宵达旦；有时散发披肩，穿上锦绣彩衣，敷抹粉黛；有时盛夏裸身，隆冬赤膊，或街市游荡，或街坐巷卧；有时乘牛、驴、骆驼，不施鞍勒；有时令崔季舒、刘桃枝负之而行；有时不分朝夕，进入勋贵之家，奸淫女子。随从苦不堪言,高洋却居之自若。

高洋心血来潮,重修邺城三台,此台乃汉末曹操所建,铜雀台更名为金凤台,金虎台更名为圣应台,冰井台更名为崇光台。

施工时,台高二十七丈,两台之间相连,距离二十余丈,工匠为了安全,上去要系上绳子以防摔下。

高洋到工地巡视,看到工匠系绳而做,骂他们胆小。自己不做任何防备,登上屋脊,快步如飞,毫无恐惧之感。又在上面跳舞,折旋翻滚,随从和工匠无不替他担心。

高洋带领随从走在大街上,看一个老妇坐在路旁,走过去,问:"你看当今天子如何?"

妇女不知其为何人,随口说:"癫癫痴痴,何成天子?"

高洋听了大怒,并不解释,拔出宝剑,将其杀死。

有一次,高洋喝醉了,到娄太后处,娄太后看到儿子身为皇帝,如此行为怪诞,心中着急,举起拐杖要打他,说:"我和你父亲,怎么生出你这样的儿子?"

高洋发酒疯,说:"应当将这个老母嫁给胡人。"

娄太后听了大怒,但又不能把皇上怎么样,遂不再言。

高洋看到娄太后不高兴,想让娄太后笑一笑,娄太后不理他。他就爬到娄太后所坐的床下,用背把床撑起来,娄太后躲不及,摔倒在地上,手上和腿上都受了伤。

高洋酒醒后,知道了自己醉酒后所为,愧悔欲死,来到娄太后面前请罪,堆积了一些柴草,用火点着,要进入火中烧死自己,以此向娄太后谢罪。

娄太后看了，吓得惊慌失措，亲自拖住他，着急地说："那天是你醉了，我不怪你，你不要自残。"

高洋摆一个地席，自己脱了衣服，跪在上面，命高归彦执杖重责自己，对高归彦说："卿若打不出血来，就杀了你。"

娄太后又上前拦住，不让打。

高洋痛哭流涕，苦苦哀求，说："孩儿酒醉后对母亲无礼，说什么也要惩罚，就鞭笞脚五十下。"然后穿上衣冠，悲不自胜。

经过此事以后，高洋决心戒酒，他对众人说："今后若有人请朕喝酒，定斩不饶。"

众人以为皇帝这次会彻底戒酒，可是，吃着"五石散"，不久酒瘾又恢复了，而且淫酗更甚。他命人征集国中淫妇、娼妓，全部脱掉衣服，赤身裸体，吩咐从官共看。又将荆棘编成马，结草为绳，逼迫女子赤身骑马，牵行来去。荆棘刺破女子身体，流血洒地，高洋却以为娱乐。

这一天，高洋到李皇后家，用带着响声的箭，射杀李皇后的母亲崔氏，骂道："我喝醉时，连母后都不认，何况一个老婢！"然后，又用马鞭抽打其尸一百余下。

高洋不理朝政，军国大事全靠丞相杨愔处理。但是，有时候不知何故就惩罚杨愔。

高洋醉酒后，让杨愔去厕所筹划策略，杨愔微露不悦之意，高洋用马鞭打他背部，血流下来都湿透了衣袍，又想用小刀子在他的小腹上划痕。

崔季舒一看不好，急忙上来笑着说："这是陛下与丞相闹着玩的。"趁势把皇上的刀子拔出来，拿到一边了。

有一次，高洋突然想看出殡的形式，命人拉来棺材，把杨愔放在棺材中，用丧车运着，演习大出殡。

还有一次，高洋手持一把槊，骑马奔驰。三次用槊向左丞相斛律金胸口刺去，斛律金站着不动，高洋夸他说："老将军果然勇敢，赏赐他一千段帛。"

这一天，高洋到了文襄王府，文襄皇后急忙接待。高洋对文襄皇后说："过去，朕兄曾奸污朕妻，今天，朕要报复他。"说着上前抱住文襄皇后就要上床。文襄皇后用力挣扎，怎奈高洋武力强大，将文襄皇后奸污了。

对于高氏妇女，不管亲疏，多数被其奸淫。或者赐予左右，在众人面前乱交，若有不听从者，就将其斩首。

尔朱太妃具有绝世之色，虽然年长，依然气质高雅，清丽脱俗，与其他女人相比，真有鹤立鸡群之感。高洋醉酒后来到她的宫中，言语猥亵，欲行不轨。

尔朱太妃对他说："今日不便，改日再来。"

高洋不敢强行无礼，便知趣地走了。

欲知尔朱太妃骗走高洋后事如何，请看下回章节。

# 第 63 回

忌黑色七弟被拘　屡进谏高演受责

　　话说尔朱太妃对高洋说："今日不便，改日再来。"毕竟隔着辈分，尔朱夫人身份高贵，高洋没有逞强，起身去了。

　　高洋走后，尔朱太妃怕高洋再来，又怕不从他害了儿子，对左右说："过去，我失节高王，已成终身之辱。今天，怎么可以再受其子之辱？但不死，难绝其心。前次我曾梦到孝庄帝，他对我说：'你曾杀害赵妃，不得善终'，今日，果然应验了。"留下遗言，"儿子彭城王请太后好好照看。"请左右宫女如实报与娄太后。随之，乘夜间无人自缢而死。

　　第二天宫女发现后，立刻禀报娄太后。

　　娄太后听了，大吃一惊，自语道："先王曾遇仙人指点，让其戒色，否则后患无穷，今日方知后代如此荒淫，确实后患无穷呀。"他一边命人处理丧事，一边叫来彭城王高浟，嘱咐他今后做事要谨慎，她会尽力保护他。

743

李皇后的姐姐是安乐王元昂的妻子，长相与李祖娥相似，也是一个绝色美人。

高洋早就对她垂涎欲滴，于是故伎重演，借口到元昂家饮酒，醉酒后胡言乱语，同李皇后姐姐调情。他故意把酒洒在自己身上，让李皇后姐姐为他擦拭，趁机在李皇后姐姐身上摸摸捏捏。又将酒吐在裤裆处，要李皇后姐姐为他清理。李皇后姐姐伸着手，擦也不是，不擦也不是，高洋突然一把抱住李皇后姐姐。

元昂面呈不快之色，在旁劝阻，李皇后姐姐双手阻挡，拒不受辱，高洋虽欲火中烧，却无从下手。

有一次，李皇后姐姐入宫朝拜皇后，高洋看到机会难得，逼着将其奸淫，不让她出宫。并对李皇后说："朕欲纳你姐为昭仪可以吗？"

李皇后说："妾姐已有夫君，怎可纳入后宫？"

高洋笑着说："此事好办。"立刻命人去召来元昂，令其趴在地上，用带响声的箭射了十余下，流血遍地，元昂死于非命。

李皇后看了十分恐惧，请求将皇后之位让给姐姐。

娄太后听说了，召来高洋，说："听说你要废了皇后？"

高洋说："朕何时说要废了皇后？"

李皇后姐姐诚惶诚恐入宫，成为高洋的嫔妃。

高洋每次喝醉酒，动不动就杀人，以为乐事。做长锯、锉、碓等刑具，陈列于庭，杀人时用。所杀者多数被肢解，或焚于火，或投于水。

丞相杨愔不想让无辜之人被杀，命将狱中死囚押来，置入帐内，移作供御囚。高洋要杀人，就拉过来这些囚犯，执行皇上命令。

参军裴让之上书劝谏，说："陛下应以仁慈治天下，不可随意杀人，更不可杀害无罪之人。"

高洋对杨愔说："这是个愚人，他不想活了，怎么敢如此对朕说话？"

杨愔为了保裴让之，说："裴让之心怀叵测，想落个忠臣之名，让陛下杀了他，以成全其忠，青史留名。"

高洋听了，说："如此说来他不仅愚蠢，还是小人，朕偏偏不杀他，看他如何青史留名？"

高洋摆宴，与左右饮酒，尽兴之时，说："有此佳酿饮用，真乃大乐呀！"

都督王纮说："有大乐，也会有大苦。"

高洋听了，不高兴地说："何为苦？"

王纮说："长夜荒饮而不知停，终有一日，国破身亡，就是大苦了。"

高洋听了，开始默然不语，后来责备王纮说："你与纥奚舍乐一同侍奉朕兄文襄，舍乐为朕兄而死，卿为何不死？"

王纮说："君亡臣死，自然属于正常，但贼人力气小，砍得轻，所以臣没有死。"

高洋听了大怒，命燕子献反绑住其手，长广王高湛摁住其头，想亲手杀之。

王纮高声呼道："文襄被害时，杨愔、崔季舒逃走躲避，后来却位至仆射尚书。臣为救世宗，冒危效命，反而被屠杀，这是旷古没有之事。"

高洋听了，投刀于地，说："王纮所言有理，看来不能杀。"于是，放了王纮。

高洋曾因关陇未平，投杯震怒，召来魏收，立即写诏书，宣布远近官兵，将要西行征讨。

西周闻之朝野震动，万分恐慌，急忙加强防守。

高洋只是酒后醉话，醒来早已忘了。一天，高洋喝了酒，满面愁容对群臣说："关西不接受命令，怎么办呢？"

刘桃枝说："臣愿领三千骑，到长安擒拿其君臣来。"

高洋感到刘桃枝志向可嘉，要赐给他千匹帛。

赵道德奏道："东西两国，强弱势均，怎么可能轻易擒拿其君臣而来？刘桃枝妄言误国，应该诛之，陛下怎么可以奖赏呢？"

高洋听了，说："赵道德说的对。"把帛赐给了赵道德。

高洋乘马来到漳河边，前边是一个陡岸，要下到漳河里去。

赵道德感到危险，急忙揽住马缰绳，把马牵回来。

高洋见了大怒，拔剑要斩之。

赵道德说："臣死不恨，当到地下启奏先帝，说此儿无道，嗜酒癫狂，不可教训。"

高洋听了，默然而止。

仆射崔进是三朝重臣，曾经是高欢的心腹，崔进去世了，高洋前往吊唁。崔进的小妾李氏见皇上驾临，连忙跪地接驾。

李氏当时只有十七八岁，年轻漂亮，穿着一身缟素，不施脂粉，更显得面若桃花，唇红齿白，肤如凝脂，显露出几分凄艳的姿色。

高洋何曾见过如此着装美女，看着李氏，禁不住心旌飘摇，想来个雨打梨花。他不顾身在灵堂，当着治丧者的面，一把抱住李氏，尽行挑逗猥亵之事。

李氏少不更事，心地纯洁，既有重孝在身，又有众人在场，对皇上的兽行深恶痛绝，不停地挣扎。

高洋强行撕开李氏的衣服，面对李氏诱人的胴体，他双眼通红，伸出两手要去抚摸李氏的酥胸。李氏惊呼着逃避躲藏。高洋恼羞成怒，令人搬来一把椅子坐下，命人带过李氏，问道："看起来，你忠于你丈夫，想念他吗？"

李氏跪在地上，声音颤抖地说："俗话说'一日夫妻百日恩'，怎能不想念丈夫啊！"

高洋听了，说："那好，你这样忠贞，朕很敬佩。现在你做朕的使者，前往地府，去探望一下你的丈夫，看看朕的崔爱卿是否平安！"言毕，没等李氏醒过神来，站起来抽出宝剑，亲手砍下了她的头，然后提着扔进阴沟，说："送她去阴间吧"。

在场的人无不毛骨悚然。

有一天，高洋突然对赵道德说："朕饮酒过多，常做错事，卿须用杖痛责朕。"

赵道德不敢违拗旨意，说："臣领旨办事，请陛下不要恼臣。"说着拿起杖来要责打，高洋却起身走了。

赵道德心里说：这是什么天子，说话不算数，做出如此行动？

典御丞李集对皇上的荒唐行为直陈面谏，说："陛下对人如此残忍，难道要学亡国的桀、纣吗？"

高洋听了大怒，命人将李集绑起来，沉到漳河里，肚子里灌了许多河水，拉上来问道："现在还敢把朕比作桀、纣吗？"

李集喘着气，说："那是原来的看法。现在看来，陛下尚不及桀、纣！"

高洋又将他沉进河里。如是三次，问了三次，李集始终不低头、不改口。

高洋大笑，说："天下竟然有如此痴人，看起来史书中关龙逢、比干之事，是真的了！"挥手放了李集。

李集生性耿直，之后又几次进谏，高洋对他说："若再言此事，定当腰斩。"

不久，李集又欲进言，高洋看出他的意思，不待他说话，令左右将李集推出腰斩，从此言路断绝。

当时，群臣或杀或赦，均不能测，内外惨惨，各怀怨毒。

然而，高洋能默识强记，加以严断，群臣战栗，不敢为非。

高洋将所有政事委托杨愔处理。杨愔总摄大权，勤于政事，修改不利于朝廷的规制，使纲纪肃然。所以，当时人们说："主昏于上，政清于下。"

这一天，高洋要去晋阳，出行前与百官宴饮，之后百官到京郊送行，高洋带着醉意，说："朕举鞭即可杀之。"

黄门侍郎连子畅说："陛下喝多了，你看群臣不胜恐怖。"

高洋说："太恐怖吗？那就不要杀了。"

高洋说完，带领人马向晋阳出发，进入滏口北行，到滏山西的常乐寺拜佛，然后到行宫休息、用午餐。下午，到山上视察开凿石窟情况，已经开凿好两个石窟，第三个石窟正在开凿。高洋对督建开凿石窟的官员、僧人说："第一个石窟的秘密不可泄露，要抓紧实施。前两个石窟的佛像要抓紧雕刻，第三石窟也要加紧施工。"

高洋下山后继续西行，两日后到了晋阳，处理完公事，又到北方巡视，为了防御北方来敌，命令军队与百姓修筑长城，达到三千余里。

秋七月，河两岸出现大面积蝗灾，高洋问崔叔瓒："是什么原因造成蝗灾？"

崔叔瓒说："五行志，土动不时，蝗虫为灾。现在，外筑长城，内兴三台，才导致蝗灾。"

高洋听了大怒，命左右殴打他，然后抓着头发和脚，将其扔出去了。

献武帝时，有一个术士曾言："亡高者，黑衣人。"所以，高观每次出兵，不想见沙门。

如今又有术士谈起此话，高洋想：谁是黑衣人呢？

高洋问左右："何物最黑？"

左右说："没有比漆更黑的了。"

高洋觉得上党王高涣，排行第七，他把"七"误解为"漆"。派都督韩伯生到邺城，召其到晋阳。

高涣以为高洋要害自己，到紫柏桥，杀了韩伯升，浮河南渡而逃。走到济州，被人抓获，送到邺城，囚禁起来。

高洋作太原公时，与永安王高浚同见世宗高澄，高洋故意流出了鼻涕，也不擦掉。

高浚责怪其左右，说："为什么不为二哥擦了鼻子？"

高洋对此事怀恨在心，即位之后，命高浚为青州刺史，高浚做事公道，勤政爱民，青州官吏、民众非常拥护他。

高洋酗酒一事，高浚私下对亲近者说："此非人君所为之事。"他又把杨愔叫到背处，责怪说："为什么不劝谏皇上？"

杨愔知道，皇上最不喜欢大臣与诸王交往，他怕高洋知道后起疑心，将高浚劝他之事，奏与高洋知道。

高洋听了大怒，说："此等小人由来难忍。"

高浚不知杨愔将他的劝谏告诉了皇上，回到青州，又上书劝谏皇上戒酒。

高洋看了，更加恼怒，发诏书让其回来。

高浚知道回去不会有好结果，托病不去。

高洋派人到青州强迫高浚回邺城，青州民众数千人哭着送行。

到了邺城，高洋将高浚与高涣都装入铁笼，放置在北城地牢，饮食起居、大小便共在一所。

常山王高演，是神武帝第六个儿子，高洋同母兄弟。幼年异常聪明，有大成之量，笃志好学。他对看过的文集，能探究要旨，而不喜欢词彩。读《李陵传》时，他非常欣赏李陵的所作所为。他的记性特好，在交往的朋友中，一旦知道其家讳，终身未曾误犯。他非常孝顺，娄太后有病，心痛时不能忍受，高演就侍奉床前，以指甲掐其手心，为娄太后分担痛苦，鲜血流到衣袖，从不做声。

娄太后非常喜欢高演，认为其在诸王中最贤明。高洋也十分看重这个弟弟，对他关爱好于其他王。朝中勋贵、亲戚在一起，相戏角力，不限贵贱。但是，只要高演到了，则内外肃然。

高演对皇上沉湎无度，非常忧愤，他劝谏说："陛下神明英武，前几年征战四方，扩疆拓土，赢得四方安宁。如今该励精图治，强大国家，怎么能沉湎酒色呢？"

高洋听高演夸奖他的功德，心中高兴，他的劝谏，也是为国家着想，但是，却对他说："只要有你在，朕为什么不能纵乐？"

高演听了，哭着跪到地上，说："兄弟是盼望皇上哥哥身体康健，国家富强呀！"说着竟憋得满脸通红，差点晕倒。

高洋看了，十分感动，将酒杯摔于地，说："你嫌朕如此，从今往后，谁敢再向朕进酒，立刻斩了他。"然后，把所用的御杯盘、酒器全部抛弃、砸坏。

娄太后与大臣们认为，高演的劝阻，使皇上真正戒掉酒，是件大好事。可是，数日后，高洋酒瘾又犯了，沉湎如故。

高演看到皇上又犯了酒瘾，要再次进谏。

高演宾友王晞劝说："王爷，现在陛下性情多变，若再次劝谏，恐怕惹陛下恼怒，后果不堪设想。"

王晞，字叔朗，幼年孝顺谨慎，儒雅有气度，好学不倦，言行合乎礼仪。当时，神武帝高欢访求朝廷官员的子弟里忠孝谨密之人，让他们和自己的诸子交游。王晞和清河人崔赡、顿丘人李度、范阳人卢正通首先应选。

高欢对王晞等人说："我的儿子们都尚未长大，意志和见识尚不坚定，亲近善人或亲近恶人，成长是不一样的。若我的儿子遵守规矩法度，你们各位的官禄爵位，将仅次于我的儿子；如果让他们进入邪道，证明是你们影响的，那么，罪责不会只惩罚你们，而是要追究各位全族。"

王晞跟随高欢到了晋阳，补任中外府功曹参军，并成为常山公高演的宾友。

王晞劝高演不要再次苦谏，高演不听。

高演屡次劝谏，高洋非常不满，要追究高演罪责，他知道高演性格严肃，办事认真，他的属下尚书郎中有办事失误者，高演常加以责罚。令史奸滑，高演对其考核不予宽恕。高洋认为高演的僚属一定会有怨恨。他站在高演面前，用刀置于其肋，说："凡受过高演惩罚的人，都可以控诉高演的罪过，朕来给你们做主。"

高演的属下吓得跪下，没有一人出来控诉，甘愿一死，也不忍心诬陷高演。

高洋看到众人如此拥护高演，自语说："没想到弟弟如此得人心。"就放了高演。

高洋怀疑高演屡次劝谏，是其宾友王晞指使，调查此事，若真是如此，要杀了王晞。

高演知道了，私下里对王晞说："王博士，陛下怀疑我的劝谏是你指使，此事怪我。但是，为了活命，也是为了自全，我要委屈你接受责罚，你要心知肚明，不要怪罪。"

王晞明白，说："王爷尽管安排，我不会埋怨。"

高演命人将王晞杖责五十，到后面养伤。

高洋听说王晞被杖责，不再杀他了，只是将其头发剃光，配甲坊。

之后，高演性格执拗，对高洋再次劝谏。

高洋这次真急了，命人责罚高演五十杖，使高演受伤很重。

高演如此受伤，并不服气，居然以绝食相逼。

娄太后听说了，在宫里不停地哭泣。一面责怪高洋不该重责弟弟，一面派人去看望高演。

高洋看到娄太后如此，不知该怎么办了，说："倘若这个小弟死了，怎么对得起母亲？"于是，高洋一面命太医为其疗伤，一面几次去看望高演的伤情，说："你若吃饭，朕把王晞还给你。"

然后，召来王晞，命其侍奉高演，并劝其吃饭。

高演见了王晞，抱着王晞的脖子，说："我气息要没了，恐怕不能活多久了。"

王晞流着泪，说："天道神明，怎么能让殿下这样弃世？陛下亲为人兄，尊为人主，怎么可以与彼计较？殿下不吃饭，太后伤心也不吃饭。殿下纵然不自爱，难道不念太后吗？"

高演本来孝顺，听了王晞的话，触动了他的痛处，为了使母亲无忧，强打精神坐起来吃饭。

王晞劝说有效，因此高洋不再追究其罪责，让他继续做高演的宾友。

高洋想取悦娄太后，要给高演晋爵，命录尚书事，百官都去祝贺。

王晞对高演说："受爵天朝，拜恩私邸，自古不可为。"

高演认为有道理，所以，一切祝贺者全部谢绝。

停了一段时间，高演对王晞说："皇上起居不恒，我怎么可以因为上次惹了一怒，从此就闭口不言呢？烦劳卿撰写一个奏章，方便时再劝谏一番。"

王晞逐条列了十余件事，呈给了高演。

王晞虽然写了奏章，却对高演说："现在朝廷所恃、臣民所望，唯殿下一人。殿下为何要学匹夫之耿介，以轻一朝之命？陛下若药性发作，自己不能控制自己，手里的刀剑还能分清是不是亲人吗？一旦祸出理外，让殿下的家业怎么办？让皇太后怎么办？"

高演听了，长叹一声说："会导致大祸吗？"

第二天，高演见了王晞，说："我长夜难眠，反复思考，卿所说是良言，我已经打消了原来的主意。"说完将王晞写的奏折，在火上烧了。

高洋酒醉之后，常到宗亲之府游荡，到哪里都留恋很久。唯有到了常山王高演那里，不到半个时辰就走了。

北齐天保八年（557年），高洋想教育太子，太子高殷自幼性格温和，心地开朗，聪明好学，礼贤下士，关心时政，很有美名。

高洋却嫌他不像自己，与鲜卑人相差甚远，反而具有汉人的性格，他想锻炼太子的意志，带领太子登上金凤台，命人押来一个重犯，让太子亲手杀了他。

太子手握刀柄，面色发白，神情紧张，挥刀三次，不能砍其头。

高洋大怒，拿过马鞭抽打太子。

太子因恐惧，说不出话来，神情昏乱。

高洋更加嫌弃他，曾在举行宴会时，几次说太子性格懦怯，社稷事重大，不如传位给常山王高演。

高洋说传位给常山王高演，是否真的实行，请看下回章节。

# 第 **64** 回

◆

## 应卜言高洋驾崩　揽朝政杨愔丧命

话说高洋几次与人说太子懦弱，不如传位给常山王高演。

太子少傅魏收对杨愔说："太子乃国家根本，不可动摇。至尊三杯酒以后，多次说传位于常山王，使臣下怀有二心，若真要施行，就当决定执行，不然，这样的话不是儿戏，只能使国家不安。"

杨愔将魏收的话上奏高洋，高洋也感到确实不妥，以后不再说那样的话了。

当时，有个叫皇甫玉的人，善相人。有一次，他看到高澄带着军队从颍川回来，高洋跟在后面，对人说："大将军不是前面那位，而是后边那位。"

高洋登基后，要测试皇甫玉的相术，特地用帛巾将他的眼睛蒙上，让他抚摸众人。

摸至高洋，他说："这位的职位最高，有帝王相。"

摸到高湝，他说："这位当至丞相。"

摸到高演、高湛：他说："这二位都要显贵腾达。"并分别掐了他们一下。

摸到石董桶，他说："这位是个滑稽的俳优。"

摸到供膳厨师，他说："应该是提供美食佳肴的。"

高洋看到皇甫玉全预测对了，重赏他一笔钱，让他回家了。

皇甫玉曾给高归彦相面，说："你会位极人臣的，但切勿造反。"

高归彦说："我为什么要造反？"

皇甫玉说："你有反骨。"

皇甫玉虽说相术精准，但有个爱显摆的坏毛病，总是把不该讲的秘密说给妻子听。有一天，他在家对妻子高氏讲："皇上在位自今不会超过两年。此话不可对外人讲。"

高氏憋不住，将此话告诉了亲戚、中书舍人斛斯庆。

斛斯庆向皇上作了禀报。

高洋听了十分不快，召皇甫玉到皇宫。

皇甫玉对妻子说："我今天进宫回不来了，如果能坚持到下午，也许有活的可能。"

高洋问皇甫玉："是否说过朕在位已超不过两年？"

皇甫玉回答："是的。"

高洋大怒，命将皇甫玉斩首。

经过皇甫玉之事，高洋想到"天保"二字的含义，知道皇甫玉说的也许是真的。因此，性情更加暴躁，整天耽于酒色，服用五石散后，淫虐之事无所不为，用刑极为残酷。有司逢迎上意，施刑更加严酷。有时烧红犁耳，让犯人站立其上；有时烧红钉，让犯人用臂穿进去，烫其皮肤，犯人不胜痛苦，高洋却以此为乐。

高洋对临漳令稽晔、舍人李文思不满，把二人赐给臣下为奴。

侍郎郑颐对尚书王昕说："自古没有朝士为奴的。"

王昕说："怎么没有？商朝的箕子就曾为奴。"

郑颐转头来向高洋上奏，说："王昕以稽晔、李文华为奴，类似箕子为奴，这不是把陛下比作暴君桀、纣吗！"

高洋把此事记在心里，朝会后，高洋与群臣摆宴饮酒，王昕称病不到，高洋派宫人去召。

不久，宫人先回来了。

高洋问："王昕在家干什么？"

宫人说："王昕在家，跷着二郎腿吟诵长诗呢。"

高洋听了大怒，立即将王昕抓来，并不责问，直接在殿前将其斩首，并命人将其尸体投入漳河之中。

高洋带领高湛等到北城，去地牢里看高浚、高涣二王，他来到地牢唱歌，命二王和之，二王心中恐惧，虽然和之，但声音发颤，显出悲痛。

高洋听了怆然泪下，想赦免二王。

长广王高湛在旁，他与高浚不和，对高洋说："猛虎怎么可以放出穴呢？"

高洋听了没有说话，不再赦免二王。

高浚听到高湛的话，叫着高湛的乳名，说："步落稽，我与你有什么仇，而必害我？但你的狼心，皇天可见。"

高洋知道高浚与高涣都有雄才大略，恐成后患，亲自用矟向笼中刺之，又使刘桃枝向笼中乱刺。高浚、高涣用手将矟折断，并号哭呼天，高洋命人将柴点燃，投于笼中，二王被活活烧死，再填进去土石。之后，挖出其尸体，皮肤、毛发都烧光了，尸体若炭，远近为之痛愤。

高德政与杨愔同为宰相，对高洋的醉酒乱行曾强烈劝谏几次。

高洋很不高兴，对左右说："高德政经常以精神凌逼人。"

高德政听了，心中恐惧，称病不上朝。

高洋对杨愔说："朕很担心高德政有病。"

杨愔说："陛下若让他去冀州做刺史，他的病就好了。"

高洋听了杨愔的话，下旨，命高德政到冀州做刺史。

高德政见了圣旨，马上起来了。

高洋知道了，大怒，召见高德政，说："听说卿病了，朕为你针灸。"说着就用小刀刺之，血流满地，又命人抓下去斩其足，刘桃枝执刀不敢砍下去。

高洋责怪他，说："你的头就要落地了。"

刘桃枝不敢违抗，挥刀斩下其足之三指。

高洋依然很愤怒，囚其于门下，到了夜里，用毡裹着送回家。

高德政妻子感到家庭危机，将家中珍宝拿出来，摆在四张床上，准备送到亲戚家。

高洋想起昨天责罚高德政，去其府上探望，看到那些珍宝，怒道："朕内府还没有这些东西，你家却有，这是哪里得来的？"

高德政和妻子不能回答。

于是，高洋命将他们夫妻二人拉出去斩首，并将其子伯坚也杀了。

却说东魏宗室诸王被降为公以后，依然食齐禄，没有被摒弃。这一年五月，太史令奏称："天文有变，理当除旧布新。"

高洋问彭城公元韶："汉光武为什么能中兴？"

元韶如实回答，说："因为诛杀刘姓人不尽。"

高洋说："卿说的很对。"然后，将东魏宗室等二十五家全部杀害，并将尸体抛到漳河之中。

后来，渔民打上来的鱼，经常从其腹中看到人的指甲，邺城附近的民众，很长时间不敢吃漳河里的鱼。

不久，高洋到晋阳，将居住在晋阳的东魏诸元全部斩于东市，将其婴儿抛到空中，用槊往空刺之。

元韶因为是高家的女婿，没有被杀，而是被囚禁起来。

美阳公元晖业骂元韶，说："你还不及一个妇人，把玉玺送人，为什么不击碎它？我说这话知道会死，可是，你又能活多长时间？"

高洋听说元晖业如此猖獗，下令杀之。然后，将元韶的须发剃光，让他抹上粉黛，说："朕以彭城公为嫔妃。"讽刺他懦弱得像个妇人。

当时，高洋问元韶话时，他本想与皇上套近乎，没想到一句话，导致诸元被杀尽，自身也被囚于地牢，他没有饭吃，只好吃衣袖，最后饿死。

北齐天保九年（558 年）夏，数月无雨，地里庄稼多被旱死。高洋带领文武大臣，到西门豹祠堂前祈雨，祈雨期间需要等候，高洋酒瘾上来了，命人摆案喝酒，一会儿就醉了。他醉眼看天，万里无云，丝毫没有下雨的迹象，不由得大怒，说："西门豹大夫既然不灵，还供奉他干什么？"说完，命令军士拆除西门豹祠，挖掘西门豹墓。

太史令劝道："拆除祠堂就够了，何必再掘其墓呢？"

高洋不听，坚持掘墓。

十二月，杨愔奏道："陛下，京都四面寺院林立，却没有一座皇家寺院，是否建造一座皇家寺院？"

高洋听了说："将清河王在城南建造的大宅改建为皇家寺院，名称叫什么呢？"

杨愔奏道："皇家寺院自然要庄严威武叫大庄严寺如何？"

高洋听了，说："很好，就叫大庄严寺。"

有一次，高洋在金凤台上喝酒，突然想看看风筝的力量，让一个人乘风筝从金凤台上向下飞，看能否飞下去不死。

杨愔奏道："陛下，可以让死囚犯乘风筝向下飞，能飞者可以免死。"

高洋准奏，押来死囚，让他们乘风筝向下飞，结果很多人飞不起来，坠下去摔死了。只有一个叫懒毛的，飞到了郊外的道路上才坠下来。

高洋见了并不高兴，将他关进监狱，不给他饭将其饿死。

定襄令元景安，为了保命，请示改为姓高。其从兄元景皓说："大丈夫宁可玉碎，不为瓦全，怎么能弃本宗，而从别人姓呢？"

高洋听了此事，说："既然元景皓想玉碎，就成全他吧。"于是，将元景皓诛杀，赐元景安姓高。

高洋常年嗜酒，吃五石散，身体日渐虚弱，有时整夜不眠，李皇后为他忧愁。

高洋说："卿不必忧愁，记得泰山道士伸出三个手指吗，朕想应是十年十月十日，如若天命如此，何必忧愁？"

高洋未登基时，儿子出生取名殷，字正道。

高洋感到儿子名字不吉利，对左右说："太子的字不吉利，正道的正字，上下分开是一止，看来朕的儿子不能当皇帝了。"

左右说："请陛下改之。"

高洋说："此乃天意，怎么可以改？"

北齐天保十年（559年）九月，高洋留高湛守邺城，率领文武大臣到晋阳。不久，高洋得病，食不下咽，唯能喝酒，知道不能久矣，对皇后说："人生必有一死，何足可惜？可怜正道年幼懦弱，登基以后，恐怕会有人夺其位呀！"

高洋召来高演，说："朕将不久于人世，太子即位，需卿辅佐，卿若夺权，任由夺之，但请勿杀之。"

高演跪下说："臣一定尽心辅佐太子。"

高洋召来平秦王高归彦、丞相杨愔、侍中燕子献、侍郎郑颐，下遗诏传位给太子，四位大臣辅政。

十月十日，高洋在德阳堂去世，随之发丧，大臣都不流泪，唯有杨愔涕泪横流，呜咽不已。

太子高殷即位，年号乾明，大赦天下。高洋谥号文宣皇帝，庙号显祖。尊娄太后为太皇太后，李祖娥为皇太后。

十一月，高洋梓宫运往京师。请风水先生在献武帝陵西约五六里处选址，挖掘墓穴，请工匠、画师在墓穴装饰。

常山王高演在禁中护丧期间，高殷诏高演居住在东馆，军国之事，先咨询高演，然后决断。

杨愔感到常山王高演、长广王高湛是新皇近亲，辈分高，权力重，恐不利于新皇，心中担忧，他主持朝政已久，考虑新皇年少，自己应该主动承担朝廷大事，所以，很多事情不与高演等商议，予以决断。

高演看出杨愔之意，为了避嫌，回到府中，唯有诏书，方才施行。

阳休之去拜见高演，高演避而不见。

阳休之见王晞，说："西周时期，周公朝读百篇书，夕见七十士，忧恐不足，大王为什么怕嫌疑，乃拒绝宾客呢？"

王晞将阳休之的话告诉了高演。

高演说："过去，显祖在世，群臣尚不能自保，今一人垂衣拱手，我等亦保悠闲，何必急切地求取功利？"

王晞说："新帝年幼，处理朝廷大事，容易被人误导，殿下为新皇叔父，应该朝夕在朝，皇上的旨意应该亲自审阅，然后实行。如果朝廷的圣旨、诏令出自别姓人之手，大权必为其所有。殿下即使退守藩地，欲求自保，若有人假借皇命害殿下，岂能自保？高家之皇位能保长久吗？"

高演沉默很久，说："我该怎么办？"

王晞说："昔日，周公保成王，摄政七年，等成王长大，将政权还给成王，此事请殿下考虑该怎样处之。"

高演说："我怎么敢比周公呢？"

王晞说："殿下今日面临的形势，想不做周公可以吗？"

高演没有说话。

北齐乾明元年（560年）二月，新帝高殷奉显祖之丧前往邺城。太皇太后、皇太后也要随行。

众人商议，晋阳乃国家根本，不可大意，常山王高演必须留守此地，加强防守。

当时，太后李祖娥、杨愔等已生疑忌，命高演、高湛二王随从到邺城。

朝廷内外听了此事，都感到惊讶。

高演出发的时候，王晞到远郊送行。高演命王晞迅速回城，抓住王晞的手，说："一定要努力自慎。"然后，跃马而去。

高殷一行到达邺城，停灵在太极前殿。墓穴已经装饰好了，名为武宁陵。下葬时，为文宣皇帝举行了隆重的下葬仪式。

当年，高洋杀了上党王高涣，将其妃李氏配给了家奴冯文洛，高洋去世后，太皇太后赦李氏回王府。

冯文洛怀恋李氏，故意修饰一番，盛装来见。

李氏坐在堂上，旁列左右，让冯文洛跪于阶下，对其说："我遭难流离，以致身受大辱，志操寡薄，不能捐躯自尽，有愧先王。如今蒙恩诏返藩闱，你身为奴才，不知其罪，还有脸再来侮辱我？"喝令左右去其冠，杖责一百，血流满地。

太皇太后知道了，将冯文洛头发剃光，鞭打一顿，发配到甲坊服劳役去了。

可朱浑天和与东平公主夫妻二人，对杨愔、燕子献说："主少国疑，若不让二王离开，少主没有自安之理。"

杨愔、燕子献等认为有道理，谋划让太皇太后回北宫，使政务归于皇太后。

杨愔对天保年以来爵赏多滥感到不满，想澄清爵赏，淘汰一些。他写了表奏，列出凡是盗窃恩荣者，都要废黜罢免，因此，那些失去恩宠丢职的官员，心思都归于二王。

高归彦总管禁旅，在晋阳发兵时，杨愔私自决定留下从驾五千兵，以备出现非常之事，到邺城数日后，高归彦才知道此事，心中不满。因此，当初与杨愔、燕子献同心，如今变心了，将杨愔、燕子献所谋之事告诉了高演、高湛。

侍中宋钦道曾在东宫侍奉，教太子官场之事，以旧臣在新帝之侧，向高殷奏说："二位皇叔权威太重了，宜尽快让他们离去。"

高殷说："此乃大事，可与执事共商此事。"

杨愔、燕子献等商议，将二王派出为刺史，因为新皇仁慈，恐怕不听，通报给皇太后，请求她主此事。

宫中嫔妃李昌仪，即文襄之妃琼仙，文襄死后，得宠于太皇太后，常居宫中。李太后因与她同姓，因此，相互之间昵爱，把杨愔所奏之事告之。李昌仪当面认为可以，而私下里密启于太皇太后。

太皇太后听了大怒，立即召来二王告之，令各自为计。

高演急忙召斛律金、贺拔仁等商议，二人都说："主上年幼，性格懦弱，想派大王于外，杨愔等人之心不可测也，今后权归他姓，国事不可预料，为大王计，不如收而杀之，以除后患。"

高演说："现在政事由他操办，其党众多，事若不成，反而招祸，怎么办？"

斛律金说："此时他们正得志，不以大王为意，乘机猝发，除之不难。"

高演认为有道理。

杨愔、燕子献等又改了主意，不再令二王出去，奏请高湛镇守晋阳，高演为录尚书事，留守邺城。

高演、高湛秘密结交功勋权贵，商议抓杨愔等。计划在尚书省后室，埋伏壮士十人，到高演拜职日时，大会百僚，相约暗号施行。

高演说："行酒到杨愔时，我各劝两杯，他必然推辞，我先说两次'执酒'，第三次说'何不执'，你们就出来，将其抓住。"

到了拜职日，杨愔、燕子献要去，郑颐说："世事难料，不可轻易去赴会。"

杨愔说："我等为国家一片赤心，常山王拜职，怎么能不去呢？"

在尚书省设宴堂上，大家坐定，二王殷勤劝酒。行酒到杨愔，高演按照相约暗号，第三次说"何不执"时，埋伏在后室的十名壮士出来，将杨愔抓起来了。

杨愔高声叫道："常山王想杀忠良吗？臣赤心为国，何罪之有？"

高演说："主上年幼，汝等蒙蔽皇上，欺负诸王，何来忠心？"

于是，命人对杨愔、可朱浑天和、宋钦道等拳打脚踢，最后用杖将其打得头破血流。燕子献力气大，头发少，士兵抓其头发没抓住，让他走脱，刚出门，被斛律金擒住。

燕子献叹气说："大丈夫为计迟了，以至于此。"

高演又派薛孤延去抓郑颐，郑颐也叹气说："不听智者之言，以至于此，这就是命运呀！"

高演、高湛命高归彦、贺拔仁、斛律金押着杨愔、可朱浑天和、宋钦道、燕子献、郑颐等，来到龙云门，都督叱利骚、仪同成休宁都拔出刀，拦住去路。

高归彦是他们的首领，向他们发令放行，二人不听，但高归彦久为领军，军士信服，他们听到命令，丢下了兵器。

成休宁看了，摇头叹气而退，叱利骚挺立如故，高归彦到其身前，拔刀将其杀了。

高湛与高归彦在朱华门外监视杨愔、可朱浑天和、宋钦道、燕子献、郑颐等。

皇宫内听到有变，新帝、太皇太后与皇太后都出来了。太皇太后坐到殿上，太后与新帝站立两侧。

高演与群臣到昭阳殿，高演在阶下叩头，奏说："臣与陛下，骨肉至亲，杨愔等独擅朝权，威福由己，且仇视朝廷宗亲，企图乱政，若不早图，必为宗亲之害。臣与长广王为社稷，斛律金、贺拔仁珍惜献武皇帝大业，不忍其丧于权臣之手，共同抓了杨愔、燕子献等，未敢行戮，请求圣裁，专擅之罪，诚该万死。"

当时，朝廷中及两廊卫士两千余人，皆披甲待诏。

武士娥永乐武力绝伦，受到文宣皇帝喜爱，他将刀稍稍拔出鞘，跪在地上仰面向上看。

太皇太后喝令退下去，娥永乐没有退去。

太皇太后又厉声说："奴辈今日要头落地才退却吗？"

娥永乐将刀刃向内，哭着不起来。

太皇太后问："杨郎何在？"

贺拔仁说："一只眼睛已经被抓了。"

太皇太后怆然说："杨郎虽有才，但心胸狭窄，专权乱政，留着他有什么好处？"又对新帝说："此等怀逆之臣，想杀我二子，下次将涉及我，陛下为何纵容他？"

高殷平时有点口吃，仓促之间答不出话来。

太皇太后又怒又悲，说："我母子怎么受如此欺负？"

太后李祖娥听了，急忙下拜。

高演叩头不已，发誓说："臣无异志，但求免臣死罪而已。"

太皇太后对高殷说："怎么安慰你叔叔？"

高殷平时对太皇太后又怕又尊，听了太皇太后的发问，急忙说："孙儿虽为天子，绝不敢违背太皇太后旨意，今后朝政还望叔叔帮扶，杨愔、燕子献等人的命运，全由叔叔处分。"

太皇太后对高演说："既然新帝下旨全由你处分，你就该代替新帝颁发圣旨。"

欲知高演替高殷下旨，如何处分杨愔、燕子献等，请看下回章节。

# 第 65 回

## 侄禅叔高演即位　　臣弑君西魏换主

话说太皇太后命高演代替高殷下旨，处分杨愔、燕子献等，高演心中大喜，代新帝传旨："将杨愔、燕子献等全部斩首。"

高湛非常痛恨郑颐，先拔其舌，后斩其首，又将娥永乐斩首。

太皇太后对杨愔被斩感到惋惜，知道他为了朝廷一片忠心，只是心胸狭窄，容不得人。若凡事与高演等商量，何至于此？太皇太后亲临其丧，用带着悲痛和颤抖的声音说："杨郎忠而获罪，可惜了！"用御金做了一只假眼，命人为其装上，说："以金做眼，以表我意。"

高演也知道杨愔人才难得，杀了有点可惜，遂请新帝高殷下诏：杨愔罪止一身，家属不问罪。

高殷让赵彦深代杨愔总理政务。

阳休之私下对人说："处理国家大事，杀了麒麟而用蹇驴，实在可悲呀！"

北齐乾明元年（560年）三月，高殷任高演为大丞相、都督中外诸军事、录尚书事，高湛为太傅、京畿大都督，段韶为大将军，高淹为太尉，高归彦为司徒，高浟为尚书令，高肃为兰陵王。

政务大小，一切均由大丞相高演主持。

一天，高演对太皇太后说："父兄在时，均以晋阳为战略要地，重点防守，儿想去晋阳镇守，既可防北方之敌，又可防西周入侵。"

太皇太后听了，认为有道理，高演奏于高殷："晋阳乃我国根本，臣想到晋阳镇守，以防外敌入侵。"

高殷准奏。

高演到了晋阳，以王晞为司马，对王晞说："上次不用卿言，差点儿遭遇不幸，现在清君侧已成，以后我该怎么做呢？"

王晞说："殿下过去的地位，还可以名教自处，今日形势，关乎天时，不是人力所能及的。"

高演请王晞到密室，对他说："朝中有些王侯、诸贵曾劝我再进一步，说我违天意不祥，恐有变故，对这些人我想绳之以法，可以吗？"

王晞说："前段时间朝廷重用外臣，疏远骨肉，殿下能审时度势，果断行事。现在大权在手，却如芒刺在背，上下相疑，怎么可以长久呢？目前，殿下不思再进一步，而是想谦让退却，将社稷神器当作秕糠，实际是违背天意，毁灭先帝艰苦所创之基业。"

高演听出王晞的意思，脸色一沉说："卿怎么也说这样的话？依法也应判处重罪。"

高演说话色厉而声柔，王晞又说："顺天时，依人事，这不是阴谋，之所以冒犯权威，实际是神明所赞扬的。"

高演说："拯救畏难，匡扶社稷，效仿圣人，此乃我该做之事，怎么敢有私心？卿须谨慎，不可乱言。"

二人谈话到深夜，王晞才退出。

却说新帝高殷年幼，性格柔弱，不善处理朝政，高演时在晋阳，时回邺城，多有不便，一些善于阿谀奉承之徒，想巴结高演，不断对高演劝进，对新帝取而代之。

起初，高演会斥责对方不可乱言，久之不由得心动，他问王晞："现在朝廷内外都有劝我即位之意，唯有赵彦深朝夕在我左右，为何没劝过一次？"

王晞说："赵彦深不是不说，是不敢说。"

不久，王晞见到赵彦深，将高演所言告诉了他。

赵彦深知道此事后，再见到高演，也劝他袭位。

赵道德听到群臣议论，认为不妥，对太皇太后说："相王不学周公辅佐成王，而想骨肉相夺，不怕后世说其篡位吗？"

太皇太后说："爱卿之言有理。"

太皇太后召来高演，说："皇上年幼，本性善良，你该尽心辅佐，不可听信阿谀奉承之言有别的想法。"

高演不敢违抗母亲旨意，此事便放下不提了。

过了一段时间，赵彦深、王晞又提起禅让之事，高演也认为不可再拖了，来到太皇太后面前，说："现在，新帝年幼，处事懦弱，致使天下人心不定，群臣一再推举孩儿执政，不可违背民意，延迟恐生变，须早点定了名位，以合四海之望。"

太皇太后看到高演再次提出，高殷的性格、能力确实差点。考虑国事为重，同意了此事。

北齐乾明元年（560年）八月，太皇太后下诏：新帝高殷将帝位禅让于常山王高演。封高殷为济南王，出居别宫。并告诫高演，说："济南王乃你侄儿，不可有不测之事发生。"

高演于晋阳即皇帝位，大赦天下，改元皇建。

太皇太后为皇太后，原皇太后李祖娥称文宣皇后。

高演做了皇帝，立刻下诏册封功臣，礼赐耆老，访求直言之士，褒奖敢死之将，追赠名德，处理朝政十分勤勉，大力改革高洋在位时之弊，朝廷上下大悦。

王晞支持高演做了皇帝，再见面自然讲究君臣之礼，而不像以前那样随时求见。

高演对王晞的表现不满，召来王晞，问："卿现在怎么像客人一样，屡次远离朕？今后凡有什么想法，应该随时与朕交流。"

王晞说："过去的王爷已成为至尊，臣怎么可以像过去那样行为？"

高演对阳休之、崔劼二人说："卿二人每日做完公务后，到东廊查录历代礼乐及田市征税，有不适合的，全部详细考究，将结果上奏，有需要改的就要改。"

高演曾问舍人裴泽："外边议论朕得失怎么样？"

裴泽说："陛下聪明至公，可与三代相齐，而有识之士说，在帝王的气度方面，不够宏大。"

高演笑着说："卿说的对，朕初登皇位，考虑不够周全，所以才如此，但此事怎么可以长久如此呢？"

库狄显安曾侍坐，高演说："显安是朕姑姑的儿子，与朕为至亲，有何建言，可与朕说，朕不会怪你的。"

库狄显安说："陛下事必躬亲，做事太细，天子倒像一个地方官吏。"

高演说："朕知道，目前形势不得不如此，等政清弊革，将改为宽大些。"

高演登基一年，广施仁政，勤勉治理，国家逐渐富裕，兵力逐渐强大。

一日，边臣奏报："北周宇文护连杀二主，人情大忧。"

高演听了，认为是征讨北周之时，召来群臣商议，说："过去，献武皇帝想灭掉宇文，有志未遂。现在，宇文篡魏以来，国家多事，杀逆时闻，朕将整率六师，平定关西，以讨乱臣之罪，以申先帝之志，诸臣要共同努力，建立功勋。"

于是，颁布诏书于四方，各自练兵以待。

周朝君臣上下听说此事，非常惊恐。

却说宇文觉即位时，年十六岁。朝政被宇文护把守，楚公赵贵、卫公独孤信功劳勋望，太祖把他们当成心腹。现在，宇文护专政，威福自由，二人怏怏不服。

赵贵想谋杀宇文护，独孤信制止说："不可，这是先王的主意，何况又是至亲，我等杀之不祥。"

赵贵听了，才打消这个念头。

赵贵、独孤信二人说话时，宇文盛正好从窗外走过，听了二人所言，告诉了宇文护。

宇文护听了大怒，说："赵贵居功自傲，居然敢作乱，我若不先动手，必然成为后患。"

第二天，宇文护在殿内埋伏了壮士，赵贵上朝时，将其抓起来，不奏明皇上，便把他杀了。

独孤信声名显赫，又曾劝诫赵贵不可谋杀宇文护，所以宇文护不想公开诛杀他，遂免去其官职，找机会逼迫其自刎。然后，令其儿子独孤善袭封卫国公，祭葬加礼。

宇文觉性格刚烈，处事果断，十分讨厌宇文护专权。如今听说其杀了赵贵，逼迫独孤信自刎，不由得大怒，说："晋公擅杀大臣，简直目中没朕，朕还做什么皇帝？"

朝臣李植在太祖时为相国司录，参掌朝政。司马孙恒久居要职，每日在帝侧。二人见宇文护杀戮大臣，也怕被宇文护不容，他们与宫伯乙弗凤、贺拔提向皇帝上奏："宇文护自从杀了赵贵以来，威权日盛，谋臣宿将争着去依附他，以臣等观之，陛下天位难保，愿早日图之。"

宇文觉听了，说："爱卿所言，正合朕意。只是宇文护军权在握，如何处之？"

乙弗凤说："以先王之明，应委托李植，司马孙恒为政，将此事交给此二人，何患不成？况且宇文护常自比周公，臣听说周公摄政七年，然后返政。宇文护心怀叵测，未必能如周公，陛下怎么能等七年？"

宇文觉听了，更加信之。于是，筹划杀宇文护，命人选调武士，经常到园中讲习，练习抓捕之势。

李植又约宫伯张光洛同谋。张光洛认为宇文护大权在握，皇帝孤立于上，事情必然不成，他表面上同意李植，私下里却告诉了宇文护。

宇文护听了，冷笑道："陛下能有什么作为？废之恐怕人们惊骇，不如先离其党。"

第二天上朝，宇文护奏请皇帝："命李植为梁州刺史，司马孙恒为潼州刺史。"

宇文觉不敢违抗，只好命二人赴任。

李植、司马孙恒既然外任了，宇文觉常思念他们，每次都想保护他们。

宇文护向皇上奏道："天下至亲，无过于兄弟。若兄弟之间怀有二心，其他人又怎么可以信任？太祖以陛下年少，嘱咐臣后事，臣情兼国家，实际愿竭其股肱，辅佐陛下，臣所做之事，均为了陛下与国家。若陛下亲揽万几，咸加四海，臣死之日，犹生之年。但陛下若不信臣而处之，恐小人得志，祸乱朝廷，不但不利于陛下，也将倾覆社稷，使臣无面目见太祖于九泉。臣为天子之兄，位至宰相，尚复何求？愿陛下勿信谗言，疏远骨肉。"

宇文觉听了，颇为心动，不再考虑谋杀宇文护之事。

乙弗凤看了，非常恐惧，向宇文觉奏道："宇文护口蜜腹剑，言行不一，不可不防，事不速断，反受其乱。陛下不杀宇文护，不但臣等免不了死，杀逆之祸，即在眼前。"

宇文觉年幼，相信了乙弗凤的话，继续密谋杀宇文护，定计于次日，召集群臣来参加宴会，然后抓宇文护杀之。

刘光洛是宇文护的心腹，朝夕伺候皇帝，一点小事就向宇文护汇报，听了皇帝密谋，召来柱国贺兰祥、领军尉迟纲，诉说皇上见害之意。

贺兰祥、尉迟纲听了，劝宇文护将皇帝废了，说："公若自全，不如废之，另立贤明之君。"

宇文护说："主少国疑，及行废立，人心不服怎么办？"

贺兰祥说："皇帝可辅佐则辅佐，不可辅佐则废之。昔先王废魏少主就是这样。事在速为，前事可以为师，以公今日之威望，废昏立明，谁敢不服？"

宇文护觉得有道理。当时，尉迟纲总领禁军，宇文护命他派兵入宫，先收其党。

尉迟纲到了外殿，召来乙弗凤、贺拔提议事，二人不知事露，一同来见尉迟纲。尉迟纲命将二人抓起来，送到了宇文护府，又解散了殿前宿卫兵。

宇文觉在宫中，以为功成在即，还在谋划诛杀宇文护后，谁为宰相、谁为行台等。

一会儿，有人来报："殿前宿卫被解散了。"

宇文觉大惊道："此事一定有变化，须防止卫兵进入。"急忙召集几十个宫人，环卫左右，执兵自守。

一会儿，贺兰祥奉宇文护之命，入宫见皇帝，甲士随从二百余人，拿着兵刃上了台阶。

贺兰祥厉声道："陛下亲小人，不行正道，没有人君之度。

乙弗凤、贺拔提想杀晋公，以危社稷，现已被抓起来了。公卿大臣认为陛下不能守太祖之业，有负臣民之望，请陛下归略阳旧府，另立新主，管理万民。"又斥责宫人说："尔等死在眼前，还想干什么？"

宫人听了，吓得都跑了。

宇文觉将手中刀投于地，说："行事不密，害至于此。"

贺兰祥逼宇文觉出宫，以车一乘，送入旧府，派士兵监守。

宇文护幽禁了宇文觉，召集公卿，商议废宇文觉为略阳公，迎立岐州刺史宁都公宇文毓继承大统。

公卿不敢惹宇文护，都说："这是公的家事，废立由公决定，我等一定服从。"

宇文护斩了乙弗凤、贺拔提，派人到漳州，杀了司马孙恒。

当时，李植的父亲李远为柱国大将军，镇守弘农，宇文护想诛杀李植，召李远入朝。

李远见了诏书，怀疑有变，想不服从诏书，沉吟了一会儿，说："大丈夫宁为忠臣而死，岂可作叛臣而生？"

宇文护因李远功名卓著，想成全他，召来相见，对李远说："公的儿子早有异谋，不但要杀我，还要倾危社稷，叛臣贼子，理应斩首，公可为国除害。"把李植交给李远，令其自杀。

李远不忍诛杀，问李植叛乱之罪。

李植辩说："儿从没有谋杀过宇文护。"

李远信了，带着李植去拜见宇文护，想为他申冤。

宇文护以为李植已死，左右报说："李植也在门外。"

宇文护大怒，说："阳平公不信我。"召入后让李远同坐，迎来宇文觉，在李远面前，与李植对质。

李植见与宇文觉对质，知道无可隐瞒，说："本来做此谋欲安社稷，今日至此，还有什么可说的？"

李远听了站起谢罪，说："如果是这样，确实罪该万死。"

宇文护杀了李植，并逼李远自刎。

当初，李远的弟弟李穆为开府仪同三司，知道李植不是保家之子，每次都劝李远不可让其从政，李远不听，到了临刑时，他哭着对李穆说："不听弟弟的话，以至于此。"

李穆应该从坐，因有言在先，免除其罪，除名为民。

李植弟弟李基也应从坐。李穆请求以自己的二儿子代李基的命。

宇文护觉得李穆有情义，当即全部赦免，一并释放。

李穆非常感谢。

宁都公宇文毓本是太祖长子，时年二十五岁，九月，到了长安，百官将其迎入宫中，即天王位，大赦天下。

宇文毓登基不久，召来宇文护说："齐国天子称帝，而我却称天王，朕感到天王之称不足以威天下，应改称皇帝为好，兄以为如何？"

宇文护说："我国称天王乃先王之意，不过陛下若要称帝，臣以为可以。"

于是，召集群臣上朝，立年号为武成，宇文毓在太极殿接受群臣朝拜，追尊其父宇文泰为文皇帝，大赦天下，封宇文护为太师，立夫人独孤后即独孤信之女为皇后。

宇文觉虽被废，宇文护还是怨恨他，使人带了毒酒，毒杀于旧府，时年十六岁，其王后被送至尼姑庵为尼。

北周武成二年（560年）正月，宇文护向宇文毓奏道："当初，略阳公年幼，故由臣执掌朝政，今陛下已是成年，所以，应将政事归于陛下。"

宇文毓说："兄长受先帝之托，为我大周立国功劳甚大，政事归于朕，可见兄为国无私，但今后我兄弟应同心合力，使国富民强。"

宇文护说："陛下所言极是。"宇文护表面上退了，但军务大权仍由自己总理。

韦孝宽之兄韦夐，乃隐士。在魏、周之际，宇文泰十次征其入朝而不入，宇文泰对之非常敬重，不夺其志。

宇文毓即位后，非常尊敬名士，给韦夐写了一首诗，送给韦夐："六爻贞遁世，三辰光少微。 颍阳去犹远，沧洲遂不归。 风动秋兰佩，香飘莲叶衣。 坐石窥仙洞，乘槎下钓矶。 岭松千仞直，岩泉百丈飞。聊登平乐观，遥想首阳薇。 傥能同四隐，来参余万机。"

韦夐看了，回复宇文毓，愿意按时入朝拜见。

宇文毓看了，非常高兴，下令官府每日供应河东酒一斗，称之为"逍遥公"。

宇文护请韦夐到府上，咨询政事，当时，宇文护正修建府舍，其土木之大、工艺之巧，极为少见。

韦夐仰望堂屋，叹气说："酣酒嗜音，峻宇雕墙，奢靡如此，非固本之道。"

宇文护听了，很不高兴，让他走了。

　　宇文毓外表文弱，其实心里极是明敏，有见识、有胆量。他不肯处处听宇文护的，宇文护假意归政后，宇文毓开始行使一部分权力，处理国事自己决断。

　　宇文护感到了危急，又谋划废之，御厨李安，善于烹调，受到宇文护的宠信，被提拔为膳部下大夫，专门负责皇帝的饮食。有一天，宇文护对李安说："进来皇上做事，令人不满意。你若暗中施毒，让其归天，将使你终身富贵。"

　　李安说："此事虽大，若让我做易如反掌，保证办成此事。"

　　一天，李安为皇上进食，将毒放在糖上，皇上吃的时候，不觉有异味，一会儿，他便感到身体不适。第二天，皇上病情更重，叹气说："朕中了奸计，不能活了。"

　　宇文毓召来左右侍臣，口授遗诏五百余言，最后说："朕子年幼，未堪当国，鲁公乃朕之介弟，宽仁大度，海内共闻，能宏我周家者，必此子也，可使其继朕后。"说完去世了。

　　后人有诗云：

　　　　黑獭当政连弑主，玩弄皇权等闲看。

　　　　两儿命绝权臣手，千古报应总一般。

　　宇文毓突然去世，群臣知乃宇文护指使下毒，然而，畏其权势，都求自保，不敢推问。于是，遵从遗命，奉鲁公宇文邕即皇帝位，是为周武帝。

　　宇文邕，字祢罗突，宇文泰第四个儿子，生于同州，出生时有神光照室，幼时聪明孝敬，有器质，仪度不凡，其性深沉，有事不向他提问，从不说话。

宇文护在魏、周之际，秉政不到五年，先杀西魏恭帝，后杀北周孝闵帝，又杀明帝，威权震于一国，大逆彰于四方。

　　高演在晋阳，听了周朝变化，要伐周以讨其罪，出兵的日子到了，太史令奏道："臣夜观天象，邺城方向有天子气。"

　　欲知高演听了太史令的话，是否继续伐周，请看下回章节。

# 第66回

## 高殷命丧晋阳城　高湛求稳继大统

话说高演听了太史令说："邺城有天子气"心生疑虑，立刻下诏，停止讨伐北周。

邺城的天子气，预兆何人？高殷曾成为皇帝，此时还在邺城，难道是他还有天子气？高湛也在邺城，当初，高演与高湛密谋，抓杨愔、燕子献等时，曾谈到废除新帝之事，高演对高湛说："若我能登基，当立你为太子。"结果，高演登基后，立了儿子高百年为太子。难道是他另有图谋，是他有天子气？高演思虑再三，拿不准主意。

高演深知高湛办事优柔寡断，但涉及皇位归属，他不可大意，于是，命厍狄伏连为幽州刺史，斛律丰乐为领军，以分高湛权力。

高湛对高演不守承诺心中不平，当时，留守在邺城。看到皇兄所为，自然知道其目的，心中更加不安。

高归彦曾追随高洋，害死恩人高岳，高洋信任他，让他辅佐新帝高殷，结果，他看到高演称帝，背叛了新帝。如今他怕新帝再登基，对自己不利，向高演奏道："邺城有天子气，并不奇怪，只要济南王在邺城，天子气就会有，请陛下早处理。"。

高演听了，颇觉有道理，立刻派高归彦到邺城，征济南王高殷到晋阳。

高湛知道高殷到晋阳，恐怕性命不保，因此，心中不免疑惧，问计于高元海。

高元海说："有皇太后健在，皇上事亲至孝，殿下不必疑惑。"

高湛说："此道理我岂能不知？我问的不是这个意思。"

高元海说："殿下之意臣不敢随意回答，容臣回去，静下心来，思考后再回答。"

高湛说："你不必回去，到后堂休息，思考出答案后再回去。"

高元海到后堂，绕床而走，彻夜未眠，凌晨寅时，高湛突然来了，说："思考得怎么样了？"

高元海说："臣考虑有三个计策，不知能用否？"

高湛说："讲来听听。"

高元海说："一是请殿下学习梁孝王，带领数骑到晋阳，先见太后哀求，然后去见主上，请求去掉兵权，不干朝政，必保安如泰山，此上策也；二是向皇上解释威权太重，怕被人诽谤，请去青州、齐州做刺史，自居一方，必不招物议。此中策也；最下一策，说出来恐怕会遭到诛族，不敢对殿下讲。"

高湛说："卿要说的下策，怎么就不是我的上策呢？请直说，绝不怪罪你。"

高元海说："济南王乃世嫡，主上借太后令强行禅让，情理不通，若殿下会集文武，说济南王有令，抓了斛律丰乐，斩了高归彦，尊立济南王，号令天下，以顺讨逆，这是万世一时也。"

高湛听了大喜，认为此计甚好，但是，高湛性格多疑，而且胆怯。心中虽然认为好，又不敢施行。

邺城术士郑道谦，占卜非常灵验，颇有名气，高湛命人召郑道谦，请来占卜。

郑道谦详细询问了占卜的缘由，根据高湛的生辰八字，占卜后说："根据命理分析，殿下举事不利，静候则大吉。"

林虑（今河南林州市）县令潘子密，是高湛的旧人，也晓得观天象和占卜之术，秘密来见高湛，说："臣观天象，邺城有天子气。晋阳方向主星不明，若不出意外，恐怕主上不久会晏驾，殿下将登大位。"

高湛听了，心中既喜又虑，将潘子密留于内府，等候验证，又令巫觋占卜，都说："不须举兵，自有大庆。"

高殷到了晋阳，娄太后召来高演，问："陛下为何召高殷来晋阳？"

高演面对太后，指天发誓，说："朕召他来，有事相商，绝无恶意，请母后放心。"

高殷到了晋阳，最初被幽禁在府，生活还算安逸。

高归彦不放心，几次上奏陈述利害，不断劝高演除之。

高演受其蛊惑，认为最好除之，命高归彦带了毒酒，送给济南王喝下。

高殷知道是毒酒，坚决不喝，高归彦命人上前抱住其头颅，捏住其鼻子，强行将毒酒灌下，片刻之间一命呜呼，时年十七岁。

高殷被害后，高演不敢想此事，特别想到高洋躺在床上，曾嘱托："卿若夺权，任由夺之，但请勿杀之。"高洋在床上的样貌，不断出现在脑海，说话的语气，不断在耳畔回响，他感到非常愧悔，神情怅然若失。

晋阳令史有事去邺城，天刚蒙蒙亮就上路了，刚出晋阳遇到一队仪仗，有一王者坐在马上，酷似文宣皇帝，心中疑惑，有一位骑者落于后面，令史上前问："刚才过去王者何人？"

骑者说："文宣帝也，今日要到晋阳报仇。"

骑者说完忽然不见了，令史甚觉奇怪。

一天晚上，高演在后宫批一些奏章，因有些劳累，昏昏沉沉趴在案子上睡着了，不知过了多久，突然看到外面进来一人，身穿黄袍，头戴皇冠，大声喊道："高演，还我儿子来！"仔细一看，原来是二哥高洋，吓得大叫一声惊醒了，身上汗流如注，原来是一梦。

高演做过梦后，整天疑神疑鬼，有时神志有些错乱，常听到宫殿梁上鬼在唱歌，皇后连忙叫人来"驱鬼"，将煮沸的油在宫殿内外扬洒，命太监、仆役们个个手持火炬，整夜围着宫殿站立，防止"鬼魂"侵入宫殿，又请道士祈祷，驱赶厉鬼，但高演感到厉鬼依然存在。

有巫者说："天狗下降于大内，不利于帝躬。"

数日后，令史从邺城归来，听说皇上病了，对人说："皇上恐怕起不来了。"

十月，高演为了散心，强打精神，骑马带随从到郊外打猎，有两只兔子突然从草丛里蹿出，马匹受惊，忽然脱缰而奔，高演坠于马下，摔断了肋骨，左右急忙救之，昏迷很久方醒，回到宫中，又昏迷数次。

高演对娄太后非常孝敬，朝夕一定去拜见，深受娄太后的喜爱。最近几日不见高演去拜见，娄太后让宫女去问，回来说高演病重，娄太后急忙过来探望，皇后跪接。

娄太后问起发病原因，皇后将夜间之梦、宫中闹鬼、郊外打猎、摔断肋骨等全部道来。

娄太后听了皇后的叙述，已经知道病因，虽是最喜欢的儿子，也在心中发怒，她到高演病榻前，问："你召济南王到这里，向我发誓绝无恶意，现他在何处？"

高演不能答，连问几次均不答。

娄太后低声发怒道："杀了吗，良心何在？不听我的话，你简直该死。"说完怒气而走。

北齐皇建二年（561年）十一月，高演知道自己不久于人世，他想：世子百年登基之后难以长久，长广王高湛非仁义之人，谁能保证他不会杀了儿子，自己当皇帝呢？斟酌再三，他觉得万全之策，是改高湛为皇位继承人。

为了儿子，高演命立刻拟旨，派赵郡王高睿到邺城，请高湛速来晋阳继承大统，并给高湛带去一封信，信中写道："百年无罪，弟可以随意安置，不要效仿前人也。"当天殂于晋阳宫中，享年二十七岁。他临终还说："恨不能看到太后山陵。"

高睿到了邺城，对高湛宣读了高演遗命，由高湛继承大统。

高湛怀疑有诈，派亲信速去晋阳，看皇上的殡所。数日后信使回来复命，皇上确实已经归天了。高湛方才相信，骑快马奔驰晋阳，使河南王高孝瑜先入宫，改换禁卫，然后进入。召集群臣，宣读皇上遗诏，在南宫即位，大赦天下，改元太宁，立胡氏为皇后，儿子高纬为太子，封高百年为乐陵王。

高湛是神武帝的第九个儿子，长得仪表堂堂，相貌俊美，少时很受神武帝喜爱。高演在位时常在晋阳，命他镇守邺城，俨然为二皇帝，经常花天酒地，美女陪侍，十分惬意。如今即位成了皇上，他不像高演那样，朝夕到母后处拜见，反而多次违背娄太后旨意，所以，娄太后讨厌他。

娄太后身边的伴侣，如恒山夫人、楚国夫人、游夫人、穆夫人、王夫人等，或已去世，或随儿子到了封地，她经常寂寞无聊、郁郁不乐。看着高湛不孝，想念高演的孝顺，思念过甚，身患疾病，日渐沉重。

高湛对母后的病情不闻不问，行乐自若。

民间曾有童谣传说："九龙母死不作孝。"当时人们不知何意。

北齐太宁二年（562年）四月，娄太后去世，享年六十二岁，母后去世，高湛心中并不难过，他甚至暗暗自喜，觉得今后做事，不再担心太后责难了。于是，不穿孝服，依旧穿着帝服，带领几位近臣，登上三台，摆上酒席，让乐师奏乐，宫女伴舞，饮酒作乐。

为娄太后治丧的官员让人拿着孝袍，找到三台，请高湛穿孝衣，高湛看了大怒，抓过孝袍抛于台下。

当时，高归彦在座，说："陛下，为太后治丧，应穿上孝袍，撤去音乐。"

高湛听了大怒，叱责道："太后治丧与卿有什么事，难道因为治丧阻拦朕高兴吗？"并让他立刻离开。

高湛是高祖与娄太后第九个儿子，母后去世如此行为，民间童谣果然应验了。

五月，娄太后棺椁合葬于高祖献武皇帝之陵，史称武明皇后。

娄太后一生见识高明，断事严谨，雅尊俭约，往来外客，侍从不过十人，心胸宽厚，从不嫉妒，对高祖姬侍，都加恩待。高祖曾讨伐西魏，正要出师，娄太后夜里孪生一男一女，左右觉得危急，要告知高祖，太后不许，说："大王出去统领士兵，怎么能因为我轻易离开军营？死生有命，来了又能怎么样呢？"

高祖后来听说了，心中赞叹不已。弟弟娄昭，以功名自达，其余亲疏，未曾为他们请求爵位，每次说起，她总说当官要以才为重，怎么能以私废公？

廷臣高元海、毕义云等对高归彦不满，向高湛上奏："高归彦久掌禁兵，威权震主，必为祸乱。"

高湛对高归彦当初受高演宠信、仗势骄盈、凌辱贵戚不满。下诏高元海、毕义云等，立刻搜查高归彦为人反复无常之劣迹。不日，高元海、毕义云等将高归彦的劣迹上奏了。

高湛看了，与高元海、毕义云等商议，拟旨：免去高归彦领军职务，任命为冀州刺史。

第二天，高归彦入朝参事，被门官拦住，高元海从宫中出来，说："陛下有旨，高归彦接旨，免去高归彦领军一职，任为冀州刺史，接旨后速速赴任，不得延误。"

高归彦听了，大吃一惊，急忙跪接圣旨，遂即退去，群臣没有敢与他说话的。

高归彦到冀州后，心怀不满，便欲反叛，企图乘高湛前往晋阳之时起兵，乘虚攻打邺城，由于举事不密，被郎中令吕思礼知晓，吕思礼立刻向朝廷告发。

高湛收到奏报，大吃一惊，立刻商讨派人征讨。

却说高洋在位时，曾到武库中挑选兵器赏赐大臣，将两片石角赏赐给高归彦，并对他道："你以后帮高演做事，不会谋反，但若是帮高湛做事，一定会谋反。谋反时，用这两片石角去吓唬人！"高归彦的额骨有三道隆起，戴头冠不稳。高洋曾用马鞭抽打他的额头，打得他血流满面，骂道："你以后造反，这种额骨也可以吓人啊！"如今，高洋的预言竟应验了。

高湛命平原王段韶、尚书封子绘带兵前去征讨。

高归彦得知消息，闭城坚守，将不愿随从造反的长史宇文仲鸾、司马李祖挹等全部杀死。

封子绘本是冀州人，其祖父世代为本州刺史，深得民心。其到冀州，巡城于下，吏民见了，都有投降之意。

段韶领军到冀州城下，高归彦在城头大叫道："孝昭帝驾崩时，六军百万之众归我指挥，我却到邺城拥立陛下，那时没有造反，如今怎么会有二心？只因高元海、毕义云等欺蒙皇上，妒恨忠良，这才被迫起兵，只要杀了那些佞臣，我立即自刎谢罪。"

段韶喊道："既无反心，何不开城，随我到朝廷辩解？"

高归彦不开城门，段韶命令军士攻城。

冀州守城士兵毫无抵抗之意，不到半个时辰段韶军士便攻上了城头。高归彦眼看城池不保，骑马出北门逃去。段韶派人追赶，追到交津将其擒获，用囚车押送往邺城。

高湛将高归彦关进死牢，命赵郡王高睿去见高归彦，询问他造反的原因。

高归彦道："我并未造反，因陛下让高元海、毕义云等小人蒙骗，挟制于我，我只是想请陛下杀了这些小人，方能解恨。"

高湛命都督刘桃枝将他押入宫中，高归彦仍旧这么说，并希图活命。

高湛命大臣公议高归彦之罪，群臣都认为他罪不可赦。高湛遂将高归彦关在一辆没有帷盖的车上，嘴中衔枚噤声，双臂反绑于背后，让刘桃枝站在车上，用刀架在高归彦的脖子上，后面让人击鼓跟随。

最后，高归彦及其子孙十五人全部被斩首弃市。

文宣帝时，高归彦进谗言，杀害清河王高岳。高湛命将其家良贱百余人赐给高岳的子孙为奴。赠高岳为太师。封段韶为太傅、娄睿为司徒、平阳王高淹为太宰、斛律光为司空、赵郡王高睿为尚书令、河间王高孝琬为左仆射、封子绘行冀州事，人民始安。

却说北部突厥，其君叫木杆可汗。自从柔然衰落后，突厥逐渐强大。北周想与突厥勾结，攻打齐国，并许愿娶突厥女为皇后，派御伯大夫杨荐去联系。

齐国听到这个消息，立即派出使者，到突厥求婚，并给予了丰厚的礼物。木杆可汗贪财，想把杨荐送给齐国。

杨荐听到这个消息，立刻见木杆可汗，说："我太祖过去与可汗共创和好。柔然部落数千来降，太祖将他们全部送给了可汗，为的是让可汗高兴。今日怎么突然忘恩负义，难道不怕鬼神报应吗？"

木杆可汗面色羞愧，停了一会儿，说："你说的很对，我下定决心了，我们应当共同讨伐东贼，然后送女过去。"

杨荐回去复命。周国公卿请发十万大军攻齐国。

柱国杨忠认为，有一万骑足矣。

于是，宇文护奏请皇上，命杨忠率领步骑一万，与突厥人北道伐齐。大将达奚武率步骑三万，从南道出平阳，在晋城下会合。杨忠带兵进攻，拔掉了齐国二十余城。

齐国军队把守陉岭的关隘，被杨忠攻破。

突厥木杆可汗以十万兵马来会，自恒州三条道路攻来。

当时，乌云蔽日，朔风凛冽，大雪纷飞，数旬不停，南北千余里，平地雪深数尺。

高湛在邺城，听到这个消息，怕晋阳有失，带兵倍道而行，赶赴晋阳。令斛律光带步骑三万，屯驻平阳以为声援。

周朝军队逼近晋阳，突厥兵也相继到达，声势浩大。

高湛心中恐惧，穿上戎装，想率领宫人往东去。赵郡王高睿、河间王高孝琬拉住马的缰绳，谏道："陛下不必慌，有臣等在，足以御敌。"

高孝琬奏说："请陛下命高睿指挥军队，负责御敌，必能取胜。"

高湛听从了谏议，命六军进止，均受高睿节度，而使段韶总管。

高睿本是高祖的侄儿，赵郡公永宝的儿子。其父因淫乱高祖后宫，被杖责而死。所以，高睿幼年为孤儿。此子非常聪明，高祖很喜爱他，令游夫人抚养，对他的恩情超过其他儿子。四岁时，他还不知道生母是谁。其母华山公主与楚国夫人郑娥的母亲为姑舅姊妹。一天，宫人领着高睿，来飞仙院玩耍。郑夫人抱起他放在膝上，笑着对他说："你是我姨的儿子，为什么认游夫人为母呢？"

高睿听了愕然，郑夫人全部告诉了他，并且说："这件事大王不许跟你说，等你长大了，再去认亲生母亲。"

高睿听了，流下了眼泪。回到宫中，思念生母，造成精神不振。

高祖以为他病了，高睿说："我没有病，想见我的亲生母亲。"于是，迎华山公主进宫，与高睿相见。高睿跪下拜见，抱住大哭，公主也哭。从此以后，高祖命他们随意来往，亲密无间。后来，母亲有了病，高睿昼夜侍奉，不离床前。母亲去世了，高睿哀戚不食，容貌大变，三年不吃荤，人称其至孝。

高祖曾说："此儿至性过人，比我的儿子要好。"

高洋在位时，高睿为定州刺史，领兵监筑长城。当时，天气炎热，亲自与军士劳作。下人搞来冰块让他吃，他不吃，说："三军都热，我为什么独自进寒冰？"下属都很感动。所以，军士受高睿节制，没有不踊跃争锋的。

高睿受命，对各部将领下达严格指令，开始整顿军队，训练一番后，请高湛登北城观看，军容整肃，进退颇有章法。

高湛看了，说："军队能够如此，朕放心了。"

突厥木杆可汗带人偷看了北齐军训练，大吃一惊，对周将杨忠说："你们说齐国已乱，所以来征讨，现在看来，齐国军容严整，进退有度，怎么可以取胜呢？"

北周军在杨忠的带领下，率先出战，以步卒为先锋，从西山下来，攻打晋阳。

高睿与段韶商议，是否出兵进攻。

段韶说："步卒的力量有限，现在，积雪甚厚，逆战不方便，不如坚守阵地，等敌人雪中跋涉而来，已经疲劳，我们养精蓄锐，突然出击，一定破之。"

欲知段韶与高睿如何击退周军的进攻，请看下回章节。

# 第 67 回

高湛求和成空谈　兰陵入阵显神勇

话说段韶命暂缓进攻，等周军在雪中跋涉，越来越近了，段韶对高睿说："现在可以发起进攻了。"

高睿命令擂鼓进军，一时号角齐鸣，高睿一马当先，带领精兵奋勇而出。

周兵此时有些疲惫，突然看到齐军袭来，心生惧意，前边的周军与齐军交战，哪里是养精蓄锐的齐军的对手，逐渐败下阵来，有的急忙逃往山上。杨忠看到不妙，骑马先逃，军士被杀得死尸遍地，白雪变红，周军大败而逃。

段韶、高睿追击一段，收获大量兵马器械，得胜而还。

突厥木杆可汗看到北周军败了，不敢出战，领军回到陉岭，山路崎岖，雪水结冰，路面光滑，兵不能行。只好往地上铺毡，然后过去。天气寒冷，粮草不足，人困马乏，大部分马匹腿上的毛开始脱落，回到长城，马匹几乎死光了，只好将槊截断，当作拐杖回去了。

达奚武到了阳平，不知道杨忠大败而归，还在继续进兵。

斛律光写了一封书信，送给达奚武，说："你主驱羊攻虎已被吞掉，我这里也张网以待，你怎么不知进退，还要自投罗网呢？"

达奚武看到斛律光的书信，知道杨忠率领的北路军已败，急忙领军退回去了。

斛律光追赶到北周境内，收获两千余人而归。到了晋阳，拜见高湛。

高湛知道敌人退去了，抱住斛律光，哭泣不止。

任城王高谐奏说："何至于如此？陛下若不忘今日，平西贼不难。"

高湛听了，擦干眼泪，点头称是。

当初，高洋在世时，北周常怕齐兵西渡，每到冬天，派兵守河口，加强防守。

现在，高湛即位，贪图享乐，宠幸嫔妃，朝政渐乱，齐国反而在河口设防，防止周军来袭。

斛律光见到段韶，叹气说："过去，我国常有吞并关、陇之志，现在，只知玩弄声色，这怎么可以？"

段韶对斛律光说："献武皇帝时期，十分注重练兵，现在皇上不重视，我们不可放弃，驻扎在邺城西武城以及周围的军队，要坚持训练，打仗时才能获胜。"

斛律光说："王爷说的对，作为大将军，这是我们的职责。"

高湛志向不大，只图苟安，全不以军政大事为意。他想到周师虽然退了，说不定还会再来，妨碍自己作乐之事。因此，他与群臣商议，说："我想与周朝通好，永远熄灭战火，不知道北周同意否？"

侍中和士开奏道："臣有一计，可使宇文护感恩听命。"

高湛问："卿有何良策？"

和士开奏说："当初，宇文护随父母生活在晋阳，成年后入关，到叔父宇文泰处，其母阎氏、其姑宇文氏都留在了晋阳，至今还羁留在中山宫中。后来魏分东西，导致音信阻绝。臣听说宇文护当宰相后，多次派人来探访其母消息。若向其说明通好之意，许其母归，他能不同意吗？况且其母与姑，在对方则重，在我方不过是一老妪，不久将归于地下，无关轻重，何不利用之？"

高湛听了，说："太好了，朕立刻派人到玉璧通报，说明宇文护母亲尚在，若能通好，可以让其母子团聚。"

宇文护执政之后，多次派遣人前往齐国，暗地打探母亲的下落，却一直没有消息。如今收到消息，心中大喜。委托勋州刺史韦孝宽给齐国写信，要结为盟好。

齐国收到来信，让宇文护姑姑先去北周，并带了其母阎氏写给宇文护的信，阎氏写道："我十九岁嫁入宇文家，今已八十岁了。生了你辈一男一女，眼下不见一人，每言及此，悲伤不已。幸逢大齐之德，尊老开恩，许得相见。今寄你小时所穿锦袍一领，可自检看。羔羊跪乳、乌鸦反哺。我有何罪，与儿分隔？今复何福，还获见儿？言及此事，不胜悲喜交加。

世间珍奇之物，若诚心去求，皆可得之。母子分离，何处可求？若你贵极王侯，富可敌国，然我不得一见，不得一餐，寒冷时不得你衣服，疾病时不得你护理，你的荣华富贵，于我何用？以前，你不能供养我，责不在你。今日之后，我之残命，系于你身。你头顶蓝天，脚踏黄土，自有神明保佑，不要以为冥冥之中神明可欺。"

宇文护收到母亲的信，捧着痛哭，悲不自胜，给母亲回了一封信，写道："圣人云'父母在，不远游，游必有方。'然世事难料，遭遇灾祸，离开慈母膝下，转眼三十五年。身体发肤，受之父母，本当尽孝，却天各一方，实为不孝！况子为公侯，母遗他方。暑不见母受热，寒不见母受冷。衣不知冷暖，食不知饥饱。每念及此，寝食难安。如今齐国解网，惠以福音。四姑已蒙礼送。初闻此音，肝胆俱惊，拜天叩地，喜不自胜。禽兽尚知眷恋父母，何况人乎。

此次齐国霈然之恩，儿自当感恩戴德。既已受恩，为家为国，信义为本。约定来期，已应有日。一朝奉见慈颜，此乃儿毕生所愿。此事重于泰山，不可操之过急。伏纸呜咽，言不宣心。承蒙寄儿别时所留锦袍，年岁虽久，宛然犹识，对此益抱悲泣耳。"

齐国留下宇文护母亲，让她给儿子写信，实际是请宇文护好好报答自己。往返数次通信，宇文护一直以谦卑的口吻与齐国交流。

当时，段韶领兵在塞下抵挡突厥入侵。高湛把宇文护的书信送给段韶看，问他可行吗？

段韶写信奏道："周人反复无常，不讲信义，如晋阳之役，即明证。宇文护名为大冢宰，实为周主，权倾朝野，如今既为母请和，为何不遣一使来求，而徒作哀怜之语，形诸纸墨，其情可知。若仅根据书信，即送其母，恐显得我方软弱。其得母之后，必无所忌惮。为今之计，不如暂许之，待宇文护诚心议和，决议定后，遣之未晚。"

高湛看了段韶的书信，认为有些道理，因此准备暂缓遣送其母。

不久，突厥上次攻打齐国没有成功，这次主动与北周联系，要再次伐齐。

高湛听了大惊，与朝臣们商议，是否快点与北周通好，以免干戈之忧。

朝臣们也怕两方来攻，冯子琮奏道："我们不必等周派使者来，可以主动联系议和，只要能使周军不来，突厥不难应付。"

高湛认为如此很好，立刻派人去北周议和，并商谈将宇文护母亲送去。

宇文护满口应承议和，说只要送去其母，定奏与皇上不攻打齐。

使者回来将宇文护之言上奏，高湛大喜，安排人员将宇文护母亲送去了。

阎氏到了长安，北周举朝欢庆。宇文护与母亲隔离多年，一朝相聚，凡是所需的金钱物资，穷极华盛，四时生活所需应有尽有。

宇文邕为之大赦天下，对宇文护母亲也竭力奉承，凡是赏赐她的物件，一定是极尽奢华。每逢节日，宇文邕要率领皇族亲戚，向宇文护之母行家人之礼，举杯饮酒，表示祝寿。

不久，突厥屯兵塞北，集结部兵，派使臣告诉周朝，要如前所约，共同攻击齐国。

宇文护与北齐有口头约定，不想违约，可是，又怕惹恼突厥更生边患，权衡之后，不可惹突厥，于是，奏与皇上，准备伐齐。

周武帝亲自授予宇文护斧钺，并到沙苑劳军。

宇文护率领十万大军到了潼关，派大将尉迟迥为前锋，率领精兵一万，趋往洛阳。大将军权景宣率山南之兵一万，直奔悬瓠。少师杨檦出轵关，率大军一万驻到弘农。齐公宇文宪、达奚武、都督王雄率兵一万到邙山。

高湛听到消息，心中振恐，后悔没有听从段韶之言，立刻派兰陵王高肃、大将斛律光率兵救洛阳，太尉娄睿率兵拒杨檦。

杨檦出轵关，自持勇敢，轻视齐国军队，率军深入，军内不设防备。

娄睿率兵到了，看到周军毫无防备，立刻挥兵突袭，周军顿时大乱，齐军来势凶猛，周军大败，杨檦被捉，为求活命，投降了齐国。

权景宣围困悬瓠，豫州刺史王士良、永州刺史萧世怡开城投降。

尉迟迥围困洛阳，利用土山地道进攻，城中防守坚固，历时一月有余，攻克不下。

宇文护命诸将斩断河阳之桥，以阻止救兵，带兵共同来攻洛阳。诸将以为齐兵必定不敢出来,只是张望侦察而已。

兰陵王高肃、斛律光知道周兵强盛,不敢冒进。

高湛召来段韶说:"洛阳危急,今想派公去救,但是,突厥在北,也需要镇守,怎么办?"

段韶说:"北虏侵边,犹如疥癣,不足以成为国家大患。今天,关西入侵乃国家心腹大患,请奉诏南行。"

高湛说:"朕也是这个想法。"于是,命段韶率精兵一万,从晋阳出发,星夜赶路,驰援洛阳。

五日后,段韶率兵到洛阳附近与诸军会合。当时,正值连日阴雾,段韶率三百骑兵与诸将登上邙坂,观看周军形势。到太河谷,看到宇文护率领一股周军前去洛阳。

段韶立即召来高肃、斛律光,说:"二位将军立刻集合骑兵,分别为左军、右军,结阵埋伏在两旁,我去引敌来攻,到时突袭敌军,定可取胜。"

高肃、斛律光领命而去。

段韶领兵与宇文护对阵。

宇文护以为齐军不敢出来,没想到齐国骑兵居然在这里出现,两军对阵。

段韶喊道:"来将可是宇文护吗?"

宇文护道:"正是本王,你是何人?"

段韶说:"你答应接回母亲,两国通好,怎么刚接到母亲,就来为寇,如此不讲信义,还是人吗?"

宇文护说:"我受天子之命而来,有什么可问的?"

段韶说:"天道公平,赏善罚恶,你主不讲信义,违背天道，应当是派你来送死的。"

宇文护看到段韶兵少，嬉笑道："战场不是斗嘴的，我看你才是送死来了。"说完令旗一挥，命士兵冲击。

段韶挥军迎战，混战不久，佯装不敌，引兵而退。宇文护不知有诈，率军追赶。突然，段韶军中一顿鼓响，高肃从左边杀来，斛律光从右边杀来，齐军万众齐发，战马嘶鸣，迅猛异常。周军麻痹大意，突遇强敌，一时瓦解，四散逃走。

宇文护看到败局已定，急忙带领亲兵逃了，士兵投溪坠谷，死者无数。

齐军大胜，段韶命打扫战场。

高肃向段韶请命，带五百铁骑前行，解救洛阳。

高肃，字长恭，神武帝高欢之孙，文襄帝高澄第四子，封为兰陵王。其母荀氏原为尔朱夫人侍女，貌俊美，性慧巧，当年十四岁，曾因献武帝夜间呼叫侍女，服侍献武帝受到奖赏，尔朱夫人怀疑她与献武帝有私情，想杀之。献武帝为保护荀氏，把她送到娄妃处。娄妃看其眼秀神清，日后必生贵子，赐予文襄为妾，生了高肃。高肃长相颇似其父，皮肤白皙，五官俊朗，十分柔美。高氏历代深受鲜卑族影响，从小练习骑马射箭，因此，高肃练就了一身武艺。但是，因其面容姣好，每次面对敌人，不足以威慑敌人。于是，他命人制作了一副相貌丑恶的面具，每次临阵打仗，戴上面具冲杀，威慑敌人。

段韶说："王爷先行，我与斛律将军率大军随后赶到。"

高肃率领五百铁骑，来到洛阳城下，敌兵围城如铁桶一般，不能进去。高肃戴上面具，率领五百铁骑如旋风一般杀入敌阵。

高肃臂力过人，刀法精妙，大刀一挥，左劈右砍，所向披靡。敌兵看到来将头戴凶恶的面具，如此神勇，不免畏惧。但是，周军将军看到齐军人马不多，指挥军士将高肃重重包围。高肃杀得性起，一边大力砍杀，一边大吼，他看到敌将在外围指挥，围困自己，立刻朝着敌将冲杀过去，敌将一看不好，急忙逃去。敌兵无人指挥，立刻随之撤走。五百骑兵在高肃率领下左冲右突，奋勇杀敌，势不可当。大约半个时辰，高肃带兵很快杀到了金墉城下，呼门求入。城上人不知是敌是友，不敢开门。高肃摘下面具，城上人看到是兰陵王，急忙开门迎进。城中士兵看到兰陵王到来，增加了守城信心，欢呼震天。

高肃的作战神勇，振奋人心，齐军中有善音乐者，创作了兰陵王入阵音乐，庆祝胜利。

尉迟迥听说宇文护败逃，洛阳援军已到，齐军不可抵挡，急忙丢弃营寨，解围而去。从邙山到谷水三十余里，满川全是军资器械。只有齐公宪、达奚武和王雄领兵殿后，抵挡追兵。

斛律光领兵追来，周将王雄驰马冲向斛律光。斛律光挺画戟迎战，战了几个回合，斛律光不想恋战，拍马而走。王雄以为他败了，拍马追赶，距离斛律光不足十丈，王雄喊道："我不杀你，当生擒你去见天子。"没想到斛律光突然反身射出一箭，正中王雄前额。王雄受伤抱马而逃，回到营里死了，军中更加畏惧。

宇文宪集合败兵加以安抚，鼓励大家好好休息，明天再战。

达奚武说："我军已败，人情震骇，若不乘夜间速还，明天想回恐怕回不去了。我在军日久，知形势危急，公年少经历事少，岂可将数营士卒送入虎口？"说完连夜带兵跑了。

权景宣也放弃了豫州回去了。

高湛得知段韶、斛律光等大胜，亲自到洛阳劳军，并任命段韶为太宰，斛律光为太尉，高肃为尚书令。

再说杨忠引兵出沃野迎接突厥。结果，军粮供给不上，突厥军粮也不足，诸军忧虑。

杨忠招诱稽夷，宴请其酋长。又诈使河州刺史王杰，带兵鸣鼓而至，说："大冢宰已平洛阳，欲与突厥共讨稽夷不服者。"

酋长们听了，非常恐惧，杨忠安慰说："各位酋长不必惊慌，若能迅速送军粮来，保你等无事。"

于是，诸夷相继送来军粮，军急稍解。不久，听说周师伐齐失败，全部退回去了，杨忠与突厥商议，也带兵回去了。

北周保定四年（564年），宇文邕追念"八柱国"李虎功绩，追封李虎为唐国公，李昞世袭了唐国公爵位，封御正中大夫，出任安州刺史，迁安州总管。

高湛看到外患已除，四境稍安，回到邺城，摆开宴席，庆祝胜利。之后开始在宫中与嫔妃大肆淫乐，朝政基本荒废。

高湛麾下和士开，字彦通，河北临漳人，其祖先乃西域胡人，本姓素和，来中原做生意，后改为和姓。西域商人大多唯利是图，禀性家传，和氏在这一方面更显突出。他的父亲和安，是一个善于观言察色、曲意逢迎之人，在东魏时期官至中书舍人。

有一次，东魏孝静帝夜里与大臣们聚会，命和安看一下北斗星，斗柄所指方向是哪里。北斗所指方向代表着皇位，当时高欢专权，外间传他有称帝之意，和安深谙这一点，因此，他故意回答说："回陛下，臣不识北斗星。"

高欢听说此事，认为和安人才难得，任命其为黄门侍郎，后又升为仪州刺史。其子和士开幼年聪慧，被选为国子监学生，因他思维敏捷，回答问题准确，受到先生的夸奖和同学的羡慕。

高湛为长广王时，召和士开为开府行参军，两人非常投缘，很快就形影不离。高湛喜好一种游戏，叫握槊，和士开非常擅长握槊，又弹得一手好琵琶，生性乖巧，善于谄媚，因此日益受到高湛的亲宠。

和士开为讨好高湛，数次对高湛说："我观殿下乃人中之龙，如天帝一般。"

高湛听了自然喜欢，对和士开说："卿也非世人，乃世人中的圣人啊。"

高湛即位后，对和士开宠爱有加，几次升迁，到了黄门侍郎。高湛外出巡视，或内庭赏宴，一刻也离不开他。曾留在宫中，几天不回去，数日后才放回去。宠爱之私交，日盛一日，前后赏赐，不可胜计。

和士开每次侍奉左右，奸陷百端，言辞容止，极其鄙亵，夜以继日，没有君臣之礼。

邺南城西边有一座园林，乃后赵皇帝石虎所修，名为桑梓园，占地面积达上千亩。高湛下旨，要对桑梓园进行大规模改建，并召集能工巧匠研究如何改造。

经过工匠们精心设计，在苑中按照东、西、南、北、中的方位，用土石修筑了"五岳"，其间引漳河水入园，分别称为

"四渎"（长江、黄河、淮河、济水）、四个较小的水池称"四海"（东海、南海、西海、北海），最后汇到一个大池称"大海"，整个水系延绵长达25里，可泛舟通船。"大海"之中建有同乐岛，岛上堆土成山，取名昌乐山。在山的南侧建了万福堂、东侧建了紫云殿、西侧建了观霞殿、北侧建了永寿殿。在面积较大的池中，建了一座楼，名万岁楼，由曲廊连接两边，其门窗皆垂五色流苏帷帐，梁上悬玉佩，柱上挂方镜、香囊，地面覆以锦褥。

"大海"之北为七盘山，山上四周建有飞莺殿、御宿堂、紫微殿、宜风观等殿宇。飞莺殿为正殿，十六间，柱础镌作莲花状、梁柱皆包以竹，作千叶金莲花三等束之。殿后长廊檐下引水，周流不绝。

"西海"两岸有望秋观、临春观隔水相望。

北海中间漂浮着一座多层建筑，叫密作堂，每层刻木为歌女、乐伎和菩萨、仙人、力士、僧人，体内皆有机枢，可以舞乐动作，奇巧机妙，自古未见。

"中岳嵩山"最高，东侧建了轻云楼，西侧建了架云阁，各十六间，北侧建了平顶山，南侧建了峨眉山，峨眉山上左侧是绿琉璃顶的鹦鹉楼，右侧是黄琉璃顶的鸳鸯楼。

"北岳恒山"之南建元武楼，楼北为九曲山，山下凿金花池，池西是三松岭，南筑凌云城，西有陛道回通天坛。

桑梓园改造完工后，高湛非常喜欢，改名为仙都苑。其带领宫中嫔妃与朝中大臣到这里，举行了盛大的竣工典礼，之后，经常带着嫔妃或亲近大臣来苑中游玩。

有一次，高湛与和士开君臣二人在仙都苑游玩，和士开看到皇上如此高兴，奏道："自古无论帝王还是平民，最后都要归天，成为灰土。尧、舜与桀、纣相比，最后有何不同？陛下何不在少壮时期，尽情享乐，纵横行之。一日快乐，胜过千年。国事繁多，做好分工，分别交由大臣处理，何必约束自己而劳心费力呢？"

　　欲知高湛听了和士开的话如何回答，请看下回章节。

# 第 **68** 回

◆

## 乱宫闱和士开受宠　禅皇位皇太子登基

话说高湛听了和士开的话，非常高兴，说："卿言甚合朕意，早该如此安排了。"

第二天上朝，封赵彦深为尚书令，元文遥掌财政，唐邕掌外骑，冯子琮、胡长粲掌东宫，要求他们勇于负责，全权处理国事，一般事务不必上奏。此后三四天不上朝，即使上朝，也是安排大臣去办理他的事情，一般不听大臣奏事，对群臣说："众爱卿要各司其职，办好分内事，不必事事上奏。"说完退朝，回宫作乐去了。

济南王高殷被害后，文宣皇后李祖娥退居昭信宫，一天，高湛到昭信宫，看着嫂嫂的美貌，淫性大发，要与李祖娥上床，李祖娥不从。

高湛急了，说："过去大哥与你上床，为什么顺从？二哥为了报复，与大嫂上床，朕要你侍寝，为何拒绝呢？"

李祖娥说："当时之事一言难尽，现在我已年长色衰，儿子绍德渐渐长大，怎么能与皇上私通呢？"

高湛说："若嫂子不同意，朕就杀了你儿子。"

李祖娥听了，吓得不敢再说话，只好低下了头。

高湛看到嫂子不再说话，上前抱住嫂子，李祖娥不敢反抗，成就了高湛好事。

却说皇后胡氏，身材丰满，有一双狐媚的眼睛，正值青春，生性淫荡，恨不得夜夜与皇上同床。可是，高湛不常来自己宫内。她让宫女去打探，才知道皇上常宿昭信宫。胡皇后不免醋意大发，心生怨恨，但是，她又不敢阻拦。耐不住宫闱寂寞，她就找太监解困。太监不敢与她胡来，只能被动地任她蹂躏，最后不但不能解决问题，反而使她更加难受。

高湛宠信和士开，让和士开经常出入皇宫，自然与胡皇后有所接触。和士开身材挺拔，眉眼清秀，风度翩翩，会弹琵琶，十足的文艺青年。

夜深人静之时，胡皇后想：和士开年轻俊美，若能与此人来往，定比太监强百倍。拿定主意后，第二天，胡皇后召来和士开，向他问一些皇上的情况，胡皇后说："爱卿与皇上谈完事，可以来与本宫聊聊皇上的事，本宫时常寂寞无聊。"

和士开听了，说："臣知道了。"但是，他不敢违背宫中制度，并无行动。

胡皇后看到和士开不主动，于是，她召来和士开，让他教自己弹琵琶，有时故意身体接触，或让和士开抓住她的手教指法。

和士开不免紧张，始终放不开。

有一次，高湛看到了，和士开急忙站起，吓得不敢说话。

胡皇后见过皇上，说："妾让和爱卿教弹琵琶，他总是扭捏放不开。"

高湛笑了，说："和爱卿，你不要放不开，要好好教皇后学弹琵琶。"

胡皇后趁机撒娇说："陛下英明，有了陛下的旨意，今后和爱卿就好行事了，不然，他总是扭扭捏捏的。"

高湛哈哈一笑，此事就过去了。

有了皇上的旨意，和士开放心了许多。

第二天下午，胡皇后召来和士开，对他说："昨天皇上已经有旨，今后爱卿可以放心了。"

和士开点点头，没有说话。

胡皇后让和士开坐下，他不敢太近了，胡皇后拉了他一下，说："你离本宫近点。"

胡皇后貌美肤白，体态丰满，性感十足，学弹琵琶之际，有意往上贴，和士开不能躲，虽心猿意马，但不敢放肆，紧张得头上冒汗。

胡皇后看了，说："爱卿怎么头上出汗了？"说着就要用长袖为和士开擦汗。

和士开急忙跪下，说："皇后如此，一旦被皇上看到，臣死无葬身之地了。"

胡皇后说："爱卿起来，皇上很久不来本宫，难道叫本宫守活寡吗？今晚爱卿不要回去，陪陪本宫，此事怎么会让陛下看到呢？"

到了晚上，胡皇后命摆宴与和士开对饮。

和士开知道躲不过，酒壮熊人胆，有意喝得微醉，与胡皇后逐渐言语暧昧。

胡皇后早已骨软心酥，说："爱卿不知，并非哀家要勾引爱卿，实乃皇上半月不来这里一次，哀家夜夜独守空房，该怎么办？就这样虚度青春吗？"说着站起来，拉起和士开走向龙床，两人你情我愿，同床共枕了。

胡皇后心满意足，说："今后，只要皇上不来，爱卿就过来。"

和士开点头答应了。

此后，胡皇后与和士开经常同床，有时居然大白天宣淫，慢慢地宫女在旁边，也不避讳，只管淫乐。

有一次，高湛召见和士开，和士开正与胡皇后在一起，一时有点惊慌。

胡皇后说："爱卿不必惊慌，哀家与你同去。"

高湛看到皇后与和士开同来，并不怀疑，也不过问，直接商量事情。

有一天，高湛观看胡皇后与和士开玩握槊游戏，互相取乐。

所谓"握槊"，是古代流行于宫廷的一种棋盘游戏，属于博戏的一种，也叫"双陆"。"槊"指棋子或棋盘，在棋盘上共有二十四个道，上下各十二个，黑白棋子各有五十个，玩家需两人，一人以棋盘的右上角为起点，另一人以棋盘的右下角为起点。"握槊"即通过投掷骰子的方式，来确定棋子的走向，首位把所有棋子移离棋盘的玩者可获得胜利。

河南王高孝瑜进宫，看到二人行为，心中不悦，向皇上谏道："陛下，皇后乃天下之母，怎可与臣下游戏接手呢？"

胡皇后与和士开听了，很不高兴，因此，在高湛面前说高孝瑜的坏话。

和士开说："河南王行事超越了本分，在山东人们只知道河南王，不知道陛下。"

高湛听了，心中非常恼怒。不久，在宫中赐宴诸位王爷，高孝瑜饮酒过多，醉得不能起来。他身体肥胖，腰带十围，高湛命左右喂其毒酒，把他抬上车拉到西华门，毒酒发作，烦躁不止，最后投水而死。

在宫中的诸王都不敢发声，只有河间王高孝琬大哭而出。

却说李祖娥经常被皇上奸淫，竟然怀孕了，几个月后，体态已经显露出来。有一次，儿子高绍德来看母亲。李祖娥已经身怀六甲，所以避而不见。

高绍德不由得泄愤道："家家不见我，以为孩儿不知道吗？无非就是家家的肚子大了。"在鲜卑语中，"家家"是对母亲的称呼。

李祖娥听了，非常羞愧。不久生下一个女儿，但把孩子扼杀了。

高湛知道后，大怒，说："贱人居然敢杀我女儿，朕为什么不能杀你的儿子？"立即召来高绍德，在李祖娥面前，将其斩首。李祖娥痛哭不止。

高湛更加恼怒，将其脱光衣服，打得流血不止。李祖娥继续号哭，高湛命人将其装到绢囊之中，手拉绳索，投入漳河，然后拔出，如此数次，几乎丧命。最后，将昏迷的李祖娥装上牛车，送到妙胜寺为尼。

乐陵王高百年，孝昭帝时立为太子，高湛平常忌妒他，现在虽然退居藩位，但怀疑他心有怨情，留着必为日后之患。高百年知道皇上忌讳自己，所以每次遇到事情就退却，常常托病不上朝。当时，有白虹围日再重，赤星昼见。太史令奏说："此星象对国家不利。"

高湛为了祈祷免灾，想杀了高百年，免得后患，他嘱咐近侍之臣，秘密搜集高百年的短处，一点小事也要上报。

高百年不知高湛在算计他，有一天，在府中练字，偶尔写了几个"敕"字，宫奴贾德胄将其封起来上奏。

高湛看了大怒，命人去召高百年。

高百年不知何事，心里免不了惊恐，哭着对斛律氏说："皇上想杀我很久了，这次去不知能不能回来相见了。"因此，割带玦与其告别，说："留下此物作为遗念。"

斛律妃哭着接受，高百年去了皇宫。

高湛在凉风堂召见高百年，让他写"敕"字，结果与贾德胄所献字迹相似，高湛大怒，说："卿练习此字是想当皇帝吗？"

高百年不敢辩解，高湛喝令左右乱捶他，又命曳着他绕堂而行，一边曳一边打，所过之处，血流遍地，直到气绝而亡，然后抛尸到池中，染红了池水。

斛律妃听说了，拿着玦昼夜痛哭不止，一月之后，因悲痛过度，气绝身亡，死时玦还拿在手中，握得很紧打不开。

父亲斛律光来了，使劲掰其手，很久才开，人们闻之，哀痛不已。

齐国有一个臣子叫祖珽，字孝征，性情机警，颇有才华，少年时受到赞誉，被世人推崇。献武帝曾向其口授三十六事，出来记录，一件不遗漏，受到献武帝的赞赏。但是，此人行为放荡，不顾廉耻，喜欢弹琵琶，自制新曲，招来城市少年，聚集在娼家，相互歌唱为乐。

祖珽有一嗜好，喜欢偷，在司马世云家饮酒，发现少了两个铜制的碟子，厨房人员请搜查各位客人。结果，在祖珽怀中搜出，人们都耻笑不已，祖珽却泰然自若。

祖珽经常骑一匹老马，称为骝驹，他的邻居王氏是个老妇，他居然与其私通，在人前喊其为娘子。

裴让之嘲笑他，说："骑着一匹老马，叫骝驹，喜欢年已耳顺之妇，还呼娘子。你怎么如此怪异？"于是，传入人口，以为笑谈。

献武帝在世时，宴请群僚饮酒，酒席上丢了一只敞口的金浅杯。窦泰怀疑是祖珽偷了，命令饮酒的客人脱其帽，果然在祖珽帽间取出。

献武帝爱其才，没有怪罪，后来让他做秘书丞。

高澄执政时，命其录《华林遍略》，祖珽居然用书换钱，购买赌具，高澄知道了，命人打其四十杖。后来，又因诈盗官粮两千石，被鞭抽二百，配甲坊。

并州定国寺落成了，献武帝问陈元康："过去，作《芒山寺》碑文，时称妙绝，今定国寺碑，应当谁来作？"

陈元康说:"祖珽才学出众,并精通鲜卑语,此人可作。"

献武帝命人将其叫来,给了他纸笔,让其写碑文。

第二天,祖珽就交稿了。

献武帝看了,词彩华丽,语言通畅,认为写得很好,速度非常快,特赦了其罪。

高洋即位,让其做功曹参军,每次见了他,叫他"贼子"。然而,因爱其才学,虽然他屡犯刑法,终不忍抛弃,令值中书省。

高湛为长广王时,祖珽将胡桃油献给他,并说:"殿下有非常骨法,臣梦见殿下乘龙飞天,不久将登大宝。"

高湛说:"若真能实现卿之梦,当使卿大富且贵。"

后来,高湛果然即位,提拔祖珽为中书侍郎、迁散骑常侍,他看到和士开受宠,与和士开共同为奸诡。

高湛的三儿子高俨,乃胡皇后所生,很受宠爱。少年时期就封为东平王,先后任开府、侍中、中书监、京畿大都督、领军大将军、领御史中丞,又迁任司徒、尚书令、大将军、录尚书事、大司马。他外出时,千步以外就要清道,与皇太子分路而行。王公大臣都要远远地停住车马,等其过去才能走。有时稍有迟违,就被用赤棒责打,即使是皇宫的使臣也不避,自从迁到邺城后,这个制度就废止了。

有一次,高湛与胡皇后聊天,谈到高俨的待遇,就命其可继续沿用旧制。

胡皇后想看看儿子的威风,在华林门外挂一个幕,请高湛一起隔着青纱帐观望,看到高俨的仪仗过来了,胡皇后派中贵驰马，故意犯其道。

高俨看到有人犯其道，命人用赤棒责打。

中贵说："奉敕！"话音未落，赤棒应声打碎其马鞍，马受惊，人坠地。

高湛看到了，大笑以为乐。

胡皇后喜爱高俨，私下里对和士开说："太子高纬性格愚懦，我想劝陛下，立高俨代之，卿认为如何？"

和士开听了，急忙劝说："臣蒙娘娘不弃，得效枕席之欢，然而，皇上与太子，都需要隐瞒。太子愚懦宜欺。东平王虽然年幼，眼光明亮，几步之外看人，对方与他相对，不自觉就出汗了。他日得志，必不能容许娘娘与臣永远和好了。"

胡皇后听了，感觉很有道理，便不再提起此事了。

高湛患有气喘病，一饮酒就发作。高湛称帝后，不顾病情饮酒更甚，犯病状况越来越重，和士开经常劝谏，高湛不听。有一次，高湛气喘病情尚未痊愈，又想喝酒。

和士开见了，知道劝谏没用，眼含热泪，哽咽着说不出话。

高湛说："爱卿是真心关爱朕，这是不用言语的劝谏呀！"于是不再喝酒。此后对和士开更加信任，两人言谈举止极其猥亵，夜以继日，不讲君臣礼节。

祖珽虽然是散骑常侍，但在位许久，并未再进。他想建一个奇策，来邀特殊的宠爱，因此，对和士开说："君之宠幸史无前例。但是，皇上一旦晏驾，君怎么能像今天这样一样受宠呢？"

和士开问："君有什么计策？"

祖珽说："君想一想，'文襄、文宣、孝昭之子，为何都没有继承大位，而且被杀？原因是没早做准备。现在，如果请皇上禅位于太子，早定君臣之分。皇上为太上皇，依然掌握大权。如此安排，根基牢固，万世不摇。皇上一定认为你说得对，若事成，中宫少主必然感谢君。'这是万全之策，君若奏与皇上，我当在外上表论之，君以为如何？"

和士开听了，认为是妙策，非常赞同，当天晚上，在宫中奏与高湛。

高湛说："禅位乃大事，需要商议。"

第二天上朝，太史令奏说："昨天晚上，臣观天象，有彗星出现，此乃除旧布新之像，今垂于天象，当有易主之事。"

祖珽听了，心中大喜，趁机上奏道："陛下虽为天子，威权还不是最高的。若传位于太子，陛下为太上皇，既应上天之道，又可继续掌朝政，则世代福禄无穷，此乃魏显祖禅位于太子之例。"

和士开出班奏说："此事上应天相，下利社稷，请陛下定夺。"

高湛昨晚听了和士开的建议，心中已经认可此事，没想到太史令又奏彗星之事，立即准奏。

北齐河清四年（565年）四月，命太宰段韶选定吉日，持节奉皇帝玉玺，传位于太子高纬。

高纬于晋阳宫即皇帝位，大赦天下，改元天统。立斛律妃为皇后。于是，群臣尊高湛为太上皇，军国大事还在太上皇手中。

高湛命胡后妹夫、黄门侍郎冯子琮，尚书左丞相胡长粲辅导少主，出入禁宫，专典敷奏。祖珽拜秘书监，加仪同三司，并受到皇上和太上皇的亲近，经常出入二宫。

后主高纬登基后，高湛带他到邺城去，顺路巡视山西各地，这一天上午，到了滏山行宫，中午休息后，起身向邺城出发，来到滏口陉，滏山南麓驻防的军营有些萧条，自从滏口之战后，河北战乱已平，滏口陉的防务已经逐步撤去，此处只留几个看门的老军。随行的高阿那肱奏道："太上皇，当初文宣帝在常乐寺上边开凿了三个石窟，臣看这里军营已经荒废，如果在上边悬崖处开凿几处石窟，也是件有意义的事。"

高湛听了，命令停止前进，带领高纬、高阿那肱等人，来到军营上边观看，果然是开凿石窟的好地方，当场下令："高阿那肱负责，带领高僧来这里选址，召集工匠开凿石窟。"

高阿那肱领命之后，继续向邺城出发。

河间王高孝琬对高孝瑜之死，痛心不已。他知道是和士开作怪，对其恨得咬牙切齿，在自家庭园制成草人，写上和士开，用箭射之。

和士开听说此事，奏与太上皇说："河间王做的草人，看着是臣，其实很像太上皇。前日突厥到晋阳，让他出兵拒敌，河间王将头盔扔到地上，说：'我难道是老妇，需要戴此物？'这不是说陛下懦弱如老妇。现在，外边有传言：'河南种谷得北生，白杨树端金鸡鸣。'河南者，河间也。高孝琬将建金鸡而大赦，这不是要当皇帝吗？陛下不可不防。"

高湛听了，有点怀疑，此时，高孝琬得到佛牙一具，放到了府里，黑夜放光，传说为神。高湛责备他妖言惑众，派人到府中搜查，查出镇库的橛幡数百，认为这是造反的工具。将高孝琬的下属传来询问。

有一个宫姬陈氏，平时得不到宠信，诬告高孝琬，说："常常挂着至尊像哭，其实是文襄的像。"

高湛大怒，让武士用鞭子抽他。

高孝琬高呼："叔叔！"

高湛说："你竟敢叫朕叔叔？"

高孝琬说："臣是献武帝的孙子、文襄的儿子，为什么不能叫皇上叔！"

高湛更怒，命左右乱打，被他折断了两条小腿而死。

安德王高延宗哭高孝琬，眼泪流尽，居然出血，又制草人鞭之，说："为什么杀我兄长？"

高延宗的奴才将此事告之高湛。

高湛召来高延宗，命人将其打倒在地，用鞭子抽打二百下，几乎打死。

当时，高湛认为祖珽有宰相之才，准备提拔他，但是，不知何因后来停止了。

祖珽怀疑是赵彦深、元文遥、和士开等阻止，想除掉三人，求得宰相一职，他将三人罪状写好，让黄门侍郎刘逖上奏。

刘逖感到这三人威权太大，不敢上奏。

赵彦深听说此事，求见高湛陈述此事。

高湛听了大怒，抓来祖珽责问。

祖珽说："三人朋党害政，卖官鬻爵，宫中取人女子，都是和士开所诱，只让陛下独受恶名。"

高湛冷笑道："卿是诽谤朕。"

祖珽说："臣不敢诽谤陛下，陛下实际取了人家的女子。"

高湛说："朕是因为她们饥馑，才收养之。"

祖珽说："何不开仓赈给，非要买入后宫吗？"

高湛更加恼怒，用刀环塞入其口，鞭杖乱打，将要杖杀之。

祖珽高叫道："陛下不要杀臣，臣为陛下合金丹。"

高湛听了命人停下。

祖珽说："陛下有一个范增不能用，为什么呢？"

高湛怒道："你自比范增，认为朕是项羽吗？"

祖珽说："项羽布衣，率乌合之众，五年成就帝业，陛下借父兄之资，才得到现在的地位，臣以为不可轻视项羽。"

高湛让左右用土塞其口，祖珽一边吐一边说，高湛命人用鞭子抽其二百下，押送光州，投入监牢。

欲知祖珽到光州监牢后事如何，请看下回章节。

# 第 **69** 回

◆

## 驱佞臣赵郡王被害　杀奸佞琅琊王施威

话说祖珽被关到光州监牢，别驾张奉福厌恶祖珽为人，说："牢者，地牢也。"把他押到地牢，桎梏不离其身。祖珽怨气难平，急火攻心，心情极度低落。夜间地牢漆黑，用芜菁子照明，烟熏火燎，长期如此，祖珽的眼睛逐渐失明了。

北周天和三年（568 年），隋国公杨忠去世后，儿子杨坚袭封隋国公。杨坚相貌堂堂，有美髯公之称，其长女杨丽华端庄秀气，温婉恬静，宇文邕聘其为皇太子妃，对杨坚更加礼重。

齐王宇文宪对皇上说："杨坚相貌非常，我每次见到他，都不觉自失，此人不会久居人下，应早点除掉他。"

宇文邕说："相貌表明杨坚可以作为一个将领。"

内史王轨性格爽直，分析事物有远见，他对宇文邕说："皇太子赟胸无大志，将来恐非社稷之主，杨坚貌有反相，不可不防。"

820

宇文邕听了十分不悦，说："帝王自有天命在，旁人又能奈何！"

杨坚听到这些议论后，心中十分畏惧，行事小心谨慎，与人交往更加谦恭。

北齐天统四年（568年），太上皇高湛来到滏山石窟寺，看到岩壁处有块空地方，命晋昌郡王唐邕到石窟寺，在崖壁上刻写《维摩诘经》和《弥勒成佛经》等经文。

光阴似箭，高湛做太上皇转眼过去四年，由于淫奢过度，身体极度虚弱，突然发病，御医诊治不见好转。

左仆射徐之才颇通医道，召其来诊治，徐之才诊脉以后，开出药方，高湛喝了几服药，外加针灸，病情减轻，基本痊愈了。

高湛要表彰徐之才，问和士开："徐卿有功，该如何奖赏？"

和士开奏道："可出任冀州刺史。"

高湛准奏，徐之才领旨赴任去了。

高湛病好了一段时间，病情突然又复发了，按照徐之才的方剂吃药，不见效果，派人去宣徐之才，可是，路途较远，一时不能回来。

高湛躺在床上，对太上皇后说："朕病越来越重，想召来诸大臣议事。"

太上皇后想：如果大臣们来到宫中，她与和士开的行动多有不便，于是，表面上答应，其实没有召诸大臣，只是让和士开侍奉高湛。

北齐天统四年（568年）十二月，高湛病得越来越重，自我感觉不行了，握住和士开的手，说："卿是朕最亲近之人，今后要全力辅佐皇上，不要辜负朕的希望。"

和士开与高湛感情深厚，听了此言止不住流下泪来，说："太上皇之托，臣当肝脑涂地为皇上解忧。"

高湛听了，脸上显出满意的神色。

当天，高湛在邺城皇宫乾寿堂去世，时年三十二岁。

第二天，徐之才赶回来了，可是已经晚了。

高湛去世，和士开与胡太后商议，密不发丧。

冯子琮听说了，问和士开："太上皇去世已经三日，为何密不发丧？"

和士开说："当年献武、文襄都曾密不发丧。现在，至尊年少，恐王公有二心者，是不是把诸臣集中到凉风堂，然后商议怎么办？"

当时，和士开忌恨赵郡王高睿、领军娄定远，冯子琮怕和士开假借遗诏，派高睿到外边任职，再夺娄定远的禁兵，说："大行皇帝已提前传位于今上，群臣百工，受至尊父子之恩久矣。现在，只要所有贵臣一个不改，王公怎么会有异志？世事已经变化，怎么能与那时相比呢？况且公严闭宫门，已经好几天了，太上皇去世，路人皆知，久不发丧，恐会有其他变化。"

和士开听了，心里也有点恐惧，立即与胡太上皇后、后主高纬商议发丧，尊太上皇后为皇太后，大赦天下。

治丧期间，皇太后并不悲痛，而是留和士开在身边，到了夜晚，让其宿于宫中。

后主年幼，只知和士开是太上皇的顾命之臣，所以，非常信任他，朝中大事全有皇太后与和士开做主。

和士开有皇太后撑腰，后主高纬又依靠他处理政务，一时权倾朝野，大臣们与他谈话，不敢正眼相对。

赵郡王高睿是宗室重臣，看到和士开飞扬跋扈，非常讨厌。召来冯翊王高润、安德王高延宗、领军娄定远等商议，为了朝廷体面，应上奏皇上，派和士开外面任职。

后主高纬看了他们的上奏，不敢做主，请示皇太后。

皇太后听了，自然不同意。

这一天，皇太后在前殿宴请朝中贵戚。高睿当面陈说和士开的罪恶，激动地说："和士开是先帝的弄臣，城狐社鼠，贪污贿赂，秽乱宫中，臣等不能不奏，所以冒死陈说。"

皇太后听了，面色沉重说："先帝在时，王等为何不说？今日想欺负我们孤儿寡母吗？只管饮酒，不必多说。"

安吐根说："赵郡王所言，实际是忠于国家，不处理和士开，朝野不安。"

皇太后看到宴请已不可进行，说："此事以后再说，现在诸王都散了吧。"

高睿看到太皇太后不听，摘下帽子摔于地上，拂袖而去。

第二天，高睿等诸王大臣又到云龙门，让元文遥进去，奏说处理和士开一事。

皇太后依然不同意，往返三次，没有结果。

左丞相段韶对胡长粲说："公可请皇太后下旨，说梓宫在殡，丧事办完再议，诸王即可退去。"

胡长粲奏与皇太后，皇太后听了，急忙命胡长粲去传懿旨，胡长粲到云龙门传旨："皇太后懿旨，当前梓宫在殡，事情太急，请诸王三思，待丧事办完之后再议。"

高睿等听了，相互示意拜退。

胡长粲回去复命，说："诸位王爷退去了。"

皇太后才放心，说："成就妹妹家里事情的，是兄长之功呀！"

和士开的罪行被揭露之后，不便留在宫中，胡太后召他入宫。

和士开面见皇上，说："先帝在群臣之中，待臣最厚，陛下应该明白，诸王大臣都想掌权。现在，把臣排挤出去，剪去皇上的羽翼，使陛下势力减弱，他们就可弄权于下了。现在，应该对诸王说：'文遥与臣，都是先帝任用，怎么可以去一个，留一个？应该一同外任为州官'。暂时按照过去行事，等到了先帝入葬，然后再外派，如此他们就不会说什么了。"

高纬觉得有道理，把此事告诉了赵郡王高睿等。

高睿等听了，同意如此，任命和士开为兖州刺史，元文遥为西兖州刺史，太上皇下葬之后赴任。

天统五年（569 年）二月，举行太上皇丧事，葬于永平陵，谥号武成皇帝，庙号世祖。

高湛丧事以后，高睿催促和士开、元文遥赴任。

皇太后说："过了太上皇百日以后再说。"

高睿认为不合适，数日之内，屡次上奏。

皇太后对高睿说："朝中还有事，和士开暂缓赴任。"

高睿依然坚持己见，有的贵戚对高睿说："既然皇太后不同意，殿下为什么要违背太后的意思呢？"

高睿说："现在主上年幼，怎么能让佞臣在其侧？作为郡王，若不以死相争，有何面目立于人间？"他告诫把门官员，不能让和士开进宫。

高睿又去见皇太后，奏请不让和士开进宫之事。

皇太后令宫女给高睿赐酒。

高睿一边拜谢，一边正色道："现在谈论国家大事，不是喝酒的时候。"说完就出来了。

和士开看到高睿态度坚决，他想了个主意，知道娄定远贪图利益，容易收买，用车拉了两个美女和珠帘，来到娄定远府，登堂谢之，说："诸贵都想杀我，蒙王爷庇护，保全了性命，才到下边任职，今当告别，谨奉上两名美女、一具珠帘，以报王爷大德。"

娄定远听了，非常高兴，问："还想入宫吗？"

和士开装作虔诚地说："其实在内久了，自己也不能安定。现在能够外迁，也是一件好事，不想再入宫了。只求王爷保护，常为大州刺史就知足了。"

娄定远相信了，将其送到门外，告别时，和士开说："现在要远行了，想去辞别皇上和太后，不知王爷能帮助吗？"

娄定远一听，说："这个还不容易，本王与公一起去。"

娄定远带着和士开一同入宫，和士开见了皇上和皇太后，奏道："先帝已经去世，臣惭愧不能自死。现在，看诸贵的意思，想让陛下不得保其天位，臣去以后，必然大变。臣有何面目见先帝于地下？"说着跪在地上痛哭不止。

高纬与皇太后也都大哭。问："现在该怎么办？"

和士开说："臣已经进来了，还有什么顾虑？现在需要下几道诏书。"

皇上按照和士开的意见，下了两道诏书：其一，任娄定远为青州刺史。其二，严责赵郡王高睿有不臣之心，若再有不敬之罪，定当严处。如此一来，举朝震动。

高睿性格倔强，准备再次进谏，其妻子、儿子都劝他说："此事涉及太皇太后，平白无故招其恼怒，进谏有什么好处？"

高睿说："我宁死也要为先王着想，不能忍心看着高家朝廷被颠覆。"说完站起身来，一甩衣袖，上朝去了。

到了宫殿门口，有官员劝他，说："殿下不要进去，进去恐怕有变。"

高睿说："我上不负天，下不负地，一心为国，死了也不遗憾！"说完进去见太皇太后。

皇太后看到高睿依然坚持上谏，怒道："卿没见到皇上圣旨，为何抗旨，难道不怕死吗？"

高睿固执地说："臣进谏为了国家，怎能怕死？"

皇太后命人将高睿推出去，到了永巷被武士抓住，送到上林园，刘桃枝拉住他，将其杀害。

高睿经常为朝政制定标准，清廉自律，民声很好，朝野听说他死了，无不说他冤枉。

高睿一死，其他王爷贵戚不敢再提让和士开下去了。

皇太后让皇上下旨，封和士开为侍中、尚书、左仆射。

娄定远看到和士开这么受宠，非常恐惧，不但归还了他送的东西，而且还将自己的珠宝送给和士开。

高纬虽然年少，但也有不少宠信者，最受宠信的乃宫中婢女陆令萱。

陆令萱乃魏国贵族陆睿之孙女，魏分裂为东、西魏后，两朝交战，西魏将领骆超投降了东魏，娶陆令萱为妻，她与骆超生一子，取名提婆。

献武帝去世后，骆超认为时机已到，在东魏压抑多年的情绪终于爆发，他想为妻子和儿子找个好的归宿，于是动了叛国谋反的念头，东奔西走串联，说服了一些人，秘密地进行着。但天不遂人愿，终究有人告密，谋反被发觉，骆超被诛杀，妻子陆令萱充入宫中为婢，年仅两岁的儿子提婆也被没入宫中为奴。

高洋登基后，陆令萱被分到长广王高湛府为奴，成为高湛儿子高纬的乳母，高纬称她为"干阿你"、"姊姊"（北齐时称母亲为"姊姊"），高纬的母亲胡氏对她十分赏识。

高湛继承帝位，胡氏为皇后，立六岁的儿子高纬为皇太子。陆令萱的地位发生了变化，对未来的皇帝，她精心看护，更是百般献媚。

高湛与胡皇后看到皇太子在陆令萱的扶养下，茁壮成长，特别高兴，对陆令萱恩宠有加，封其为郡君。

郡君为古代贵族女人的尊贵封号，始于汉武帝时期，汉武帝曾封姥姥为平原郡君。之后，历代唯皇族宗室公主、朝廷四品以上官员之妻，才有享受这一封号的资格。陆令萱以一个奴婢的身份受此殊荣，足见她在高湛与胡皇后心中的地位。

和士开、高阿那宏等人，看到陆令萱地位崇高，纷纷拜她为干娘，成为她的养子。

胡皇后接受陆令萱的建议，让她的儿子提婆入宫侍奉少主，与高纬朝夕玩耍，有了深厚的感情。后主亲政后，提婆几次升迁，当了开府仪同三司、武卫大将军。

当时，有个宫人叫穆舍利，其母亲叫轻宵，本是穆子伦的奴婢，后来，转卖给了侍中宋钦道。因与人私通，生下了一个女儿，由于不知道其父姓氏，取名黄花。宋钦道因犯罪被斩，籍没其家口，黄花因此入宫。

后主高纬喜欢黄花，陆令萱看到黄花受宠，也关爱黄花，成了她的养母，赐姓穆。

高纬得到穆黄花，如获至宝，整天与其昏饮无度，既然黄花以陆令萱为母，所以提婆也说自己姓穆。

不久，穆黄花怀孕生下一男婴，高纬大喜，取名高恒。陆令萱趁机向皇帝上奏，封穆黄花为弘德夫人，改元武平，大赦天下。

此时，邺城民间传颂着一首童谣，说："黄花势欲落，请筋满杯酌。"暗示黄花得势不会长久。

高纬宠信陆令萱、和士开、穆提婆等人，他们勾引亲党、贿赂公行、狱讼不公、官爵滥施。

当时，皇宫中有五百多个宫女，高纬把每个宫女都封为郡官，每个宫女都赏赐一条价值万金的裙子和价值连城的镜台。高纬不仅对人乱给封号，对他喜欢的马，也给封号，先后有赤彪仪同、逍遥郡君、凌霄郡君等。

斗鸡乃民间游戏，高纬也给鸡封号，有开府斗鸡、郡君斗鸡等。

有一天，高纬突然想起祖珽，问："这个人现在哪里？"

左右告诉说："发配在光州。"

高纬将祖珽释放，任命他为海州刺史。

祖珽获得自由，遇到陆令萱的弟弟陆悉达，说："赵彦深心肠阴沉，想学习伊、霍之事。君姐弟虽然富贵，怎么能得到平安，为什么不早点用有智之士呢？"

陆悉达将祖珽所言告诉了姐姐陆令萱。

陆令萱认为祖珽所言有理，与和士开商议，如何启用祖珽。

和士开认为祖珽有胆识、有智谋，可以引为自己人。他放弃旧怨，向高纬奏说："文襄、宣武、孝昭三代之子，都没有被立为主，现在帝尊能独立为帝，是祖珽的主意。人有大功，不可不报。祖珽德行虽薄，谋略过人，缓急可使，况且其已经失明，必无反心，陛下可以量才重用此人。"

高纬立刻准奏，召祖珽为秘书监。

和士开与胡长仁有隔阂，向高纬进谗言，任命胡长仁为齐州刺史。

胡长仁心中有怨恨，聘请刺客杀和士开，没想到其谋事不密，居然让和士开知道了。和士开想治胡长仁的罪，可是，考虑到胡长仁是皇上的舅舅，犹豫不定，与祖珽商议该如何办。

祖珽说："汉文帝的亲舅舅薄昭，倚仗权势杀死地方清官，汉文帝不是照样赐他自裁吗？"

和士开听了，立刻醒悟，以高纬的圣旨，派使者到齐州，赐胡长仁自刎。

琅琊王高俨，对和士开和穆提婆的专横跋扈、骄奢淫逸很不满，看到他们没有好脸色，说话也是责难较多。

和士开利用搜刮来的钱财广修府邸，雕梁画栋，穷极豪华，经常花几个月的时间改建装饰府邸。

高俨看不惯，一次上朝的时候，高俨大声斥责和士开，说："别人修宅院早晚之间就完工了，你为什么要修几个月，巨额的资金哪里来的？"

和士开听了，不敢回言，从此，他更怕高俨了，把他当成眼中钉。和士开对穆提婆说："琅琊王目光如电，摄人心魄，我们做的事逃不过他的眼睛，应想法尽早除之。"

穆提婆认为有道理，向高纬上奏，说："琅琊王才能卓著，英气逼人，平时与他对面，颇感紧张，甚至冒汗。臣见天子也不会如此，此人若掌大权，后果不堪设想。"

北齐武平二年（571年），和士开、穆提婆等又向高纬陷害高俨。

高纬也明白，高俨智能突出，性格刚强，将来会影响自己的帝位，于是下诏：命高俨为太保，其余官职全部免掉，到北宫居住，五日一朝，不得随时去见太后。

高俨官职被免，又要到北城居住，心中不平。

御史王子宜、仪同高舍洛、中常侍刘辟疆等，对和士开有怨恨，他们便对高俨说："殿下被疏远，一定是和士开离间，去北宫居住，与到民间有什么区别呢？"

高俨年纪不大，但很有主见，他找到姨父冯子琮，说：

"和士开罪孽深重，有太后作保，靠皇上难以除去，我想设法杀了他，姨父能帮我吗？"

冯子琮本来与和士开是一党，他是太后的妹夫，认为朝廷有事和士开应该和他商量。没想到和士开根本看不上他，使他很不满意。他觉得高纬年幼，贪图享乐，不理朝政，大权让和士开掌握，不如废了后主，立高俨为帝。听了高俨的话，他兴奋地说："殿下要杀和士开，足以洗清宫闱之耻，我怎么能不竭尽全力帮忙呢？"

冯子琮有自己的算盘，他若能帮助高俨为帝，自己就可以大权在握，于是同意了高俨的计划。

高俨让治书侍御史王子宜上表，弹劾和士开，请求将其问罪。冯子琮有意将王子宜的上表，夹在其他文书中，呈送给高纬。

高纬每天吃喝玩乐，贪淫不止，批奏折时，经常不仔细看内容就批了。

高俨拿到奏折，请领军库狄伏连看，说："此乃皇上诏令，请领军捉拿和士开。"

和士开地位极高，况且与太后关系非常，库狄伏连犯了难，于是去问冯子琮，并请求上奏。

冯子琮说："琅琊王按敕令行事，怎么能再去上奏？"

库狄伏连听了，觉得有道理，派京畿军士五十人埋伏在神武门外，等候和士开到来。

第二天，和士开照常来到朝廷，侍卫不让进。库狄伏连拉着他的手，说："今天有一件大好事，是御史王子宜为公推举的。"

和士开疑惑地问："什么好事？"

库狄伏连说："皇上有圣旨，命你到台上。"说着命军士拥着和士开，到了台上。

高俨早已在那里等候，看到和士开到了，高俨厉声喝道："奉皇上圣旨，将和士开斩首！"

和士开一听，大吃一惊，他还想说什么，刀斧手举起刀用力砍下，头颅掉到地上。

欲知琅琊王高俨杀了和士开后事如何，请看下回章节。

# 第 70 回

## 陆令萱谗言害高俨　宇文邕设计除权臣

话说琅琊王高俨带人杀了和士开，他的本意杀了和士开，然后入朝谢罪。

冯子琮与其同党怕被追责，对高俨说："殿下，事已至此，不可中止，应带兵入宫，先清君侧之恶，然后图之。"

高俨听了同党的话，不敢进宫，率领京畿军士三千人，屯于千秋门。

高纬听说外面有变，又怕又恼，派刘桃枝领禁军八十人，召高俨进宫。

刘桃枝见到高俨，说："皇上请殿下进宫。"

高俨命军士绑了刘桃枝，差点将其斩首，禁兵一看不好，立刻逃走了。

高纬又派王子琮去召高俨。

高俨说："和士开早就罪该万死，谋废至尊，剃家家发为尼，臣为此矫诏诛之，尊兄若想杀臣，不敢逃罪，若放过臣，请让姐姐来迎，臣就进宫。"

高俨所说的姐姐是陆令萱，他想诱其出来斩之。

高纬不听，派韩长鸾再去召高俨进宫。

高俨不想如此僵持下去，想要进宫。

刘辟疆拉住他的衣袖，谏说："如果不杀提婆母子，殿下万万不可进宫。"

高孝衍、高延宗从西边来，问："为何不进宫？"

刘辟疆说："兵少。"

高延宗对高俨说："当初孝昭杀杨遵彦，不过八十人。现在有几千人，怎么说少呢？"

高俨犹豫不能决定。

高孝衍对高延宗说："这次来不同寻常，不可以同死。"说完赶紧走了。

高纬几次召高俨不入，哭着对太后说："有缘继续侍奉家家，无缘就将永别。"

胡太后急忙召斛律光进宫。

高俨也召斛律光。

斛律光听说杀了和士开，拍手大笑，说："龙子所为，确实不凡。"

斛律光到了永巷，见到皇上。

高纬率宿卫者步骑四百人，与斛律光说要出战。

斛律光说："一个小孩子弄兵，怎么能成大事？若与他交战，非乱不可。谚语云：奴见大家心死，皇上应到千秋门，琅琊王一定不敢动。"

高纬跟着斛律光步行，到了千秋门。派人喊道："皇上来了！皇上来了！"

高俨等听了，果然惊骇，很多人散走了。

高纬到桥上，远远地呼叫高俨。

高俨还是不敢去。

斛律光走过去，对高俨说："天子弟弟杀一夫，有什么可怕的？"拉住他的手，强行带过来了。斛律光对高纬说："琅琊王年少，肠肥脑满，轻为举措，今后长大了，就不会这样了，请宽赦其罪。"

高纬拔出高俨的刀，用刀环筑其头，几次想砍下，停了很久，才释放了他。但将库狄伏连、高舍洛、王子宜、刘辟疆肢解了，抛尸于街市。

高纬想杀尽高俨王府文武官员，斛律光奏道："这都是勋贵子弟，诛之恐怕人心不安。"

赵彦深也奏道："下属有了过错，应该责怪主帅。"

高纬听了只好准奏，全部释放了。

胡太后责问高俨："你为什么如此妄行？"

高俨说："和士开蛊惑陛下，免去我的官职，我与冯子琮商议，要报此仇。"

胡太后听了，恼怒冯子琮，立即命人将其抓来。

冯子琮被抓到，胡太后不予审问，立即杀之，用车载着其尸首，送回其家。

高俨如此行事，胡太后怕被高纬毒害，将高俨安置在宫中，每次吃饭，一定要自己先尝一尝。

陆令萱对高纬说："人说琅琊王聪明雄勇，当今无敌，观其相表，确非人臣，自从专杀以来，常怀恐惧，宜早除之。"

高纬有点犹豫，问祖珽："此事该怎么办？"

祖珽说："昔日周公诛杀管叔、季友逼死庆父，都是为了国家安宁。"

高纬听了，明白其中利害，秘密派赵元侃去杀高俨。

赵元侃推辞说："臣过去事先帝，看到先帝很宠爱琅琊王。现在，我怎么能忍心杀他呢？"

高纬假借明日打猎，要高俨一同去，夜里刚到四更，就召他去。

高俨心中疑虑，不想去。

陆令萱说："兄长呼你，为何不去？"

高俨只好出去，走到永巷，刘桃枝截住他，将他的手反到后面。

高俨高呼："我要见家家和至尊。"

刘桃枝将衣袖塞进其口，反过衣袍蒙住他的头，背起他到大明宫，高俨鼻子流血不止。

在大明宫内，高纬下令用绳子勒死高俨，尸体用席裹起来，埋在宫院内。可叹高俨时年仅十四岁，一命呜呼。

高纬派人将此事奏与胡太后。

胡太后听了，大吃一惊，赶到大明宫，在高俨埋葬之处痛哭不已，宫女一边劝说，一边将胡太后拥入内宫去了。

胡太后事后知道，是陆令萱指使高俨出去的，心中不免恼怒陆令萱。

陆令萱的权力越来越大，宫中一切事物由她总管，在后宫占有举足轻重的地位。她认为皇帝乳母，权力不应该低于胡太后，于是不免贪婪追求。

胡太后何等精明，感觉到自己的权力受到威胁，她想把小皇帝控制在自己手中，暗中开始争夺权势。

却说周宇文邕修养一年，又要伐齐，命齐公宇文宪与柱国李穆等率军攻击齐国，筑崇德等五城后围攻宜阳，并断绝宜阳粮道。

高纬收到消息，立刻命斛律光率步骑三万救宜阳。

斛律光率军与周军交战，虽屡获胜利，但周军不退，宜阳之围依然未解。两军对峙数月，斛律光命修筑统关、丰化二城，以通宜阳粮道而还。

斛律光退兵时，估计周军会追击，他命副将率军后撤，自己率精锐骑兵埋伏于山谷之中，周军只顾向前追击，斛律光率骑兵从背后杀来，斛律光一杆画戟神出鬼没，刺中死、碰上伤，周军立刻大败而逃。开府仪同三司宇文英、梁景兴等被俘。

当时，周与齐争夺宜阳，大小打了几十战，互有胜负。韦孝宽对其下属说："宜阳一城之地，不足损益，两国相争，劳师几年，齐国若有智谋之将，弃崤东，图汾北，我们必然失地。现在，应速于华谷、长秋二处筑城，以杜绝其意，不能让他们先于我们，那样后悔就来不及了。"他立即画了地形，向宇文护呈献。

宇文护对使者说："韦公虽然子孙多，数不满百，汾北筑城，派谁去守？"

斛律光果然想到了，争夺宜阳，不如占领汾北。遂在阵前对韦孝宽说："宜阳小城，久劳征战，今将舍弃此地，到汾北取得补偿，请不要见怪。"

韦孝宽听了心中大惊，但他面露不屑之色，说："宜阳，你邦之要冲；汾北，我国之所弃，我弃你取，其偿安在？君辅翼人主，位望隆重，不抚循百姓，而极武穷兵，苟贪寻常之地，涂炭疲敝之民，私下认为这不是你应该做的事。"

斛律光不听迷惑，进军汾北，筑华谷、龙门二城，与韦孝宽对峙，并进军围定阳（今山西吉县）。

韦孝宽闻讯，即解宜阳之围，驰救汾北。

宇文护也出兵同州（今陕西大荔），与之呼应。

斛律光在汾北修筑十三座城，拓地五百余里。

韦孝宽自玉璧发动攻击，但均被斛律光所败。

三月，宇文宪自龙门渡河，攻拔齐军新筑之五城，迫使斛律光退守华谷。为策应汾北，齐国太宰段韶、兰陵王高肃率军南下抵御周军，攻克柏谷城（今河南宜阳南）后返回。

四月，周将宇文纯攻拔宜阳等九城，斛律光率步骑五万救之。

六月，宇文护命参军郭荣增援宇文宪，被段韶袭破，齐军遂包围定阳，刺史杨敷固守。段韶屠其外城，内城将要攻破，段韶突然发病，对高肃说："此城三面都是深涧，没有出路，只有东南一条道。贼兵必然从这里逃跑，要选精兵专门把守此口，必能擒获贼将。"

宇文宪想来援助杨敷，但是，因忌惮段韶，不敢冒进。

高肃领精兵一千，埋伏于东南涧口。

定阳城中粮草尽了，杨敷果然夜里带兵向东南突围，走到东南涧口，高肃伏兵四起，杨敷急忙迎战，两人大战十几个回合，杨敷被高肃生擒过来，随从及军士大部分被抓。

接着，高肃又挥师攻取汾州、姚襄等城。

定阳之战后，高肃代替段韶统率军队，但常收取贿赂，聚敛财物，他的亲信尉相愿问："王爷受朝廷重托，为何如此贪心呢？"

高肃看了他一眼，没有回答。

尉相愿继续说："是不是因邙山之战大胜，王爷怕功高震主，遭受忌妒，而要做令人看不起的事情呢？"

高肃说："正是此意。"

尉相愿说："朝廷若忌恨大王，此事更容易被当成罪名，这不是躲祸之法，而是招灾之举！"

高肃面带忧愁，谦恭地问："依你之见，如何是好？"

尉相愿说："大王之前已立战功，这次依然打胜仗，声望太高，今后最好托病在家，不再管国家政事。"

高肃认为此计甚好，立即向朝廷禀报，阵前受伤未愈，又感风寒，需回朝疗养。

斛律光率兵与周师战于宜阳，攻取了北周的建安等四城，捕获千余人而还。

段韶军前得病，逐渐加重，因而提前回了京师。

高纬奖励其军功，加封其为乐陵郡公，到了八月，其病医治无效去世。

后主高纬在东堂为段韶举哀。

却说宇文护屡次兵败，回朝后，向朝稽首谢罪。

宇文邕深知二兄之死，实际乃宇文护所杀，常常担心他会害自己。所以，即位以后，低调处事，事无巨细，皆令宇文护先断。宇文邕在朝中不论对大臣还是左右侍卫，屡次说宇文护乃国之栋梁，忠心为国。

宇文护听到皇上对自己的评价，心里大安，异志少息。先是文帝为魏相，立左右十二军，总属相府。文帝去世后，皆受晋公管辖，所有的征发，非宇文护的命令不行。

宇文邕不但不追究宇文护兵败之事，反而慰劳他们，下诏："大冢宰晋国公，亲则懿昆，任当元辅，自今诏诰及百司文书，并不得称公名。"

宇文护受诏，心中大喜。

有一次，侯莫陈崇跟随宇文邕巡视原州，宇文邕夜里返回京师，人们感到奇怪，私下议论。侯莫陈崇对他的亲信常升说："从前我听占卜者说，晋公今年不吉利，皇上今天忽然连夜赶回京师，不外乎是晋公死了。"

常升又传于身边之人，于是众人把这话传开，有人向皇上告发了这件事。

宇文邕立即召诸公于大德殿，当众责骂侯莫陈崇谣言惑众，侯莫陈崇诚惶诚恐，急忙谢罪。

宇文护知道此事后，当晚派人率兵包围侯莫陈崇住宅，逼他自杀，依照常规礼仪举行葬礼，谥号为躁。

经过侯莫陈崇事件后，宇文护知道朝中有人盼自己出事，他问下大夫庚季才："今后我应如何为政？"

庚季才思考片刻，说："我受公深恩，敢不尽言？现在天子简长，明公宜归政天子，请老归家，这样能享受期颐之寿，受且爽之美，子孙常为藩屏，不然，就不知道怎么好了。"

宇文护沉吟好久，说："我心中也想这样，但是，辞去却未必获得同意。"自此以后，逐渐疏远了庚季才。

召公宇文直，乃宇文邕一母所生之弟。为人浮薄诡诈，贪狠无赖。他看宇文护大权在握，于是亲近宇文护，而对皇上怀有二心。当初陈国湘州刺史华皎前来投顺，宇文邕命宇文直督率绥德公陆通、大将军田弘、权景宣、元定等出兵支援。在沌口与陈国将领淳于量、吴明彻等人交战。宇文直打仗失利，元定投奔了梁朝。

宇文邕听到沌口失利，元定外投，追究宇文直罪责，罢免了其官职。宇文直因免官而恼怒，请求宇文护劝皇帝授予其官职。

宇文护不答应，因此他又怨恨宇文护。

宇文直向宇文邕奏道："宇文护狂妄至极，陛下宜早除之。"

宇文邕让宇文直召来宇文孝伯，三人密谋，如何铲除权臣。

宇文孝伯与皇上同日生，小时候一起读书。宇文邕即位后，若让其在左右，怕宇文护怀疑，托言想与孝伯讲习《孝经》，所以，宇文护并不怀疑。宇文邕向孝伯问计，孝伯也劝皇上应趁机除掉宇文护。

宇文邕又与中大夫宇文神举、下大夫王轨商议，要同心协力，共同诛杀宇文护。

　　宇文邕每次在禁宫见宇文护，常行家礼。太后赐宇文护坐，宇文邕站立一旁，绝无忤意。

　　北周天和七年（572年）三月十八日，宇文护从同州回长安，宇文邕在文安殿见之，面带忧愁对他说："太后春秋已高，颇好饮酒，朕虽屡次进谏，未蒙垂纳。"说着从怀中掏出《酒诰》给宇文护，说："兄今入朝，愿兄以此谏太后，太后一定会听的。"

　　宇文护答应而入，拜见太后，按照皇帝的嘱咐，问起居完毕，奏道："臣有话对太后说。"拿起《酒诰》读起来。

　　宇文邕趁其不备，拿玉笏找准其后脑，用尽力气，猛烈一击。宇文护毫无防备，扑通一下趴在地上。也许是天意如此，这一击砸破其脑，血流如涌，顿时闷绝。

　　太后毫不知情，不由得大吃一惊，左右吓得不敢作声。

　　宇文邕命宦官何泉用御卫之刀砍宇文护。

　　何泉惊慌失措，双手发抖不能砍伤。

　　宇文直藏在宫内，突然出来，夺过何泉手中刀，挥刀斩之。

　　宇文深举等在外面等候，听到里边有变，急忙进去。看到宇文护已死，都额首称贺，对皇上奏道："现在应该立即抓他的党羽。"

　　宇文邕召来宫伯长孙览等，下旨："宇文护罪大恶极，已被诛杀，卿等立即带人，抓获其子弟家属，以及其党侯龙恩等人。"

　　宇文护之子宇文会、宇文至、宇文静，以及其党侯龙恩、大将军万寿、大将军刘勇等人，全部被抓。

宇文邕下旨：全部诛杀。改元建德，大赦天下。

当初，宇文护杀赵贵，曾与侯龙恩相商。侯龙恩从弟仪同三司侯植劝侯龙恩说："陛下年少，国家安危依靠晋公，若稍有隔阂就被杀戮，自立权威，如此自相残杀，岂不是危害社稷吗？将来我们家族也要受害，兄长受到晋公信任，怎么能不劝说呢？"

侯龙恩不听，没有劝说宇文护。

侯植又乘机对宇文护说："明公以骨肉之亲，为社稷重臣，国家安危，在于明公，愿明公推诚王室，学习尹伊、周公，使国家安如泰山，国富民强，则民众幸甚，国家幸甚。"

宇文护听了，说："我受太祖厚恩，发誓以身报国，你的兄长最知我心，你怎么怀疑我有异志呢？"私下里对侯植非常不满。

侯植看到宇文护不听，又怕他报复，心中郁闷，不久去世。

宇文邕认为侯植有忠心、有见识，让他的儿子侯定承袭了爵禄。

宇文宪受宇文护信任，赏罚之际，都让他参与。宇文护有事要上奏，多数让宇文宪奏，或者问其可行否，宇文宪恐怕宇文邕嫌隙，每次都想法说明自己的心迹。

宇文邕知道他是怎么想的，现在，宇文护死了，召宇文宪来见。

宇文宪脱去官帽，跪下谢罪。

宇文邕安慰他，说："卿不必害怕，若要立功，立即到宇文护府中，收其兵及各种文籍，诛杀膳部下大夫李安。

宇文宪说："李安只是一个庖厨而已，为何杀戮。"

宇文邕说："卿不知道，世宗之死，乃李安所为。"

宇文护家抄没来的文书，宇文邕进行审阅，有许多假托符命、妄造异谋者都连坐被诛。唯有看到庚季才两张信纸，其中极言"学习周公、召公，将政权归于天子，自己可以安享晚年"。宇文邕称赞其眼光独到，胸怀忠心，赐给他粮食三百石、帛两千段，升为大中大夫。

宇文护被除，朝廷大权掌握在宇文邕手中，改元建德，大赦天下，并开始了一系列改革。

宇文邕重新任命了朝中公卿：以太傅、蜀国公尉迟迥为太师，柱国、邓国公窦炽为太傅，大司空、申国公李穆为太保，齐国公宇文宪为大冢宰，卫国公宇文直为大司徒，赵国公宇文招为大司空，柱国、枹罕公辛威为大司寇，绥德公陆通为大司马。

宇文邕削弱了大冢宰的权力，规定六府不再听命于大冢宰，改诸军军士为侍官，表示军队从属于皇帝和国家化。取消兵源的种族限制，境内凡男人，全部为兵，大大扩充了军力。又限定地方行政长官与其僚属的关系，以防止地方上的私人化。

宇文邕召来宇文宪的侍臣裴文举，说："过去，魏朝末年，纲纪不张，我太祖辅政，及周室受命。晋公复掌大权，积弊许多，岂有三十岁的天子被人所制呢？诗云'夙夜匪懈，以事一人'，一人为天子也。卿虽然陪侍齐公，不得趋同，为臣之道，想死于所事，宜辅以正道，劝以义方，使朕与兄弟君臣和睦，兄弟同心，不要互生嫌疑。"

裴文举退出来，将宇文邕的话告诉了宇文宪。

宇文宪听了，拍着胸膛说："我的心愿，公难道不了解吗？我不竭尽全力为国尽忠，难道还能有别的心思吗？"

宇文直亲手杀了宇文护，认为自己功劳最大，一心想当大冢宰，没有得到现在这样，心中闷闷不乐，请当大司马，想掌握兵权。

不知宇文邕是否让宇文直当大司马，且听下回分解。

# 第71回

◆

## 淫僧秽宫幽禁太后　祖珽进谗冤杀贤相

话说宇文直认为铲除宇文护，自己功劳大，本想接替宇文护当大冢宰，没想到让宇文宪当了，心中很不服，请求当大司马。

宇文邕知道他的心意，对他说："你们兄弟长幼有序，难道让你反居下列吗？"

宇文邕自主朝政，大权独揽，对文武大臣赏功罚罪，秉公守正，就算是骨肉亲情，也不宽惜。群臣畏惧法规，尽职尽责，朝政一新。

北周建德元年（572年），唐国公李昞病故，葬于咸阳。宇文邕下诏，封李昞七岁的儿子李渊袭封为唐国公。

宇文宪向皇帝上奏："如今齐国皇帝荒淫无道，国力日衰，若讨伐齐国，必能大胜。"

宇文邕说："齐主虽荒淫，但段韶、斛律光、高肃'三杰'

尚在，讨伐胜率不大。况且朕初掌朝政，国力尚弱，富国强兵还须时日。对于齐国来讲，局势越稳定，齐主越荒淫，国力越衰弱。譬如树上摘果，果未熟摘其难，果已熟摘其易，现在不战，齐国必自毁栋梁，栋梁毁后，攻打时即可水到渠成。"

宇文宪听了，说："陛下谋略深远，令臣下茅塞顿开。"

宇文邕下诏：所有军户要勤于练兵，提高上阵杀敌本领。边疆的将领要谨守疆界，勿乱生事。因此，两国之民，稍得休息。

北周建德三年（575 年），宇文直由卫国公晋封卫王。当初，宇文邕把宇文直的宅第改为东宫，让宇文直自己选择住所。宇文直看遍各处官署，没有中意的，后到废弃的陟屺佛寺，打算住进去。

宇文宪对他说："兄弟的儿女逐渐成长，住处应当宽大些，这个寺院太狭小，不宜居住。"

宇文直说："我一个身子尚且容不下，还用说儿女们！"

宇文宪知道宇文直对皇上不满，如此行事，恐非合适，但劝说无益，不再赘言。

有一次，宇文直跟随宇文邕外出围猎，在队伍里乱跑。宇文邕看了发怒，当众鞭打他，宇文直从此更加怨恨。

宇文邕驾幸云阳宫时，宇文直留在京师，他觉得时机到了，起兵反叛，进攻肃章门。

肃章门守将尉迟运紧闭宫门，不让宇文直入宫。宇文直下令放火烧门，尉迟运也在门内放火，宇文直见火大无法进入，只得悻悻离去。

宇文直不敢留在京城，带领家人出逃。

宇文邕接到奏报，立即命宇文宪带人追赶。

宇文宪追到荆州，将宇文直抓获，押回长安。

宇文直毕竟与宇文邕是一母所生，宇文邕不忍杀之，将其贬为庶人，囚禁于另一座宫殿。

宇文直天性反叛，囚禁其间，仍谋划反叛。

宇文邕看其毫无悔意，为免除后患，下令将其赐死，谥曰刺，故史称卫刺王。

却说齐国胡太后本性贪淫，和士开死后，身旁没有合适的男人，觉得无聊，有时到寺院、道观游玩，寻找快乐。

邺北城有一座定国寺，此处本是东魏的御史台，南城新宫落成后，孝静帝移入新宫，之后，将北城的御史台改建为定国寺。

定国寺住持昙显，体型轩昂，仪表堂堂，名为高僧，实则淫棍。他在寺中秘密建了深房曲院，为藏娇之所。遇到美女，骗入其中，肆意奸淫。昙显善于结交权贵，所以肆意横行，人们不敢惹他。

胡太后初次到定国寺上香，看到昙显和尚，心中一动，眼中满是喜欢，不由得多看了几眼。

昙显见到胡太后亲临寺中上香，谦恭地陪着她上完香，胡太后说："本宫想在寺中游览一番，请住持带路。"

昙显急忙带路游览。

胡太后看着昙显，说："本宫走得累了，寺中有没有一个幽静的地方，休息片刻？"

昙显头脑灵活，他知道胡太后好色，今日得见，已看出端倪，或许贪淫之人善于眉目传情，他领会了胡太后用意，急忙说："寺院虽然简陋，但是，也有干净、僻静地方可以休息。"

　　胡太后命随从自由活动，然后带着两名贴心宫女，随昙显到了一处幽静之室。

　　胡太后进门闻到一股沁心透骨的香气，举目一看，正间前方供奉着佛祖像，下面方桌上摆着供品，两边有座椅。左边一间有一条长桌，上面有文房用品。右边一间有一道木质隔扇，隔扇里边有一张床，床上铺盖素净，有一种佛家难得的清静，心中非常满意，说："听说僧家有神咒，大师能吟诵吗？"

　　昙显会意说："有神咒，但此咒不得传给六耳，请太后屏退左右，小僧才敢诵之。"

　　胡太后令宫女退到户外，将门关起来。

　　昙显看到宫女走了，跪到地上叩头，说："僧家没神咒，只有普通咒语，不知太后要听何咒，小僧愿意为太后诵之。"

　　胡太后故意脸色一沉，说："刚才说神咒不传六耳，如今又说没有，你想戏弄本宫吗？"

　　昙显听了，吓得不由得发抖，说："小僧以为太后有密旨，所以才如此说，如果小僧领会错了，请太后赎罪！"

　　胡太后站起来，走到昙显身旁，在其头上轻轻一拍，说："早看出你这和尚不老实。"说着用手将其挽起。

　　昙显不知所措。

　　胡太后说："让你伺候本宫休息，知道该干什么吗？"

　　昙显听了，急忙扶太后向右边房间走去，到了床边，胡太后坐下，顺手将昙显拉到身边。

此时，昙显已明白太后的意思，主动为太后宽衣，胡太后哪里等得他如此小心翼翼，抱住昙显躺在床上，两人云雨近半个时辰，方才偃旗息鼓。

胡太后回到宫中，命人在御花园中，建造护国道场，然后召昙显入内讲经，经常昼夜不分，大肆淫乐，赏赐财帛，不可胜计。

其他僧人知道了此事，称昙显为太上皇，丑声朝外皆知，唯独高纬不知道。

有一天，高纬去谒见太后，看到两名尼姑站在太后两侧，容貌姣好，心中想幸之，对二人说："皇后召见你们过去。"

两个尼姑听说皇后召见，欣然前往。

胡太后想阻拦，但是找不到理由，只是嘱咐她们要小心谨慎。

两个尼姑到了前宫，高纬让她们入室，原来不是皇后召见，而是皇上要行床笫之欢。

两个尼姑惊恐不已，抵死不从。

高纬感到尼姑力气很大，甚觉奇怪，命宫人脱去其衣服，原来是两个男人。

宫女急忙掩面而退。

这两名假尼姑一个是昙显的徒弟，叫乌纳，年二十岁，相貌如女子一般，因为昙显不能长留宫中，派他充当尼姑，可以经常侍奉太后。另一个是邺城街市少年，叫吕宝，容貌俊朗，而有嫪毐之具，昙显与他亲近戏耍，开玩笑说："我为正，你为副，天下娘子军足可平矣。"

吕宝想求太后幸之，以求富贵，昙显让他削发为尼，推荐给太后。此事除了两个心腹宫女知道，没有人知道。没想到今日在高纬面前败露。

高纬严厉审讯二人。

二人如实交代，将昙显也供出来了。

高纬大怒，立即命人去抓昙显，将三人一并诛杀。搜查寺中，居然有大内珍宝无数，全是太后所赐，高纬更加愤怒，将胡太后幽禁于北宫，禁止其出入。

胡太后事情暴露，感到没脸见儿子，从此两宫很少走动。

北齐武平三年（572年），祖珽看到胡太后被幽禁，想尊陆令萱为太后，对高纬说："陆令萱虽然是妇人，实际是巾帼英雄，自女娲以来，没有这样的女性。"

陆令萱也对高纬说："祖珽之才是国宝，可以为国师。"

因此，高纬封祖珽为仆射。

当时，斛律光为宰相，很厌恶祖珽，看到他就骂："喜欢偷盗的小人，想干什么？"又对诸将说："边境消息，兵马处分，向来是赵令恒与我辈参加商议，盲人掌握机密以来，全不与我等说，恐怕要耽误国家大事呀！"

朝廷旧制，宰相坐堂，百官过时，要下马而行。斛律光在朝堂垂帘而坐。祖珽不知斛律光在堂，骑马从前面而过，斛律光大怒，说："小人居然敢轻慢我！"

祖珽知道斛律光不喜欢自己，私下里贿赂其手下人，问："相王平时怎样说我？"

手下人说："自从公上任以来，相王每天夜里抱膝叹气，说：'盲人入朝，国必破之'。"

因此，祖珽对斛律光也有了怨恨。

穆提婆请求斛律光娶其庶女，斛律光不同意。

高纬要赐给穆提婆晋阳田产，斛律光向高纬奏道："此田神武以来常种禾，饲养马匹数千匹，准备抵抗敌寇，现在赐给提婆，涉及军务，不可这样做。"

穆提婆听了，心中也怨恨斛律光。

斛律光有个弟弟，叫斛律丰乐，为幽州刺史，善于治兵，士马强壮，队伍严整，突厥对他畏惧，称其为"南可汗"。

斛律光大儿子斛律武都，为兖州、梁州刺史。

斛律光虽然位极人臣，但性格节俭，不好声色，很少接待宾客，杜绝馈饷。每次上朝，常常独自最后发言，说出的话都很合理。他行兵效仿他父亲的方法，只要营房未定，绝对不进入已经安札好的营房。常常整天坐着，不脱去甲胄，为士卒榜样。他爱护军士，不妄杀戮。士卒争着为他效命，自从带兵以来，很少有败仗记录。

周朝的韦孝宽屡次想伐齐，因忌惮斛律光，不敢发兵。为了除掉斛律光，韦孝宽指使参军曲严编造歌谣，秘密派人潜入邺城，广为传播，离间齐国君臣。歌谣说："百升飞上天，明月照长安。"又说："盲老公背受大斧，饶舌老母不得语。"

祖珽听到这些谣言，让他的妻兄郑道盖奏于后主。

高纬问祖珽："这些传言是什么意思？"

祖珽说："臣也听说了。百升者，斛也，飞上天，是要腾飞，明月照长安，斛律氏几代大将，声望如明月，威震关西。斛律丰乐威震突厥，女儿为皇后，男儿娶公主，地位显赫。盲老公，是说臣，饶舌老母，似乎是指女侍中陆令萱。大意是说我们没有好下场，此传言很可怕，应该早做准备。"

高纬又问韩长鸾此事。

韩长鸾说："斛律光忠于国家，绝不会做违逆之事。不可怀疑，可能有人编谣言想害他？"

高纬没有再说什么，此事就过去了。

一段时间后，祖珽又对高纬说此事，这时只有穆提婆在旁。

高纬说："上次卿所言，朕问过韩长鸾，他认为绝无此事，劝朕不要怀疑。"

祖珽没有什么话说。

穆提婆说："如果本来没有此意，还没话说，若有了此意，又不实行，万一泄露怎么办？"

高纬说："卿所言有道理。"但是，怎么做依然犹豫不决。

斛律光府中有一个官吏，叫封士让。祖珽贿赂他，让他秘密出首，说："斛律光上次讨伐北周回来，圣旨令散兵，斛律光不听，引兵逼都城，将行不轨，后来看到城中有防备，才没有行动。家里藏着弓箭、铠甲、童仆数千，经常派使者见丰乐、武都，阴谋叛乱，约期举事。若不早图，恐会生变。"然后，呈给后主。

高纬看了，以为是真事，恐怕有变，想召来斛律光杀之。又怕斛律光不受命，与祖珽商议。

祖珽说："请陛下派人赐给斛律光骏马，并告之明日游东山，相王可乘此马同行。斛律光必然入朝拜谢，到时候抓他，只是一夫之力也。"

高纬听了，依计行之。

第二天，斛律光入朝到凉风堂，刘桃枝带领三个大力士从后面扑来，斛律光不动，回头说："刘桃枝常做此事，我不负国家。"

刘桃枝与三个大力士用弓弦绕其脖子，拉而杀之，顿时血流满地。然后，高纬下诏：斛律光谋反，尽杀其家。

祖珽派郎中邢祖信到斛律光家，记录搜查的物品，回来报说："弓十五把、箭百支、刀七把、赐给的槊两个。"

祖珽厉声问："还有什么物品？"

邢祖信说："得到棘杖二十束，估计是奴仆与人斗者，不问曲直，即杖之一百。"

祖珽听了，感到惭愧，说："朝廷既加重刑，郎中不宜为其申冤昭雪。"

邢祖信出来，人们都说他敢于直言。

邢祖信慨然说："贤宰相尚死，我又何必珍惜生命呢？"

不久，高纬下旨，派穆提婆到兖州诛杀斛律武都，派贺拔伏恩到幽州诛杀斛律丰乐。

贺拔伏恩到了幽州，门吏对丰乐说："朝廷使者到来，不是好事，宜闭城门。"

斛律丰乐说："朝廷使者到了，怎么可以怀疑拒绝呢？"

于是出来相见，贺拔伏恩宣读圣旨，将斛律丰乐抓起来斩首。

起初，斛律丰乐常以家庭盛满而恐惧，曾上表解去其职，朝廷不许。临刑时，他叹气说："女儿为帝后，公主满家，家中常使三百兵，富贵如此，焉得不败？"

高纬继帝位时，太上皇高湛出于政治原因，为他选择了执掌三军的太尉，斛律光的女儿为妻子，并立为皇后，如今，斛律后也被废了。

斛律光死的消息，传到了周朝，宇文邕高兴地说："此人死了，邺城将为我所有。"为此，在长安大庆。

祖珽害了斛律光一家，向高纬奏请自己为领军，高纬准奏，命侍中斛律孝卿署名。

斛律孝卿感觉不妥，密告与高元海。高元海对侯吕芬、穆提婆说："祖珽为汉儿，两眼又不见物，怎么可以做领军呢？"

第二天，高元海向高纬面奏："臣以为祖珽两眼不见物，不适合做领军，况且祖珽与广宁王高孝珩结交，无大臣体。"

祖珽知道后，面见高纬奏道："臣与高元海素来有隔阂，一定是高元海在陛下面前诋毁臣。"

高纬不善作伪，便说："是的。"

于是，祖珽又奏道："高元海与司农卿尹子华、太府少卿李叔元、平准令张叔略等结朋树党，不利于朝廷，应该早做处理。"

陆令萱在一旁与祖珽唱和，奏道："仆射言之有理，请陛下早做打算。"

于是，高纬下诏：令高元海任郑州刺史，尹子华任仁州刺史，李叔元任襄城郡守，张叔略任南营州录事参军。

祖珽排除了异己，顺利当上了领军。此时大权在握，总管内外军事，自家亲戚，皆得显位。

高纬为了照顾祖珽，下诏：祖珽出入要数人服侍，著纱帽直至永巷，出万春门向圣寿堂，每同御榻，论决政事，委任之重，群臣莫比。

却说胡太后自愧失德，想求高纬喜悦，将其侄女打扮一番，让她在宫中活动，有意让高纬看到。

高纬见到此女，容颜姣好，风姿绰约，果然一见钟情，爱不释怀，立即封其为弘德夫人，不久进位昭仪。

如今斛律后被废了，皇后缺位，胡太后想立胡昭仪为皇后，但是，她知道现在自己的话，高纬不会听，所以故作谦卑与陆令萱结为姐妹，并送上厚礼，说明心意。

陆令萱收了礼物，按胡太后之意，劝高纬立胡昭仪为皇后。

高纬正在喜欢胡昭仪之时，毫不犹豫同意立其为皇后。

穆黄花原以为自己有希望成为皇后，没想到胡昭仪半道杀出，成为皇后，心中很不高兴。

陆令萱去见穆黄花，看到她很不高兴，问："何事惹你不高兴？"

穆黄花说："本来我想成为皇后，可是，你劝皇上立别人为皇后，我能高兴吗？"

欲知陆令萱听了穆黄花的话，做何打算，请看下回章节。

# 第72回

## 兰陵王遭妒被害　宇文邕两教论战

　　话说陆令萱听了穆黄花的话，心中后悔不迭，她思考片刻，说："胡皇后刚刚册立，不可现在就废，等以后有机会再说。"

　　陆令萱回到宫中，一面请道士暗行魔魅之术，令胡皇后逐渐有病，一面寻找机会离间胡太后与侄女的感情。

　　不久，胡皇后开始精神恍惚，言语无状。高纬到了，不似过去那般热情，渐渐地高纬开始疏远她了。

　　有一天，陆令萱造了一个宝帐，周围以及顶上各类颜色的绢花，中间点缀着多种玉雕珠宝，床上枕席器玩全是珍宝。让黄花精心梳妆打扮一番，坐到宝帐中，光彩照人。

　　陆令萱亲自去见皇上，说："有一个圣女，陛下可以观看一番。"

　　高纬听说是圣女，过来观看，在宝帐的映衬下，穆黄花显得雍容、典雅，华贵无比。

陆令萱指着说：“如此人物却不是皇后，这是多么遗憾的事呀？”

　　高纬听了，点头称是，但是，依然没有废了胡皇后。

　　有一天，陆令萱到胡太后宫里闲聊，她有意扯到至亲关系，胡太后自然与她聊起来。

　　陆令萱说：“说起来至亲应该知道隐晦，若遇到不懂事的，至亲还不如一个旁人。”

　　胡太后问：“怎么了，你说的是谁？”

　　陆令萱故作姿态说：“别说了，说了太后会生气的。”

　　胡太后听了，更加疑惑，她最忌讳别人在一边说她什么，所以坚持让她说。

　　陆令萱说：“我说了太后不要着急。”

　　胡太后急着说：“你就直说吧，我不着急。”

　　陆令萱说：“皇后乃太后侄女，她能有今日，全是太后之功，想不到有一次她对我说：‘太后应做后宫榜样，许多行为不检点，我是不是对陛下说呢？’。我急忙制止了她，告诉她，皇上与太后是母子关系，怎么能对其儿子说大不敬的话呢？”

　　胡太后听了，不由得大怒，立即召来皇后。

　　胡皇后近来神情恍惚，行为言语无状。

　　胡太后看其言语支吾，也不再细问，一边派人向皇上奏报“皇后言语无状，有负帝恩，应立即废掉。”一边命人剃了她的发，送其回家，废为庶人。

　　高纬对胡皇后已经没有兴趣，并不追究，应允了此事。

　　陆令萱趁机向高纬奏道：“陛下已有儿子，应立太子，可是，哪有儿子为太子，其母亲为婢妾呢？"

高纬知道陆令萱之意，不久，立穆黄花为后，儿子高恒为太子。

此后，陆令萱在宫中权力更大，胡太后也时时受到她的节制。因为陆令萱是穆皇后之母，所以号称"太姬"，视一品，班列在长公主上面。陆令萱终于取得皇宫的最高权力。此时她已经是一个无冕皇太后。

陆令萱控制了后宫，并不满足，又把魔爪伸向朝。

高纬长期生活在深宫，过惯了舒适的生活，没有经历过大风大浪，因而不解民情，不懂政务，遇事优柔寡断，毫无主见。陆令萱把他一手抚养长大，他自幼听惯了她的话，所以对她言听计从，陆令萱以此控制了皇上，干预国政，朝中善于阿谀奉承的小人，看到陆令萱权力最大，纷纷拜倒在她的门下，任她驱使。

祖珽自掌朝中大权以来，施展才华，改革了和士开时期的一些弊政，受到人们称赞。

左丞相封孝琰奉承祖珽，说："公乃衣冠宰相，与其他人不一样。"

祖珽听了，非常得意，更加自负，他要大胆推行一系列改革，如增减政务，淘汰一些尸位素餐的官员和不必要的冗员；将京都最高军事部门京畿府与领军合并，把府内的百姓归郡县管辖；公开招聘各类人才参与国家治理，以达到长治久安的目的。

后来，祖珽又对内制定限制宦官、内侍及群小的权力，推诚各地名士，使朝内外得到大治。这样一来，涉及了陆令萱、穆提婆母子和宦官等，于是他们在皇帝面前，共同诋毁祖珽。

祖珽嘱咐御史丽伯律写弹劾书，说王子冲收受贿赂，应当严处。此事涉及穆提婆，只要追究到穆提婆，就能连坐陆令萱。

陆令萱发觉祖珽的阴谋后，非常恼怒，传高纬敕书，释放了王子冲，反过来斥责丽伯律，从此，事事与祖珽相左，宫廷宦官也在高纬面前说祖珽的坏话。

陆令萱、穆提婆和宦官，群口攻之，高纬开始怀疑祖珽为人。

一天，高纬问陆令萱："祖珽为人到底怎么样？"

陆令萱故意默然不应。

高纬连问了三次，陆令萱跪倒叩头，说："老婢该死，当初听信和士开说，祖珽博学多才，是个难得的人才，所以向陛下推举了他。现在看其做事，有才不假，但是无德，是个奸猾之人，真是知人难以知心呀。"

高纬召来韩长鸾，说："爱卿负责检查祖珽处理的所有案件文书，将结果速速报来。"

韩长鸾立即进行查检，结果令人吃惊，仅伪造皇上诏书有十几份。

高纬看了大怒，召来祖珽，要处以死罪。

祖珽高声叫道："陛下曾与臣发过重誓，不论发生什么事，不杀臣。"

高纬听了，说道："既然如此，免去祖珽所有职务，由穆提婆代理。"

徐州与南陈交界，陆令萱、穆提婆等人奏请皇上，命祖珽为北徐州刺史，实际是想借南陈之手除掉他。

高纬准奏，命祖珽出任北徐州刺史。

祖珽到任不久，陈国军队进攻北徐州，穆提婆不派遣军队救援。

祖珽知道不会有救援，于是不闭城门，令守军到城下静坐，街巷禁止人行，鸡犬不听鸣吠。

陈国军队到城门口，看到城门情况，怀疑城中有埋伏，不敢进城，驻扎在城外。

到了夜间丑时，正是人们熟睡之时，祖珽令军士擂鼓，大声喊叫，一时鼓噪震天，陈军大惊，以为敌军来攻，登时走散。

之后，陈军发现敌军没来，组织起来再次攻城。

祖珽乘马亲自出战，并令录事参军王君植率兵马亲临战场。

陈军听说祖珽是盲人，以为其必不能出战，哪知道突然见他亲上沙场，与常人无异，于是感到惊怪。

祖珽且守且战十余日，陈军看到难以攻城，终于退走，徐州得以保全。祖珽遭此变故，又气又恼，不久得了一种恶病，医治无效而死。

北齐武平四年（573年），高纬任命兰陵王高肃为太保，南阳王高绰为大司马，太尉卫菩萨为大将军，司徒、安德王高延宗为太尉，武兴王高普为司徒、开府仪同三司，宜阳王赵彦深为司空。

高肃虽是高澄之子，但不像其父那样贪色。当初，高肃战功赫赫，高湛奖赏给他二十名年轻貌美的女子，高肃谢恩，留了其中一个，其余全部退回。

　　洛阳胡太守手下有个杀手，叫赵五本，几次奉命暗杀高肃，此人乃义侠，他知道高肃是英雄，均借故未成。一次，他到京城给胡太守的堂兄胡国舅送信，得知他们暗中勾结，阴谋用伏兵杀害高肃。便秘密到伏地，当伏兵冲出，他看到弓箭手瞄准高肃准备射击，立刻用飞刀杀死射手，从空中抽走奉旨官怀中的镇国宝剑，杀败伏兵，将镇国宝剑交还高肃。

　　高肃收下宝剑，对他大加赞扬，而且不计前嫌，收赵五本为义子。

　　有一天，高纬与高肃闲聊，谈到过去的邙山之战，高纬问："卿贵为王爷，不顾生死，带领区区五百骑兵，冲入敌阵，如果发生意外，丢了性命怎么办？"

　　高肃不假思索，说："打败敌人，保护城池，是国家大事。国事也是我们的家事，战场上哪里顾得上个人生死。"

　　高纬听高肃说是"家事"，想到他在军中威信甚高，不由得对高肃有了猜忌之心。高纬去见胡太后，专门讲此事。

　　胡太后说："高肃在军中威望甚高，他若叛乱，隐患很大，应该早做防备。"

　　高纬说："如何才能防备此事？"

　　胡太后说："我已有主意，让我安排吧。"

　　胡太后召来一个宫中妃子，叫若兰，对她说："皇上有旨，兰陵王功高盖主，不除将后患无穷，现将你赐给他，寻找机会刺杀兰陵王，若成功则重重有奖。"

　　若兰虽非天姿国色，但能选入宫中为妃，也是姿色出众。

她到了高肃府，说："妾受命到了王爷府中，当侍奉王爷。"

高肃想：皇帝赐给的妃子，臣下如何染指？他说："皇恩浩荡，臣感谢不尽，但是，君臣有别，不可逾越。"

若兰用尽百般手段，高肃依然行为规矩。她在王府半年，观察高肃行为，言行都显示其忠心报国，并没叛乱之心。有一天，她跪下对高肃说："王爷真乃大英雄，妾对王爷说实话，妾受太后之命而来，寻机刺杀王爷。如今妾看王爷忠君爱国，并无叛乱之心，所以如实相告，请王爷处之。"

高肃急忙请若兰起来，说："我知太后、皇上怕我功高震主，所以低调行事，没想到依然如此。"

胡太后知道若兰说了实话，大怒，派人去召回若兰。

高肃知道若兰回去凶多吉少，对来人说："既是皇上所赐，怎可送回？"为了保护若兰，高肃不再犹豫，收若兰为妾。

五月五日端午节，高纬以过节为名，派徐之范携带御酒送给高肃。

高肃知道御酒可能有毒，对王妃郑氏说："我对国家一片忠心，可是皇上却猜忌心重，而要赐我毒酒？"

郑氏说："为何不亲自去跟皇上解释呢？"

高肃说："此时皇上怎么会见我？可惜斛律老将军无故遇害，其乃自毁栋梁，我虽不才，尚能御敌，我死之后，国无良将，形势危矣。"高肃叹息良久，又说："我死之后，府中债券约有千金，全部烧了，不要了。"

郑氏急忙答应了。

高肃交代完后事，饮鸩而死。

高纬知道兰陵王死得冤，追赠其为太尉，埋葬在献武帝陵西南、孝静皇帝墓东。

高纬不善言辞，说话略显木讷，所以不喜欢接见朝廷大臣。只要不是宠信的臣子，或私下里玩耍亲昵之人，很少与他们说话。唯有国子祭酒张雕，为高纬侍读，向高纬传授经书，高纬叫他博士，有事与其商量，委以重任。

张雕感觉自己出身贱微，能成为皇上的近臣，应该报答皇上的知遇之恩，因此，他与高纬谈论国事，态度诚恳，语言昂扬，无所回避。

高纬听得非常动容，因此，对朝政得失稍加留意，后来，张雕有些议论，触动了一些宦官、佞臣的利益。

宦官、佞臣知道后，共同向高纬进谗言，说张雕为人狂妄，自恃皇上近臣，言语不尊皇上。

高纬回忆张雕说话时的态度，确有不敬之处，于是逐渐疏远了张雕。从此，高纬听不到正直的言论了。

高纬与其父爱好相似，特别喜欢奢靡生活。认为帝王广有天下，就该锦衣玉食，享受生活。到了夜晚，命人点燃大火，在火光下取乐。看到哪座宫殿不满意，让工匠大修，不论季节时日，冬季寒冷，就用热汤化泥，进行施工。

高纬到晋阳巡视西山，看到天保年间开始修建的巨大石佛像，数年不能完工，召来督监大臣，说："大佛工程太慢，要昼夜不停，夜间点灯施工，加快进度。"

督监大臣不敢违命，到了夜间，山上燃起万盏油灯，照得山上如同白昼，传说灯光能照到约二十里外的宫中，一夜燃油上万盒。

高纬颇通音律，他自创一曲，名曰《无忧》，然后操起琵琶自弹自唱，命宫女伴舞，侍者百人相和，号称"无忧天子"，民间称其为"无愁天子"。

高纬突发奇想，要体验一下贫穷生活，命人在仙都苑建了一个贫儿村，让宫人扮演穷人住进里面，又设立穷人市场，专门进行买卖交易。然后，高纬穿上破衣烂衫，装扮成乞丐，到处乞讨，到了晚间就住在里面。

高纬又想体验军队守城打仗的感觉，命人在仙都苑建造一座城池，让高阳王带些士兵，穿着黑衣装扮成羌兵，摆成阵势呐喊进攻，表演攻城。高纬则亲自率领近侍抵御，有时真的用箭射人。

高纬如此放荡，还感觉不够刺激，他率领人马从晋阳出发，向东巡幸，一人单骑任意驱驰，经常敞开胸怀、披散头发而归。

高纬喜欢封官，庶姓封王的有百余人，封为开府的有千余人。赏赐左右，动辄上万。

长此以往，造成国库空虚，没有实物赏赐，就赐给两、三个郡或六七个县。他还允许宦官卖官收取贿赂。当时的太守、县令和富商大贾沆瀣一气，比着贪纵，凡此种种致使国家赋税繁重，民不聊生。

南安王高思孝，本姓浩，被上洛王高思宗收到府中，当作弟弟，改姓高。他从小练习骑马射箭，身体健壮。高洋在位时，封其为左卫大将军。在讨伐柔然的战斗中，高思孝骁勇善战，立了战功。

高洋对他说："卿进攻敌人，如勇猛的鹋鹋冲入了鸦群，是不是要立功，思念好事。"

听了高洋的话，他改名为高思好，多次升迁，官至尚书令、朔州道行台、朔州刺史、开府、南安王，在北地边境很得民心。

北齐武平五年（574年），高思好不满朝廷巡视大臣的傲慢，举兵反叛，率军至阳曲，自称大丞相，设置百官。武卫将军赵海镇守晋阳，一面向朝廷奏报，一面发兵拒敌。

高纬收到高思好叛乱急报，立刻下诏：命唐邕、莫多娄敬显率三千骑兵前去讨伐。

高思好率军与唐邕、莫多娄敬显对阵，高思好的军队多数是步兵，哪里是骑兵的对手，一时大败，两千多人被唐邕、莫多娄敬显的骑兵包围，不到一个时辰全部被杀。高思好被抓，押送到京城。

高纬命将其斩首，暴尸七天，然后肢解焚烧。

北齐国力日衰，北周却在逐渐强大。宇文邕上朝时对大臣说："我国要加强国力，需要多收税赋，多年以来，世族豪强不断侵占大量土地、奴隶，隐瞒不报，少缴税赋。自魏文帝以来，不断打击，但依然有人以身犯法，众爱卿说该怎么办？"

宇文宪奏道："世族豪强隐瞒土地少缴税赋是一方面，佛教占地太多，也应限制。"

宇文邕说："如此看来，查验土地，释放奴隶，限制佛教，势在必行。"

于是，朝廷连续下达了几道严格的禁令：

凡"正长隐瞒五户及十丁以上，隐地三顷以上者，至死"。

凡"江陵人年六十五以上为官奴婢者，已令放免。其公私奴婢，有年至七十以外者，所在官司赎为庶人。"

西魏建德元年（572年），宇文邕再次下诏：江陵所获俘虏充官口者，悉免为民。

当时，佛教寺院占有大量肥沃土地与人口，且不承担徭役租税，严重影响国家财源和士兵来源，削弱了国力，宇文邕想限制佛教。

当时，卫元嵩原信佛教，后信道教，以黄老微言，向宇文邕献策二十道，大受宠信。他和道士张宾联合上书："佛教占有大量的土地，不交税赋，而且出现了许多品行恶劣的富僧，影响极坏，请陛下治理。"

此时，民间传出谶言："黑衣当称王。"当时，和尚普遍穿黑衣。

宇文邕准备对僧人开刀，但是，佛教信徒太多，不便轻举妄动，他决定进行三教优劣辩论，然后再开展治理。

宇文邕命司隶大夫甄鸾，详研佛、道二教，定其深浅。

结果，甄鸾信奉佛教，作《笑道论》，讥讽道教。

道安作《二教论》，唯立儒教、佛教，认为道家应当归属于儒教。

宇文邕认为治理国家，需要人才，人才需要从教育来，因此，他决定儒、释、道三教要分先后，以儒为先，道次之，佛教最后。

北周建德三年（574年）五月，宇文邕召集佛教、道教中道行高深者到京师，开展辩论。道士张宾与僧人智炫辩论，结果，张宾道行不深，渐落下风。

欲知北周佛教、道教辩论最终结果如何，请看下回章节。

# 第73回

## 宇文邕讨齐占晋州　冯淑妃撒娇再围猎

　　话说宇文邕让佛、道两教辩论，道士张宾道行浅，渐落下风，宇文邕看不下去，亲自上场斥责佛门不净。

　　智炫和尚不服，指责皇上护短。

　　宇文邕心中不悦，愤然而退，为示公平，准备下旨，要禁断佛、道二教。

　　但是，卫元嵩不主张将僧人赶尽杀绝，他向宇文邕谏言："佛、道两教不可灭绝，陛下可在京城建一所通道观，选择有道行的僧人、道士，着衣冠笏履，称为通道观学士，研究佛理道法，为国家所用。"

　　宇文邕感到禁绝佛、道二教，确非易事，于是准奏，命人在京城设置通道观，会集二教精英一百二十人为通道观学士，专门研究佛、道。

　　宇文邕对内打击世族豪强，限制佛教、道教，增强了北周的经济力量；吸收均田上广大汉族农民充当府兵，扩大了府兵队伍，增强了军事力量。对外向北与突厥和亲，向南与陈国通好，为攻击齐国做好了一切准备。

隋国公杨坚看到天下分裂，各国为了利益，战争不断，他向宇文邕启奏：“我国休养生息，富国强兵数年，已大见成效，陛下曾讲，让齐国稳定，皇帝就会更加昏庸，大臣更加贪腐，到那时出兵讨伐，可一举消灭，臣认为现在时机已到，请陛下出兵讨伐，定可大胜。臣世代累受国恩，无以为报，愿领兵攻打齐国，为陛下完成统一大业，臣垂名竹帛，私愿足矣。”

宇文邕听了大喜，说：“爱卿之言有理，目前需要边镇增加储积，招收戍卒，以备战时利用。”

柱国于翼谏说：“疆场相互侵略，各有胜负，徒损兵粮，无益于大计，不如解除严防，使对方松懈而无备，然后，寻找时机，乘其不备，一举可取也。”

韦孝宽也上书，陈述了灭齐的三个策略。

其一：臣久在边镇，体会到时机之重要性，往年多次出兵攻齐，均未成功，是时机不对。为什么呢？长江、淮河之南，旧为沃土，陈国以败亡余烬，尚能一举平之；齐国历年赴救，均丧败而还，其因乃内离外叛，计尽力穷。目前，消灭仇敌有隙可乘，时机难得，万不可丢失。我大军若从轵关出发，联合陈国成为掎角之势；令广州义旅从三鸦发兵，招募山南骁勇精锐之师，沿河而下；再派北山稽胡阻断并州、晋阳之路。各路人马可以招募精兵良将，给其厚爵，使为前驱。齐国必然山摇地动，人心惊慌，我军各路兵马齐头并进，必所向披靡。齐军必定望风而逃，溃不成军，一战可定大局，此机会实在难得。

其二：若陛下欲以后图之，不欲大举进攻，则可与陈国分其兵势。三鸦以北，万春以南，推广屯田，贮积粮草。招募骁勇之士，充入队伍。如若东南有敌，两军相持，我出奇兵，破其疆场。敌人若派兵赴援，我国则坚壁清野，待其去远，再次出师。经常用边外之军，招引其腹心之众。我无宿春之粮，彼有奔命之劳，一二年中，必然离叛者多。况且高氏昏庸，荒淫无道，身旁大臣卖官鬻爵，唯利是图，以此来看，必然灭亡，届时寻机发兵攻之，定如摧枯拉朽之势。

其三：春秋时期，勾践讨吴，尚期十载；武王伐纣，犹烦再举。今若坚持养精蓄锐，两国继续相待，臣认为应与南陈盟好，安定民心，相互通商惠工，增强国力，然后观察齐国破绽，乘机突袭而战。此乃长远之策，届时自然兼并之。

宇文邕看了韦孝宽的上疏，召来伊娄谦，请他看韦孝宽所献之策。

伊娄谦看后，说："齐主昏庸至极，沉溺娼优，该国能征惯战之"三杰"，段韶、斛律光、高长恭均已去世。现在齐国上下离心，军无斗志，若此时发兵讨伐，取之必胜。"

宇文邕听了，心中大喜，乃下诏伐齐。

以陈王宇文纯、司马消难、达奚震为前三军总管，越王宇文盛、赵王宇文招、侯莫陈琼为后三军总管。

齐王宇文宪率众两万，从黎阳进攻。隋国公杨坚帅舟师率三万，自渭入河。侯莫陈芮率众两万，守太行道。李穆率众三万，守河阳道。

宇文邕亲自率大军，出河阳攻打齐国。

民部中大夫赵㬎奏道："洛阳四面受敌，即使得到也不容易守，不如从河北直到晋阳，倾其巢穴，可一战而定。"

下大夫鲍宏也谏言："我强齐弱，我治齐乱，何忧不克！但先帝往日屡次出洛阳，对方就有准备，所以，每次都没有胜利。以臣之计，进兵汾、洛，直扼晋阳，出其不备，应该是上策。"

宇文邕皆不听，率领六万大军，直指河阴。

都督杨素请率其父麾下之兵为先驱，宇文邕许之。

北齐武平六年（575年），周军进入齐境内。宇文邕命令：严禁军士践踏庄稼，抢劫民物，犯者皆斩。

到了河阴大城，命军士攻城，不久城破，占领了河阴。齐王宇文宪率兵围困洛口，攻下了东西二城。

齐永桥大都督傅伏，听说周军来攻，从永桥夜里赶到，进入中城，设计守城。

周军见既然攻克了南城，接着来围困中城。

傅伏闭城坚守，周军攻了二十余日，没有攻下来。

独孤永业守金墉，宇文邕带兵攻之，日久攻不下来，独孤永业欲壮大声势，连夜置办马槽两千余个。

周军官兵见了，以为齐国大军将至，心中产生忌惮。

九月，高阿那肱自晋阳领兵抵抗周军，到了河阳。

时至深秋，天气转寒，宇文邕在军中突然染病，众将感到不安，请皇上暂时回军，以后再战。宇文邕只好放弃攻城，引兵而还。

高阿那肱将周军撤兵的消息奏与朝廷，高纬大喜，认为高阿那肱御敌有功，赏赐给他很多奖品。

穆皇后身边有一婢女，叫冯小怜，善于弹奏琵琶，能歌善舞，妖艳动人，而且精通人体的脉络，侍候穆皇后时，曾经试着以槌、擂、扳、担等手法，为穆皇后消除身体的疲惫，久而久之，练就了无师自通的按摩方法，穆皇后非常喜爱她。

穆皇后觉得皇上对她有点冷落，想讨好高纬，端午节到了，穆皇后请高纬到后宫吃粽子，宴席间，皇后命冯小怜弹奏琵琶，又让她唱歌、跳舞。

高纬看了非常高兴。

穆皇后趁机对高纬说："小怜懂得人体穴道，根据穴道按摩，非常舒服。"

高纬立刻让冯小怜给他按摩，按摩期间，高纬细看冯小怜，柳眉杏眼，齿白唇红，面色红润，吐气如兰，肌肤吹弹可破，柔润欲滴。而且身材曲线玲珑，凹凸有致，尽显婀娜多姿，简直漂亮至极，高纬不由得拉住冯小怜的手，说："皇后身边有如此美女，过去怎么没有发现？"

穆皇后听了，急忙说："陛下若喜欢小怜，臣妾愿将小怜进献给陛下。"

高纬听了大喜，说："今天是端午节，又叫续命节，今后就称小怜为"续命"吧。"

当晚，高纬让小怜侍寝，在橘黄的灯光下，两人宽衣解带，相拥上床，高纬将小怜抱入怀中，顿觉其体软如棉，肌如玉琢，凉若冰块，正值夏日，感到爽快之至。

高纬道："如此天热，卿体却如此冰凉，实在是奇事。"

冯小怜说："陛下有所不知，若到寒冬，妾体自然变得滚烫若火，自不觉冷。"

高纬听了喜不自胜，说："卿乃天生尤物，看来朕获得宝贝了。"

第二天，高纬封冯小怜为淑妃，此后，高纬与冯淑妃坐则同席，出则并马，宠爱冠于一宫，誓愿生死一处。高纬与大臣议事时，也把冯淑妃拥在怀里，或放在膝上，一边讨论国事，一边与佳人耳鬓厮磨。

上朝的大臣们，看到皇上与冯小怜卿卿我我，个个正襟危坐，双目低垂，不敢抬眼，有的满脸通红，说话语无伦次，不着边际。

高纬觉得淑妃体白若玉，线条优美，如此美物，仅他一人独享，未免暴殄天物，如让天下男人都能欣赏如此玉体，岂不是美事。于是，命人在朝堂上摆一张案几，铺上青色的绸缎，让冯淑妃裸体在上面，或躺下，或坐起，或侧卧，或仰卧，摆出各种不同的姿势，让大臣们缴纳门票，进来一览秀色，之后还要写诗句加以赞美。

高纬带着冯淑妃到晋阳，认为内外无患，朝野皆安，每天与冯淑妃淫乐不止。高纬对冯淑妃说："忻州西北太平郡，山上有个天池，景色绝美，附近有牧场可以狩猎，朕与爱卿去游览一番，心情一定很好。"

冯淑妃听了，说："陛下说如此之美，妾自然愿意去游览、狩猎。"

晋阳距离太平郡三百余里，高纬一行走了三日才到达。第二天登山游览天池，冯淑妃到了天池，举目一望，碧波荡漾，游鱼逐浪，群鸭戏水，蛙声阵阵，赞不绝口。

天池附近有一块天然牧场，高纬与冯淑妃游览了天池，又来到牧场狩猎，放鹰纵犬，驰骋在平原或树林，以捕获禽兽为乐。

北周建德五年（576年）十月，宇文邕召集群臣，说："朕去年伐齐，突发疾病，不能克敌。然而，通过两军交战，看到了齐军的情形，他们行军如同儿戏，岂能敌我大军？上次从河外出兵，犹如摸了其背，没有扼住其喉。晋阳，是高欢的发家之地，乃咽喉要地，若去攻打，对方必然来援助，我们严阵以待，击之必克。然后，乘破竹之势，鼓行而动，足以攻占其老巢，为统一大业迈出第一步。"

宇文邕命越王宇文盛、杞公宇文亮、隋公杨坚为右三军；谯王宇文俭、武当郡公窦恭、广化郡公丘崇为左三军；齐王宇文宪、陈王宇文纯为前军，立刻发兵。

宇文邕率军至晋州，驻于汾曲，命宇文宪领兵两万守雀鼠谷，宇文纯率步骑兵两万守千里径，宇文盛率步骑兵一万守汾水关，达奚震率步骑兵一万守统军川，以阻遏晋阳的齐军南下；命韩明率步骑兵五千守齐子岭，尹升率步骑兵五千前往鼓钟镇，以阻遏河内的齐军北上；另派辛韶率步骑兵五千扼守蒲津关，以保证后方的安全；命宇文招率步骑兵一万自华谷攻打齐国的汾水以西诸城，派内史王谊指挥主力进攻晋州。

齐行台尉相贵在晋州据守。宇文邕到城下亲自督战，周军搭起云梯，奋力攻城，尉柏贵亲自指挥士兵放箭守城。刺史崔景嵩领兵守北城，看到城中危机，乘夜间派使者出城，与周军联络，要作为内应投降。

宇文邕大喜，命王轨率兵前去，天尚未明，王轨的偏将段文振仗槊与几十人率先登城。崔景嵩在城头迎接，他带领王轨，来到尉相贵帐内，劫获了尉相贵。然后王轨带兵到城下，打开城门迎接周军，齐军看到主将被抓，投的投，逃的逃，晋州被攻克了。

宇文邕命大将梁士彦为晋州刺史，留一万精兵镇守。自己又率兵去攻打上党郡。

周军攻打晋州时，尉相贵就向晋阳告急，从早上到中午，告急者骑驿马先后来了三个，随行将领高阿那肱说："陛下正在欢乐，边境小小交兵，本是常事，不必急着上奏？"

到了傍晚，使者又到，说："晋州已经被攻陷了。"高阿那肱不敢再阻拦，急忙上奏。

高纬听了，想要回去。

冯淑妃拉住皇上的手，扭动着腰身，撒娇说："陛下，妾狩猎正在兴头，再杀一围回去也不迟。"

高纬不想惹爱妃生气，同意再杀一围。

周军攻占了晋州，宇文宪也攻克了洪洞、永安二城，乘胜而进。

齐边将知道挡不住，只好焚烧了桥来守险要之口。周军不能前进，住在了永安。

高纬急急忙忙返回晋阳，第二天，将军队全部集合于晋祠，命高阿那肱率兵先行。然后，高纬从晋阳出发，率军到了鸡栖原，与宇文宪对阵，直到夜晚双方没有交战，周军收缩阵营而退走。

不久，齐各路援兵到了，分兵两路，一路向千里径；一路向汾水关，到晋州城下会集。

高纬想收复晋州，命高阿那肱等人包围晋州城，昼夜攻打，城楼的楼堞全部被打坏，崩溃之处短兵相接，众人都感到畏惧，梁士彦慷慨自若，对将士说："我等要死守城池，若死在今日，我可以在你等前先死。"于是，军士奋勇争先，积极防守，齐军屡次攻城，均被打退。

齐军看到攻城困难，挖掘地道攻城，城陷十余步，将士要乘势进入，高纬命军士暂停，派人召冯淑妃来观看攻城。

冯淑妃听说高纬召见，观看军士攻城，急忙对着镜子梳妆，一时不能到达。城中周军守卫把木头塞进去，堵住了地道，齐军士兵进不去了，城池没有攻下。

冯淑妃听说平阳西，有块石头上有圣人的痕迹，想去观看。道路中间有桥，离城墙不远，高纬怕周军弓箭射到桥上，伤害爱妃，命人抽取攻城木材，另造一桥过去观看，回来时桥坏了，不能过桥，只好绕道而行，直到夜里才回来。

宇文邕在上党郡，收到晋州告急文书，急忙率兵八万回来援助，到了晋州附近，布阵二十余里。

宇文邕召来大臣商议，如何寻找战机，一举打败齐军。

宇文忻奏道："若高纬贤明，君臣协力，即使有汤、武之兵，也不容易攻克。但是，现在高纬昏庸，大臣愚昧，士无斗志，虽有几十万大军，实际是一群羊，怎可抵挡我军精良之师？"

军正王韶也上奏："齐国已经几代，如今纲纪已失，这是天佑周室，一战而扼其喉，取胜正在今日。"

宇文宪说："我想先到齐军附近观察一番，然后再说。"

宇文邕同意了。

齐军知道周军援兵到了，在城南挖壕沟相隔，然后在壕沟北边布阵。

周军正埋锅造饭，宇文宪观看齐军回来，对宇文邕奏道："陛下，齐军挖壕沟相隔，说明他们害怕我军，如此看来打败齐军不难，请给我一支人马，去破了敌军，然后回来吃饭。"

宇文邕大喜，立即召来主帅，慰劳将士，准备出兵。将士们看到皇上亲自劳军，精神振奋，将要开战，左右请宇文邕换一匹良马。

宇文邕说："朕一人乘良马有何用？主要靠众将与士兵奋进。"说完命令军队进攻齐军，但是，因为壕沟较宽，骑兵不能出动，步兵行动不利，自早晨战到下午，双方相持不下。

高纬亲历战争少，心中无底，问高阿那肱："以卿之见，现在是战，还是不战？"

高阿那肱说："我们兵虽多，能战者少。上次攻打玉璧，援兵来了即退。今日将士，怎么能胜过高祖时呢？不如不战，坚守高梁桥。"

安吐根说："陛下，目前对方只是一小撮贼兵，不足为惧，只要我军勇猛，看到敌人过来，抓起来抛到汾水河里去了。"

高纬性格柔弱，一时不能决定。

北 朝 遗 韵 · 下

诸位内参说："对方是天子，我方也是天子，敌方兵少，我方兵多，敌方远来，我方以逸待劳，为什么靠守壕沟示弱呢？"

高纬听了，说："此话有理，应该填平壕沟，出兵御敌。"

于是，齐军填了壕沟，引兵而出。

宇文邕看了，不由得大喜，立刻命令诸军做好准备，发起攻击。

欲知宇文邕与高纬交战胜负如何，请看下回章节。

# 第74回

## 冯淑妃劝帝逃邺城　高延宗守城登帝位

话说宇文邕命周军各路人马发起攻击，齐国军队急忙迎战，两军交锋，高纬与冯淑妃并马观战。齐军人多，开始还能抵挡一阵，但是战斗力差，时间一长，渐渐抵挡不住了。

冯淑妃感到恐怖，说："陛下，我军是否要败了。"

穆提婆说："陛下，请与淑妃赶紧退下吧！"

高纬听了，要与冯淑妃一齐奔往高梁桥。

武卫奚长急忙奏道："陛下，现在两军半进半退，乃战争之常态，我军并没有亏伤，若陛下为之鼓劲，则胜券在握。若陛下退去，我军必然心慌意乱，一败涂地，不可再振，请陛下速回原地，安慰将士。"

武卫张长山也从后边赶过来，上奏："陛下，我军现在还很完整，围城的兵也没动。陛下应回去助阵，若不信，臣请派内参去观看。"

高纬听从谏议，要回去助阵。

穆提婆拦住皇上，奏道："陛下，此言难信，还是退下安全。"

高纬与冯淑妃为了安全，不听劝阻，往北逃去。

齐军发现主帅跑了，军心大乱，斗志全无，立即大败，死者万余人，军资器械丢弃在道路上，到处都是。

高纬与冯淑妃逃到洪洞，认为距离敌人已经远了，才停下来休息，冯淑妃重新梳妆，用粉镜自己打扮。

忽然后边喊声大震，有人说："贼兵追来了。"

高纬与冯淑妃急忙启程继续逃跑，高纬觉得冯淑妃陪从撤退有情有义，决定将冯淑妃立为左皇后，派内参快马去晋阳，取皇后服饰、御用品等。

内参到晋阳取来皇后服饰，返回途中与皇上人马相遇。高纬命缓行，让冯淑妃穿上皇后服装，然后才上路。

宇文邕进入晋州，梁士彦迎接，跪在地下，拉着宇文邕的衣服，哭着说："臣几乎要见不到陛下了！"

宇文邕深受感动，一时眼睛发热，几乎要流泪，急忙将其扶起，加以安慰。他召集众将商议："将士们打仗有些疲倦，下一步是否进攻？"

梁士彦听了，建议说："陛下，现在齐军逃散，人心浮动，趁其恐惧而攻之，其势必败，陛下不能失去这大好时机呀？"

众将也都说："我军疲倦，齐军更加疲倦，应该继续追赶敌人。"

宇文邕说："既然众将有此勇气，朕心甚慰！"说完拉住梁士彦的手，说："朕得到晋州，乃灭齐之基础，卿需好好守之。"然后，率众将追赶齐军。

高纬回到晋阳，依然心中不安，召来群臣商议，下步如何抵挡周军。

安德王高延宗奏道："陛下，晋阳乃我国之根本，自我祖献武帝始，经营多年，城高壕深，守备严密，非常牢固。城中粮谷、器械充裕，坚持一年半载绝无问题。周兵远来，又值严冬，我军只要坚守，时日不多，周军便会知难而退。此外，我们应该减少赋税，停止民夫服役，以慰民心，同时招收散落的士兵，背城死战，以保社稷。"

高纬认为有理，命高延宗负责，加强城防，确保安全。然后命人在城中建筑一座高耸入云的天桥，时常与冯淑妃一道登桥，遥望城外敌军的情况，不是分析敌情，而是观光消遣。下桥后，冯淑妃献上舞蹈，为高纬消愁解闷。

高纬看着舞蹈，说："卿舞姿优美，朕看了果然头脑清醒，精神倍增。"

一天，木桥忽然垮了，冯淑妃对高纬奏道："陛下，木桥倒塌，乃不祥之兆，不如放弃晋阳，返回邺城。"

高纬听了冯淑妃的劝告，觉得一时很难决定。

高纬与群臣商议，说："朕想留安德王守晋阳，朕到北朔州，如果晋阳守不住，朕想奔向突厥以避之，然后再设计图之。"

群臣认为不可，高延宗奏道："皇上若在晋阳，能鼓舞我军士气，足可守城。"

当时，高阿那肱领兵一万，镇守高壁。

周军到了高壁，高阿那肱感到抵挡不住，望风而逃。

高纬总觉得形势不妙，决定逃去，先秘密派遣左右送皇太后、太子到了北朔州。以高延宗为相国、晋阳刺史总领军队，对其说："晋阳兄自守之，朕今天走了。"

高延宗说："陛下是社稷之主，请不要离开，臣为陛下以死力战，必能破敌。"

穆提婆说："陛下计划已定，王爷不要阻拦了。"

当天夜里，高纬从五龙门出去，想奔朔州，随从官员不愿意去朔州。

冯淑妃奏道："既然大家不愿北去，不如向东回邺城。"。

高纬思考片刻，听取淑妃意见，向邺城而去。

穆提婆看到皇上毫无主意，遇事全听淑妃，看来齐国气数将尽，他思虑再三，与其在齐等死，不如投周而生，于是，偷着投奔宇文邕去了。

宇文邕看到穆提婆来投，大喜，封其为柱国、宜州刺史。给齐国的大臣下诏："良禽择木而栖，良臣择主而事，若能幡然醒悟来投，一如提婆爵赏。若我之将士，逃逸彼朝，不论贵贱，皆从荡涤。"

此诏一出，齐国臣子投降周者不断出现。

陆令萱听到儿子投了周军，怕追责株连，畏罪自杀了。

高延宗留守晋阳，深感责任重大，鼓励诸将，要坚守城池。

莫多娄敬显说："皇上如此行为，我等如何为国效力？"

韩骨胡说："王爷若不登基为天子，诸臣实在不能为王爷死战。"

高延宗犹豫片刻，为了保晋阳，答应了诸将请求，在晋阳即皇帝位，下诏：武平软弱，临敌逃遁，不知去向。高祖之业，危在旦夕。军中战将，极力推崇，祗承宝位。呜呼，痛大厦将倾，唯恃背城一战，挽狂澜于既倒，若能转弱为强，希望卿士无负朕怀。

于是，大赦天下，改元永昌。以唐邕为宰相，莫多娄敬显、和阿于子、段畅、韩骨胡为将帅。众人听到这个消息，不招而至者先后到来。

高延宗将府中藏品以及后宫美女赐给将士，籍没内参十几家。

高纬听到这个消息，非常不满，对近臣说："朕宁可将晋阳让给周，也不想让安德王得到。"

左右都附和说："那是当然。"

周军围攻晋阳，士兵军衣和旗帜都是黑色，所以城的四面像黑云一般。

高延宗见到士卒，亲自拉着他们的手，叫出名字，流涕呜咽，于是，下属发誓为其死战。

高延宗命令莫多娄敬显、韩骨胡在城南抵抗；和阿于子、段畅在城东抵抗；自己率领众军在城北抵抗宇文宪。

高延宗体型巨胖，从前边看，好像仰面倒下，从后边看，好像趴在地上，人们常常嘲笑他。但是，为了守城经常舞动大槊，往来督战，劲捷如飞，所向无前。

不久，守东门的和阿于子、段畅投奔了周军。宇文邕从东门进入，傍晚时分攻入城里，放火焚烧城里的民舍佛寺，全城一片慌乱，喊杀之声不绝于耳。

高延宗知道敌兵已经入城，率领几十骑从北场赶来，以死奋战。莫多娄敬显见东路火起，也从南路赶来援助，两面夹攻，奋力搏杀。城中儿童、妇女到房顶上，投瓦石御敌。周军大乱，争着逃出城门，城门间人群填塞挤压，堵住了道路无法前进。齐军从后刀砍矛刺，周军阵亡两千多人。

宇文邕左右死伤过半，走投无路，左右恐慌。宇文忻牵着马在前，贺拔伏恩在马后面打，拐过几条街道，总算逃出来了，有几次差点被齐国军士用刀砍伤。战斗到四更，周军全部撤出去了。

高延宗以为宇文邕被乱兵杀了，派人在尸体里寻找长髯者，搜遍战场没有找到。

高延宗的士兵觉得敌人既然败了，估计不会来了，军心渐渐懈怠起来，将士烧肉喝酒，然后，多数疲倦地躺在营中休息。高延宗苦战一日，也回府中去休息了。

宇文邕回到营寨，感到很饿，命人抓紧做饭。随从看到皇上如此劳累，劝道："陛下如此辛苦，不如暂时回兵。"

宇文忻勃然大怒，向宇文邕奏道："陛下攻克晋州，乘胜到此。现在伪主逃去，关东震惊。自古行兵，没有像这样的盛气。昨日兵败，是我们轻敌造成的，怎么稍有不利，就要撤兵呢？大丈夫应当死中求生，败中取胜。现在破竹之势已经形成，怎么能弃之而去呢？"

宇文宪也奏道："现在胜利在望，不可撤兵。"

降将段畅打包票，奏道："城中空虚，再去攻击，一定能攻克晋阳。"

宇文邕下旨：令军士吃饭，抓紧休息，明日再战。

第二天，宇文邕带兵再次攻打东城。齐守军准备不足，周军攻城时，有的看到形势不妙，急忙逃走了。被攻克后，南门也被攻陷。高延宗在作战中精疲力竭，于是跑到城北一民居中，被周军擒获。

宇文邕见了高延宗，下马要握他的手。

高延宗推辞说："一个将死之人，怎么可以与对方至尊拉手。"

宇文邕说："两国天子，没有什么怨恶，朕是为了百姓而来，绝不会害你，公不必害怕。"说完让人给高延宗换上衣服，以礼待之。

莫多娄敬显逃往邺城，向高纬奏报："晋阳失守，高延宗被抓。"

朔州行台高励领兵保护太后、太子回到邺城。宦官荀子溢恃宠在民间行暴，高励将其斩首。

太后想救他，已经来不及了。

有人问高励："公不怕太后发怒吗？"

高励捋起袖子，说："现在，西寇已经占据晋阳，达官显贵都跑了，正遇此辈浊乱朝廷，如果今日斩之，明日被杀，也没有所恨。"

高纬害怕周军来逼，立即重赏之，并招募士兵，但是，竟不给物品。

广宁王高孝珩说："为今之计，不如让任城王高湝让幽州道的兵入土门，扬声要去晋阳。独孤永业让洛阳道的兵进入潼关，扬声去长安。臣请带领京城之兵，出滏口，击鼓而行，与敌逆战。敌人听说南、北都有兵去攻，自然溃逃。陛下用宫中之珍宝，奖赏有功将士，这样可以退敌。"

高纬听了，并不同意。

斛律孝卿请高纬亲自去慰劳将士，并为他撰写了致辞，奏道："陛下宣读的时候，应慷慨流涕，可以激励军心。"

高纬拿了稿子出来，到了将士面前，居然不念稿子，而是看了一会儿，自己先笑了，左右看到皇帝如此，也随着大笑。

将士们看了，十分恼怒，说："陛下面对强敌尚且如此，我辈何苦为之效力死战？"因此，士卒毫无斗志。

宇文邕要进攻邺城，问高延宗："朕要攻取邺城，有何良策？"

高延宗摇摇头，说："亡国之臣，岂能干如此之事。"

宇文邕说："朕之所以问你，无非想减少邺城民众伤害，有何不可说？"

高延宗听了，说："若是任城王守城，我确实不知道如何攻取。若是今上守城，陛下兵不血刃，即可取之。"

宇文邕下旨：命宇文宪率五千兵为前驱，其余将士随自己进军，于是十万周军浩浩荡荡向邺城而来。

此时，邺城人心恐慌，朝中大臣不断有人出城，迎着周军投降而去。

高纬无计可施，召集群臣商议，身边近臣均阿谀奉承之徒，在大敌面前，束手无策，七嘴八舌，乱说一通。高纬不知如何是好。

高励说："现在叛变者多数是贵人，将士还没有离心，请追封五品以上家属，集中到三台之上，与他们讲明，出战如果不胜，要烧掉三台。他们顾惜妻子、子女，必然死战，背城一战，理应必胜。"

高纬听了，并不赞成。

正在此危难时刻，太史令奏道："臣夜观天象，社稷应有变革，应该依天统故事，禅位于太子高恒，陛下称太上皇为宜。"

高纬听了，立即说："既然天象有变，按照太史令所言，朕马上举行禅位。"

于是，皇上下诏：禅位于太子高恒，因太子仅八岁，登基为幼主，高纬为太上皇。

高孝珩请求领兵抵抗周军。

太上皇高纬不许，命他任沧州刺史。

高孝珩对高阿那肱说："太上皇不派我带兵去抵抗贼兵，怕我带兵造反吗？现在，形势这么危急，还如此猜忌。"说完泪流满面而去。

高纬命尉世辨率五千骑兵，抵抗周军。

尉世辨并非将才，性格懦弱，进入滏口登到高处向西张望，远远地看见群鸟起飞，以为周军到了，急忙回头向东逃跑，到了紫阳桥，都不敢回头看。

左右对他说："敌人还没有到，你看到的是群鸟，不用慌，可以慢行。"

尉世辨说："鸟也来欺负我，我已经被他们吓破胆了。"回去对太上皇说：“周军势大，不可抵抗。”

宇文邕领兵出滏口，将到邺城。

高纬知道邺城不保，下旨命慕容三藏守邺城，自己率领一千余骑兵，保着太后、幼主、穆后、淑妃等，向东逃去。

逃走之时，高纬又要幼主高恒将皇位禅让给大丞相、任城王高湝，派斛律孝卿携带禅让册文和玉玺，送往瀛洲。

斛律孝卿看到齐国气数已尽，便带着这些东西投降了宇文邕。

高纬听到斛律孝卿投降，非常惊慌，他们一路逃到济州，高纬命高阿那肱留守济州保护太后，高纬和皇后带着幼主高恒逃往青州。

宇文邕到了邺城，命令军士攻城。

慕容三藏是慕容绍宗的儿子，颇有其父才智。但是，时至今日，皇帝已经逃走了，军士没有斗志，慕容三藏虽奋力抗拒，毕竟人单势孤，不久，城池被攻下，齐国的王公贵族都投降了。

慕容三藏闭门不出，宇文邕派人将其迎过来，以礼相待，说：“将军乃名将之后，可惜不能为明主所用，实在是屈才了。”拜其为仪同大将军，予以重用。

莫多娄敬显也被抓了。

宇文邕说：“你有三条罪状，朕攻入晋阳，你逃回邺城，携带妾而把母亲抛下，是不孝也；在外为伪朝效力，内里实际与朕通信，是不忠也；送信之后，还保持两端，是不信也。为人如此用心，留你无用，你就该死。”说完将其斩首。

宇文邕又派尉迟勤去追赶高纬一行。

邺城有一个，叫熊安生，博通五经，听说宇文邕入主邺城，让家人扫门。家人奇怪，问："扫门干什么？"

熊安生说："周帝重道尊儒，必将见我。"

一会儿，宇文邕果然到他家来，不让他拜，握住他的手，一起坐下，给他安车驷马让他使用。

宇文邕想到了齐李德林，立刻派小司马唐道和到李德林家宣旨慰喻，云："平齐之利，唯在于尔。朕原来怕君随齐王向东走。今听说你没去，朕心甚慰，请来相见。"

李德林，字公辅，博陵安平县人，六七岁就能诵左思《蜀都赋》，高隆之见了，惊叹不已，遍告朝中大臣，说："若再等几年，必为天下伟器。"十五岁时，诵五经及古今文集，日数千言。长大后，善写文章，才华横溢，文理通常，广受赞誉，魏收曾让高隆之对其父说："贤子文笔终当继承温子昇。"

李德林十六岁时，父亲去世，正值严冬，他穿着麻布衣服，光着脚，自驾灵舆，返回故里将父埋葬。州里人物因此十分敬慕他。李德林母亲多病，他在床前一心尽孝，闲暇时间阅读典籍，不考虑出去做官，之后，其母病情稍好，当地官员就逼着他出来做事。

任城王高湝在定州任刺史，欣赏其才，召入州馆，朝夕同游，既是良师，也是益友，往来不必行君臣之礼。

高演在位时，下诏寻找有才之人。

当时高湛为宰相，驻守在邺城，他知道高湝处有此人才，召李德林到京城，与散骑常侍高元海等参掌机密，并授予其丞相府行参军。

不久，高湛即帝位，授予其官职，他经常在朝堂值班，高湛有事朝晚相请。

宇文邕正是知道李德林人才难得，所以要以礼相待，请他来见。

欲知宇文邕请李德林来见，李德林是否与其相见，请看下回章节。

# 第75回

## 二王起兵昙花一现　周朝灭齐凯旋长安

话说李德林看到宇文邕如此客气，派专人来请，不得不去相见。宇文邕见到李德林，热情将其引入帐中，问齐地风俗政教、人物善恶，连续谈了三日，不感到疲倦。

宇文邕在云阳宫，对群臣说："朕每次看到李德林为齐所作的诏书、檄文，感到简直是天人所为，现在朕得到他，让他为朕作文书，一定能大放异彩。"

纥豆陵毅奉承道："臣闻明王圣主，得到麒麟凤凰为祥瑞，是圣德所感，非力所能致之。如今李德林接受驱使，一定是陛下圣德感致，有大才用，无所不堪，强于麒麟凤凰。"

宇文邕听了，大笑道："卿所言太对了。"

于是，宇文邕任命李德林为内史上士，从此诏诰等文书，委托李德林书之。

却说高纬逃到山东，命高阿那肱守济州，高阿那肱知道挡不住周军，一面秘密写信，与周军联系投诚，一面向高纬奏报："周军尚远，已烧断河桥，陛下可以放心。"

高纬听了高阿那肱的奏报，心中不慌了，在青州停留，放心居住。

周军到了济州关，高阿那肱出城投降，尉迟勤带兵入城，稍加整顿，领兵来攻青州，高纬听到周军到了，顾不得太后与宫妃，急忙用皮囊装了些金子，放置于马鞍后，带领随从十几骑，向南逃走。

尉迟勤带兵到青州，不费吹灰之力进入城中，抓获了太后、幼主和后妃等。

尉迟勤审问宫人才知道，高纬跑了。有人看到他出南门去了。尉迟勤立刻派人去追，在南郑村追上了高纬，将其抓获，带回邺城。

后代唐朝著名诗人李商隐，曾对高纬宠爱冯小怜误国作诗二首：

其一

一笑相倾国便亡，何劳荆棘始堪伤。

小怜玉体横陈夜，已报周师入晋阳。

其二

巧笑知堪敌万几，倾城最在著戎衣。

晋阳已陷休回顾，更请君王猎一围。

宇文邕在邺城，召来故臣斛律光的后人，将家口田园被没收的，还给其子孙。追加斛律光为上柱国崇国公。宇文邕看着诏书，指着斛律光的名字，说："此人若在，朕怎么能到这里呢？"

宇文邕下诏：邺城三台，都是民脂民膏所为，应全部拆毁，瓦木材料，送给民众。山园之田，各还其主。

民众听了非常高兴，心心不免投向了宇文邕。

高纬被带回邺城，换了衣服，来见宇文邕。

宇文邕以宾礼待之。

一天，宇文宪来见皇上，奏道："臣得到消息，齐任城王高湝、广宁王高孝珩在信都起兵，集中兵力四万余众，扬言要来恢复社稷。"

宇文邕听了，对宇文宪说："此事可让高纬写信，召其来降。"

宇文宪领旨后，找到高纬讲明情况，高纬不敢违命，向高湝、高孝珩写信说明情况，并许诺："如果来投降，富贵如故。"

高湝、高孝珩收到高纬的信，拒绝投降。

宇文邕看到二王拒绝投降，派齐王宇文宪、隋国公杨坚带兵去讨伐。周军到赵州，高湝派密探去刺探军情，被周军抓住了，押到营中，宇文宪命解去绳子，召集齐国降将与他们见面，说："我们所争取的不是你们，现在放你们回去，充当大使，给你们王爷送信。"

宇文宪给高湝、高孝珩写信，信中说："足下派遣刺探军情的人，已经被抓，军中实情，可以告诉你，战非上策，不必怀疑；守乃下策，后果必败。我军已分道并进，相望非远。为生民计，降为上策，早做决定，勿贻后悔。"

不久，宇文宪、杨坚领兵到了信都城下。

高湝、高孝珩领兵在城南抵抗。

大将尉相愿请战，高湝答应他带兵出阵，但是，尉相愿到了阵前，并未交战，而是带兵投降了。

高湝听到心腹大将居然投敌了，立刻大怒，命人将他的妻子、儿子抓来，押到阵前，全部斩首。

第二天列阵，高湝与高孝珩亲自出马，冲锋陷阵。宇文宪率兵在前边拒敌，杨坚率劲旅横向冲击，将高湝的军队分为两段，使其首尾不能相顾，两军大战半天，高湝军大败，投降和被俘获的士卒有三万余人，高湝、高孝珩也被抓获。

宇文宪看到高湝、高孝珩被押来，对高湝说："任城王，明知不可为而为之，你这是何苦呢？"

高湝昂着头，说："本王是献武帝之子，兄弟十五人，幸而独存，今日社稷被颠覆，就是战死也无愧于高家坟陵。"

宇文宪听了，很受感动，佩服他的壮志，命人给他们二人松绑，把他们的妻子还给了他们。

当初，高湝生母尔朱金婉，因失节被献武帝幽禁，高湝小时候，献武帝不甚喜欢他，现在，齐国亡了，而高谐在信都决战，独以忠孝被人称赞。

宇文宪又看着高孝珩，问："广宁王，你说齐国灭亡的原因是什么？"

高孝珩陈述国难，剖析深刻，句句在理，声泪俱下，俯仰有节。

宇文宪被感动了，亲自为他洗疮敷药，礼遇甚厚。

高孝珩叹口气，说："李穆叔曾说，高氏有二十八年天下，今天果然验证了。自献武帝以来，我诸父兄弟，没一人活到四十岁，这是命呀。嗣君无独见之明，宰相非柱石之基，佞臣居朝堂猖獗，贤臣遭陷害怨死，恨不能持兵符，受斧钺，施展我的心力呀！"

高孝珩是文襄王的第二子，喜文学，善画画，经常在厅堂画鹰，看到的人都以为是真的。曾作《朝士图》，妙绝一时。现在兵弱被捉，不愧是高氏子孙，所以，宇文宪对他很尊重。

在周军攻取平阳时，宇文邕派使者去东雍州招募刺史傅伏，傅伏不降。攻克并州时，抓获了傅伏的儿子傅世宽，封他为上将军、武乡公，让韦孝宽给傅伏去信，并将他儿子职务的印信，还有金、马脑二酒钟赐给傅伏为证，召傅伏前来。

傅伏看了这些东西，给韦孝宽回信，说："事君有死无二，此儿为臣不忠，为子不孝，愿速斩之，以令天下。"

宇文邕从邺城回到晋阳，知道傅伏依然没有来降，派降将高阿那肱带百余人去汾水招傅伏。

傅伏隔着水与他们相见，问："至尊何在？"

高阿那肱说："已被擒了。"

傅伏仰天大哭，率众入城，于厅前向北哀告良久，然后出来投降。

宇文邕见了傅伏，问："为何不早来？"

傅伏流着眼泪说："臣三代为齐之臣，食齐禄，如今国已灭亡，不能自死，羞见于地。"

宇文邕拉住他的手，说："作为臣子，忠君爱国，就应如此。"然后，任命他负责宿卫，授予仪同大将军。

有一天，宇文邕召高纬、傅伏等闲聊，忽然问："上次守河阴，我军久攻不下，最后只得退兵，君得到了什么奖赏？"

傅伏说："授为永昌郡公。"

宇文邕看着高纬，问："朕三年练习作战，决定取河阴，因为傅伏善于防守，城不可动，所以收军而退，公当时的赏功，怎么那么轻呢？"

高纬听了，无言以对。

宇文邕还要亲自拜访一人，此人名唐邕，字道和，晋阳人。唐邕从小聪明过人，颇有才干，先后被神武帝、文襄帝、文宣帝等重用。

文宣帝时期，多次出塞征战，唐邕每次必定陪同，专门掌管用兵的机宜。士兵以上的一切活动，他都按照规定安排，没有不熟练通达的。军中一切事务，都能应口对答，声音干脆响亮。皇帝检阅部队时，他不用花名册，居然能呼叫出每个官员和将领名字，从不出差错。

文宣帝曾拉着他的手，到娄太后的面前，说："一个唐邕可以相当于一千人。"

文宣帝有一次责备侍臣们，说："朕看你们这些人，还不配做唐邕的奴仆！"

北齐武平元年（570年），唐邕因处理案件不公，被免去官职。过了一段时间，朝廷念他的功劳，又任他为将军、开府，多次升迁，官至尚书令，封为晋昌王。

周军进攻洛阳，右丞相高阿那肱率军救援，唐邕因配合得不及时，高阿那肱在皇上面前诋毁他，因此被皇上疏远。

高纬令斛律孝卿总掌骑兵的用度开支，此后用兵开支都是自己决定，从不与唐邕商量，唐邕乃六帝老臣，受到斛律孝卿如此轻视，心情很不愉快。

高纬逃往邺城时，没有明令唐邕随行，他担心高阿那肱再上谗言，又忌恨斛律孝卿轻视自己，于是决定留在了晋阳。周军攻打晋阳时，唐邕与莫多娄敬显等拥立安德王称帝，他做了宰相，重整军队抵抗周师，最后晋阳城被攻破，唐邕躲在家中不出来。

宇文邕从邺城回到晋阳，亲自到唐邕家里慰问，说："朕当初攻克晋阳时，怕你跟随东去，之后听说你没有去，深感欣慰，所以，这次回到晋阳，朕亲自登门慰问。"

唐邕看到周帝如此礼仪周全，心里五味杂陈，作为齐六朝老臣，本应忠于齐，但是，想起自己一直维护的最后几位君王，若与这位周朝君王比，确实不可同日而语。

唐邕请宇文邕入内，两人交谈齐朝的风俗政教、人物善恶，宇文邕不断给予评判，令唐邕刮目相看，唐邕站起来，跪下道："听了陛下高论，唐邕愿意投入麾下，为陛下效劳。"

宇文邕大喜，急忙搀起，说："卿能如此，朕心甚慰。"说完带着唐邕来到驻地，召来文武大臣，宣读诏书：授予唐邕开府仪同大将军之职。

北朔州本是齐国之重镇，民风彪悍，士卒骁勇，既然投降于周，宇文邕派齐降将封辅相总管其地。

当时，宇文邕想班师回长安，突然封辅相派使者来报："范阳王高绍义进兵占据了马邑，号召义旅，自肆州以北，随从起事的有二百八十余城，兵势大振。还有一个叫高宾宁，是高氏的远门亲戚，此人有勇有谋，久在和龙镇守，很得夷夏人之心，也起兵数万，与范阳王遥相声援，势力很猖獗。"

宇文邕听了，决定暂不回长安，驻守晋阳，命大将宇文神举率兵十万，前去讨伐。

当时，长史赵穆智勇盖世，忠于齐国，听说任城王高湝在瀛州起兵，与人密谋，想抓了封辅相，开城迎接范阳王高绍义，封辅相听到消息，急忙逃走了，赵穆迎来了高绍义。

高绍义占据马邑，带兵南下，要攻取并州，到了新兴，知道肆州已为周军占领，又听说宇文神举大兵将到，放弃南下，回兵坚守北朔州。

宇文神举带兵逼近北朔州，高绍义对赵穆说："我们的兵是新召集的，敌人都是劲旅，该如何开战？"

赵穆说："敌兵当前，不可不战，若能战胜敌人，就可以席卷并、肆二州；若战败，就向北逃到突厥，以后再设法打回来。"

于是，高绍义与赵穆率兵开战，连战数阵，不能取胜。赵穆在乱战中被刺死。高绍义按原定计划，向北逃往突厥。

当时，高绍义还有三千余人，他下令："不想去北边的可以回去。"听了命令，辞去有一大半。

突厥佗钵可汗常称赞齐神武帝是英雄，看到高绍义是文宣皇帝的儿子、神武皇帝的孙子，非常喜爱，接受了高绍义，并将在突厥的齐人，全部交由高绍义管理。

当时，高宝宁为营州刺史，镇守黄龙、夷夏，深受当地汉族和少数民族百姓的敬重。宇文邕派使者招降，高宝宁拒绝招降。

高绍义在突厥，高宝宁向他上劝进表，请他称帝，延续齐之命运。

于是，高绍义在北部称帝，任用高保宁为丞相，如此延续齐一线之脉。虽然高绍义称帝了，但是，因为是在异域，力量薄弱，不敢与周相抗。

周建德六年（577年），宇文邕讨伐齐至此，除黄龙外，齐属地全部归于周，共有五十个州，一百六十二个郡，三百八十五个县，三百三十万二千五百二十八户。

宇文邕命班师回长安。为了庆祝胜利，向太庙献俘，将高纬放置在前面，王公跟在后面，车舆、旗帜、器物，按顺序排列。宇文邕乘坐法驾，由领军将军、中领军、护军将军、中护军、左右二卫将军等六军护卫，高奏凯乐，浩浩荡荡向太庙进发。

当时，长安城里观看者几乎堵塞道路，军民高喊万岁。宇文邕奖赏有功人员，大赦天下，封高纬为温公，齐的诸王三十余人，也都受到了封爵。

有一天，宇文邕在内廷设宴，让齐原来的君臣都来侍饮，宇文邕说："听说温公非常喜欢娱乐，一定长于舞蹈，你给朕

北朝遗韵·下

跳一段舞吧。”

高纬原来为国君，向来欣赏别人跳舞，自己并不会跳舞，现在要在大庭广众之下跳舞，非常难为情。但是，已为阶下囚，哪敢不听话，只好胡踢乱蹬，动作拙笨，丑态百出，无比尴尬。

宇文邕与众人大笑不止，又命高孝珩吹笛，给温公伴奏。

高孝珩推辞说：“亡国之音，不足上渎王听。”

宇文邕坚持让他吹奏，高孝珩刚拿起笛子，泪流满面，哽咽不能自止，无法吹奏。

宇文邕见了，不再强迫他吹笛子了。

高延宗看到曾是一代帝王家族，如今让人羞辱至此，不由得悲伤不已。回去之后，多次想服毒自杀，因家人苦苦相劝，未能服毒。

高纬向宇文邕请求，说：“请陛下恩准，将冯淑妃留在身边。”

宇文邕笑着说：“朕胸怀天下，关心的是全体民众，哪里在乎区区一个女子。”于是，将冯淑妃赐给了高纬。

不久，外界传言：“温公高纬与定州刺史穆提婆密谋，要起兵谋反。”

宇文宪听到传言，奏与皇上：“现在外界传言，温公与穆提婆勾结，密谋造反，不知真假。”

宇文邕本来看不上高纬，如今有了借口，下旨：将高纬赐死，其宗族皆诛杀，许多人高呼喊冤，欲求免诛。穆提婆被杀。

高延宗捋起衣袖，哭泣而不说话，被用胡椒塞住嘴而死。第二年，其妻李氏收殓他的尸首进行安葬。

高纬弟弟高仁英为人轻狂，高仁雅因为是哑巴，所以二人得以免死，宇文邕命将二人流放到了蜀地。

高纬被杀后，宇文邕将冯小怜赐给了代王宇文达。

宇文达生活节俭，食无兼膳，为人不爱财、不好色，侍姬不过数人，是宇文家族的榜样。然而，宇文达一见容貌出众、楚楚可怜的冯小怜，心潮澎湃，彻底被迷住了，从此跟冯小怜时刻腻在一起，对她极为宠爱。

有一次，宇文达请冯小怜弹琵琶，弹奏其间，琴弦忽断。冯小怜感慨万千，作诗道：

> 虽蒙今日宠，犹忆昔时怜。
>
> 欲知心断绝，应看膝上弦。

高延宗死后，有一个王妃卢氏，被赐予大将斛斯征，卢氏思念任城王，整天蓬头垢面，坐在屋内，不苟言笑。

斛斯征知道她不忘前夫，敬重她的为人，放其出府，卢氏乃出家为尼。

当时，北齐之宫妃嫔御流落长安街头者，有的嫁人，有的以卖烛为生，有的沦为乞丐。

北齐原皇太后胡氏与皇后穆黄花，在邺城宫内时，过着锦衣玉食的生活，如今流落长安无人照顾，生活贫穷，她们耐不得贫穷，不顾羞耻，居然进入青楼做起了妓女。两个皇后接客的名头，传遍了大街小巷，有点资产的男人争相抢着前来，一时之间门庭若市，络绎不绝，光顾胡太后和穆皇后的生意，胡太后不但满足了身体欲望，又赚得钵满盆余，她非常开心，对穆黄花说："如今才知道，原来为后不如为娼更有乐趣"。

且说宇文邕灭齐后，依然坚持生活俭朴、勤政爱民的习惯，做事追求超越古人。他命人将宇文护以及北齐所修筑的华丽宫殿一律焚烧，并整顿吏治，选贤任能，关心民间疾苦，受到民众拥护，一时天下太平。

# 后 记

　　磁县（古称磁州），历史悠久，人杰地灵，文化底蕴深厚。我们经常这样向别人介绍磁县。但是，若要说磁县文化底蕴深厚具体表现有哪些内容，真正叫得响的仅有：北朝墓群是全国重点文物保护单位，鼓山上的响堂山石窟，历史上隶属磁县，1950 年后成立峰峰矿区，在磁州大地上划出一片，成为邯郸市一个区，如今响堂山石窟隶属峰峰矿区了。磁州窑最早的窑址在磁县贾璧乡、观台镇等地，但是，延续到现在依然在烧造的，是磁州的彭城镇，现在也属于峰峰矿区管辖。此外，讲武城镇讲武城遗址，资料记载是汉末曹操讲武、练兵之地，如今只剩下一段土城墙。岳城镇据说是因岳飞曾在此驻军而得名，但是，什么资料也没有。岳飞写的《满江红》里面，"踏破贺兰山缺"的贺兰山，一说是磁县境内林坦镇贺兰村南边的丘陵。

对于这些历史遗迹，就算当地老百姓，也很少有人能说出个道道来。我常想：能不能挖掘一些磁县的历史文化，使其具体化呢？

之所以有这个想法，与我的爱好有关。学生时代，我喜欢读书，特别喜欢看小说。小学六年级时，我就看《三国演义》。语文老师看到我的书包鼓鼓的，问："你书包里装的什么？"说着就打开书包看，当拿出《三国演义》时，问："你能看懂吗？"我说："少懂点。"待我成年后，先经历了"文革"，当时真可谓无书可读。有一次，我到本家族一个爷爷家去，只有奶奶在家，看到他家有一本没有封面的书，仅仅翻了几页，我就被吸引住了。我没有打招呼，将这本书偷来读。比我大几岁的叔叔回来，问他母亲："我的书呢？"他母亲说："不知道。"后来知道我去过，直接来找我，问道："你拿了我的书没有？"我说："没有。"他说："你奶奶说就你去过家里，不是你是谁？"我知道抵赖不了，只好承认了，但是，我说："我读完了就还给你。"多少年之后，我才知道那本书叫《野火春风斗古城》。后来参加工作，成为一名语文教师，我依然喜欢文学，业余时间开始学写短篇小说。又后来离职带薪上大学，在离职上学的两年期间，大学图书馆成为我的神圣之地，我借阅了大量的中外文学作品，图书馆的一位王老师与我熟了，看到我就说："别去卡片里找了，直接说你要看哪几本？"我说了书名，她直接去拿给我。同时，在两年时间里，中文系的老师将中国文学史从头到尾讲了一遍，我的鉴赏能力得到了极大的提高。毕业后，因为爱写作我被调入县文教局工作。工作之余，我经常写一些短篇报告文学，报道一些优秀校长、教师的事迹，发表在地方报纸上。渐渐地，写小说的创作欲望淡薄了，但是，我依然经常看一些历史名著和获得茅盾文学奖的小说。

从工作岗位退下来之后，我开始研究地方文化，看一些记述磁州文化的书。在众多的文化记载中，北朝墓群引起了我的兴趣。过去，在当地的民间传说中，这些墓群是曹操设立的七十二疑冢。当高洋墓、柔然公主墓等被发掘后，证明了这不是曹操疑冢，而是北朝墓群。元善见、高欢、高澄等的墓地，均在磁县城南。于是，我开始搜找记载他们故事的资料，争取为当地文化事业增砖添瓦。

在阅读中，北魏末年的滏口之战令我深思，为什么以少胜多的淝水之战、赤壁之战，不仅在历史教科书上有明确记载，而且在民间也广为人知，但同样以少胜多的滏口之战却很少有人提起呢？

同样活动在邺城，曹操的故事在民间广为流传，而元善见、高澄、高洋等的故事却流传不广呢？是不是《三国演义》的传播，起了决定性的作用？

于是乎我想，以从高欢出世、南征北战创立基业，到高洋建立北齐，以及之后几个皇帝的故事为题材，进行整合演义，编一部历史小说。我开始专门阅读有关高欢以及北魏末年、东魏、北齐等的资料，先后阅读了《北齐志》《资治通鉴》有关内容，《中华秘史》中的《北朝秘史》，《拓跋百年》及《磁县志》《峰峰志》《磁州文化》《邺下遗迹考》等，力求以高欢家族人物为主角，展现从北魏末年到北齐灭亡时段，在中国北方大地上演绎的故事，涉及高欢家族人物以及邺城附近的故事，加以比较详细的描写，以期为挖掘当地历史文化做一点贡献。例如：北朝墓群发掘出磁州窑的青瓷，证明了磁州窑青瓷在那个时期就已产生；磁县高臾奶奶庙内的高欢射虎碑，记载了高欢射虎与建立文殊寺的事迹，讲武城镇南白道、北白道村名的变迁，证明了当时佛教的兴盛；兰陵王高肃知名度颇高，其墓地在磁县，有碑记载；还有发掘过的高洋墓、柔然公主墓；峰峰矿区境内的南北响堂山石窟的开凿，临漳县境内的三台、曹村窑发掘，等等。这些内容都较为合理地出现在书中。

在叙述高欢南征北战、创立基业的过程中，有两个重要人物需要说明一下。

尔朱荣，他承袭父爵、抓住时机，四处招揽人才，建立霸业。正是尔朱荣的招揽人才，给高欢打开了一扇投靠之门。在尔朱荣这里，高欢靠自己的才智，逐渐获得尔朱荣的信任和重用，得到提拔之后，开始外出管理一方，这成为高欢成长的重要一步。尔朱荣的残暴不仁、野心暴露，致使他自己走向了死亡，高欢审时度势，抓住机会，得以乘势而起。

高欢一生的主要对手是宇文泰。在研究北朝这些书等资料的过程中，我越来越清晰地认识到宇文泰是一个杰出的英雄。从当时的经济、军事状况来看，高欢处于强势，宇文泰处于弱势。但是，宇文泰在处理政务方面，施行德治教化、唯贤是举、善于纳谏，更改官制、严明执法，创建府兵、扩充军队。在经济方面，创建农业制度、劝课农桑，况且他严于律己、生活简朴等，在东、西两魏征战中，多次以弱胜强，逐渐扭转劣势，使西魏由弱变强，为之后北周战胜北齐打下了坚实的基础。应该说：宇文泰是鲜卑族继北魏孝文帝元宏之后，又一位鲜卑族杰出的人物。他在西魏创建的社会政治制度，成为之后隋、唐社会政治制度的渊源。正因为如此，我对他发现、重用苏绰，创建政治制度做了较为详细的描写。

高欢虽然是一代枭雄，但是，他的追求奢侈生活，随意纳妾，建造高档府衙，容许官员贪腐，等等，都直接影响了他的后代，这也为北齐灭亡埋下了伏笔。

总之，这段历史记载简略，资料不多，有的只是寥寥数语。我利用了八年时间，搜集、整理、编写，才成了现在这样的书稿，水平不高，请读者给予批评指正。初稿出来之后，我曾请刘天祥先生、杨智俊先生、苗永和先生阅读，几位先生给予了很好的改进意见，为此书成稿贡献了智慧，在此一并表示感谢。

程发龙

二〇二三年八月二十日